Hedi,

alles Gute für Deinen weiteren
Lebensweg und
viel Spaß beim Lesen in
Deiner "Freizeit"!

Margot & Vijay

Ryunosuke Akutagawa
Rashomon

Ausgewählte
Kurzprosa

Aus dem Japanischen
von Jürgen Berndt

Verlag Volk und Welt
Berlin

Herausgegeben und mit Anmerkungen versehen
von Jürgen Berndt

ISBN 3-353-00848-9

4. Auflage 1991
© Verlag Volk und Welt GmbH, Berlin 1975, 1991
(deutschsprachige Ausgabe)
Alle Rechte vorbehalten
Einbandentwurf: Lothar Reher
Satz, Druck und Einband:
Graphischer Großbetrieb Pößneck GmbH
Ein Mohndruck-Betrieb
Printed in Germany

Rashomon

Eines Abends wartete ein Mann unter dem Rashomon auf das Ende des Regens.

Er war allein unter dem weit ausladenden Tor. Nur auf einer der mächtigen runden Säulen, von denen der rote Lack an vielen Stellen schon abblätterte, saß ein Heimchen.

Da die breite Suzaku-Allee am Rashomon vorbeiführt, hätte man annehmen können, daß außer dem Mann noch ein paar Marktweiber mit ihren Strohhüten oder einige Herren mit vornehmer Kopfbedeckung hier Schutz vor dem Regen gesucht hätten. Doch der Mann war allein. Der Grund dafür? In den letzten zwei, drei Jahren war ein Unglück nach dem anderen über die Hauptstadt hereingebrochen: Erdbeben, Wirbelstürme, Feuersbrünste, Hungersnöte. Die Stadt bot ein nie gesehenes Bild der Verwüstung. In alten Chroniken heißt es, daß Buddhastatuen und Tempelgerät zerschlagen und die mit rotem Lack überzogenen, mit Gold- und Silberfolie verzierten Hölzer an den Wegen gestapelt und als Brennmaterial feilgeboten wurden. Unter diesen Verhältnissen fand sich natürlich niemand, der sich die Pflege des Rashomon auch nur im geringsten hätte angelegen sein lassen. Füchse und anderes Getier machten sich das zunutze und suchten im Tor Unterschlupf. Auch Diebsgesindel hauste hier. Und schließlich wurde es sogar üblich, die Leichen, um die sich sonst niemand weiter kümmerte, einfach hierherzuschaffen.

So kam es, daß jedermann nur mit Unbehagen an diesen

5

Ort dachte und niemand gern den Schritt in die Nähe des Tores lenkte, sobald der Tag sich neigte.

Dafür fanden sich hier aber scharenweise die Krähen ein. Nicht zu zählen waren sie, wenn sie tagsüber ihre Kreise zogen und krächzend den Dachfirst umflogen. Wenn dann der Himmel über dem Tor im Abendrot erglühte, glichen sie ausgestreutem Sesamsamen. Sie kamen, um an den Leichen, die im Dach des Tores lagen, herumzuhacken. Heute jedoch, vielleicht weil es so spät war, ließ sich nicht eine Krähe blicken. Nur auf der stellenweise schon sehr verwitterten Treppe, in deren Rissen und Spalten langes Gras wuchs, leuchtete ihr Dreck wie helle Punkte.

Der Mann saß auf der obersten der sieben Steinstufen auf seinem verwaschenen blauen Überkleid. Er widmete seine ganze Aufmerksamkeit einem großen Geschwür auf seiner rechten Wange und starrte gedankenverloren in den strömenden Regen.

Wir sagten eingangs, daß der Mann auf das Ende des Regens wartete. Doch selbst wenn es nicht geregnet hätte, er hätte nicht gewußt, wohin er seine Schritte lenken sollte. In normalen Zeiten wäre er natürlich in das Haus seines Herrn zurückgekehrt. Indes, man hatte ihn vor ein paar Tagen aus dem Dienst entlassen. Wie schon erwähnt, war Kioto zu jener Zeit in einem noch nie gekannten Ausmaß zerstört und dem Verfall preisgegeben. Den Mann, der da von seinem Herrn, dem er lange Jahre gedient hatte, aus dem Hause gejagt worden war, hatte nichts als ein kleiner Ausläufer jener großen Woge allgemeinen Niedergangs erfaßt. Deshalb sollte man statt »der Mann wartete auf das Ende des Regens« wohl auch treffender sagen: »Der eingeregnete Diener hatte nirgends mehr ein Unterkommen und wußte sich keinen Rat mehr.« So war es wohl auch kaum allein der wolkenverhangene Himmel, der ihn traurig stimmte. Der Regen, der schon seit Stunden herniederströmte, schien nicht enden zu wollen. Während der herrenlose Diener gleichgültig lauschte, wie der Regen auf die Suzaku-Allee klatschte, fragte er sich immer wieder: Wovon soll ich morgen nur mein Leben fristen? Ist mein Schicksal denn unabwendbar?

Laut prasselnd zog der Regen von fern heran und hüllte das Rashomon ein. In der Abenddämmerung wirkte der Himmel noch niedriger. Das schräge Ziegeldach des Tores schien die schweren, tiefschwarzen Wolken zu stützen.

Viel Zeit, zu wählen zwischen dem, was er tun oder was er lassen sollte, blieb dem Mann nicht. Entschied er sich für den ehrenhaften Weg, dann hatte er nur die Wahl, wo er Hungers sterben wollte: an einer Mauer oder am Straßenrand. Man würde ihn schließlich in dieses Tor bringen und, einem Hunde gleich, in eine Ecke werfen. Wenn er ... Wie oft seine Gedanken auch diesem gewundenen Weg folgen mochten, immer lief das Ergebnis auf das gleiche hinaus. Das Wenn blieb stets dasselbe entscheidende Wenn. Ihm war klar, daß er im Grunde keine andere Wahl mehr hatte; aber er brachte nicht den Mut auf, sich einzugestehen, daß die einzige Möglichkeit, diesem schicksalsschweren Wenn zu entgehen, Raub war.

Er nieste einmal kräftig und erhob sich mühsam. Der Abend in Kioto war so kühl, daß man sich nach einem wärmenden Feuer sehnte. Ungehindert strich der Wind, der das nächtliche Dunkel herantrug, durch die Säulen des Tores. Auch das Heimchen, das auf einem der rotlackierten Pfeiler gesessen hatte, war verschwunden. Der Mann zog den blauen Umhang, den er über dem gelblichen Unterzeug trug, über die Schultern, reckte den Hals und sah sich im Tor um. Er war entschlossen, hier den Morgen abzuwarten, vorausgesetzt, daß er einen Platz zum Schlafen fände, wo er vor Wind und Regen geschützt und vor den Augen zufälliger Passanten verborgen wäre.

Glücklicherweise fiel sein Blick auf eine breite, rotlackierte Leiter, die in das Dachgeschoß des Tores führte. Selbst wenn er dort oben Menschen begegnete, würden es gewiß nur Tote sein. Er setzte die Füße, die in Strohsandalen steckten, auf die unterste Leitersprosse, ängstlich darauf bedacht, das Schwert, das an seiner Seite hing, nicht aus der Scheide gleiten zu lassen.

Nur wenige Augenblicke waren vergangen. Schon hatte er die breite Leiter zur Hälfte erstiegen, da schmiegte er sich plötzlich wie eine Katze nahe an die Sprossen, hielt den Atem an und spähte nach oben. Ein schwacher Lichtschein fiel aus dem Dachgeschoß auf die rechte Wange des Mannes, wo zwischen den Bartstoppeln das eitrige, entzündete rote Geschwür aufleuchtete. Von Anfang an hatte er fest damit gerechnet, hier oben nur Tote vorzufinden. Aber kaum war er weitere zwei, drei Stufen hinaufgeklettert, da sah er schon, daß irgend jemand nicht nur ein Licht angezündet hatte, sondern es sogar umherzutragen schien. Jedenfalls glaubte er aus dem tanzenden Widerschein des flackernden gelben Lichtes an der mit Spinnetzen behangenen Decke darauf schließen zu können. Gewiß war es kein gewöhnliches menschliches Wesen, das in dieser Regennacht hier im Rashomon ein Licht angezündet hatte!

Lautlos wie ein Gecko kroch er bis zur letzten Sprosse hinauf, schmiegte sich so eng wie möglich an die Leiter, streckte den Kopf, so weit wie er nur konnte, vor und spähte angsterfüllt in den Dachraum des Tores.

In der Tat hatte man, wie erzählt wurde, ohne viel Umstände eine Anzahl Leichen hier hergeworfen. Der Umkreis, den das Licht erhellte, war kleiner, als er anfangs angenommen hatte, und so konnte er nicht genau erkennen, wieviel Leichen eigentlich hier lagen. Doch er sah, wenn auch nicht deutlich, daß einige völlig nackt, andere dagegen in einen Kimono gehüllt waren. Es schienen sowohl Männer als auch Frauen zu sein. Wie sie mit weitgeöffnetem Mund, die Arme von sich gestreckt, in wirrem Durcheinander auf dem Fußboden lagen, glichen sie aus Lehm gekneteten Figuren, und man konnte anzweifeln, ob diese Menschen wirklich jemals gelebt hatten. Die für ewig Stummen schwiegen. Ein schwacher Schein des Feuers fiel ihnen auf Brust und Schultern, wodurch die Schatten auf den unteren Körperteilen noch dunkler wirkten.

Unwillkürlich griff sich der Mann an die Nase, denn der Verwesungsgestank war unerträglich. Aber schon im nächsten Augenblick vergaß die Hand, die Nase zuzuhalten. Ein Schreck hatte ihn plötzlich des Geruchssinnes beraubt.

Sein Blick war auf einen Menschen gefallen, der zwischen den Leichen kauerte: auf ein altes Weib, affenähnlich, klein, verhutzelt, weißhaarig, mit einem dunkelbraunen Kimono bekleidet. In der Rechten hielt es einen Kienspan, die Augen waren auf das Gesicht einer Leiche gerichtet, einer Frau, wenn man nach dem langen Haar urteilte.

Der Mann, von sechs Teilen Furcht und vier Teilen Neugier beherrscht, vergaß für einen Augenblick sogar zu atmen. Um mit den Worten des Verfassers einer alten Chronik zu sprechen: »Die Haare sträubten sich ihm an Kopf und Körper.«

Die Alte steckte den Kienspan zwischen die Dielen, nahm den Kopf der Leiche, die sie bis jetzt betrachtet hatte, in beide Hände und begann, wie eine Affenmutter, die ihr Junges laust, ihr die langen Haare einzeln auszureißen. Die schienen ganz leicht der Bewegung ihrer Hand zu folgen.

Mit jedem Haar, das das Weib ausriß, schwand die Furcht des Mannes. Statt dessen entflammte in seinem Herzen ein wilder Haß auf die Alte. Doch nein, »auf die Alte« ist vielleicht nicht ganz der richtige Ausdruck. Es war eher ein Abscheu gegen alles Böse und Schlechte, der sich von Minute zu Minute steigerte.

Wenn ihm in diesem Augenblick jemand von neuem die Frage vorgelegt hätte, die er sich vorhin unten im Tor selbst gestellt hatte, nämlich ob er verhungern oder sich entschließen wolle zu rauben – der Mann hätte jetzt wohl ohne Zögern den Hungertod gewählt. Wie das Feuer des Kienspans, den die Alte in eine Ritze gesteckt hatte, loderte der Haß in seinem Herzen.

Dabei wußte er noch nicht einmal, warum die Alte den Leichen die Haare ausriß. Folglich konnte er auch nicht sa-

9

gen, ob ihr Handeln aus Gründen der Vernunft als gut oder als böse bezeichnet werden mußte. Aber für ihn war es nun einmal ein unverzeihliches Verbrechen, in dieser Regennacht im Rashomon die Leichen ihrer Haare zu berauben. Natürlich dachte er nicht mehr daran, daß er vor wenigen Augenblicken noch selbst erwogen hatte, ein Dieb zu werden. Er nahm seine ganze Kraft zusammen und sprang mit einem Satz von der Leiter auf die Alte zu, die Hand am Knauf des Schwertes. Die Alte fuhr zusammen. Den Blick starr auf den Mann gerichtet, schnellte sie wie vom Katapult geschleudert hoch.

»Halt, wo willst du hin?« schrie er sie an. Er versperrte ihr den Weg, als sie über die Leichen davonstolperte und zu entkommen suchte. Sie stieß ihn zur Seite, aber er hielt sie fest. Eine Weile rangen die beiden wortlos miteinander. Über den Sieger gab es jedoch vom ersten Augenblick an keinen Zweifel. Schließlich packte er sie am Arm, drehte ihn herum und zwang sie zu Boden. Wie ein Hühnerbein, nur Haut und Knochen, war dieser Arm.

»Was machst du hier? Sprich! Wenn du den Mund nicht aufkriegst, helfe ich nach.«

Blitzschnell zog er sein Schwert aus der Scheide und schwang die blitzende Klinge vor den Augen der Niedergeworfenen. Aber die Alte schwieg. Ihre Hände zitterten. Sie rang nach Atem. Ihre Augen waren so weit aufgerissen, daß die Augäpfel aus den Höhlen zu quellen schienen, doch ihr Mund blieb hartnäckig verschlossen, als sei noch nie ein Wort über diese Lippen gekommen. Als er sie so vor sich sah, wurde er sich zum erstenmal in aller Deutlichkeit bewußt, daß das Leben der Alten jetzt völlig in seinen Händen lag, woraufhin sein lodernder Haß erlosch. Zurück blieb jenes angenehme Gefühl des Stolzes und der Zufriedenheit, das einen überkommt, wenn man ein Werk vollendet hat. Deshalb sagte er auch in einem etwas sanfteren Ton: »Ich bin kein Häscher der Polizei. Bin nur ein Wanderer. Mein Weg führte mich zufällig durch dieses Tor. Ich will dich nicht binden und verhaften, sondern nur wissen, was du hier oben treibst!«

Als sie diese Worte hörte, wurden ihre ohnehin schon weit aufgerissenen Augen noch größer. Ihre Lider waren gerötet, ihr Blick, der stechend war wie der eines Raubvogels, haftete auf seinem Gesicht. Dann bewegte sie die Lippen, die man inmitten all der Runzeln kaum von der Nase unterscheiden konnte, als kaue sie etwas. In ihrem dürren Hals hob und senkte sich der spitz hervortretende Adamsapfel. Schließlich drangen aus jenem Halse Laute, die in den Ohren des Mannes wie das Krächzen eines Raben klangen: »Ich zupfe das Haar aus! Ich zupfe das Haar aus! Will Perücken daraus machen!«

Der Mann war sehr enttäuscht, daß die Antwort so unerwartet gewöhnlich ausfiel. Mit dieser Enttäuschung schlich sich wieder der alte Haß in sein Herz ein, jetzt gepaart mit kalter Verachtung. Sein Gegenüber schien seine Gefühle zu erraten. Die langen Haare, die sie der Leiche geraubt hatte, noch in der Hand, erzählte die Alte mit flüsternder Stimme, die wie das Gequake einer Kröte klang, diese Geschichte: »Gewiß, es ist sicher sehr schlecht, den Leichen die Haare auszureißen. Aber die Toten hier haben es ja nicht anders verdient. Denn diese Frau zum Beispiel, der ich soeben die Haare ausriß, schnitt Schlangen in vier Zoll lange Stücke, trocknete sie und verhökerte sie dann bei den Soldaten als Dörrfisch. Sie täte es vermutlich noch, wenn sie nicht an der Seuche gestorben wäre. Wie es heißt, hat ihr Dörrfisch sogar gut geschmeckt. Die Soldaten haben es nie versäumt, ihn als Beikost zum Reis zu kaufen. Ich kann in dem, was diese Frau tat, nichts Schlechtes sehen. Hätte sie es nämlich nicht getan, wäre sie verhungert. Und darum seh ich in meinem Tun auch nichts Böses. Tät ich's nicht, müßte ich Hungers sterben. Diese Frau, die unsere auswegslose Lage gut kannte, wird mir verzeihn.«

Das war ungefähr der Sinn der Geschichte, die die Frau ihm erzählte.

Der Mann steckte sein Schwert in die Scheide, ließ aber die linke Hand auf dem Knauf liegen, als er sich ungerührt die Geschichte anhörte. Die rechte Hand war mit der Eiterblase auf der geröteten Wange beschäftigt. Doch während er zuhörte, wurde ein gewisser Mut in seinem Herzen geboren, der Mut, der ihm vorhin unten im Tor gefehlt hatte. Aber es war ein Mut, der gänzlich anders war als jener, den er glaubte aufbringen zu müssen, als er in das Dachgeschoß des Tores hinaufgestiegen war und die Alte ergriffen hatte. Es war jetzt keine Frage mehr für ihn, ob er verhungern oder rauben sollte. Der Gedanke, Hungers sterben zu wollen, war aus seinem Bewußtsein so gründlich verbannt, als hätte er ihn nie gedacht.

»Stimmt das wirklich?« fragte er spöttisch, als die Alte ihre Erzählung beendet hatte. Dann trat er einen Schritt vor, nahm plötzlich die Rechte von dem Geschwür auf der Wange, packte die Alte am Kragen und sagte mit beißender Ironie: »Dann wirst du es mir auch nicht verübeln, wenn ich dich jetzt beraube. Tu ich's nicht, muß ich verhungern.«

Im Handumdrehen riß er ihr den Kimono vom Leib und warf sie, als sie versuchte, sich an ihn zu klammern, mit aller Gewalt auf die Leichen. Nur fünf Schritte, und er war an der Leiter. Den geraubten dunkelbraunen Kimono unter dem Arm, stieg er eilig in die Tiefe der Nacht hinab.

Eine Weile später richtete die Alte, die wie tot zwischen den Leichen gelegen hatte, ihren nackten Körper wieder auf. Ächzend und stöhnend kroch sie im Schein des noch immer flackernden Feuers zur Leiter. Sie starrte hinunter, ihr kurzes weißes Haar fiel ihr ins Gesicht. Doch draußen war nichts als tiefschwarze Nacht, unheimlich und undurchdringlich. Von dem Mann fehlte jede Spur.

September 1915

Die Nase

Die Nase des Zenchi Naigu kannte ein jeder in Ike-no O. Sie war fünf, sechs Zoll lang und hing ihm von der Oberlippe bis über das Kinn hinab. Am Ansatz war sie so dick wie an der Spitze. Kurzum, es sah so aus, als baumelte dem Naigu eine schlanke Wurst mitten aus dem Gesicht.

Schon immer bereitete ihm diese Nase heimlichen Kummer, auch jetzt noch, da er die Fünfzig bereits überschritten hatte und vom einstigen Novizen zum Hofprediger aufgestiegen war. Natürlich ließ er sich nichts davon anmerken. Nicht nur, weil es einem Priester, dessen ganzes Tun und Trachten allein dem Reinen Land des Jenseits gelten sollte, schlecht angestanden hätte, sich seiner Nase wegen zu bekümmern, nein, es widerstrebte ihm einfach, zu zeigen, daß ihm die Sache so zu Herzen ging. Nichts fürchtete er mehr, als daß in einem Gespräch das Wort Nase fallen könnte.

Aus zwei Gründen verdroß ihn seine Nase. Der eine war, daß ihre Länge tatsächlich manche Unbequemlichkeit mit sich brachte. Vor allem beim Essen konnte er sich nie allein behelfen, denn ohne fremden Beistand wäre seine Nasenspitze unweigerlich auf das Essen in der Schüssel zu liegen gekommen. So mußte sich stets ein Klosterschüler ihm gegenüber setzen und ihm während der Mahlzeit mit einer zwei Fuß langen und einen Zoll breiten Latte die Nase hochhalten. Auf diese Weise zu essen war aber gar nicht leicht, weder für den Naigu, dem die Nase hochgehalten wurde, noch für den Schüler, der die Nase hochhielt. Einem

Klosterjungen, der einmal den Schüler vertrat, passierte es, daß er niesen mußte; dabei zitterte ihm die Hand, und die Nase des Naigu fiel in den Brei. Selbst in Kioto ging seinerzeit diese Geschichte von Mund zu Mund ... Jedoch war das noch nicht das Schlimmste; vielmehr litt der Naigu darunter, daß durch seine Nase sein Selbstbewußtsein Schaden nahm.

Die Leute in dem Städtchen Ike-no O sagten, der Zenchi Naigu könne sich glücklich preisen, kein gewöhnlicher Sterblicher zu sein. Damit meinten sie, daß jemand mit solch einer Nase wohl niemals eine Frau gefunden hätte. Einige behaupteten sogar, der Naigu habe allein wegen dieser Nase der Welt entsagt. Er selber jedoch fand, sein Priesterstand habe ihm nicht die geringste Linderung seines Kummers gebracht. Überdies war sein Persönlichkeitsempfinden so sehr beeinträchtigt, daß ihn nicht einmal etwas so Folgenschweres wie die Ehe in dieser oder jener Weise hätte beeinflussen können. So versuchte er denn mit allen erdenklichen Mitteln, sein gestörtes Selbstbewußtsein wieder aufzurichten.

Zunächst sann er auf Methoden, wie er bewirken könnte, daß seine lange Nase kürzer schiene, als sie in Wirklichkeit war. Wenn er niemanden in seiner Nähe wußte, hockte er sich vor den Spiegel und suchte angestrengt den vorteilhaftesten Blickwinkel. Aber er mochte den Kopf drehen und wenden, wie er wollte, es kam nichts dabei heraus; stützte er dann die Wangen auf oder legte die Finger an das Kinn, geschah es wohl mitunter, daß er geduldig sein Spiegelbild betrachtete. Doch nie hatte die Nase so kurz ausgesehen, wie er es sich wünschte. Manchmal kam es ihm sogar vor, als sähe sie eher länger aus, je mehr er sich abquälte. Und dann legte er den Spiegel weg und kehrte seufzend, als wäre dies eine neue Entdeckung, mit Widerwillen zu seinem Pult und zur Lektüre der Kannon-Sutra zurück.

Außerdem achtete der Naigu fortwährend auf die Nasen anderer. Nicht selten wurden in dem Tempelkloster von

Ike-no O Weihen und Konzilien abgehalten. Im Tempelbezirk reihte sich Zelle an Zelle, und im Baderaum bereiteten die Mönche täglich heißes Wasser. Es herrschte also ein ständiges Kommen und Gehen von Priestern und Laien jeden Standes. Mit Fleiß studierte Naigu die Gesichter dieser Leute. Denn er versprach sich viel für seinen Seelenfrieden, wenn es ihm gelänge, auch nur einen einzigen Menschen ausfindig zu machen, der solch eine Nase hatte wie er. Deshalb achtete er weder auf die tiefblauen, weitärmeligen Jagdgewänder noch auf die leichten weißen Kleider. Und die orangefarbenen Mützen und dunklen Priestergewänder waren ihm ohnehin derart vertraut, daß er sie gar nicht mehr wahrnahm. Der Naigu sah nicht die Menschen, nein, nur die Nasen. – Wohl tauchte dann und wann eine Hakennase auf. Doch nie bekam er eine Nase zu Gesicht, die seiner glich. Und je länger er vergeblich Ausschau hielt, desto mißvergnügter wurde er. Dieses Mißvergnügen machte es denn auch, daß er sich unwillkürlich an die Spitze seiner herabbaumelnden Nase griff und trotz seines Alters errötete, wenn er sich mit jemandem unterhielt.

Schließlich vermeinte er sogar, es würde ihn ein wenig trösten, fände er in den heiligen oder profanen Schriften eine Persönlichkeit mit einer Nase wie der seinen. Doch nirgends stand zu lesen, daß Mokuren oder Sharihotsu eine lange Nase hatten. Natürlich waren auch Ryuju und Memyo Heilige mit ganz gewöhnlichen Nasen. Als jemand bei einem Gespräch über China sagte, Liu Hsüan-de, der Kaiser von Schu-Han, habe lange Ohren gehabt, da dachte der Naigu bei sich, wie tröstlich er es wohl empfunden hätte, wenn es statt der Ohren die Nase gewesen wäre.

Selbstverständlich bemühte er sich, nicht nur auf diese Weise seinen Kummer zu lindern, sondern seine Nase auch tatsächlich zu verkürzen. Er hatte fast alles getan, was sich in dieser Hinsicht tun ließ. Einmal hatte er Schlangengurken abgekocht und gegessen, ein anderes Mal die Nase mit Rattenurin eingerieben. Aber was er auch immer unterneh-

15

men mochte, seine fünf, sechs Zoll lange Nase baumelte ihm wie eh und je über die Lippen herab.

Eines Herbstes nun begab sich der Klosterschüler im Auftrage des Naigu in die Hauptstadt. Dort erfuhr er von einem ihm bekannten Arzt, wie man lange Nasen kürzen könne. Dieser Arzt stammte aus China und war derzeit Priester in dem Tempel Choraku-ji.

Der Naigu kam jedoch absichtlich mit keinem Wort darauf zu sprechen, daß er das Verfahren sogleich versuchen wollte. Er gab sich wie immer den Anschein, als ließe ihn seine Nase völlig gleichgültig, und sagte nur leichthin zu dem Schüler, es tue ihm leid, daß er ihn zu jeder Mahlzeit belästigen müsse. Natürlich wartete er sehnlichst darauf, daß der Schüler ihm zuredete, die Behandlung auszuprobieren. Und wie hätte der Schüler ihn nicht durchschauen sollen! Allein wenn diesem auch solche List mißfiel, so überwog doch sein Mitleid für den Naigu, der in seinem Schamgefühl zu ihr Zuflucht nahm. So sprach denn der Schüler, wie der Naigu es erhofft hatte, mit beredter Zunge auf ihn ein, er möge es doch einmal versuchen, und am Ende konnte sich der Naigu, wiederum wie erhofft, dem eifrigen Zuraten gar nicht länger verschließen.

Das Verfahren war ganz einfach. Man brauchte die Nase nur in kochendheißes Wasser zu stecken und sie anschließend von jemandem kräftig mit den Füßen durchkneten zu lassen.

Heißes Wasser wurde im Badehaus des Tempelklosters täglich bereitet. Der Schüler ging sofort hinüber und holte einen Krug voll Wasser, so heiß, daß er nicht einmal einen Finger hineintauchen mochte. Hätte nun der Naigu ohne weiteres die Nase in den Krug gehalten, wäre zu befürchten gewesen, daß der aufsteigende Dampf sein Gesicht verbrühte. Deshalb wurde ein Tablett durchbohrt und auf den Krug gelegt, und durch das Loch steckte der Naigu dann seine Nase in das siedendheiße Wasser. Da nur die Nase darin hing, spürte er nicht den geringsten Schmerz. Nach einer Weile meinte der Klosterschüler: »Jetzt müßte sie schon gar sein.«

Der Naigu lächelte gezwungen. Denn er dachte, daß wohl niemand, der diese Worte hören würde, auf die Idee käme, es wäre von einer Nase die Rede. Wie von Flöhen gebissen, juckte ihm die Nase, während sie im heißen Wasser garte.

Nachdem der Naigu sie aus dem Loch herausgezogen hatte, begann der Klosterschüler, mit beiden Füßen auf ihr herumzutreten. Die noch dampfende Nase lag hingestreckt auf den Dielen, und neben ihr lag der Naigu auf der Seite und sah mit an, wie unmittelbar vor seinen Augen die Füße des Klosterschülers auf und nieder gingen. Der Klosterschüler blickte hin und wieder mitleidvoll auf den kahlen Kopf des Naigu herab und fragte: »Tut es auch nicht weh? Der Arzt hat mir gesagt, man muß kräftig zutreten. Aber tut es wirklich nicht weh?«

Der Naigu wollte den Kopf schütteln, um zu bedeuten, daß es ihm nicht weh tat. Da jedoch der Schüler auf seiner Nase stand, konnte der Naigu den Kopf nicht frei bewegen. Er richtete deshalb den Blick nach oben und antwortete, während er auf die schrundigen Fußsohlen des Schülers sah, in recht galligem Ton: »Es tut nicht weh!«

Tatsächlich war es nicht schmerzhaft, sondern eher angenehm, daß ihm der andere auf die juckende Nase trat.

Nach einer Weile überzog sie sich mit Puckelchen etwa von der Größe eines Hirsekorns. Dadurch bekam sie genau das gleiche Aussehen wie die Haut eines gerupften und am Spieß gebratenen Vogels. Als der Klosterschüler das gewahr wurde, hielt er mit dem Treten inne und sprach wie zu sich selber: »Ich soll es mit der Pinzette herausziehen, hat er gesagt.«

Darob schien der Naigu unzufrieden; denn er blies die Backen auf, wenn er auch schweigend alles hinnahm. Das heißt natürlich nicht, daß er den guten Willen des Klosterschülers nicht zu schätzen wußte. Das tat er ganz gewiß, und doch verdroß es ihn, daß seine Nase wie ein Gegenstand

17

vom Markt behandelt wurde. Mit der Miene eines Patienten, der den Eingriff eines Arztes, dem er nicht vertraut, über sich ergehen läßt, beobachtete der Naigu voller Mißvergnügen, wie ihm der Klosterschüler mit der Pinzette den Talg aus den Poren quetschte. Fast einen Zentimeter lang waren diese Klümpchen, die in ihrer Form dem Kiel einer Vogelfeder glichen.

Als der Klosterschüler endlich damit fertig war, schien er sehr erleichtert, und er sagte: »Jetzt noch einmal kurz ins heiße Wasser. Dann müßte es geschafft sein.«

Der Naigu blickte zwar noch immer unzufrieden mit gerunzelten Brauen drein, tat aber, was ihn der Klosterschüler hieß. Und siehe da, als er die Nase diesmal aus dem Wasser zog, war sie wahrhaftig kürzer geworden. Sie unterschied sich kaum noch von einer ganz gewöhnlichen Hakennase. Der Naigu fuhr sich mit der Hand unablässig über das Gesicht und schaute verlegen und etwas ängstlich in den Spiegel, den ihm der Klosterschüler hinhielt.

Seine Nase – seine bis über das Kinn herabhängende Nase war so zusammengeschrumpft, daß er es im ersten Augenblick gar nicht fassen konnte. Was da jetzt über seiner Oberlippe saß, war nicht mehr als ein kleiner Rest dieser Nase. Daß sie rot gefleckt war, rührte sicherlich von den Fußtritten her. Nun würde bestimmt niemand mehr über ihn lachen ... Das Gesicht des Naigu im Spiegel betrachtete das Gesicht des Naigu außerhalb des Spiegels und zwinkerte ihm zufrieden zu.

Dennoch war er den ganzen Tag lang voll Sorge, die Nase könnte von neuem wachsen. Deshalb, ob nun beim Essen oder gar beim Beten, berührte er immer wieder heimlich seine Nasenspitze. Doch sie hielt sich ganz manierlich über den Lippen, und es hatte nicht den Anschein, daß sie sich tiefer neigen wollte.

Nachdem der Naigu eine Nacht geschlafen hatte und früh am Morgen aufgewacht war, betastete er gleich seine Nase. Sie war so kurz wie am Tag zuvor. Daraufhin fühlte er sich

18

zum erstenmal nach vielen Jahren wieder so erlöst und frei wie damals, als er sich der Gnade Buddhas sicher wußte, da er die Lotos-Sutra in ihrer ganzen Länge abgeschrieben hatte.

Jedoch nach ein paar Tagen mußte er etwas entdecken, was er nicht erwartet hatte. Ein Samurai, der wegen irgendwelcher Angelegenheiten öfter in das Kloster kam, blickte jetzt spöttischer denn je drein, wenn er ihn sah, brachte kaum ein Wort über die Lippen und starrte fortwährend auf die Nase des Naigu. Als der Naigu dann einmal an dem Klosterjungen vorüberging, der seinerzeit die Nase hatte in den Brei fallen lassen, senkte dieser erst den Kopf und verbiß sich das Lachen; schließlich aber konnte er sich nicht mehr beherrschen und platzte heraus. Außerdem geschah es öfter als einmal, daß die dem Naigu unterstellten Priester, wenn er ihnen etwas auftrug, zwar ehrerbietig zuhörten, solange sie ihm von Angesicht zu Angesicht gegenüberstanden, aber zu kichern begannen, kaum daß er ihnen den Rücken gekehrt hatte.

Zunächst führte der Naigu alles auf die plötzliche Veränderung seines Aussehens zurück; aber damit allein ließ sich das Verhalten der anderen nicht vollständig erklären. Wohl war sie der Anlaß für das Lachen der Klosterjungen und der Priester. Und gelacht hatten sie auch, als seine Nase noch lang war. Doch dieses Lachen unterschied sich irgendwie von jenem. Gewiß, die ungewohnte kurze Nase mochte vorerst komischer wirken als die gewohnte lange. Das schien jedoch nicht das Eigentliche zu sein.

»Früher war das Lachen nicht so hämisch«, murmelte der Naigu manchmal vor sich hin, unterbrach die eben begonnene Lektüre der heiligen Schriften und neigte seinen Kahlkopf zur Seite. In solchen Momenten richtete der liebenswerte Naigu den Blick auf das neben ihm hängende Bildnis des Fugen, und während er es zerstreut betrachtete, dachte er an die erst vier, fünf Tage zurückliegende Zeit, da er noch eine lange Nase gehabt, und er versank in Schwermut »gleich jenem, der sich nach den guten alten Zeiten sehnt, weil er sich im Jetzt erniedrigt fühlt« ... Leider aber fehlte dem Naigu die Weisheit, eine Antwort auf seine Fragen zu finden.

... Im Herzen eines jeden ringen zwei Kräfte miteinander. Selbstverständlich haben wir Mitleid mit dem, den ein Unglück traf. Doch gelingt es jenem, auf irgendeine Weise sein Unglück zu überwinden, dann ist uns plötzlich, als fehlte uns nun etwas. Ein wenig übertrieben ausgedrückt, wäre es uns fast am liebsten, jener andere stürzte nochmals in das gleiche Unglück. Und unversehens, ohne unser Zutun, hegen wir auf einmal ein Gefühl der Feindschaft gegen ihn.

Was den Naigu so bekümmerte und was er selber nicht ergründen konnte, war also nichts weiter als der Egoismus aller Nichtbetroffenen, der zu ihm aus der Haltung der Priester und der Laien von Ike-no O sprach.

So wurde denn der Naigu von Tag zu Tag gereizter. Bösartig beschimpfte er jeden beim geringsten Anlaß. Schließlich sagte hinter seinem Rücken selbst der Klosterschüler, der ihm die Nase behandelt hatte: »Buddha wird den Naigu für seine Schroffheit schon noch strafen!«

Am meisten hatte jedoch der besagte vorwitzige Klosterjunge unter dem Zorn des Naigu zu leiden. Eines Tages kam der Naigu, weil er das jämmerliche Jaulen eines Hundes hörte, nichtsahnend aus seiner Zelle in den Hof. Da sah er, wie der Klosterjunge eine zwei Fuß lange Latte schwang und hinter einem langhaarigen, gescheckten mageren Hund herjagte. Aber nicht nur, daß er ihn jagte, er rief dazu noch ausgelassen: »Laß dir nicht eins auf die Nase geben! He, laß dir nicht eins auf die Nase geben!«

Der Naigu riß dem Jungen die Latte aus der Hand und schlug ihn damit kräftig ins Gesicht. Denn es war ausgerechnet jene, mit der man ehedem des Naigus Nase beim Essen hochgehalten hatte.

Allmählich begann der Naigu tatsächlich zu bedauern, daß er seine Nase hatte kürzen lassen.

Eines Nachts begab sich folgendes: Die Sonne war schon längst versunken, als sich offenbar plötzlich ein heftiger

Wind erhob, denn das Bimmeln der Windglöckchen an der Pagode wurde so laut, daß es der Naigu auf seinem Lager als störend empfand. Obendrein war es kalt. Deshalb konnte der immerhin schon recht bejahrte Naigu nicht zur Ruhe kommen, sosehr er sich auch mühte. Während er nun stocksteif in seinem Bett lag, verspürte er auf einmal ein seltsames Jucken an seiner Nase. Er betastete sie und fand, daß sie angeschwollen war, als wäre sie von der Wassersucht befallen. Außerdem fühlte sie sich fiebrig an.

»Durch das gewaltsame Kürzen ist sie vielleicht krank geworden«, murmelte der Naigu vor sich hin und umfaßte seine Nase so ehrfurchtsvoll, als handelte es sich um eine Opfergabe für den Buddhaaltar.

Am nächsten Morgen, der Naigu war zeitig wie immer erwacht, hatten die Ginkgo- und Kastanienbäume all ihre Blätter abgeworfen, und der Garten leuchtete, als wäre er mit Gold bedeckt. Vielleicht rührte das von dem Reif her, der jetzt auf den Dächern der Pagode lag. In der matten Morgensonne funkelten die neun Ringe an der Stange auf dem obersten Pagodendach. Tief atmend stand der Zenchi Naigu auf der Galerie, deren Jalousien schon aufgezogen waren. Und in diesem Augenblick verspürte er eine Empfindung wieder, die er hatte vergessen wollen.

Aufgeregt faßte er sich an die Nase. Und was er da mit seiner Hand berührte, war nicht die kurze Nase vom Abend vorher: Es war die alte Nase, die fünf, sechs Zoll lang von der Oberlippe bis über das Kinn herabhing. Jetzt begriff der Naigu, daß die Nase in dieser einen Nacht wieder ihre ursprüngliche Länge angenommen hatte. Und ihn überkam das gleiche Gefühl der Erleichterung wie in dem Augenblick, da ihm bewußt geworden, daß er eine kurze Nase hatte.

»Nun wird mich keiner mehr verlachen«, sprach der Naigu im Herzen zu sich selber. Und seine lange Nase schlenkerte im morgendlichen Herbstwind hin und her.

Januar 1916

Batatenbrei

Unsere Geschichte mag sich gegen Ende der Ära Gangyo
oder zu Beginn der Ära ·Ninna zugetragen haben. Die genaue Jahreszahl indessen spielt keine große Rolle. Wenn der
Leser weiß, daß der Hintergrund jene ferne Zeit der Fujiwara-Herrschaft ist, so genügt das ... Unter den Leuten, die
im Dienste des Regenten Mototsune aus dem Geschlecht
der Fujiwara standen, befand sich auch ein Mann im fünften
Hofrang. Mir wäre es zwar lieber, könnte ich, statt nur von
einem »Mann im fünften Hofrang« zu sprechen, den Namen
dieses Mannes nennen. Aber der ist in den alten Schriften
leider nicht vermerkt. Mag sein, dieser Mann galt für so gewöhnlich, daß man es überflüssig fand, uns seinen Namen
mitzuteilen. Offenbar hatten die Verfasser jener alten Schriften kein allzu großes Interesse an gewöhnlichen Menschen
und alltäglichen Begebenheiten. In dieser Hinsicht unterscheiden sie sich sehr von den japanischen Schriftstellern
der naturalistischen Schule. Die Erzähler der Fujiwara-Zeit
waren eben nicht solche Müßiggänger, wie manch einer
glauben möchte ...

Doch sei dem, wie es sei; unter den Leuten, die im Dienste des Regenten Mototsune aus dem Geschlecht der Fujiwara standen, befand sich ein Mann im fünften Rang. Er ist
der Held unserer Geschichte.

Dieser Mann im fünften Rang war gewiß alles andere als
eine stattliche Erscheinung. Vor allem war er sehr klein.
Dann hatte er eine rote Nase. Seine äußeren Augenwinkel

wiesen nach unten. Auch sein spärlicher Bart gereichte ihm nicht gerade zur Zierde. Und hohlwangig, wie er war, wirkte sein Kinn ungewöhnlich spitz. Seine Lippen – nein, es würde zu weit führen, mehr Einzelheiten zu beschreiben. Also, unser Mann im fünften Hofrang sah über alle Maßen ungepflegt und häßlich aus.

Wie und wann er in den Dienst des Regenten Mototsune kam, weiß keiner zu sagen. Nur so viel ist sicher, daß er damals schon seit undenklichen Zeiten in dem gleichen verschlissenen Gewand, mit der gleichen schlaffen Mütze auf dem Kopf unverdrossen stets den gleichen Dienst versah. Wohl deshalb konnte sich niemand so recht vorstellen, daß auch dieser Mann einmal jung gewesen sein mußte – jetzt war er schon hoch in den Vierzigern –, man hatte vielmehr den Eindruck, als hätte bereits bei seiner Geburt der Wind auf der Suzaku-Allee diese frostige rote Nase und diese kümmerlichen Bartsträhnen umweht. Jedenfalls hielt sich bei allen diese Vorstellung, angefangen vom Herrn, dem Regenten Mototsune aus dem Geschlecht der Fujiwara, bis hinab zum letzten Hütejungen – und keiner dachte sich viel dabei.

Wie ein Mann von solchem Äußeren von seiner Umgebung behandelt wurde, kann sich wahrscheinlich ein jeder denken. Die Leute im Samurai-Amt schenkten ihm kaum mehr Beachtung als einer Fliege. Selbst jene fast zwanzig Männer mit und ohne Rang, die ihm unterstanden, kümmerte sein Kommen und Gehen herzlich wenig. Sogar wenn er ihnen etwas aufzutragen hatte, unterhielten sie sich munter weiter. Er schien Luft für sie zu sein. Wenn das schon bei denen, die ihm unterstanden, so war, dann hatte es gleichsam die Gültigkeit eines Naturgesetzes, daß sich seine Vorgesetzten, ob nun der Hofmarschall oder die Leute des Samurai-Amtes, erst recht nicht mit ihm abgaben. Ihren geradezu kindlich-sinnlosen Groll auf den Mann im fünften Hofrang verbargen sie hinter einer Haltung völliger Gleichgültigkeit. Hatten sie ihm einen Auftrag zu erteilen, so ge-

23

schah das lediglich durch eine Handbewegung. Nun ist es aber nicht von ungefähr, daß der Mensch eine Sprache hat. Und so kam es denn hin und wieder vor, daß sie sich mit einer Handbewegung nicht ganz verständlich machen konnten. Sie schienen dann jedoch zu glauben, das läge ganz allein daran, daß es dem Mann im fünften Rang an Verstand ermangelte. Jedesmal wenn er nicht wußte, wie er ihre Handbewegung deuten sollte, musterten sie ihn von der Spitze seiner aus der Form geratenen Mütze bis hinab zu den Sohlen seiner abgetragenen Strohsandalen, verzogen spöttisch das Gesicht und ließen ihn am Ende einfach stehen. Doch niemals erboste sich der Mann im fünften Rang darüber. Er hatte keinen inneren Stolz und war von solchem Kleinmut, daß er Ungerechtigkeiten nie als ungerecht empfand.

Was nun die anderen Samurai im Hause des Regenten anging, so trieben sie erst recht ihr Spiel mit ihm. Wenn die älteren sich mit abgedroschenen Redensarten über das wenig rühmenswerte Äußere des Mannes im fünften Rang lustig machten, dann ergriffen auch die jüngeren die Gelegenheit, in spitzer Rede ihren Witz zu üben. Sie wurden es nicht müde, selbst in seiner Gegenwart über seine Nase, seinen Bart, über seine Mütze und über sein Gewand zu spotten. Aber dabei blieb es nicht. Häufig kam die Rede auch auf seine stülplippige Frau, von der er sich vor fünf, sechs Jahren getrennt hatte, und auf den trinkfesten Priester, mit dem sie ein Verhältnis gehabt hatte. Obendrein verfielen sie auf allerlei gemeine Streiche, die aufzuzählen schier unmöglich ist. Nur so viel sei gesagt, daß sie ihm einmal den Reiswein aus seiner Feldflasche austranken und danach in die Flasche urinierten. Ich denke, nun wird sich jeder selbst ein Bild davon machen können, welcherart diese Streiche im allgemeinen waren.

Jedoch der Mann im fünften Rang begegnete den Gemeinheiten der anderen mit Gleichmut. Zumindest mußte es dem Betrachter so scheinen. Man mochte über den Mann im fünften Rang herziehen und ihn beschimpfen – nicht einmal sein Gesicht verfärbte sich dann. Schweigend strich er seinen dünnen Bart und tat, was getan werden mußte. Nur wenn die anderen es gar zu arg trieben und ihm Papierstreifen in den Haarknoten knüpften oder Strohsandalen an die Scheide seines langen Schwertes banden, verzog er das Gesicht. Und man wußte nie, ob er weinte oder lachte, wenn er dann sagte: »Das geht doch nicht!«

Ein jeder, der dieses Gesicht sah und diese Stimme hörte, war im ersten Moment tief betroffen. Er, der rotnasige Mann im fünften Rang, war ja nicht der einzige, der unter den Bosheiten der Samurai zu leiden hatte. All die unbekannten, unzähligen Opfer aber liehen sich das Gesicht und die Stimme des Mannes im fünften Rang und hielten auf diese Weise den Samurai ihre Herzlosigkeit vor ... Dieses Gefühl der Betroffenheit, so vage es auch sein mochte, verspürte ein jeder. Doch nur bei sehr wenigen hielt es längere Zeit an. Unter den wenigen befand sich ein Samurai, der noch keinen Hofrang hatte. Er stammte aus dem Lande Tamba und war so jung, daß unter seiner Nase gerade erst ein weicher Bartflaum sproß. Natürlich hatte anfangs auch er wie alle anderen den rotnasigen Mann im fünften Rang ohne jeden Grund verachtet. Doch dann hörte er eines Tages bei irgendeinem Anlaß seine Stimme, als jener sagte: »Das geht doch nicht!« Und er kam nicht mehr davon los. Seither sah er den Mann im fünften Rang mit völlig anderen Augen. Weil nämlich auch aus dem eingefallenen, bleichen, etwas stumpfsinnigen Gesicht dieses Mannes im fünften Rang der Mensch hervorschaute, den das Bedrückende dieser Welt elend machte. Immer wenn von nun an der ranglose Samurai an den im fünften Rang dachte, war es ihm wie eine plötzliche Offenbarung alles Gemeinen dieser Welt. Doch zugleich war es ihm dann auch, als spendeten die frostig rote Nase und der kümmerliche Bart seinem eigenen Herzen ein ganz klein wenig Trost ...

Jedoch beschränkte sich dies nur auf den einen jungen

Samurai. Sah man von ihm ab, wurde der Mann im fünften Rang weiterhin verachtet und verhöhnt von aller Welt und mußte ein Leben führen wie ein Hund. Da war seine Kleidung, die kaum verdiente, noch so genannt zu werden. Wohl besaß er einen dunkelblauen Umhang und dazu ein weites Beinkleid von der gleichen Farbe, doch waren sie schon längst so ausgeblichen, daß aus dem Blau ein Grau geworden. Zudem waren die Polster an den Schultern des Umhangs verrutscht, und die Borte am Hals und die Zierkante vorn auf der Brust hatten eine unbestimmte Farbe angenommen. Und erst die Beinkleider! Sie waren am Saum gänzlich zerfranst. Wenn nun daraus die dünnen Beine unseres Mannes im fünften Rang hervorschauten – denn Unterkleider hatte er nicht an –, dann brauchte man nicht zu den lästermäuligen Samurai zu gehören, um den Anblick so erbärmlich zu finden wie den eines stelzbeinigen mageren Ochsen vor dem Wagen eines heruntergekommenen Aristokraten. Auch das lange Schwert, das er trug, war wahrhaftig alles andere als ein Prunkstück. Selbst von der schwarzen Scheide blätterte schon überall der Lack ab – von den armseligen Verzierungen am Griff ganz zu schweigen. Wen könnte es verwundern, daß sogar die Händler in den Straßen diesen Mann mit der roten Nase zum Narren hielten, wenn er in seinen abgetragenen Strohsandalen und mit seinem ohnehin schon krummen Rücken, den er unter dem kalten Himmel noch mehr krümmte, an ihnen vorbeischlurfte und dabei gierig nach links und nach rechts guckte. Es war ihm nicht nur einmal widerfahren …

Eines Tages, als er auf dem Weg vom Sanjobomon zum Shinsen-Palast war, sah er sechs, sieben Kinder am Straßenrand stehen. Er glaubte, sie spielten dort mit ihren Kreiseln. Als er ihnen dann aber über die Schultern blickte, sah er, daß sie einen irgendwo entlaufenen gefleckten Hund, dem sie einen Strick um den Hals gebunden hatten, verprügelten. Wohl empfand unser ach so kleinmütiger Mann im fünften Rang jetzt nicht zum erstenmal in seinem Leben Mitleid, aber da er allzu eingeschüchtert war durch seine Umgebung, hatte ihn sein Mitleid nie zum Handeln bewogen. Doch dieses Mal faßte er sich ein Herz, wahrscheinlich weil es Kinder waren, die er vor sich hatte. Er machte ein möglichst freundliches Gesicht, klopfte einem etwas größeren Jungen auf die Schulter und sagte: »Nun laßt es endlich genug sein! Auch einem Hund tun die Schläge weh.«

Daraufhin drehte sich der Junge um, schaute zu dem Mann im fünften Rang auf und musterte ihn verächtlich. Er blickte ihn fast genauso an wie der Vorsteher des Samurai-Amtes, wenn er, der Mann im fünften Rang, einen Auftrag nicht begriffen hatte. »Was geht dich das an!« sagte der Junge, trat einen Schritt zurück und stülpte hochmütig die Lippen auf.

»Du Rotnase! Rotnase!«

Dem Mann im fünften Rang war es bei diesen Worten, als hätte er einen Schlag ins Gesicht bekommen. Aber ihn kränkte nicht etwa die Frechheit des Jungen, nein, er ärgerte sich über sich selber, weil er unnötigerweise etwas gesagt und sich dadurch lächerlich gemacht hatte. Er verbarg seine Verlegenheit hinter einem gequälten Lächeln, entgegnete nichts und setzte seinen Weg zum Shinsen-Palast fort. Worauf die Kinder sich in einer Reihe hinstellten, ihm Gesichter schnitten und ihm die Zunge ausstreckten. Natürlich bemerkte er das nicht. Aber selbst wenn er es bemerkt hätte, was hätte das für den so wenig stolzen Mann im fünften Rang schon bedeutet ...

Nun sollte jedoch niemand glauben, daß der Held unserer Geschichte nur geboren worden war, um verachtet zu werden und bar jeden Wunsches sein Leben hinzubringen. Schon seit fünf, sechs Jahren spürte er ein mächtiges Verlangen nach Batatenbrei. Das ist ein Brei aus Bergbatatenknollen, die kleingeschnitten in dem süßen Saft der echten Hortensie gekocht werden. Zu jener Zeit zählte dieser Brei selbst auf dem Tisch des Souveräns zu den erlesensten Gerichten. Deshalb bekamen es Leute wie unser Mann im fünften Rang nur ganz selten vorgesetzt, und zwar höchstens einmal im Jahr, wenn nämlich der Regent am Tag nach Neujahr zum Festschmaus lud. Doch auch dann waren es nicht mehr als ein paar Häppchen, die gerade reichten, um auf den Geschmack zu kommen. So war es denn seit langem schon der sehnlichste Wunsch des Mannes im fünften Rang, sich einmal richtig satt zu essen an dem Brei. Selbstverständlich hatte er nie ein Sterbenswörtchen davon verlauten lassen. Ja, er selber war sich dessen gar nicht so bewußt, daß sich das Verlangen nach dem Brei gleichsam durch sein ganzes Leben zog. Und dennoch darf man ohne Übertreibung sagen, daß dies es war, wofür er lebte ... Menschen geben sich mitunter ganz einer Hoffnung hin, von der sie gar nicht wissen, ob sie jemals in Erfüllung geht. Wer über solche Einfalt lächelt, der ist am Ende nicht mehr als ein bloßer Zuschauer am Rande des Menschenlebens.

Indessen wurde der Traum des Mannes im fünften Rang vom »Sattessen an Batatenbrei« schneller Wirklichkeit als gedacht. Wie das geschah, das soll nun die Geschichte vom Batatenbrei erzählen.

Wieder einmal war ein Jahr vergangen, und der Regent Mototsune hatte wie immer am Tag nach Neujahr zum Festmahl geladen. Das Bankett in seinem Palast, zu dem sich der Adel vom Minister an abwärts einfand, unterschied sich nicht sehr von dem Fest, das am gleichen Tag im kaiserlichen Palast gegeben wurde. Auch der Mann im fünften Rang nahm mit den anderen Samurai an dem Festschmaus teil. Zu jener Zeit war es nämlich noch nicht Sitte, das Gefolge mit den Resten von dem Tisch der Herren abzuspeisen. Die Gefolgsleute versammelten sich in einem Saal, um dem Dargereichten wacker zuzusprechen. Es war ein großes Festmahl für jene längst vergangene Zeit, doch viele der Gerichte dünken einen heute nichts Besonderes. Da gab es gedämpfte oder auch in Öl gebackene Reismehlklöße, gedünstetes Seeohr, getrocknetes Vogelfleisch, Forellensetzlinge aus Uji, Karauschen aus Omi, gesalzene Meerbrassen, eingelegte Lachsinnereien, geröstete Seepolypen, Hummer, Mandarinen, Apfelsinen, Persimonen und vieles andere mehr – und natürlich auch Batatenbrei. Jedes Jahr freute sich der Mann im fünften Rang auf diesen Brei. Doch stets war die Schar der Gäste so groß, daß unser Mann nur ein kleines bißchen abbekam. In diesem Jahr nun blieb ihm ganz besonders wenig. Vielleicht war es reine Einbildung, aber ausgerechnet dieses Mal schmeckte ihm der Brei viel besser noch als sonst. Während er in die leere Schüssel starrte und sich die Reste des Breis mit der flachen Hand aus dem dünnen Bart wischte, sagte er wie zu sich selber: »Wann werd ich mich endlich mal daran satt essen können?«

»Der Herr meint, er habe vom Batatenbrei nicht genug bekommen!« rief jemand spöttisch lachend, noch bevor der Mann im fünften Rang seinen Satz beendet hatte. Die tiefe und würdevolle Stimme schien einem Kriegsmann zu gehören. Der Mann im fünften Rang hob seinen gebeugten Nakken und blickte zu jenem auf, der ihn angesprochen hatte. Er erkannte in ihm keinen Geringeren als Toshihito, den Sohn des Tokinaga Fujiwara, der unter dem Regenten Mototsune das Amt des obersten Steuereinnehmers innehatte. Toshihito, ein breitschultriger, stattlicher Mann, der alle überragte, sprach kräftig dem dunklen Reiswein zu, während er geröstete Maronen aß. Er schien schon reichlich angetrunken.

»Das tut mir aber leid«, fuhr Toshihito in einem Tonfall fort, in dem sich Bedauern mit Verachtung mischte, als der Mann im fünften Rang zu ihm aufsah. »So es Euch genehm ist, will ich, Toshihito, Euch gelegentlich mit Batatenbrei bewirten.«

Nun kommt einem ein ständig mißhandelter Hund auch nicht freudig entgegengesprungen, wenn man ihm mal ein Stückchen Fleisch hinhält. Der Mann im fünften Rang verzog das Gesicht, so daß man nicht wußte, weinte oder lachte er, und blickte abwechselnd in das Gesicht Toshihitos und in die leere Schüssel.

»Na, wollt Ihr?«

»...«

»Was ist?«

»...«

Der Mann im fünften Rang spürte, daß sich unterdessen die Blicke aller auf ihn richteten. Er wußte nur zu gut, daß es von seiner Antwort abhing, ob er sich jetzt den Spott der ganzen Gesellschaft zuzöge. Dann aber hatte er wieder das Gefühl, daß man ihn schließlich doch zum Narren halten würde, wie auch immer er antwortete. Deshalb zögerte er. Und er hätte wohl bis in alle Ewigkeit von seiner Schüssel zu Toshihito und von Toshihito in seine Schüssel geschaut, wenn dieser nicht, der Sache offenbar schon etwas überdrüssig, gesagt hätte: »Es liegt bei Euch. Ich werde Euch nicht länger bitten.«

Daraufhin beeilte sich der Mann im fünften Rang zu antworten: »Gewiß ... Ich nehme dankend an.«

Alle, die das hörten, brachen in ein schallendes Gelächter aus. »Gewiß ... Ich nehme dankend an«, äfften einige sogar den Mann im fünften Rang nach. Wie Meereswogen gingen die vielen Schlapp- und Spitzhüte bei jeder Lachsalve über den bunten Schüsseln und Schalen auf und nieder. Am lautesten und fröhlichsten von allen aber lachte Toshihito.

»Gut, ich werde von mir hören lassen.« Während er das sagte, verzog er das Gesicht. Er hatte sich nämlich an seinem eigenen Lachen und dem gerade hinuntergestürzten Reiswein verschluckt. »Also, es bleibt dabei?«

»Ich nehme dankend an.« Knallrot im Gesicht, wiederholte der Mann im fünften Rang seine Antwort. Und selbstverständlich lachte alles wieder. Toshihito, der seine Frage nur gestellt hatte, um noch einmal diesen Satz zu hören, brüllte vor Vergnügen, und seine breiten Schultern bebten, als fände er jetzt alles noch spaßiger. Dieser ungehobelte Mann aus dem Norden kannte nur zwei Dinge im Leben: Das eine war das Trinken, das andere war das Lachen.

Zum Glück aber standen die beiden ein paar Augenblicke

später nicht mehr im Mittelpunkt der Unterhaltung. Bei allem Spaß, den es gab, war es einigen vielleicht doch wider den Strich gegangen, daß die Aufmerksamkeit der Gesellschaft dem rotnasigen Mann im fünften Rang gegolten hatte. Jedenfalls amüsierte sich die ganze Runde, nachdem eine Weile über dies und das geplaudert worden war und Wein und Speisen schon zur Neige gingen, über die Geschichte eines gelehrten Samurai, der mit beiden Füßen in das eine Bein einer ledernen Reithose gefahren war und dann ein Pferd besteigen wollte. Allein der Mann im fünften Rang schien gar nicht hinzuhören, wahrscheinlich weil das Wort »Batatenbrei« seinen Kopf unumschränkt beherrschte. Selbst wenn ein gebratener Fasan auf dem Tisch vor ihm gestanden hätte, unser Mann hätte jetzt nicht zugelangt. Sogar einen Becher dunklen Reisweins hätte er verschmäht. Die Hände auf die Knie gelegt, starrte er, bis in die Spitzen seines schon leicht ergrauten Haars hinein aufgeregt wie ein junges Mädchen vor dem ersten Stelldichein, in die leere Schale aus schwarzem Lack und lächelte unschuldig vor sich hin.

Vier, fünf Tage später ritten an einem Vormittag zwei Männer mit verhaltenen Zügeln die Straße, die längs der Niederung des Kamo-Flusses nach Awataguchi führt. Der eine hatte einen vollen schwarzen Bart und langes Haar an den Schläfen; an seiner Seite hing ein gold- und silberbeschlagenes Schwert; bekleidet war er mit einer tiefblauen Jagdbluse und Pluderhosen von ebensolcher Farbe. Der andere, ein Samurai in den Vierzigern, trug einen schäbigen Umhang von verwaschenem Blau und darunter nur zwei dünne baumwollene Unterkleider, zusammengehalten von einem liederlich gebundenen Gürtel; in diesem Aufzug und mit seiner triefenden roten Nase gab er eine wirklich klägliche Gestalt ab. Jedoch die Pferde beider Männer, der eine ritt einen Fuchs, der andere einen dreijährigen Falben, waren beide von so edler Zucht, daß ihnen die Händler und auch die Samurai, die des Weges kamen, bewundernd nachblickten. Bemüht, mit den Pferden Schritt zu halten, folgten zwei Burschen, wohl der Knecht und der Waffenträger, den Reitern ... Daß die Männer zu Pferde Toshihito und der Mann im fünften Rang waren, bedarf wohl kaum noch der Erwähnung.

Zwar war es Winter, doch die Sonne schien am wolkenlosen Himmel, und kein Lüftchen regte sich, in dem der dürre Rainfarn am Rande des seichten Wassers zwischen dem weißlich schimmernden Ufergeröll sich hätte wiegen können. Niedrige Weiden säumten den Flußlauf. Weißglänzendes Sonnenlicht lag auf ihren kahlen Zweigen, und sogar die wippenden Schwänze der in den Wipfeln sitzenden Bachstelzen warfen Schatten auf die Straße. Was über dem dunklen Grün der Ostberge mächtig die bereiften Sammetschultern reckte, mußte der Berg Hiei-zan sein. Die beiden Männer ritten, ohne ihre Pferde anzutreiben, gemächlich in Richtung Awataguchi. Die Perlmutteinlagen der Sättel funkelten im gleißenden Schein der Sonne.

»Wohin geruht Ihr mich zu führen?« fragte der Mann im fünften Rang, der mit ungelenker Hand die Zügel hielt.

»Dort drüben hin. Es ist nicht so weit, wie Ihr vielleicht befürchtet.«

»Dann ist unser Ziel Awataguchi?«

»Ihr werdet schon sehen.«

Am Morgen, als Toshihito bei dem Mann im fünften Rang erschienen war, hatte er gesagt, an den Ostbergen gäbe es ein warmes Quellbad, dorthin gedenke er mit ihm zu reiten. Der rotnasige Mann im fünften Rang nahm das für bare Münze. Er hatte lange nicht gebadet, und deshalb juckte ihn der ganze Körper. Sich an Batatenbrei gütlich zu tun und obendrein noch in den Genuß eines Bades zu kommen, das ist mehr, als man an Glück erwarten durfte, so hatte unser Mann im fünften Rang gedacht und war auf den Falben gestiegen, den Toshihito hatte vorführen lassen. Nun aber, da sie Seite an Seite schon so weit geritten waren, schien diese Gegend gar nicht das Ziel Toshihitos zu sein.

Mittlerweile hatten sie Awataguchi erreicht.

»Ist dies nicht Awataguchi?«

»Gewiß. Doch geduldet Euch noch etwas.«

Toshihito schmunzelte, schien den Blick des anderen jedoch bewußt zu meiden und ritt ruhig weiter. Immer seltener wurden die Häuser zu beiden Seiten der Straße. Schon sah man auf den weiten winterlichen Feldern nur noch ein paar Krähen, die nach Futter suchten. Auf den Berghängen schimmerten Reste von Schnee. Obwohl die Sonne schien und die Zweige der Talgbäume in einen Himmel ragten, dessen Helligkeit den Augen weh tat, war es kühl.

»Dann soll es also bis nach Yamashina gehen?«

»Dies hier ist schon Yamashina. Aber wir wollen noch ein Stückchen weiter.«

Wahrhaftig, jetzt ritten sie bereits durch Yamashina. Auch das war es also nicht! Nachdem sie dann noch Sekiyama hinter sich gelassen hatten, langten sie kurz nach Mittag bei dem Tempel Miidera an. Mit einem Priester des Tempels war Toshihito eng befreundet. Diesen suchten sie auf, und er lud sie zum Mittagessen ein. Nach dem Essen bestiegen Toshihito und der Mann im fünften Rang wieder ihre Pferde und schlugen nun eine schnellere Gangart an. Auf der Straße, die jetzt vor ihnen lag, war weit und breit keine Menschenseele mehr zu sehen. Damals waren aber schlimme Zeiten, und Räuber trieben allerorts ihr Unwesen. Furchtsam krümmte der Mann im fünften Rang seinen ohnehin krummen Rücken, blickte zu Toshihito auf und fragte: »Ist es noch weit?«

Toshihito lächelte. Er lächelte, wie es Kinder tun, wenn man sie bei einem Streich ertappt. Er zog die Nase kraus, blinzelte und war sich offenbar nicht schlüssig, ob er lauthals lachen sollte oder nicht. Schließlich sagte er: »Wißt Ihr, meine Absicht ist es, Euch bis nach Tsuruga zu führen.«

Lachend hob er nun die Peitsche und wies damit auf den fernen Horizont. Weit unten schillerte der Biwa-See im Glanz der nachmittäglichen Sonne.

Der Mann im fünften Rang war bestürzt. »Tsuruga, sagt Ihr? Tsuruga in der Provinz Echizen? In der Provinz Echizen ...«

Zwar hatte er oft davon erzählen hören, daß Toshihito, seit er der Schwiegersohn des Arihito Fujiwara, eines Mannes aus Tsuruga, war, die meiste Zeit dort verbrachte. Doch nie hätte er gedacht, daß Toshihito die Absicht haben könnte, ihn bis nach Tsuruga zu führen. Vor allem, wie sollten sie, nur begleitet von zwei Leuten, heil nach Echizen gelangen, das jenseits vieler Berge und Bäche lag! Sprach man doch überall davon, daß erst unlängst Reisende von Räubern überfallen und getötet wurden ... Mit flehenden Blicken sah der Mann im fünften Rang Toshihito an.

»Um Himmels willen! Zuerst glaubte ich, wir wollten nur bis zum Ostberg reiten. Dann dachte ich, das Ziel sei Yamashina. Doch wir ritten weiter bis zum Tempel Miidera. Und nun heißt das Ziel gar Tsuruga in Echizen. Warum habt Ihr das nicht gleich gesagt? Ich hätte ein paar Leute mitgenommen ... Tsuruga! Um Himmels willen!« sprach der Mann mit leiser Stimme und weinte fast dabei. Hätte das Verlangen nach Batatenbrei nicht seinen Mut beflügelt, wäre er wahrscheinlich auf der Stelle allein nach Kioto zurückgekehrt.

»Ein Toshihito ist so gut wie tausend Mann! Ihr braucht Euch wirklich nicht zu fürchten.«

Als Toshihito sah, wie bestürzt der Mann im fünften Rang war, runzelte er die Brauen und lächelte spöttisch. Er rief den Waffenträger heran und ließ sich von ihm den Köcher und den schwarzlackierten Bogen geben. Den Köcher nahm er auf den Rücken; den Bogen hängte er an seinen Sattel, dann setzte er sich an die Spitze des kleinen Zuges. Von nun an blieb dem Mann im fünften Rang nichts anderes, als Toshihito blindlings zu folgen. Während er ängstlich seine Blicke über die verlassene Ebene schweifen ließ, betete er die Kannon-Sutra, soweit er sich an sie erinnerte, stumm vor sich hin. Die besagte rote Nase berührte fast den Sattel, und nur mit Mühe hielt sich der Mann im fünften Rang auf dem unsicher gehenden Pferd.

Weithin hallte das Hufgeklapper über die Ebene, die mit trockenem Schilfgras bedeckt war. In den Tümpeln hier und dort spiegelte sich kalt der blaue Himmel wider. Ob sich an diesem Wintertag nicht doch noch Eis auf ihnen bilden würde? Am Rand der Ebene zog sich dunkelviolett eine lange Hügelkette hin. Wohl weil kein Sonnenstrahl sie traf, leuchteten nicht einmal die Schneereste auf den Hängen. Doch selbst diese Hügelkette bekamen die beiden Leute, die den Reitern folgten, selten zu Gesicht, denn dichte Büschel dürren Bambusgrases versperrten ihnen meist den Blick.

Plötzlich wandte sich Toshihito nach dem Mann im fünften Rang um und rief ihm zu: »Seht! Dort kommt ein guter Bote. Ihn werden wir mit einer Nachricht nach Tsuruga schicken.«

Weil der Mann im fünften Rang nicht recht wußte, wie er das verstehen sollte, schaute er furchtsam in die Richtung, in die Toshihito mit dem Bogen wies. Doch nirgends sah er eine Menschenseele. Zwischen niedrigem, von wildem Wein und Efeu überwuchertem Gebüsch trottete gemächlich nur ein Fuchs dahin und ließ seinen Pelz von der nun schon tiefstehenden Sonne bescheinen. Auf einmal aber sprang er erschrocken in die Höhe und rannte spornstreichs davon. Denn Toshihito hatte plötzlich mit lautem Peitschenknall zu einem scharfen Galopp angesetzt. Der Mann im fünften Rang sprengte, sich selbst vergessend, hinter Toshihito drein. Natürlich bemühten sich auch der Knecht und der Waffenträger, nicht zurückzubleiben. Eine Weile zerriß das Klappern der Hufe auf dem steinigen Grund die Stille der weiten Ebene, bis Toshihito schließlich sein Pferd zum Stehen brachte. Da aber hing der Fuchs auch schon, fest an den Hinterläufen gepackt, mit dem Kopf nach unten neben Toshihitos Sattel. Als das Tier, in die Enge getrieben, nicht mehr weiter konnte, war Toshihito wohl über es hinweggeritten und hatte es ergriffen. Jetzt holte der Mann im fünften

Rang, sich hastig den Schweiß aus dem dünnen Bart wischend, Toshihito ein.

»Höre, Fuchs!« sagte Toshihito in würdevollem Ton und hielt dabei den Fuchs in Augenhöhe. »Laufe heute nacht nach Tsuruga zum Haus des Toshihito und überbringe diese Botschaft: ›Unerwartet befindet sich Toshihito mit einem Gast auf dem Weg nach Tsuruga. Er wünscht, daß man ihm einige Männer und zwei gesattelte Pferde bis nach Takashima entgegenschickt, wo er morgen gegen zehn Uhr eintreffen wird.‹ Daß du es mir nicht vergißt!«

Und Toshihito holte aus und schleuderte den Fuchs in weitem Bogen in das hohe Gras.

»Wie der laufen kann!« riefen die beiden Leute Toshihitos, die inzwischen die Reiter erreicht hatten, und klatschten in die Hände, während sie dem flüchtenden Fuchs nachblickten. Das Tier, dessen Rücken die Farbe herbstlichen Laubes hatte, rannte über Stock und Stein in der sinkenden Sonne davon. Doch den Männern schien es, als wäre ihnen der rotbraune Pelz noch immer zum Greifen nahe. Denn während der Jagd waren sie unversehens dort angelangt, wo die Ebene sanft anstieg, um dann in ein trockenes Flußbett abzufallen.

»Ein etwas sonderbarer Bote!« sagte der Mann im fünften Rang voll einfältiger Hochachtung und Bewunderung und blickte nun noch ehrfürchtiger zu dem urwüchsigen Krieger empor, der sogar einem Fuchs seinen Willen aufzwang. Der Mann im fünften Rang fand nicht die Zeit, darüber nachzudenken, welch breite Kluft zwischen ihm und Toshihito lag. Er spürte nur sehr deutlich, daß er sich in dem Maße freier fühlte, wie sich sein eigener Wille mehr und mehr dem des Toshihito unterwarf. Liebedienerei entsteht in solchen Augenblicken wahrscheinlich ganz von selbst. Sollte nun der Leser fürderhin in der Haltung des rotnasigen Mannes im fünften Rang Schmeichelei, Speichelleckerei oder ähnliches entdecken, so möge er nicht gleich an dem Charakter dieses Mannes zweifeln.

Der Fuchs, fortgeschleudert, rollte mehr den Uferhang hinunter, als daß er lief, übersprang geschickt die Felsbrocken in dem trockenen Flußbett und rannte, so schnell er konnte, am anderen Ufer schräg hinauf. Dabei blickte er sich um und sah den Samurai, der ihn mit bloßer Hand gefangen hatte, zusammen mit den andren Männern und den Pferden noch immer oben auf der fernen Bodenwelle stehen. Sie wirkten allerdings so klein wie die aufgereihten Finger einer Hand. Besonders scharf und deutlich hoben sich die beiden Pferde in den Strahlen der sinkenden Sonne vom frostig klaren Himmel ab. Der Fuchs drehte die Nase nach vorn und fegte wie der Wind durch das abgestorbene Bambusgras.

Die beiden Reiter erreichten mit ihrem kleinen Gefolge die Gegend von Takashima wie angekündigt am nächsten Morgen gegen zehn Uhr. Dort lag am Biwa-See ein kleiner Weiler. Ein paar verstreute schilfgedeckte Häuser duckten sich unter dem im Gegensatz zum Vortag dicht verhangenen Himmel. Zwischen den Kiefern am Ufer schimmerte grau wie ein Spiegel, den man zu putzen vergaß, die leicht gekräuselte Fläche des Sees ... Als sie dort ankamen, wandte Toshihito sich zu dem Mann im fünften Rang um und sagte: »Seht! Dort kommen meine Leute!«

Und wahrhaftig! Zwischen den Kiefern am See nahten in Eile zwanzig, dreißig Männer, manche beritten, manche zu Fuß, mit zwei gesattelten Pferden am Zaum. Die Ärmel ihrer Jagdgewänder flatterten im kalten Wind. Als sie herangekommen waren, sprangen die Berittenen behend aus den Sätteln, und das Fußvolk kniete am Wegrand nieder. So erwarteten sie voller Ehrfurcht Toshihito.

»Es scheint, der Fuchs überbrachte die Botschaft.«

»Von Natur aus hat der Fuchs die Gabe, seine Gestalt nach Belieben zu wandeln. Darum ist es ihm ein leichtes, sich eines solchen Auftrags zu entledigen.«

Während der Mann im fünften Rang und Toshihito so miteinander sprachen, waren sie dort angelangt, wo die Männer warteten.

»Habt Dank!« rief Toshihito.

Die Burschen, die am Wegrand knieten, sprangen auf, um die Pferde der beiden am Zaumzeug zu halten. Sogleich begann ringsum ein munteres Treiben.

»Gestern abend trug sich etwas Sonderbares zu«, sagte ein schon weißhaariger Gefolgsmann in einem braunen Seidengewand, der vor Toshihito hintrat, sobald dieser und der Mann im fünften Rang vom Pferd gestiegen waren und sich auf den vorsorglich ausgebreiteten Fellen niedergelassen hatten.

»Und was?« fragte Toshihito gebieterisch, während er nebenher den Mann im fünften Rang aufforderte, ebenfalls den von seinen Leuten mitgebrachten Speisen und Getränken zuzusprechen.

»So höret! Gestern abend, es war gegen acht, verlor die Herrin plötzlich die Besinnung. Nach einer Weile ließ sie sich wie folgt vernehmen: ›Ich bin der Fuchs von Sakamoto. Tretet näher und höret wohl, denn ich habe eine Botschaft des Herrn zu überbringen.‹ Als dann alle vor sie hingetreten waren, fuhr sie fort: ›Und dieses ist die Botschaft: Der Herr befindet sich unerwartet mit einem Gast auf dem Weg nach Tsuruga. Ein paar Leute sollen ihm mit zwei gesattelten Pferden nach Takashima entgegenkommen, wo er morgen gegen zehn Uhr eintreffen wird!‹«

»Das ist wirklich sonderbar«, äußerte der Mann im fünften Rang und blickte ein wenig wichtigtuerisch von einem zum andern, als wollte er den beiden Männern zu Gefallen sein.

»Aber das ist noch nicht alles. Vor Furcht am ganzen Körper zitternd, fügte sie hinzu: ›Daß Ihr Euch nicht verspätet! Denn wenn Ihr Euch verspätet, wird mich der Herr bestrafen.‹ Und sie weinte unaufhörlich.«

»Und weiter?«

»Danach fiel sie in einen tiefen Schlaf. Als wir aufbrachen, war sie noch immer nicht erwacht.«

»Was sagt Ihr nun?« fragte Toshihito, nachdem der Vasall

geendet hatte, triumphierend den Mann im fünften Rang. »Selbst Tiere wie dieser wilde Fuchs dienen mir.«

Der Mann im fünften Rang kratzte sich die rote Nase, senkte leicht den Kopf und sagte dann, sein Erstaunen wohl absichtlich etwas übertreibend: »Ich kann nicht umhin, Euch zu bewundern.«

Reisweintropfen hingen jetzt in seinem Bart.

Es war in der Nacht, die jenem Tage folgte. Der Mann im fünften Rang lag in seinem Zimmer im Hause Toshihitos und fand keinen Schlaf. Unwillkürlich wanderte sein Blick immer wieder zu der brennenden Laterne. Die Kiefernwälder, die Bäche und die winterlichen Ebenen, die er mit Toshihito und dessen Leuten unter fröhlichem Geplauder durchquert hatte, bis sie am Abend hier angekommen waren, das Gras, die Blätter, die Steine, der Geruch qualmender Feldfeuer – all das zog nacheinander nun noch einmal an dem Mann im fünften Rang vorüber. Und die Erleichterung, die er empfunden hatte, als sie im Dunst der Abenddämmerung endlich das Anwesen Toshihitos erreichten und den roten Schimmer des Holzkohlenfeuers in den langen Kohlebecken sahen – auch sie schien ihm jetzt, da er hier lag, wie etwas aus längst vergangenen Tagen. Behaglich streckte er die Beine unter der dickgefütterten gelben Schlafdecke aus und ließ seine Blicke gedankenverloren an sich hinuntergleiten.

Er hatte zwei wattierte gelblichweiße Nachtgewänder, die ihm Toshihito gegeben, übereinandergezogen. Sie allein waren schon so warm, daß man ins Schwitzen kam. Außerdem tat auch der beim Abendessen getrunkene Reiswein seine Wirkung. Und obwohl sich gleich hinter den Bambusvorhängen, neben denen sein Bett bereitet war, ein froststarrer Garten weithin dehnte, spürte der Mann im fünften Rang nicht die geringste Kälte. Welch ein himmelweiter Unterschied war das doch zu seinen eigenen Räumlichkeiten in der Haupstadt Kioto. Und trotz alledem wurde er im innersten

Herzen nicht recht froh. Denn auf der einen Seite verging die Zeit ihm viel zu langsam, auf der anderen aber sehnte er den Anbruch des Morgens und damit den süßen Brei aus Bergbataten gar nicht so rasch herbei. Zu diesen beiden entgegengesetzten Gefühlen, die miteinander um die Vorherrschaft rangen, kam noch die Beklommenheit, in die ihn die fremde Umgebung versetzte und die ihn gleichsam wie das Wetter innerlich erschauern machte. All das bedrückte ihn, und deshalb fand er trotz der wohligen Wärme so schnell keinen Schlaf.

Dann hörte er auf einmal ein lautes Rufen draußen in dem großen Garten. Die Stimme klang wie die des weißhaarigen Gefolgsmannes, der ihnen ein Stück entgegengekommen war. Offenbar hatte er etwas zu verkünden. Ehrfurchtgebietend hallte die schneidende Stimme in der frostigen Luft wider, und unserem Mann im fünften Rang war es, als dränge ihm jedes einzelne Wort wie ein eiskalter Windstoß bis ins Mark.

»Ein jeder, ob alt, ob jung, wird hiermit aufgefordert, nach dem Willen unseres Herrn bis morgen früh sechs Uhr je eine Batatenknolle von drei Zoll Dicke und fünf Fuß Länge herbeizubringen. Bis sechs Uhr. Vergeßt es nicht!«

Nachdem dieses einige Male wiederholt worden war, verstummte jeglicher Laut, und augenblicklich herrschte ringsum wieder die Stille der Winternacht. Unterbrochen wurde sie nur durch das Glucksen des Öls in der Lampe, deren flackernder Schein wie rote Watte aussah. Der Mann im fünften Rang unterdrückte ein Gähnen und gab sich wieder seinen zusammenhanglosen Grübeleien hin ... Bestimmt war der Befehl ergangen, weil aus all den Batatenknollen Brei gekocht werden sollte. Bei diesem Gedanken beschlich ihn von neuem das Gefühl der Unsicherheit, das er für einen Augenblick vergessen hatte, da seine Sinne ganz auf die Vorgänge draußen gerichtet gewesen. Und dieses Gefühl bedrückte ihn jetzt noch stärker als zuvor; denn wie zum Hohn gewann der Wunsch, nicht gar so rasch den Batatenbrei zu erlangen, immer mehr die Oberhand. Mußte einem doch, wenn sich die Hoffnung allzu leicht erfüllte, das jahrelange Harren in Geduld mit einemmal wie verlorene Mühe erscheinen. Konnte denn nicht plötzlich etwas geschehen, was verhinderte, daß er jetzt und hier zu dem Batatenbrei käme? Dann bliebe ihm der Wunsch danach und die Hoffnung, es würde sich ein andermal die Gelegenheit für ihn ergeben, sich satt zu essen an Batatenbrei. Und so müßte es immer weitergehen ... Dieser Gedanke drehte sich in seinem Kopf wie ein Kreisel, und darüber schlief der Mann im fünften Rang, erschöpft von dem langen Ritt, schließlich ein.

Am nächsten Morgen, als er erwachte, fiel ihm sogleich der Befehl Toshihitos ein, den der Vasall am späten Abend im Garten ausgerufen hatte. Und das erste, was er tat, war die Bambusvorhänge öffnen. Allem Anschein nach hatte er die Zeit verschlafen. Die sechste Morgenstunde jedenfalls schien schon vorbei zu sein. Auf vier, fünf langen Matten, die im Garten ausgebreitet waren, türmte sich zu hohen Haufen, die fast bis an das schräge bastgedeckte Vordach reichten, etwas, das wie Rundhölzer aussah. Der Mann im fünften Rang schaute genauer hin. Und wahrhaftig! Es waren alles unglaublich große Bergbatatenknollen von drei Zoll Dicke und fünf Zoll Länge!

Der Mann im fünften Rang rieb sich die Augen und blickte weniger erstaunt als vielmehr bestürzt in die Runde. In dem weitläufigen Garten hingen an mehreren Stellen zwischen offenbar frisch eingerammten Pfählen fünf, sechs riesengroße Kessel, um die herum sich zwanzig, dreißig oder auch noch mehr weißgekleidete junge Mädchen zu schaffen machten. Die einen fachten Feuer an, andere kratzten Asche weg, und wieder andere schütteten Kübel von Hortensiensaft in die Kessel. Alle waren mit den Vorbereitungen für den Batatenbrei so beschäftigt, daß sie keine Zeit fanden aufzublicken. Der Qualm, der unter den Kesseln hervorkroch, der Dampf, der aus ihnen aufstieg, und der Morgennebel, der sich noch nicht überall verflüchtigt hatte, wurden eins und schwebten als grauer Dunst, in dem man kaum Einzelheiten ausmachen konnte, über dem ganzen Garten. Deutlich zu erkennen war lediglich das Rot der unter den Kesseln züngelnden Flammen. Und was einem an die Ohren drang, das hörte sich an wie der Lärm einer Schlacht oder einer Feuersbrunst.

Der Mann im fünften Rang dachte an die riesenhaften Bergbatatenknollen, aus denen in den riesenhaften Kesseln nun Brei bereitet werden würde. Und er dachte an die lange Reise von Kioto bis nach Tsuruga in Echizen, eigens unternommen, um diesen Brei zu essen. Ihm wurde immer elender zumute, je mehr er darüber nachsann. Der gewiß Mitleid erheischende Heißhunger auf Batatenbrei war ihm unterdessen fast vergangen.

Eine Stunde später setzte sich der Mann im fünften Hofrang zusammen mit Toshihito und dessen Schwiegervater Arihito zum Frühstück nieder. Eine silberne Kufe, die an die zwanzig Liter fassen mochte, stand vor ihm, gefüllt bis an den Rand mit Batatenbrei.

Der Mann im fünften Rang hatte zuvor beobachtet, wie zahlreiche junge Männer die Batatenknollen mit langen Küchenmessern geschickt und emsig kleingeschnitten hatten. Er hatte auch gesehen, wie junge Mädchen hin- und hergelaufen waren, um immer wieder von neuem Batatenscheiben in die Kessel zu schütten. Und schließlich hatte er mit angesehen, wie dann, als nicht eine einzige Knolle mehr auf den langen Matten lag, Schwaden von Dampf, in die sich der Geruch von Bataten und von Hortensiensaft mischte, aus den Kesseln tänzelnd in den klaren Morgenhimmel aufgestiegen waren. Daß der Mann im fünften Rang, nachdem sich dieses vor seinen Augen zugetragen, satt sein mußte, noch bevor er überhaupt von dem Batatenbrei gegessen hatte, der in dem mächtigen Gefäß nun vor ihm stand, das war ganz natürlich. Den Brei vor sich auf dem Tisch, wischte sich der Mann im fünften Rang beklommen den Schweiß von der Stirn.

»Ich hörte, Ihr habt Euch nie an Batatenbrei satt essen
können. So langt denn tüchtig zu!« forderte ihn Arihito, der
Schwiegervater Toshihitos, auf und befahl den Burschen, die
ihnen aufwarteten, noch ein paar der silbernen Kufen auf
den Tisch zu stellen. Jedes der Gefäße war randvoll mit Batatenbrei gefüllt. Der Mann im fünften Rang schloß die
Augen, und während sich seine rote Nase noch mehr rötete,
leerte er mit Widerwillen die große irdene Schüssel, die die
Hälfte von dem Inhalt einer Silberkufe faßte.

»Wie mein Vater sagte, langt bitte tüchtig zu«, sagte Toshihito von der Seite her, wies auf das noch halbvolle Gefäß
und lachte hämisch. Der Mann im fünften Rang war in arger
Not. Eine Schüssel voll von dem Brei zu essen, hatte er sich
vorgenommen. Schon dabei hatte er sich sehr gequält. Noch
mehr aber würde er nicht schaffen. Doch er wollte die Gastgeber auf keinen Fall beleidigen. So schloß er wiederum die
Augen und aß noch ein Drittel von der im Gefäß verbliebe-
nen Hälfte. Nun aber vermochte er kein Häppchen mehr
hinunterzubringen.

»Ergebensten Dank. Ich habe wirklich reichlich zugelangt ... Nein, nein, ich danke vielmals«, stotterte der Mann
im fünften Rang verwirrt. Man sah ihm an, welche Pein er
litt. Schweiß stand ihm im Bart und auf der Nasenspitze,
man mochte gar nicht glauben, daß tiefer Winter war.

»Ihr könnt doch noch nicht satt sein. Unser Gast scheint
sich zu zieren. Nun füllt ihm endlich nach!« befahl Arihito.
Der Diener schickte sich an, von neuem aus der Silberkufe
Brei in die irdene Schüssel zu füllen. Abwehrend hob der
Mann im fünften Rang beide Hände und bat inständig um
Vergebung.

»Nein, bitte, ich habe schon reichlich ... Ich bitte vielmals um Verzeihung, aber ich bin wirklich satt.«

Hätte Toshihito in diesem Augenblick nicht plötzlich auf
das Haus gegenüber gezeigt und gerufen: »Seht nur, dort!«,
dann hätte Arihito wohl den Gast noch länger genötigt.
Doch zum Glück für den Mann im fünften Rang starrten

nun alle wie gebannt auf das Haus, dessen bastgedecktes Dach die Strahlen der Morgensonne trafen. Auf dem Dach saß ein Tier. Sein Fell schimmerte im gleißenden Licht. Tatsächlich! Das war der Fuchs von Sakamoto, den Toshihito gestern auf der Heide mit der Hand gefangen hatte.

»Auch der Fuchs scheint Appetit auf Batatenbrei zu haben. He, ihr Burschen, gebt ihm davon zu fressen!«

Der Befehl Toshihitos wurde auf der Stelle ausgeführt. Der Fuchs sprang vom Dach herab und ließ sich im Garten den süßen Brei aus Bergbataten schmecken.

Der Mann im fünften Rang schaute zu, wie der Fuchs den Brei aufschleckte, und dachte an sich selber, dachte ein bißchen wehmütig an den Mann, den die meisten Samurai verhöhnten, an den, den sogar die Gassenjungen mit »Rotnase! Rotnase!« beschimpften, dachte an den, der zum Erbarmen einsam im ausgeblichenen Überkleid und in zerfransten Pluderhosen die Suzaku-Allee dahintrottete wie ein herrenloser Hund. Aber der, an den er dachte, war auch jener, der glücklich gewesen mit dem geheimen heißen Wunsch, sich einmal an Batatenbrei richtig satt zu essen … Er spürte, da es Gewißheit wurde, daß er keinen Batatenbrei mehr zu essen brauchte, wie von seiner Nasenspitze her der Schweiß, der sein Gesicht bedeckte, allmählich trocknete. Wohl schien die Sonne am wolkenlosen Himmel, doch wehte an diesem Morgen in Tsuruga ein schneidend kalter Wind. Der Mann im fünften Rang griff sich hastig an die Nase, und im gleichen Augenblick nieste er die silberne Kufe kräftig an.

August 1916

Der Affe

Wir waren gerade von großer Fahrt zurückgekehrt, und meine Zeit als Hangyoku, so nannte man auf den Kriegsschiffen die Kadetten, nahm nun ihr Ende. Es war am dritten Tag, nachdem die A., auf der ich fuhr, im Hafen von Yokosuka eingelaufen war, wohl gegen drei Uhr nachmittags, als mit sehr viel Nachdruck das Kommando »Landurlauber angetreten!« gepfiffen wurde. Wir nahmen an, die Steuerbordwache sei an der Reihe, und glaubten auch, daß alle bereits angetreten wären. Doch plötzlich ertönte das Signal »Alle Mann an Deck!«. Das kam wirklich nicht jeden Tag vor. Völlig im unklaren über die Situation, stiegen wir die Niedergänge hinauf und fragten einander: »Was ist denn bloß los?«

Als die Besatzung angetreten war, sagte der Erste Offizier sinngemäß etwa folgendes: »Kürzlich sind auf unserem Schiff einige bestohlen worden. Erst gestern, als der Uhrmacher aus der Stadt an Bord war, sind zwei silberne Uhren verschwunden. Deshalb findet sofort eine Leibesvisitation und eine Durchsuchung des persönlichen Eigentums aller Mannschaften statt ...« Von der Sache mit dem Uhrmacher hörten wir zum erstenmal. Daß einige bestohlen worden waren, wußten wir bereits. Einem Maat und zwei Matrosen hatte man das ganze Geld entwendet.

Da Leibesvisitation befohlen war, mußten sich alle splitternackt ausziehen, was allerdings nicht so schlimm war, weil glücklicherweise die Oktobersonne warm auf die im Hafen schwimmenden roten Bojen schien und es überhaupt noch recht sommerlich war. Peinlich war nur, daß bei den Burschen, die sich an Land amüsieren wollten, französische Bilder zum Vorschein kamen. Und welch eine Aufregung herrschte erst, als Präservative ans Tageslicht gefördert wurden. Die Burschen liefen rot an und wanden sich, aber es war eben nichts mehr zu machen. Ein paar wurden von den Offizieren sogar geohrfeigt.

Die Besatzung war sechshundert Mann stark. Jeden zu durchsuchen dauerte natürlich seine Zeit. Die sechshundert nackten Seeleute, die das ganze Deck einnahmen, boten einen merkwürdigen Anblick. Die Männer mit den schwarzen Händen und Gesichtern gehörten zum Maschinenpersonal. Sie standen unter dem Verdacht, die Diebstähle begangen zu haben. Deshalb setzten sie eine furchtbar drohende Miene auf, sagten: »Wenn schon Leibesvisitation, dann aber gründlich!« und banden sogar den Lendenschurz ab.

Während auf dem Oberdeck alles von der Aufregung ergriffen wurde, begann im Zwischen- und Unterdeck die Durchsuchung des persönlichen Eigentums. Vor den Niedergängen hatten Kadetten Posten bezogen, so daß keiner von den Mannschaften nach unten gelangen konnte. Ich selber gehörte ausgerechnet zu denen, die den Befehl erhalten hatten, das Zwischen- und Unterdeck zu durchsuchen. Zusammen mit anderen Kadetten durchwühlte ich die Seesäcke und Kisten der Matrosen. Ich erlebte so etwas erstmalig auf diesem Schiff. In allen Winkeln herumzusuchen und tief in den Ecken, wo die Seesäcke verstaut waren, das Oberste zuunterst und das Unterste zuoberst zu kehren war scheußlicher, als ich mir vorgestellt hatte. Endlich entdeckte Makita, Kadett wie ich, das Diebesgut. Sowohl die Uhren als auch das Geld lagen in der Mützenschachtel des Signalgastes Narashima. Außerdem fanden sich noch einige Messer mit Perlmuttgriff an, die der Steward schon vermißt hatte.

Nach dem Kommando »Weggetreten!« hieß es sofort: »Signalgasten angetreten!« Die übrigen Mannschaften freuten sich, besonders glücklich aber war das Maschinenpersonal, denn es hatte ja schließlich als erstes unter Verdacht gestanden. Doch unter den angetretenen Signalgasten fehlte Narashima.

Ich war noch zu unerfahren, um zu wissen, daß auf Kriegsschiffen selbst dann, wenn das Diebesgut aufgefunden ist, die Täter häufig unauffindbar bleiben. Mit anderen Worten: Sie begehen Selbstmord. Acht oder neun von zehn erhängen sich im Kohlenbunker. Ins Wasser springt kaum einer. Wie man mir erzählte, soll es auf unserem Schiff auch vorgekommen sein, daß sich einer mit dem Messer den Bauch aufgeschlitzt hat. Er wurde aber entdeckt, bevor er verblutete, und so konnte er noch gerettet werden.

Da es also bereits solch einen Fall an Bord gegeben hatte, erschraken selbst die Offiziere, als kein Narashima zu sehen war. Besonders deutlich erinnere ich mich, wie unruhig der Erste Offizier wurde. Im letzten Krieg soll er sich durch große Tapferkeit ausgezeichnet haben, aber als er jetzt mit bleichem, sorgenvollem Gesicht dastand, wirkte er geradezu lächerlich. Wir schauten uns an, und die Verachtung, die in unseren Blicken lag, sollte besagen: Uns predigt er dauernd, wir müßten uns beherrschen, und nun ist er selber maßlos bestürzt.

Auf Befehl des Ersten Offiziers wurde sofort das ganze Schiff durchsucht. Nicht nur mich packte dabei eine Art freudiger Erregung. Uns erfüllte genau das Gefühl, mit dem das Volk in den Gassen zu einem Brand rennt. Wenn sich ein Polizist auf Verbrecherjagd begibt, mag ihm unter Umständen nicht gerade wohl zumute sein, weil er ja nicht weiß, wieweit der andere sich zur Wehr setzt, doch auf einem Kriegsschiff ist jeder Widerstand so gut wie ausgeschlossen. Nirgends ist die Trennung zwischen hoch und niedrig, zwischen uns und den Mannschaften so scharf und streng wie dort, so daß jemand, der nicht bei der Marine gedient und sie nicht selbst kennengelernt hat, sich einfach keine Vorstellung davon machen kann. Für uns war das ein

47

außerordentlich großer Vorteil. Geradezu mit Feuereifer rannte ich die Niedergänge hinunter.

Unter denen, die mit mir nach unten eilten, war auch Makita. In einer Art, als fände er die ganze Sache über alle Maßen interessant, schlug er mir von hinten auf die Schulter und sagte: »Mann, das erinnert mich an die Affenjagd von damals.«

»So schlimm wird's wohl nicht werden, denn unser Affe heute ist nicht so schlau und flink.«

»Unterschätze ihn bloß nicht, sonst geht er uns noch durch die Lappen.«

»Na, und wennschon, Affe bleibt Affe!«

So machten wir unsere Witze, als wir uns unter Deck begaben.

Den Affen, von dem die Rede war, hatte unser Artillerieoffizier in Brisbane, als wir auf unserer großen Fahrt Australien berührt hatten, geschenkt bekommen. Zwei Tage, bevor wir in Wilhelmshaven einliefen, wurde alles an Bord in helle Aufregung versetzt, denn der Affe hatte die Uhr des Kommandanten gestohlen und war damit verschwunden. Da uns die lange Fahrt mittlerweile ein wenig eintönig geworden war, durchstöberten wir im Drillichzeug, der Artillerieoffizier an der Spitze, mit viel Hallo das ganze Schiff von den Maschinenräumen bis hinauf zu den Geschütztürmen. Hinzu kam noch, daß sich eine ganze Menge Tiere an Bord befanden, die der eine oder andere gekauft oder geschenkt bekommen hatte. Als wir nun umherrannten, packten uns Hunde am Bein, Pelikane begannen zu schreien. Sittiche flatterten aufgeregt in ihren Käfigen, die an Seilen hingen. Es war, als sei ein Brand in den Stallungen eines Zirkus ausgebrochen. Inzwischen war der Affe, niemand wußte wo und wie, auf das Oberdeck gelangt. Die Uhr in der Hand, schickte er sich an, den Mast hinaufzuklettern. Doch dort oben arbeiteten gerade zwei oder drei Matrosen, die ihn natürlich nicht entkommen ließen. Einer von ihnen packte den Affen im Genick und fing ihn ohne Schwierigkeiten mit bloßen Händen. Da lediglich das Uhrglas zerbrochen war, verlief die Sache recht glimpflich. Der Artillerieoffizier schlug vor, der Affe solle zur Strafe zwei Tage lang nichts zu fressen bekommen; aber, es war wirklich zum Lachen, ausgerechnet der Artillerieoffizier hob noch vor Ablauf der Frist die Strafe auf und gab dem Affen Mohrrüben und Kartoffeln. »Er ist zwar bloß ein Affe, aber er machte einen so niedergeschlagenen Eindruck, daß er mir leid tat«, sagte er.

Obwohl die beiden Vorfälle im Grunde genommen herzlich wenig miteinander zu tun hatten, waren wir doch, als wir Narashima suchten, in einer ganz ähnlichen Stimmung wie damals, als wir Jagd auf den Affen machten.

Ich erreichte das Unterdeck als erster. Wie Sie vielleicht wissen, ist es dort unangenehm düster. Hier und dort schimmerten polierte Messingteile und lackierte Eisenplatten. Ich konnte mich eines eigentümlichen, beklemmenden Gefühls nicht erwehren. Kaum war ich in dem Halbdunkel zwei, drei Schritte in Richtung Kohlenbunker gegangen, da sah ich, daß aus der Ladeluke des Kohlenbunkers der Oberkörper eines Mannes herausragte. Vor Schreck hätte ich beinahe aufgeschrien. Die Beine voran, versuchte der Mann gerade, sich durch die enge Luke zu zwängen. Eine Mütze verdeckte sein Gesicht, das ich ohnehin nicht hätte erkennen können, denn in dem Dämmerlicht war selbst der Oberkörper nur ein dunkler Schatten. Doch instinktiv sagte ich mir: Das ist Narashima. Stimmte es, dann war er also dabei, in den Kohlenbunker zu klettern, um Selbstmord zu begehen.

Eine sonderbare Erregung überkam mich, ein nicht mit Worten zu beschreibendes Prickeln, als wäre mein Blut in Wallung geraten. Vielleicht ergeht es einem Jäger ähnlich, wenn er, das Gewehr im Anschlag, plötzlich das Wild auf sich zukommen sieht. Meiner Sinne kaum noch mächtig, sprang ich zu dem Mann hin. Flinker als ein Jagdhund packte ich ihn an den Schultern.

»Narashima!« Meine Stimme, die frei war von jedem Ton des Vorwurfs oder Tadels, überschlug sich ganz eigenartig und zitterte. Daß es sich tatsächlich um den Dieb Narashima handelte, braucht wohl nicht mehr gesagt zu werden.

Narashima, der bis zur Hüfte in der Luke steckte, sah mich ruhig an und versuchte auch nicht, meine Hände abzuschütteln. Nein, es genügt nicht, einfach »ruhig« zu sagen. Er mühte sich mit allen Kräften, und so war es eher eine erzwungene Ruhe, eine hilflose, machtlose, sich ins Unvermeidliche schickende Ruhe, wie sie einer halbzerbrochenen Rahe innewohnt, die mit ihren letzten schwachen Kräften in die ursprüngliche Lage zurückzukehren sucht, wenn der Sturm sich gelegt hat. Da ich auf keinen Widerstand stieß, mit dem ich doch insgeheim gerechnet hatte, fühlte ich mich auf einmal unzufrieden. Als ich schweigend in das zu mir aufschauende »ruhige« Gesicht blickte, packte mich die Wut. Nie wieder habe ich solch ein Gesicht gesehen. Selbst ein Teufel wäre in Tränen ausgebrochen, hätte er in dieses geschaut. Trotz allem werden Sie, die Sie dieses Gesicht nicht gesehen haben, sich keine Vorstellung davon machen können. Ich vermag Ihnen von den in Tränen schwimmenden Augen zu erzählen. Auch das krampfhafte Zucken in den Mundwinkeln können Sie sich vielleicht noch vorstellen. Selbst sein schweißnasses, bleiches Gesicht zu beschreiben wäre ein leichtes, würde es sich nur darum handeln. Aber nicht einmal ein Dichter könnte mit Worten den Ausdruck des Entsetzens wiedergeben, der aus all diesen Einzelerscheinungen entstand. Das behaupte ich mit ruhigem Gewissen sogar vor Ihnen, der Sie Novellen schreiben. Ich spürte, daß dieser Ausdruck wie ein Blitz in meinem Herzen etwas zertrümmerte. Als ich das Gesicht des Signalgastes sah, bekam ich einen Schock.

»Was machst du hier?« fragte ich unwillkürlich. Und dieses Du klang mir sogleich, als hätte ich mich selber damit gemeint. Wenn man mich gefragt hätte: Was machst du hier?, was hätte ich darauf wohl antworten können? Vielleicht: Ich will diesen Mann als Verbrecher entlarven?

Wer hätte es über sich gebracht, ruhigen Herzens solch

50

eine Antwort zu geben? Wer hätte in dieses Gesicht sehen und so etwas sagen können? Jetzt, da ich Ihnen das erzähle, scheint es, daß das alles einige Zeit gedauert hätte. Tatsächlich aber überkamen mich diese Gewissensbisse in Bruchteilen von Sekunden. Und gleichzeitig drangen zwar schwach, aber doch deutlich die Worte an mein Ohr: »Ich schäme mich!«

Für Sie mag es vielleicht so klingen, als hätte mein eigenes Herz das zu mir selbst gesagt. Ich spürte nur, daß diese Worte meine Nerven peinigten wie Nadelstiche. Und in der Tat, am liebsten hätte ich damals meinen Kopf vor etwas Mächtigerem, als wir es sind, gebeugt und zusammen mit Narashima gesagt: »Ich schäme mich!« Ich nahm die Hände von seinen Schultern und stand gedankenverloren vor dem Kohlenbunker, als wäre ich der Dieb, den man gefaßt hat.

Was weiter geschah, werden Sie sich gewiß vorstellen können, ohne daß ich Ihnen davon erzähle. Narashima wurde in die Arrestzelle gesperrt und am nächsten Tag in das Marinegefängnis von Uraga eingeliefert. Ich spreche nicht gern darüber, aber dort läßt man die Häftlinge oft »Granaten transportieren«, das heißt, man zwingt sie, etwa zwanzig Kilo schwere Granaten immer wieder zwischen zwei einige Meter voneinander entfernten Gestellen hin und her zu schleppen. Spricht man von Qualen, so ist für die Häftlinge wohl keine größer als der »Granatentransport«. Läßt man eine nutzlose Arbeit – wie Wasser von einem Eimer in einen zweiten, vom zweiten wieder in den ersten schütten – nur oft genug wiederholen, dann begeht der Strafgefangene mit Sicherheit Selbstmord, so schreibt, glaube ich, Dostojewski in seinem Buch »Aufzeichnungen aus einem Totenhause«, das Sie mir einmal geliehen haben. Und genau das tun die Häftlinge in Uraga. Daß sie nicht Selbstmord begehen, ist fast ein Wunder. Dorthin, nach Uraga, brachte man ihn, den Signalgast, den ich gefaßt hatte. Den sommersprossigen, kleinen, weichherzigen, stillen Mann ...

Als ich am Abend jenes Tages mit den anderen Kadetten

an der Reling lehnte und über den in der Dämmerung versinkenden Hafen blickte, trat Makita neben mich und sagte scherzhaft: »Das ist dein Verdienst, daß der Affe lebend gefangen wurde.« Sicherlich glaubte er, ich sei insgeheim stolz darauf.

»Narashima ist ein Mensch und kein Affe«, entgegnete ich barsch und trat von der Reling zurück. Wahrscheinlich wunderten sich die anderen sehr, denn schließlich waren Makita und ich seit der Zeit, da wir gemeinsam die Marineschule besucht hatten, eng miteinander befreundet. Wir hatten uns noch nie gestritten.

Während ich auf dem Oberdeck vom Achterschiff zum Bug ging, rief ich mir mit heißem Herzen die Bestürzung des Ersten Offiziers, der um Narashimas Leben gebangt hatte, in die Erinnerung zurück. Als wir nach dem Signalgast wie nach einem Affen jagten, war der Erste Offizier der einzige gewesen, der menschlich gefühlt hatte. Und wir in unserer unsagbaren Dummheit hatten ihn deshalb verachtet. Mich überkam ein seltsam peinliches Gefühl, und ich senkte den Kopf. Ich ging auf dem dunklen Oberdeck zwischen Heck und Vorschiff hin und her und bemühte mich, so leise wie möglich aufzutreten, denn mir war, als würde ich mich schuldig machen, wenn Narashima in seiner Zelle laute, energische Schritte hörte.

Narashima soll die Diebstähle wegen eines Mädchens begangen haben. Zu welcher Strafe er verurteilt wurde, weiß ich nicht. Auf jeden Fall wird er wenigstens einige Monate an jenem düsteren Ort zugebracht haben; denn einem Affen erläßt man die Strafe, einem Menschen aber nicht.

August 1916

Das Taschentuch

Kinzo Hasegawa, Professor an der Juristischen Fakultät der Kaiserlichen Universität zu Tokio, saß in einem Korbsessel auf der Veranda seines Hauses und las Strindbergs »Dramaturgie«.

Das Spezialgebiet des Professors waren Untersuchungen zur Kolonialpolitik. Deshalb wird es den Leser vielleicht etwas überraschen, daß sich der Professor ausgerechnet mit Strindbergs »Dramaturgie« beschäftigte. Doch Professor Hasegawa war nicht nur ein Wissenschaftler, sondern auch ein Pädagoge von Ruf, und darum warf er, soweit es ihm seine Zeit erlaubte, stets einen Blick in jene Bücher, die in irgendeiner Beziehung zum Fühlen und Denken seiner Studenten standen, selbst wenn es Arbeiten waren, die mit seinen Spezialstudien gar nichts zu tun hatten. So hatte er sich denn erst kürzlich der Mühe unterzogen, Oscar Wildes »De Profundis« und »Intentionen« zu studieren, nur weil die Schüler eines College, das er neben seinem Lehrstuhl leitete, diese Bücher voller Begeisterung lasen. Bei einer solchen Einstellung des Professors kann es also nicht verwundern, daß das Buch, in welches er sich gerade vertieft hatte, die moderne europäische Dramatik und Schauspielkunst behandelte. Kam doch hinzu, daß einige der Studenten, die unter seiner Obhut standen, Aufsätze über Ibsen und Strindberg oder über Maeterlinck verfaßten und daß es sogar einige Enthusiasten unter ihnen gab, die in die Fußstapfen dieser neueren Dramatiker treten und das Dramenschreiben zu ihrer Lebensaufgabe machen wollten. Hatte der Professor ein Kapitel zu Ende gelesen, so legte er jedesmal das Buch mit dem gelben Einband in den Schoß und blickte eine Weile gedankenverloren auf die Gifu-Laterne, die auf der Veranda hing. Es war eigenartig – kaum löste er die Hand von dem Buch, entfernten sich seine Gedanken auch schon von Strindberg. Statt dessen mußte er an seine Frau denken, mit der zusammen er diese Laterne gekauft hatte. Der Professor hatte während seiner Studien in Amerika geheiratet. Seine Frau war eine Amerikanerin. Aber sie liebte Japan und die Japaner nicht weniger als er selber. Besonders angetan hatten es ihr die zierlichen Arbeiten des japanischen Kunsthandwerks. Deshalb entsprach es wohl weniger dem Geschmack des Professors als vielmehr der Vorliebe seiner Frau für alles Japanische, daß auf der Veranda eine Gifu-Laterne hing.

Wenn der Professor das Buch für eine Weile aus der Hand legte, dachte er also über seine Frau, über die Gifu-Laterne und über die durch diese Laterne repräsentierte japanische Kultur nach. Er war der Auffassung, daß die japanische Kultur, soweit es ihre materielle Seite betraf, in den letzten fünfzig Jahren bemerkenswerte Fortschritte gemacht hatte. Aber was ihre geistige Seite anlangte, so verdiente kaum etwas die Bezeichnung Fortschritt. Im Gegenteil, in dieser Hinsicht befand sie sich eher auf dem Wege des Verfalls. Daher hielt er es für die dringlichste Aufgabe der zeitgenössischen Denker, darüber nachzusinnen, wie diesem Verfall entgegenzuwirken wäre. Er selber war zu dem Schluß gekommen, daß dies nur mit Hilfe des den Japanern eigenen Bushido geschehen könnte. Man durfte den Bushido, den »Geist des Ritters«, nicht für die borniete Moral eines Inselvolkes halten. Er beinhaltete vielmehr manches, was sich mit dem christlichen Geist der Länder Europas und Amerikas deckte. Wenn es gelänge, die Geistesströmungen in Japan in die Richtung des Bushido zu lenken, dann wäre das nicht nur ein Beitrag zur geistigen Kultur Japans. Es hätte darüber hinaus den Vorteil einer leichteren Verständigung zwischen den Völkern Amerikas und Europas einerseits sowie dem japanischen Volk andererseits. Und es würde sicherlich auch dem Frieden in der Welt dienlich sein ... Der Professor träumte seit langem davon, in diesem Sinne so etwas wie eine Brücke zwischen Orient und Okzident zu werden. Es war ihm deshalb keineswegs unangenehm, daß seine Gedanken um seine Frau, die Gifu-Laterne und die japanische Kultur, die sich in der Gifu-Laterne repräsentierte, kreisten und als eine harmonische Einheit in sein Bewußtsein drangen.

Nachdem er sich wiederholt diesem befriedigenden Gefühl hingegeben hatte, spürte er jedoch, daß sich selbst beim Lesen seine Gedanken weiter und weiter von Strindberg entfernten. Er schüttelte ein wenig ärgerlich den Kopf und konzentrierte sich wieder auf die kleinen Druckbuchstaben. An der Stelle, wo er jetzt zu lesen anfing, stand: »Wenn ein Schauspieler eine bestimmte Ausdrucksweise für ein ganz gewöhnliches Gefühl gefunden hat und damit Erfolg erringt, dann neigt er leicht dazu, sich auf diese Darstellungsweise, gleichgültig ob sie den jeweiligen Umständen angemessen ist oder nicht, festzulegen, einmal weil es bequem ist und zum anderen weil er damit Erfolg gehabt hat. Das aber ist Manierismus ...«

Der Professor hatte eigentlich wenig Beziehungen zur Kunst und zum Theater schon gar keine. Selbst ins Kabuki-Theater war er so selten gegangen, daß er es an den Fingern einer Hand hätte herzählen können ... Einmal kam in einer Novelle, die einer seiner Studenten geschrieben hatte, der Name Baiko vor. Und dieser Name sagte dem Professor nichts, der sich sonst einer großen Belesenheit und eines guten Gedächtnisses rühmte. So rief er bei der nächstbesten Gelegenheit den Studenten zu sich und fragte ihn: »Sagen Sie, wer ist Baiko?«

»Baiko ...? Baiko ist ein Schauspieler, der zur Zeit am Kaiserlichen Theater in Marunouchi engagiert ist und dort die Rolle der Misao im ›Taikoki Judamme‹ spielt«, antwortete der sehr gut angezogene Student in artigem Ton ... Wie gesagt, der Professor hatte keinerlei Beziehungen zum Theater und darum auch keine eigene Meinung zu den verschiedenen Darstellungsweisen, die Strindberg kurz und bündig abhandelte. Nur insoweit ihn das Geschriebene an die Theateraufführungen erinnerte, die er als Student in Europa gesehen hatte, vermochte es ihn ein wenig zu interessieren. Doch bot sich dabei ein Vergleich mit seinem Englischlehrer in der Mittelschulzeit an, der die Dramen Bernard Shaws nur gelesen hatte, weil er Redewendungen suchte. Aber Interesse bleibt Interesse, gleichgültig welche Gründe es hat.

Von der Decke der Veranda hing die Gifu-Laterne herab; sie brannte noch nicht. Und Professor Kinzo Hasegawa saß in einem Korbsessel und las Strindbergs »Dramaturgie«. Dieses dürfte dem Leser genügen, um zu entnehmen, daß es der Nachmittag eines jener langen Frühsommertage war. Doch soll mit alldem nun nicht gesagt sein, daß der Professor an Langeweile litt. Wer es so deuten wollte, würde das Gefühl, aus dem heraus ich schreibe, in geradezu schamloser Weise mißdeuten ... Nun aber mußte der Professor sogar mitten in seinem Strindberg aufhören. Denn das Mädchen war hereingekommen und hatte einen Gast gemeldet. Vorbei war es mit dem unschuldigen Vergnügen des Professors. So ein schöner langer Tag – aber die Welt schien dem Professor keine Ruhe gönnen zu wollen ...

Er legte das Buch beiseite und warf einen Blick auf die Visitenkarte, die ihm das Mädchen gegeben hatte. Auf dem steifen Papier stand in kleinen Lettern der Name Atsuko Nishiyama. Offenbar gehörte diese Frau nicht zu den Leuten, denen er schon einmal begegnet war. Sicherheitshalber aber ging der Professor, der einen großen Bekanntenkreis hatte, noch einmal alle Namen in seinem Gedächtnis durch, während er sich vom Sessel erhob. Doch er fand niemanden, den er mit diesem Namen in Verbindung bringen konnte. Schließlich steckte er die Visitenkarte als Lesezeichen in das

Buch und legte es in den Korbsessel. Innerlich etwas unruhig, schob er seinen leichten seidenen Kimono zurecht und blickte dabei noch einmal flüchtig auf die Gifu-Laterne direkt vor seiner Nase. Es pflegt wohl immer in solchen Fällen so zu sein, daß der Besuchte, der den Besucher warten läßt, ungeduldiger ist als der Besucher, der warten muß. Da es sich um den stets auf Sitte und Anstand bedachten Professor Hasegawa handelt, braucht nicht sonderlich betont zu werden, daß es jedenfalls ihm immer so erging und nicht nur jetzt, wo er eine ihm unbekannte Besucherin erwartete.

Als er den richtigen Moment für gekommen hielt, öffnete er die Tür zum Empfangszimmer. Fast in demselben Augenblick, da er das Zimmer betrat und den Türknopf losließ, erhob sich eine dem Aussehen nach etwa vierzigjährige Frau von ihrem Stuhl. Sie trug einen graublauen Kimono von einer Eleganz, die das Urteilsvermögen des Professors überstieg, und ihr Überwurf aus schwarzer Seidengaze stand vorn gerade so weit offen, daß eine rautenförmige Gürtelschnalle aus Jade sichtbar war. Das Haar trug sie, und das bemerkte selbst der Professor, der sonst gegen solche Dinge völlig gleichgültig war, nach Art verheirateter Frauen aufgesteckt. Das typisch japanische runde bernsteinfarbene Gesicht wirkte klug und mütterlich. Schon auf den ersten Blick war dem Professor, als sähe er dieses Gesicht jetzt nicht zum erstenmal.

»Mein Name ist Hasegawa«, sagte der Professor und begrüßte die Dame nicht allzu förmlich. Denn er hoffte, dann würde sie es von sich aus erwähnen, falls sie einander schon einmal begegnet sein sollten.

»Ich bin die Mutter von Kenichiro Nishiyama«, gab die Dame mit klarer Stimme zurück und erwiderte höflich seinen Gruß.

Als er den Namen hörte, erinnerte sich der Professor sofort. Kenichiro Nishiyama war einer jener Schüler gewesen, die Aufsätze über Ibsen und Strindberg schrieben. Wenn sich der Professor nicht täuschte, dann hatte der junge Mann als Hauptfach deutsches Recht gewählt, und auch als er schon an der Universität studierte, war er noch oft mit seinen Problemen zu dem Professor gekommen. Im Frühjahr dieses Jahres war er an einer Bauchfellentzündung erkrankt und in die Universitätsklinik eingeliefert worden, wo ihn der Professor ein- oder zweimal besucht hatte. Daß er das Gesicht dieser Frau schon gesehen zu haben glaubte, kam also keineswegs von ungefähr. Der lebhafte junge Mann mit den dichten Augenbrauen und diese Dame glichen sich, wie man zu sagen pflegt, wie ein Ei dem anderen.

»Hm, Sie sind also Nishiyamas Mutter ...«

Der Professor nickte und wies dabei auf einen Stuhl auf der anderen Seite des Tischchens.

»Bitte. Nehmen Sie Platz!«

Nachdem sich die Dame für ihr unangemeldetes Erscheinen entschuldigt und nochmals tief verbeugt hatte, setzte sie sich auf den ihr angebotenen Stuhl. Bei der Gelegenheit nahm sie etwas Weißes, wohl ein Taschentuch, aus der Ärmeltasche ihres Kimonos. Als der Professor das sah, bedeutete er ihr zuvorkommend, daß sie sich doch des Fächers, der auf dem Tisch lag, bedienen möge. Unterdessen hatte er ihr gegenüber Platz genommen.

»Sie haben ein hübsches Heim.«

Die Dame sah sich ein wenig gezwungen im Zimmer um.

»Ach, wissen Sie, es ist viel zu groß, und ich habe schon lange nichts mehr darin machen lassen.«

Der Professor, an solche Komplimente gewöhnt, bot der Besucherin den kalten Tee an, den das Mädchen gebracht hatte, und erkundigte sich dann, um dem Gespräch eine Wende zu geben: »Wie geht es Ihrem Sohn? Hat er alles überstanden?«

»Ja. So ist es.« Die Dame legte förmlich beide Hände in den Schoß, hielt für einen Augenblick inne, fuhr dann aber ruhig, gefaßt und ohne zu stocken, fort: »Wegen meines Sohnes bin ich zu Ihnen gekommen. Am Ende hat alles nichts genützt. Er hat Ihnen, Herr Professor, manche Mühe bereitet ...«

Der Professor, der gedacht hatte, die Dame habe aus vornehmer Zurückhaltung nicht getrunken, wollte gerade den Becher mit dem schwarzen Tee an den Mund setzen. Denn er hatte sich gesagt, es würde besser sein, ein Beispiel zu geben, statt noch einmal zum Trinken aufzufordern. Aber als der Becher eben den weichen Bart des Professors berührt hatte, waren plötzlich diese Worte gefallen. Sollte er trinken? Oder sollte er nicht trinken? – Nur diese Frage beschäftigte ihn im ersten Moment, da er vom Tode des jungen Mannes erfuhr. Doch er konnte nicht ewig den Becher in der Hand halten. Also nahm er kurz entschlossen einen Schluck, und dann, während er die Brauen leicht zusammenzog, sagte er mit erstickter Stimme: »Das ist unfaßbar.«

»Als er im Krankenhaus lag, sprach er oft von Ihnen. Und obwohl ich weiß, daß Sie viel zu tun haben, wollte ich Sie doch unterrichten und Ihnen für all Ihre Mühe danken ...«

»Dazu besteht keine Ursache.«

Der Professor setzte die Schale ab, nahm statt dessen den blauen, mit Wachs überzogenen Papierfächer zur Hand und fuhr betroffen fort: »So hat also alles nichts mehr geholfen. Dabei sollte für ihn das Leben doch erst beginnen ... Ich bin lange nicht in der Klinik gewesen und hoffte, er sei längst auf dem Wege der Besserung. Wann ist er verstorben?«

»Gestern vor einer Woche.«

»In der Klinik ...«

»Ja.«

»Nein, damit hatte ich wirklich nicht gerechnet.«

»Alles, was wir tun konnten, haben wir getan. Und so bleibt einem nichts, als sich damit abzufinden. Natürlich fällt es schwer, aber was würde das Klagen helfen.«

Während die Dame so sprach, fiel dem Professor etwas Erstaunliches auf, nämlich daß ihre Haltung, ihr ganzes Benehmen durchaus nicht auf den Tod ihres eigenen Sohnes hindeuteten. Sie hatte keine Tränen in den Augen. Auch ihre Stimme klang ruhig. In ihren Mundwinkeln spielte sogar ein Lächeln. Wer ihre Worte nicht gehört hätte und nur ihr Äußeres sähe, der würde sicherlich meinen, diese Dame plaudere über die alltäglichsten Dinge der Welt. Das war es, was den Professor so sehr erstaunte.

... Vor langer Zeit war es, als der Professor in Berlin studierte. Damals starb Wilhelm I., der Vater des jetzigen Kaisers. Der Professor erfuhr davon in dem Café, das er häufig besuchte, und die Nachricht berührte ihn nicht sonderlich. Als er wie immer mit froher Miene, den Spazierstock in der Hand, nach Hause kam, stürzten die beiden Kinder seiner Wirtsleute, kaum daß er die Tür geöffnet hatte, auf ihn zu, hängten sich an ihn und begannen laut zu weinen. Er erinnerte sich – das zwölfjährige Mädchen trug eine braune Jacke und der neunjährige Junge eine halblange blaue Hose. Der kinderliebe Professor konnte sich nicht erklären, warum die Kinder so weinten. Er strich den beiden über das blonde Haar und fragte besänftigend: »Aber was habt ihr denn? Was habt ihr denn?« Doch die Kinder hörten nicht auf zu weinen. Schließlich sagten sie schluchzend: »Der alte Kaiser ist gestorben.«

Der Professor fand es sonderbar, daß selbst Kinder der Tod eines Staatsoberhauptes so sehr betrübte. Das gab ihm nicht nur Anlaß, über das Problem der Beziehungen zwischen einem Kaiserhaus und dem Volk nachzudenken. Diese unbeherrschten Gefühlsausbrüche, die er, seit er nach Europa gekommen war, so oft mit Erstaunen beobachtet hatte, berührten ihn, den Japaner und Verehrer des Bushido, immer wieder auf das eigenartigste.

Das Empfinden, das ihn damals beherrschte – eine Art Mischung von Mißtrauen und Mitleid –, konnte er einfach nicht vergessen, mochte er sich auch mühen ...

Und jetzt fand es der Professor umgekehrt in gleichem Maße sonderbar, daß die Dame, die ihm gegenübersaß, überhaupt nicht weinte.

Doch nach dieser ersten Entdeckung machte er sogleich eine zweite.

Die Unterhaltung zwischen Gastgeber und Gast war,
nachdem sie von den Erinnerungen an den verstorbenen
jungen Mann auf Einzelheiten aus seinem täglichen Leben
übergegangen war, wieder zu den Erinnerungen zurückgekehrt. Durch irgendeinen Umstand war dem Professor der
Fächer aus der Hand geglitten und auf den Parkettfußboden
gefallen. Das Gespräch war nicht so flüssig, daß es nicht
eine kurze Unterbrechung gestattet hätte. Deshalb beugte
sich der Professor vor und griff nach dem Fächer. Der lag
unter dem kleinen Tisch genau neben den durch die Pantoffeln fast verdeckten weißen Tabi der Dame.

Zufällig streifte der Blick des Professors die Knie der
Dame. Auf den Knien lagen die Hände, und sie hielten ein
Taschentuch. Das allein war natürlich noch nicht die Entdeckung. Doch der Professor bemerkte, daß die Hände der
Dame heftig zitterten. Und er bemerkte auch, daß die zit-
ternden Hände das Taschentuch so krampfhaft gefaßt hatten, als wollten sie es zerreißen. Die Besucherin schien auf
diese Weise ihre innere Erregung gewaltsam zu unterdrükken. Und er bemerkte schließlich, wie sich der umhäkelte
Rand des zerknüllten seidenen Taschentuchs zwischen zierlichen Fingern bewegte, als ginge ein Windhauch hinweg.
Die Dame lächelte mit dem Gesicht. In Wirklichkeit aber
weinte sie, seit sie gekommen war, weinte sie mit dem ganzen Körper.

Als der Professor den Fächer ergriffen hatte und den Kopf
wieder hob, zeigte sein Gesicht einen völlig veränderten
Ausdruck, einen sehr schwer zu beschreibenden Ausdruck:
Befangenheit – ein bißchen zu vordergründig – weil er etwas gesehen hatte, was er nicht hatte sehen sollen, und eine
gewisse Befriedigung, die ihm das Bewußtsein dieser Befangenheit gab.

»Zwar habe ich selber keine Kinder, doch kann ich Ihren
Schmerz nachfühlen«, sagte der Professor mit leiser, beweg-
ter Stimme, während er, als blendete ihn etwas, den Kopf
ein wenig übertrieben weit in den Nacken legte.

»Ich danke Ihnen vielmals. Doch was helfen jetzt alle Worte, sie bringen ihn mir nicht zurück ...«

Die Dame senkte leicht den Kopf. Nach wie vor lag ein Lächeln auf ihrem klaren Gesicht.

Es war zwei Stunden später. Der Professor hatte ein Bad genommen, hatte zu Abend gegessen, nach dem Abendessen ein paar Kirschen geknabbert und es sich dann wieder in dem Korbsessel auf der Veranda bequem gemacht.

Das weiche Dämmern des langen Sommerabends senkte sich herab. Auf der Veranda, deren Glastüren weit offen standen, war es noch keineswegs dunkel. Der Professor saß im Zwielicht, das linke Bein über das rechte geschlagen, den Kopf an den Sessel gelehnt, und blickte gedankenverloren auf die roten Troddeln der Gifu-Laterne. Zwar hatte er das besagte Buch von Strindberg wieder zur Hand genommen, aber wohl noch nicht hineingeschaut. Wie sollte er auch! Waren seine Gedanken doch noch viel zu sehr mit dem tapferen Verhalten der Frau Atsuko Nishiyama beschäftigt.

Während des Essens hatte er seiner Frau die Geschichte von Anfang bis Ende erzählt und dabei die Haltung der Dame als ein Beispiel für den Bushido der japanischen Frau gepriesen. Seine Frau, die Japan und die Japaner liebte, war bewegt über das, was er berichtete. Und ihn beglückte es, daß er in seiner Frau eine eifrige Zuhörerin hatte. Seine Frau, die Dame von vorhin und dann die Gifu-Laterne – diese drei bildeten jetzt zusammen den ethischen Hintergrund für die Gedanken des Professors.

Es ist schwer zu sagen, wie lange der Professor seinen angenehmen Gedanken nachgehangen hätte, wenn ihm nicht plötzlich eingefallen wäre, daß er von einer Zeitschrift um einen Beitrag gebeten worden war. Diese Zeitschrift veröffentlichte unter dem Thema »Briefe an die heutige Jugend« die Ansichten bedeutender Männer des ganzen Landes zu Fragen der allgemeinen Moral. Von meinem heutigen Erlebnis ausgehend, werde ich rasch meine Ansichten niederschreiben, dachte der Professor und kratzte sich ein wenig am Kopf.

Die Hand, mit der er das tat, hielt noch immer das Buch, doch erst in diesem Augenblick fiel es ihm wieder ein, so lange hatte er es gänzlich unbeachtet gelassen. Er schlug die Seite auf, wo er eine Weile zuvor, als er unterbrochen wurde, die Visitenkarte hineingelegt hatte. Das Mädchen war gerade eingetreten und zündete die Gifu-Laterne über dem Kopf des Professors an. So konnte er die Druckschrift, obwohl sie sehr klein war, gut lesen. Eigentlich verspürte er gar keine rechte Lust zum Lesen. Sein Blick schweifte über die Seite. Was sagte Strindberg da?

»Als ich jung war, erzählte man sich die wohl aus Paris herrührende Geschichte von dem Taschentuch der Frau Heiberg. Dabei ging es um die zwiefache Darstellung, bei der die Frau Heiberg mit dem Gesicht lachte, während ihre Hände das Taschentuch zerrissen. Wir nennen so etwas heute Mätzchen …«

Der Professor ließ die Hand mit dem Buch in den Schoß sinken. Es war noch immer aufgeschlagen, und die Visitenkarte mit dem Namen »Atsuko Nishiyama« lag mitten auf der Seite. Aber das, woran der Professor jetzt dachte, war schon nicht mehr die Frau dieses Namens. Und es war auch nicht seine Frau oder die japanische Kultur. Es war ein nicht Greifbares, das die stille Harmonie dieser Dreieinigkeit zu zerstören drohte. Natürlich hatte die Darstellungsweise, die Strindberg verwarf, nichts mit den Problemen der praktischen Moral zu tun. Und dennoch barg der Hinweis, den diese Stelle gab, etwas, was die angenehme, wohlige Stimmung des Professors trüben zu wollen schien. Bushido und dann die Manieriertheit …

Verstimmt schüttelte der Professor den Kopf, richtete den Blick wieder nach oben und starrte in das helle Licht der mit Herbstgräsern bemalten Gifu-Laterne …

September 1916

Der Tabak und der Teufel

Der Tabak ist eine Pflanze, die es ursprünglich in Japan
nicht gab. Und wann sie nach Japan gelangte, darüber geben
die Chroniken keine einhellige Antwort. In den einen steht,
es war während der Ära Keicho, in anderen während der Ära
Tembun. Jedoch wurde anscheinend bereits um das zehnte
Jahr der Ära Keicho allerorten Tabak angebaut. Und in der
Ära Tembun war das Pfeiferauchen schon so sehr Mode, daß
folgendes Spottlied aufkam:

Was wirkt nicht?
Das Gesetz, das den Tabak verbietet.
Das Gesetz, das stabilen Geldwert gebietet.
Das Wort, das aus dem Munde des Kaisers kommt.
Und die Medizin, die nur dem Arzt Gentaku frommt.

Fragt man nun die Historiker, wer den Tabak nach Japan
brachte, so werden sie alle antworten: die Portugiesen oder
die Spanier. Aber die einzige Antwort ist das nicht. Eine alte
Überlieferung weiß es nämlich anders. Danach war es der
Teufel, der den Tabak nach Japan brachte. Und dieser Teufel soll zusammen mit den katholischen Patres, wahrscheinlich sogar mit dem heiligen Franziskus Xavier, in unser fernes Inselland gekommen sein.

Vielleicht werfen mir die Anhänger des Christentum jetzt
vor, ich verleumdete ihre Geistlichen. Aber ich kann mir
nicht helfen, mir scheint an der Überlieferung etwas Wahres

zu sein. Denn nichts ist doch natürlicher, als daß mit dem Gott der Südbarbaren auch ihr Teufel zu uns kam und daß mit dem Guten aus Europa zugleich das Böse eingeführt wurde.

Verbürgen kann ich mich selbstverständlich nicht dafür, daß es der Teufel war, der uns in Japan den Tabak bescherte. Doch Anatole France hat irgendwo davon geschrieben, wie einmal der Teufel einen Mönch mit Resedablüten zu verführen suchte. Man kann also nicht von vornherein behaupten, es sei eine infame Lüge, wenn jemand sagt, der Teufel habe den Tabak nach Japan gebracht. Aber gesetzt den Fall, es wäre eine Lüge, so kommt sie in gewissem Sinne der Wahrheit vielleicht doch näher, als manch einer glauben möchte. – Aus dieser Überlegung heraus will ich denn versuchen, die Legende davon, wie der Tabak nach Japan kam, hier niederzuschreiben.

Im 18. Jahr der Ära Tembun langte der Teufel in der Gestalt eines Mönches im Gefolge des Franziskus Xavier nach einer weiten Seereise wohlbehalten in Japan an. Er hatte sich in jenen Mönch verwandeln können, weil das schwarze Schiff, auf dem die ganze Gesellschaft fuhr, in Macao, oder wo es sonst gewesen sein mag, wieder in See gestochen war, ohne daß es jemand aufgefallen wäre, daß sich der echte Mönch noch an Land befand. Woraufhin der Teufel, der bis dahin, den Schwanz um die Rahe gewickelt, mit dem Kopf nach unten hängend, heimlich alles beobachtet hatte, was auf dem Schiff vor sich ging, schnell die Gestalt jenes Mannes angenommen hatte und seither dem heiligen Franziskus vom Morgen bis zum Abend mit Fleiß zu Diensten stand. Das war natürlich ein leichtes für jemanden, der sich in einen stattlichen Ritter mit rotem Umhang hatte verwandeln können, als er den Doktor Faustus aufsuchte.

Bei seiner Ankunft in Japan mußte er jedoch feststellen, daß gar nicht alles stimmte, was er noch in Europa in den Reiseberichten Marco Polos über dieses Land gelesen hatte.

Hieß es darin doch, in Japan gäbe es Gold in Hülle und Fülle; aber davon entdeckte er nichts, wie er sich auch umschauen mochte. Wenn er also in dieses oder jenes ein Kreuz mit seinen Fingernägeln kratzen und es in Gold verwandeln würde, müßte er eigentlich eine ganze Menge Leute in Versuchung führen können ... Und daß sich die Japaner darauf verstünden, mit Hilfe von Perlen oder sonstwelcher Kräfte Tote wieder zum Leben zu erwecken, schien auch so eine Lüge Marco Polos zu sein. Und wenn es eine Lüge war, dann brauchte er den Leuten nur in die Brunnen zu spukken, damit eine Seuche ausbrach, schon würden die meisten über ihre Todesqualen sicherlich das Paradies vergessen ... Das waren so die geheimen Gedanken des Teufels, während er scheinbar voller Demut dem heiligen Franziskus auf all seinen Gängen folgte. Zufrieden lächelte er still vor sich hin.

Allerdings war da eine Schwierigkeit. Mit ihr wurde selbst ein Teufel nicht fertig. Denn noch gab es ja niemanden, den er wirklich hätte versuchen können. Schließlich war Franziskus Xavier gerade erst in Japan angekommen, und wo sollte man einen zum Christentum Bekehrten finden, solange sich die Missionstätigkeit noch nicht entfaltet hatte. Das brachte sogar den Teufel in arge Verlegenheit. Vor allem wußte er nicht, womit er sich einstweilen beschäftigen sollte ...

Nachdem er sich dieses und jenes überlegt hatte, kam er schließlich auf den Gedanken, einen Garten anzulegen, um sich die Langeweile zu vertreiben. Als er von Europa aufgebrochen war, hatte er sich nämlich Samen von allerlei Pflanzen ins Ohr gesteckt. Mit Land hatte es keine Not. Er brauchte sich nur ein Stückchen in der Nähe zu pachten. Außerdem stimmte auch der heilige Franziskus zu. Er fände den Plan ausgezeichnet, sagte er. Selbstverständlich glaubte er, daß ein Mönch aus seinem Gefolge nur die Absicht haben könne, europäische Heilpflanzen oder dergleichen in Japan heimisch zu machen.

Der Teufel lieh sich sofort eine Hacke aus und begann, längs des Weges ein Stück Land zu kultivieren.

Der feuchtwarme Frühling hatte gerade begonnen. Aus den Tiefen der Dunstschleier klang dumpf und schläfrig Glockenschlag eines fremden Tempels herüber. Der Klang dieser Glocke war nicht so hell und dröhnte ihm nicht so im Schädel wie das vertraute Glockengeläut der Kirchen in Europa. Doch darf man nun keineswegs glauben, daß diese friedvolle Umgebung auch einen Teufel froh gestimmt hätte.

Schon der erste Ton der Tempelglocke verdroß ihn wahrlich mehr noch als das Geläut der Sankt-Pauls-Kathedrale. Er verzog das Gesicht und hieb voller Ingrimm die Hacke in die Erde. Denn der angenehm dumpfe Klang der Glocke und dazu die wohlige Wärme der Sonnenstrahlen machten ihn auf eigentümliche Weise innerlich schlaff. Zwar wurde ihm nicht gerade danach zumute, Gutes zu tun, doch stand ihm auch nicht der Sinn nach bösen Taten. Aber schließlich war er ja nicht umsonst nach Japan gekommen; schließlich hatte er die Seereise auf sich genommen, um die Japaner zu verführen.

Weil er sich von der moralischen Müdigkeit nicht unterkriegen lassen wollte, schwang er eifrig die Hacke, obwohl ihm im Grunde jegliche Arbeit so zuwider war, daß er bestimmt von Iwans Schwester wegen seiner Hände ohne Blasen gescholten worden wäre.

Nach ein paar Tagen war der Boden vorbereitet. Der Teufel holte die Samen aus seinem Ohr und streute sie in die Furchen.

Einige Monate gingen ins Land. Die Saat des Teufels war aufgegangen, die Pflanzen waren hochgeschossen, und gegen Ende des Sommers war der Erdboden gänzlich von breiten grünen Blättern verdeckt. Jedoch den Namen dieser Pflanze wußte niemand. Selbst als der heilige Franziskus danach fragte, schwieg sich der Teufel aus und lächelte nur.

Mittlerweile setzten die Pflanzen an ihrer Spitze ganze Büschel von Blüten an, Blüten von einem hellen Violett, die wie kleine Trichter aussahen. Den Teufel schien diese Pracht sehr zu freuen; denn welche Mühe hatte sie ihn doch gekostet! So kam er nach den Morgen- und Abendandachten stets in den Garten, um die Pflanzen mit größter Sorgfalt zu pflegen.

Eines Tages nun – der heilige Franziskus war gerade abwesend, da er eine mehrtägige Reise unternommen hatte, um zu missionieren – eines Tages kam ein Viehhändler mit einer hellbraunen Kuh am Strick an dem Garten vorbei. Er sah den Südbarbaren in schwarzer Mönchskutte und mit breitrandigem Hut auf dem umzäunten Stück Land inmitten der violetten Blütenpracht emsig Insekten von den Blättern sammeln.

Den Viehhändler dünkten diese Blüten so merkwürdig, daß er unwillkürlich stehenblieb, den Hut zog und den Mönch höflich fragte: »Sagt, Ehrwürden, was ist das für eine Blume?«

Der Mönch wandte sich um, und der Viehhändler blickte in das Gesicht eines plattnasigen und kleinäugigen, offenbar jedoch recht verträglichen Rotschopfes. »Diese hier?«

»Ja, ebenjene.«

Der Rotschopf lehnte sich an den Zaun und schüttelte den Kopf. Dazu sprach er in einem etwas holprigen Japanisch: »Den Namen, es tut mir leid, aber den darf ich nicht verraten.«

»So hieß Euch also der Herr Franziskus, den Namen niemandem zu sagen?«

»Nein, das nicht.«

»Dann könnt Ihr mir den Namen ruhig nennen, denn ich habe kürzlich die Belehrungen des Herrn Franziskus empfangen und nun auch Euren Glauben angenommen.«

Der Viehhändler wies dabei stolz auf seine Brust. Und wahrhaftig, da hing ihm doch vom Hals ein kleines Messingkreuz herab, das in der Sonne glänzte. Der Mönch verzog das Gesicht und blickte wie geblendet zu Boden, aber gleich darauf sagte er in einem noch leutseligeren Ton als zuvor, und zwar so, daß man nicht recht wußte, ob er es ernst oder nur im Spaß meinte: »Trotzdem geht es nicht. Denn die Gesetze meines Landes verbieten es mir. Allerdings könntest du versuchen, ihn zu erraten. Die Japaner sind doch schlau. Deshalb kommst du bestimmt darauf. Und wenn du ihn errätst, dann soll das, was auf dem Stück Land wächst, alles dir gehören.«

Der Viehhändler glaubte, der Mönch wolle ihn zum Narren halten. Ein Lächeln erschien auf seinem sonnengebräunten Gesicht, und er neigte den Kopf zur Seite.

»Was könnte es bloß sein? Jetzt auf der Stelle finde ich es wirklich nicht heraus.«

»Es braucht ja nicht sofort zu sein. Ich gebe dir drei Tage Zeit. Denk einmal gut nach. Von mir aus kannst du auch andere befragen. Jedenfalls, wenn du den Namen errätst, kriegst du dies alles. Obendrein werde ich dir noch roten Wein schenken. Oder vielleicht wäre dir ein Bild vom Paradies auf Erden lieber?«

Der Viehhändler wunderte sich, daß sich der Mönch so sehr ereiferte.

»Aber wenn ich den Namen nicht errate, was passiert dann?«

Der Mönch schob seinen Hut zurück, winkte mit der Hand ab und lachte. Das Lachen aber klang so rauh wie das Krächzen eines Raben, worüber der Viehhändler denn doch ein wenig erschrak.

»Wenn du es nicht errätst, dann mußt du mir etwas geben. Es ist eine Wette. Eine Wette, ob du den Namen errätst oder nicht. Gewinnst du, gehören dir alle diese Pflanzen.«

Während der Rotschopf so sprach, hatte er wieder den leutseligen Ton angenommen.

»Einverstanden. Dann werde auch ich alles setzen und Euch das geben, was Ihr verlangt.«

»Alles? Auch die Kuh?«

»Wenn Euch daran liegt, dann könnt Ihr sie sofort haben.«

Der Viehhändler lachte und streichelte der Kuh die Stirn. Er schien wahrhaftig alles für einen Scherz des gutmütigen

Mönches zu halten. »Und wenn ich gewinne, bekomme ich diese blühenden Pflanzen.«

»Gut. Gut. Die Wette gilt aber wirklich?«

»Die Wette gilt. Ich schwöre es beim Namen des Herrn Jesus Christus.«

Bei diesen Worten funkelte es in den kleinen Augen des Mönches, und er schnaufte ein paarmal unwillig durch die Nase. Dann stützte er die linke Hand in die Hüfte, drehte sich etwas zur Seite und fuhr mit der rechten Hand über die violetten Blüten. »Wenn du den Namen aber nicht errätst – dann gehörst du mir mit Leib und Seele«, sagte der Rotschopf, holte mit der rechten Hand weit aus und nahm den Hut ab. Zwischen seinem struppigen Haar ragten wie bei einem Ziegenbock zwei Hörner hervor. Der Viehhändler erbleichte. Vor Schreck fiel ihm der Hut aus der Hand. Hatte sich auf einmal die Sonne verdunkelt? Denn plötzlich verloren die Blüten und Blätter auf dem Feld ihren hellen Glanz. Selbst das Rind schien erschrocken. Es senkte die Hörner und brüllte laut.

»Auch ein mir gegebenes Wort ist und bleibt ein Wort. Du hast geschworen, wenngleich bei einem, dessen Namen ich nicht auszusprechen vermag. Vergiß das nicht! Die Frist beträgt drei Tage. Also dann auf Wiedersehen!«

Während der Teufel dies sagte, in einem artigen Ton, der reiner Hohn war, verbeugte er sich obendrein höflich vor dem Viehhändler.

Der Viehhändler bereute es bitter, daß er so leichtfertig gewesen und dem Teufel auf den Leim gegangen war. Ließ er den Dingen ihren Lauf, würde er mit Leib und Seele wahrhaftig dem »Diabolo« in die Hände fallen und in dem nie erlöschenden wilden Feuer schmoren müssen. Und dann hätte er ganz umsonst seinen alten Glauben aufgegeben und die Taufe empfangen.

Jedoch, er hatte beim Namen des Herrn Jesus Christus geschworen, und so konnte er sein Wort nicht einfach brechen.

Sicherlich hätte sich etwas tun lassen, wenn wenigstens der heilige Franziskus zur Stelle gewesen wäre. Doch zu allem Unglück war er ausgerechnet jetzt abwesend. Der Viehhändler fand während der dreitägigen Frist keinen Schlaf in den Nächten. Ständig sann er auf Mittel und Wege, wie er gegen die List des Teufels ankommen könnte. Aber es blieb nichts anderes, als daß er den Namen der Pflanze in Erfahrung brachte. Doch wenn ihn nicht einmal der heilige Franziskus wußte, wer sollte ihn dann wissen ...

Am letzten Abend vor Ablauf der Frist nahm der Viehhändler wieder seine hellbraune Kuh an den Strick und zog zu dem Haus, das der Mönch bewohnte. Es lag an der Straße unmittelbar neben dem Garten. Der Mönch hatte sich wohl schon zur Ruhe begeben; denn aus den Fenstern fiel kein Licht. Der Mond schien, und der Himmel war leicht bewölkt. In dem totenstillen Garten schimmerten hier und dort durch das unheimliche Dunkel die violetten Blüten. Eigentlich hatte sich der Viehhändler hierher geschlichen, weil ihm ein Gedanke, zwar noch ein sehr unklarer, gekommen war, aber in der Stille ringsum gruselte es ihn, und er wäre am liebsten wieder umgekehrt. Als er sich dann noch vorstellte, daß der Ziegenhörnige jetzt dort hinter der Tür schlief und vielleicht von der Hölle träumte, da schwand ihm all sein mühsam zusammengeraffter Mut. Die Aussicht jedoch, Leib und Seele dem »Diabolo« überlassen zu müssen, schreckte ihn zu sehr, als daß er sich hätte jammernd davonstehlen können.

So entschied er sich denn, nachdem er die Jungfrau Maria um Beistand angefleht hatte, seinen Plan auszuführen. Aber was heißt schon Plan ... Er band die Kuh los und trieb sie mit kräftigen Schlägen in den besagten Garten.

Die Kuh, von Schmerz gepeinigt, bäumte sich auf, durchbrach den Zaun und zertrampelte den Garten. Ein paarmal rannte sie mit den Hörnern sogar gegen die Holzwände des Hauses. Das Knacken unter ihren Hufen und ihr Brüllen hallten weithin durch den dünnen Nebel der Nacht. Schon stieß jemand ein Fenster auf und steckte den Kopf heraus. Es war zu finster, das Gesicht zu erkennen, aber ganz sicher war es das des Teufels in Mönchsgestalt. Vielleicht bildete es sich der Viehhändler nur ein, aber trotz des nächtlichen Dunkels glaubte er deutlich die Hörner zu sehen.

»Du verdammtes Vieh, was fällt dir ein, mein Tabakfeld zu verwüsten!« schrie der Teufel mit schläfriger Stimme und fuchtelte mit den Händen. Er schien sehr erbost, da er aus dem ersten Schlaf gerissen worden war.

In den Ohren des Viehhändlers, der sich auf der anderen Seite des Feldes versteckt und alles genau beobachtet hatte, klangen diese Worte des Teufels wie von der Stimme Gottes gesprochen: »Du verdammtes Vieh, was fällt dir ein, mein Tabakfeld zu verwüsten!«

Wie alle Geschichten dieser Art, so endet auch unsere in Wohlgefallen. Der Viehhändler errät also zu guter Letzt den Namen der Pflanze und überlistet den Teufel. Ihm gehört nun der Tabak, der auf dem Felde wächst. Und damit ist die Geschichte aus.

Mir aber will scheinen, daß diese seit alters überlieferte Legende noch einen tieferen Sinn hat. Denn der Teufel bekam zwar nicht den Leib und die Seele des Viehhändlers, dafür aber breitete sich der Tabak über ganz Japan aus. So ist die Rettung des Viehhändlers auf der anderen Seite von Verderben begleitet, und demzufolge ist des Teufel Niederlage zugleich auch des Teufels Sieg. Wenn der Teufel stürzt, so steht er nicht nur einfach wieder auf. Und stimmt es etwa nicht, daß manch einer, da er glaubt, er hätte der Versuchung widerstanden, ihr zu seiner eigenen Überraschung schon erlegen ist?

Nun noch kurz zum weiteren Ergehen des Teufels. Er wurde schließlich durch die Macht des heiligen Pentagramms von jenem Ort vertrieben, sobald der heilige Franziskus zurückkehrte. Doch scheint er sich auch noch späterhin in der Gestalt eines Mönches bald hier, bald dort herumgetrieben zu haben. Nach einer Chronik soll er sich während der Errichtung der Kirche Namban-ji hin und wieder sogar in Kioto gezeigt haben. Es heißt auch, daß jener Mann namens Koji Kashin, der sein Spiel mit Danjo Matsunaga trieb, niemand anders als der Teufel war. Doch darüber schrieb bereits Lafcadio Hearn, und ich will hier nichts wiederholen. Als dann die fremde Religion von Hideyoshi Toyotomi und Ieyasu Tokugawa verboten wurde, tauchte der Teufel anfangs immer wieder mal auf, aber schließlich verschwand er völlig aus Japan. Die meisten Chroniken wissen nur bis hierhin vom Teufel zu berichten. Unendlich zu bedauern ist jedoch, daß man nichts über sein Treiben seit Beginn der Meiji-Zeit, da er zum zweitenmal nach Japan kam, in Erfahrung bringen kann.

Oktober 1916

Das Schicksal

Weil vor dem Eingang nur ein lose geknüpfter Vorhang hing, konnte man auch von der Werkstatt aus die Straße gut überschauen. Die Straße, die zum Kiyomizu-Tempel führte, war ständig belebt. Da kam ein Mönch, der einen Gong umgehängt trug. Da ging eine Frau, von Kopf bis Fuß vornehm gekleidet. Und da – ein seltenes Bild – fuhr eine von gelben Ochsen gezogene Karosse. All das tauchte von links oder rechts für einen kurzen Augenblick in den breiten Ritzen des Schilfrohrvorhanges auf und entschwand wieder. Das einzige, was sich unterdessen nicht im mindesten veränderte, war die Erdfarbe der schmalen Straße, auf die eine nachmittägliche Frühlingssonne warm herabschien. Ein junger Samurai, der von der Werkstatt aus versonnen die Straße beobachtet hatte, wandte sich, als wäre ihm plötzlich etwas eingefallen, an den Töpfer.

»Offenbar pilgern noch immer viele zur Kannon?«

»So ist es«, antwortete der Töpfer ein wenig unwillig, wohl weil er ganz in seine Arbeit vertieft war. Doch weder in der Miene noch in dem Gebaren des stupsnasigen alten Mannes mit den kleinen, etwas schalkhaft dreinblickenden Augen lag eine Spur von Unfreundlichkeit. Bekleidet war der greise Meister mit einem dünnen Leinenkittel. Und mit seiner schlaffen, zerknitterten hohen Mütze auf dem Kopf ähnelte er einer Gestalt aus den Bildrollen des Toba Sojo, die sich seit jüngstem großer Beliebtheit erfreuten.

»Vielleicht sollte auch ich einmal zum Tempel pilgern.

Denn ein Leben ohne Rang und Ansehen ist mir unerträglich.«

»Ihr scherzt!«

»Wieso? Wenn mir dadurch Glück zuteil wird, will ich gern frommen Herzens sein. Täglich zum Tempel zu gehen oder dort für einige Zeit im Gebet zu verweilen, das kostet nicht viel. Schließlich ist das alles doch nichts anderes als ein Handel mit den Göttern.«

Leichtfertig, wie nun einmal die Jugend ist, sagte das der Samurai, leckte sich die Unterlippe und schaute sich neugierig um.

In der Werkstatt, einem schilfgedeckten Schuppen, dessen Rückseite an ein Bambusdickicht stieß, war es so eng, daß man sich kaum zu bewegen wagte. Doch im Gegensatz zur Straße vor dem Vorhang, wo von einem Augenblick zum andern die Bilder wechselten, war es hier drinnen, mit den rötlichbraunen bauchigen Gefäßen, Töpfen und Krügen, die sanft eine laue Frühlingsluft umschmeichelte, so still und friedlich, daß man meinte, es hätte sich seit hundert Jahren nichts verändert. Nicht einmal Schwalben schienen unter dem First dieses Hauses zu nisten ...

Da der Alte schwieg, hub der junge Samurai von neuem an: »Er wird in all den Jahren mancherlei gehört und gesehen haben. Wie ist es? Greift die Kannon wirklich in das Schicksal eines Menschen ein?«

»Gewiß, ich hörte früher dann und wann, daß dem einen dies, dem anderen das zuteil geworden sei.«

»Und das wäre?«

»Das wäre ... Mit einem Wort läßt sich das nicht sagen. Und selbst wenn ich Euch davon erzählte, wüßtet Ihr am Ende wenig damit anzufangen.«

»Schade, wo mir der Sinn so nach frommem Glauben steht. Brächte mir die Kannon wirklich Glück, wollte ich gleich morgen ...«

»Steht Euch der Sinn nach Frömmigkeit? Steht Euch der Sinn nicht doch mehr nach einem Handel?«

Der Greis kniff die Augen zusammen und lachte. Das Lachen klang zufrieden, denn der Ton hatte unter seinen Händen nun die Gestalt eines Kruges angenommen.

»In Eurem Alter wird man der Götter Absicht kaum verstehen.«

»Das weiß ich wohl. Und gerade deshalb bat ich ihn, mich zu belehren.«

»Nun denn, es geht nicht darum, ob die Götter einem einen Dienst erweisen oder nicht, sondern vielmehr darum, ob das, was sie verheißen, dem, welchem es verheißen wurde, Gutes oder Böses bringt.«

»Aber wenn sie ihren Spruch verkünden, erfährt man doch, ob man Glück oder Unglück zu erwarten hat.«

»Ich weiß, Ihr werdet es nur schwer verstehen.«

»Unbegreiflich will mir das Gerede von Gut und Böse scheinen.«

Die Sonne neigte sich bereits. Die Schatten, die auf die Straße fielen, wurden immer länger. Und lange Schatten werfend, zogen in diesem Augenblick zwei Marktweiber, die beide einen Kübel auf dem Kopf trugen, draußen vor dem Bambusvorhang vorüber. Die eine hielt einen Kirschblütenzweig in der Hand, wohl ein Geschenk für die Daheimgebliebenen.

»Der Frau, die jetzt auf dem Westmarkt ihr Hanfgarn verkauft, wird es nicht anders ergehen.«

»Ich sagte doch schon, aus diesem Grunde will ich mich gern belehren lassen.«

Sie schwiegen eine Weile.

Der junge Samurai fuhr sich mit den Fingernägeln durch den Kinnbart und blickte auf die Straße. Was dort weiß wie Muschelschalen glänzte, waren sicherlich Blüten von dem Kirschzweig der Marktfrau.

»Will Er nun reden, Alter?« fragte schließlich der junge Samurai mit schläfriger Stimme.

»Gut, wenn Ihr erlaubt, sollt Ihr eine Geschichte hören. Eine Geschichte aus längst vergangenen Tagen.« Nach dieser Vorbemerkung begann der greise Töpfer zu erzählen. Er sprach langsam und bedächtig, wie nur jemand sprechen kann, den es nicht schert, ob die Tage lang sind oder kurz.

»Dreißig oder vierzig Jahre mag es mittlerweile her sein. Da begab sich jene Frau, damals war sie noch ein junges Mädchen, zur Kannon im Kiyomizu-Tempel, um eine Gnade von ihr zu erflehen. ›Wollt mir bitte‹, so bat sie, ›ein behagliches Leben gewähren!‹ Diese Bitte war verständlich, konnte sich doch das Mädchen, nachdem ihm die Mutter, der einzige Mensch, den es auf Erden hatte, gestorben war, nur mit Mühe durchs Leben schlagen.

Die Mutter des Mädchens war einst Wahrsagerin im Ha-kushu-Tempel gewesen und hatte sich eine Zeitlang eines regen Zuspruchs erfreut. Dann aber ging das Gerücht, sie hätte Umgang mit einem Fuchs, und schon blieben die Leute aus. Nun war sie eine stattliche Frau mit weißschim-mernder Haut und sah jünger aus, als sie war, so wird denn ihre ganze Erscheinung nicht nur den Fuchs, sondern auch die Männer ...«

»Statt Einzelheiten über die Mutter hörte ich lieber die Geschichte der Tochter.«

»Das war auch nur zur Einleitung ... Also, nachdem die Mutter gestorben war, mochte sich das Mädchen mit seinen schwachen Kräften noch so plagen, es wollte nie zum Leben reichen. Und so kam es denn, daß das hübsche und auch kluge Mädchen, mutlos geworden, nur noch in Lumpen ge-kleidet, sich in den Tempel zum Gebet begeben hat.«

»Was? Ein so vortreffliches Mädchen war das?«

»Ganz recht. Sie hatte ein gutes Herz und ein hübsches Gesicht, so daß man sich ihrer, selbst wenn man abzieht, daß ich voreingenommen sein mag, wahrhaftig nirgends hätte zu schämen brauchen.«

»Schade, daß hier die Rede von längst Vergangenem ist«, sagte der junge Samurai und zupfte die Ärmel seines ver-schossenen blauen Gewandes zurecht. Der Greis schmun-zelte und fuhr bedächtig fort, während in dem Bambusdikkicht hinter der Werkstatt ein Vogel sang: »Nach dreimal sieben Tagen, die das Mädchen im Gebet verbrachte, hatte es an dem Abend, da das Gelübde erfüllt war, einen Traum. Unter denen, die in der gleichen Tempelhalle weilten, soll ein buckliger Priester gewesen sein, der fortwährend irgendwelche magischen Formeln vor sich hin murmelte. Und dieses Gemurmel muß das Mädchen sehr beeindruckt haben, denn selbst als es eingeschlafen war, verstummte in seinem Ohr die Stimme des Priesters nicht. Erst hörte es sich an, als zirpten Grillen unter dem Fußboden – doch dann sagte diese Stimme klar und deutlich: ›Auf deinem Weg von hier nach Hause wird dich ein Mann ansprechen. Tue, was er sagt!‹

Das Mädchen schreckte auf, sah sich um und fand den Priester tief versunken seine Formeln beten. Sosehr es lauschte, es verstand kein Wort von dem, was der Priester redete. Zufällig schaute es zur Seite, und sein Blick fiel in dem schwachen Schein der Nachtlaterne auf das Gesicht der Kannon. Es war das würdevolle, unergründlich lächelnde Gesicht, zu dem das Mädchen viele Tage betend aufgeschaut, doch in diesem Augenblick schien es ihm, als würden ihm noch einmal die Worte zugeflüstert: ›Tue, was er sagt!‹ So vermeinte denn das Mädchen, daß dies eine Offenbarung der Kannon selber sei.«

»Da bin ich sprachlos.«

»Als das Mädchen nun in tiefer Nacht den Tempel verließ und die sanft abfallende Straße zum fünften Stadtbezirk hinunterging, da kam, wie zu erwarten stand, ein Mann und umfaßte es von hinten. Lau war die Vorfrühlingsnacht, doch leider sehr finster, und so war weder das Gesicht des Mannes noch seine Kleidung zu erkennen. Nur als das Mädchen sich seiner zu erwehren suchte, berührte es mit der Hand einen Schnurrbart. Aber schließlich war es ja die Nacht, in der sich des Mädchens Wunsch erfüllen sollte.

Gefragt nach seinem Namen, gab der Mann keine Antwort, und gefragt nach seinem Wohnsitz, schwieg er ebenfalls. ›Tue, was ich sage!‹ waren die einzigen Worte, die über seine Lippen kamen. Er hielt das Mädchen fest umschlungen und zog es mit sich fort, nordwärts und immer weiter nordwärts die Straße hinab, die zu jener Stunde menschenleer war, da hätte dem Mädchen kein Weinen und Jammern genützt.«

»Ja, und weiter?«

»Der Mann brachte das Mädchen in die Pagode des Yasaka-Tempels … Doch was dort in jener Nacht geschah, darüber schweigt ein alter Mann wie ich am besten.«

Der Greis kniff wieder die Augen zusammen und lachte. Die Schatten auf der Straße waren mittlerweile länger und länger geworden. Ein leichter Wind hatte sich erhoben und trieb die hier und dort verstreuten Kirschblüten dicht an das Haus heran, und sie schimmerten jetzt als weiße Tupfen zwischen den Rinnsteinen.

»Mach Er keine Scherze!« Der junge Samurai strich sich nachdenklich den Bart. »Das ist doch nicht etwa alles?«

»Wenn das alles wäre, dann hätte ich darüber erst gar kein Wort zu verlieren brauchen.«

Der Greis fuhr mit den Händen behutsam über den Krug und erzählte weiter: »Als die Nacht sich lichtete, soll der Mann, wahrscheinlich war auch das vom Schicksal so vorherbestimmt, gesagt haben: ›Werde meine Frau!‹«

»Sieh einer an!«

»Obschon dies keine im Traum erlebte Offenbarung war, glaubte doch das Mädchen, es folge auch hierin nur dem Willen der Kannon, und nickte also. Nachdem sich dann die beiden ohne viel Umstände zugetrunken und damit ihren Bund besiegelt hatten, holte der Mann aus dem Innern der Pagode zehn Stücke Damast und zehn Stücke Seide hervor und gab sie seiner jungen Frau mit den Worten: ›Soviel fürs erste!‹ … Es ihm darin gleichzutun fiele Euch gewiß nicht leicht.«

Der junge Samurai grinste nur. Der Gesang des Vogels im Bambusdickicht war inzwischen verstummt.

»Und weiter sagte dann der Mann: ›Gegen Abend bin ich zurück‹, hastete davon und ließ die Frau allein. Sie kam sich jetzt erst recht einsam und verlassen vor. Und wie gescheit sie auch immer war, etwas ängstlich wurde ihr nun doch zumute. Um sich zu zerstreuen, sah sie sich in den Winkeln der Pagode um. Und was entdeckte sie? Unzählige Ledersäcke, bis zum Rand gefüllt mit Schätzen, mit Perlen und mit Goldstaub, ganz zu schweigen von den Damast- und den Seidenballen. Obwohl sie von Natur aus so leicht nicht den Kopf verlor, erschrak sie nun gewaltig.

Es trägt sich manches zu, aber da er solche Schätze hat, gibt es keinen Zweifel mehr, er ist ein Wegelagerer oder ein Einbrecher, so dachte sie bei sich. Sie hatte sich bisher nur einsam und verlassen gefühlt, jetzt aber packte sie eine entsetzliche Furcht, und sie vermeinte, es hier auch nicht einen Augenblick länger aushalten zu können. Wenn es das Unglück wollte und sie fiel den Häschern in die Hände, wer weiß, was dann mit ihr geschah!

In der Absicht, sich irgendwo eine Zuflucht zu suchen, wollte sie gerade zur Tür laufen, als eine heisere Stimme hinter den Ledersäcken sie hieß stehenzubleiben. Was Wunder, daß sie über alle Maßen erschrak, denn sie hatte natürlich geglaubt, allein in der Pagode zu sein. Sie schaute sich um und sah nun zwischen den aufgestapelten Säcken zusammengekauert ein Wesen hocken, von dem man nicht recht sagen konnte, war es einem Menschen oder einer Seegurke ähnlicher. Es war eine triefäugige, runzlige, krummrückige, zwergenhafte Priesterin von etwa sechzig Jahren. Ob sie nun die Absicht der jungen Frau erraten hatte oder nicht, jedenfalls beugte sie sich, auf den Knien hockend, weit vor und sprach mit schmeichlerischer Stimme, die so gar nicht zu ihrem Äußeren paßte, ein paar Worte der Begrüßung.

Nun stand der jungen Frau keineswegs der Sinn nach einer Unterhaltung mit der Alten. Wenn sie jedoch herausbekommt, daß ich fliehen will, dachte die junge Frau, kann es mir schlimm ergehen. So stützte sie sich denn mit Widerwillen auf die Säcke und begann lustlos ein Gespräch mit der Alten, die, nach allem, was sie sagte, dem Mann bisher den Haushalt geführt hatte. Lenkte die junge Frau aber die Rede auf die Geschäfte des Mannes, dann verstummte die Alte seltsamerweise. Zu allem Verdruß war sie auch noch schwerhörig, und weil deshalb jeder Satz ein paarmal gesprochen wurde, hätte die junge Frau vor Ungeduld am liebsten geweint ...

Inzwischen war es darüber Mittag geworden. Und während sie davon redeten, daß am Kiyomizu-Tempel schon die Kirschen blühten und daß die Brücke im fünften Stadtbezirk endlich fertig war, schlief die Priesterin zum Glück ein, was ihrem Alter zuzuschreiben sein mochte. Vielleicht lag es auch daran, daß die junge Frau mürrisch und nur schleppend sprach. Diese nun nutzte die Gelegenheit, schlich sich, dem Atem der Schlafenden lauschend, zum Ausgang und öffnete einen Spalt breit die Tür. Draußen auf der Straße war keine Menschenseele ...

Hätte sie sich jetzt davongemacht, wäre alles gut gewesen. Aber plötzlich fielen ihr der Damast und die Seide ein, die sie am Morgen geschenkt bekommen hatte. Leise ging sie zu den Ledersäcken zurück, um sich die Stoffe zu holen. Dabei stolperte sie jedoch über einen Sack mit Goldstaub und berührte aus Versehen mit der Hand das Knie der Alten. Die fuhr erschrocken auf, saß zuerst wie benommen da, umklammerte dann aber, als hätte sie plötzlich den Verstand verloren, die Beine der jungen Frau und begann, mit halb von Tränen erstickter Stimme hastig etwas vor sich hin zu plappern. Aus den wenigen verständlichen Bruchstücken war so viel zu entnehmen, daß sie Schreckliches zu gewärtigen habe, sollte die junge Frau entfliehen. Aber sie hatte kein Ohr für solche Reden, denn es ging am Ende auch um ihr Leben. Und so kam es dahin, daß die beiden miteinander rauften.

Sie schlugen sich. Sie traten sich. Sie bewarfen sich mit den Goldstaubsäcken ... Es war ein Lärmen, daß sogar die

Ratten fast aus ihren Nestern im Gebälk gepurzelt wären. Die Kraft der Alten in ihrer Raserei war nicht zu unterschätzen. Schließlich aber wirkte sich der Unterschied an Jahren doch aus. Als sich dann die junge Frau, nach Atem ringend, mit dem Damast und der Seide aus der Pagode stahl, gab die Priesterin schon keinen Laut mehr von sich. Später entdeckte man die Tote, sie lag mit blutverschmiertem Gesicht, von Kopf bis Fuß mit Gold bestaubt, in einer düsteren Ecke der Pagode.

Als die junge Frau den Yasaka-Tempel verlassen hatte, suchte sie Bekannte auf, die an der Brücke im fünften Stadtbezirk wohnten, denn sie scheute belebte Gegenden. Die Bekannten waren arm und hatten selber kaum das Nötigste. Doch wohl weil sie ihnen ein Stück Seidenstoff gab, wurde sie freundlich aufgenommen, sie bereiteten ihr ein heißes Bad und kochten ihr Reisbrei. So konnte die junge Frau endlich erleichtert aufatmen.«

»Da fällt mir aber ein Stein vom Herzen.«

Der junge Samurai zog seinen Fächer aus dem Gürtel, öffnete ihn geschickt und blickte durch den Vorhang auf die von der Abendsonne beschienene Straße. Soeben waren fünf, sechs weißgekleidete Beamte laut lachend vorübergegangen. Ihre Schatten lagen noch auf der Straße ...

»Damit ist also die Geschichte zu Ende?«

»Nein, nein!« Der Greis schüttelte heftig den Kopf. »Als die junge Frau nun im Haus der Bekannten war, hob auf der Straße plötzlich ein Lärmen an, und sie hörte die Menschen schreien: ›Seht, dort! Dort, dort!‹ Wiederum packte sie die Angst, denn sie hatte ja kein reines Gewissen. Ist etwa der Räuber gekommen, sich an mir zu rächen? Sind es die Schergen, die mich holen wollen? Bei diesem Gedanken blieb ihr der Reisbrei im Halse stecken.«

»Das kann ich mir vorstellen.«

»Daraufhin spähte sie vorsichtig durch eine Türritze und sah zwischen schaulustigen Männern und Frauen fünf, sechs Häscher, angeführt von einem Polizeikommissär, würdevoll vorüberschreiten. Sie zerrten einen gefesselten Mann in völlig zerrissenem Gewand und mit bloßem Kopf mit sich fort. Nachdem man den Räuber gefaßt hatte, war man jetzt offenbar auf dem Weg zu seinem Unterschlupf, um in seinem Beisein das Diebesgut zu registrieren.

Aber war dieser Räuber nicht der Mann, der sie am gestrigen Abend auf dem Hang oberhalb des fünften Stadtbezirks angesprochen hatte? Als sie ihn jetzt erkannte, kamen ihr, sie wußte nicht warum, die Tränen. Nicht etwa – so hat sie mir gesagt – weil sie Zuneigung für ihn empfand. Vielmehr habe sie, als sie die Gestalt in Fesseln sah, plötzlich Mitleid mit sich selbst gehabt, und deshalb habe sie weinen müssen. Als sie mir davon erzählte, wurde mir bewußt ...«

»Was?«

»Das es einem auch zum Nachteil gereichen kann, die Kannon anzuflehen.«

»Aber Alter! Die Frau hat sich dann doch irgendwie weiterhelfen können.«

»Nicht nur irgendwie. Sie steht sich heute wahrlich nichts aus. Und den Grundstein hat sie durch den Verkauf des Damasts und der Seide gelegt. In dieser Hinsicht ist das Versprechen der Kannon in Erfüllung gegangen.«

»Na also. Dafür muß man eben einiges in Kauf nehmen.«

Das Sonnenlicht draußen war zu einem abendlichen Gelb verblaßt. Leise klang das Rauschen des Bambusdickichts herein, durch das der Wind fuhr. Die Straße schien jetzt völlig verlassen.

»Was kann sie denn dafür? Schließlich war es ja nicht ihre Absicht, einen Menschen zu töten und die Frau eines Räubers zu werden.«

Der junge Samurai steckte seinen Fächer in den Gürtel und erhob sich. Der Greis wusch sich mit dem Wasser aus einem Krug die schmutzigen Hände ... Es hatte den Anschein, als wären beide unzufrieden mit dem Frühlingstag, der sich neigte, und als wäre ein jeder unzufrieden mit dem, was der andere fühlte und dachte.

»Jedenfalls, die Frau ist glücklich.«

»Wie das?«

»Aber natürlich! Er denkt doch auch so, Alter.«

»Ich? Was mich angeht, so möge mir ein solches Schicksal erspart bleiben.«

»Wirklich? Ich würde dankbar dafür sein.«

»Ja, dann glaubt nur frommen Herzens an die Kannon.«

»Gewiß. Und gleich morgen werde ich mich zum Gebet in den Tempel begeben!«

Dezember 1916

Das Versunkensein
des Dichters

1

Es war an einem Vormittag im neunten Monat des zweiten
Jahres Tempo. Das öffentliche Bad in der Dobo-Straße des
Bezirkes Kanda war wie gewöhnlich schon seit dem frühen
Morgen gut besucht. »Die Götter und Buddha. Liebe und
Kaltherzigkeit«, so schrieb Shikitei Samba vor etlichen Jahren in einem seiner humorvollen Bücher, »alles gibt sich im
Badehaus ein Stelldichein.« Und daran hatte sich bis heute
nichts geändert. Im Wasser hockend, sang ein Mann mit
hochgebundenem Kaufmannszopf die neusten Gassenhauer;
ein anderer, das Haar zum Knoten aufgesteckt, wrang am
Beckenrand sein nasses Handtuch aus; einer mit Halbglatze
ließ sich warmes Wasser über den tätowierten Rücken rin-
nen; ein Langzöpfiger wusch sich schon eine ganze Weile
das Gesicht; ein Kahlkopf goß sich, über einen Zuber gebeugt, unablässig Wasser über den blanken Schädel; ein bis
auf ein kleines Büschel glattgeschorener Junge spielte mit
einem Bambusbottich und einem Goldfischchen aus ge-
branntem Ton stillvergnügt vor sich hin – all diese naßglän-
zenden Gestalten bewegten sich in dem engen Baderaum
schemenhaft inmitten der dichten Dampfschwaden und im
schwachen Schein der durch die Fenster dringenden Morgensonne. Und dazu der Lärm! Vor allem das Plätschern des
Wassers und das Schurren der Bottiche; das Geschwatze und
Gesinge; schließlich das Holzsandalengeklapper der Bade-
diener. Es war ein Tosen ringsherum wie auf einem
Schlachtfeld. Durch den Vorhang trat der Bürger, aber auch

der Bettler. Und selbstverständlich herrschte ein ständiges Kommen und Gehen. Inmitten dieses Durcheinanders ...

Inmitten dieses Durcheinanders saß in einer Ecke bescheiden ein alter Mann von etwa sechzig Jahren und wusch sich in aller Ruhe. Nein, vielleicht sollte man doch besser sagen, ein Mann von über sechzig Jahren. Sein Haar an den Schläfen war von einem unansehnlichen gelblichen Weiß. Und um seine Augen schien es nicht mehr zum besten bestellt. Sein starkknochiger Körper jedoch wirkte trotz aller Magerkeit eher stattlich als verfallen. Auch in seinen runzligen Händen und Füßen steckte noch etwas von der Kraft, die dem Altern Widerstand entgegensetzte. Ebenso verhielt es sich mit dem Gesicht. Besonders die Kieferpartien und der ziemlich große Mund verrieten eine geradezu animalische Vitalität, die sich wahrscheinlich von der seiner längst vergangenen besten Mannesjahre nicht allzusehr unterschied.

Nachdem sich der Alte sorgfältig den Oberkörper gewaschen hatte, spülte er ihn nicht erst mit warmem Wasser ab, sondern wandte sich sogleich den unteren Partien seines Körpers zu. Doch wie kräftig er mit dem angegrauten Seidenlappen auch immer reiben mochte, von der spröden, faltigen Haut löste sich nichts, was man als Schmutz bezeichnen könnte. Plötzlich aber schien ihn das Gefühl herbstlicher Verlassenheit gepackt zu haben. Denn kaum hatte er seine Beine zu waschen begonnen, da sank auf einmal die Hand, die den Lappen hielt, kraftlos herab. Der Blick des Alten war auf den Himmel gefallen, auf sein deutliches Spiegelbild in dem trüben Wasser des kleinen ovalen Holzeimers vor ihm. Rote Kaki-Früchte, dicht bei dicht, an dünnen Zweigen, schauten über eine Ecke des Ziegeldaches.

In diesem Augenblick warf der Tod seinen Schatten auf das Herz des Alten. Doch dieser Tod barg nichts von jener Gräßlichkeit, vor der er sich gefürchtet hatte. Er schien ihm jetzt vielmehr als das ersehnte friedliche Erlöschen, friedlich wie der Himmel, der sich in dem Bottich spiegelte. Allem

Erdenstaub, allen Mühen und Plagen entronnen, in den Armen dieses Todes zu schlafen – traumlos zu schlafen wie ein unschuldiges Kind, welch ein beglückendes Gefühl mußte das sein! Der alte Mann war nicht nur des Lebens müde. Müde war er auch der Qual, die er nun schon Jahrzehnte litt, wenn er an seinen Werken schrieb ...

Versonnen hob der Alte den Blick. Begleitet von lautem Stimmengewirr, bewegte sich um ihn her eine Menge nackter Leiber in dem dampfenden Bad. Während der Mann mit dem Kaufmannszopf im Wasserbecken noch immer seine Gassenhauer sang, versuchten andere sich an Arien und Balladen. Hier war wahrhaftig keine Spur von der Ewigkeit, die soeben ihren Schatten auf das Herz des Alten geworfen hatte.

»Nein, daß ich Sie hier treffe! Wer hätte gedacht, daß der Meister Bakin zu einem Morgenbad hierherkommt!«

Der Alte fuhr zusammen, als er plötzlich mit diesen Worten angesprochen wurde. Er wandte den Kopf zur Seite. Dicht neben ihm stand, einen kleinen Bottich vor sich, das nasse Handtuch über den Schultern, ein blühend aussehender mittelgroßer Mann mit der Modefrisur jener Tage und lachte fröhlich. Er war gerade aus dem Becken gestiegen und im Begriff, sich einen Eimer Wasser über den Kopf zu schütten.

»Es freut mich ungemein, Sie wie immer in bester Stimmung zu sehen«, entgegnete Sankichi Takizawa Bakin etwas ironisch.

2

»Vielen Dank! Doch warum sollte das ein Grund zur Freude sein? Wenn wir schon von Freude reden, verehrter Meister, dann bitte nur im Zusammenhang mit Ihrer Geschichte von den acht Helden, die mit jeder Fortsetzung interessanter und aufregender wird. Ja, daran hat man wirklich seine Freude«, sagte der mit der modischen Frisur in einem recht aufdringlich lauten Ton und tauchte dabei sein Handtuch in den Zuber.

»Funamushi verkleidet sich als blinde Sängerin und will Kobungo ans Leben. Als man sie faßt und hernach foltert, wird sie von Sosuke gerettet. Also diese Stelle, ich muß sagen, da fehlen einem die Worte. Und dann wie Sosuke und Kobungo sich wiederbegegnen! Ich bin zwar nur der kleine unbedeutende Galanteriewarenhändler Heikichi Omiya, aber in der Romanliteratur unserer Tage glaube ich, mit Verlaub, mich auszukennen. Und ich darf Ihnen, verehrter Meister, sagen, daß ich an Ihrer Geschichte von den acht Helden nichts zu tadeln finde. Ja, ich bin hellauf davon begeistert.«

Bakin schwieg und begann wieder, seine Füße zu waschen. Gewiß, er hegte seit eh und je ein hohes Maß an Wohlwollen gegenüber den geneigten Lesern seiner Werke. Was allerdings nicht hieß, daß er allein aufgrund dieses Wohlwollens jemals sein Urteil über einen Menschen geändert hätte. Für einen so klugen Mann, einen so scharfsinnigen Denker wie ihn war das sicherlich nicht mehr als eine Selbstverständlichkeit. Aber eigenartigerweise beeinflußte umgekehrt die Meinung, die er über jemanden hatte, auch in keiner Hinsicht sein Wohlwollen. So konnte es durchaus geschehen, daß er ein und derselben Person Verachtung und Wohlwollen zugleich entgegenbrachte. Und Heikichi Omiya gehörte zu diesen Leuten.

»Solch ein Werk zu schreiben, was für Mühe muß das kosten! Sie sind wahrhaftig der Luo Guan-dschung unserer Tage. Aber … bitte nichts für ungut«, sagte Heikichi, wieder laut lachend.

Wohl aufgeschreckt durch dieses Lachen, drehte sich ein untersetzter, dunkelhäutiger, leicht schielender Mann mit aufgebundenem Haar zu ihnen um, der sich dicht neben Heikichi und Bakin mit warmem Wasser wusch; er sah mehrmals von einem zu anderen, verzog das Gesicht und spuckte in die Abflußrinne.

»Und Sie dichten nach wie vor fleißig Epigramme?« fragte Bakin, um das Thema zu wechseln. Aber nicht etwa, daß ihm die scheelen Blicke des Mannes neben ihnen peinlich gewesen wären, denn seine Augen waren zum Glück (?) schon so schwach, daß er diese Blicke gar nicht wahrgenommen hatte.

»Ihre gütige Nachfrage bringt mich in Verlegenheit. Zwar habe ich die Stirn, heute hier und morgen dort mit meinem bescheidenen Talent an Dichterwettstreiten teilzunehmen, aber, wie soll ich sagen, etwas Rechtes will mir nie gelingen. Doch wie steht es mit Ihnen, verehrter Meister? Lieder und Epigramme, haben Sie damit nichts im Sinn?«

»Nein, ich habe mich zwar einmal daran versucht, aber ich bin wohl zu ungeschickt.«

»Jetzt belieben Sie zu scherzen!«

»Keineswegs! Die Poesie entspricht nicht meinem Wesen. Da bin ich wie der Blinde, der durch die Zaunritze späht.«

Daß die Poesie nicht seinem Wesen entspräche, sagte Bakin mit besonderem Nachdruck. Aber nicht, weil er meinte, er könne keine Lieder und keine Epigramme schreiben. Es war nicht so, daß er zuwenig davon verstand. Das wußte er. Nur empfand er für diese Kunst seit frühster Zeit so etwas wie Verachtung. Ein Lied, ein Epigramm war ihm nämlich eine viel zu kleine Form, sein ganzes Ich darin auszudrükken. Man mochte die Worte noch so geschickt wählen, nie würden die Verse mehr an Gefühl und Schilderung geben, als es schon ein paar Zeilen seiner Prosa taten. Solch eine Kunst war in seinen Augen eine Kunst zweiten Ranges.

3

Diese Geringschätzung war es, die sich hinter dem Nachdruck verbarg, mit dem er die Worte »die Poesie entspricht nicht meinem Wesen« betont hatte. Unglücklicherweise aber schien der Galanteriewarenhändler Heikichi dafür kein Gehör zu haben.

»Hm, so ist das nun einmal. Unsereiner glaubt immer, ein Mann von Ihren Gaben würde alles ohne Schwierigkeiten meistern. Jedoch das Sprichwort sagt ja nicht umsonst: ›Niemand kann zweien Herren dienen‹«, erwiderte Heikichi in einem etwas überlegen rücksichtsvollen Ton, während er sich mit dem ausgewrungenen Handtuch kräftig den Körper abrieb, bis sich die Haut rötete. Bakin, eitel, wie er war, verdroß es über alle Maßen, daß der andere die Worte, die er mehr aus höflicher Bescheidenheit gesagt hatte, buchstäblich auffaßte. Und der herablassende Ton mißfiel ihm erst recht. Er warf sein Handtuch und seinen Waschlappen hin, richtete sich halb auf, blickte den anderen ärgerlich an und prahlte: »Nichtsdestoweniger habe ich mir vorgenommen, es zumindest so weit zu bringen wie diejenigen, die heutzutage als Meister des Liedes und des Epigrammes gelten.«

Doch kaum hatte er das ausgesprochen, da schämte er sich auch schon seiner kindischen Eitelkeit.

Als wenig vorher seine Geschichte von den acht Helden in den höchsten Tönen gepriesen wurde, hatte ihn das nicht einmal sonderlich erfreut. Jetzt aber kränkte es ihn, daß man ihn nicht für fähig hielt, Lieder und Epigramme zu schreiben. War das nicht ein Widerspruch! In diesem Moment ehrlicher Selbstbetrachtung goß sich Bakin rasch einen Schwall warmen Wassers über die Schultern, als wollte er sein innerliches schamhaftes Erröten darunter verbergen.

»Das habe ich mir doch gleich gedacht. Wenn dem nicht so wäre, wie sollten Sie solche hervorragenden Werke schaffen können! Ist mein Scharfsinn, der sofort erkannt hat, daß Sie, verehrter Meister, eines Tages auch Gedichte schreiben werden, nicht bewundernswert? Nun fange ich schon an, mich selbst zu loben. Aber Sie werden mir gewiß verzeihen.«

Wieder lachte Heikichi lauthals. Der Schieläugige neben ihnen war inzwischen verschwunden. Und seine Spucke war mit Bakins Waschwasser davongeschwommen. Bakin aber fühlte sich jetzt noch unbehaglicher als vorher.

»Ich habe gedankenlos dahergeredet. Nun wird es aber Zeit, daß ich mich ins Wasser begebe.«

Er war seltsam verlegen, als er sich bedächtig erhob, um endlich diesen einfältigen Menschen loszuwerden, und er spürte, wie bei seinen letzten Worten Ärger über sich selbst in ihm aufstieg. Heikichi hingegen, der treue Leser Bakins, schien sich durch das kindische Geprahle des alten Mannes eher noch geehrt zu fühlen.

»Werter Meister, ich wäre Ihnen sehr zu Dank verbunden, wenn Sie mir demnächst ein Lied oder auch ein Epigramm schreiben würden. Ob sich das wohl machen ließe? Aber bitte nicht vergessen! ... Ich möchte mich dann auch verabschieden. Bestimmt sind Sie immer sehr beschäftigt, aber sollten Sie gelegentlich bei mir vorbeikommen, wäre es mir eine große Ehre ... Ich selber werde mir die Freiheit nehmen, Sie wieder einmal anzusprechen«, rief Heikichi Bakin hinterher, spülte sein Handtuch aus und überlegte, während er dem zum Badebecken hinübergehenden alten Mann nachblickte, wie er seiner Frau die Begegnung mit dem berühmten Dichter Kyokutei Bakin am eindrucksvollsten schildern könnte.

4

Über dem Badebecken lag ein Dämmerschein wie zur Abendstunde. Zudem hüllte der Dampf gleich dichtem Nebel alles ein. Unsicher schob sich der kurzsichtige Bakin an den Badenden vorbei, suchte nach einer stillen Ecke, und als er sie gefunden hatte, tauchte er seinen faltenzerfurchten Körper bis zum Hals in das Wasser.

Das Wasser in dem Becken war ziemlich heiß. Bakin fühlte, wie die Wärme allmählich seine Gliedmaßen durchdrang. Er stieß einen tiefen Seufzer aus und schaute geruhsam in die Runde. Sieben, acht oder noch mehr Köpfe schwammen da im Dämmerlicht. Sie sangen oder schwatzten miteinander. Um sie her plätscherte träge das ölig glänzende Wasser, auf dem sich das vom Eingang her einfallende Licht brach.

Bakin neigte von Natur aus zum Romantischen. Als er jetzt im warmen Wasser hockte, sah er in seiner Phantasie unwillkürlich eine Szene aus einem Roman, den er zu schreiben gedachte, gleichsam aus den Dampfschwaden hervortreten: Da war das schwere Sonnensegel eines Schiffes. Mit der hereinbrechenden Nacht machte sich über dem Meer ein Wind auf. Dumpf, als wären es Wogen von Öl, schlugen die Wellen gegen den Schiffsrumpf. Und das Flattern des Sonnensegels hörte sich an wie der Flügelschlag einer gewaltigen Fledermaus. Besorgt beugte sich ein Mann der Besatzung über die Bordwand. Hoch über dem dunstverschleierten Meer zog am Himmel der drei Tage alte rote Mond dahin. Auf einmal ...

In diesem Augenblick zerstob Bakins Phantasiebild. Er hatte plötzlich jemanden im Badebecken über seine Bücher sprechen hören. Stimme und Tonfall verrieten allzu deutlich, daß er alles mit anhören sollte. Bakin wollte zuerst aus dem Bad steigen, doch er unterließ es und lauschte gespannt der Kritik.

»›Meister Kyokutei Bakin‹ und der ›Herr des Büchertempels‹, so nennen ihn die Leute. Dabei ist alles, was er schreibt, nur Aufgewärmtes. Nehmen wir seine Geschichte von den acht Helden, das ist eine Nachahmung des chinesischen Romans ›Die Räuber vom Liangschan‹ und nichts weiter. Nun gut, wir wollen ja nicht kleinlich sein, die Handlung ist gewiß sehr fesselnd. Nur hat er sie nicht erfunden, sondern dem chinesischen Original entnommen. Aber allein daß er das Original gelesen hat, verdient natürlich Anerkennung. Doch dann einen zweiten Santo-Kyoden-Aufguß daraus zu brauen, das ist derart unverschämt, daß es einem die Sprache verschlägt.«

Bakin suchte mit seinen trüben Augen den Mann, der sich über ihn so abfällig äußerte. In dem wallenden Dampf war nichts Genaues zu erkennen, doch schien es ihm jener Schieläugige zu sein, der vorhin neben ihm gestanden hatte. Wenn das stimmte, dann hatte diesen Mann das Lob Heikichis über die Geschichte von den acht Helden so in Wut gebracht, daß er sich jetzt an Bakin rächen wollte.

»Und alles, was er schreibt, ist Blenderei. Nichts, aber auch rein gar nichts steckt dahinter. Das sind Auslegungen der vier konfuzianischen Bücher und der fünf Klassiker, wie sie von jedem Schulmeister verlangt werden. Die heutige Welt scheint für ihn nicht zu existieren. Der beste Beweis dafür ist, daß er auch nicht ein einziges Mal versucht hat, über etwas zu schreiben, worüber nicht andere schon längst geschrieben hätten. Zum Beispiel die altbekannte Geschichte von dem Liebespaar O-Some und Hisamatsu. Nun kann er nicht einfach ›O-Some und Hisamatsu‹ schreiben, nein, das kann er nicht! Also macht er daraus ›Die sieben Herbstgräser – Eine Historie der Liebe zwischen Sho und Sen‹. Und um in der Sprache des großen Herrn Bakin zu reden, derlei Beispiele sind wahrlich viele.«

Solange man sich einem Menschen überlegen fühlt, vermag man ihn nicht zu hassen, selbst wenn man es will. So ärgerten Bakin zwar die Äußerungen des anderen, aber zu hassen vermochte er ihn nicht. Statt dessen verlangte es ihn geradezu danach, jenem zu entdecken, wie sehr er sich im Grunde seines Herzens selbst verachtete. Daß er es am Ende doch nicht tat, war vermutlich seinem Alter zuzuschreiben.

»Da sind Jippensha Ikku und Shikitei Samba von ganz anderer Art. Die Gestalten in ihren Werken, das sind Menschen von Fleisch und Blut. Ihre Substanz ist nicht halbverdautes Wissen, sie sind nicht mit Taschenspielertricks zusammengebaut. Darin besteht der große Unterschied zu dem Herrn Bakin.«

Nach allen Erfahrungen, die Bakin bisher gemacht hatte, war eine abfällige Kritik an seinen Werken für ihn nicht einfach kränkend, sondern eher gefährlich. Nicht etwa, daß sie ihm den Mut zum Schreiben genommen hätte. Nein, das nicht, aber einmal kam dann bei seiner weiteren Arbeit der Gesichtspunkt des Gegenschlages zu den Motiven, und schließlich fürchtete er, seine Kunst zu verunstalten, sobald er unter diesem Einfluß zu Werke ging. Nicht der Dichter, der um des Beifalls willen jeder Mode folgt, sondern jener, der auch nur eine Spur von Charakter hat, gerät überraschend leicht in eine solche Gefahr. Deshalb hatte Bakin es auch stets nach Möglichkeit vermieden, abfällige Kritiken über seine Arbeiten zu lesen. Was allerdings nicht heißt, daß er nicht dann und wann versucht gewesen wäre, sie doch zu lesen. Und daß er jetzt im Bad den Schmähungen des Schieläugigen lauschte, lag nur daran, daß er der Versuchung diesmal nicht hatte widerstehen können.

Als er sich dessen bewußt wurde, noch immer träge in dem warmen Wasser hockend, schalt er sich einen Toren. Ohne die krächzende Stimme des Schieläugigen weiter zu beachten, stieg Bakin nun kurz entschlossen aus dem Badebecken. Zwischen den Dampfschwaden konnte er durch die Fenster den blauen Himmel sehen und in dem blauen Himmel, vom warmen Sonnenlicht übergossen, die roten Kaki-Früchte.

Bakin trat an einen Wassertrog und spülte sich gelassen noch einmal mit warmem Wasser ab.

»Jedenfalls ist Bakin ein ausgemachter Hochstapler. Ihn als den Luo Guan-dschung Japans zu bezeichnen, das fehlte gerade noch!«

Der Mann im Bad setzte seine Philippika fort, wohl in dem Glauben, Bakin sei noch immer da. Womöglich aber hatte er, der von Schieläugigkeit Geschlagene, tatsächlich nicht gesehen, daß Bakin aus dem Wasser gestiegen war.

5

Bakin war doch sehr bedrückt, als er das Badehaus verließ. Zumindest insoweit hatten die giftigen Reden des Schieläugigen ihre Wirkung nicht verfehlt. Grübelnd schritt er an dem schönen Herbsttag durch die Straßen Edos und überprüfte mit kritischem Verstand eingehend jede einzelne der abfälligen Äußerungen, die im Bad an sein Ohr gedrungen waren. Obwohl er sie von jeder Seite ohne Vorbehalt beleuchtete, konnte er sogleich beweisen, daß alles nur haltloses Geschwätz war. Und trotzdem gewann er, einmal aufgestachelt durch die Reden, seine innere Ruhe nicht so leicht zurück.

Mißvergnügt hob er den Blick und betrachtete die Bürgerhäuser, die den Weg auf beiden Seiten säumten. Die Menschen in den Häusern gingen fleißig ihrer Arbeit nach und dachten dabei nur an die Bedürfnisse dieses Tages. Was scherten sie schon seine Grübeleien! Da war der Tabakladen mit dem braunen Vorhang an der Tür und der Aufschrift »Die besten Tabake des Landes«, das Haus des Kammachers mit dem gelben kammförmigen Reklameschild »Die echten Buchsbaumkämme«, das Restaurant »Zur Sänfte« mit dem bunten Lampion am Eingang, und da war die Fahne des Wahrsagers, die zu einem »Blick in die Zukunft« aufforderte – all das bildete eine Reihe, die ihm sinnlos wie ein wirres Durcheinander vorkam, als seine Blicke darüber hin glitten.

Warum eigentlich ärgern mich diese Schmähungen so sehr, fragte sich Bakin. Und er folgerte: Was mich betrübt, ist vor allem, daß mich der Schieläugige haßt. Daß mich jemand haßt, egal aus welchem Grund, das betrübt mich nun einmal.

Während er so nachsann, begann er sich seiner Verletzlichkeit zu schämen. Tatsächlich wird man selten einen Menschen treffen, der so überheblich und anmaßend sein konnte und zugleich so empfindlich auf jede gegen ihn gerichtete

Böswilligkeit reagierte wie Bakin. Diese scheinbar widersprüchlichen Verhaltensweisen aber hatten, und dessen war er sich natürlich auch irgendwie bewußt, ein und dieselbe Ursache – sie beruhten beide auf dem Versagen seiner Nerven.

... Jedoch da ist noch etwas, was mich verstimmt, nämlich daß mich die Umstände zwingen, den Schieläugigen als meinen Gegner zu betrachten. Und solch eine Situation war mir von jeher zuwider. Deshalb auch rühre ich keinen Würfel und keine Karten an ...

Als er mit seinen Überlegungen so weit gekommen war und dann noch einen Schritt weiterging, wandelte sich ganz unerwartet seine Stimmung. Man konnte es schon daran sehen, daß sich seine fest zusammengepreßten Lippen mit einmal entspannten.

... Schließlich verstimmt es mich wohl auch, daß es ausgerechnet ein Schieläugiger war, der mich in diese Lage brachte. Wenn es jemand Ordentliches gewesen wäre, bestimmt hätte ich mir dann die Laune nicht so schnell verderben lassen. Ja, das ist es, die Schieläugigkeit dieses Mannes hat mich verwirrt ...

Mit einem gezwungenen Lächeln blickte Bakin auf, in den hohen Himmel, aus dem zusammen mit den Sonnenstrahlen gleich Regentropfen der helle Schrei der Weihen fiel. Bakin spürte, wie seine Bedrücktheit allmählich einer heiteren Stimmung wich.

... Wie laut die Schieläugigen mich auch immer schmähen mögen, sie erreichen damit höchstens, daß sie mich ärgern. Wie laut die Weihen auch immer schreien mögen, den Lauf der Sonne halten sie nicht auf. Ich werde meine Geschichte von den acht Helden vollenden. Und dann wird Japan ein gewaltiges Epos besitzen, das in Vergangenheit und Gegenwart ohne Beispiel ist.

An seinem wiedergefundenen Selbstvertrauen weiterbauend, bog Bakin in aller Ruhe in die Gasse ein, die zu seinem Haus führte.

6

Als er in das Haus trat, erblickte er auf der Stufe zum dämmrigen Vorraum ein Paar Sandalen mit buntgemusterten Riemen. Wem sie gehörten, wußte er nur zu gut. Und sogleich sah er im Geiste das glatte, ausdruckslose Gesicht des Gastes vor sich. Ihm tat schon jetzt die Zeit leid, die er an ihn würde verschwenden müssen.

Auch heute wird der ganze Vormittag verstreichen, ohne daß ich zum Schreiben komme, dachte er bei sich. Und Unwillen erwachte in ihm, als er über die Schwelle schritt und Sugi, die Magd, herzueilte, vor ihm hinkniete und, zu ihm aufblickend, sagte: »Drinnen wartet ein Herr auf Eure Rückkehr.«

Bakin nickte und gab Sugi das nasse Handtuch. Doch er schien keine Lust zu haben, sofort in sein Arbeitszimmer hinüberzugehen.

»Wo ist O-Hyaku?«

»Sie ist zum Tempel gegangen.«

»Und O-Michi?«

»Ebenfalls. Und den Kleinen haben sie auch mitgenommen.«

»Und mein Sohn?«

»Der ist bei Herrn Yamamoto.«

Alle waren also fort. Bakin empfand darüber so etwas wie Enttäuschung. Denn nun blieb ihm keine andere Wahl, als die Tür zu seinem Arbeitszimmer zu öffnen, das an den Vorraum grenzte.

Mitten im Zimmer saß aufrecht, eine lange silberne Tabakpfeife zwischen den Lippen, ein Mann mit bleichem, fettglänzendem, eigenartig hochmütigem Gesicht. Das Zimmer war bis auf einen mit Steinabreibungen beklebten Wandschirm und zwei Rollbilder mit rotem Ahornlaub und gelben Chrysanthemen in der Ziernische ohne jeden Schmuck. Schlichte Bücherregale aus Paulowniaholz bedeckten die Wände. Und das Papier der Shoji war offenbar seit dem letzten Herbst nicht mehr erneuert worden. Auf dem Weiß der ausgebesserten Stellen tanzten die großen Schatten zerschlissener, von der Herbstsonne beschienener Bananenblätter. Zu dieser Umgebung wollte die auffällige Kleidung des Besuchers nicht recht passen.

»Ach, Verehrtester, schön, daß Sie wieder da sind«, sagte der Gast glattzüngig und neigte respektvoll den Kopf, kaum daß sich die Schiebetür geöffnet hatte. Es war der Verleger Ichibee Izumiya, der Bakins Buch »Der neue Traum der roten Kammer«, das sich seinerzeit nächst der Geschichte von den acht Helden größter Beliebtheit erfreute, herausgebracht hatte.

»Sie warten sicherlich schon ein ganze Weile. Aber ausnahmsweise habe ich mir heute mal ein Morgenbad geleistet.«

Unbewußt verzog Bakin ein wenig das Gesicht, während er sich formvollendet auf dem Sitzkissen niederließ.

»Na, so etwas. Ein Morgenbad. Sieh einer an!«

Ichibee tat sehr verwundert. Es gibt wahrscheinlich nur wenige Menschen, die wie dieser Mann selbst über gänzlich unbedeutende Sachen in Verwunderung ausbrechen. Nein, man trifft überhaupt nur selten jemanden, der seine Verwunderung offen zeigt. Bakin zündete sich bedächtig seine Pfeife an und lenkte wie gewöhnlich das Gespräch sofort auf das Geschäftliche. Dieses verwunderte Gesicht des Verlegers konnte er nicht ausstehen.

»Was führt Sie heute zu mir?«

»Hm, ich wollte Sie fragen, ob ich nicht wieder mal ein Manuskript von Ihnen bekommen kann«, sagte Ichibee mit sanfter, fast mädchenhafter Stimme, während seine Fingerspitzen mit der Tabakpfeife spielten. Dieser Mann hatte einen seltsamen Charakter. Sein Verhalten nach außen hin stimmte nämlich mit seinen Absichten, die er tief im Herzen hegte, in den meisten Fällen nicht überein. Mehr noch, es war fast immer das genaue Gegenteil davon. So redete er denn, wenn er zu etwas fest entschlossen war, in einem im umgekehrten Verhältnis dazu stehenden sanftmütigen Ton.

Wieder verzog Bakin, als er diese Stimme hörte, ungewollt ein wenig das Gesicht.

»Ein Manuskript, sagen Sie? Da ist nichts zu machen.«

»Wieso? Haben Sie etwas gegen mich?«

»Nein, das nicht. Aber ich habe in diesem Jahr schon ein paar Erzählungen versprochen, und da kann ich einfach keine längeren Sachen mehr übernehmen.«

»So sehr sind Sie beschäftigt?« Ichibee klopfte, kaum daß er das gesagt hatte, seine Pfeife aus, tat, als hätte ihre bisherige Unterhaltung überhaupt nicht stattgefunden, und begann unvermittelt von Jirokichi Nezumikozo zu erzählen.

7

Jirokichi Nezumikozo war ein weithin berühmter Einbrecher gewesen. Am Anfang des fünften Monats dieses Jahres hatte man ihn gefaßt und Mitte des achten Monats enthauptet. Weil er nur in die Paläste der Fürsten eingedrungen war und das erbeutete Geld an die Armen verteilt hatte, nannte ihn das Volk den gerechten Räuber, und unter diesem Namen war er in aller Munde.

»Wissen Sie, Verehrtester, sechsundsiebzig Einbrüche hat er verübt und dabei, man höre und staune, insgesamt dreitausendeinhundertdreiundachtzig Ryo und zwei Bu erbeutet. Er war ein Einbrecher, gewiß, aber einer von ganz besonderen Gaben.«

Unwillkürlich war Bakin neugierig geworden. Wenn Ichibee solche Geschichten erzählte, dann bildete er sich stets ein, dem Dichter einen Stoff in die Hand zu geben. Und natürlich empörte Bakin diese Anmaßung. Trotz alledem konnte er seine Neugier nicht bezähmen. Denn gerade für solche Geschichten war er, der hochbegabte Künstler, leicht empfänglich.

»Das muß ja ein toller Bursche gewesen sein! Ich habe zwar schon dieses und jenes über ihn gehört, aber daß es soviel gewesen ist, das hätte ich nicht gedacht.«

»Sehen Sie, er war so etwas wie ein König unter den Banditen. Es heißt, er habe früher einmal zu den Gefolgsleuten des Arao Tajima-no Kami, des Regenten des Fürstentums Tottori, gehört. Aus diesem Grunde wußte er sicherlich genau, wie man sich am besten Zugang zu den Palästen verschafft. Nach dem, was jene, die ihn auf seinem letzten Gang sahen, erzählen, muß er ein etwas beleibter, seinem Wesen nach recht liebenswürdiger Mann gewesen sein. Unter dem blauen leinenen Sommergewand soll er ein Unterkleid aus weißer Seide getragen haben. Sagen Sie selbst, ist das nicht eine Gestalt, die man sich in einem Werk von Ihnen sehr gut vorstellen könnte?«

Bakin zog an seiner Pfeife und gab keine klare Antwort. Nun gehörte Ichibee aber nicht zu den Leuten, die sich durch Ausweichen beirren ließen.

»Also, wie ist es? Darf der Verleger Ihres ›Neuen Traums der roten Kammer‹ Sie herzlich darum bitten, ihm auch etwas über diesen Jirokichi zu schreiben? Ich weiß ja, Sie sind sehr beschäftigt. Aber nun geben Sie Ihrem Herzen schon einen Stoß!«

Über die Geschichte des Nezumikozo war Ichibee also plötzlich wieder auf das gewünschte Manuskript gekommen. Doch Bakin, vertraut mit dieser Taktik des Verlegers, ging nach wie vor auf nichts ein. Ja, er wurde sogar etwas ungehalten. Er ärgerte sich nämlich, daß er vorübergehend Ichibees Plan aufgesessen war und sich hatte neugierig machen lassen. Deshalb nahm er erst einmal einen Zug aus seiner Pfeife, bis er dann einwendete: »Wenn ich mich zum Schreiben zwingen muß, kommt sowieso nicht viel dabei heraus. Daß sich das auf den Verkauf auswirkt, brauche ich Ihnen wohl nicht erst zu sagen. Für Sie wird das kein Geschäft. Und am Ende sind wir beide die Leidtragenden.«

»Schon möglich. Trotzdem möchte ich Sie bitten, es zu versuchen. Also, wie ist es?«

Während Ichibee das sagte, »streichelte« er mit den Blikken das Gesicht Bakins (einen der Blicke empfand dieser jedenfalls so) und stieß dabei kleine Wolken von Tabakrauch durch die Nase.

»Nein, ich kann Ihnen nichts schreiben. Selbst wenn ich es wollte, mir fehlt die Zeit dazu.«

»Sie bringen mich ja in ärgste Verlegenheit«, sagte Ichibee und begann sogleich von den Schriftstellerkollegen Bakins zu reden, wobei er seine lange silberne Tabakpfeife zwischen den schmalen Lippen behielt.

8

»Von Tanehiko soll ja wieder etwas Neues erscheinen. Sicherlich wie immer etwas Hübsches und Ergreifendes. Auf seine Weise ist dieser Tanehiko unnachahmlich. Finden Sie nicht auch?«

Ichibee hatte aus irgendeinem Grund die Angewohnheit, alle Schriftsteller ohne jede Ehrerbietung schlichtweg nur bei ihren Namen zu nennen. Immer wenn Bakin ihn derart respektlos daherreden hörte, war er fest davon überzeugt, daß Ichibee auch von ihm, von Bakin, hinter seinem Rücken als von »diesem Bakin« sprach. Für einen solchen Mann, der jeglichen Anstand vermissen ließ und den Schriftsteller als einen seiner kleinen Angestellten betrachtete, sollte man ein Manuskript schreiben? Wenn Bakin in gereizter Stimmung war, dann kam es gar nicht selten vor, daß er bei diesem Gedanken in Zorn geriet. Auch jetzt, da er den anderen »dieser Tanehiko« sagen hörte, verfinsterte sich seine ohnehin schon düstere Miene mehr und mehr. Doch Ichibee schien das nicht im mindesten zu stören.

»Übrigens erwäge ich, etwas von dem Shunsui herauszubringen. Ich weiß, Verehrtester, Sie lieben ihn nicht sonderlich. Aber die weniger gebildeten Leser spricht er nun einmal an.«

»Jaja, das mag sein.«

Bakin sah das Gesicht Shunsuis, dem er irgendwann einmal begegnet war, vor sich – nein, es drängte sich ihm in widerlicher Aufgeblasenheit auf. »Ich bin' kein Schriftsteller. Ich bin vielmehr ein Tagelöhner, der, dem Geschmack des Publikums entsprechend, über amouröse Abenteuer schreibt.« Den Ausspruch sollte Shunsui einem Gerücht nach getan haben, das man Bakin zugetragen hatte. Deshalb konnte es nicht wundernehmen, daß er diesen Schriftsteller, der kein Schriftsteller war, aus tiefstem Herzen verachtete. Trotzdem erboste ihn auch jetzt wieder die anmaßende Redeweise Ichibees.

»Alles, was wahr ist. Auf pikante Themen versteht er sich. Zu Recht genießt er in dieser Hinsicht einen guten Ruf.«

Ichibee sah Bakin flüchtig an, richtete die Augen jedoch sogleich wieder auf die silberne Tabakpfeife. Bei diesem kurzen Blick aber lag in seinem Gesichtsausdruck etwas erschreckend Gemeines. Zumindest konnte Bakin sich des Eindrucks nicht erwehren.

»Übrigens soll, wenn er sich an die Arbeit macht, sein Pinsel nur so über das Papier fliegen. Zwei, drei Kapitel schreibt er in einem Zuge. Und wie ist das eigentlich mit Ihnen? Gehören Sie nicht ebenfalls zu den Flinken?«

Bakin fühlte sich unbehaglich und zugleich bedroht. Es verletzte ihn in seinem grenzenlosen Stolz, mit Shunsui und Tanehiko hinsichtlich des Schreibtempos verglichen zu werden. Zumal er nicht zu jenen zählte, denen die Tusche leicht aus dem Pinsel floß. Und da er das gleichsam für eine Bestätigung seines Unvermögens hielt, bedrückte es ihn oft genug. Andrerseits aber sah er darin zuweilen nicht ohne Selbstgefälligkeit auch einen Maßstab für seine künstlerische Gewissenhaftigkeit. Jedoch das alles ging nur ihn an, und er war keineswegs gewillt, andere darüber befinden zu lassen. Er schaute auf die Bilder mit dem roten Ahorn und den gelben Chrysanthemen in der Ziernische und antwortete ziemlich ungehalten: »Das hängt von der Zeit und den Umständen ab. Manchmal schreibe ich schnell, manchmal langsam.«

»So? Zeit und Umstände? Wirklich?«

Gleich dreimal hintereinander tat Ichibee sehr verwundert. Doch selbstverständlich war das kein Verwundern um des Verwunderns willen. Und er hieb denn auch sofort wieder in die gleiche Kerbe: »Wie ist es nun? Bekomme ich ein Manuskript von Ihnen? Auch der Shunsui ...«

»Ich bin nicht Herr Tamenaga Shunsui!«

Wenn Bakin ärgerlich wurde, dann verzog sich die Unterlippe nach links. Und in diesem Augenblick hing sie erschreckend schief herab.

»Sie wollen mich bitte entschuldigen! – Sugi! Sugi! Herr Izumiya möchte gehen. Gib ihm sein Schuhwerk!«

9

Nachdem er Ichibee Izumiya die Tür gewiesen hatte, stand Bakin nun an einen Pfeiler gelehnt auf der Veranda, ließ den Blick über den kleinen Garten schweifen und versuchte mit aller Gewalt, seines Ärgers, der sich nicht legen wollte, Herr zu werden.

In dem von der Sonne hell beschienenen Garten mit der Bananenstaude, deren Blätter schon völlig zerfasert waren, der Schirmplatane, die kahl zu werden begann, der schwarzen Chinakiefer und dem grünen Bambus hielt der Herbst seinen Einzug. Der Mandeleibisch neben dem Wasserbekken blühte nur noch spärlich, doch die hinter der Hecke wachsenden Oleazeen verströmten nach wie vor ihren süßlichen Duft. Und ganz in der Ferne aus dem blauen Himmel ertönte wie ein schriller Pfiff von Zeit zu Zeit der Ruf der Weihen.

Im Angesicht dieser Natur mußte Bakin wieder an die

Niedertracht der Welt denken. Es ist das Unglück der Menschen, die in dieser niederträchtigen Welt leben, daß sie sich durch diese Niedertracht kränken und selber zu niederträchtigen Worten und Taten hinreißen lassen. Soeben hatte er Ichibee Izumiya hinausgeworfen. Und daß man jemanden hinauswirft, das zeugt auch nicht gerade von Edelmut und Vornehmheit. Indes die Niedertracht des anderen war so schändlich, daß er zu der Niedertracht getrieben worden war, ihn hinauszuwerfen. Und das hieß nichts anderes, als daß er sich ebenso gemein verhalten hatte wie der Verleger Ichibee. Soweit also hatte er sich selbst erniedrigt.

Bei diesem Gedanken entdeckte er in seiner Erinnerung eine ähnliche Begebenheit, die sich vor noch nicht allzu langer Zeit zugetragen hatte. Im Frühjahr des vergangenen Jahres war es gewesen. Ein Mann namens Masabee Nagashima aus Kuchiki-Kamishinden in Soshu bat in einem Brief darum, im Hause Bakins als Schüler aufgenommen zu werden. Er sei jetzt vierundzwanzig Jahre alt und habe, als er mit einundzwanzig taub geworden war, den Entschluß gefaßt, sich mit dem Schreiben von Romanen einen Namen in der Welt zu machen. So habe er sich denn seither mit Fleiß der Schriftstellerei hingegeben.

… Es bedarf kaum der besonderen Erwähnung, daß mich die Geschichte von den acht Helden und die »Reisen auf den Inseln« geradezu begeistert haben. Doch allein, daß ich auf dem Lande lebe, hindert mich am Vorwärtskommen. Darf ich Sie deshalb bitten, meinen sechsbändigen Roman durchzusehen? Ich will ihn dann veröffentlichen … So ungefähr hatte er geschrieben.

Bakin fand diese Bitte reichlich unverschämt. Doch daß der andere taub war, stimmte ihn, dessen Augenlicht beeinträchtigt war, weichherzig. Und so kam es, daß seine abschlägige Antwort – leider könne er den Wünschen nicht entsprechen – für seine Begriffe in einem außerordentlich freundlichen Ton abgefaßt war. Der Brief jedoch, den Bakin daraufhin erhielt, bestand vom Anfang bis zum Ende nur aus heftigen Vorwürfen.

... Ob Ihre Geschichte von den acht Helden oder die »Reisen auf den Inseln«, ich habe diese elend langen hingepfuschten Werke geduldig durchgelesen, und Sie lehnen es schon ab, sich die paar Bände meines Werkes einmal anzuschauen. Zeigt das nicht, daß Sie ein Mann von niedrigster Gesinnung sind? ... So begann der Brief, und er endete schließlich mit dem Anwurf: ... Daß Sie als der Ältere, der Erfahrene einem Jüngeren, Unerfahrenen Ihren Beistand versagen und ihn nicht in Ihrem Hause aufnehmen, beweist, daß Sie obendrein geizig sind! ...

Bakin war empört und schrieb unverzüglich einen Antwortbrief: Darin stand der Satz: Ich betrachte es als die größte Schande meines Lebens, daß meine Werke von solch einem infamen Lümmel wie Ihnen gelesen werden.

Danach hatte Bakin nie wieder etwas von dem jungen Mann gehört. Ob er noch immer fleißig an seinem Manuskript schreibt? Ob er noch immer davon träumt, daß sein Buch eines Tages allüberall gelesen wird?

Als er über all das nachdachte, kam ihm zum Bewußtsein, wie niederträchtig und gemein er an Masabee Nagashima und zugleich an sich selber gehandelt hatte. Und das stimmte ihn wiederum unsäglich traurig. Unterdessen sog die Sonne arglos den Duft der Oleazeen auf. Kein Windhauch bewegte die Blätter der Bananenstaude und der Schirmplatane. Und auch der Ruf der Weihen klang so hell und klar wie zuvor. Diese Schönheit der Natur und im Gegensatz dazu die Menschen ... Bis Sugi ihn etwa zehn Minuten später zum Mittagessen rief, lehnte er gedankenverloren, ganz als träumte er, an einem Pfeiler der Veranda.

10

Nach dem einsamen Mittagsmahl zog Bakin sich in sein Studierzimmer zurück. Eine Weile saß er untätig da, und schließlich schlug er nach langer Zeit zum erstenmal wieder das Buch »Die Räuber vom Liangschan« auf. Er tat es in der Hoffnung, dadurch endlich die Bedrückung loszuwerden, die nicht weichen wollte. Die Stelle, die er zufällig aufgeblättert hatte, handelte davon, wie der leopardenköpfige Lin in einer Schneegestöbernacht im Tempel des Berggottes erlauscht, daß ihm durch eine Brandlegung in den Vorratsspeichern der Feuertod bereitet werden soll. Diese dramatische Szene vermochte Bakin in helle Begeisterung zu versetzen. Doch schlug die Begeisterung, sobald sie einen gewissen Punkt erreichte, in eine seltsame innere Unruhe um.

Seine Familie war von dem Besuch im Buddhatempel noch immer nicht zurückgekehrt. Im Hause herrschte Grabesstille. Das finstere Gesicht dicht über dem Buch, zog Bakin an der Pfeife, wenngleich ihm jetzt der Tabak gar nicht schmeckte. Und aus dem Rauch kam ihn ein bestimmter Zweifel an, den er ständig im verborgenen hegte.

Es war der Zweifel, geboren aus dem Ringen des Moralisten Bakin mit dem Künstler Bakin. Seit eh und je hatte Bakin an die Richtigkeit des »Weges der Weisen aus dem Altertum« geglaubt. Und er hatte öffentlich bekannt, daß er alle seine Werke als eine künstlerische Umsetzung des »Weges der Weisen« betrachte.

Hierin lag also nichts Widersprüchliches. Hingegen tat sich zwischen dem, was der »Weg der Weisen« der Kunst gab, und dem, was Bakins Gefühl der Kunst zu geben suchte, eine erstaunlich tiefe Kluft auf. Das heißt, während der Moralist in ihm den »Weg der Weisen« bejahte, bejahte der Künstler in ihm natürlicherweise das eigene Gefühl. Selbstverständlich ließ sich, um aus diesem Widerspruch herauszukommen, leicht ein billiger Kompromiß finden.

Und tatsächlich steckte hinter seiner lauen These von der Harmonie nichts anderes als das Bemühen, seine unentschiedene Haltung gegenüber seinem eigenen künstlerischen Schaffen vor der Öffentlichkeit zu vertuschen.

Doch wenn sich auch die Öffentlichkeit täuschen ließ, sich selber konnte er nicht betrügen. Er sprach der Dichtung jeglichen Wert ab, sofern sie nicht der Ermunterung zum Guten und der Verurteilung des Bösen diente. Aber sobald ihn einmal die Kunstbegeisterung packte und ihn ganz gefangennahm, wurde er sofort unsicher in seiner Auffassung. Das war auch der Grund dafür, daß diese eine Stelle aus den »Räubern vom Liangschan« eine so unerwartete Wirkung auf seine Gemütsverfassung hatte.

Bakin, dem es an Mut fehlte, über sich selber bis zur letzten Konsequenz nachzusinnen, zwang sich, während er den Tabakrauch in die Luft blies, nur noch an seine abwesende Familie zu denken. Das Buch lag indessen aufgeschlagen vor ihm. Und seine Unsicherheit, die davon ausging, ließ sich so leicht nicht verdrängen. Zum Glück erschien in diesem Augenblick Noboru Watanabe Kazan, der ihn lange nicht besucht hatte. Er war mit weiten Pluderhosen und einem Überwurf bekleidet. Unter dem Arm trug er ein Bündel, das in ein violettes Tuch eingeschlagen war. Vermutlich wollte er ein paar Bücher, die er sich ausgeliehen hatte, zurückgeben.

Hocherfreut ging Bakin seinem Freund in den Vorraum entgegen.

»Ich bin gekommen, dir zum einen deine Bücher wiederzubringen und dir zum anderen etwas zu zeigen«, sagte Kazan, als sie in das Arbeitszimmer traten. Das eine hatte Bakin ohnehin vermutet, und nun sah er auch, daß Kazan außer dem Bündel eine mit Papier umhüllte Rolle Malseide in der Hand hielt.

»Wenn du eine Sekunde Zeit hast, würdest du dann bitte einen Blick darauf werfen?«

»Nun rede nicht lange.«

Um zu verbergen, wie aufgeregt er war, lächelte Kazan gezwungen, während er das Seidenbild auswickelte und es Bakin hinhielt. Es zeigte vereinzelte kahle Bäume und dazwischen zwei Männer, die sich fröhlich unterhielten und in die Hände klatschten, verstreute gelbe Blätter und über den Wipfeln der Bäume Scharen von Krähen – wohin man auch blicken mochte, überall vermeinte man die Atmosphäre des Herbstes zu spüren.

Als Bakin das farbige Tuschbild mit den beiden Mönchsgestalten, Kanzan und Jittoku, betrachtete, nahmen seine Augen allmählich einen weichen feuchten Glanz an.

»Ein gelungenes Werk! Es erinnert mich an Wang Wei, besonders an die Zeilen: Fern tönt der Abendgong / Krähen kehren von der Futtersuche heim / Herbsteinsam schweigt der Wald / Ein Rascheln nur / Wenn ein Blatt zu Boden sinkt.«

11

»Ich bin gestern damit fertig geworden. Weil es mir gefällt, möchte ich es dir schenken, sofern es dir recht ist«, erklärte Kazan selbstzufrieden und strich sich dabei über das glattrasierte Kinn. »Wenn ich sage, es gefällt mir, dann meine ich das natürlich nur im Vergleich zu dem, was ich bisher gemalt habe ... Aber ich bin noch immer weit entfernt davon, das, was mir vorschwebt, vollkommen auszudrücken.«

»Du machst mir eine große Freude mit dem Bild. Es ist mir wirklich schon peinlich, daß du mir jedesmal etwas mitbringst.«

Während Bakin noch immer das Bild betrachtete, bedankte er sich fast flüsternd für das Geschenk. Denn in diesem Augenblick mußte er an sein eigenes unvollkommenes Schaffen denken. Jedoch Kazan wäre nicht Kazan gewesen, wenn ihn jetzt etwas anderes als seine Malerei beschäftigt hätte.

»Immer wenn ich mir die Bilder der alten Meister ansehe,

frage ich mich, warum eigentlich kann ich nicht so malen. Ob Bäume, ob Felsen, ob Figuren – es sind wahrhaft vollkommene Bäume, vollkommene Felsen, vollkommene Figuren. Und nicht nur das, darin lebt das Gefühl der Alten auf ewig fort. Das allein ist etwas Großes. So gesehen, bin ich, sind wir alle doch noch Kinder.«

»Aber sagten nicht die Alten: Zu fürchten sind die Nachgeborenen?« entfuhr es Bakin mehr im Scherz, und er war ein wenig gekränkt, daß Kazan an nichts anderes als an seine Bilder dachte.

»Und sie hatten recht damit. Deshalb sind wir, die wir zwischen den Alten und den künftigen Generationen stehen, auch derart eingeengt, daß wir uns niemals frei bewegen können. Wir streben weiter, aber werden ständig hin und her gezerrt. Doch nicht nur uns ergeht es so. Den Alten ging es wahrscheinlich auch nicht anders, und den Kommenden wird es sicherlich nicht anders gehen.«

»Jedoch wer nicht vorwärts schreitet, wird sogleich zu Boden gerissen. Drum ist es wichtig, daß man vorwärts schreitet, und sei es nur einen einzigen Schritt.«

»Das stimmt! Das ist das Wichtigste.«

Hausherr und Besucher, beeindruckt von den eigenen Worten, verstummten für eine Weile und lauschten in die Stille des Herbsttages hinein.

»Kommst du mit deiner Geschichte von den acht Helden weiter gut voran?« fragte Kazan schließlich, um die Unterhaltung in eine andere Richtung zu lenken.

»Leider nicht. Auch ich reiche eben an die alten Meister nicht heran.«

»Das von dir zu hören ist betrüblich.«

»Betrüblich, ja, aber in erster Linie wohl für mich. Doch ist eine Arbeit erst einmal so weit gediehen, dann bleibt einem keine andere Wahl, als sie fortzusetzen. Darum bin ich nun entschlossen, einen Kampf auf Leben und Tod mit der Geschichte von den acht Helden zu führen.« Bakin lachte gequält, als schämte er sich.

109

»Nur ein Stückchen Dichtung, was ist das schon, denkt man am Anfang, und dann stellt sich meist heraus, wie schwer es doch zu machen ist.«

»Mir ergeht es mit der Malerei nicht anders. Habe ich ein Bild begonnen, dann will ich auch mein Bestes geben.«

»Also führen wir beide ständig einen Kampf auf Leben und Tod.«

Sie lachten. Doch durch das Lachen strömte ein Gefühl der Einsamkeit, das nur sie verstanden. Und Hausherr und Gast spürten zu gleicher Zeit, daß sie aus diesem Gefühl der Einsamkeit heraus eine Art heftiger Erregung packte.

»Ihr Maler seid dennoch zu beneiden. Insofern nämlich, als euch die Zensur in Ruhe läßt.«

Diesmal war es Bakin, der das Thema wechselte.

12

»Ja, schon – aber ich denke, daß auch du mit dem, was du schreibst, in dieser Hinsicht keine Sorgen hast.«

»Im Gegenteil. Eine ganze Menge sogar.«

Als Beispiel für die unglaubliche Beschränktheit der Beamten in der Zensurbehörde erzählte Bakin, daß man einmal eine Änderung von ihm verlangt hatte, weil in einem Abschnitt von einem bestechlichen Beamten die Rede gewesen war. Und schimpfend fuhr er fort: »Aber das schönste ist, daß diese Herren Zensoren, je mehr sie zu beanstanden haben, desto deutlicher ihren wahren Charakter zeigen. Sie sind selber alle bestechlich, und deshalb ärgert es sie, wenn Bestechungen erwähnt werden, und sofort verlangen sie, daß man die Geschichte umschreibt. Und weiter, weil sie selber die schlimmsten Lüstlinge sind, stempeln sie jedwedes Buch, sofern darin etwas von der Liebe zwischen Mann und Frau steht, als Pornographie ab. Da tun sie so, als hätten sie ein höheres moralisches Empfinden als der Schriftsteller. Das ist wie mit dem Affen, der in den Spiegel guckt und sein eigenes Spiegelbild anfletscht. Ihre eigene Niedrigkeit ärgert sie.«

Kazan mußte ungewollt darüber lachen, wie sehr sich Bakin bei dem Vergleich ereiferte.

»Das mag ja alles stimmen. Aber es gereicht dir doch nicht zur Schande, wenn man dich veranlaßt, etwas umzuschreiben. Was die Zensoren auch immer zu bekritteln haben, den Wert eines guten Werkes wird das nicht schmälern können.«

»Selbst wenn du recht hättest – das tyrannische Gebaren der Zensur ist oft nicht mehr zu ertragen. Da habe ich einmal geschrieben, daß jemandem Essen und Kleidung in die Gefängniszelle gebracht wird. Und prompt hat man mir fünf, sechs Zeilen aus dem Text gestrichen.« Während Bakin das sagte, begann er vor sich hin zu lachen, und Kazan tat es ihm gleich.

»In fünfzig oder hundert Jahren gibt es keine Zensurbehörde mehr. Dafür aber wird deine Geschichte von den acht Helden von Bestand sein.«

»Ich weiß nicht recht. Ich kann es mir nicht denken. Schön, mögen die Herren Zensoren auch verschwinden, es wird immer Leute geben, die nicht anders sind als sie. Es ist ein großer Irrtum, wenn man glaubt, daß nur im fernen Altertum Bücher verbrannt und Literaten lebendigen Leibes begraben wurden.«

»Du scheinst mir sehr bedrückt zu sein.«

»Ich bin nicht bedrückt. Bedrückend ist nur eine Welt, in der Zensoren herrschen.«

»Dann vertiefe dich noch mehr in deine Arbeit und suche darin Trost zu finden.«

»Am Ende scheint einem tatsächlich nichts anderes zu bleiben.«

»Womit wir wieder beim Kampf auf Leben und Tod wären.«

Diesmal lachte keiner von ihnen. Und nicht nur, daß sie nicht lachten. Bakin machte ein sehr ernstes Gesicht und

sah Kazan an. Denn in den Worten, die ein Scherz sein sollten, hatte eine seltsame Schärfe gelegen.

»Doch ihr jungen Leute solltet vor allem an das Überle-
ben denken. Denn das Leben hinzugeben, dazu ist noch immer Zeit«, sagte Bakin nach einer Weile, als ahnte ihm, der
um die politischen Ansichten seines Freundes wußte, plötzlich etwas. Kazan aber lächelte nur und wollte darauf offenbar nichts erwidern.

13

Als Kazan gegangen war, setzte sich Bakin an seinen Tisch,
um mit der Kraft des noch in ihm glühenden Eifers die Arbeit an seinem Manuskript fortzusetzen. Es war ihm schon
seit langem Gewohnheit, sich das, was er am Vortage zur Papier gebracht hatte, erst noch einmal durchzulesen, bevor er
weiterschrieb. So las er auch jetzt sehr aufmerksam und
ohne Eile die letzten Seiten seines Manuskripts, die von den
Korrekturen zwischen den engen Zeilen über und über mit
Rot bedeckt waren.

Doch aus irgendeinem Grund berührte ihn das gar nicht,
was dort stand. Zwischen den einzelnen Wörtern verbarg
sich ein unreiner Klang und zerstörte die Harmonie des
Ganzen. Zuerst versuchte Bakin es damit zu erklären, daß er
in einer zu gereizten Stimmung sei. Ich bin jetzt nicht in der
richtigen Verfassung! Schließlich habe ich das doch nicht einfach so hingeschrieben, sondern mir die allergrößte Mühe gegeben, überlegte Bakin und begann, noch einmal von vorn zu
lesen. Doch die Töne klangen nicht weniger falsch als zuvor.
Das brachte ihn so aus der Fassung, wie man es bei einem
Mann seines Alters eigentlich nicht erwarten sollte.

Und der Teil davor?

Er las den Teil davor. Und auch diese Seiten schienen
ihm nur mit wirren, ungeschliffenen Phrasen angefüllt. Er
blätterte weiter und immer weiter zurück.

Und je mehr er las, desto deutlicher erkannte er die Verworrenheit der Sätze und die Unbeholfenheit der Komposition. Da war eine Naturschilderung, so blaß und farblos, daß man sich kaum ein Bild von der Landschaft machen konnte. An anderer Stelle brach eine Gestalt in Begeisterung aus, indes von Leidenschaftlichkeit war in den Worten nichts zu spüren. Und dort wurde ein Beweis geführt, und der war alles andere, nur nicht folgerichtig.

Diese Seiten seines Manuskripts, die zu schreiben ihn manchen Tag gekostet hatten, schienen ihm allesamt, da er sie mit neuen Augen sah, nichts als sinnloses Geschwätz zu enthalten. Er spürte plötzlich einen stechenden Schmerz, gleichsam als würde ihm das Herz durchbohrt.

Dir bleibt nur, noch einmal von vorn zu beginnen! sagte sich Bakin, schob ärgerlich das Manuskript beiseite und streckte sich, die Ellenbogen aufgestützt, auf den Matten aus. In seiner inneren Unruhe jedoch vermochte er keinen Blick von dem Tisch zu wenden. An diesem Tisch hatte er die Romane »Der Halbmond« und »Der Traum des Nan Ke« verfaßt, und seit Jahren schrieb er nun daran die Geschichte von den acht Helden. Der Stein zum Anreiben der Tusche, der Papierbeschwerer in Drachengestalt, das aus Paulowniaholz in Form einer Kröte geschnitzte Gießfläschchen mit dem Wasser für die Tusche, der grünschimmernde kleine porzellanene Wandschirm, bemalt mit Päonienblüten und chinesischen Fabellöwen, der Pinselständer aus Bambus, in den Orchideen eingeschnitten waren, all diese Utensilien auf dem Schreibtisch kannten seit wer weiß wie langer Zeit schon Bakins Qualen, die er beim Schreiben erdultete. Auch als er seinen Blick auf diese Dinge heftete, konnte er sich einer schrecklichen Angst nicht erwehren. Ihm war, als hätte die soeben erlittene Niederlage einen dunklen Schatten auf sein ganzes Lebenswerk geworfen – als müsse er grundsätzlich an seinen Fähigkeiten zweifeln.

»Noch bis vorhin wollte ich ein großes Werk schreiben,

das in diesem Land ohne Beispiel ist. Aber vielleicht war auch das nur reine Selbstgefälligkeit.«

Seine innere Unruhe und Angst trieben ihn in das schwerer als alles andere zu ertragende Gefühl völligen Verlassenseins. Schon immer hatte er sein Haupt demutsvoll vor den großen Meistern des alten Japan und des alten China gebeugt. Doch wie unendlich überlegen hatte er sich stets den geschäftigen Größen seiner Zeit gefühlt und wie hochmütig auf sie herabgeblickt. Und ausgerechnet er sollte sich nun eingestehen müssen, daß er am Ende nicht mehr Talent hatte als alle anderen und sich seine eigene Größe also in widerlicher Überheblichkeit nur vorgegaukelt hatte! Sein eigenes starkes Ich war viel zu sehr von Leidenschaftlichkeit erfüllt, als daß es sich in »Erkennen« und »Verzicht« hätte flüchten können.

An seinen Tisch gelehnt, führte Bakin einen stillen Kampf mit den Mächten der Verzweiflung, und dabei betrachtete er das mißlungene Manuskript mit den Augen eines Kapitäns, der sein geliebtes Schiff sinken sieht. Wäre in diesem Augenblick nicht die Schiebetür hinter ihm geräuschvoll aufgestoßen worden und hätten sich nicht zugleich mit dem Ausruf »Da bin ich wieder, Großvater!« zarte kleine Arme um seinen Hals geschlungen, dann hätte Bakin wahrscheinlich eine Ewigkeit seinem Trübsinn nachgehangen. Doch kaum, daß Taro, sein Enkel, die Schiebetür geöffnet hatte, war er mit der Kühnheit und dem Freimut, die nur Kindern eigen sind, quicklebendig Bakin auf den Schoß gehüpft.

»Da bin ich wieder, Großvater!«

»Fein, daß du wieder da bist.«

Das zerfurchte Gesicht des Verfassers der Geschichte von den acht Helden erstrahlte vor Freude, als sei er plötzlich ein anderer geworden.

14

Aus dem Wohnzimmer klangen die schrille Stimme von O-Hyaku, Bakins Frau, und die sanfte Stimme von O-Michi, seiner Schwiegertochter, herüber. Da sich bisweilen eine tiefe männliche Stimme daruntermischte, mußte also auch Sohaku, sein Sohn, zurückgekehrt sein. Während Taro auf den Knien des Großvaters schaukelte, blickte er mit gemacht ernster Miene zur Decke, als lauschte er gespannt dem, was drüben im Wohnzimmer gesprochen wurde. Seine Wangen waren von der frischen Luft gerötet. Bei jedem Atemzug bebten die kleinen Nasenflügel.

»Großvater!« sagte Taro unvermittelt, der einen mit dem Familienwappen geschmückten Kimono in dunklem Braun mit einem leichten violetten Schimmer trug. Er schien angestrengt zu überlegen und ebenso angestrengt ein Lachen zu unterdrücken. Und wie dabei immer wieder seine Grübchen kamen und verschwanden, das brachte auch Bakin zum Lächeln.

»Jeden Tag …«, fuhr Taro fort.

»Hm, was ist jeden Tag?«

»Jeden Tag sollst du fleißig arbeiten.«

Bakin konnte nun nicht länger an sich halten und fragte lachend: »Und was weiter?«

»Ja – wie war das? – Ja, du darfst nicht die Geduld verlieren.«

»Aha! Und das ist alles?«

»Nein, noch nicht.«

Auch Taro begann jetzt laut zu lachen und warf dabei seinen Kopf in den Nacken. Als Bakin die Grübchen in den Wangen des lachenden Kindes sah und als er sah, wie es die Augen zusammenkniff und die weißen Zähne zeigte, da konnte er sich einfach nicht vorstellen, daß dieses Gesicht später einmal wie das der meisten Menschen von Leid gezeichnet sein würde. Bei diesem Gedanken überflutete ihn Glückseligkeit. Und sein Herz pochte laut vor Freude.

»Also noch etwas?«

»Ja, noch etwas.«

»Und das wäre?«

»Hm, Großvater, weil du noch viel berühmter wirst ...«

»Weil ich noch viel berühmter werden soll ... ja, und?«

»Deshalb mußt du unverdrossen weiterschreiben.«

»Ich werde unverdrossen weiterschreiben«, sagte Bakin ungewollt ernst.

»Noch viel, viel unverdrossener.«

»Wer hat das gesagt?«

»Ja, weißt du ...«

Taro blickte seinen Großvater für einen Moment etwas übermütig, aber fest an. Dann lachte er.

»Rate mal!«

»Na schön. Du warst heute im Tempel. So wird es dir der Priester gesagt haben.«

»Falsch.«

Taro schüttelte den Kopf, richtete sich auf dem Schoß seines Großvaters halb auf und schob das Kinn ein wenig vor. »Hör gut zu!«

»Ja!«

»Die Kannon von Asakusa hat es gesagt!« rief fröhlich lachend der Junge, mit so lauter Stimme, daß es im ganzen Haus zu hören war, und sprang auch schon geschwind davon, als fürchtete er, sein Großvater könnte ihn festhalten wollen. Vor Freude darüber, daß ihm seine List gelungen war, klatschte er in die kleinen Hände, während er in das Wohnzimmer hinüberstürmte.

In diesem Augenblick erstrahlte im Herzen Bakins etwas Feierliches. Ein glückliches Lächeln erschien auf seinen Lippen. Zugleich füllten sich seine Augen unversehens mit Tränen. Er fragte sich danach, ob Taro sich das alles selber ausgedacht oder ob seine Mutter es ihm vorgesprochen hatte. Allein daß solche Worte aus dem Mund seines Enkels gerade jetzt gekommen waren, ließ Bakin fast an ein Wunder glauben.

»Wie hat die Kannon doch gesagt? Arbeite fleißig, verliere nicht die Geduld, schreibe unverdrossen weiter!«

Der über sechzigjährige Dichter lachte, mit Tränen in den Augen, und er nickte beifällig wie ein Kind.

15

Es war am Abend jenes Tages.

Bakin saß im trüben Schein der zylindrischen Lampe vor dem Manuskript zu seiner Geschichte von den acht Helden. Wenn er beim Schreiben war, betrat niemals jemand von der Familie sein Zimmer. Das gurgelnde Geräusch des Öls in der Lampe und das Zirpen der Zikaden in der Stille erzählten von der Einsamkeit vergangener Nächte.

Als Bakin zum erstenmal den Pinsel ansetzte, glomm in seinem Kopf so etwas wie ein vager Schimmer auf. Doch nachdem er so zehn oder zwanzig Zeilen niedergeschrieben hatte, wurde aus dem vagen Schimmer allmählich ein helles Leuchten. Bakin, der aus Erfahrung wußte, was dieses Leuchten bedeutete, schrieb und schrieb. Denn mit der Inspiration ist es nicht anders als mit der Flamme: Gibt man ihr keine Nahrung, erlischt sie nach kurzem Flackern wieder.

Nicht so hastig! Überlege dir genau, was du schreibst! flüsterte Bakin sich immer wieder zu, den Pinsel mahnend, der ihm davonzueilen drohte. Indessen glitt das Leuchten, das vorhin noch einem zerberstenden Stern glich, nun schneller als ein Fluß durch seinen Kopf. Und mit jedem Augenblick mehr Kraft gewinnend, trieb es ihn voran, ob er wollte oder nicht.

Bakin nahm nicht mehr das Zirpen der Zikaden wahr. Auch das trübe Licht der Lampe schien jetzt seinen Augen keinerlei Pein mehr zu bereiten. Der Pinsel huschte fast von selbst über das Papier. Bakin schrieb wie besessen, ohne aufzublicken.

Der Strom in seinem Kopf schwoll unaufhörlich an und glich bald der Milchstraße hoch oben am Firmament. Die ungeheure Gewalt erschreckte ihn, und er begann zu fürchten, daß seine physischen Kräfte dem nicht gewachsen sein könnten. Doch dann faßte er den Pinsel fester und rief sich zu: Biete alles auf, was in dir steckt, und schreibe! Denn was du jetzt schreibst, das wirst du nur jetzt und niemals wieder schreiben können.

Aber die Flut des Lichtes verlor nichts von ihrer Geschwindigkeit. Ja, sie überströmte alles in ihrem schwindelnden raschen Lauf, brandete gegen Bakin an, der schließlich ihr Gefangener wurde. Alles um sich her vergessend, führte der Dichter seinen Pinsel mit Sturmesgewalt voran.

Zu dieser Zeit sahen seine königlichen Augen nicht Vorteil oder Nachteil, nicht Liebe oder Haß. Sie sahen nicht einmal sein eigenes Herz, das durch Kritik so leicht zu kränken war. Da war nur noch eine wundersame Freude, ein Verzücken, eine unendliche Begeisterung. Wer diese Begeisterung nicht kennt, wie soll der das Versunkensein des Dichters je verstehen, wie soll der die ernste Seele eines Dichters je begreifen! Doch erstrahlt dem Dichter nicht gerade in dieser unendlichen Begeisterung das »Menschenleben«, nachdem aller Unrat fortgespült, in hellem Glanz wie frischgebrochenes Erz?

Unterdessen saßen um die Lampe im Wohnzimmer Schwiegermutter und Schwiegertochter über ihren Näharbeiten. Taro schlief wohl schon. Etwas abseits hockte der kränkliche Sohaku und drehte unablässig Pillen.

»Vater sollte endlich schlafen gehen«, sagte O-Hyaku mißmutig, während sie ihre Nadel mit Haaröl fettete.

»Er wird ganz in sein Schreiben vertieft sein«, erwiderte O-Michi, ohne von ihrer Arbeit aufzusehen.

»Es ist eine Plage mit ihm! Wenn das wenigstens noch ein ordentliches Stück Geld einbrächte!« Bei diesen Worten blickte O-Hyaku ihren Sohn und ihre Schwiegertochter an. Sohaku aber ging nicht darauf ein. Er tat, als hätte er nichts gehört. Auch O-Michi nähte schweigend weiter. Und die Zikaden begleiteten hier und drüben im Arbeitszimmer des Dichters mit ihrem Zirpen den Einzug des Herbstes.

November 1917

Kesa und Morito

Nacht; Morito steht auf welkem Laub vor einer Einfriedung und betrachtet in Gedanken versunken das erste Schimmern des Mondes am Himmel.

Sein Selbstgespräch

Schon geht der Mond auf. Sonst wartete ich voller Ungeduld darauf, doch heute sehe ich es mit Entsetzen, wie er immer heller wird. Der Gedanke, daß ich in dieser einen Nacht alles, was ich war, verliere und morgen ein gemeiner Mörder bin, läßt mich am ganzen Leib erzittern. Versuch dir dennoch den Augenblick vorzustellen, da diese beiden Hände rot von Blut sind. Wie sehr wirst du dir dann selbst verdammenswert vorkommen. Ginge es darum, einen mir verhaßten Gegner umzubringen, es geschähe, ohne daß ich die geringste Seelenpein verspüren würde. Indes, heute nacht muß ich einen Mann töten, den ich nicht hasse.

Ich kannte diesen Mann vom Sehen. Daß er Wataru Saemonnojo heißt, erfuhr ich erst vor kurzem. Aber ich erinnere mich nicht, wann mir zum erstenmal sein helles, für einen Mann etwas zu weiches Gesicht aufgefallen war. Als mir bekannt wurde, daß er Kesas Mann sei, überkam mich, ich gestehe es, für eine Weile Eifersucht. Jedoch auch von dieser Eifersucht ist jetzt in meinem Herzen keine Spur mehr. Sie ist vergangen. Ich hasse Wataru also nicht, und ich könnte ihm nicht gram sein, selbst wenn er mein Rivale in der Liebe wäre. Nein, ich glaube, er tut mir eher leid. Als ich aus dem Munde Karomogawas hörte, wie sehr Wataru Kesa seinerzeit umworben hat, da regten sich in mir freundliche Gefühle für diesen Mann. Hatte er sich nicht, eigens um Kesa zu gewinnen, fleißig in der Dichtkunst geübt! Stelle ich mir die Liebesgedichte vor, die dieser nüchterne Samurai verfaßte, kann ich mich eines Lächelns nicht erwehren. Es liegt kein Spott darin. Mich rührt es, daß er so weit ging, nur um Kesa zu gefallen. Oder erfüllt mich, den Nebenbuhler, das leidenschaftliche Werben jenes Mannes um die Frau, die ich liebe, gar mit Befriedigung?

Aber liebe ich denn Kesa wirklich, daß ich so reden darf? Die Liebe zwischen mir und ihr hat ein Einst und ein Jetzt. Ich liebte sie, lange bevor sie die Frau Watarus wurde. Oder ich glaubte, sie zu lieben. Allerdings, überdenke ich es heute, dann waren meine Gefühle damals nicht rein. Was begehrte ich? Ich begehrte offenbar nur ihren Körper; denn zu jener Zeit hatte ich noch keine Frau berührt. Es mag ein wenig übertrieben sein, doch was ich für Liebe hielt, war wahrhaftig nicht viel mehr als ein sentimentales Gefühl, das dieses sinnliche Verlangen beschönigen wollte. Sicher, in den drei Jahren, da jegliche Verbindung zu ihr abgebrochen war, habe ich sie nie vergessen können. Aber hätte ich damals ihren Körper kennengelernt, wäre auch dann die Sehnsucht nach ihr nicht von mir gewichen? Es ist beschämend, doch ich bringe nicht den Mut zu einer Antwort auf. Meine Zuneigung zu Kesa in diesen drei Jahren war zu einem guten Teil Bedauern, daß ich ihren Körper nicht besessen hatte. Und mit diesem quälenden Gefühl im Herzen bin ich nun schließlich in die Beziehungen zu ihr getreten, die ich wohl ersehnte und dennoch fürchtete. Und weiter? Ich werde mich noch einmal fragen: Liebe ich denn Kesa wirklich?

Doch bevor ich eine Antwort darauf gebe, muß ich, so ungern ich es tue, den Lauf der Dinge nochmals überdenken. – Als ich ihr nach drei Jahren zufällig bei der Einweihung der

Watanabe-Brücke begegnet war, habe ich mich fast ein halbes Jahr lang mit allen Mitteln um ein heimliches Treffen bemüht. Schließlich kam es zustande. Nein, nicht nur das Treffen. Ich konnte sie besitzen, wie ich es erträumt hatte. Was mich da beherrschte, war jedoch gewiß nicht nur das Bedauern, das ich vorhin erwähnte, ihren Körper nicht zu kennen.

Als ich ihr bei Karomogawa in einem Zimmer auf den Matten gegenübersaß, spürte ich, wie das Bedauern unversehens schwächer wurde. Ich hatte inzwischen andere Frauen gehabt, auch das mochte dazu beitragen, daß mich jetzt die Begierde nicht mehr so bedrängte. Jedoch der Hauptgrund war: Kesa hatte ihren Liebreiz verloren! Die Kesa, die da vor mir saß, war nicht mehr die Frau von vor drei Jahren. Gewelkt war die Frische ihrer Haut. Um die Augen lagen Ringe, dunklen Schatten gleich. Die einstigen Rundungen der Wangen und des Kinns waren verschwunden. Das einzige, was sich nicht im mindesten verändert hatte, waren ihre stolzen schwarzen, klaren Augen.

Ihr verändertes Aussehen war gewiß der empfindlichste Angriff auf meine Begierde. Ich erinnere mich ganz deutlich: Jetzt, da ich ihr nach drei Jahren wieder gegenübersaß, war ich so entsetzt, daß ich unwillkürlich meine Blicke von ihr wandte.

Aber warum gab ich, obwohl ich doch kaum noch ein Verlangen nach ihr spürte, mich trotzdem mit ihr ab? Vor allem, glaube ich, weil ein sonderbares Eroberungsgelüst in mir aufgestiegen war. Denn als sie so vor mir saß, sprach sie in spürbar übertriebener Weise davon, wie sehr sie Wataru, ihren Mann, liebe. Aber das fand in meinem Herzen nicht den geringsten Widerhall. Diese Frau ist eingebildet auf ihren Mann, dachte ich. Vielleicht aber ist dies auch ein Ausdruck dessen, daß sie kein Mitleid von mir will, dachte ich dann weiter. Und sogleich reizte es mich mit aller Macht, sie augenblicklich der Lüge zu überführen. Doch wenn man mich fragte, ob ich glaubte, daß sie lüge, weil ich

122

von mir selbst sehr eingenommen war, ja, ich hätte wahrlich keinen Grund zu widersprechen. Trotzdem, ich glaubte fest, daß sie log! Und ich glaube es jetzt noch mehr.

Doch zu sagen, daß mich allein der Wunsch, diese Frau zu unterwerfen, in jenem Augenblick beseelte, wäre nicht die ganze Wahrheit. Außerdem – schon bei dem Gedanken ist mir, als rötete sich mein Gesicht vor Scham – außerdem wurde ich von bloßer Lust beherrscht. Es war nicht das Bedauern, daß ich den Körper dieser Frau nicht kannte. Es war die niedrigste Begierde um der Begierde willen, die als Partner gar nicht jener Frau bedurfte. Wahrscheinlich ist sogar der Mann, der zu einer Dirne geht, nicht so gemein, wie ich es damals war.

Jedenfalls bewog mich all dies schließlich, in engste Beziehung zu Kesa zu treten. Richtiger gesagt, ihr Gewalt anzutun. Und stelle ich mir nun nochmals die Frage von vorhin – nein, mich von neuem zu fragen, ob ich Kesa liebe oder nicht, ist müßig. Meine ich doch manchmal gar, daß ich sie hasse. Zumal als alles vorüber war, als sie weinend am Boden lag und ich sie gewaltsam aufhob, da schien sie mir schamloser noch als ich zu sein. Das wirre Haar, die vom Schweiß verschmierte Schminke in ihrem Gesicht – nichts, was nicht die Häßlichkeit der Seele und des Körpers dieser Frau verriet. Wenn ich sie wirklich jemals geliebt haben sollte, dann war jener Tag der letzte dieser Liebe, die für immer erlosch. Oder aber, wenn ich diese Frau niemals geliebt haben sollte, dann darf ich behaupten, daß ich seit jenem Tag neuen Haß in meinem Herzen nähre. Und nun werde ich in dieser Nacht um einer Frau willen, die ich nicht liebe, einen Mann, den ich nicht hasse, töten!

Aber wessen Schuld ist das, wenn nicht meine! Ich selbst habe dazu angestiftet. »Wollen wir Wataru nicht töten?« – Wenn ich mir überlege, daß ich, meinen Mund an ihr Ohr gepreßt, diese Worte flüsterte, dann zweifle ich sogar daran, daß ich noch bei Sinnen war. Jedoch, ich habe ihr das zugeflüstert. Ich werde nichts sagen, dachte ich, biß die Zähne

123

fest zusammen und habe es dann doch gesagt. Versuche ich mich zu erinnern, was mich dazu trieb, ihr dies ins Ohr zu flüstern, so weiß ich es, offen gestanden, nicht mehr. Doch wenn ich mich zum Nachdenken zwinge, dann wollte ich sie wohl, koste es, was es wolle, je mehr ich sie verachtete und haßte, desto mehr erniedrigen. Nichts konnte dem besser dienen, als wenn ich vorschlug, Wataru Saemonnojo, den Mann, mit dessen Liebe Kesa sich so brüstete, zu töten, und wenn ich sie zwang, mir zuzustimmen. So habe ich sie denn wie in einem Alptraum zu dem Mord, den ich eigentlich gar nicht wollte, überredet. Sollte jemand dies nicht als ausreichendes Motiv für meine Mordabsicht gelten lassen, dann vermag ich es nicht anders zu erklären, als daß eine Macht, die stärker ist als wir – man kann sie auch Dämon des Bösen nennen –, mir meinen Willen nahm und mich falsche Wege führte. Jedenfalls flüsterte ich hartnäckig Kesa immer wieder das gleiche ins Ohr.

Nach einer kleinen Weile, kaum daß sie unvermittelt den Kopf gehoben hatte, willigte sie ohne Umschweife in mein Vorhaben ein. Daß sie mir so leichthin diese Antwort gab – nicht nur das überraschte mich. Als ich sie nämlich anblickte, lag in ihren Augen ein sonderbarer Glanz, wie ich ihn nie zuvor gesehen hatte. Ehebrecherin! So schoß es mir durch den Sinn. Und zugleich erkannte ich mit einem der Verzweiflung ähnlichen Gefühl das ganze Ausmaß meines schrecklichen Vorhabens. Wie sehr mich zudem der widerliche Anblick des sinnlichen welken Gesichts dieser Frau peinigte, brauche ich wohl kaum noch zu erwähnen. Wäre ich imstande gewesen, hätte ich auf der Stelle mein Wort gebrochen und jenes schamlose Weib in die tiefsten Abgründe der Schande gestoßen. Ich hatte zwar mit ihr geschlafen, vielleicht aber hätte diese Entrüstung mir nun vor meinem Gewissen Zuflucht gewährt. Doch es blieb mir keine Zeit zum Überlegen, denn gleichsam als hätte sie mein Herz durchschaut, wechselte unversehens ihr Ausdruck, und als sie mir fest in die Augen blickte – ich bekenne es offen: da geschah es aus Furcht vor ihrer Rache – die mich unweigerlich träfe, sofern ich ihr jetzt nicht zustimmte –, aus Furcht vor ihrer Rache geschah es, daß ich ihr das unselige Versprechen gab, Wataru zu töten und Tag und Stunde dafür zu bestimmen. Und diese Furcht umklammert mich noch immer. Wer mich darob der Feigheit zeihen will, der mag es ruhig tun. Er hat ja die Augen Kesas nicht gesehen! Töte ich Wataru nicht, dann werde ich bestimmt von dieser Frau getötet, täte sie es auch nicht mit eigener Hand. Also bleibt mir gar nichts anderes, als Wataru aus der Welt zu schaffen, dachte ich verzweifelt, während ich in die tränenlos weinenden Augen Kesas schaute. Und nachdem ich in meiner Furcht sogar noch schwor, bestätigten sich da nicht alle meine Ahnungen, als sich auf ihren bleichen Wangen Grübchen zeigten, als sie die Augen niederschlug und lachte?

Ach, wegen dieses unseligen Versprechens häufe ich auf mein verderbtes Herz jetzt noch das Verbrechen eines Mordes. Doch wenn ich heute nacht das peinigende Versprechen bräche – aber nein, ich bringe es nicht über mich. Einmal ist da mein Schwur, und zum anderen – ich sagte es ja schon – fürchte ich die Rache. Das ist keine Lüge. Und da gibt es noch etwas. Was? Ja, was ist das für eine starke Macht, die mich, mich Feigling, dazu treibt, einen schuldlosen Mann zu ermorden? Ich weiß es nicht. Ich weiß es nicht, aber vielleicht – nein, das kann nicht sein. Ich verachte diese Frau. Ich fürchte mich vor ihr. Ich hasse sie. Und trotzdem, trotzdem ... vielleicht weil ich sie dennoch liebe.

Während Morito seinen Weg fortsetzt, kommt kein Wort mehr über seine Lippen. Der Mond scheint hell. Von irgendwoher ertönt ein Lied:

Das Menschenherz
gleicht lichtlosem Dunkel.
Nur das Feuer der Leidenschaft brennt
und erlischt mit dem Leben.

Nacht; Kesa sitzt mit dem Rücken zur Lampe vor den Vorhängen des Bettes. In Gedanken versunken kaut sie an ihrem Ärmel.

Ihr Selbstgespräch

Wird er kommen? Oder wird er nicht kommen? Ich kann mir zwar nicht denken, daß er nicht kommt, doch der Mond geht schon unter, und ich höre noch immer keine Schritte. Er wird nicht plötzlich anderen Sinns geworden sein? Wenn er nun doch nicht käme – ach, ich müßte dann wie eine Dirne mit diesem schändlichen Gesicht weiterhin des Tages Augen schauen. Wie wäre ich imstande zu so dreistem, so verruchtem Tun! Ich würde nichts anderes sein als ein achtlos an den Wegrand geworfener Leichnam. Denn stumm müßte ich ertragen, daß ich erniedrigt und getreten werde und daß meine ganze Schande schmachvoll an das Licht des Tages kommt. Sollte das geschehen, brächte selbst der Tod für mich kein Ende. Nein, nein, er wird gewiß kommen. Ich kann daran nicht zweifeln, seit ich ihm, als wir uns damals trennten, in die Augen sah. Er fürchtet mich. Er haßt mich und verachtet mich, und doch, er fürchtet sich vor mir. Vertraute ich nur auf mich selbst, würde ich nicht sicher sein, daß er kommt. Doch ich vertraue ja auf ihn. Ich vertraue auf die Selbstsucht jenes Mannes. Ich vertraue auf die Furcht, die so schändlich ist und seiner Eigenliebe entspringt. Deshalb kann ich sicher sein, daß er hereingeschlichen kommt …

Was für ein armseliges Geschöpf ich doch bin, daß ich nicht länger auf mich vertrauen kann. Bis vor drei Jahren vertraute ich auf meine Schönheit. Bis vor drei Jahren, nein, es ist der Wahrheit näher, wenn ich sage, bis zu jenem Tag. An jenem Tag, als ich mich mit ihm in einem Zimmer des Hauses meiner Tante traf, wurde mir bei seinem ersten Blick meine Häßlichkeit bewußt, die sich in seinem Herzen spiegelte. Er gab sich zwar den Anschein, als sähe er mich nicht verändert, und wählte liebevolle Worte, als begehrte er mich

126

wirklich. Aber wie könnte eine Frau, sich einmal ihrer eigenen Häßlichkeit bewußt geworden, den Trost in solchen Worten finden! Ich empfand nur Widerwillen, Furcht und Traurigkeit. Ich weiß nicht, wie weit meine Gefühle in jenem Augenblick noch das unheimliche Gefühl übertrafen, das ich in meiner Kindheit einmal auf dem Arm der Amme beim Anblick einer Mondfinsternis verspürte. All meine Träume, die ich hegte, waren wie mit einem Schlag zerronnen. Was blieb, war Betrübnis wie an einem regnerischen Morgen, und – schaudernd vor Einsamkeit und Trauer überließ ich meinen totengleichen Körper jenem Mann. Einem Mann, den ich nicht liebte, einem Lüstling, der mich haßte und verachtete. Konnte ich die Trauer, die Einsamkeit nicht länger ertragen, in die ich durch das Wissen um den Verlust meiner Schönheit gestürzt war? Wollte ich mich über alles durch einen lustvollen Augenblick, in dem ich mein Gesicht an seine Brust schmiegte, hinwegtäuschen? Oder, wenn dem nicht so war, trieb mich dann genau wie ihn nur bloße Lust dazu? Ich schäme mich allein schon des Gedankens. Ich schäme mich. Ich schäme mich. Und wie ekelte ich mich erst vor mir selber, als ich mich aus den Umarmungen jenes Mannes löste und wieder Herrin meines Körpers war!

Wohl wollte ich nicht weinen, doch verbittert und betrübt, wie ich war, stürzten mir die Tränen aus den Augen. Aber mich betrübte nicht allein, daß ich die Ehe brach. Vielmehr bekümmerte es mich, daß er, während er mir die eheliche Keuschheit raubte, mich obendrein verachtete und mich einem räudigen Hund gleich haßte und peinigte. Und was tat ich dann? Ich erinnere mich daran nur dunkel wie an etwas unendlich Fernes. Ich weiß nur, daß seine Barthaare, während ich laut schluchzte, mein Ohr berührten und daß er mir mit heißem Atem zuflüsterte: »Wollen wir Wataru nicht töten?« Kaum daß ich diese Worte hörte, überkam mich eine mir noch immer unbegreifliche, sonderbare heitere Stimmung. Heitere Stimmung? Ja, wenn man das Licht des Mondes hell nennt, dann war dies Heiterkeit. Doch eine Heiterkeit, die von gänzlich anderer Art war als selbst der hellste Mondschein. Aber fühlte ich mich durch diese schrecklichen Worte nicht getröstet? Ach, kann ich, kann eine Frau noch glücklich über die Liebe eines anderen sein, wenn sie den Tod des eigenen Gatten bedeutet?

In meinem Gefühl von Verlassenheit und Heiterkeit, der Stimmung einer hellen Mondnacht ähnlich, weinte ich noch eine Weile. Und dann? Und dann? Wann versprach ich ihm eigentlich, meinen Mann töten zu helfen? Wahrhaftig, als ich ihm das Versprechen gab, da dachte ich zum erstenmal an meinen Mann. Ja, ich sage es ganz offen, zum erstenmal. Denn so lange war ich mit all meinen Gedanken nur bei mir selber, bei meiner Schändung gewesen. Und als ich dann an meinen Mann, an meinen Mann mit seinem zurückhaltenden Wesen dachte ... Ganz deutlich sah ich sein Lächeln vor mir, wenn er mit mir spricht. Wahrscheinlich war es auch in diesem Moment, da ich mich seines lächelnden Gesichts erinnerte, daß mein Verstand plötzlich einen Plan ersann. Denn schon in jenem Augenblick war ich zu sterben fest entschlossen. Und daß ich diesen Entschluß hatte fassen können, stimmte mich froh. Aber als ich mein Gesicht hob, nachdem die Tränen versiegt waren, als ich ihn anblickte und genau wie zuvor meine eigene Häßlichkeit in seinem Herzen widerscheinen sah, da fühlte ich, wie mit einem Male meine Heiterkeit erlosch. Das war – wieder mußte ich an die Mondfinsternis denken, die ich mit meiner Amme sah – das war, als wären Scharen böser Geister, die sich hinter dieser Heiterkeit verborgen hatten, mit einem Schlage losgelassen. Daß ich anstelle meines Mannes sterben will, ist das etwa, weil ich ihn so liebe? Nein, nein, ich weiß, dies ist nur ein Vorwand für meine Absicht, dafür zu büßen, daß ich jenem meinen Körper überließ. Ich, die ich nicht den Mut habe, Hand an mich zu legen. Ich, die ich solch niederen Sinnes bin, daß ich mich selber in den Augen aller Welt noch in ein möglichst gutes Licht setzen möchte. Doch das vermag man mir vielleicht auch nachzusehen. Aber ich bin ja noch erbärmlicher. Noch viel, viel häßlicher. Will ich denn in Wahrheit nicht unter dem selbstgefälligen Vorwand, anstelle meines Ehegatten in den Tod zu gehen, Rache nehmen für den Haß jenes Mannes, für die Verachtung jenes Mannes und für seine verruchte Sinnenlust, die mich ihm zu Willen machte? Wie zum Beweis dafür schwand jene sonderbare, dem Mondlicht gleiche Heiterkeit, als ich in das Gesicht dieses Mannes schaute, und mein Herz erstarrte in Trauer. Ich sterbe nicht für meinen Gatten. Ich will um meinetwillen sterben. Aus Kummer über mein wundes Herz, aus Gram über meinen befleckten Leib will ich sterben. Ach, nutzlos war mein Leben. Und selbst mein Tod wird nutzlos sein.

Jedoch dieses nutzlosen Todes zu sterben scheint mir um vieles erstrebenswerter, als noch länger zu leben. So traurig ich war, zwang ich mich zu einem Lächeln, als ich jenem wieder und wieder Hilfe versprach, meinen Gatten zu töten. Er ist klug genug, aus meinen Worten zu erraten, wessen ich fähig bin, wenn er sein Versprechen brechen sollte. Er ging sogar so weit zu schwören. Und ich glaube nicht, daß er nicht kommt. – War das der Wind? – Denke ich daran, daß alle Qual seit jenem Tag heute nacht nun endlich endet, fühle ich jede Spannung von mir weichen. Die Sonne morgen wird ihre kühlen Strahlen auf meinen kopflosen Leichnam werfen. Wenn mein Mann das sieht – nein, ich will nicht an meinen Mann denken. Mein Mann liebt mich. Ich aber habe nicht die Kraft, diese Liebe zu erwidern. Seit je vermochte ich nur einen Mann zu lieben. Und dieser Mann kommt heute nacht, um mich zu töten. Selbst das Licht dieser Lampe ist mir noch zu hell. Mir, die ich von dem Mann, den ich liebe, den Tod empfangen werde.

Kesa bläst das Licht aus. Bald darauf hört man, wie im Dunkeln leise eine Tür geöffnet wird. Blasses Mondlicht fällt in den Raum.

März 1918

Der Faden der Spinne

1

Eines Tages erging sich Buddha im Paradies an den Ufern des Lotosteiches. Die Lotosblüten auf dem Teich schimmerten weiß wie Perlen, und ihre goldfarbenen Stempel und Staubfäden erfüllten die Luft ringsum mit einem unaussprechlichen Wohlgeruch.

Es war gerade Morgen im Paradies.

Schließlich blieb Buddha dicht am Teichrand stehen und schaute zwischen den Lotosblättern hinab in die Tiefe. Genau unter dem Lotosteich des Paradieses befand sich die Hölle, und so sah man durch das kristallklare Wasser, als blickte man in einen Guckkasten, deutlich den Fluß der Unterwelt und den Nadelberg.

Das Auge Buddhas fiel auf einen Mann namens Kandata, der sich zusammen mit anderen Übeltätern tief unten in der Hölle wand. Dieser Kandata war ein großer Räuber gewesen. Er hatte Menschen umgebracht, Häuser angezündet und noch so allerlei verbrochen. Ein einziges Mal aber hatte er Gutes getan. Und das war so gekommen: Einmal streifte er durch einen dichten Wald. Da sah er eine kleine Spinne am Wegrand kriechen. Schon hob er den Fuß, um die Spinne totzutreten. Plötzlich aber sagte er sich: Nein, nein! Wie winzig sie auch sein mag, es ist doch Leben in ihr. Ihr dieses Leben rücksichtslos zu nehmen wäre allzu unbarmherzig! So hatte er denn die Spinne verschont.

Daran erinnerte sich Buddha, während er seine Blicke durch die Hölle schweifen ließ. Als Lohn für diese eine gute

Tat sollte man versuchen, den Mann aus der Hölle zu erretten, dachte Buddha. Ein glücklicher Zufall wollte es, daß er, als er zur Seite blickte, einen hübschen silbrigen Faden entdeckte, den eine Spinne des Paradieses auf den grünschillernden Lotosblättern gesponnen hatte. Behutsam faßte Buddha den Spinnfaden und ließ ihn zwischen den perlweißen Lotosblüten hinuntergleiten, tief hinab, geradewegs zum fernen Grund der Hölle.

2

Kandata trieb zusammen mit anderen Übeltätern in dem Blutteich in der Hölle. Wo auch immer man hinblicken mochte, überall war nichts als Finsternis. Und tauchte gelegentlich etwas aus der Finsternis hervor, dann war es ein Schimmern vom schrecklichen Nadelberg her, weshalb denn weithin unsagbare Verlassenheit herrschte. Außerdem lastete über allem Grabesstille, und was man hin und wieder hörte, war nur das leise Stöhnen eines Übeltäters. Wen es bis hier hinab verschlagen hatte, der war durch die vielfältigen Torturen der Hölle schon so ermattet, daß er nicht einmal mehr die Kraft zum Schreien hatte. Deshalb zappelte selbst der große Räuber Kandata hilflos wie ein sterbender Frosch in dem Teich und erstickte fast an dem Blut, das darin war.

Aber da geschah es, daß Kandata zufällig den Kopf hob und den Himmel über dem Blutteich betrachtete. Schwebte da nicht durch die totenstille Finsternis vom fernen, fernen Himmelsrand her ein silbriger Spinnfaden langsam zu ihm herab! Er schimmerte so schwach, als fürchtete er, entdeckt zu werden. Kandata klatschte vor Freude in die Hände. Wenn er diesen Faden ergriff und daran hinaufkletterte, würde er sicherlich der Hölle entrinnen können. Ach was, vielleicht hatte er Glück und gelangte auf diese Weise sogar ins Paradies. Dann bliebe es ihm erspart, im Blutteich erträkt und den Nadelberg hinaufgejagt zu werden. Nach solcherlei Überlegungen packte Kandata rasch mit beiden Händen den Spinnfaden und begann, mit aller Kraft daran hinaufzuklettern. Darauf verstand er sich gut, schließlich war er ja einmal ein großer Räuber gewesen.

Aber da nun Hölle und Paradies wer weiß wie viele Zehntausende Meilen voneinander entfernt lagen, war es nicht einfach, hinaufzukommen, mochte einer noch so emsig klettern. Nach einer Weile verließen selbst Kandata die Kräfte, und er brachte nicht mehr eine Hand über die andere. Ihm blieb nichts übrig, als sich für einen Augenblick auszuruhen. So hing er denn an dem Faden und sah hinab in die ferne Tiefe.

Da er geklettert war, was er nur konnte, lag der Blutteich, in dem er vorhin noch selber gesteckt hatte, schon im Dunkeln verborgen. Auch den schwach schimmernden schrecklichen Nadelberg hatte er weit unter sich gelassen. Noch einmal solch ein Stück, und er war vielleicht der Hölle entronnen! Kandata hielt mit beiden Händen den Spinnfaden umklammert, lachte, was er in all den Jahren, seit er hier war, nicht mehr getan hatte, und rief: »Geschafft! Geschafft!«

Doch plötzlich gewahrte er, daß unten am Ende des Fadens unzählige Übeltäter es ihm nachmachten und wie eine lange Reihe von Ameisen eifrig heraufgeklettert kamen. Vor Schreck und Angst starrte Kandata offenen Mundes wie ein Blöder. Nur seine Augen bewegten sich. Wie sollte denn der feine Faden, der schon unter seiner Last zu reißen drohte, das Gewicht so vieler Menschen aushalten! So weit hatte er sich nun hinaufgequält und würde kopfüber wieder in die Hölle hinabstürzen, wenn jetzt der Faden riß. Das war nicht auszudenken!

Aber inzwischen krochen Hunderte, Tausende von Übeltätern aus dem pechschwarzen Grund des Blutteiches heraus und kletterten in langer Reihe emsig den dünnen glitzernden Faden hinauf. Augenblicklich mußte etwas geschehen, sonst würde der Faden zerreißen. Also schrie Kandata mit lauter Stimme: »He, ihr Spitzbuben! Dieser Faden gehört mir. Wer hat euch erlaubt, daran hinaufzuklettern! Runter mit euch! Runter, sag ich!«

Und in diesem Augenblick riß der Faden, der doch bis dahin allem standgehalten hatte, mit einem feinen Knall gerade an der Stelle, wo Kandata hing. Deshalb war es auch um ihn geschehen. Ehe er es sich versah, stürzte er kopfüber hinab in die dunkle Tiefe und drehte sich dabei fortwährend um sich selber wie ein Kreisel.

Danach baumelte von dem mond- und sternenlosen Himmel nur noch der kurze, schwach schimmernde Spinnfadenrest aus dem Paradies herab.

3

Buddha stand am Ufer des paradiesischen Teiches, er hatte alles von Anfang bis zu Ende mit angesehen! Nachdem Kandata wie ein Stein im Blutteich versunken war, setzte Buddha mit traurigem Gesicht seinen Spaziergang fort. In seinen Augen war es betrüblich, daß Kandata so unbarmherzig war, daß er nur an seine eigene Rettung dachte und nun zur Strafe dafür wieder in die Hölle mußte.

Jedoch den Lotos im Teich des Paradieses kümmerte dies nicht im geringsten. Seine perlweißen Blütenkelche schwammen zu Buddhas Füßen auf dem Wasser, und die goldfarbenen Stempel und Staubfäden erfüllten die Luft ringsum mit unbeschreiblichem Wohlgeruch.

Im Paradies ging es nun auf Mittag.

April 1918

Die Hölle

1

Ich bezweifle, daß es in der Vergangenheit jemanden gab noch daß es in der Zukunft jemanden geben wird, der dem Fürsten zu Horikawa gleicht. Man erzählt, vor der Geburt Seiner Gnaden wäre seine Mutter im Traum der Schutzkönig Daiitoku erschienen. Sei dem wie es sei, wahr ist jedenfalls, daß der Fürst zu Horikawa von seinem ersten Lebenstag an anders war als alle anderen. So setzte denn auch alles, was er tat, die Menschen in Erstaunen. Ich will nicht viel Worte darum machen, sondern mich damit begnügen, euch zu sagen: Selbst wenn ihr den Palast zu Horikawa in seinen Ausmaßen sehen würdet, ihr wüßtet nicht, ob man ihn erhaben oder großzügig nennen sollte, denn er ist von einer architektonischen Kühnheit, die wir mit unserem gewöhnlichen Verstand nicht mehr ermessen können. Zwar gab es einige, die sich darüber aufhielten und des Fürsten Charakter und Lebenswandel mit dem der Kaiser Schi-huang und Yang verglichen, aber er dachte keineswegs nur an sich, an seinen eigenen Ruhm und an sein eigenes Glück, im Gegenteil, in erster Linie sorgte er für seine Untertanen; kurzum, er war von einer solchen Großmut, daß er gemeinsam mit dem ganzen Volk ein freudvolles Leben zu führen wünschte.

Wohl deshalb nahm er nie irgendwelchen Schaden, selbst wenn er den Dämonen begegnete, die des Nachts im Palast an der Zweiten Straße umgingen. Ja sogar der Geist des Toru, des Ministers zur Linken, von dem man sagte, er sei Nacht für Nacht in dem wegen der im Garten nachgebildeten Landschaft von Shiogama weithin berühmten Palast Karawa an der Östlichen Dritten Straße erschienen, soll verschwunden sein, nachdem der Fürst ihn zurechtgewiesen hatte. Da Seine Gnaden solche Macht besaß, kann es auch nicht wundernehmen, daß ihn zu jener Zeit in der Hauptstadt alt und jung, Mann und Frau verehrten, als sei er die Inkarnation Buddhas. Man erzählte sich auch, daß sich eines Tages, als der Fürst auf dem Heimweg vom Pflaumenblütenfest des kaiserlichen Hofes war, ein Ochse von seinem Wagen losgerissen und einen des Weges kommenden Greis verletzt habe. Daraufhin habe der Greis ehrfurchtsvoll die Hände zusammengelegt und dafür gedankt, von einem Ochsen des Fürsten getreten worden zu sein.

Aus dem Leben Seiner Gnaden gibt es eine große Anzahl von Begebenheiten, die der Nachwelt überliefert worden sind: Bei einem Festmahl am kaiserlichen Hofe machte ihm der Herr dreißig Falben zum Geschenk; beim Bau der Nagarabrücke gab Seine Gnaden seinen Lieblingspagen als Brückenopfer, und von einem Mönch aus dem Reich der Mitte, der die Heilkunst seiner Heimat zu uns brachte, ließ er sich einen Karbunkel am Oberschenkel schneiden. Wollte ich hier alles erzählen, so gäbe es kein Ende. Doch unter allen Geschichten dürfte keine so schrecklich sein wie die, die davon berichtet, wie das Wandschirmgemälde von den Höllenqualen entstand, das heute zu den größten Schätzen der fürstlichen Familie gehört. Selbst Seine Gnaden, den für gewöhnlich nichts aus der Fassung zu bringen vermochte, schien damals entsetzt. Daß uns, die wir an der Seite Seiner Gnaden dienten, erst recht der Atem zu stocken drohte, brauche ich wohl kaum noch zu erwähnen. Mehr als zwanzig Jahre habe ich im Dienst Seiner Gnaden gestanden, aber nie habe ich etwas Fürchterlicheres erlebt.

Doch bevor ich davon erzähle, wird es nötig sein, erst einmal vom Maler Yoshihide zu berichten, der das Gemälde von den Höllenqualen schuf.

2

Gewiß erinnert sich noch heute so mancher des Mannes namens Yoshihide. Er war so berühmt als Maler, daß wohl keiner seiner Zeitgenossen neben ihm bestehen konnte. Als sich die Geschichte zutrug, mag er etwa an die Fünfzig gewesen sein. Er hatte ein bösartiges Wesen, war klein und verhutzelt. Kam er in den Palast des Fürsten, so trug er meistens zu dem mit Gewürznelken gefärbten Jagdgewand eine kunstvoll gefältelte Schnabelmütze, doch der Charakter des Malers war von niederer Art, und das auffallende Rot seiner Lippen, das so gar nicht zu seinem Alter paßte, verlieh seinen Zügen obendrein etwas Unheimliches, Tierhaftes. Einige meinten, er lecke an seinem Pinsel und färbe sich so die Lippen rot. Ich weiß nicht, ob das zutraf. Noch bösere Zungen aber sagten, er benehme sich wie ein Affe, und nannten ihn deshalb statt Yoshihide spöttisch Saruhide, also Affenhide. Da ich nun schon Saruhide sagte, muß ich auch noch folgendes erzählen:

Yoshihides einzige Tochter, ein fünfzehnjähriges Mädchen, diente seinerzeit als Zofe im Palast des Fürsten. Sie war von großem Liebreiz und hatte so gar nichts mit ihrem leiblichen Vater gemein. Früh hatte sie die Mutter verloren, und vielleicht war das der Grund dafür, daß sie sich trotz ihrer Jugend durch frühreife Klugheit und Umsicht auszeichnete, jedermann mit tiefer Anteilnahme begegnete und allen große Aufmerksamkeit erwies. Deshalb schlossen auch die Gemahlin des Fürsten und alle Damen im Palast sie ins Herz.

Bei irgendeiner Gelegenheit war dem Fürsten ein gezähmtes Äffchen aus der Provinz Tamba geschenkt worden. Ihm gab der junge Herr, der zu jener Zeit nichts als Unfug trieb, den Namen Yoshihide. Jedermann im Palast lachte darüber, daß der an sich schon komisch anzusehende Affe nun auch noch diesen Namen trug. Leider blieb es nicht allein beim Lachen; aus lauter Spaß begann man, ihn, wenn er auf eine Kiefer im Palastgarten geklettert war oder die Tatami in den

Zimmern der Bediensteten beschmutzt hatte, zu quälen und ihn »Yoshihide! Yoshihide!« zu rufen.

Eines Tages betrat nun Yoshihides Tochter, von der ich oben sprach, einen roten Blütenzweig der Winterpflaume in der Hand, an den ein Brief gebunden war, gerade den langen Korridor, als ihr von der hinteren Schiebetür her besagtes Äffchen Yoshihide in wilder Flucht entgegenkam. Es schien sich einen Fuß verrenkt zu haben, denn es hinkte und war offenbar nicht einmal mehr imstande, wie sonst auf einen Pfeiler zu entweichen. Und war es nicht der junge Herr, der mit erhobener Rute hinter ihm hergestürzt kam und rief: »Warte, du Apfelsinendieb! Warte!«

Als Yoshihides Tochter den jungen Herrn gewahrte, zögerte sie einen Augenblick, aber schon hatte sich das fliehende Äffchen an den Saum ihres Gewandes geklammert und mit klagender Stimme zu schreien begonnen. Sie vermochte ihr Mitleid nicht länger zu unterdrücken. Mit der einen Hand hielt sie den Pflaumenblütenzweig in die Höhe, mit der anderen nahm sie zärtlich, mit sanftem Schwung den veilchenfarbenen Ärmel des Untergewandes ausbreitend, das Äffchen auf. Dann verbeugte sie sich vor dem jungen Herrn und bat mit heller Stimme: »Verzeiht! Es ist ein Tier. Laßt Nachsicht walten!«

Aber der junge Herr, der den Affen so wütend verfolgt hatte, machte ein verdrießliches Gesicht, stampfte zwei-, dreimal mit dem Fuß auf und sagte: »Warum beschützt du ihn? Er ist ein Apfelsinendieb.«

»Es ist ein Tier, deshalb ...«, wiederholte das Mädchen noch einmal, lächelte traurig und fügte schließlich kurz entschlossen hinzu: »Man ruft ihn Yoshihide. Ich kann es nicht mit ansehen, denn mir ist, als würde mein eigener Vater gezüchtigt.«

Diese Worte stimmten selbst den jungen Herrn um. »Nun denn, da du um das Leben deines Vaters bittest, will ich ihm verzeihen«, sagte er widerstrebend, warf die Rute weg und verschwand durch die Schiebetür, durch die er gekommen war.

3

Yoshihides Tochter und das Äffchen wurden von nun an
gute Freunde. Sie hängte ihm ein goldenes Glöckchen, das
ihr die junge Herrin geschenkt hatte, an einem hübschen,
leuchtend roten Band um den Hals. Was auch geschehen
mochte, das Äffchen wich fortan nicht mehr von ihrer Seite.
Als sie einmal mit einer Erkältung zu Bett lag, hockte das
Tier ständig neben ihrem Kopfpolster, machte – zumindest schien es so – ein hilfloses, trauriges Gesicht und kaute
unruhig an den Nägeln.

Und seltsam genug, niemand quälte das Äffchen mehr.
Im Gegenteil, man begann es allmählich gern zu haben, und
schließlich warf ihm selbst der junge Herr von Zeit zu Zeit
mal eine Persimone, mal eine Marone hin. Ja, einmal wurde
er sogar sehr böse, weil ein Diener dem Affen einen Fußtritt
versetzt hatte. Man erzählt, daß der Fürst, als er von dem
Zorn des jungen Herrn hörte, eigens Yoshihides Tochter mit
dem Äffchen zu sich beschied. Selbstverständlich vernahm
er bei dieser Gelegenheit davon, wie es zu der Freundschaft
zwischen dem Mädchen und dem Affen gekommen war.

»Du bist deinem Vater eine gute Tochter. Ich werde dich
dafür belohnen«, sagte er und überreichte ihr ein scharlach-
rotes Untergewand. Als der Affe es dem Mädchen nachtat
und sich wie sie ehrfurchtsvoll bedankte, wurde der Fürst
noch fröhlicher. Er schenkte der Tochter des Malers einzig
und allein deshalb sein Wohlwollen, weil er ihre kindliche
Achtung, ihre Güte und ihre Liebe, die auch in der Für-
sorge, die sie dem Äffchen zuteil werden ließ, ihren Ausdruck fanden, bewunderte und nicht, wie man sich hier und
da erzählte, weil er nach sinnlichem Vergnügen trachtete.
Allerdings kam solch ein Gerücht nicht unbegründet in Um-
lauf, doch darüber will ich später ausführlicher berichten.
Vorerst genügt es, wenn ich sage, daß der Fürst nicht zu denen zählt, die sich in die Tochter eines Malers verlieben,
auch wenn sie noch so hübsch ist.

138

Nun denn, Yoshihides Tochter kehrte, mit Ehren über-
häuft, vom Fürsten zurück, und da sie von Natur aus klug
war, zog sie sich auch nicht die Eifersucht der anderen Damen zu. Sie war mit ihrem Äffchen seither bei jedermann
beliebter denn je. Vor allem die junge Herrin ließ sie kaum
von ihrer Seite, und so fehlte die Zofe denn auch nie, wenn
man mit dem Wagen ausfuhr.

Doch verlassen wir vorerst einmal die Tochter und wenden uns ihrem Vater Yoshihide zu. Wie ich schon sagte,
wurde das Äffchen Yoshihide bald von jedermann geliebt,
den eigentlichen Yoshihide jedoch, auf den es uns an-
kommt, konnte niemand ausstehen. Nach wie vor nannte
man ihn hinter seinem Rücken Saruhide, und das nicht nur
im Palast. Selbst der Abt von Yokawa wechselte die Farbe,
als wäre er einem bösen Geist begegnet, und geriet in Zorn,
wenn der Name Yoshihide fiel. (Man erzählt, der Grund sei
darin zu suchen, daß Yoshihide über den Lebenswandel des
Abtes Spottbilder gemalt habe. Da es sich aber um das Gerede des niederen Volkes handelt, vermag ich nicht zu sagen, was daran wahr ist). Man mochte fragen, wen man
wollte, Yoshihide stand bei jedermann in schlechtem Ruf.
Einzig und allein zwei, drei Berufskollegen oder ein paar
Leute, die nur seine Bilder, nicht aber ihn kannten, sprachen nicht schlecht von ihm.

Nicht nur sein Äußeres machte ihn so widerwärtig; was
die Menschen noch mehr abstieß, war sein häßliches Verhalten, und so trug denn niemand anders als er selbst die
Schuld an seinem schlechten Ruf.

4

Yoshihide war geizig und herzlos, schamlos, faul und hab-
gierig – doch nein, schlimmer als alles andere waren seine
Prahlsucht und sein Hochmut. Daß er der größte Maler im
ganzen Land war, davon kündete stets sogar noch seine Na-

senspitze. Niemand hätte es ihm verübelt, wenn er nur auf seine Malkunst stolz gewesen wäre, aber seine Arroganz ging sogar so weit, daß er die herkömmlichen Sitten und Gebräuche rundweg mißachtete. Ein Mann, der lange Jahre ein Schüler Yoshihides war, erzählte mir, eines Tages sei in einem Palast eine weithin bekannte Miko von einem Geist besessen gewesen. Als der Geist durch den Mund dieses Mädchens eine schreckliche Offenbarung verkündete, stellte Yoshihide sich taub, griff zum Pinsel und zur Tusche und malte das entsetzte Gesicht der Miko in allen Einzelheiten. Den Fluch des Geistes hielt er wohl für nichts anderes als eine Kinderei.

Das war seine Art. Malte er die glückverheißende Göttin, so gab er ihr das Gesicht einer gemeinen Dirne: malte er Fudo, einen der fünf himmlischen Wächter, dann verlieh er ihm die Gestalt eines schurkischen Büttels. Als ihn einmal jemand wegen dieser Ruchlosigkeiten tadelte, sagte er gleichgültig: »Es wäre doch seltsam, wenn die Gottheiten, die ich, Yoshihide, malte, mich dafür bestrafen würden.« Als seine Schüler das hörten, trauten sie kaum noch ihren Ohren, und aus Furcht vor dem, was nun kommen mußte, baten, wie ich erfahren habe, nicht wenige sogleich darum, Abschied nehmen zu dürfen. Kurzum, Yoshihide war die Selbstgefälligkeit in Person. Jedenfalls hielt er sich für den bedeutendsten Mann unter dem Himmel.

Wie stolz er auf seine Malkunst war, braucht wohl kaum noch erwähnt zu werden. Seine Gemälde unterschieden sich in ihrer Strichführung und Farbgebung so sehr von denen anderer Maler, daß ihn übelwollende Kollegen nicht selten als Scharlatan bezeichneten. Sie meinten, von den Werken eines Kawanari, eines Kanaoka oder anderer alter Meister spräche man in solch schönen Sätzen wie: »Seht die Pflaumenblüten auf der Tür dort. In den Vollmondnächten nahm ich ihren Duft wahr!« oder »Dort auf dem Wandschirm der Höfling, ich vernahm sogar die Töne seines Flötenspiels!«, über die Bilder eines Yoshihide aber höre man stets nur

140

Schauderhaftes und Absonderliches. So wurde zum Beispiel über sein Werk »Die fünf Metamorphosen des Lebens«, das er auf das Tor des Tempels Ryugai gemalt hatte, erzählt, man könne, wenn man in tiefer Nacht am Tor vorbeigehe, das Seufzen und Schluchzen der himmlischen Wesen hören. Ja, einige meinten sogar, den Gestank modernder Leichen wahrgenommen zu haben. Und heißt es nicht auch, daß die Hofdamen, die er einst auf Geheiß des Fürsten porträtierte, alle binnen drei Jahren verstarben, nachdem eine sonderbare Krankheit, als wäre die Seele aus ihren Körpern entwichen, sie heimgesucht hatte? Alle, die schlecht von Yoshihide sprachen, vermeinten darin den sichersten Beweis zu sehen, daß seine Bilder mit Hilfe der Schwarzen Kunst geschaffen waren.

Aber, wie ich schon mehrfach sagte, er war ein eigensinniger Mann, und so machte ihn dieses Gerede eher noch hochmütiger. Als der Fürst einmal im Scherz zu ihm sagte: »Mir scheint, du liebst das Häßliche«, da entgegnete Yoshihide arrogant: »Sehr wohl, Euer Gnaden, ein unvollkommener Maler allerdings wird die Schönheit im Häßlichen niemals erkennen« und verzog die für sein Alter unnatürlich roten Lippen zu einem widerlichen Lachen.

Selbst wenn er der größte Maler des Reiches war, wie konnte er vor dem Fürsten nur so prahlerische Reden führen? Der Schüler, den ich bereits erwähnt habe, tadelte die Aufgeblasenheit des Meisters, indem er ihm insgeheim den Beinamen »Chiraeiju« gab, was gar nicht mal so unvernünftig war, denn wie ihr sicherlich wißt, hieß jener langnasige Kobold, dieser Prahlhans, der in grauer Vorzeit aus China zu uns herüberkam, Chiraeiju.

5

Yoshihide umhegte seine einzige Tochter, die als Zofe im Palast des Fürsten diente, mit einer Zärtlichkeit, als wäre er von Sinnen. Wie ich schon sagte, war die Tochter ein sanftmütiges, dem Vater treu ergebenes Wesen, doch die Anhänglichkeit des Vaters stand der des Kindes in keiner Weise nach. Klingt es nicht wie eine Lüge, daß dieser Mann, der einem Tempel niemals etwas spendete, der Tochter Kleidung und Haarschmuck beschaffte, ohne jemals nach dem Preis zu fragen?

Seine Tochter war ihm alles, und nicht einmal im Traum dachte er daran, einen guten Mann für sie zu suchen. Im Gegenteil, wäre ihr jemand zu nahe getreten, Yoshihide hätte ein paar Halunken aufgetrieben und ihn hinterrücks ermorden lassen.

Deshalb war er auch sehr ungehalten, als ein Befehl des Fürsten sie als Zofe in den Palast beschied, und in der ersten Zeit setzte Yoshihide selbst dann eine verdrossene Miene auf, wenn er vor Seiner Gnaden erschien. Das Gerücht, daß der Fürst das Mädchen trotz des Widerwillens ihres Vaters zu sich beordert habe, weil sein Herz wegen ihrer Schönheit in Liebe entbrannt wäre, rührte wahrscheinlich aus den Mutmaßungen der Leute her, die den Unwillen des Malers bemerkt hatten.

Obwohl das Gerücht nicht auf Wahrheit beruhte, trifft es doch zu, daß Yoshihide in seiner Anhänglichkeit stets nur eines wünschte: seine Tochter möchte ihm zurückgegeben werden. Als er einst auf Geheiß Seiner Gnaden den Bodhisattva Monju im Kindesalter gemalt und ihm dabei das Gesicht eines Lieblingspagen des Fürsten verliehen hatte, war auch Seine Gnaden hoch erfreut über das wunderbare Werk. Huldvoll sagte er: »Zum Lohn sei dir gewährt, was du begehrst. Nenne mir offen deinen Wunsch!« Daraufhin verneigte sich Yoshihide ehrfurchtsvoll. Doch was meint ihr wohl, was er dann forderte? »Ich bitte meine Tochter zu entlassen«, lautete seine unverschämte Antwort. Sosehr er sein Kind auch lieben mochte, das Mädchen diente ja schließlich nicht in irgendeinem Palast, sondern an der Seite des Fürsten zu Horikawa! Und hat man je davon gehört, daß ein Mann in solch unverfrorener Weise um den Urlaub seiner Tochter bat? Selbst den großmütigen Fürsten schien die Antwort verstimmt zu haben. Eine Weile schwieg er. Dann sah er Yoshihide an, sagte schroff: »Das geht nicht!« und erhob sich. Das wiederholte sich wohl vier- oder fünfmal. Und wenn ich heute darüber nachdenke, muß ich sagen, daß der Blick Seiner Gnaden, mit dem er Yoshihide betrachtete, von Mal zu Mal kälter wurde. Vermutlich begann sich die Tochter eben deshalb um das Wohl des Vaters zu sorgen, denn oft biß sie in den Ärmel ihres Untergewandes und schluchzte bitterlich, wenn sie die Frauengemächer betrat.

Das Gerede, daß der Fürst sein Herz an Yoshihides Tochter verloren habe, griff daher immer weiter um sich. Einige meinen sogar, das Bild von den Höllenqualen sei nur entstanden, weil das Mädchen Seiner Gnaden nicht zu Willen war – doch diese Ansicht 'ist sicherlich falsch.

Mir will scheinen, daß der Fürst die Tochter Yoshihides nur deshalb nicht entließ, weil ihn das Mädchen dauerte und er in seiner Güte sie im Palast lieber ein behagliches Leben führen lassen wollte, als sie an der Seite ihres starrköpfigen Vaters zu wissen. Gewiß stand das von Natur aus sanftmütige und gutherzige Mädchen in seiner Gunst, aber daraus zu folgern, daß er nach ihrer Liebe trachtete, ist doch wohl etwas abwegig, nein, richtig ist es, von einer glatten Lüge zu sprechen.

Sei dem, wie es sei, jedenfalls geschah es in jener Zeit, als Yoshihide seiner Tochter wegen etwas in Ungnade gefallen war, daß der Fürst ihn plötzlich zu sich beschied und ihm, wer weiß mit welcher Absicht, auftrug, auf einen Wandschirm ein Bild von den Qualen der Hölle zu malen.

6

Wenn ich sage: das Wandschirmgemälde von den Qualen der Hölle, dann ist mir, als hätte ich die schrecklichen Szenen des Bildes wieder ganz deutlich vor Augen.

Oft schon hat man die Qualen der Hölle dargestellt, aber das, was Yoshihide schuf, unterschied sich von der ersten Skizze an von dem, was andere Künstler malten. In die eine Ecke des Wandschirms hatte er die Gestalten der Zehn Könige und ihrer Gefolgsleute gesetzt, während über den Rest der Fläche grausig wilde Flammen loderten, als seien selbst der mit zweischneidigen Schwertern besteckte Berg der Hölle und die Schwertbäume in Brand geraten.

In der Tat, außer den in Gelb und Blau gehaltenen, nach chinesischer Art geschnittenen Gewändern der Höllenrichter sah man überall nur züngelnde Flammen, aus denen schwarzer Rauch, mit Tusche hineingespritzt, aufwirbelte und Funken, mit Goldpulver aufgetragen, sprühten.

Allein die Pinselführung rief bei den Beschauern Entsetzen hervor. Außerdem glich von den Missetätern, die im Feuer brieten und sich vor Schmerzen wanden, kaum einer denen auf den althergebrachten Höllenbildern. Yoshihide hatte seine Übeltäter als Menschen jeglicher Herkunft, von Adligen und Palastbeamten bis hinunter zu Bettlern und Ausgestoßenen, dargestellt. Da war der würdevolle Beamte im feierlichen Hofstaat, die bezaubernd schöne Zofe in dem fünffachen Gewand, der buddhistische Priester, der den Rosenkranz betete, da war der Edelknappe mit hohen Holzsandalen, das Edelfräulein im Hosonagakleid, der Wahrsager, der die papierenen Weihegaben hoch über den Kopf hielt – wollte ich jeden einzelnen nennen, dann fände ich wohl kaum ein Ende. Und diese so verschiedenartigen Menschen stoben, von den ochsen- und pferdeköpfigen Kerkermeistern gefoltert, in einem Rauch- und Feuerwirbel nach allen Seiten auseinander wie dürres Laub, das der Sturmwind verweht. Die Frau mit dem auf den Gabelstock gedrehten Haar, die die Arme und Beine wie eine Spinne angezogen hatte – ähnelte sie nicht einem Tempelmädchen? Der Mann, dessen Brust von Spießen durchbohrt war und der wie eine Fledermaus mit dem Kopf nach unten hing, war doch so etwas wie ein Provinzstatthalter. Einer wurde mit eisernen Ruten gezüchtigt, ein anderer von einem Fels, den tausend Mann nicht hätten fortbewegen können, erdrückt; auf den einen hackten die Gespenstervögel mit ihren Schnäbeln ein, ein anderer wurde von den Kiefern des giftigen Drachen zermalmt – ich weiß nicht, ob es soviel Martern wie Missetäter gab.

Doch das grausigste war wohl der Ochsenwagen, der vom Himmel niederstürzte und dabei die Wipfel der Schwertbäume streifte, deren Zweige spitz waren wie die Fangzähne wilder Tiere. (Auch auf diesen Zweigen waren unzählige Dahingeschiedene aufgespießt.) In dem Wagen, dessen Bambusvorhänge der Höllenwind zur Seite geweht hatte, wand sich verzweifelt eine Frau, prunkvoll gekleidet wie eine kaiserliche Nebenfrau ersten oder zweiten Ranges. Sie verdrehte den weißen Hals, und in ihr langes, schwarzes, fliegendes Haar griffen die Flammen. Nichts vermochte die Folter und die Pein der lodernden Hölle stärker zu verdeutlichen als diese Frau in dem brennenden Wagen. Vielleicht kann man sagen, daß das Grauen und die Gräßlichkeit des ganzen Bildes in dieser einen Gestalt ihren höchsten Ausdruck fanden. Sie war von solch einer Vollkommenheit, daß der Beschauer glaubte, in der Tiefe seiner Ohren die gellenden Schreie dieser Frau zu hören.

Ja, und wegen dieses Gemäldes kam es zu jener entsetzlichen Begebenheit. Aber ohne sie hätte wohl auch ein Yoshihide die Qualen der Hölle nicht so lebensvoll zu gestalten vermocht. Damit dieses Bild auf dem Wandschirm vollendet werden konnte, mußte er erst etwas so Schauerliches erleben, das ihn dann dazu bewog, sogar sein Leben wegzuwerfen. Die Hölle auf diesem Gemälde, das war die Hölle, in die Yoshihide, der erste Maler des Landes, eines Tages selbst stürzte ...

Vielleicht habe ich die Reihenfolge der Geschichte auf den Kopf gestellt, weil ich mich zu sehr beeilte, das ungewöhnliche Höllengemälde auf dem Wandschirm zu beschreiben. So wollen wir denn jetzt zu Yoshihide zurückkehren, der vom Fürsten den Auftrag erhalten hatte, die Qualen der Hölle zu malen.

7

Während der ersten fünf, sechs Monate beschäftigte Yoshi-hide ausschließlich das Bild auf dem Wandschirm, und er ließ sich nicht einmal mehr bei Hofe blicken. Ist es nicht verwunderlich, daß er, wie man erzählt, trotz der leiden-schaftlichen Liebe zu seiner Tochter sogar die Lust verlor, sie zu sehen, seit er sich mit dem Bild beschäftigte? Nach den Worten des Schülers, den ich bereits erwähnte, schien der Meister wie vom Fuchs besessen, wenn er eine Arbeit anfing. Und tatsächlich gingen damals Gerüchte um, Yoshi-hide habe nur deshalb so großen Ruhm als Maler erlangt, weil er sich dem Gott des Glücks verschworen habe. Einige Leute behaupteten sogar, man könne, wenn man ihm beim Malen heimlich zuschaue, die Geisterfüchse sehen, die sich um ihn geschart hätten. Tatsächlich vergaß er alles um sich herum, wenn er zum Pinsel griff; er dachte dann nur noch an die Vollendung seines Werkes.

Tag und Nacht verließ er nicht das Zimmer. Selten sah er dann das Licht der Sonne. Vor allem zu der Zeit, als er das Bild von den Qualen der Hölle auf den Wandschirm brachte, schien er vollkommen in den Zustand der Besessen-heit verfallen zu sein.

Damit meine ich keineswegs die Tatsache, daß er auch am Tage die Jalousien geschlossen hielt und im Schein der an einem Dreifuß hängenden Lampe seine geheimen Farben mischte oder von seinen Schülern verlangte, bald ein Sui-kankleid, bald ein Jagdgewand, bald sonstwelche Kleidung anzuziehen, um sie dann nacheinander sorgfältig abzuzeich-nen. Auf solche sonderbaren Ideen war er allerdings nicht erst gekommen, seit er an dem Wandschirmbild von den Qualen der Hölle malte; das tat er bei jeder Arbeit. Ja, als er seinerzeit im Tempel Ryugai das Gemälde »Die fünf Meta-morphosen des Lebens« schuf, hatte er sich einmal in aller Ruhe auf der Straße vor einen Leichnam gehockt, von dem jeder gewöhnliche Sterbliche den Blick abwendet, und bis in

146

alle Einzelheiten das Gesicht, die Arme und die Beine kopiert, die schon halb verwest waren.

Doch was hat es dann mit jenem Zustand der Besessenheit auf sich? Ich fürchte nur, der eine oder andere wird mich nicht ganz verstehen. Da jedoch die Zeit nicht ausreicht, alles ausführlich darzulegen, werde ich euch in großen Zügen nur das Wichtigste berichten.

Ein Schüler Yoshihides (der, den ich schon mehrfach nannte) rieb eines Tages gerade Farben, als plötzlich der Meister zu ihm trat. »Ich möchte ein Mittagsschläfchen halten«, sagte er. »Aber leider plagen mich in letzter Zeit schreckliche Träume.«

Das war nun nicht gerade sonderbar, und so entgegnete der Schüler, ohne die Hände ruhen zu lassen, nur sehr kurz, aber höflich: »Ach?«

Doch Yoshihide machte ein ungewöhnlich trauriges Gesicht und bat beinahe schüchtern. »Ja, und deshalb möchte ich, daß du neben meinem Kopfkissen sitzt, während ich schlafe.«

Der Schüler fand es seltsam, daß sich der Meister wegen seiner Träume so sorgte; da der Wunsch aber ohne jede Mühe zu erfüllen war, sagte er: »Ja, gern.«

Doch anscheinend noch immer besorgt, forderte der Meister ihn zögernd auf: »Dann folge mir sogleich in das hintere Zimmer. Und falls nachher einer von den anderen Schülern kommen sollte, so laß ihn, solange ich schlafe, nicht herein!«

Mit dem hinteren Zimmer meinte er den Raum, in dem er seine Bilder malte. Auch an diesem Tage waren wie zur Nacht die Jalousien fest verschlossen. Das fahle Licht einer Laterne fiel auf den ringsum aufgestellten Wandschirm, auf dem erst der mit Kohle gezeichnete Entwurf zu sehen war. Yoshihide legte den Kopf auf den Arm und versank wie ein völlig Erschöpfter sogleich in einen tiefen Schlaf. Doch noch keine halbe Stunde war vergangen, als eine unsagbar schaurige Stimme an das Ohr des Schülers drang, der neben dem Kopfkissen saß.

8

Anfangs waren es nur irgendwelche Laute, aber eine Weile später hörte er Fetzen von Wörtern, und dann, als diese Stimme sagte: »Was, ich soll kommen, sagt Ihr …? Wohin? Wohin soll ich kommen? In die Hölle? In die glühend heiße Hölle … Wer seid Ihr, der Ihr so sprecht …? Wer seid Ihr …? Wenn ich mir überlege, wer Ihr seid …«, klang es wie das Gurgeln eines Ertrinkenden.

Unwillkürlich hielt der Schüler mit dem Farbenreiben inne, und als er voller Furcht verstohlen den Meister anschaute, da sah er auf dem runzligen, ganz blaß gewordenen Gesicht den Schweiß in großen Tropfen perlen. Die Lippen waren trocken, und der nahezu zahnlose Mund stand weit offen, als schnappe er nach Luft. Und das, was sich in diesem Mund, gleichsam wie von einer Schnur gezogen, wild bewegte, war das nicht seine Zunge? Selbstverständlich hatte diese Zunge die Wortfetzen hervorgebracht.

»Wenn ich mir überlege, wer Ihr seid … Oh, Ihr seid es also. Dachte ich es mir doch, daß Ihr es seid. Was? Ihr wollt mich abholen? Deshalb soll ich kommen. In der Hölle … erwartet mich meine Tochter?«

In diesem Augenblick hatte der Schüler das unheimliche Gefühl, als gleite ein undeutlicher, seltsam geformter Schatten von oben nach unten über die Fläche des Wandschirms. Der Schüler packte sofort seinen Meister und schüttelte ihn mit aller Kraft, aber Yoshihide redete auch im Halbschlaf immer weiter und war nicht so leicht zu wecken. Daraufhin goß ihm der Schüler kurz entschlossen das Wasser aus dem Gefäß, in dem er die Pinsel säuberte, über das Gesicht.

»Sie erwartet dich! Steig in diesen Wagen! … Steig in diesen Wagen und komm in die Hölle …« Die Worte gingen in ein Stöhnen über, als würde Yoshihide die Kehle zugeschnürt. Dann schlug er endlich die Augen auf. Wie von Nadeln gestochen, fuhr er in die Höhe. Aber hinter seinen Lidern saßen wohl noch die Bilder und Gestalten seines

148

Traumes, denn für eine Weile starrte Yoshihide mit finsterem Blick, den Mund weit aufgerissen, ins Leere. Doch schließlich kam er zu sich und sagte in einem etwas barschen Ton: »Schon gut, geh hinaus!«

Weil der Schüler wußte, daß der Meister ihn schelten würde, falls er nicht sogleich gehorchte, verließ er eilig das Zimmer. Erst als er draußen wieder das strahlende Licht der Sonne erblickte, atmete er, wie aus einem bösen Traum erwacht, erleichtert auf. So jedenfalls hat er es mir erzählt.

Aber das war ja noch recht harmlos. Etwa einen Monat später beschied der Meister einen anderen Schüler zu sich in das hintere Zimmer. Im düsteren Schein der Öllaterne kaute Yoshihide auf dem Pinsel. Plötzlich wandte er sich an den Schüler: »Sei so gütig und zieh dich wieder nackt aus.« Das hatte ihm der Meister schon oft befohlen, und so entkleidete er sich rasch. Yoshihide schnitt eine absonderliche Grimasse.

»Ich möchte einen in Ketten gelegten Menschen sehen. Du jammerst mich, aber du mußt es eine Weile über dich ergehen lassen!« sagte er kalt und zeigte nicht eine Spur von Mitgefühl.

Der Schüler war ein kräftiger junger Mann, dem es besser angestanden hätte, statt eines Pinsels ein Schwert zu führen, aber dieser Wunsch des Meisters schien ihn doch in Schrecken zu versetzen. Und wenn später einmal die Rede auf die Begebenheit kam, dann sagte er immer wieder: »Ich glaubte, der Meister sei von Sinnen und wolle mich ermorden.«

Das Zaudern des Schülers hatte Yoshihide wohl geärgert, denn plötzlich glitt ihm klirrend eine dünne Eisenkette durch die Hände, und noch im selben Augenblick sprang er seinem Schüler auf den Rücken, klammerte sich dort fest, verdrehte ihm mit Gewalt die Arme und schlang die Kette um sie. Unbarmherzig riß er dann am Kettenende, so daß der Schüler das Gleichgewicht verlor und polternd der Länge nach zu Boden stürzte.

9

Wie ein umgekippter Weinkrug lag der Schüler da mit grausam gefesselten und verrenkten Armen und Beinen. Nur den Kopf vermochte er zu bewegen. Die Kette brachte in dem stämmigen Körper das Blut zum Stocken, so daß Gesicht und Rumpf rot anliefen. Doch Yoshihide schien das wenig zu kümmern; er ging um den wie ein Weinkrug daliegenden Körper herum, betrachtete ihn von allen Seiten und machte bald aus diesem, bald aus jenem Blickwinkel Skizzen. Ich brauche wohl kaum noch im einzelnen zu schildern, welche Qualen der gefesselte Schüler ausstand.

Und wenn nichts dazwischengekommen wäre, dann hätte er sie wahrscheinlich noch eine ganze Weile ertragen müssen. Aber zu seinem Glück (oder sollte man vielleicht besser sagen zu seinem Unglück?) floß auf einmal in engen Windungen etwas Ölig-Schwarzes aus einem Topf, der in einer Zimmerecke stand. Anfangs bewegte es sich langsam wie etwas Zähes, Klebriges, doch dann glitt es plötzlich immer schneller heran. Als der Schüler dieses glitzernde Etwas nahe vor seiner Nase entdeckte, stockte ihm der Atem.

»Eine Schlange! Eine Schlange!« schrie er. Wen wunderte es, wenn er in diesem Augenblick glaubte, das Blut erstarre ihm mit einem Schlag in den Adern? Tatsächlich war die Schlange im Begriff, dort, wo die Kette tief ins Fleisch schnitt, seinen Hals mit ihrer kalten Zungenspitze zu berühren. So gewissenlos Yoshihide war, bei diesem unvorhergesehenen Zwischenfall fuhr er doch zusammen. Bestürzt warf er den Pinsel weg, bückte sich blitzschnell, packte die Schlange am Schwanz und ließ sie mit dem Kopf nach unten hängen. Sie aber hob den Kopf und ringelte in schnellen Bewegungen ihren Körper auf, jedoch die Hand des Mannes vermochte sie nicht zu erreichen.

»Du hast mir einen kostbaren Pinselstrich verdorben!« murmelte er ärgerlich und steckte die Schlange wieder in den Topf. Widerwillig nahm er dem Schüler dann die Kette

150

ab. Aber er löste eben nur die Kette, ein freundliches Wort für den armen Kerl, der so viel gelitten hatte, fand er nicht. Seine Erregung über den verdorbenen Pinselstrich war groß; wer weiß, ob sie so groß gewesen wäre, wenn die Schlange den Schüler gebissen hätte.

Wie man später vernahm, hielt sich Yoshihide diese Schlange eigens, um sie zu zeichnen.

Allein aus dem, was ich euch bisher erzählt habe, könnt ihr wohl bereits ungefähr entnehmen, welcher Art jene unheimliche, beinahe an Wahnsinn grenzende Besessenheit Yoshihides war. Doch werde ich euch auch noch davon berichten, was einem weiteren Schüler Yoshihides, einem Burschen von dreizehn, vierzehn Jahren, Schreckliches widerfuhr. Wegen des Höllengemäldes auf dem Wandschirm hätte er beinahe sterben müssen. Der Schüler hatte von Natur aus eine schöne weiße Haut wie ein Mädchen. Eines Abends, als er, vom Meister gerufen, ahnungslos dessen Zimmer betrat, sah er im Schein der Laterne, daß Yoshihide mit einem blutigen Stück Fleisch, das er auf der Handfläche hielt, einen seltsamen Vogel fütterte. Nicht nur die Größe, auch die links und rechts am Kopf wie Ohren vorstehenden Federn, die großen runden, bernsteinfarbenen Augen erinnerten irgendwie an eine Katze.

10

Yoshihide litt es nicht, daß andere ihre Nase in seine Angelegenheiten steckten. Selbst seine Schüler ließ er niemals wissen, was sich in seinem Zimmer alles verbarg. Ein Beispiel war die Schlange, von der ich eben sprach. So kamen, je nachdem was für ein Bild er gerade malte, Gegenstände zum Vorschein, die man nie erwartet hätte. Mal lag auf dem Tisch ein Totenschädel, mal stand neben einer silbernen Schale ein mit Lackmalerei verzierter Becher. Aber wo er für gewöhnlich diese Dinge aufbewahrte, wußte niemand. Und

das war gewiß mit ein Anlaß für das Gerede, Yoshihide
werde die Hilfe des großen Glücksgottes zuteil.

Auch diesen merkwürdigen Vogel brauchte er sicherlich,
um auf dem Wandschirm die Qualen der Hölle darzustellen,
dachte der Schüler, als er sich vor dem Meister verbeugte
und ehrerbietig fragte: »Womit kann ich Euch dienen?«

Doch Yoshihide fuhr sich mit der Zunge über die roten
Lippen, tat, als habe er die Frage nicht gehört, und wies mit
dem Kinn auf den Vogel. »Na, ist er nicht zahm?«

»Wie heißt dieses Wesen? Noch nie habe ich solch ein
Tier gesehen«, sagte der Schüler und starrte angsterfüllt den
katzenähnlichen Vogel mit den Federohren an.

»Was, noch nie gesehen?« entgegnete Yoshihide in der
ihm eigenen höhnischen Art. »Ja, ja, man hat schon seinen
Kummer mit den Leuten, die in der Hauptstadt aufgewach-
sen sind. Dies ist ein Uhu. Ein Jäger vom Berge Kurama hat
ihn mir vor zwei, drei Tagen geschenkt. Doch es gibt bestimmt nicht viele, die so zahm sind wie der hier.«

Bei diesen Worten hob Yoshihide langsam die Hand und
fuhr dem Uhu, der gerade das Fleisch verzehrt hatte, von unten her sacht über die Rückenfedern. Im selben Augenblick
stieß der Vogel einen durchdringenden kurzen Schrei aus,
flog vom Tisch auf, streckte die Krallen aus und schoß herab
in das Gesicht des Schülers. Hätte der nicht sogleich die
Arme hochgerissen und eiligst das Gesicht verdeckt, wäre er
sicherlich übel zugerichtet worden. Er schrie auf, schwenkte
die Ärmel und versuchte, den Uhu zu vertreiben. Doch der
Vogel flatterte über ihm, kreischte und griff von neuem an.
Der Schüler vergaß sogar, daß der Meister anwesend war,
und floh in dem engen Zimmer verzweifelt hin und her; bald
stand er da, um den Uhu abzuwehren, bald hockte er sich
hin, um ihn zu vertreiben. Doch überallhin verfolgte ihn der
Vogel und versuchte, ihm die Augen auszuhacken. Als der
Schüler das fürchterliche Klatschen der Flügel hörte, wurde
ihm unheimlich zumute, und er vermeinte, etwas Absonderliches wahrzunehmen, etwas nicht näher zu Bestimmendes

wie den Geruch von verrottendem Laub, den Wasserstaub
eines Wasserfalles oder auch so etwas wie den Gestank
schlecht gewordenen Affenweins. Er fühlte sich trostlos und
verlassen in dem Zimmer des Meisters, das einem tief in
den Bergen liegenden, von einer gespenstischen Atmosphäre
erfüllten Tal zu gleichen schien. Selbst das trübe Licht der
Öllampe kam ihm vor wie das Leuchten des verschleierten
Mondes.

Aber nicht allein die Angriffe des Uhus versetzten den
Schüler so in Schrecken. Nein, noch mehr sträubten sich
ihm die Haare, als er beim flüchtigen Hinschauen merkte,
daß sein Meister Yoshihide ungerührt zusah, wie der seltsame Vogel ihm, dem mädchenhaften jungen Burschen, zu-
setzte, seelenruhig sein Papier ausbreitete, am Pinsel leckte
und das grausige Bild skizzierte. Eine unsagbare Angst
packte den Schüler, und er glaubte wirklich, daß er nach
dem Willen des Meisters sterben solle.

11

Wer kann sagen, ob der Meister nicht tatsächlich wollte, daß
er umgebracht wurde! Denn als er ihn an jenem Abend zu
sich rief, da hatte er doch gewiß schon insgeheim die Absicht, den Uhu auf ihn zu hetzen, um dann den Anblick des
fliehenden Schülers im Bilde festzuhalten. Sobald der Schüler merkte, was sein Meister wollte, bedeckte er instinktiv
den Kopf mit beiden Armen, schrie irgend etwas und
kauerte sich in der Ecke bei der Schiebetür nieder. Im selben Augenblick sprang Yoshihide mit einem Ausruf der Bestürzung auf. Der Uhu begann plötzlich, noch heftiger mit
den Flügeln zu schlagen, dann hörte man, daß etwas umfiel
und zerbrach.

Von neuem packte den Schüler das Entsetzen, doch als er
unwillkürlich seinen in den Ärmeln vergrabenen Kopf hob,
war es im Zimmer auf einmal ganz dunkel geworden, und in

dieser Finsternis rief Yoshihide ungeduldig nach den anderen Schülern.

Bald antwortete einer von ihnen aus einiger Entfernung. Dann kam er mit einer rußenden Laterne in der Hand herbeigeeilt. In ihrem Schein sah man, daß das Gestell, an dem die Lampe hing, umgestürzt war und daß dort, wo sich das Öl über den Fußboden und die Binsenmatten ergossen hatte, die nur noch mit einem Flügel wild flatternde Eule lag. Yoshihide stand halb aufgerichtet hinter dem Tisch, machte ein etwas verblüfftes Gesicht und murmelte unverständliche Worte vor sich hin. Seine Überraschung war weiter nicht verwunderlich, denn um den Hals und den einen Flügel des Uhus wand sich eine pechschwarze Schlange. Wahrscheinlich hatte der Schüler, als er sich in der Ecke niederkauerte, den dort stehenden Topf umgerissen. Die Schlange war herausgekrochen, und der Uhu hatte versucht, sie zu greifen. Damit mußte wohl das ganze Durcheinander seinen Anfang genommen haben. Die beiden Schüler sahen einander an und betrachteten eine Weile gedankenverloren das merkwürdige Bild. Schließlich verbeugten sie sich stumm vor dem Meister und schlichen sich hinaus. Was aus der Schlange und dem Uhu geworden ist, weiß niemand.

Ähnliches ereignete sich des öfteren. Ich vergaß zu sagen, daß es zu Beginn des Herbstes war, als Yoshihide den Auftrag erhielt, auf dem Wandschirm die Qualen der Hölle darzustellen. Von der Zeit an bis zum Ende des Winters lebten Yoshihides Schüler in ständiger Furcht vor dem unheimlichen Gebaren ihres Meisters. Doch ausgangs des Winters fand Yoshihide irgendwie wegen des Gemäldes keine Ruhe mehr. Er wurde noch trübsinniger, als er ohnehin schon war, und wenn er sprach, dann nur in einem groben, barschen Ton. Allem Anschein nach wollte es mit dem Entwurf zu dem Gemälde nicht vorangehen, obwohl er doch schon zu vier Fünfteln fertig war. Ja, nicht nur das, Yoshihide löschte sogar, was er schon gezeichnet hatte, und so ließ sich kaum ein Ende absehen.

Doch niemand kam dahinter, was ihm an dem Gemälde eigentlich nicht gelingen wollte. Vielleicht bemühte sich aber auch niemand, es herauszufinden, denn die Schüler, gewitzigt durch die mannigfachen Vorkommnisse, hatten das Gefühl, als lebten sie mit einem Tiger oder einem Wolf in einem Käfig, und waren deshalb sehr darauf bedacht, sich ihrem Meister nach Möglichkeit nicht zu nähern.

12

In dieser Zeit ereignete sich kaum etwas Erzählenswertes. Zu erwähnen wäre nur, daß der widerspenstige Alte aus irgendeinem Grunde seltsam rührselig geworden war und manchmal, wenn er sich ganz allein glaubte, still vor sich hin weinte. Als einer der Schüler eines Tages hinaus in den Garten ging, sah er den Meister gedankenverloren auf der Veranda stehen und mit tränenerfüllten Augen zum Frühlingshimmel aufschauen. Der Schüler schämte sich für seinen Meister und schlich sich, wie er mir später sagte, davon. Aber war es nicht sonderbar, daß dieser hochmütige Mann, der sogar eine Leiche am Straßenrand für sein Gemälde »Die fünf Metamorphosen des Lebens« abgezeichnet hatte, nun wie ein Kind weinte, nur weil ihm das Gemälde auf dem Wandschirm nicht nach Wunsch gelingen wollte?

Während Yoshihide mit einer Besessenheit an dem Wandschirmgemälde gearbeitet hatte, daß man ihn kaum noch für einen normalen Menschen halten konnte, war seine Tochter mehr und mehr in Trübsinn versunken. Niemand wußte genau, warum, und selbst wir merkten, wie sehr sie mit den Tränen kämpfen mußte. Dieses schon von Natur aus zurückhaltende, etwas blasse und immer ein wenig betrübte Mädchen sah mit den tränenschweren Wimpern und den tiefen Augenschatten nun erst recht unsagbar traurig aus. Anfangs glaubte man, sie sorge sich um ihren Vater, andere mutmaßten auch, sie habe Liebeskummer, aber bald

verbreitete sich das Gerücht, daß Seine Gnaden sie sich ge-
fügig machen wolle. Seitdem sprach plötzlich niemand mehr
von ihr, und es war, als hätte man sie ganz und gar vergessen.

In eben dieser Zeit geschah dann folgendes: Als ich eines
Abends zu vorgerückter Stunde den Korridor entlangging,
kam plötzlich von irgendwoher der Affe Yoshihide auf mich
zugesprungen und begann, heftig an dem Saum meines Gewandes zu zerren. Es war eine laue Nacht, die Pflaumenblüten verbreiteten schon ihren Duft, und fahl schimmerte der
Mond. In seinem Licht sah ich, wie der Affe seine weißen
Zähne bleckte und dabei die Nase kraus zog. Schließlich begann er auch noch, wie von Sinnen grelle Schreie auszusto-
ßen. Beherrscht von drei Teilen Unbehagen und von sieben
Teilen Zorn darüber, daß er an meinem neuen Gewand
zerrte, wollte ich ihm erst einen Fußtritt geben und meines
Weges gehen, doch dann erinnerte ich mich an den Samurai, der bei dem jungen Herrn in Ungnade gefallen war, weil
er den Affen geprügelt hatte. Außerdem kam mir das Gebaren des Affen nun doch recht eigenartig vor. So bezähmte
ich mich denn und ging unwillkürlich ein paar Schritte in
die Richtung, in die der Affe mich zog.

Der Korridor führte um eine Ecke. Als ich an der Stelle
anlangte, von wo man durch die schön geformten Kiefern zu
dem auch in der Nacht weißlich schimmernden Wasser des
Teiches hinüberblickt, fuhr ich zusammen, denn in einem
Zimmer ganz in der Nähe schienen zwei Menschen miteinander zu ringen, ungestüm und doch seltsam verhalten.
Ringsum herrschte tiefes Schweigen, und aus dem weißlichen Schimmer, der weder Mondschein war noch Nacht-
dunst, hörte ich nur das Springen der Fische. Menschliche
Stimmen vernahm ich nicht. Deshalb blieb ich unwillkürlich stehen, als jenes sonderbare Geräusch an meine Ohren
drang. Sollte dort jemand eine Gewalttat verüben, dann
werde ich es ihm schon zeigen, dachte ich und schlich mich
mit angehaltenem Atem an die Schiebetür jenes Zimmers
heran.

13

Für den Affen schien ich mich jedoch zu langsam zu bewegen. Ungeduldig rannte er zwei-, dreimal um mich herum, schrie, als würde ihm die Kehle zugeschnürt, sprang mir dann mit einem Satz auf die Schulter und klammerte sich an meinen Ärmeln fest, um nicht wieder herunterzurutschen. Instinktiv warf ich den Kopf in den Nacken, um den Krallen des Tieres zu entgehen. In diesem Augenblick taumelte ich zwei, drei Schritte zurück und stieß dabei mit dem Rücken heftig gegen die Schiebetür. Nun hatte es keinen Sinn mehr, auch nur eine Sekunde länger zu zögern. Mit einem Ruck schob ich die Tür auf und wollte mich gerade in den Raum stürzen, den das Licht des Mondes nicht erreichte, da huschte etwas an meinen Augen vorüber – nein, mehr noch, da erschreckte mich eine Frau, die mir gleichsam entgegenschnellte. Fast wäre sie mit mir zusammengeprallt, doch sie stolperte an mir vorüber, fiel auf die Knie und blickte erschaudernd zu mir auf, als sähe sie in etwas Furchtbares.

Ich brauche wohl nicht noch zu sagen, daß die Frau Yoshihides Tochter war. Allerdings kam sie mir an jenem Abend geradezu wie eine Fremde vor. Ihre weitgeöffneten Augen funkelten. Ihre Wangen glühten. Ihre in Unordnung geratenen Kleider verliehen ihr zudem einen verlockenden Zauber, der von der Kindlichkeit, die ihr bisher eigen gewesen war, auch nicht mehr das geringste ahnen ließ. War das wirklich die zarte, zurückhaltende, bescheidene Tochter Yoshihides? – Ich lehnte mich an die Schiebetür, betrachtete das schöne Mädchen im Mondlicht, wies mit dem Finger in die Richtung, in der eilige Schritte verhallten, und fragte mit den Augen: Wer?

Das Mädchen biß sich auf die Lippen, blieb stumm und schüttelte nur den Kopf. Fürwahr, es konnte einen jammern bei diesem Anblick.

Ich beugte mich vor, brachte meinen Mund dicht an ihr

Ohr und fragte diesmal mit leiser Stimme: »Wer?« Doch
wieder schüttelte das Mädchen nur den Kopf und gab keine
Antwort. Nein, nicht nur das, gleichzeitig sammelten sich in
ihren langen Wimpern Tränen, und sie biß sich nur noch
heftiger auf die Lippen.

Da ich von Natur aus dumm und einfältig bin, geht mir
leider nichts von dem ein, was nicht leicht und sofort zu begreifen ist. So stand ich denn eine Weile unbeweglich da, als
lauschte ich dem Klopfen ihres Herzens, und wußte nicht,
was ich sagen sollte. Allerdings schwieg ich wohl auch deshalb, weil ich irgendwie fühlte, daß es unrecht sei, weiter in
sie zu dringen.

Wie lange ich so dastand, weiß ich nicht. Doch schließlich
schob ich die offene Tür zu, wandte mich nach dem Mädchen
um, das sich etwas beruhigt zu haben schien, und sagte so
freundlich wie nur möglich: »Geh jetzt in dein Zimmer!«

Bedrängt von dem unguten Gefühl, vielleicht etwas gesehen zu haben, was ich nicht hätte sehen dürfen, begab ich
selber mich mit bedächtigen Schritten wieder dorthin zurück, woher ich gekommen war, und schämte mich – doch
weiß ich nicht, vor wem. Ich war jedoch noch keine zehn
Schritte gegangen, als jemand von hinten schüchtern am
Saum meines Gewandes zerrte. Erschrocken drehte ich mich
um. Was meint ihr wohl, wer es war?

Die Hände wie ein Mensch vor sich auf den Boden gestützt, verbeugte sich zu meinen Füßen der Affe Yoshihide,
wobei sein goldenes Glöckchen klingelte.

14

Ein halber Monat mochte etwa nach diesem nächtlichen
Zwischenfall vergangen sein, als Yoshihide eines Tages
überraschend im Palast erschien und um eine Audienz beim
Fürsten bat. Trotz seiner niederen Herkunft erfreute sich der
Maler seit langem der besonderen Gunst Seiner Gnaden.

Wohl deshalb gab der Fürst, der sonst niemanden so leicht zu sich ließ, auch diesmal bereitwillig sein Einverständnis und bat ihn sogleich herein. Der Maler, der wie gewöhnlich sein mit Gewürznelken gefärbtes Jagdgewand und dazu die ein wenig schlaffe Schnabelmütze trug, machte ein noch griesgrämigeres Gesicht als sonst. Er ließ sich auf die Knie nieder, grüßte ehrerbietig und sagte dann mit heiserer Stimme: »Es handelt sich um das Wandschirmbild von den Höllenqualen, das zu malen Ihr mir schon vor langer Zeit aufgetragen habt. Mit Fleiß und Sorgfalt habe ich Tag und Nacht daran gearbeitet. Die Mühen waren nicht vergebens. Der Entwurf ist nahezu fertig.«

»Meinen Glückwunsch! Ich bin zufrieden mit dir!« entgegnete der Fürst. Doch seine Stimme klang eigentümlich kraftlos und enttäuscht.

»Nein, nein, zum Gratulieren gibt es keinen Grund«, erwiderte Yoshihide beinahe ärgerlich, den Blick fest auf den Boden gerichtet. »Der Entwurf ist nahezu fertig. Es fehlt nur noch eine Szene, die ich aber einfach nicht imstande bin zu malen!«

»Was, eine Szene, die du nicht imstande bist zu malen?«

»Ja, so ist es. Im allgemeinen kann ich nichts malen, was ich nicht mit eigenen Augen schon einmal gesehen habe. Wenn ich es dennoch tue, so befriedigt es nicht. Und ist das nicht dasselbe wie außerstande sein, es zu malen?«

Als Seine Gnaden das hörte, huschte ein spöttisches Lächeln über sein Gesicht. »Dann mußt du also die Hölle selbst sehen, wenn du die Qualen der Hölle malen willst!«

»Genau so ist es. Bei der großen Feuersbrunst vor einigen Jahren sah ich die Flammenzungen, die man für das wilde Feuer in der glühend heißen Hölle halten kann. Nur dieser Feuersbrunst ist es zu danken, daß ich die Flammen auf dem Bild des sich im Feuer windenden Gottes Acala zustande brachte. Ihr kennt doch sicher dieses Bild?«

»Wie aber ist das nun mit den Verdammten? Und die Kerkermeister hast du doch gewiß auch noch nicht gesehen?« Der Fürst tat, als habe er die Worte Yoshihides nicht gehört, und plagte ihn mit seinen Fragen.

»Ich sah jemanden, der mit einer Eisenkette gefesselt war. Ich zeichnete in allen Einzelheiten einen Menschen, der von einem gespenstischen Vogel gequält wurde. Und was einen Kerkermeister anbetrifft ...«, Yoshihide setzte ein gräßliches, gequältes Lächeln auf, »... was einen Kerkermeister anbetrifft, so habe ich ihn im Halbschlaf nicht nur einmal gesehen. Man darf wohl sagen, daß er mich fast in jeder Nacht und jeden Tag peinigte. Mal trug er einen Pferdekopf, mal einen Ochsenkopf, mal erschien er in der Gestalt eines dreigesichtigen, sechsarmigen Teufels. Er schlug sich in die Hände, ohne daß ein Geräusch zu hören war. Er öffnete den Mund, ohne daß ein Laut hervorkam. – Was ich malen will und nicht imstande bin zu malen, ist etwas anderes.«

Der Fürst erschrak nun doch. Eine Weile starrte er gereizt in das Gesicht Yoshihides. Schließlich zog er die Brauen zusammen und sagte ungerührt: »Was also kannst du nicht malen?«

15

»In die Mitte des Wandschirms möchte ich einen vom Himmel herabstürzenden Wagen setzen«, antwortete er und sah den Fürsten zum erstenmal durchdringend an. Ich hatte davon gehört, daß Yoshihide an einen Wahnsinnigen zu erinnern begann, wenn er auf Bilder zu sprechen kam, und in diesem Moment trat dieser grauenvolle, krankhafte Ausdruck in seine Augen.

»In dem Wagen windet sich eine bezaubernd schöne Hofdame in Todesqualen. Wild flattert ihr schwarzes Haar in den lodernden Flammen. Während sie fast im Rauch erstickt, zieht sie die Augenbrauen zusammen und blickt hinauf zur Wagendecke. Sie reißt den Bambusvorhang ab und versucht, sich damit vor dem Funkenregen zu schützen. Um

sie herum kreisen aufgeregt krächzende gespenstische Raub-
vögel, zehn, nein, zwanzig an der Zahl ...Aber ach, es will
mir einfach nicht gelingen, die Hofdame in dem Ochsenwagen zu malen.«

»Ja, und – was weiter?« drang der Fürst in Yoshihide und
machte dabei aus irgendeinem Grunde ein beinahe fröhliches Gesicht.

Doch wie im Traum wiederholte Yoshihide nur: »Es will
mir nicht gelingen, sie zu malen«, und seine roten Lippen
bebten, als hätte er Fieber. Dann aber polterte er plötzlich
los: »Ich bitte Euer Gnaden, vor meinen Augen einen Hof-
wagen in Brand setzen zu lassen. Und wenn es möglich
ist ...«

Das Gesicht des Fürsten hatte sich verfinstert, doch schon
im nächsten Augenblick brach er in ein schrilles Lachen
aus. Er erstickte fast an diesem Lachen, als er sagte: »Alles
soll so geschehen, wie du es wünschst. Ob möglich oder
nicht, darüber zerbrich dir nicht den Kopf!«

Bei diesen Worten Seiner Gnaden stieg in mir die dunkle
Ahnung auf, daß etwas Grauenhaftes geschehen werde. Der
Fürst sah ganz und gar so aus, als habe Yoshihides Irrsinn
ihn angesteckt. Schaum stand in seinen Mundwinkeln, und
zwischen seinen Augenbrauen schienen grelle Blitze zu zuk-
ken. Nach einer kleinen Pause brach es wieder wild aus ihm
hervor, und sein gurgelndes Gelächter schien nicht enden zu
wollen. »Ich lasse einen Wagen des Hofes in Brand stecken.
Darin wird eine bezaubernd schöne Frau, gekleidet wie eine
Dame höchsten Ranges, sitzen. In Flammen und Rauch
stirbt die Frau im Wagen einen qualvollen Tod. Wer das zu
malen wünscht, ist fürwahr der größte Künstler unter dem
Himmel. Gepriesen sei er! Oh, er sei gepriesen!«

Als Yoshihide die Worte des Fürsten vernahm, erbleichte
er plötzlich. Nur seine Lippen bewegte er, als ringe er nach
Atem. Alle Spannung schien aus seinem Körper gewichen,
erschöpft stützte er die Hände auf die Binsenmatte und bedankte sich höflich. »Ihr macht mich glücklich!« Er sprach

aber mit so leiser Stimme, daß man ihn kaum verstehen konnte. Vielleicht war ihm bei den Worten Seiner Gnaden nun doch deutlich vor Augen getreten, wie grausig der von ihm erdachte Plan war. Ein einziges Mal in meinem Leben habe ich Yoshihide bemitleidet, und das war in jenem Augenblick.

16

Wenige Tage später rief der Fürst eines Abends Yoshihide zu sich, um ihn, wie versprochen, aus allernächster Nähe den Brand eines Hofwagens erleben zu lassen. Natürlich verbrannte man den Wagen nicht im Gelände des Palastes zu Horikawa, sondern außerhalb der Hauptstadt bei einer Bergvilla, die gemeinhin der »Palast zur Schneeschmelze« genannt wurde. Hier lebte einst die jüngere Schwester des Fürsten.

Seit vielen Jahren aber stand der »Palast zur Schneeschmelze« leer. Auch der weitläufige Garten war völlig verwildert. Und die vielen Gerüchte über das Schicksal der hier verstorbenen Schwester des Fürsten waren sicher der Phantasie jener Leute entsprungen, die das verödete Grundstück gesehen hatten.

So erzählte man sich unter anderem, daß in den Neumondnächten noch immer das scharlachrote Gewand der Schwester durch die Gänge wandle, ohne den Boden zu berühren. Über derlei Gerüchte brauchte man sich gar nicht zu wundern, denn der schon bei Tage öd und leer aussehende Palast mußte erst recht Unbehagen aufkommen lassen, wenn die Nacht hereingebrochen war, das Rauschen des Baches im Garten durch das Dunkel herüberklang und die Nachtreiher im Sternenlicht wie Gespenster umherflogen.

Es war eine stockdunkle, mondlose Nacht. Der Fürst, der im Schein der Öllaternen auf der Veranda Platz genommen hatte, trug zu dem hellgelben Naoshikleid eine dunkelblaue

Rockhose nach Art der Sashinuki mit eingewebtem Wappen. Er saß mit gekreuzten Beinen auf einem mit weißem Brokat eingefaßten runden Kissen. Daß ihn vorn und hinten, von links und rechts je fünf oder sechs Gefolgsleute ehrerbietig umgaben, versteht sich von selbst. Einer von ihnen fiel durch seine Statur besonders auf: Es war jener kräftige Samurai, der vor Jahren in den Kämpfen bei Michinoku Menschenfleisch gegessen hatte, um nicht Hungers sterben zu müssen, und seitdem angeblich sogar einem lebenden Hirsch das Geweih zerbrechen konnte. Er trug unter seinem Gewand die Rüstung. Das mit der Spitze nach oben zeigende Schwert an seiner Seite, kauerte er ehrfurchtgebietend vor der Veranda.

Nicht ohne Schaudern betrachtete ich diese bald vom Schein der im Nachtwind schaukelnden Laternen erhellte, bald in Dunkelheit gehüllte Szene, von der man kaum noch sagen konnte, ob sie Traum oder Wirklichkeit war.

Als ich dann noch den in den Garten gezogenen Wagen sah, dessen hohes Dach drohend in das Dunkel ragte, dessen Deichseln, aus denen die Ochsen ausgespannt waren, schräg auf einem Bock lagen und dessen goldene Beschläge wie Sterne funkelten, da fröstelte mich, obgleich es Frühling war. Was aber der Wagen in seinem Innern barg, vermochte ich nicht zu sagen, denn die blauen, mit gemustertem Gewebe eingefaßten Bambusvorhänge waren zugezogen. Rings um den Wagen standen Diener bereit. Sie hielten brennende Fackeln in den Händen und bemühten sich, zu verhindern, daß der Rauch zur Veranda hinübertrieb.

Yoshihide kniete in einiger Entfernung vor der Veranda. Wie immer, so trug er auch heute zu dem wohl bräunlichen Jagdgewand eine schlaffe Schnabelmütze. Er sah noch elender und kleiner aus als sonst, gleichsam als erdrücke ihn die Last des Sternenhimmels. Hinter ihm kauerte noch jemand, ebenfalls mit einem Jagdgewand und einer Schnabelmütze bekleidet. Vielleicht war es einer seiner Schüler, der ihn begleitet hatte. Doch da die beiden ein wenig abseits und obendrein im Dunkeln hockten, vermochte ich von meinem Platz aus, der unterhalb der Veranda war, die Farbe ihrer Kleidung nicht genau zu erkennen.

17

Es ging auf Mitternacht. Die Dunkelheit, die das Gehölz und die Quelle verhüllte, schluckte jeden Laut. Während jeder seinen eigenen Atem zu hören glaubte, wehte leise rauschend ein sanfter Nachtwind heran und trug Fackelrauch und Brandgeruch zu uns herüber. Der Fürst schwieg eine Weile und schien in den Anblick dieser seltsamen Szenerie versunken, doch schließlich rutschte er auf den Knien ein wenig nach vorn und rief mit scharfer Stimme: »Yoshihide!«

Der Maler antwortete wohl, doch drang nur so etwas wie ein Ächzen an mein Ohr.

»Yoshihide! Heute nacht werde ich deinem Wunsch gemäß einen Wagen in Brand setzen lassen«, sagte der Fürst und warf einen Seitenblick auf seine Gefolgsmannen. Vielleicht habe ich mich getäuscht, doch Seine Gnaden schien mir in diesem Augenblick mit einigen seiner Leute ein vielsagendes Lächeln zu wechseln. Scheu hob Yoshihide den Kopf und schaute zur Veranda hinauf, sprach aber kein Wort.

»Sieh genau hin! Das ist der Wagen, in dem ich für gewöhnlich ausfuhr. Du erkennst ihn doch sicher wieder. Ich ... ich befehle jetzt, diesen Wagen in Brand zu setzen, um vor deinen Augen die lodernde Hölle Wirklichkeit werden zu lassen.«

Der Fürst hielt wieder inne und gab seinen Gefolgsleuten mit den Augen einen Wink. Dann fuhr er plötzlich in gequältem Ton fort: »Man hat eine schuldig gewordene Hofdame gebunden dort hineingesetzt. Wenn der Wagen erst in Flammen steht, wird ihr Fleisch braten, ihre Knochen werden brennen, und unter furchtbaren Qualen wird sie ihr Ende finden. Ein einmaliges Modell für dich, damit du das Gemälde auf dem Wandschirm vollenden kannst! Laß deinen Blicken nicht entgehen, wie sich die schneeweiße Haut in der Glut des Feuers röten wird! Sieh gut hin, wenn sich das schwarze Haar in wirbelnde Funken verwandelt!«

Ein drittes Mal hielt der Fürst inne. Woran mochte er nur denken, als auf einmal ein stummes Lachen seine Schultern erbeben ließ? »Bis an das Ende der Welten wird es nie wieder solch ein Schauspiel geben. Ich werde ihm von hier aus beiwohnen. Nun denn, hebt den Vorhang! Laßt Yoshihide die Frau im Wagen sehen!«

Sofort trat einer der Diener, in einer Hand eine Fackel, an den Wagen heran, streckte die andere Hand aus und zog mit einem Ruck den Vorhang zur Seite. Die rötliche Flamme der mit lautem Knistern abbrennenden Fackel erleuchtete das Innere des Wagens, und die mit einer Kette grausam gefesselte Hofdame – wer war sie? Nein, das konnte nicht sein! Das schwarzglänzende, lange, wallende Haar fiel auf das prunkvolle, mit Kirschblüten bestickte chinesische Gewand. Die schräg im Haar steckenden goldenen Spangen funkelten. Gewiß, die äußere Erscheinung konnte täuschen, doch die zierliche Gestalt, der Nacken, um den sich jetzt eine Kette schlang, das beinahe traurige Profil – das war niemand anderes als Yoshihides Tochter. Ich hätte bald laut aufgeschrien.

Im selben Augenblick sprang ein Samurai, der neben mir saß, auf, umklammerte mit der einen Hand den Griff seines Schwertes und starrte Yoshihide drohend an. Auch ich blickte entsetzt zu ihm hinüber. Yoshihide schien nur noch halb bei Besinnung. Hatte er bis jetzt auf der Erde gekniet, so fuhr er nun in die Höhe, streckte beide Hände vor und war, seiner selbst wohl kaum noch Herr, im Begriff, zum Wagen zu stürzen. Wie ich schon erwähnte, war Yoshihides Platz etwas abseits im Schatten, so daß ich seinen Gesichtsausdruck leider nicht deutlich zu erkennen vermochte. Aber schon im nächsten Augenblick trat das Gesicht Yoshihides, aus dem alle Farbe gewichen war, nein, trat die ganze Gestalt Yoshihides, als wäre sie von einer unsichtbaren Kraft in die Höhe gehoben, aus der Finsternis hervor und erschien in aller Deutlichkeit vor meinen Augen. Das war in dem Moment, da der Wagen, in dem seine Tochter saß, in Flammen aufging, überschüttet vom Feuer der Fackeln, welche die Diener auf ihn warfen, als der Fürst ihnen befahl: »Anzünden!«

18

Schon brannte das Dach des Wagens. Die violetten Quasten am Vordach schwangen wild hin und her, dichter Rauch, der weiß im Dunkel der Nacht schimmerte, quoll darunter hervor. Wie Regen sprühten die Funken, so daß ich glaubte, jeden Augenblick kämen Stücke des Bambusvorhanges, der Wandverkleidung oder der Metallornamente am Dach geflogen. Es war unsagbar grauenhaft. Doch nein, noch grauenhafter waren wohl die wütenden Flammen, die mit gierigen Zungen am Gitterwerk des Wagens leckten und zum Himmel emporschossen. Es war, als sei das Sonnenrad auf die Erde gestürzt und das Himmelsfeuer sprühe umher. Alle Lebenskraft schien in mir, der ich nahe daran gewesen war aufzuschreien, erloschen. Ausdruckslos und mit offenem Mund starrte ich auf dieses Bild. Aber der Vater, Yoshihide ...

Bis heute habe ich seinen Gesichtsausdruck in jenem Augenblick nicht vergessen. Yoshihide, der, seiner selbst nicht mehr Herr, im Begriff gewesen war, zum Wagen hinzustürzen, blieb in dem Moment, als das Feuer aufflammte, wie angewurzelt stehen. Noch immer streckte er die Hände vor, sein Blick wurde durchdringend. Er starrte in den Rauch und die Flammen, als zögen sie ihn an. In dem Feuerschein, der seinen Körper übergoß, waren das runzlige, häßliche Gesicht, ja selbst die Spitzen des Bartes gut zu erkennen. Ob man nun die weitaufgerissenen Augen, den verzerrten Mund oder das unaufhörliche Beben der Wangen nahm – die Furcht, der Jammer und das Entsetzen, die abwechselnd sein Herz bedrängten, standen ihm deutlich im Gesicht geschrieben. Ich glaube, daß kein Räuber in der Stunde vor seiner Hinrichtung, ja nicht einmal ein vor das Gericht der Zehn Könige gezerrter Verbrecher, der sich schuldig gemacht hat der zehn Vergehen und fünf Übeltaten, ein so gequältes Gesicht macht. Sogar jener bärenstarke Samurai wechselte die Farbe und blickte furchtsam zu dem Fürsten auf.

Seine Gnaden biß sich jedoch fest auf die Lippen, lachte ab und zu schauerlich und starrte unentwegt zum Wagen hinüber. Und in dem Wagen … ach, ich bringe nicht die Kraft und nicht den Mut auf, euch im einzelnen zu schildern, wie ich das Mädchen in dem Wagen sah. Das weiße Antlitz, das sie, im Rauch erstickend, zur Decke hob, das lange Haar, das aufgelöst in den Feuerzungen wehte, das hübsche Gewand mit dem Kirschblütenmuster, das in Flammen aufging – es war ein fürchterlicher Anblick. Als dann noch ein Windstoß, der von den Bergen her einfiel, den Qualm zur Seite trieb und aus den züngelnden, wie Goldstaub auf roten Grund gestreuten Flammen das Bild hervortrat, wie das Mädchen an dem Knebel nagte und sich verzweifelt krümmte, als wolle es die Eisenfesseln sprengen, da fragte ich mich, ob ich hier nicht tatsächlich schon die Martern der Hölle sah. Und nicht nur mir, selbst dem starken Samurai sträubten sich die Haare.

Wieder wehte ein Windstoß heran und strich durch das Geäst der Bäume – so vermeinten wir jedenfalls. Doch kaum war dieses Rauschen über den dunklen Himmel gelaufen, da sprang plötzlich etwas Schwarzes, das weder die Erde berührte noch in der Luft flog, sondern wie ein Ball hüpfte, vom Dach des Hauses in den in Flammen stehenden Wagen hinein und umschlang die zurückgebeugten Schultern des Mädchens. In diesem Augenblick fiel das rotlackierte Gitterwerk des Wagens brennend auseinander. Ein langgezogenes, schmerzerfülltes Kreischen, so schrill, als würde Seide gerissen, drang durch den Rauch zu uns herüber. Dann ein zweites und noch ein drittes Kreischen – wir alle schrien unwill-

167

kürlich auf; denn das, was sich in den Flammen an die Schultern des Mädchens klammerte, war das Äffchen, das Äffchen mit dem Namen Yoshihide, das man doch angekettet im Palast zu Horikawa zurückgelassen hatte.

19

Aber nur für einen kurzen Augenblick sahen wir das Äffchen. Funken, Goldsprenkeln auf braunem Malgrund gleich, stoben zum Himmel auf, dann hüllte schwarzer Rauch das Äffchen und das Mädchen ein. Was blieb, war der grauenhaft knisternde Flammenwagen, der mitten im Garten lichterloh brannte. Nein, angesichts der fürchterlichen Lohe, die prasselnd bis hinauf zum Sternenhimmel schlug, sollte ich statt Flammenwagen vielleicht besser Feuersäule sagen.

Doch es war sonderbar, Yoshihide, der wie erstarrt vor dieser Feuersäule gestanden hatte, derselbe Yoshihide, der soeben noch offenbar alle Marter und Pein der Hölle durchlitten hatte, hatte jetzt die Arme über der Brust verschränkt, als wäre er sich der Gegenwart des Fürsten überhaupt nicht mehr bewußt, und auf seinem runzligen Gesicht breitete sich ein nicht mit Worten zu beschreibendes Strahlen aus. Yoshihide strahlte vor Verzückung. Seine Augen schienen nicht die unter furchtbaren Qualen sterbende Tochter zu sehen, nein, es schien vielmehr, als weidete sich sein Herz an den wunderbaren Flammen und an der Gestalt der darin leidenden Frau.

Aber sonderbar und unbegreiflich war nicht nur, daß dieser Mann den Todeskampf seines einzigen Kindes voller Entzücken betrachtete. In jenen Augenblicken umgab Yoshihide eine seltsame Erhabenheit, die kaum noch an einen Menschen, sondern mehr an einen wütenden Löwenkönig, wie man ihn im Traum sieht, erinnerte. Sogar die zahllosen Nachtvögel, die, aufgeschreckt von dem Feuer, lärmend umherflogen, schienen die Nähe von Yoshihides Schnabelmütze zu meiden. Vielleicht spürten selbst die seelenlosen

Vögel etwas von dieser sonderbaren Würde, die wie ein Glorienschein über dem Haupt des Mannes schwebte.

Wenn das die Vögel schon empfanden, um wieviel mehr erst wir. Bis herunter zum geringsten Diener hielten wir alle den Atem an und erbebten tief in unserem Innern. Ein eigentümliches Wonnegefühl im Herzen, als sähen wir Buddha im Augenblick seiner Erleuchtung, ließen wir keinen Blick von Yoshihide. Das Prasseln des Feuers, das die Luft erfüllte, der in sich versunken dastehende Yoshihide, dessen Seele von dem Bild gefesselt war – welch eine Erhabenheit! Welch ein Entzücken!

Nur einer, nur der Fürst auf der Veranda erbleichte und sah ganz fremd aus. Schaum trat ihm in die Mundwinkel. Mit beiden Händen umklammerte er fest die Knie in der violetten Rockhose. Er keuchte wie ein durstiges Tier ...

20

Ganz von selbst verbreitete sich überall die Kunde, daß der Fürst in jener Nacht im Garten des »Palastes zur Schneeschmelze« einen Wagen hatte in Flammen aufgehen lassen, und manches Wort der Kritik fiel. Vor allem, warum hatte der Fürst die Tochter Yoshihides verbrennen lassen? Viele meinten, aus Groll darüber, daß sie seine Liebe nicht erwidert hatte. Doch sicherlich wollte Seine Gnaden damit den Künstler strafen, der so verrückt gewesen war, das Verbrennen eines Wagens, ja selbst den Tod eines Menschen zu fordern, nur um das Gemälde auf dem Wandschirm vollenden zu können. So habe ich es jedenfalls aus dem Munde Seiner Gnaden selbst vernommen.

Viel gesprochen wurde auch darüber, daß Yoshihide, gefühllos wie ein Baum oder Stein, noch immer das Bild zu malen wünschte, obwohl die eigene Tochter vor seinen Augen in den Flammen gestorben war. Manch einer schimpfte ihn einen Schurken, zwar von Menschengestalt, aber mit dem Herzen eines Tieres, der über dem Gemälde selbst die elterliche Liebe zum eigenen Kind vergessen habe. Auch der Abt von Yokawa gehörte zu den Leuten, die so dachten, und einmal sagte er: »Welche Fähigkeiten und Talente ein Mensch auch immer haben mag, folgt er nicht den fünf Kardinaltugenden, dann ist er der Hölle verfallen.«

Als Yoshihide etwa einen Monat später das Wandschirmgemälde von den Höllenqualen endlich doch vollendet hatte, brachte er es sogleich in den Palast und zeigte es ehrfurchtsvoll dem Fürsten. Zufällig war auch der Abt zugegen. Kaum hatte er einen ersten Blick auf das Bild geworfen, da schien selbst er verblüfft über den fürchterlichen Feuersturm, der darauf tobte. Der Abt, der Yoshihide mit gerunzelter Stirn lange finster angeblickt hatte, schlug sich jetzt unwillkürlich auf die Knie und sagte: »In der Tat, ausgezeichnet!« Bis heute habe ich nicht vergessen, wie gequält der Fürst lächelte, als er diese Worte hörte.

Seitdem gab es, zumindest im Palast, bald niemanden mehr, der schlecht über Yoshihide sprach. Das mag darauf zurückzuführen sein, daß jeder, der das Wandschirmgemälde zu Gesicht bekam, mochte er Yoshihide auch sonst noch so hassen, von einem seltsam erhabenen Gefühl ergriffen wurde und die Qualen der gluheißen Hölle wahrhaftig nachempfand.

Doch zu dieser Zeit zählte Yoshihide schon zu denen, die diese Welt verlassen haben. In der Nacht nach der Vollendung des Gemäldes band er einen Strick an den Deckenbalken seines Zimmers und erhängte sich. Da ihm seine einzige Tochter in den Tod vorangegangen war, ertrug er wohl das Leben nicht länger. Er liegt noch heute dort begraben, wo einst sein Haus stand. Der kleine, seit Jahrzehnten Wind und Regen ausgesetzte Gedenkstein ist jedoch mit Moos bedeckt, und so ist nicht mehr zu erkennen, um wessen Grab es sich handelt.

April 1918

Der zivilisierte Mörder

Nachstehend folgt der Abschiedsbrief des Dr. Giichiro Kitabatake (Pseudonym). Vicomte Honda (Pseudonym) gab
mir dieses Schreiben kürzlich zu lesen. Es dürfte heute
kaum noch jemand leben, der Dr. Kitabatake – selbst wenn
ich seinen wahren Namen preisgäbe – persönlich gekannt
hat. Auch ich hörte seinen Namen zum erstenmal, als ich
nähere Bekanntschaft mit dem Vicomte Honda schloß und
er mir allerlei Begebenheiten aus der frühen Meiji-Zeit erzählte. Der Charakter und die ganze Persönlichkeit des Doktors werden aus dem Brief gewiß deutlich werden. Einige
Tatsachen, die ich erfuhr, möchte ich dennoch hinzufügen;
so diese, daß der Doktor seinerzeit als Facharzt für innere
Medizin einen großen Ruf genoß und zugleich als ein Thea-
terliebhaber galt, der hinsichtlich der Erneuerung der Schauspielkunst sehr radikale Ansichten vertrat. Was das letztere
anbetrifft, so existierte sogar ein Theaterstück von ihm, und
zwar eine Komödie in zwei Akten, bei der es sich um eine
Dramatisierung des ersten Teils von Voltaires »Candide« auf
dem historischen Hintergrund der Tokugawa-Zeit gehandelt
haben soll.

Der Fotografie nach, die Tsukuba Kitaniwa gemacht hat,
muß Dr. Kitabatake ein Gentleman mit einem ausdrucksvol-
len Gesicht gewesen sein, das ein Backenbart nach englischer Mode rahmte. Wie der Vicomte Honda berichtet,
wirkte der Doktor auch in seiner gesamten Konstitution
mehr wie ein Europäer. Zudem erzählte mir der Vicomte,

der Doktor sei dafür bekannt gewesen, daß er seit frühester Jugend alles, was er tat, mit außergewöhnlicher Entschlossenheit betrieb. So gesehen, legten auch die kraftvollen Pinselstriche, dieses in der eigenwilligen Schreibweise nach Art des Teikan Kyo geschriebenen Briefes ein beredtes Zeugnis von dem Charakter des Doktors ab.

Selbstverständlich habe ich an dem Schreiben einige Veränderungen vorgenommen, ehe ich es der Öffentlichkeit übergab. Ich spreche zum Beispiel vom Vicomte Honda, obwohl es zu jener Zeit das Adelssystem noch gar nicht gab und der Vicomte seinen Titel erst viele Jahre später verliehen bekam. Was jedoch den Ton des Schreibens angeht, so entspricht er voll und ganz dem des Originals.

Sehr geehrter Vicomte Honda! Hochverehrte Vicomtesse! Da mein Ende nahe ist, will ich ein fluchwürdiges Geheimnis, das ich seit nunmehr drei Jahren tief in meiner Brust bewahrte, preisgeben und Ihnen solchermaßen meine niedrige Gesinnung entdecken. Es wäre, sehr geehrter Vicomte, hochverehrte Vicomtesse, für mich wahrlich ein unsagbar großes Glück, wenn Sie nach dem Lesen dieses Schreibens mit einem Funken von Mitgefühl meiner gedächten. Sollten Sie mich statt dessen jedoch für einen Menschen halten, der Zehntausende Tode zu sterben und dessen Leichnam überdies ausgepeitscht zu werden verdiente, so müßte ich auch das, ohne zu klagen, hinnehmen. Nur bitte ich Sie, nennen Sie mich nicht unbesonnen und fälschlich einen Geisteskranken, weil das, was ich zu gestehen im Begriff bin, fast unglaublich scheint. Wohl habe ich in den letzten Monaten arg unter Schlaflosigkeit gelitten, dennoch ist mein Bewußtsein nicht getrübt, sondern eher von außerordentlicher Schärfe. Eingedenk dessen, daß wir uns seit zwanzig Jahren kennen (ich wage nicht zu sagen, miteinander befreundet sind), flehe ich Sie an, nicht an der Gesundheit meines Geistes zu zweifeln. Täten Sie das, dann wäre dieses Schreiben, in dem ich die ganze Schande meines Lebens unverhüllt darlegen will, am Ende nur ein nutzloses Stück Papier.

Sehr geehrter Vicomte, hochverehrte Vicomtesse! Ich bin ein niederträchtiger und gefährlicher Mensch, der einen Mord begangen hat und noch einmal das gleiche Verbrechen begehen wollte. Und die Untat wurde, was Sie sicherlich kaum zu fassen vermögen, nicht nur an einer Ihnen sehr nahestehenden Person verübt, sondern sollte auch abermals an einem Menschen aus Ihrer nächsten Umgebung verübt werden. Ich erachte es für notwendig, meine Warnung an dieser Stelle zu wiederholen: Ich bin bei vollem Bewußtsein, und mein Geständnis ist nichts als die reine Wahrheit. Bitte, schenken Sie mir Glauben! Halten Sie diese wenigen Seiten meines Geständnisses, das einzige Andenken an mein Leben, nicht für das leere Geschwätz eines Wahnsinnigen.

Ich habe nicht die Muße, weiterhin meine Zurechnungsfähigkeit zu beteuern. Die wenigen Stunden, die mir noch zu leben bleiben, treiben mich zur Eile, und so will ich denn von den Motiven meines Verbrechens und von der Ausführung des Mordes sowie von dem seltsamen Gemütszustand nach vollbrachter Tat sprechen. Jedoch, da ich nun die Tusche angerieben und das Papier zur Hand genommen habe, erkenne ich mit wachsender Besorgnis, wie schwer mir dieses Unterfangen wird. Denn die Vergangenheit Punkt für Punkt durchzugehen und sie aufzuzeichnen, das ist für mich, als durchlebte ich sie noch einmal. Noch einmal muß ich den Mord planen. Noch einmal muß ich die Tat ausführen. Noch einmal muß ich die schrecklichen Qualen der letzten Jahre erleiden. Ich weiß nicht, ob ich das ertragen werde. Ich bete zu unserem Herrn Jesus Christus, was ich jahrelang zu tun versäumte. Möge er mir Kraft schenken!

Von Kindheit an liebte ich meine Cousine Akiko Kanroji, die jetzige Vicomtesse Honda. (Sie möge mir verzeihen, wenn ich nun von ihr wie von einer dritten Person rede.) Ich könnte jede einzelne Stunde herzählen, da mir die Gegenwart Akikos ein unsägliches Glück war. Doch das zu lesen

173

würde ihr nur Verdruß bereiten. Dennoch sei mir erlaubt, daß ich zum Beweis dessen, was ich sagte, eine Szene schildere, die mir bis heute deutlich in Erinnerung geblieben ist.

Ich war damals sechzehn Jahre alt und Akiko noch ein kleines Mädchen von zehn Jahren. An einem Tag im Mai spielten wir auf dem Rasen unter dem Glyzinienspalier bei Akiko im Garten. Da sagte sie, wir wollen sehn, wer von uns beiden am längsten auf einem Bein stehen kann. Ich wehrte ab. Doch sie hatte mit der linken Hand schon ihren linken Knöchel umklammert und den rechten Arm gehoben, um sich im Gleichgewicht zu halten. So stand sie eine ganze Weile da auf einem Bein. Gleichsam wie zu einer Statue erstarrt stand sie unter den in der Frühlingssonne sanft schaukelnden Blütentrauben der Glyzinie. Ich habe dieses Bild bis auf den heutigen Tag nie vergessen können. Und wie sie dort verharrte und ich in mich hineinblickte, war ich selber davon überrascht, daß ich eine tiefe Liebe zu Akiko unter dem Glyzinienspalier empfand. Seither wurde meine Liebe zu ihr stärker und stärker. Ich dachte nur noch an sie, und obwohl ich darüber fast das Lernen vergaß, wagte ich in meinem Kleinmut nicht, ihr auch nur mit einem Wort meine Liebe zu gestehen. In der Hölle meiner zwischen Trübsal und Frohsinn hin und her schwankenden Gefühle verflossen unter Weinen und Lachen schier endlos lange Jahre. Als ich dann einundzwanzig Jahre alt geworden war, mußte ich plötzlich auf Anordnung meines Vaters, um eine lange Tradition unserer Familie fortzuführen, ein Medizinstudium in London aufnehmen. Beim Abschied hatte ich Akiko von meiner Liebe sprechen wollen, doch gaben mir unsere sittenstrengen Familien kaum eine Gelegenheit dazu, und ich selber, der ich im Geiste des Konfuzianismus erzogen worden war, fürchtete mich schließlich, den Weg in das Gefilde der Lust zu betreten. So begab ich mich denn einsam, erfüllt von unendlichem Trennungsschmerz, nach London.

Ich brauche wohl nicht erst zu versichern, wie sehr ich mich während der drei Jahre meines Studiums in England, wenn ich auf dem Rasen im Hyde Park stand, nach Akiko unter den Glyzinienblüten im heimatlichen Garten sehnte, wie sehr ich mich, wenn ich durch die Pall-Mall-Street ging, in der Fremde verlassen fühlte. Es mag genügen, wenn ich sage, ich konnte meine Seelenpein während meiner Tage in London nur dadurch ein wenig lindern, daß ich von unserem Leben zu zweit in einer rosaroten Zukunft träumte. Als ich dann aber aus England in die Heimat zurückkehrte, mußte ich erfahren, daß Akiko inzwischen geheiratet hatte und die Frau des Direktors der ... Bank, Kyohei Mitsumura, geworden war. Ich dachte zwar sogleich an Selbstmord, doch der mir angeborene Kleinmut und dazu der christliche Glaube, zu dem ich mich während meines Studiums in England bekehrt hatte, lähmten mir zum Unglück die Hand. Wenn Sie zu wissen wünschen, wie sehr mein Herz verwundet war, so darf ich Ihnen den Hinweis geben, daß ich meines Vaters ganzen Zorn auf mich herabbeschwor, weil ich, kaum zurückgekehrt, erneut nach England gehen wollte. In meiner damaligen Gemütsverfassung war mir Japan ohne Akiko keine Heimat mehr. Statt krank am Herzen in einer Heimat zu leben, die für mich nichts Heimatliches mehr hatte, hielt ich es für weitaus tröstlicher, mit einem Band von »Ritter Harolds Pilgerfahrt« in der Hand, ein einsamer Wanderer, an fernen Gestaden und in fremder Erde begraben zu werden. Die Umstände in meiner näheren Umgebung machten jedoch meinen Plan, wieder nach England zu gehen, sehr schnell zunichte. Und nicht nur das. Als gerade aus dem Ausland heimgekehrter Arzt bekam ich im Krankenhaus meines Vaters großen Zulauf; die Behandlung der vielen Patienten nahm all meine Zeit in Anspruch, und so wurde ich schließlich an den lästigen Ort gefesselt.

Für meine enttäuschte Liebe suchte ich Trost bei Gott. Daß meine Liebe zu Akiko sich nach vielen verzweifelten inneren Kämpfen dann allmählich in eine tiefe, aber doch abgeklärte verwandtschaftliche Zuneigung wandelte, verdanke ich den Abschnitten aus der Bibel, die der englische

175

Prediger Henry Townsend mir auslegte, der seinerzeit in Tsukuji lebte und mir ein unvergeßlicher Freund geblieben ist. Wie oft bin ich, nachdem ich mit ihm über Gott, über die Liebe Gottes und über die Liebe der Menschen gesprochen hatte, durch die mitternächtlichen, fast menschenleeren Straßen des Ausländerviertels in Tsukuji allein nach Hause gewandert. Auch auf die Gefahr hin, von Ihnen als mädchenhafter Schwärmer verlacht zu werden, will ich Ihnen sagen, daß ich, zu dem Halbmond am Himmel über dem Stadtviertel aufblickend, innerlich bewegt und schluchzend still zu Gott für das Glück meiner Cousine Akiko gebetet habe.

Ich weiß nicht, ob es jenem Seelenzustand, den man »Entsagung« nennt, zuzuschreiben ist, daß ich meiner Liebe eine neue Richtung geben konnte. Gebricht es mir auch an Mut und Zeit, das zu erhellen, so besteht an einem doch kein Zweifel, nämlich daß das Gefühl verwandtschaftlicher Zuneigung nun die Wunden meines Herzens heilen machte. Und in vollem Vertrauen auf dieses Gefühl wünschte ich, der ich seit der Rückkehr aus England nichts mehr gefürchtet hatte, als daß jemand mir von Akiko und ihrem Gatten spräche, gerade jetzt eine Annäherung an sie herbei, und zwar nur deshalb, weil ich vorschnell glaubte, daß die beiden wirklich glücklich seien und daß ihr Glück meinen Trost vergrößern und mich selbst von der letzten Pein befreien würde.

In Anbetracht dessen vergnügte ich mich einen Abend lang in Gesellschaft von ein paar Geishas in der »Wasserpagode« an der Weidenbrücke – zusammen mit Kyohei Mitsumura, dem Gatten Akikos, nachdem uns ein gemeinsamer Bekannter während des großen Feuerwerks am Sumida-Fluß nahe der Brücke einander vorgestellt hatte. Sagte ich, ich vergnügte mich? Es wäre wahrlich besser, spräche ich von Qual statt von Vergnügen. Ich schrieb in mein Tagebuch:

»Bei dem Gedanken, daß Akiko die Frau eines so verkommenen und gemeinen Menschen wie dieser Mitsumara ist,

packt mich eine unsägliche Wut und Entrüstung. Was hat
das zu bedeuten, daß Gott mich lehrte, Akiko als meine
Schwester zu betrachten, und daß er diese meine Schwester
in die Hände eines solchen Viehs gegeben hat? Dieser grausame betrügerische Streich Gottes ist mehr, als ich zu ertragen vermag. Wer wohl soll mit ansehen, wie die Frau dieses
Mannes, meine Schwester, von diesem Gewalttäter gedemütigt wird, und wer wohl kann dabei noch zum Himmel auf-
blicken und den Namen Gottes preisen! Ich vertraue nicht
länger auf Gott! Mit meinen eigenen Händen werde ich
Akiko, meine Schwester, aus den Klauen dieses Wüstlings
befreien!«

Ich kann nicht verhindern, daß mir, da ich diese Zeilen
schreibe, noch einmal die abscheuliche Szene in aller Deutlichkeit vor Augen tritt. Der bläuliche Dunst über dem Wasser, die Tausende roten Laternen und die schier endlosen
Ketten kreuzender Boote – bis an mein Lebensende werde
ich bei der Erinnerung an das Aufflammen und Erlöschen
der Feuerwerkskörper am nächtlichen Himmel auch stets an
diesen feisten, in jedem Arm eine Geisha haltenden, unerträglich zotige Lieder singenden, völlig betrunkenen Kyohei
Mitsumura denken müssen. Ja, sogar das Wappenmuster auf
seinem schwarzen Überwurf habe ich bis heute nicht vergessen. Ich glaube: An jenem Abend im Kreis der Geishas beim
Betrachten des Feuerwerks beschloß ich bereits, ihn zu töten. Ich glaube ferner: Das Motiv zu dem Mord entsprang
von Anfang an keineswegs einem Gefühl bloßer Eifersucht
als vielmehr der moralischen Entrüstung, die Unsittlichkeit
bestraft und Unrecht getilgt wissen wollte.

Seither beobachtete ich kühlen Herzens den Lebeswandel
Kyohei Mitsumuras, um zu prüfen, ob er wirklich solch ein
verruchter Lüstling war, wie ich ihn an dem einen Abend erlebt hatte. Zum Glück gehörten viele Journalisten zu meinen Bekannten, und so gab es nichts, was mir von seinem
verderbten, grausamen, ruchlosen Tun nicht zur Kenntnis
gelangt wäre. In dieser Zeit war es auch, daß ich von Profes-

sor Ryuhoku Narushima, einem guten alten Bekannten, erfuhr, daß Mitsumura einem Mädchen, das noch nicht einmal im Frühling seines Lebens stand, Gewalt angetan und es so in den Tod getrieben hatte. Und weil dieser schurkische Mann obendrein seine als gutmütig und treu bekannte Gattin Akiko wie eine Dienerin behandelte, mußte ein jeder ihn für eine Pest der Menschheit halten. Ich wußte nun, daß seine Existenz der Moral schadete und die Bräuche zerrüttete, und ich wußte, es würde alt und jung zum Segen gereichen, ihn auszulöschen. So erwuchs aus dem Vorsatz, ihn zu ermorden, allmählich ein Plan.

Wäre indessen nichts weiter geschehen, ich hätte wahrscheinlich noch lange gezögert, dem Plan auch die Tat folgen zu lassen. Zum Glück oder auch zum Unglück aber führte mich das Schicksal gerade in dieser kritischen Zeit eines Abends mit dem Vicomte Honda, mit dem ich seit meiner Jugendzeit befreundet war, in dem Restaurant Kashiwaya am Ostufer des Sumida-Flusses zusammen. Und dort hörte ich, während wir unsere Sakeschälchen leerten, aus seinem Munde eine traurige Geschichte. Zum erstenmal erhielt ich davon Kenntnis, daß der Vicomte Honda und Akiko bereits verlobt gewesen waren, daß Kyohei Mitsumara jedoch, die Macht des Goldes schamlos nutzend, mit Eifer die Entlobung der beiden betrieben hatte. Um wieviel mehr erst wuchs nun meine Empörung! Wenn ich daran denke, wie der Vicomte Honda und ich in dem reichgeschmückten halbdunklen Raum beim Schein eines Lampions hinter dem Bambusvorhang saßen und bittere Vorwürfe gegen Mitsumura erhoben, dann beginne ich heute wie damals vor Zorn am ganzen Leibe zu zittern. Zugleich aber erinnere ich mich auch noch sehr deutlich, daß sich, als ich in jener Nacht mit einer Rikscha nach Hause fuhr, bei dem Gedanken an die alten Bindungen zwischen Vicomte Honda und Akiko eine unbeschreibliche Betrübnis in mein Herz schlich. Ich bitte Sie, erlauben Sie mir, noch einmal aus meinem Tagebuch zu zitieren: »Seit ich heute abend Vicomte Honda getroffen habe, bin ich um so entschlossener, Kyohei Mitsumura in den nächsten Tagen umzubringen. Nach den Andeutungen des Vicomte zu urteilen, waren er und Akiko nicht nur verlobt, nein, sie haben sich wirklich geliebt. (Jetzt glaube ich zu wissen, warum der Vicomte noch Junggeselle ist.) Töte ich Mitsumura, wird es sicherlich nicht schwierig sein, daß der Vicomte und Akiko doch noch ein Paar werden. Und daß Akiko, obwohl sie die Frau Mitsumuras ist, bisher keinem Kind das Leben schenkte, scheint mir gleichsam ein Beweis für die Absicht des Himmels, meinen Plan zu unterstützen. Wenn ich mir überlege, daß, wenn ich den viehischen ›Ehrenmann‹ umbringe, mein lieber Vicomte und meine liebe Akiko über kurz oder lang ein gemeinsames glückliches Leben führen werden, dann vermag ich ein Lächeln nicht zu unterdrücken.«

Jetzt war ich bereit, dem Mordplan auch die Mordtat folgen zu lassen. Nach vielen sorgfältigen Überlegungen hatte ich schließlich den geeigneten Ort und das geeignete Mittel für die Ermordung Mitsumuras gefunden. Ich will und muß auf den Versuch verzichten, in allen Einzelheiten zu beschreiben, wo und wie die Tat geschehen sollte. Wenn Sie sich bitte der Tatsache erinnern wollen, daß am zwölften Juni des zwölften Jahres Meiji, an dem Abend, als der Enkelsohn des deutschen Kaisers im Shintomi-Theater der Aufführung eines japanischen Schauspiels beiwohnte, Kyohei Mitsumura auf dem Heimweg von demselben Theater in seiner Kutsche plötzlich verstarb, dann brauche ich nur so viel zu sagen, daß zuvor ein Arzt in den besten Mannesjahren im Shintomi-Theater Mitsumura erstaunt auf die Blässe seines Gesichtes hingewiesen und ihm empfohlen hatte, eine von den Pillen zu nehmen, die er, der Arzt, bei sich trüge. Ich bitte Sie, sich selber das Aussehen dieses Arztes vorzustellen! Während er vor dem Eingang des Shintomi-Theaters stand und, vom Schein der aufgereihten roten Lampions übergossen, der im Sprühregen davonfahrenden Kutsche Mitsumuras nachblickte, strömten in seiner Brust der Zorn des Gestern und die Freude des Heute zusammen, Lachen und Schluchzen kamen über seine Lippen, und es war, als hätte er Ort und Zeit vergessen. Sie aber wollen bitte nicht vergessen, daß er, als er wie ein Geistesgestörter zugleich weinend und lachend durch Regen und Schlamm nach Hause stapfte, unaufhörlich den Namen Akiko vor sich hin flüsterte ...

»Ich habe die ganze Nacht nicht geschlafen. Ich bin in meinem Arbeitszimmer auf und ab gegangen. Ich weiß nicht, ob es Freude oder Trauer war. Ich weiß nur, daß eine schwer zu beschreibende heftige Erregung von mir Besitz ergriffen hatte und nicht zuließ, daß ich mich auch nur für kurze Zeit ruhig in den Sessel setzte. Auf dem Tisch stand Champagner. Auch Rosen standen darauf. Und die Schachtel mit jenen Pillen. Ich war drauf und dran, mit einem Engel zur Linken und einem Teufel zur Rechten ein makabres Bankett zu feiern ...«

Ich habe nie so glückliche Tage wie in den darauffolgenden Monaten verbracht. Der Polizeiarzt gab, wie ich erwartet hatte, als Todesursache eine Gehirnblutung an. Woraufhin man Mitsumura unverzüglich sechs Fuß unter die Erde brachte, auf daß sich in der Finsternis die Würmer an ihm gütlich täten. Wer in aller Welt hätte mich jetzt noch des Mordes verdächtigen sollen? Und kam mir nun nicht auch zu Ohren, daß Akiko nach dem Tode ihres Mannes zum erstenmal wieder aufgelebt sei? Mit freudestrahlendem Gesicht untersuchte ich meine Patienten, und wenn es mir die Zeit erlaubte, ging ich mit Vorliebe in Begleitung des Vicomte Honda in das Shintomi-Theater, und zwar deshalb, weil ich das seltsame Verlangen spürte, mir wieder und wieder die Gasleuchten und Wandbehänge jenes Ortes anzuschauen, der für mich eine glorreiche Kampfstätte war, auf der ich meinen letzten Sieg errungen hatte.

Das alles währte indessen nur wenige Monate. Und als diese wenigen Monate vorüber waren, ereilte mich nach und nach das Geschick, mit der fluchwürdigsten Versuchung

180

meines ganzen Lebens kämpfen zu müssen. Wie erbittert war doch dieser Kampf! Wie trieb er mich Schritt um Schritt in den Rachen des Todes! Mir mangelt es an Mut, darüber noch weiter zu sprechen. Ja, sogar jetzt noch, da ich dieses Schreiben abfasse, muß ich verzweifelt mit jener Versuchung kämpfen, die einer Hydra gleicht.

Sollten Sie den Spuren meiner Seelenpein zu folgen wünschen, dann bitte ich Sie, auf die folgenden Auszüge aus meinem Tagebuch einen flüchtigen Blick zu werfen.

»... ter Oktober. Akiko hat, da sie kinderlos geblieben ist, jegliche Bindung zur Familie Mitsumura gelöst. Zusammen mit Vicomte Honda werde ich sie in den nächsten Tagen besuchen und ihr also nach sechs Jahren zum erstenmal wieder begegnen.

Nach meiner Rückkehr aus England hatte ich sie gemieden, später hatte sie mich gemieden, und so hat sich unser Wiedersehen bis jetzt hinausgezögert. Ob sie noch so schön ist wie vor sechs Jahren?«

»... ter Oktober. Heute ging ich zu Vicomte Honda, denn wir waren zu einem gemeinsamen Besuch bei Akiko verabredet. Aber dann stellte sich heraus, daß der Vicomte mir zuvorgekommen war und Akiko bereits einige Male getroffen hatte. Wie sehr hat der Vicomte sich mir entfremdet! Ich war über alle Maßen verstimmt, gab vor, nach einem Patienten sehen zu müssen, und verließ Hals über Kopf das Haus des Vicomte. Wahrscheinlich ist er, als ich fort war, allein zu Akiko gegangen.«

»... ter November. Ich habe zusammen mit Vicomte Honda Akiko besucht. Zwar hat sie ein wenig von ihrer Schönheit verloren, aber es fällt nicht schwer, auch jetzt noch die Ähnlichkeit mit dem Mädchen von damals, das unter den Glyzinienblüten stand, zu erkennen. Ich habe sie nun wiedergesehen! Aber warum verspüre ich jetzt erst recht in meiner Brust eine unendliche Wehmut? Es quält mich, daß ich den Grund dafür nicht weiß.«

»... ter Dezember. Der Vicomte und Akiko haben anscheinend die Absicht zu heiraten. Damit wäre dann das Ziel, das ich mit der Ermordung von Akikos Mann verfolgte, erreicht. – Jedoch, daß ich Akiko ein zweites Mal verlieren soll, erfüllt mich mit einem eigentümlichen Schmerz.«

»...ter März. Es heißt, die Hochzeit soll Ende des Jahres stattfinden. Käme dieser Tag doch nur bald! In der jetzigen Situation werde ich mich niemals von meinem unerträglichen Schmerz befreien können.«

»Zwölfter Juni. Ich war allein im Shintomi-Theater. Als ich an den Mann dachte, der mir genau heute vor einem Jahr zum Opfer fiel, mußte ich sogar während der Vorstellung selbstzufrieden lächeln. Auf dem Heimweg aber versuchte ich mich plötzlich der Motive für meine Mordtat zu erinnern, und mich überkam ein Gefühl, als hätte ich auf einmal meine Urteilskraft verloren. Ja, um wessentwillen habe ich denn eigentlich Kyohei Mitsumura umgebracht? Um des Vicomte Honda willen? Um Akikos willen? Oder etwa gar um meinetwillen? Ich weiß mir darauf keine Antwort!«

»... ter Juli. Heute sind der Vicomte, Akiko und ich mit einer Pferdedroschke hinausgefahren, uns das Laternenfest auf dem Sumida-Fluß anzusehen. Der durch die Fenster der Kutsche hereinsickernde Laternenschein machte die Augen Akikos noch schöner, und ich vergaß fast den Vicomte an ihrer Seite. Aber das ist es ja nicht, was ich hier niederschreiben wollte ... Als der Vicomte in der Kutsche plötzlich über Magenschmerzen klagte, griff ich in die Tasche und fand eine Schachtel mit Pillen. Wie erschrak ich aber, da ich merkte, daß es ›jene Pillen‹ waren. Warum trug ich sie heute abend bei mir? War es ein Zufall? ich wünschte, es wäre ein Zufall gewesen. Doch scheint es mir kein Zufall gewesen zu sein.«

»... ter August. Der Vicomte und Akiko waren bei mir zum Abendessen. Die ganze Zeit über mußte ich an ›jene Pillen‹ denken. Es ist, als nährte ich in meinem Herzen ein Ungeheuer, das selbst ich nicht verstehe.«

»… ter November. Der Vicomte und Akiko haben nun also geheiratet. Ein unbeschreiblicher Groll auf mich selber hat mich gepackt. Dieser Groll ähnelt überdies dem Gefühl der Scham, die ein Soldat, der einmal die Flucht ergriffen hat, über seine Feigheit empfindet.«

»… ter Dezember. Auf Bitten des Vicomte bin ich an sein Krankenbett geeilt. Akiko saß neben mir und sagte, er habe in der Nacht hohes Fieber bekommen. Ich stellte nur eine Erkältung fest, kehrte sogleich nach Hause zurück und bereitete eine Arznei für den Vicomte. Während dieser Stunden war die Schachtel mit ›jenen Pillen‹ unablässig eine schreckliche Versuchung für mich.«

»… ter Dezember. Vergangene Nacht quälte mich der fürchterliche Traum, ich hätte den Vicomte umgebracht. Den ganzen Tag über wurde ich des bedrückenden Gefühls nicht Herr.«

»… ter Dezember. Heute ist es mir zum erstenmal bewußt geworden! Will ich den Vicomte töten, muß ich mich selber töten! Aber was wird dann aus Akiko?«

Sehr geehrter Vicomte Honda! Hochverehrte Vicomtesse! Das sind einige wenige Auszüge aus meinem Tagebuch. Aber selbst daraus werden Sie entnehmen können, welche Qualen ich Tag für Tag und Nacht für Nacht durchlitten habe. Will ich den Vicomte töten, muß ich mich selber töten. Denn wollte ich den Vicomte töten, um mich am Ende selbst zu retten, worin sollte ich dann noch den Grund für meinen Mord an Kyohei Mitsumura suchen? Wenn der Grund dafür, daß ich ihn vergiftete, in einem mir nicht bewußt gewordenen Egoismus läge, dann allerdings bliebe nichts anderes, als meinen Charakter, mein Gewissen und meine Moral und meine Standpunkte restlos auszutilgen. Das jedoch ist mehr, als ich ertragen kann. Wenn ich mich nun töte, so deshalb, weil ich von mir glaube, daß ich in einen seelischen Konkurs geraten bin.

Und um mir und meinem Charakter nicht untreu zu werden, bediene ich mich heute abend der Schachtel mit ›jenen

Pillen‹ und bereite mir das gleiche Schicksal wie dem, der mein Opfer wurde.

Sehr verehrter Vicomte Honda, hochverehrte Vicomtesse! Wenn Sie diesen Brief erhalten, werde ich schon als Toter ausgestreckt auf einer Bahre liegen. Daß ich Ihnen angesichts des Todes in aller Ausführlichkeit das fluchwürdige Geheimnis meines Lebens offenbarte, geschah allein aus dem Wunsch, mich um Ihretwillen wenigstens etwas zu rechtfertigen. Sollten Sie glauben, mich verabscheuen zu müssen, so verabscheuen Sie mich! Sollten Sie glauben, mich bemitleiden zu müssen, so bemitleiden Sie mich! Ich – ich, der ich mich selbst verabscheue, der ich mich selbst bemitleide, werde bereitwillig Ihren Haß oder Ihr Mitleid entgegennehmen.

Sobald ich den Pinsel aus der Hand gelegt habe, werde ich einen Wagen kommen lassen und in das Shintomi-Theater fahren. Wenn dann die erste Vorstellung vorüber ist, stecke ich mir ein paar von ›jenen Pillen‹ in den Mund und steige wieder in den Wagen. Es ist zwar nicht die gleiche Jahreszeit, aber der feine Regen wird mich zum Glück an die Juniregenzeit erinnern. Und so werde ich denn genau wie der feiste Kyohei Mitsumura, während ich durch die Scheiben den Schein der Straßenlaternen betrachte und dem einsamen Tropfen des Regens auf dem Verdeck lausche, nicht sehr weit vom Shintomi-Theater entfernt meinen letzten Atemzug tun. Wenn Sie morgen die Zeitungen durchblättern, werden Sie, vielleicht noch bevor mein Abschiedsbrief Sie erreicht hat, lesen, daß Dr. Giichiro Kitabatake auf dem Heimweg vom Theater in einer Droschke einer plötzlichen Gehirnblutung erlegen ist.

Mir bleibt nur noch, Ihnen von ganzem Herzen Glück und Gesundheit zu wünschen.

Ihr Ihnen stets ergebener Diener
Giichiro Kitabatake

Juni 1918

Professor Mori

Eines Abends im Dezember ging ich mit einem befreundeten Kritiker unter den kahlen Weiden der Koshiben-Allee in Richtung Kanda-Brücke. In dem noch nicht ganz verloschenen Licht der Dämmerung huschten unsicheren Schrittes links und rechts jene kleinen Angestellten an uns vorbei, denen Shimazaki Toson einst voller patriotischer Entrüstung zugerufen hatte: »Tragt doch eure Köpfe höher!« Vergeblich versuchten wir, diese niedergedrückte Stimmung, die auch uns unversehens befallen hatte, abzuschütteln. Vielleicht drängten wir deshalb so aneinander, daß sich unsere Schultern beinahe berührten, beschleunigten ein wenig unseren Schritt und wechselten bis zur Straßenbahnhaltestelle Otemachi kaum noch ein Wort. Als mein Freund, der Kritiker, die fröstelnden Menschen erblickte, die dort neben dem roten Pfahl auf die Bahn warteten, überlief ihn plötzlich ein Schaudern, und er flüsterte vor sich hin: »Sie erinnern mich an Professor Mori.«

»Wer ist das, Professor Mori?«

»Einer meiner Lehrer in der Mittelschule. Habe ich dir denn nie von ihm erzählt?«

Statt eines Nein zog ich nur schweigend den Mützenschirm tiefer in die Stirn.

Was ich jetzt hier niederschreibe, sind die Erinnerungen meines Freundes an Professor Mori, die er mir an jenem Abend mitteilte, als wir durch die Straßen gingen.

Etwa zehn Jahre sind inzwischen vergangen. Ich besuchte damals die dritte Klasse der städtischen Mittelschule. Der junge Lehrer Adachi, der in unserer Klasse Englisch unterrichtete, war in den Winterferien an einer Lungenentzündung gestorben, die er sich nach einer Influenza zugezogen hatte.

Da das alles ganz plötzlich gekommen war, blieb der Schule nicht viel Zeit, sich nach einem geeigneten Nachfolger umzusehen, und so war es wohl auch nur eine Notlösung, daß man einem alten Herrn namens Professor Mori, der zu jener Zeit an einer privaten Mittelschule Englischunterricht erteilte, einstweilen die Stunden des Lehrers Adachi anvertraute.

Ich sah Professor Mori zum erstenmal am Nachmittag jenes Tages, da er sein Amt übernahm. Wir, die Schüler der dritten Klasse, waren furchtbar neugierig auf unseren neuen Lehrer, und als seine Schritte durch den Korridor hallten, warteten wir, ungewöhnlich still, voller Spannung, auf den Beginn seines Unterrichts. Vor unserem Klassenzimmer, in das nie ein Sonnenstrahl fiel, verstummte das Geräusch seiner Schuhe, schließlich wurde die Tür geöffnet – wahrhaftig, selbst jetzt sehe ich noch alles ganz deutlich vor mir. Der eintretende Professor Mori erinnerte mich mit seiner gedrungenen Gestalt sogleich an die Spinnenmännchen, die man bei den Tempelfesten oft in den Schaubuden sieht. Was aber seiner Erscheinung das Düstere nahm, war die fast als schön zu bezeichnende spiegelblanke Glatze. Wenn auch am Hinterkopf noch einige graue Haare wuchsen, so ähnelte sein Kopf doch im ganzen jenen Straußeneiern, die in den Naturkundelehrbüchern abgebildet sind. Was das Äußere des Professors vollends ungewöhnlich machte, war sein abgetragener Morningcoat, der buchstäblich so grünlich verwaschen aussah, daß man darüber die Tatsache vergessen konnte, daß er früher einmal schwarz war. Erstaunlich deutlich ist auch die Erinnerung an die prächtige violette Krawatte, die sorgfältig um seinen angeschmutzten Kragen gebunden war und einem Nachtfalter mit ausgebreiteten Flügeln glich. Es war also wirklich nicht verwunderlich, daß in allen Ecken ein unterdrücktes Lachen laut wurde, als er das Klassenzimmer betrat.

Doch als sehe er uns überhaupt nicht, stieg Professor Mori, das Lesebuch und das Klassenbuch unter dem Arm, in aller Ruhe die eine Stufe zum Katheder hinauf, erwiderte unseren Gruß und sagte mit schriller Stimme, während über sein gütiges, bleiches, rundes Gesicht ein liebenswürdiges Lächeln glitt: »Meine Herren!«

Noch nie hatte uns in den vergangenen drei Jahren ein Lehrer mit »Meine Herren« angeredet. Verwundert rissen wir bei diesem »Meine Herren« des Professors Mori die Augen weit auf. Und da er nun schon einmal mit »Meine Herren« begonnen hatte, erwarteten wir mit angehaltenem Atem eine lange Rede über seine Unterrichtsmethoden oder so etwas.

Doch nach dem »Meine Herren« ließ Professor Mori den Blick durch das Klassenzimmer schweifen und sagte eine Weile gar nichts. Wenn auch ein ruhiges Lächeln auf seinem erschlafften Gesicht lag, so bemerkten wir doch ein nervöses Zucken um seine Mundwinkel. Und in seinen blanken Augen, die irgendwie an die eines Haustieres erinnerten, flackerte ein unruhiges Licht. Er vermochte die Worte nicht über die Lippen zu bringen, aber offensichtlich wollte er uns um etwas bitten. Unglücklicherweise schien er jedoch selbst nicht genau sagen zu können, worum eigentlich.

»Meine Herren!« wiederholte er schließlich im gleichen Ton, und als wolle er gewissermaßen das Echo seiner Stimme, die dieses »Meine Herren« ausgesprochen hatte, einfangen, fügte er diesmal hastig hinzu: »Ich werde Sie von nun an nach dem Choice Reader unterrichten.«

Unsere Neugierde steigerte sich noch mehr. Schweigend starrten wir ihm wie gebannt ins Gesicht. Doch als Professor Mori dies gesagt hatte, sah er uns wieder mit einem bittenden Ausdruck in den Augen an, um sich dann plötzlich, als wäre eine Feder in ihm zerbrochen, auf den Stuhl fallen zu lassen. Vor ihm lag der aufgeblätterte Choice Reader. Er schlug auch noch das Klassenbuch auf und begann, die Namen zu überfliegen. Ich brauche wohl kaum noch zu erwähnen, daß dieses abrupte Ende seiner Begrüßung uns sehr enttäuschte, ja mehr als enttäuschte und den Eindruck der Lächerlichkeit in uns erweckte.

Aber bevor wir in ein Lachen ausbrechen konnten, blickte der Professor glücklicherweise mit seinen an ein Haustier erinnernden Augen vom Klassenbuch auf und rief einen von uns beim Namen, wobei er ihn mit »Herr« anredete. Gemeint war mit dieser Aufforderung selbstverständlich, der Angesprochene solle sich sofort von seinem Platz erheben, den Text lesen und übersetzen. Der Schüler stand auch auf, las und übersetzte in der vorwitzigen Art, die den Mittelschülern von Tokio eigen war, einen Abschnitt aus Robinson Crusoe oder etwas Ähnlichem. Dabei verbesserte Professor Mori, der sich von Zeit zu Zeit an die violette Krawatte griff, jede falsche Übersetzung und beim Lesen selbst die geringste Abweichung in der Aussprache. Seine eigene Aussprache klang zwar manchmal etwas sonderbar geziert, aber im großen und ganzen war sie präzis und klar. Insgeheim schien er darauf besonders stolz zu sein.

Als sich der Schüler jedoch gesetzt hatte und Professor Mori selbst die Stelle zu lesen und zu übersetzen begann, da erhob sich hier und dort ein hämisches Gelächter. Denn wie sich beim Übersetzen herausstellte, verfügte der Professor, der so großartig die Aussprache meisterte, über einen so geringen japanischen Wortschatz, daß man fast glauben konnte, keinen Japaner vor sich zu haben. Und selbst wenn er die entsprechenden Wörter wußte, so fielen sie ihm nicht im rechten Augenblick ein. Eine einzige Zeile übersetzte er zum Beispiel folgendermaßen: »Daraufhin entschloß sich Robinson Crusoe, es zu halten. Das heißt, er entschloß sich, ein, na, jenes merkwürdige Tier – im zoologischen Garten gibt es viele davon – wie heißt es doch noch? Äh, es versteht sich auf allerhand Späße, nicht wahr, meine Herren, Sie kennen es doch? Sein Gesicht ist rot ... Wie bitte? Ein Affe? Ja, ja, ein Affe. Also, er beschloß, sich einen Affen zu halten.«

Da es ihm schon mit dem Wort Affe so erging, fiel ihm bei einem etwas schwierigeren Wort erst recht keine passende Übersetzung ein, es sei denn nach langem, mühevollem Suchen. Dabei geriet er jedesmal völlig aus der Fassung; er griff sich fortwährend an die Kehle, als wollte er die violette Krawatte herunterreißen, hob verlegen den Kopf und schaute uns mit flackernden Augen verwirrt an. Dann wieder umschloß er seinen kahlen Schädel mit beiden Händen, legte das Gesicht auf das Pult und verharrte in dieser doch etwas unehrenhaften Stellung. Völlig verzagt schien in solchen Augenblicken sein ohnehin schon kleiner Körper zusammenzuschrumpfen wie ein Gummiballon, aus dem die Luft entweicht. Selbst seine vom Stuhl baumelnden Beine erweckten den Eindruck, als schwebten sie ziellos im Raum. Wir Schüler fanden das spaßig und kicherten. Während er seine Übersetzung zwei-, dreimal wiederholte, wurde das Lachen immer dreister, und schließlich brach selbst in der ersten Reihe ein lautes Gelächter los. Wie sehr muß den gutherzigen Professor Mori unser Lachen geschmerzt haben! Selbst heute kommt es noch vor, daß ich mir manchmal die Ohren zuhalten möchte, wenn ich mich an dieses unbarmherzige Gelächter erinnere.

Trotz allem fuhr Professor Mori tapfer fort zu übersetzen, bis das Pausenzeichen ertönte. Wenn er endlich mit vieler Mühe den Abschnitt zu Ende gelesen hatte, beruhigte er sich wieder, erwiderte unseren Gruß und verließ das Klassenzimmer mit einer Gelassenheit, als hätte er den bis zur letzten Minute geführten häßlichen Kampf schon völlig vergessen. Kaum war er draußen, da brach ein Gelächter wie ein Sturm los, mit lautem Knall wurden die Pultdeckel auf- und zugeschlagen, dann sprang einer aufs Katheder und ahmte sogleich Gesten und Stimme des Professors nach.

Ach, muß ich mich nicht auch daran erinnern, daß ich

selbst, ich, der Klassenerste, umringt von fünf, sechs Mitschülern, triumphierend auf die Übersetzungsfehler des Lehrers hinwies?

Was heißt Fehler?

Um die Wahrheit zu sagen, ich wußte ja überhaupt nicht, ob es wirklich Fehler waren. Ich tat es nur, um mich zu brüsten.

Es war drei, vier Tage später in einer Mittagspause. Zu fünft oder sechst standen wir in der Sandgrube neben den Turngeräten und unterhielten uns über die nicht mehr allzufernen Jahresprüfungen. Durch den billigen Stoff unserer Schuluniformen spürten wir im Rücken, wie die Wintersonne wärmte. Da sprang der an die hundertvierzig Pfund schwere Turnlehrer Tamba, der bis jetzt mit einem Schüler an den Holmen gehangen hatte, mit einem lauten »eins – zwei« in den Sand. Nur eine Weste über, auf dem Kopf eine Sportmütze, trat er zwischen uns und fragte: »Na, wie ist denn der neue Professor?«

Tamba hatte früher in unserer Klasse auch Englisch gegeben und war wegen seiner sprichwörtlichen Vorliebe für den Sport und seiner Gabe, ausgezeichnet chinesische Gedichte vortragen zu können, selbst bei unseren Sportkanonen, den Judo- und den Kendogrößen, die den Englischunterricht haßten, recht beliebt. Einer dieser großen Sportler antwortete mit einer Scheu, die gar nicht zu ihm paßte: »Äh, allzuviel ... wie soll ich sagen? Wir meinen, daß nicht allzuviel mit ihm los ist.« Dabei fingerte er an seinem Fausthandschuh herum. Tamba lachte überheblich, wischte sich mit dem Taschentuch den Sand von der Hose und forschte weiter. »Kann er denn weniger als du?«

»Natürlich kann er mehr als ich!«

»Na, dann hast du doch keinen Grund, dich aufzuregen.«

Die Sportkanone kratzte sich mit der Hand, die in einem Fausthandschuh steckte, am Kopf und trat verlegen zurück. Doch nun rückte die Englischgröße unserer Klasse die Brille zurecht – der Junge war sehr kurzsichtig – und ergriff in einem altklugen Ton das Wort. »Herr Lehrer, die meisten von uns haben schließlich die Absicht, die Aufnahmeprüfung für die höhere Schule abzulegen. Deshalb möchten wir von einem Lehrer unterrichtet werden, der wirklich etwas kann.«

Tamba lachte unbekümmert. »Was ist das schon, ein halbes Jahr. Es ist doch gleichgültig, wer euch da unterrichtet.«

»Ja, wird denn Professor Mori nur dieses eine halbe Jahr bei uns sein?«

Die Frage schien Tamba nun doch etwas peinlich zu sein. Weltgewandt, wie er war, vermied er, darauf zu antworten. Er nahm die Sportmütze ab, strich mit energischer Bewegung den Sand von seinem kurzgeschnittenen Haar, sah uns plötzlich an und wechselte geschickt das Thema. »Professor Mori ist ein recht altmodischer Herr, eben ein bißchen anders als unsereiner. Heute morgen bin ich mit ihm in der gleichen Straßenbahn gefahren. Er saß genau in der Mitte eingekeilt, und als wir uns der Haltestelle näherten, wo wir umsteigen mußten, da rief er doch: ›Schaffner! Schaffner!‹ Ich konnte mir ein Lachen kaum verkneifen. Er ist ein bißchen merkwürdig.«

Das wußten wir ohnehin. Professor Mori selbst hatte uns reichlich Anlaß gegeben, die Augen vor Staunen aufzureißen. Um das zu erfahren, brauchten wir nicht erst auf Tamba zu warten.

»Wenn es regnet, soll Professor Mori zu seinem europäischen Anzug Geta tragen.«

»Ist in dem weißen Taschentuch, das immer an seinem Gürtel hängt, sein Frühstück?«

»Als er sich einmal in der Bahn an einem Haltegriff festhielt, will jemand gesehen haben, daß seine Wollhandschuhe Löcher hatten.«

Um Tamba geschart, gaben wir lärmend solch dummes Zeug zum besten. Als wir immer lauter wurden, sagte auch der Turnlehrer, der die Sportmütze auf der Fingerspitze tanzen ließ, auf einmal belustigt: »Und sein Hut erst, dieses Museumsstück ...«

Er war wohl von uns mitgerissen. Gerade in diesem Augenblick erschien die gedrungene Gestalt des Professors in der Tür des zweistöckigen Schulgebäudes, keine zehn Schritt vom Turnplatz entfernt. Er trug seine altmodische Melone und nestelte an der violetten Krawatte herum. Vor dem Eingang spielten sechs, sieben Schüler, wohl aus der ersten Klasse. Als sie den Lehrer erblickten, drängten sie sich, denn jeder wollte ihn als erster begrüßen. Professor Mori blieb auf den von Sonnenlicht überfluteten Steinstufen stehen, lüftete die Melone und grüßte lächelnd zurück. Als wir das sahen, schämten wir uns. Unser fröhliches Lachen verstummte, und für einen Augenblick waren wir mäuschenstill. Scham und Verlegenheit waren es wohl auch, die Lehrer Tamba den Mund verschlossen. Er steckte ein klein wenig die Zunge heraus, die gerade »Und sein Hut erst, dieses Museumsstück« gesagt hatte, stülpte sich rasch die Sportmütze auf, drehte sich plötzlich um, rief mit lauter Stimme: »Eins ... «, und ehe wir's uns versahen, sprang er mit seinem feisten, von der Weste fest umschlossenen Körper zwischen die Holme. Die Beine zum Scheraufschwung weit von sich gestreckt, kommandierte er: »Zwei!«, stieß elegant in den blauen Winterhimmel und schwang mühelos zum Sitz ein. Selbstverständlich reizte uns die komische Art, wie er Scham und Verlegenheit zu verbergen suchte; wir lachten hämisch. Doch dann besannen wir uns, klatschten laut Beifall, als feuerten wir unsere Baseballmannschaft an, und schauten zu Tamba hinauf.

Selbstverständlich wurde auch ich von dem Begeisterungstaumel ergriffen. Doch noch während ich jubelte, begann ich, den Lehrer Tamba, der da auf den Holmen saß, beinahe instinktiv zu hassen. Das bedeutete aber nicht, daß ich Mitleid mit dem Professor Mori hatte. Im Gegenteil, der Beifall, mit dem wir Tamba damals überschütteten, diente indirekt dazu, zu bekunden, wie groß unsere Abneigung gegenüber Professor Mori war. Heute sage ich mir, daß meine Gefühle in jener Zeit von der moralischen Verurteilung Tambas und der Geringschätzung der Fähigkeiten Moris bestimmt gewesen sein müssen. Möglicherweise kam zu der Verachtung, mit der ich den Professor strafte, ein gut Teil Unverschämtheit, die mir Tambas Bemerkung »Und sein Hut erst, dieses Museumsstück« nur noch mehr zu rechtfertigen schien. Aber während ich beifällig klatschte, schaute ich mich hochmütig über die Schulter um. Auf den Steinstufen vor der Schultür verharrte mein Professor Mori noch immer reglos, genau wie eine Winterfliege, die jeden Sonnenstrahl auskostet. Gedankenverloren sah er dem unschuldigen Spiel der Kleinen zu. Seine Melone und die violette Krawatte – aus irgendeinem Grund kann ich dieses Bild, das mir damals eher lächerlich schien, nie mehr vergessen ...

Das Gefühl der Verachtung, das Professor Moris Kleidung und Kenntnisse bereits am Tage seines Amtsantritts in uns wachgerufen hatten, verstärkte sich bei allen Schülern der Klasse noch, als sie erlebten, wie Tamba sich danebenbenahm. Es war kaum eine Woche später in einer Frühstunde. Seit dem Abend hatte es unaufhörlich geschneit. Von den Ziegeln auf dem Dach der Turnhalle, die genau gegenüber unserem Fenster lag, war nichts mehr zu sehen, doch im Ofen des Klassenraums loderte rot ein Steinkohlenfeuer, so daß die Schneeflocken vor den Scheiben schmolzen, noch bevor sie bläulich schimmern konnten. Professor Mori saß auf einem Stuhl vor dem Ofen und bemühte sich angestrengt und eifrig, uns mit schriller Stimme den »Psalm of Life« zu erklären, der im Choice Reader stand. Aber von uns war natürlich niemand bei der Sache; schlimmer noch, die Judogröße neben mir hatte zum Beispiel unter dem Lesebuch die »Ritterlichen Welten« liegen und las einen Abenteuerroman von Oshikawa Shunro.

Zwanzig, dreißig Minuten mochten vergangen sein, als Professor Mori plötzlich aufstand und im Zusammenhang mit dem Gedicht von Longfellow, das er gerade erklärt hatte, über das Problem des Lebens zu sprechen begann. An den Kern der Sache erinnere ich mich nicht mehr, aber wahrscheinlich handelte es sich weniger um allgemeine Erörterungen als vielmehr um Eindrücke aus dem eigenen Leben. Nur einiges von dem, was er aufgeregt vor sich hin plapperte, während er wie ein gerupfter Vogel unaufhörlich die Arme hob und senkte, ist mir dunkel im Gedächtnis geblieben.

»Meine Herren! Sie verstehen das Leben noch nicht. Nicht wahr? Selbst wenn Sie versuchen würden, es zu begreifen, Sie könnten es nicht! Und deshalb, meine Herren, sind Sie glücklich. Kommt man in mein Alter, dann begreift man das Leben sehr genau. Man erkennt, daß es viel Kummer und Sorgen bereithält. Verstehen Sie? Viel Kummer und Sorgen. Nehmen Sie mich. Ich habe zwei Kinder. Ich muß sie in die Schule schicken. Schicke ich – äh – schicke ich sie ... das Schulgeld? Ja, so ist das. Alles kostet Geld. Sie verstehen, darum nehmen Kummer und Sorgen kein Ende ...«

Daß wir die Gefühle des Lehrers, der sich gewollt oder ungewollt vor uns unwissenden Mittelschülern über die Mühsal des Lebens beklagte, verstehen konnten, war kaum zu erwarten. Ja, noch während er sprach, begannen wir sogar zu kichern, denn für uns war es nur komisch, daß er sich vor uns beklagte. Wenn sich diesmal unser Gekicher allerdings nicht wie sonst in ein lautes Gelächter verwandelte, so lag das wohl einzig daran, daß die armselige Kleidung des Professors und das Gesicht, das er machte, als er mit schriller Stimme daherredete, uns die ganze Not des Lebens zu verkörpern schienen und Mitleid erweckten. Unser Lachen wurde nicht lauter, doch statt dessen legte die Judogröße neben mir plötzlich die »Ritterlichen Welten« beiseite und sprang ungestüm wie ein Tiger auf. Wir fragten uns noch, was er wohl sagen werde, da legte er auch schon los. »Herr Professor, wir sind hier, damit Sie uns Englischunterricht erteilen. Tun Sie das nicht, ist es wohl nicht nötig, daß wir im Klassenzimmer bleiben. Wenn Sie mit Ihren Geschichten fortfahren, gehe ich besser gleich in die Turnhalle.«

Dann bemühte er sich krampfhaft, eine mürrische Miene aufzusetzen, und ließ sich auf seinen Platz fallen, daß es krachte. Noch nie in meinem Leben hatte ich einen Menschen so seltsam dreinblicken sehen wie Professor Mori in jenem Moment. Wie vom Blitz getroffen, stand er mit halboffenem Mund neben dem Ofen und starrte ein, zwei Minuten lang in das verzerrte Gesicht des Schülers. Schließlich flackerte in seinen so sehr an ein Haustier erinnernden Augen wieder dieser bittende Blick auf. Mori griff sich an die violette Krawatte, neigte zwei-, dreimal den kahlen Kopf und sagte: »Ja, es war nicht recht von mir. Entschuldigen Sie bitte vielmals! In der Tat, Sie sind hier, um Englisch zu lernen. Daß ich Sie nicht im Englischen unterwies, ist schlecht von mir. Entschuldigen Sie bitte vielmals. Nicht wahr? Entschuldigen Sie bitte vielmals!«

Mit einem Lächeln, das jedoch eher nach einem Weinen aussah, wiederholte er immer wieder dieselben Worte. Vom Ofen her fiel ein roter Feuerschein auf ihn, der die dünnen Stellen an den Schultern und Rockschößen noch deutlicher sichtbar werden ließ. Und bei jeder Verbeugung lag ein prächtiger Kupferglanz auf seinem blanken Schädel, der nun erst recht einem Straußenei glich.

Doch selbst dieses Bild des Jammers war damals für mich nichts als ein deutlicher Beweis für die pädagogische Unfähigkeit des Professors. Um der Gefahr, entlassen zu werden, zu entgehen, unterwarf er sich sogar den Schülern. Nicht aus Freude an der Erziehung war er Lehrer, sondern einzig und allein, weil das Leben ihn dazu zwang.

Es war ein recht unklares Urteil, zu dem ich mich hinreißen ließ. Ich verachtete ihn nun nicht nur wegen seiner Kleidung und seiner mangelnden Fähigkeiten, sondern auch wegen seines Charakters. Die Ellenbogen auf dem Choice Reader, das Kinn in die Hand gestützt, überschüttete ich den Professor, der dort vor dem Ofen stand und körperlich und seelisch auf dem Scheiterhaufen verbrannt wurde, mit frechen Lachsalven. Natürlich war ich nicht der einzige. Der Judokämpfer, der den Professor eben so sehr in die Enge getrieben hatte, warf mir einen flüchtigen Blick zu, als sich Professor Mori mit totenbleichem Gesicht entschuldigte, grinste durchtrieben und vertiefte sich sogleich wieder in den unter dem Lesebuch liegenden Abenteuerroman von Oshikawa Shunro.

Bis das Pausenzeichen ertönte, bemühte sich mein Professor Mori verzweifelt, verworrener denn je, den armen Longfellow zu übersetzen. Noch heute klingt mir die schrille, halberstickte Stimme in den Ohren, mit der er die Zeile, »Life is real, life is earnest« vorlas, während ihm der Schweiß über das bleiche, runde Gesicht rann und seine Augen fortgesetzt um etwas flehten, worum der Mund nicht zu bitten vermochte. Aber der Schrei von Millionen unglücklicher Menschen, den diese schrille Stimme in sich barg, war von einer zu geheimnisvollen Tiefe, als daß er uns hätte erreichen können. Und nicht wenige außer mir gähnten in dieser Stunde ungeniert vor Langerweile. Doch Professor Mori, der seinen kleinen Körper vor dem Ofen streckte und dem die vor den Fensterscheiben wirbelnden Schneeflocken völlig gleichgültig waren, schwenkte in einem fort sein Lesebuch und rief verzweifelt, als hätte sich für einen Augenblick in seinem Kopf eine Feder gelöst: »Life is real, life is earnest. – Life is real, life is earnest ...«

Als das Halbjahr, für das man Professor Mori eingestellt hatte, vorüber war, freuten wir uns also, und als er nicht mehr erschien, weinten wir ihm keine Träne nach. Nein, mehr noch: Sein Weggehen berührte uns so wenig, daß nicht einmal das Gefühl der Freude aufkam. Vor allem mir lag jegliches Bedauern fern. In den sieben, acht Jahren, da ich zur Mittel- und Oberschule ging, dann an der Universität studierte und allmählich ein erwachsener Mensch wurde, vergaß ich fast, daß es diesen Lehrer überhaupt gab.

Es war im Herbst des Jahres, als ich mein Studium beendete, im Herbst ... genauer gesagt, am Abend eines jener regenreichen ersten Dezembertage, die nach Einbruch der Dämmerung häufig neblig sind. In den Alleen hatten die Weiden und Platanen bereits ihr gelbes Laub abgeworfen. Ich hatte in Kanda die Antiquariate durchstöbert, dabei ein paar deutsche Bücher gefunden, die seit Kriegsbeginn so selten geworden waren, und sehnte mich plötzlich aus irgendeinem Grunde nach fröhlichen Stimmen und etwas Heißem. Der hochgeschlagene Mantelkragen sollte mich vor dem kalten Spätherbstwind schützen. Da kam ich bei Nakanishiya vorbei. Kurz entschlossen ging ich in das zu dem Geschäft gehörende Café.

Doch als ich mich drinnen umsah, entdeckte ich in dem kahlen Raum nicht einen Gast. Die vernickelten Zuckerdosen auf den Marmortischen warfen kalt das Licht der elektrischen Lampe zurück. Traurig, als sei ich betrogen worden, nahm ich an dem Tisch Platz, der vor dem in die Wand eingelassenen Spiegel stand. Der Kellner eilte herbei, ich bestellte eine Tasse Kaffee und holte eine Zigarre hervor. Ich weiß nicht, wieviel Streichhölzer ich verbraucht habe, bis sie endlich brannte. Bald stand auf meinem Tisch auch eine Tasse dampfenden Kaffees, aber meine gedrückte Stimmung schien sich ebensowenig vertreiben zu lassen wie draußen der dichte Nebel. Das philosophische Werk, das ich soeben im Antiquariat gekauft hatte, war in winzigen Lettern gedruckt. Hier auch nur eine Seite selbst des berühmten Aufsatzes zu lesen wäre eine Qual gewesen. So legte ich denn den Kopf an die Rückenlehne des Stuhls, führte abwechselnd die Havanna und den Brasilkaffee zum Mund und blickte gedankenverloren in den Spiegel, der mir unmittelbar vor der Nase hing.

Wie ein Bühnenausschnitt spiegelten sich in dem Glas scharf und kalt die in das erste Stockwerk hinaufführende Treppe, die gegenüberliegende Wand, die weißgestrichene Tür und das an der Wand hängende Konzertplakat. Ja, und außerdem sah ich Marmortische, in einem großen Kübel ein Nadelgewächs, ich sah die von der Decke herabhängende elektrische Lampe, einen großen Gasofen aus Porzellan und davor drei, vier Kellner, die in ein Gespräch vertieft zu sein schienen. Auf einmal – ich hatte gerade die Gegenstände im Spiegel der Reihe nach gemustert und das Personal vor dem Ofen näher in Augenschein genommen – entdeckte ich zu meiner Überraschung an dem von den Kellnern umringten Tisch einen Gast. Ich mußte ihn übersehen haben. Weil er bei den Kellnern saß, hatte ich ihn wahrscheinlich einfach für den Koch oder irgendeinen anderen Angestellten des Cafés gehalten. Was mich so sehr überraschte, war aber nicht allein, daß ein Gast, den ich gar nicht vermutet hatte, anwesend war, sondern vielmehr die straußeneiähnliche Form seines kahlen Schädels, der abgetragene grünliche Morningcoat und schließlich jene ewige violette Krawatte. Auf den ersten Blick wußte ich, daß der Gast, den ich zwar nur undeutlich im Profil sah, niemand anders als Professor Mori war.

Im selben Augenblick, als ich ihn erkannte, zogen plötzlich die sieben, acht Jahre, in denen wir einander nicht begegnet waren, an mir vorüber. Damals in der Mittelschule war ich Klassenerster, der nach dem Choice Reader lernte, und heute blies ich gemächlich den Zigarrenrauch durch die Nase – die Zeit schien mir gar nicht schnell vergangen. Doch war es möglich, daß der »Strom der Zeit«, der alles mit sich fortreißt, Professor Mori, der sich doch schon über sein Jahrhundert hinweggesetzt hatte, nichts hatte anhaben können? Der Mann, der an diesem Abend dort in dem Café mit den Kellnern den Tisch teilte, war genau derselbe, der uns einst in dem sonnenlosen Klassenzimmer unterrichtet hatte. Unverändert war sein kahler Kopf. Auch die violette Krawatte war dieselbe. Und selbst die schrille Stimme – ja, hob er denn nicht auch jetzt diese schrille Stimme, um voller Eifer den Kellnern irgend etwas zu erklären? Unbewußt mußte ich lächeln. Mit einemmal war sogar meine Niedergeschlagenheit verflogen, ich lieh mein Ohr nun ganz der Stimme des alten Professors.

»Also, dieses Adjektiv hier bestimmt das Nomen. Napoleon, zum Beispiel, ist der Name einer Person, deshalb heißt ein solches Wort eben Nomen. Ist das klar? Und dieses Nomen dahinter, unmittelbar dahinter, wissen Sie, was das ist? Nun, was meinen Sie?«

»Das ist ein Relativ ... Relativnomen«, antwortete stotternd ein Kellner.

»Wie? Relativnomen? So etwas gibt es nicht. Relativ – äh – Relativpronomen? Ja, ja das ist ein Relativpronomen. Es ist ein Pronomen, das heißt, es steht für das Nomen Napoleon. Nicht wahr, das Wort Pronomen bedeutet: für ein Nomen.«

Nach dem, was ich hörte, schien Professor Mori den Kellnern des Cafés Englischunterricht zu erteilen. Ich rückte meinen Stuhl ein wenig zurecht und blickte nun aus einem anderen Winkel in den Spiegel. Und, wie vermutet, vor ihm auf dem Tisch lag tatsächlich ein aufgeschlagenes Buch, das mir sehr nach einem Reader aussah. Professor Mori fuhr mit dem Zeigefinger über die Seite und wurde des Erklärens nicht müde. Auch in dieser Hinsicht war er noch der alte. Aber im Gegensatz zu uns Schülern lauschten die Kellner, die dicht gedrängt um ihn herumstanden, aufmerksam seinen sich überstürzenden Erklärungen, und die Augen der Männer leuchteten vor Eifer.

Als ich dieses Bild betrachtete, überkam mich auf einmal ein Gefühl inniger Zuneigung zu Professor Mori. Sollte ich zu ihm gehen und ihn nach all den Jahren begrüßen? Aber wahrscheinlich würde er sich meiner gar nicht mehr entsinnen. Schließlich hatte er mich ja nur ein halbes Jahr in unserer Klasse gesehen. Und wenn er sich wider Erwarten nun doch erinnerte? Ich mußte an das hämische Lachen denken, mit dem wir ihn damals überschüttet hatten. Ich fragte mich, ob ich ihm nicht viel mehr Achtung erweisen würde, wenn ich es unterließ, mich ihm vorzustellen. Inzwischen hatte ich meinen Kaffee ausgetrunken und die Zigarre zu Ende geraucht. Ich stand leise auf, um mich möglichst unauffällig zu entfernen, aber er schien doch auf mich aufmerksam geworden zu sein. Kaum hatte ich mich nämlich von meinem Stuhl erhoben, als er mir auch schon sein bleiches, rundes Gesicht, seinen angeschmutzten Kragen, seine violette Krawatte zuwandte. Für einen ganz kurzen Moment begegneten sich die sanftmütigen Augen des Professors und meine im Spiegel. Aber es war, wie ich es vermutet hatte. Nichts sprach in ihnen davon, daß er einem alten Bekannten begegnet war. Das einzige, was in ihnen flackerte, war jenes traurige Flehen.

Mit gesenktem Blick nahm ich die Rechnung vom Kellner entgegen und ging still zur Kasse, die sich am Eingang des Cafés befand. Dort saß gelangweilt der Oberkellner, den ich vom Sehen kannte. Er trug einen sorgfältig gezogenen Scheitel.

»Dort hinten unterrichtet doch einer Englisch. Hat das Café ihn darum gebeten?« fragte ich, als ich zahlte. Der Oberkellner blickte unentwegt durch die Tür auf die Straße und antwortete ungerührt: »Nein, darum gebeten hat man ihn nicht. Er kommt eben jeden Abend, und dann unterrichtet er. Man erzählt, er sei ein ausgedienter Englischlehrer, den niemand mehr anstellen will. Wahrscheinlich kommt er hierher, um seine Zeit hinzubringen. Nur, allzugern ist er hier nicht gesehen, denn den ganzen Abend hockt er vor einer einzigen Tasse Kaffee.«

Als ich das hörte, sah ich plötzlich wieder diesen um etwas Unbekanntes flehenden Blick meines Professors Mori. Oh, Professor Mori! Jetzt hatte ich zum erstenmal das Gefühl, den Professor, den lauteren Charakter des Professors zumindest ein wenig begriffen zu haben. Wenn es so etwas wie einen geborenen Erzieher gibt, dann war er einer. Sowenig, wie man plötzlich das Atmen unterlassen kann, war es ihm möglich, den Englischunterricht aufzugeben. Zwänge man ihn dazu, dann würde wohl seine Lebenskraft sofort dahinschwinden, genau wie die einer Pflanze, der man das Wasser entzieht. Getrieben von seinem inneren Interesse, Englisch zu unterrichten, kam er Abend für Abend hierher und schlürfte einsam eine Tasse Kaffee. Das war kein bloßer Zeitvertreib für ihn, wie der Oberkellner meinte. Welch ein beschämender Irrtum, daß wir damals an seiner Aufrichtigkeit gezweifelt und ihn verspottet hatten, weil wir glaubten, er unterrichte ohne innere Anteilnahme, nur um des Lebensunterhaltes willen. Wie sehr muß Professor Mori darunter gelitten haben, daß alle Welt seinem Wirken nur mit Gemeinheit und Übelwollen begegnete, von Zeitvertreib sprach oder von der Absicht, damit nur Geld verdienen zu wollen.

Doch soviel Leid man ihm zufügte, er bewahrte stets seine Gelassenheit, hielt sich aufrecht, trug die violette Krawatte um den Hals, die Melone auf dem Kopf und fuhr, tapferer noch als Don Quichotte, fort, unverdrossen vorzulesen und zu übersetzen. Aber lag trotz allem in seinen Augen nicht diese traurige Flackern, das uns, die Schüler, die er unterrichtet hatte – ja, vielleicht sogar die ganze Welt, der er sich gegenübersah –, um Mitgefühl anflehte?

Die Gedanken bewegten mich tief; ich wußte nicht, ob ich weinen oder lachen sollte. Ich vergrub das Gesicht im Mantelkragen und verließ rasch das Café. Und im überhellen, kalten Licht der elektrischen Lampe erhob Professor Mori wie immer seine schrille Stimme und erteilte in dem zum Glück leeren Café den eifrigen Kellnern weiter Englischunterricht.

»Weil es ein Wort ist, das an Stelle eines Nomens steht, nennt man es Pronomen. Nicht wahr, Pronomen. Haben Sie das verstanden ...?«

Dezember 1918

Der Drache

1

Der Dainagon Takakuni von Uji:

Erwacht aus den Träumen meines Mittagsschlafes, finde ich, daß heute die Hitze noch unerträglicher ist. Nicht der leiseste Hauch des Windes bewegt die Blüten der Glyzinien, die sich dort drüben um die Kiefernzweige ranken. Selbst das Murmeln der Quelle, das sonst wie erquickende Frische zu mir herüberklang, scheint, vom Zirpen der Zikaden beinahe übertönt, die Qualen der Hitze eher zu verstärken. Ich werde mir von den Pagen wohl doch Luft zufächeln lassen.

Was sagt ihr? Wandersleute haben sich eingefunden? Dann laßt uns zu ihnen gehen. Auf, ihr Pagen, folgt mir und vergeßt die großen Fächer nicht.

Seid gegrüßt. Ich bin Takakuni. Verzeiht den Aufzug!

Ich habe eine Bitte an euch, eigens deshalb ließ ich hier in Uji vor dem Gasthaus halten. Seit Tagen schon trage ich mich mit der Absicht, hierherzukommen, weil ich, anderen gleich, ein Buch mit Geschichten füllen möchte. Aber sosehr ich mir den Kopf zerbrochen habe, ich muß zu meinem Bedauern gestehen, daß mir nichts eingefallen ist, was des Niederschreibens wert wäre. Träge wie ich bin, scheint mir nichts beschwerlicher, als mich in mühevolles Nachdenken zu versenken. So faßte ich denn den Plan, von heute an euch alle, die ihr hier vorüberzieht, zu bitten, mir Geschichten aus alten und neuen Zeiten zu erzählen. Sie will ich zu einem Buch zusammenfügen. Da ich innerhalb wie außerhalb des kaiserlichen Palastes meine Wege wählen kann, dürfte es mir wohl gelingen, interessante Anekdoten und Geschichten aller Gegenden zu sammeln, aus denen man mit dem Schiff gesegelt oder mit dem Karren gefahren kommt. Nun denn, es mag euch ungelegen sein, aber wollt ihr nicht meinem Wunsch entsprechen?

Oh, ihr seid einverstanden? Das freut mich sehr. So laßt mich allsogleich der Reihe nach Geschichten hören.

Ihr Pagen, nehmt die großen Fächer, auf daß ein Luftzug durch den Raum streiche und uns ein wenig Kühlung bringe. Und du, Gießer, und du, Töpfer, seid nicht schüchtern. Nehmt Platz in unserer Runde. Auch du, Sushiverkäuferin, stell doch dein Gefäß dort am Eingang in die Ecke, wenn dich die Sonne zu sehr quält. Und du, mein Priester, lege die goldene Trommel beiseite. Du dort, Samurai, und du, reisender Mönch, habt ihr eure Matten ausgebreitet?

Seid ihr bereit? Wenn ihr Platz gefunden habt, dann soll uns der greise Töpfer, der Älteste hier in unserem Kreis, als erster eine Geschichte erzählen.

2

Der Greis:

Eure freundlichen Worte beschämen uns. Wie Ihr sagtet, wollt Ihr Geschichten, wie wir, das einfache Volk, sie erzählen, in einem Buche niederschreiben. Die Ehre ist zu groß, als daß sie mir zukäme. Doch ich fürchte, eine Ablehnung würde Euch mißfallen. Also bin ich so frei, Euch eine nichtige Geschichte aus alten Zeiten zu erzählen. Selbst wenn sie Euch langweilt, leiht mir für ein Weilchen Euer Ohr.

In meiner Jugend lebte in Nara ein Priester namens Kurodo Tokugyo Eïn. Er hatte eine ungewöhnlich lange Nase, deren Spitze überdies das ganze Jahr hindurch in einem tiefen Rot funkelte, gerade so, als hätte eine Wespe hineingestochen. So gab das Volk von Nara ihm denn den Beinamen Hana Kura, Nasenspeicher. Das heißt, anfangs wurde er

Ohana no Kurodo Tokugyo, der großnäsige Schatzhaus-
verwalter im Range eines Tokugyo, genannt, aber weil das
zu lang war, rief ihn jedermann bald nur noch Hana Kurodo,
Nasenschatzhausverwalter. Doch nach einer Weile fand man
auch das noch ein wenig zu lang, und so kam er schließlich
zu dem Namen Hana Kura. Ich selbst bin ihm damals öfters
im Kofukutempel von Nara begegnet, und tatsächlich hatte
er eine so lange, prächtig rote Nase, daß man ihn spöttisch
Hana Kura nennen konnte.

Eines Nachts ging nun Hana Kura, das heißt Hana Kurodo, das heißt der Priester Ohana no Kurodo Tokugyo Eïn,
ganz allein, ohne einen seiner Schüler zu dem Teich Sarusawa und stellte eine Tafel auf den Damm vor den Trauerweiden, auf der in dicken Pinselstrichen geschrieben stand:
»Am dritten Tag des dritten Monats wird aus diesem Teich
ein Drache aufsteigen.« Natürlich wußte Eïn nicht einmal,
ob in diesem Teich überhaupt ein Drache lebte. Und daß am
dritten Tag des dritten Monats ein Drache gen Himmel fahren sollte, war eine ausgemachte Flunkerei. Es wäre doch
wohl richtiger gewesen, zu sagen, daß kein Drache gen Himmel fahren werde. Eïn hatte solch einen Unsinn auf die Tafel geschrieben, weil es ihn ärgerte, andauernd seiner Nase
wegen von den Priestern und den Einwohnern Naras ausge-
lacht zu werden. Um sie nun einmal zu foppen und sich lustig über sie machen zu können, spielte er ihnen diesen
wohldurchdachten Streich. Euer Gnaden werden das sicherlich albern finden, aber bedenkt bitte, daß sich diese Geschichte ja schon vor langer Zeit zugetragen hat, und in jenen Tagen geschah es öfter, daß jemand solche Späße trieb.

Nun denn, als erste entdeckte eine alte Frau, die jeden
Morgen vor dem Buddha des Kofukutempels ihr Gebet zu
verrichten pflegte, die Tafel. Als sie, den Rosenkranz in der
Hand, gestützt auf einen Bambusstecken, sich dem Teiche
näherte, über dem noch die Nebel wallten, erblickte sie unter den Trauerweiden eine Tafel, die gestern noch nicht da-
gestanden hatte. Sie vermochte nicht zu lesen, was darauf

geschrieben war, und wunderte sich deshalb sehr, eine Tafel, die doch wohl zur Messe rief, hier an diesem Ort zu finden. Gerade war sie im Begriff, daran vorüberzugehen, da kam ihr glücklicherweise ein Priester in vollem Ornat entgegen. Ihn bat sie, ihr die Zeichen vorzulesen. »Am dritten Tag des dritten Monats wird aus diesem Teich ein Drache aufsteigen.« Ein jeder wäre darüber sicherlich sehr erschrocken gewesen. Die Alte war entsetzt. Sie streckte den krummen Rükken, sah treuherzig zu dem Priester auf und fragte: »Ist es denn möglich, daß in diesem Teich ein Drache lebt?« Daraufhin erklärte ihr der Priester mit gutgespielter Ruhe: »Vor langer, langer Zeit bekam einmal ein Tang-Gelehrter über der Augenbraue eine Geschwulst, die unerträglich juckte.

Eines Tages bedeckte sich plötzlich der ganze Himmel mit dunklen Wolken, und ein Gewitterregen ging wie in Strömen nieder. Im nämlichen Augenblick brach die Geschwulst auf, und es heißt, daß ein schwarzer Drache daraus hervorkroch, der dann, eine Wolke hinter sich lassend, steil zum Himmel aufstieg. Wenn sich sogar in einer Geschwulst ein Drache befinden kann, wieviel Drachenbrut mag dann erst auf dem Grunde des Teiches Platz haben!« Überzeugt, daß ein Priester nicht lügt, erstarrte die Alte vor Schreck. »Ich verstehe. Nun, da Ihr das sagt, scheint mir auch die Färbung des Wassers dort drüben sehr verdächtig.« Der dritte Tag des dritten Monats war zwar noch fern, aber die Alte ließ den Priester dennoch stehen und machte sich, Gebete murmelnd, schleunigst davon, ja, sie vergaß fast, sich auf ihren Bambusstecken zu stützen.

Wenn der Priester nicht hätte befürchten müssen, beobachtet zu werden, er wäre in ein schallendes Gelächter ausgebrochen, denn es handelte sich um niemand anders als um den Urheber dieses Streiches selber, um Tokugyo Eïn, genannt Hana Kura, der sich in der würdelosen Absicht zum Teich begeben hatte, sehen zu wollen, ob nicht schon irgendwelche Vögel auf den Leim gegangen wären.

Kaum war die Alte weg, als, begleitet von einem Diener,

205

der das Gepäck auf dem Rücken schleppte, eine Frau erschien, die früh am Morgen ihre Reise angetreten haben mußte. Sie trug einen aus Binsen geflochtenen Hut, um den ein Tuch aus Chinanessel geschlungen war, und las die Inschrift. Vorsichtig trat Eïn ebenfalls vor die Tafel. Mühsam unterdrückte er ein Lachen und tat so, als läse auch er die Zeichen. Als wundere er sich sehr, schnaufte er durch die große rote Nase und kehrte dann schweren Schrittes zum Kofukutempel zurück.

Vor dem Südtor des Tempels begegnete er unerwartet dem Priester Emon, mit dem er die gleiche Klause teilte. Als dieser Eïns angesichtig wurde, zog er die dichten, struppigen Augenbrauen zusammen und sagte: »Bruder, Ihr habt Euch heute ungewöhnlich früh erhoben. Das Wetter wird sich ändern!« Eïn lächelte schlau und entgegnete mit überlegener Miene: »Wir scheinen tatsächlich anderes Wetter zu bekommen. Ich hörte davon sprechen, daß am dritten Tag des dritten Monats aus dem Teiche Sarusawa ein Drache aufsteigen soll.« Emon starrte Eïn ungläubig an. Aber gleich darauf drang ein Gurgeln aus seiner Kehle, und er lachte spöttisch. »Bruder«, sagte er , »Ihr habt einen schönen Traum gehabt. Man sagt, daß ein Traum von der Himmelfahrt eines Drachen Glück verheißt.« Den keilförmigen Kopf stolz erhoben, wollte Emon gerade an Eïn vorübergehen, aber er mußte wohl doch noch gehört haben, daß Eïn vor sich hin gemurmelt hatte: »Eine ungläubige Seele ist schwerlich zu erretten«, denn haßerfüllt wandte er sich mit solch einem Ruck um, daß sich die Stützen unter seinen Sandalen bogen. Mit lauter Stimme, als wollte er ein religiöses Streitgespräch beginnen, fragte er: »Gibt es irgendeinen glaubwürdigen Beweis dafür, daß ein Drache zum Himmel aufsteigen wird?« In aller Ruhe wies Eïn zum Teich hinüber, auf den die ersten Strahlen der Morgensonne fielen, und entgegnete ein wenig herablassend: »Wenn Ihr schon meinen Worten keinen Glauben schenken wollt, dann solltet Ihr die Tafel bei den Trauerweiden lesen.«

Selbst der starrköpfige Emon schien sich nun seiner Sache doch nicht mehr ganz sicher. Als blende ihn etwas, blinzelte er und fragte ein wenig kleinlaut: »Wirklich? Ist dort solch eine Tafel aufgestellt?« Dann setzte er schleppenden Schritts seinen Weg fort, aber jetzt hielt er den keilförmigen Kopf zur Seite geneigt und schien angestrengt über etwas nachzudenken.

Sicherlich vermögt Ihr zu ermessen, wie sehr sich Hana Kurodo, der ihm nachblickte, amüsierte. Ihm war, als kitzle es ihm in seiner roten Nase, und als er würdevoll die Steinstufen zum Südtor emporstieg, mußte er doch, ob er wollte oder nicht, lachen.

Schon am ersten Morgen hatte die Tafel mit der Aufschrift »Am dritten Tag des dritten Monats wird aus diesem Teich ein Drache aufsteigen« ihre Wirkung nicht verfehlt. Und als ein, zwei Tage vergangen waren, sprach man in Nara nur noch von dem Drachen im Teiche Sarusawa. Zwar behaupteten anfangs noch einige: »Mit der Tafel hat sich jemand einen Scherz erlaubt«, aber da gerade zu jener Zeit in der Hauptstadt das Gerücht umging, der Drache des Shinsen-en sei gen Himmel gefahren, trugen die Leute, die die Tafel als einen Bubenstreich abtun wollten, wohl nur einen Teil Glauben und einen Teil Zweifel in ihrem Herzen, denn sie waren sich nicht sicher, ob nicht schließlich doch so etwas geschehen könne.

Zehn Tage waren verstrichen, da ereignete sich wieder etwas recht Seltsames. Die neunjährige Tochter eines Priesters, der dem Kasugaschrein diente, hatte abends den Kopf auf die Knie ihrer Mutter gebettet und schlief. Da senkte sich ein schwarzer Drache wie eine Wolke vom Himmel hernieder und sagte in der Sprache der Menschen: »Wahrlich, ich fahre am dritten Tag des dritten Monats gen Himmel. Da ich aber gewillt bin, euch hier in der Stadt kein Ungemach zu bereiten, sei ganz beruhigt und sorge dich nicht!« In diesem Augenblick erwachte das Mädchen aus seinem Traum, den es sogleich der Mutter mitteilte.

Daß der Drache des Teiches Sarusawa dem Mädchen im Traum erschienen war, ging natürlich wie ein Lauffeuer durch die ganze Stadt. Und wie es nun einmal so ist, jeder fügte sein Teil hinzu: Das und das Kind habe, besessen vom Drachen, ein Gedicht verfaßt; der und der Miko sei der Drache erschienen und habe sie erleuchtet – bis man sich endlich sogar bestürzt erzählte, der Drache des Teiches Sarusawa habe schon seinen Kopf aus dem Wasser gesteckt. Obwohl es doch unmöglich war, daß ein Kopf dort aufgetaucht sein sollte, behauptete ein alter Mann, der jeden Morgen Flußfische zum Markt brachte, er habe den ganzen Drachen mit eigenen Augen erblickt. Er wollte an dem besagten Tag, als er noch im Finstern an den Teich gekommen war, gesehen haben, daß das Wasser, über das sich noch das Dunkel der Nacht breitete, an einer Stelle unmittelbar am Damm, dort, wo unter den herabhängenden Zweigen der Trauerweiden die Tafel stand, hell schimmerte. Und da zu dieser Zeit alle Welt nur noch von dem Drachen sprach, stellte er, am ganzen Leibe zitternd, seinen Korb mit den Flußfischen ab, fragte sich zwar ohne Freude, aber auch ohne Entsetzen: Ob der Drachengott erscheint?, schlich sich auf nackten Sohlen heran, umklammerte eine Trauerweide und starrte in den Teich hinab. Auf dem Grund des hellschimmernden Wassers lag, zusammengerollt wie eine aufgewundene Kette aus schwarzem Metall, ein unbekanntes Ungetüm. Mag sein, daß das Geräusch menschlicher Schritte es aufgeschreckt hatte, jedenfalls entrollte es sich mit gleitender Bewegung. Gischt wallte auf, und das Ungetüm verschwand. Der Alte war wie in Schweiß gebadet. Als er zu der Stelle zurückging, wo er seine Last abgestellt hatte, waren an die zwanzig Fische, Karpfen und Karauschen, verschwunden.

Einige lachten darüber, als sie das hörten, und sagten: »Sicher hat ihn ein alter Otter betrogen«. Aber es gab nicht wenige, die meinten: »In einem Teich, in dem der Drachenkönig herrscht, wird kaum ein Otter leben. Dem Drachenkönig hat sicherlich das Leben der Fische leid getan, so daß er sie zu sich in den Teich beschieden haben wird.«

Je mehr Aufsehen die Tafel mit der Aufschrift »Am dritten Tag des dritten Monats wird aus diesem Teich ein Drache aufsteigen« erregte, desto mehr triumphierte insgeheim Eïn. Vergnügt lächelte er vor sich hin. Die Zeit verging, und der dritte Tag des dritten Monats rückte näher. Als nur noch vier, fünf Tage blieben, traf zur größten Überraschung des Priesters seine Tante, eine Nonne, ein. Sie hatte den weiten, weiten Weg von Sakurai in der Provinz Settsu zurückgelegt, weil sie, wie sie sagte, der Himmelfahrt des Drachen beiwohnen wollte. Das brachte selbst Eïn in Verlegenheit. Er versuchte, die Tante in Schrecken zu versetzen, er versuchte, sie zu überreden, er versuchte alles mögliche, um sie zur Rückkehr nach Sakurai zu bewegen. Aber sie bestand auf ihrem Willen und war keineswegs geneigt, ihrem Neffen Gehör zu schenken. »Ich bin schon alt. Wenn ich nur einen Blick auf den Drachenkönig werfen kann, dann will ich glücklich sterben.« Da Eïn nun schlechterdings nicht mehr eingestehen konnte, daß er selber es war, der die Tafel aus Spaß aufgestellt hatte, ergab er sich in sein Schicksal und versprach nicht nur, bis zum dritten Tag des dritten Monats Sorge um das Wohl der Tante zu tragen, sondern sie auch an dem besagten Tag zum Teich zu begleiten, um der Himmelfahrt des Drachen beizuwohnen. Wenn nun die Sache mit dem Drachen selbst bis zu seiner Tante, der Nonne, gedrungen war, dann mußte man also damit rechnen, daß das Gerücht nicht nur in der Provinz Yamato, sondern auch in den Provinzen Settsu, Izumi und Kawashi, ja wahrscheinlich sogar in Harima, Yamashiro, Omi und Tamba die Runde gemacht hatte. Dieser Streich, der dem Volk von Nara galt, war wider Erwarten zu einem Betrug an wer weiß wie vielen tausend Menschen aus allen Gegenden geworden.

Als Eïn das bedachte, überkam ihn statt Freude, doch ein wenig Furcht. Wenn er den ganzen Tag mit seiner Tante einen Tempel nach dem anderen besuchte, dann war ihm manchmal wie einem schuldbeladenen Verbrecher zumute, der sich zu verbergen und aus den Augen der Polizeihäscher zu stehlen sucht. Einerseits fühlte er sich unbehaglich, aber wenn er aus den Gesprächen der Vorübergehenden erfuhr, daß man vor der Tafel schon Weihrauch und Blumen opferte, freute er sich wiederum, als hätte er eine große Tat vollbracht.

Die Zeit verging, und endlich war der dritte Tag des dritten Monats gekommen. Da Eïn nun einmal sein Versprechen gegeben hatte, blieb ihm nichts anderes übrig, als seine Tante zu begleiten. Er tat es widerwillig. Sie stiegen die Steinstufen zum Südtor des Tempels hinauf, von wo aus man einen guten Blick über den Teich Sarusawa hatte. Es war ein klarer, wolkenloser Tag. Nicht der leiseste Lufthauch brachte die Windglocken am Tor zum Tönen. Zuschauer aus den Provinzen Kawashi, Settsu, Harima, Yamashiro, Omi und Tamba, ganz zu schweigen von denen aus der Stadt Nara, die den heutigen Tag kaum erwarten konnten, drängten sich. Blickte man von den Steinstufen in die Runde, dann sah man, so weit das Auge reichte, ein Meer von Menschen, das sich nach allen Richtungen hin ausbreitete. Bis zu dem im Dunst verschwindenden Ende der Nijo-Allee bewegten sich wellengleich die verschiedenartigsten Kopfbedeckungen. Hier und dort bahnten sich von Ochsen gezogene prachtvolle Wagen aus rotem oder blauem Flechtwerk oder aus dem Holz des Paternosterbaumes langsam ihren Weg durch das Menschenmeer. Der Gold- und Silberschmuck der Baldachine blitzte im Schein der Frühlingssonne. Manche Leute hatten ihre Sonnenschirme aufgespannt, andere flache Zelte aufgeschlagen, andere wiederum hatten längs der Straße ins Auge fallende Schaugerüste errichtet – es sah aus, als würde rings um den Teich das Kamofest gefeiert. Nur die Jahreszeit stimmte nicht. Selbst im Traum hätte Eïn nicht gedacht, daß allein das Aufstellen jener Tafel genügen würde, solch ein buntes Treiben hervorzurufen. Wie vom Donner gerührt, wandte er sich betreten an seine Tante: »Scheußlich, diese vielen Menschen.« Kleinmütig kauerte er sich neben einen Pfeiler des Südtores. Ihm schien sogar die Lust vergangen, durch die große Nase zu schnaufen.

Da die Tante jedoch keine Ahnung davon haben konnte, was in Eïns Herzen vorging, reckte sie den Hals so sehr, daß sogar ihre Kapuze herunterrutschte, schaute in die Runde und redete dabei in einem fort auf Eïn ein, der Anblick des Teiches, in dem der Drachengott wohne, sei in der Tat außergewöhnlich, der Drachengott werde sich doch sicherlich zeigen, denn es hätten sich ja so viele Menschen hier versammelt, und ähnliches mehr. Eïn vermochte nicht länger ruhig neben dem Pfeiler zu hocken. Unwillig stand er auf und sah nun, daß auch hier vor dem Tempel ein Berg faltenreicher oder einfacher dreieckiger Hüte gewachsen war. Stand dort nicht auch der Priester Emon, den keilförmigen Kopf wie immer stolz erhoben, und schaute mit scharfem Blick, wie ein Kranich beim Fischfang, zum Teich hinüber? Eïns Niedergeschlagenheit verflog sofort; er empfand ein prickelndes Vergnügen, daß es ihm gelungen war, sogar diesen Mann zu täuschen. »Bruder«, sagte er und fuhr dann spöttisch fort: »Bruder, auch Ihr wohnt der Himmelfahrt des Drachen bei?« Emon schaute mit arroganter Miene herüber und antwortete unerwartet ernst, ohne wie sonst die struppigen Augenbrauen zusammenzuziehen: »Ja, so ist es. Aber der Drache läßt recht lange auf sich warten.« Die Medizin hat des Guten zuviel getan, dachte Eïn, und seine sonst so flinke Zunge versagte ihm den Dienst. Niedergeschlagen wie zuvor, blickte er gedankenverloren über das Menschenmeer zum Teich Sarusawa hinüber. Viele Stunden waren schon verstrichen, doch nichts auf der klaren Wasseroberfläche, die sich schon erwärmt zu haben schien und in der sich die Weiden und die Kirschen, die den Damm einfaßten, spiegelten, deutete darauf hin, daß ein Drache, oder was es auch immer sein möge, aufsteigen werde. Nun, da viele Zuschauer meilenweit um den Teich herumstanden, wirkte er viel kleiner als gewöhnlich. Um so mehr hätte man zu der Überzeugung gelangen müssen, daß es schon eine unverschämte Lüge war zu behaupten, hier lebe ein Drache.

Aber die Menschen harrten voller Erwartung geduldig aus und schienen nicht einmal zu merken, daß Stunde um Stunde verging. Das Menschenmeer unterhalb des Tores breitete sich immer weiter aus, und in der Zwischenzeit wurde auch die Zahl der Ochsenkarren so'groß, daß sie mit den Achsen aneinanderstießen. Nach allem, was bisher gesagt wurde, vermögt Ihr Euch sicherlich vorzustellen, wie bedrückt Eïn war, als er das sah. Doch dann geschah etwas Merkwürdiges: Auf einmal hatte Eïn nämlich das Gefühl, daß wirklich ein Drache aufsteigen werde – nein, anfangs sagte er sich nur, es müsse ja nicht unmöglich sein, daß ein Drache aufsteigen werde. Da Eïn die Tafel aber eigenhändig aufgestellt hatte, sollte man eigentlich annehmen, daß ihm solche absonderlichen Gedanken fern gewesen wären. Als er jedoch das Gewoge unter sich sah, sagte er sich dennoch im stillen, so ein großes Ereignis könne ja tatsächlich eintreten. Vielleicht hatten sich die Empfindungen der zahllosen Zuschauer ganz unwillkürlich auf Hana Kura übertragen. Möglicherweise begann ihn aber auch das böse Gewissen zu plagen, als er merkte, was er mit seiner Tafel angerichtet hatte, und er fing deshalb an, den Wunsch, ein Drache möge aufsteigen, zu nähren. Doch was auch immer der Grund gewesen sein mag, nach und nach schwand Eïns Niedergeschlagenheit, und schon begann auch er, genau wie seine Tante, die Nonne, gespannt die Wasseroberfläche des Teiches zu beobachten, obwohl er genau wußte, daß er selbst es ja gewesen war, der den Satz auf jene Tafel geschrieben hatte. Aber wie hätte er den ganzen Tag unter dem Südtor ausharren können, wenn sich dieses Gefühl seiner nicht bemächtigt hätte?

Doch noch immer warf der Teich Sarusawa die Strahlen der Frühlingssonne zurück, ohne daß sich auch nur das geringste Kräuseln auf der Wasseroberfläche zeigte. Klar und heiter war der Himmel. Unter den Sonnenschirmen, unter den Zeltdächern, hinter den Geländern der Schaugerüste wartete die Menge unverdrossen darauf, daß ihr im nächsten Augenblick die Gestalt des Drachenkönigs erscheine, gerade so, als merke sie es nicht, daß die Sonne erst den Morgen, dann den Mittag und nun schon den Abend anzeigte.

Mehr als ein halber Tag war vergangen, seit Eïn sich zu seinem Platz begeben hatte, als auf einmal eine einzelne Wolke wie der Rauch einer Räucherkerze am Himmel aufzog. Zusehends vergrößerte sie sich, und plötzlich verdunkelte sich der bis jetzt so klare Himmel. Im gleichen Augenblick fegte eine Bö über den Teich Sarusawa hinweg und zerriß die spiegelglatte Wasserfläche. Die Zuschauer waren ja auf so etwas gefaßt gewesen, aber nun waren sie doch verwirrt, und ehe sie »Ah!« sagen konnten, prasselte der Regen, als stürze der Himmel ein. Dann grollte ein dumpfer Donner, und wie ein Weberschiffchen zuckten unaufhörlich grelle Blitze über den Himmel. Eine Krallenhand schien die aufgetürmten Wolken auseinanderzuzerren und mit urgewaltiger Kraft das Wasser des Teiches wie eine Säule emporzuziehen. In diesem Augenblick erblickte Eïn zwischen Wasserdunst und Wolken undeutlich einen schwarzen Drachen von mehr als hundert Fuß Länge. Golden glitzerten seine Krallen, als er steil zum Himmel aufstieg. In Blitzesschnelle war alles vorbei, und man sah nur noch die Blüten der Kirschbäume, die rings um den Teich standen, im Sturm und Regen zum pechschwarzen Himmel fliegen. Es bedarf wohl kaum noch weiterer Worte, daß die Zuschauer in panischer Angst nach links und rechts auseinanderstoben. Im Schein der Blitze sah man, daß die Menschenmenge nicht weniger wogte als der Teich.

Inzwischen hatte der Platzregen aufgehört, und ein blauer Himmel begann durch die Wolken zu schimmern. Als hätte er sogar seine große Nase vergessen, blickte Eïn unruhig in die Runde. Hatte er den Drachen denn nicht mit eigenen Augen gesehen? fragte er sich. Im nächsten Augenblick kam es ihm wieder unmöglich vor, daß der Drache gen Himmel

gefahren war, denn er selbst hatte doch die Tafel aufgestellt.
Aber was er gesehen hatte, hatte er doch tatsächlich gesehen.
Je länger er grübelte, desto ärger wurden seine Zweifel. Als
er seiner Tante, der Nonne, die mehr tot als lebendig am
Pfeiler hockte, wieder auf die Beine half, fragte er sie bedrückt, ohne seine Verwirrung und Furcht verbergen zu können: »Habt Ihr den Drachen gesehen?« Seine Tante seufzte
schwer. Als hätte es ihr die Sprache verschlagen, nickte sie
nur voller Entsetzen immer wieder, bis sie schließlich mit
zitternder Stimme antwortete: »Ich habe ihn gesehen. Ich
habe ihn gesehen, den über und über schwarzen Drachengott mit den goldglitzernden Krallen.« Es waren also doch
nicht nur die Augen des Hana Kurodo Tokugyo Eïn, die den
Drachen erblickt hatten. Nein, einige Zeit später hörte man,
daß fast alle, Männer und Frauen, Alte und Junge, die an jenem Tag zum Teich gekommen waren, den gen Himmel fahrenden Drachen gesehen hatten.

Später gestand Eïn bei irgendeiner Gelegenheit ein, er sei
es gewesen, der die Tafel spaßeshalber aufgestellt habe. Aber
keiner der Priester, angefangen mit Emon, schenkte seinem
Selbstbekenntnis Glauben. Hatte er mit seinem Scherz ins
Schwarze getroffen? Oder hatte er das Ziel verfehlt? Und
wenn Ihr Hana Kura, das heißt Hana Kurodo, das heißt Kurodo
Tokugyo, den Großnäsigen, das heißt Eïn, den Priester,
selbst fragt, er wird Euch schwerlich eine Antwort darauf geben können ...

3

»Das ist wahrlich eine wundersame Geschichte«, sprach der
Dainagon Takakuni von Uji. »In früheren Tagen scheint in
dem Teich Sarusawa ein Drache gelebt zu haben. Ihr meint,
niemand könne wissen, ob es ihn in alten Zeiten dort gegeben hat oder nicht? Doch, doch, er wird dort einst gelebt haben. Alle Menschen glaubten früher, daß die Drachen auf
dem Grunde des Wassers lebten. Und da nun die Drachen

zwischen Himmel und Erde hin- und herflogen, müssen sie sich wohl auch von Zeit zu Zeit, Göttern gleich, gezeigt haben. Aber statt daß ich hier meine Bemerkungen mache, laßt lieber eure Geschichten hören. Die Reihe ist an Euch, mein Wanderpriester. Wie denn? Ihr wollt vom langnasigen Priester Zenchi Naigu aus Ike-no O erzählen? Die Geschichte wird sicher um so interessanter sein, als sie der von Hana Kura folgt. So beginnt denn ...«

April 1919

Mandarinen

Es war an einem trüben Spätnachmittag mitten im Winter. Ich hatte mich ans Fenster gesetzt in einem Wagen zweiter Klasse des Zuges von Yokosuka nach Tokio und wartete darauf, daß der Abfahrtspfiff ertönte. Seltsamerweise war ich ganz allein in dem Wagen, in dem schon die Lampen brannten. Und seltsamerweise stand, als ich hinausblickte, auf dem dämmrigen Bahnsteig nicht ein einziger Mensch, der von jemandem Abschied nehmen wollte. Nur ein kleiner Hund jaulte von Zeit zu Zeit jämmerlich in seinem Käfig. Diese Atmosphäre stimmte auf sonderbare Art mit meiner augenblicklichen Gemütsverfassung überein. Die unsagbare Müdigkeit und Verdrossenheit in meinem Kopf war von der gleichen beklemmenden Düsternis wie der von Schneewolken verhangene Himmel. Ich hatte die Hände in den Manteltaschen vergraben und verspürte nicht die geringste Lust, die Abendzeitung aus der Tasche hervorzuholen und einen Blick hineinzuwerfen.

Endlich ertönte das Abfahrtssignal. Ein wenig erleichtert lehnte ich den Kopf an den Fensterrahmen und wartete nun ohne jede Ungeduld darauf, daß der Bahnsteig an meinen Augen vorüberzugleiten beginne. Doch bevor das geschah, hörte ich von der Sperre her das laute Klappern von Holzsandalen und gleich darauf auch das Schimpfen des Schaffners. Im selben Moment wurde die Tür zu meinem Abteil zweiter Klasse aufgerissen, und ein dreizehn- oder vierzehnjähriges Mädchen stürzte herein. Es gab einen Ruck, und schon setzte sich der Zug langsam in Bewegung. Die Pfeiler des Bahnsteiges, die mir jeder für einen Augenblick die Sicht nahmen, ein Kesselwagen, der wie vergessen auf einem Gleis stand, und dann ein Gepäckträger, der sich mit tiefen Verbeugungen bei einem Reisenden für das Trinkgeld bedankte – all das zog an mir vorüber und verschwand in den Rauchschwaden, die an das Fenster schlugen.

Allmählich kam ich innerlich zur Ruhe, und während ich mir eine Zigarette anzündete, hob ich zum erstenmal die schweren Lider und warf einen Blick auf das Mädchen, das sich mir gegenüber gesetzt hatte.

Man sah dem Mädchen irgendwie an, daß es vom Dorfe kam: das aufgesteckte spröde Haar, die vom vielen Reiben rissigen und geradezu unangenehm rot glänzenden Wangen und dann das große Bündel auf den Knien, bis zu denen ein schmuddliger grünlicher Wollschal herabhing. Die verfrorenen Hände, die das Bündel umfaßten, hielten krampfhaft eine rote Fahrkarte dritter Klasse. Die groben Gesichtszüge des Mädchens gefielen mir gar nicht. Und die schmutzige Kleidung stieß mich einfach ab. Ja, ich ärgerte mich sogar über diese Einfalt, die nicht einmal zwischen zweiter und dritter Klasse zu unterscheiden vermochte. Daß ich nun doch die Abendzeitung aus der Manteltasche zog und auf den Knien ausbreitete, nachdem ich mir die Zigarette angesteckt hatte, geschah nicht zuletzt deshalb, weil ich die Gegenwart des Mädchens vergessen wollte. Das letzte Tageslicht, das eben noch von draußen auf die Seiten der Zeitung gefallen war, wich plötzlich dem Lampenschein, so daß ich die an sich schlechtgedruckten Schriftzeichen nun unerwartet deutlich erkennen konnte. Ich brauche wohl kaum noch zu sagen, daß der Zug gerade in den ersten der vielen Tunnel auf der Strecke von Yokosuka nach Tokio eingefahren war.

Ich überflog beim Schein des elektrischen Lichts die Seiten des Abendblattes – sie waren angefüllt mit faden Alltäglichkeiten, die nicht dazu geschaffen waren, meine trübe

Stimmung aufzuhellen. Friedensvertrag, Hochzeiten, Bestechungen, Todesanzeigen ... Während ich das Gefühl hatte,
der Zug führe seit seinem Eintauchen in den Tunnel in um-
gekehrter Richtung, glitten meine Blicke fast mechanisch
über Artikel solcher Art, die mich maßlos langweilten. Unterdessen mußte ich natürlich auch immer wieder an das Mädchen denken, das mir gegenübersaß und in dessen Gesicht
sich das Niedere und Gewöhnliche gleichsam verkörpert zu
haben schien. Dieser Zug im Tunnel und dieses bäurisch-
grobe Mädchen und dann dieses von Trivialitäten strotzende
Abendblatt – das alles waren Symbole für mich, Symbole
für das Unbegreifliche, das Gemeine und Öde des Lebens.
Alles widerte mich an. Ich schob die Zeitung beiseite, lehnte
den Kopf wieder an den Fensterrahmen, schloß die Augen
und dämmerte bald im Halbschlaf vor mich hin.

Ein paar Minuten waren vergangen, da hatte ich plötzlich
ein Gefühl, als bedrohe mich etwas. Unwillkürlich blickte
ich um mich und sah, daß das Mädchen jetzt auf meine
Seite herübergekommen war und sich bemühte, das Fenster
zu öffnen. Aber so leicht schien sich das schwere Fenster
nicht bewegen zu lassen. Die aufgesprungenen Wangen des
Mädchens wurden noch röter; es schnaufte ein ums andere
Mal durch die Nase, und sein Atem ging ein wenig keuchend. Natürlich genügte das alles, um im ersten Moment
Mitgefühl in mir zu wecken. Nun war aber allein schon
daran, daß die Berghänge mit dem in der Abenddämmerung
leicht schimmernden dürren Gras den Fenstern auf beiden
Seiten immer näher rückten, klar zu erkennen, daß wir
gleich wieder in einen Tunnel einfahren würden. Trotzdem
wollte das Mädchen das Fenster herunterlassen – und das
begriff ich nicht. Ich konnte mir das nur als eine wunderli-
che Laune deuten. Deshalb packte mich wieder der gleiche
Unmut wie vorher, ich verfolgte mit kalten Blicken den verzweifelten Kampf der frostroten Hände, die das Fenster zu
öffnen versuchten, und hoffte im stillen, daß es nicht gelänge. Doch in dem Augenblick, als der Zug mit Getöse in

den Tunnel einfuhr, rutschte auch die Scheibe herunter, und durch die viereckige Öffnung quoll pechschwarzer dicker Rauch herein. Ich war schon immer sehr empfindlich an den Bronchien und bekam einen Anfall von Stickhusten, weil ich nicht einmal Zeit gehabt hatte, mir ein Taschentuch vor das Gesicht zu halten. Aber das Mädchen beachtete mich überhaupt nicht; es steckte den Kopf aus dem Fenster, starrte wie gebannt in die Fahrtrichtung des Zuges, und der Wind zersauste seine Frisur.

Während ich das Mädchen in dem vom Rauch getrübten Lampenlicht betrachtete, wurde es draußen wieder zusehends heller. Gleich darauf strömte kühl der Geruch von Erde, dürrem Gras und Wasser herein, und mein Husten hörte schließlich auf – andernfalls hätte ich das fremde Mädchen bestimmt heftig gescholten und aufgefordert, das Fenster zu schließen.

Aber jetzt glitt der Zug schon aus dem Tunnel und näherte sich einem Bahnübergang in einer ärmlichen, ringsum von unbewaldeten Bergen umgebenen Vorstadt. Nahe dem Übergang standen dicht bei dicht elende stroh- und ziegelgedeckte Häuschen. Von makelloser Reinheit war allein die durch die Dämmerung schimmernde weiße Fahne, die der Schrankenwärter kraftlos schwenkte.

Endlich sind wir aus dem Tunnel heraus, dachte ich gerade bei mir, als ich drei rotbäckige Jungen aneinandergedrängt einsam und verlassen an den Schranken des Bahnübergangs stehen sah. Alle drei waren so klein, als hätte sie der düstere Himmel nach unten gedrückt, und die Farbe ihrer Kleidung wirkte ebenso trübe wie diese ganze Vorstadt. Die Jungen blickten zu dem vorüberfahrenden Zug auf, warfen plötzlich die Arme hoch und schrien aus Leibeskräften etwas, was nicht zu verstehen war, ihre Stimmen überschlugen sich fast. Im selben Augenblick streckte das Mädchen, die sich weit aus dem Fenster gelehnt hatte, die frostroten Hände aus, die ein paar kräftig ausholende Bewegungen machten, und dann fielen vom Himmel herab auf die Jungen, die dem Zug hinterherschauten, fünf, sechs Mandarinen von jener warmen Sonnenfarbe, die allein schon das Herz erfreut. Ich hielt den Atem an. In diesem Moment war mir auf einmal alles klargeworden. Das Mädchen, das wahrscheinlich in die Stadt fuhr, um dort eine Stellung anzutreten, hatte die paar Mandarinen, die es in seinem Bündel gehabt hatte, aus dem Fenster geworfen, um sich bei seinen kleinen Brüdern dafür zu bedanken, daß sie zum Abschied eigens zum Bahnübergang gekommen waren.

Der Bahnübergang in der von der Abenddämmerung eingehüllten Vorstadt und die drei kleinen Jungen, die wie kleine Vögel riefen, und die leuchtenden Farbflecke der auf sie herabfallenden Mandarinen – all das war in Sekundenschnelle an dem Zugfenster vorübergehuscht. Und doch hatte sich mir dieses Bild geradezu schmerzhaft scharf eingeprägt. Ich spürte, wie mich eine unerklärliche heitere Stimmung überkam. Ich hob frohgemut den Kopf und betrachtete das Mädchen mit ganz anderen Augen. Inzwischen hatte es sich wieder auf seinen Platz mir gegenüber gesetzt, die rissigen Wangen in den grünlichen Wollschal vergraben, in den Händen, die das große Bündel umfaßten, die Fahrkarte dritter Klasse ...

In diesem Augenblick vergaß ich zum erstenmal ein wenig meine unsägliche Müdigkeit und Verdrossenheit und auch das Unbegreifliche, das Gemeine und Öde des Lebens.

April 1919

Zweifel

Es liegt nun schon mehr als zehn Jahre zurück, daß ich mich, zu Vorträgen über Probleme der Ethik eingeladen, eines Frühlings etwa eine Woche lang in dem Städtchen Ogaki in der Präfektur Gifu aufhielt. Da ich von jeher die zwar gutgemeinte, aber doch meist etwas aufdringliche Gastfreundschaft meiner Zuhörer in der Provinz ein wenig lästig fand, hatte ich die Pädagogenvereinigung, von der die Einladung gekommen war, von vornherein brieflich darum gebeten, Willkommens- und Abschiedsfeiern, abendliche Empfänge, Führungen zu den Sehenswürdigkeiten und was an nutzlosem Zeitvertreib gewöhnlich noch mit solchen Vorträgen verbunden ist, ablehnen zu dürfen. Glücklicherweise schien auch in Ogaki sehr rasch kundgeworden zu sein, daß ich ein Sonderling wäre; denn als ich eintraf, entsprach man dank den Bemühungen des Bürgermeisters, der zugleich der Vorsitzende der Vereinigung war, nicht nur voll und ganz meinen Wünschen, sondern brachte mich überdies in einem ruhigen, abgelegenen Haus unter, das Herrn N., einem der vermögendsten Männer der Stadt, anscheinend als Sommerwohnung diente, und nicht in einem gewöhnlichen Gasthof. Was ich jetzt erzählen will, ist ein tragisches Ereignis, von dem ich zufällig erfuhr, als ich in diesem Sommerhaus wohnte.

Das Haus stand weitab von dem weltlichen Getriebe in der Nähe der Burg Koraku. Das acht Matten große, etwas abseits gelegene Gästezimmer, das ich bewohnte, war zu meinem Leidwesen zwar wenig sonnig, aber mit seinen etwas vergilbten Shoji und Schiebewänden wirkte es angenehm ruhig. Das Hausmeisterehepaar, das sich sehr um mich bemühte, hielt sich, wenn es nicht gerade etwas für mich zu erledigen hatte, stets in der Küche auf, und so herrschte in dem halbdunklen Zimmer meistens tiefe Stille. Ja, es war so still, daß man dann und wann sogar deutlich hören konnte, daß eine weiße Blüte der Magnolie abfiel, die ihre Zweige bis über das granitene Wasserbecken unter dem Vordach ausbreitete. Meine Vorträge hielt ich nur vormittags, und so war es mir möglich, die Nachmittage und Abende still und ruhig in der Abgeschiedenheit dieses Zimmers zu verbringen. Da ich in einem kleinen Koffer außer einigen Nachschlagewerken und ein paar Kleidungsstücken zum Wechseln nichts mitgebracht hatte, fröstelte mich jedoch manchmal in der Frühlingskühle.

An den Nachmittagen fühlte ich mich nicht sonderlich einsam, denn gelegentliche Besucher lenkten mich ein wenig ab. Doch wenn ich schließlich die alte, auf einem Bambusrohr steckende Lampe anzündete, dann schrumpfte die von menschlichem Atem durchdrungene Welt plötzlich auf meine von dem matten Licht erhellte, unmittelbare Umgebung zusammen. Und selbst dieser erleuchtete Umkreis vermochte mich nicht hoffnungsvoll zu stimmen. In dem Tokonoma hinter mir stand groß, schwer und würdevoll eine Bronzevase, in der sich freilich keine Blumen befanden. Das Bild der geheimnisvollen Weiden-Kannon darüber hob sich wie ein schwarzer Schatten undeutlich von dem nachgedunkelten Goldbrokat ab, auf den es aufgezogen war. Wenn ich hin und wieder von dem Buch, in dem ich las, aufblickte, hatte ich das Gefühl, als verbreiteten Weihrauchkerzen ihren Duft. Das Zimmer war wie ein Tempel erfüllt von einer weihevollen Stille. So begab ich mich meistens frühzeitig zur Ruhe. Aber ich fand so bald keinen Schlaf. Die Schreie der Nachtvögel draußen vor den Regentüren erschreckten mich. Dabei hätte ich nicht einmal sagen kön-

nen, ob sie aus der Ferne oder aus der Nähe zu mir herüber-
klangen. Wenn ich die Schreie hörte, mußte ich an die Burg
hoch über dem Haus denken. Sah man am Tage dort hinauf,
dann streute sie, die mit ihren drei Stockwerke hohen weißen Mauern zwischen den üppigen Kiefern aufragte, fortwährend unzählige Krähen in den Himmel, der sich über
ihren geschwungenen Dächern wölbte. Und wenn ich dann
schließlich in einen leichten Schlaf gesunken war, spürte ich
doch die Frühlingskühle, die wie kaltes Wasser meinen Körper durchdrang.

Eines Abends nun, als meine Vortragsreihe schon ihrem
Ende entgegenging, geschah es. Wie gewöhnlich saß ich, in
ein Buch vertieft, mit gekreuzten Beinen vor der Lampe.
Plötzlich öffnete sich gespenstisch leise die Schiebewand
zum Nebenzimmer. Als ich es bemerkte, nahm ich an, es sei
der Hausmeister, und ich gedachte, ihn bei dieser Gelegenheit gleich darum zu bitten, einen eben beendeten Brief für
mich auf die Post zu geben. Ich blickte nur flüchtig zur ge-
öffneten Schiebewand hinüber. Doch dort saß im Halbdunkel mit aufgerichtetem Oberkörper ein mir völlig unbekannter, etwa vierzig Jahre alter Mann. Um die Wahrheit zu
sagen, in diesem Augenblick überkam mich weniger ein
Schreck als vielmehr ein Gefühl fast abergläubischer Furcht.
Denn in dem verschwommenen Licht der Lampe sah der
Mann tatsächlich so sonderbar wie ein Geist aus. Mein
Schock war also durchaus verständlich. Der Unbekannte
blickte mich an, neigte dann nach alter Sitte den Kopf ehrfurchtsvoll bis auf den Boden, wobei seine Ellenbogen in die
Höhe ragten. Dann sprach er mit überraschend jugendli-
cher Stimme beinahe mechanisch folgende Worte: »Verzeihen Sie, daß ich Sie so spät und dazu noch mitten in der Arbeit störe. Doch da ich eine dringende Bitte an Sie habe,
ließ ich allen Anstand außer acht und drang bei Ihnen ein.«

Ich hatte mich bald von meinem ersten Schreck erholt,
und während der Mann sich entschuldigte, betrachtete ich
ihn gelassen. Er machte einen vornehmen Eindruck. Sein

Haar war halb ergraut, er hatte eine breite Stirn, hohle Wangen und lebhafte Augen, die nicht recht zu seinem Alter passen wollten. Er trug zwar kein feierliches, mit dem Familienwappen verziertes Gewand, doch immerhin eine recht ordentliche Haori-Hakama-Garnitur, und über den Knien hielt er, wie es sich gehörte, einen Fächer. Plötzlich fiel mir auf, daß an seiner linken Hand ein Finger fehlte. Als ich das bemerkt hatte, mußte ich immer wieder, ohne daß ich es wollte, auf diese Hand blicken.

»Was wünschen Sie?« fragte ich unfreundlich und schloß das Buch, das ich gerade zu lesen begonnen hatte. Selbstverständlich überraschte mich dieser plötzliche Besuch, gleichzeitig aber machte er mich auch ärgerlich. Zudem war es eigenartig, daß mir der Hausmeister mit keinem Wort den Besucher gemeldet hatte.

Doch ohne sich von meiner Unfreundlichkeit beeindrukken zu lassen, berührte der Mann noch einmal mit der Stirn die Tatami und sagte wie zuvor in einem deklamatorischen Tonfall: »Entschuldigen Sie, daß ich mich noch nicht vorgestellt habe! Mein Name ist Gendo Nakamura. Ich höre jeden Tag Ihre Vorträge, aber sicherlich werden Sie sich meiner nicht erinnern, denn die Schar Ihrer Hörer ist groß. Doch erlauben Sie bitte, daß ich auch jetzt um Ihre Unterweisung bitte.«

Nun glaubte ich, den Grund seines Besuches erraten zu haben. Und es ärgerte mich nach wie vor, daß dieser Mann mich um das unschuldige Vergnügen der abendlichen Lektüre brachte.

»Sie haben also eine Frage zu meinen Vorträgen?« antwortete ich und hatte mir insgeheim schon den ausweichenden Bescheid zurechtgelegt: Ja, wenn es sich um eine Frage handelt, dann lassen Sie uns morgen im Auditorium darüber sprechen.

Doch mein Gegenüber verzog keine Miene. Er hatte die Augen unverwandt auf die Knie seiner Hakama gerichtet und erwiderte: »Nein, es handelt sich nicht um eine Frage.

Ich wollte Sie vielmehr um Ihre Meinung zu einer Angelegenheit bitten, die mich persönlich betrifft. Vor etwa zwanzig Jahren ist mir etwas kaum Vorstellbares zugestoßen. Seither verstehe ich mich selbst nicht mehr. Wenn ich nun die Ansicht einer Autorität auf dem Gebiet der Ethik, wie Sie es sind, dazu hören kann, wird vielleicht alles von selbst ins reine kommen. Deshalb bin ich heute abend zu Ihnen gegangen. Es wird Sie langweilen, aber erlauben Sie bitte, daß ich Ihnen diese Geschichte aus meinem Leben erzähle.«

Ich zögerte mit der Antwort. Gewiß, was meine Kenntnisse anbetraf, so war ich ein Fachmann auf dem Gebiet der Ethik, aber leider konnte ich mir nicht einbilden, über einen solch beweglichen Verstand zu verfügen, der es mir gestattet hätte, mein Fachwissen sogleich auch auf praktische Fragen anwenden und mit einer überzeugenden Lösung aufwarten zu können.

Mein Gegenüber schien meine Unschlüssigkeit sofort bemerkt zu haben. Er hob den Blick, der bis jetzt auf den Knien seiner Hakama geruht hatte, sah mich flehentlich, beinahe ängstlich an und fügte mit einer natürlicheren Stimme als zuvor höflich hinzu: »Nein, ich habe selbstverständlich nicht die Absicht, Sie unbedingt zu einem Urteil zu drängen. Nur läßt mir dieses Problem bis heute keine Ruhe, und deshalb möchte ich Ihnen wenigstens von meinen Qualen, die ich in all diesen Jahren ausgestanden habe, erzählen. Allein das wird mir ein wenig Trost geben.«

Nach diesen Worten gebot es schon der Anstand, dem unbekannten Manne zuzuhören. Doch gleichzeitig spürte ich, daß eine dunkle Vorahnung und das unbestimmte Gefühl einer großen Verantwortung sich mir schwer auf die Seele legten. Um mir nichts von dieser bangen Ahnung anmerken zu lassen, gab ich mich bewußt sorglos und lud mein Gegenüber ein, vor der Lampe Platz zu nehmen. »Gut«, sagte ich, »ich werde Ihnen zuhören. Ob ich Ihnen jedoch anschließend etwas sagen kann, was Ihnen hilft, weiß ich nicht.«

»Allein daß Sie mir zuhören wollen, ist mehr, als ich zu hoffen wagte.«

Der Mann mit dem Namen Gendo Nakamura nahm mit der Hand, an der ein Finger fehlte, den Fächer von den Tatami auf, hob von Zeit zu Zeit verstohlen den Blick, sah wohl weniger mich als vielmehr die Weiden-Kannon im Tokonoma flüchtig an und begann stockend, mit monotoner, düsterer Stimme folgendes zu erzählen:

Wir schrieben das 24. Jahr Meiji. Sie werden sich erinnern, daß in diesem Jahr das große Erdbeben das Gebiet von Nobi heimsuchte. Danach hat sich das Städtchen Ogaki völlig verändert, früher gab es hier nämlich nur zwei Volksschulen. Die eine war noch von dem Feudalherrn errichtet worden, die andere hatte die Stadtverwaltung erbaut. Ich war Lehrer an der von dem Feudalherrn errichteten. Als ich einige Jahre zuvor das Lehrerseminar der Präfektur als Bester absolviert hatte, erwarb ich mir sehr bald das Vertrauen des Schuldirektors und erhielt das für mein Alter recht hohe Monatsgehalt von fünfzehn Yen. Heutzutage reichen fünfzehn Yen zwar nicht einmal mehr, sich auch nur kümmerlich durchs Leben zu schlagen, aber vor zwanzig Jahren konnte man davon wenn auch nicht im Überfluß, so doch ohne Sorgen leben. Deshalb beneideten mich viele meiner Kollegen.

Ich stand allein mit meiner Frau. Wir waren erst etwa zwei Jahre verheiratet. Meine Frau war eine entfernte Verwandte des Schuldirektors. Sie hatte sehr früh ihre Eltern verloren und war bis zu unserer Heirat von dem Direktor und seiner Gattin wie eine eigene Tochter umhegt worden. Sie hieß Sayo. Aus meinem Munde mag es seltsam klingen, aber sie war überaus sanftmütig, ein wenig scheu, dafür aber auch etwas zu schweigsam. Über ihrem Wesen lag, wie ein leichter Schatten, ein Hauch von Traurigkeit. Da wir uns im Charakter beide sehr ähnelten, herrschte bei uns zwar keine überschäumende Fröhlichkeit, aber wir verbrachten unsere Tage friedvoll und ruhig.

Dann kam das große Erdbeben. Es war an jenem unver-
geßlichen 28. Oktober, morgens gegen sieben Uhr. Ich putzte
mir gerade am Brunnen die Zähne, meine Frau kochte in
der Küche den Reis. Da stürzte das Haus über ihr zusammen. Alles dauerte höchstens ein, zwei Minuten. Kaum
hatte die Erde wie bei einem Taifun schrecklich zu grollen
begonnen, da neigte sich auch schon das Haus, und ich sah
nur noch die Dachziegel fliegen. Mir blieb nicht einmal
mehr die Zeit, entsetzt aufzuschreien; denn plötzlich lag ich
unter dem herabstürzenden Vordach begraben. Halb bewußtlos schaukelte ich auf den von irgendwo herkommen-
den Wellen der mächtigen Erschütterungen. Als es mir
schließlich mit großer Mühe gelang, unter dem Vordach hervor in den wirbelnden Staub hinauszukriechen, lag das Dach
meines Hauses vor mir auf der Erde. Zwischen den Ziegeln
lugte das Gras hervor.

Ich weiß nicht, was ich in jenem Augenblick empfand,
Entsetzen oder Bestürzung? Völlig benommen ließ ich mich
schwer auf die Erde sinken. Die eingestürzten Häuser links
und rechts, über die ich schaute, glichen einem sturmge-
peitschten Meer. Ich hörte ein dumpfes, wild brodelndes Tosen, in dem man kaum noch die Schreie der umherirrenden
vielen tausend Menschen, das Grollen der Erde, das Krachen herabstürzender Balken, das Splittern der Bäume und
das Bersten der Wände unterscheiden konnte. Aber schon
im nächsten Augenbick entdeckte ich, daß sich auf der anderen Seite unter dem Vordach etwas bewegte. Ich sprang
auf, stieß, wie aus einem bösen Traum erwacht, einen sinn-
losen Schrei aus und rannte hinüber. Unter dem Vordach
wand sich Sayo, meine Frau, vor Schmerzen. Ein Dachbalken lag quer über ihrem Unterleib.

Ich ergriff ihre Hände und zog. Ich packte meine Frau an
den Schultern und versuchte, sie aufzurichten. Aber der auf
ihr liegende Balken gab nicht einmal so viel nach, daß ein
Insekt hätte darunter hervorkriechen können. Wie von Sinnen riß ich ein Brett nach dem anderen vom Vordach herun-

ter. Dabei rief ich meiner Frau immer wieder zu: »Laß den Mut nicht sinken!« Meiner Frau? Nein, ich rief es wohl mehr mir selber zu, um mich anzuspornen.

»Ich halte es nicht mehr aus«, stöhnte Sayo. »Hilf mir doch!« keuchte sie.

Aber auch ohne daß sie mich anflehte, bemühte ich mich mit hochrotem Gesicht verzweifelt, den Balken anzuheben. Deutlich sehe ich in meiner qualvollen Erinnerung noch heute, wie in diesem Augenblick die blutigen Hände meiner Frau, an denen nicht einmal mehr die Fingernägel zu erkennen waren, zitternd nach dem Balken griffen.

Das alles dauerte eine endlos lange Zeit. Plötzlich merkte ich, daß sich von irgendwoher eine dicke schwarze Rauchlawine über die Dächer heranwälzte. Sie schlug mir ins Gesicht und benahm mir den Atem. Durch den Rauch hörte ich ein Bersten und Krachen. Gleich Goldstaub stoben wirbelnde Funken in den Himmel. Wie von Sinnen klammerte ich mich an meine Frau und versuchte noch einmal mit aller Gewalt, sie unter dem Balken hervorzuziehen. Aber nicht um einen Zoll vermochte ich ihren Unterleib zu bewegen. Wieder eingehüllt von dem heranwehenden Rauch, stützte ich ein Knie auf das Vordach und sagte etwas in einem scharfen Ton zu meiner Frau. Was, werden Sie vielleicht fragen. Ganz gewiß werden Sie das fragen. Aber ich erinnere mich einfach nicht mehr daran, was ich gesagt habe. Ich weiß nur noch, daß meine Frau mit ihren blutigen Händen nach meinen Armen griff und das eine Wort »Du!« sagte. Ich starrte ihr ins Gesicht. Es war ein unheimliches, jetzt völlig ausdrucksloses Gesicht. Die weitaufgerissenen Augen blickten ins Leere. In diesem Moment wurde ich nicht nur von dichtem Rauch eingehüllt, sondern gleichzeitig von einem Funkenregen überschüttet, der mich fast blendete. Es ist vorbei, sagte ich mir. Sayo wird bei lebendigem Leibe verbrennen, dachte ich. Bei lebendigem Leibe? Ich griff nach den blutigen Händen meiner Frau und schrie wieder irgend etwas. Und meine Frau wiederholte nur das eine

228

Wort: »Du!« Aber welche Bedeutungen, welche Empfindungen lagen in jenem Augenblick in diesem einen Wort! Bei lebendigem Leibe? Bei lebendigem Leibe? Dreimal rief ich ihr irgend etwas zu. Ich erinnere mich, gesagt zu haben: »Stirb!« Ich erinnere mich, auch gesagt zu haben: »Ich sterbe mit dir.« Aber ohne recht begriffen zu haben, was ich gesagt hatte, langte ich nach einem heruntergefallenen Dachziegel und schlug damit meiner Frau immer wieder auf den Kopf.

Alles Weitere können Sie sich sicherlich allein ausmalen. Nur ich blieb am Leben. Verfolgt von dem Rauch und dem Feuer, das fast die ganze Stadt ergriffen hatte, schlängelte ich mich zwischen den Dächern hindurch, die wie kleine Hügel den Weg versperrten, und rettete mich schließlich mit Müh und Not. Ob zu meinem Glück oder Unglück, wußte ich nicht zu sagen. Nur habe ich bis heute nicht vergessen, wie ich in jener Nacht zu dem Schein des noch immer wütenden Brandes am dunklen Himmel aufschaute, zusammen mit einigen Kollegen in einem eilig errichteten Verschlag neben der ebenfalls eingestürzten Schule mit den Händen nach den frisch zubereiteten Klößen aus gekochtem Reis griff und unaufhörlich Tränen vergoß.

Gendo Nakamura verstummte und blickte verzagt auf die Tatami nieder. Ich selber, dem so völlig unerwartet eine solch furchtbare Begebenheit geschildert worden war, hatte das Gefühl, als kröche mir in dem großen Zimmer die Frühlingskühle bis in den Nacken hinauf. Ich brachte nicht einmal mehr die Kraft auf, auch nur einen Ausruf der Überraschung von mir zu geben.

Im Zimmer war nur das Flackern der Petroleumlampe und das feine Ticken meiner Taschenuhr, die auf dem Tisch lag, zu hören. Aber dann vernahm ich auf einmal ein leises Seufzen, und mir war, als hätte sich die Weiden-Kannon im Tokonoma bewegt. Ängstlich blickte ich auf und sah meinen Gast an, der niedergeschlagen dasaß. War er es, der den

Seufzer ausgestoßen hatte? Oder war ich es? Noch bevor ich die Frage entscheiden konnte, begann Gendo Nakamura, mit leiser Stimme bedächtig weiterzuerzählen.

Ich brauche wohl kaum noch zu sagen, daß mich das Ende meiner Frau mit unsagbarem Schmerz erfüllte. Manchmal, wenn der Direktor oder meine Kollegen in freundlichen, anteilnehmenden Worten zu mir sprachen, vergoß ich sogar Tränen, ohne mich ihrer zu schämen. Doch daß ich meine Frau während des Erdbebens getötet hatte, vermochte ich seltsamerweise nicht zu bekennen.

Statt sie bei lebendigem Leibe verbrennen zu lassen, habe ich sie lieber mit eigener Hand getötet – wenn ich das erklärt hätte, würde mich wohl niemand ins Gefängnis gebracht haben. Im Gegenteil, man hätte mich sicherlich noch mehr bemitleidet. Aber sooft ich davon sprechen wollte, war mir sogleich die Kehle wie zugeschnürt, und kein Wort kam über meine Lippen.

Damals glaubte ich, meine Feigheit sei daran schuld. Tatsächlich lag der Grund aber weniger in meiner Feigheit als vielmehr in etwas Tieferem. Doch erst als man sich um meine Wiederverheiratung zu bemühen begann und ich drauf und dran war, noch einmal ein neues Leben zu beginnen, erkannte ich ihn. Und nachdem ich ihn erkannt hatte, gab es für mich nichts anderes mehr, als mich zu den bemitleidenswerten, seelisch zerbrochenen Menschen zu zählen, die nie wieder in der Lage sind, ein normales Leben zu führen.

Der Direktor meiner Schule, der Sayo den Vater ersetzt hatte, war es, der die Frage der Wiederverheiratung an mich herantrug. Daß er dabei nur an mein Wohl dachte, begriff ich sehr gut. Jedoch schon bevor der Direktor das Problem zur Sprache brachte, hatte man, als etwa ein Jahr seit jenem furchtbaren Erdbeben vergangen war, von anderer Seite nicht nur einmal insgeheim zu erkunden versucht, was ich davon hielte, noch einmal zu heiraten. Der Direktor aber

überraschte mich damit, daß er mir die Ehe mit der zweiten
Tochter der Familie N., in deren Haus Sie sich ja jetzt befinden, vorschlug. Es handelte sich also um die ältere Schwester des Sohnes dieses Hauses, der bei mir in die vierte
Klasse ging und dem ich auch außerhalb der Schule manchmal Stunden gab. Selbstverständlich lehnte ich sofort ab.
Denn bei dem gar zu großen Standesunterschied zwischen
mir, dem Volksschullehrer, und der vermögenden Familie
N. würde es sicherlich heißen: Es muß doch etwas vorgefal-
len sein, daß aus der Anstellung als Hauslehrer eine eheliche Verbindung wird. Und diesem unbegründeten Verdacht
wollte ich mich nicht aussetzen. Hinter meinem ablehnen-
den Bescheid stand aber auch undeutlich wie ein Kometen-
schweif das Bild Sayos, die ich selbst erschlagen hatte, obwohl zu dieser Zeit meine Trauer über ihren Tod durchaus
nicht mehr so groß war wie ehedem. Die von uns Gegange-
nen werden uns nun einmal von Tag zu Tag mehr entrückt.
    Der Direktor verstand meine Gefühle recht gut und be-
mühte sich deshalb geduldig, meine Bedenken zu zerstreuen
und diese Ehe doch angeraten scheinen zu lassen. Ein Mann
in meinen Jahren könne unmöglich ewig Junggeselle bleiben; außerdem sei es der Wunsch der Gegenseite gewesen,
diesen Vorschlag an mich heranzutragen. Da er, der Schuldirektor, persönlich die Rolle des Heiratsvermittlers übernommen habe, würden bestimmt keine häßlichen Gerüchte aufkommen, und schließlich wäre es nach meiner Wiederverheiratung sehr viel leichter, meinen lang gehegten Wunsch,
mich in Tokio weiterzubilden, zu verwirklichen. Nachdem
ich mir das alles angehört hatte, konnte ich schwerlich länger auf meiner Ablehnung beharren. Hinzu kam, daß das
Mädchen, von dem die Rede war, als eine ausgesprochene
Schönheit galt, und ich will es nicht verschweigen, obwohl
ich mich dessen schäme, daß mich auch der Reichtum der
Familie N. reizte. So begann ich denn, als der Direktor immer wieder in mich drang, allmählich nachzugeben. »Ich
werde gründlich darüber nachdenken.« und »Wenn, dann

erst im nächsten Jahr«, sagte ich. Und im Frühsommer des nächsten Jahres, des 26. Jahres Meiji, war schließlich alles so weit gediehen, daß die Hochzeitsfeier für den Herbst festgesetzt wurde.

Doch nachdem sie beschlossen war, überkam mich eine eigentümliche Schwermut, und zu meiner Bestürzung verlor ich wieder allen Lebensmut. Selbst in der Schule saß ich, dumpf vor mich hin brütend, am Tisch im Lehrerzimmer und überhörte nicht nur einmal sogar das Klopfen auf dem Signalbrett, das den Beginn des Unterrichts ankündigte. Was mich eigentlich bedrückte, vermochte ich selber nicht klar zu erkennen. Ich hatte nur ein so furchtbares Gefühl, als griffen die Zahnräder in meinem Kopf nicht mehr genau ineinander, ja, als sei hinter diesem Nicht-mehr-Ineinandergreifen ein Geheimnis verborgen, das mein Erkenntnisvermögen überstieg.

Wohl an die zwei Monate befand ich mich schon in diesem Zustand, als folgendes geschah:

Es war zur Zeit der Sommerferien. Als ich eines Abends hinter dem Tempel, der zum Hongan-ji gehört, spazierenging, warf ich einen Blick auf die Auslagen vor der Buchhandlung. Neben der Erzählungssammlung »Der Teufel am nächtlichen Fenster« und einigen Karikaturen von Gekko entdeckte ich auch fünf, sechs Hefte der zu jener Zeit sehr populären »Illustrierten Rundschau«, einer Zeitschrift mit Lithographien auf dem Titelblatt. Während ich vor dem Laden stand, nahm ich, ohne mir viel dabei zu denken, ein Heft dieser »Illustrierten Rundschau« in die Hand. Das Titelblatt zeigte ein zusammenstürzendes und in Flammen aufgehendes Haus. Darunter stand mit großen Schriftzeichen in zwei Zeilen: Erschienen am 30. Oktober des 24. Jahres Meiji. Bericht über das große Erdbeben vom 28. Oktober. Als ich das las, stockte mir plötzlich der Atem. Ich glaubte sogar zu hören, wie mir jemand höhnisch lachend zuflüsterte: »Das ist es! Das ist es!« Hastig blätterte ich im Halbdunkel vor dem Laden, wo noch kein Licht brannte, die Titelseite um. Zunächst zeigte ein Bild eine ganze Familie, jung und alt, die, von den herabstürzenden Dachbalken erschlagen, ein trauriges Ende fand. Auf dem nächsten Bild tat sich die Erde auf und verschlang Frauen und Kinder. Dann … Es ist nicht nötig, jedes einzelne zu erwähnen. Das Heft der »Illustrierten Rundschau« ließ all die schrecklichen Szenen jenes großen Erdbebens vor zwei Jahren in mir wieder lebendig werden. Der Einsturz der eisernen Brücke über den Nagara und der Spinnerei von Owari, die Bergung der toten Soldaten der 3. Division, die Versorgung der Schwerverletzten im Krankenhaus von Aichi – jedes dieser grauenhaften Bilder beschwor neue verwünschte Erinnerungen in mir herauf. Tränen traten mir in die Augen. Ich begann am ganzen Körper zu zittern. Ein Gefühl, das weder Schmerz noch Freude war, wirbelte erbarmungslos meinen Verstand durcheinander. Und als ich dann zum letzten Bild kam – selbst heute noch spüre ich das Entsetzen, das mich in jenem Augenblick packte, in meinem Herzen. Das Bild zeigte eine Frau, die sich vor unsäglichen Schmerzen wand, weil ein herabgestürzter Dachbalken ihr die Hüfte zerschmettert hatte. Auf der dem Balken gegenüberliegenden Seite stieg dicker schwarzer Rauch auf, und rote Funken sprühten. Wer anders konnte es sein als meine Frau! Fast wäre mir die »Illustrierte Rundschau« aus der Hand gefallen. Fast hätte ich laut aufgeschrien. Und mein Entsetzen wurde in diesem Augenblick noch gesteigert, weil sich plötzlich rings um mich ein rötlicher Schein ausbreitete und Qualmgeruch, der mich an einen Brand denken ließ, mir in die Nase drang. Ich zwang mich zur Ruhe, legte die »Illustrierte Rundschau« aus der Hand und sah mich ängstlich um. Der Ladenbursche hatte gerade die Laterne angezündet und den noch qualmenden Fidibus auf die Straße geworfen, über die sich das Abenddunkel legte.

Von nun an wurde ich noch schwermütiger. Hatte mich bisher eine unerklärliche Unruhe geplagt, so ließ mich jetzt ein Zweifel nicht mehr los und quälte mich Tag und Nacht.

Daß ich damals bei dem großen Erdbeben meine Frau tötete, war das wirklich unvermeidlich gewesen? Um es noch deutlicher zu sagen: Hatte ich meine Frau nicht getötet, weil ich schon lange die Absicht hatte, sie umzubringen? War mir das Erdbeben nicht einfach nur eine willkommene Gelegenheit dazu gewesen? Dieser Zweifel quälte mich fortan. Ich weiß nicht, wie oft ich mir darauf ganz entschieden mit »Nein! Nein!« antwortete. Aber das, was mir vor dem Buchladen ins Ohr geflüstert hatte: »Das ist es! Das ist es!«, lachte höhnisch und trieb mich mit der Frage in die Enge: »Warum kannst du denn niemandem sagen, daß du deine Frau getötet hast?« Sooft ich daran erinnert wurde, fuhr ich zusammen. Ja, warum verschwieg ich eigentlich, daß ich meine Frau getötet hatte? Warum hatte ich dieses entsetzliche Geschehnis bis heute so sorgsam verheimlicht?

Überdies wurde mir in aller Deutlichkeit bewußt, daß ich damals meine Frau insgeheim verabscheut hatte. So unangenehm es mir auch ist, aber wenn ich es Ihnen nicht erzähle, werden Sie mich vielleicht nicht ganz verstehen. Meine Frau litt unglücklicherweise an einer körperlichen Unzulänglichkeit. (Die folgenden zweiundachtzig Zeilen habe ich weggelassen. Der Autor.) ... Doch bis zu jenem Tag glaubte ich, wenn auch nicht immer allzu fest, daß mein moralisches Empfinden schließlich doch den Sieg davontragen würde. Aber als dann mit jener Erdbebenkatastrophe auf einmal alle gesellschaftlichen Bindungen vom Erdboden verschwanden, wie sollte da mein moralisches Empfinden nicht ebenfalls Risse bekommen? Wie sollte da nicht auch meine Selbstsucht entbrennen? Seit ich die Zeitschrift in der Hand gehabt hatte, konnte ich nicht länger umhin, mir meinen Zweifel zu bestätigen, daß ich meine Frau getötet hatte, weil ich sie hatte töten wollen. Daß ich mehr und mehr in Trübsinn versank, wird man wohl als einen ganz natürlichen Vorgang bezeichnen dürfen.

Eine Ausflucht blieb mir jedoch noch. Wenn ich meine Frau damals nicht getötet hätte, wäre sie ganz gewiß im

Feuer umgekommen. Und deshalb wird man meine Tat auch nicht als ein Verbrechen bezeichnen können, sagte ich mir. Als wir aber eines Tages – der Sommer ging schon zur Neige, die Schule hatte wieder begonnen – alle im Lehrerzimmer um den Tisch saßen, Tee tranken und uns über dieses und jenes unterhielten, kam irgendwie das Gespräch auf das große Erdbeben vor zwei Jahren. Ich sagte als einziger kein Wort, und ich hörte meinen Kollegen auch nicht sonderlich aufmerksam zu. Lebhaft schilderten sie, wie das Dach des Tempels, der zum Hongan-ji gehört, einstürzte, wie der Damm im Stadtteil Funamachi brach, wie die Straße in Tawaramachi plötzlich auseinanderklaffte, und schließlich erzählte einer, daß die Wirtin aus der Sakeschenke Bingoya in Nakamachi eingeklemmt unter einem Balken lag und sich überhaupt nicht bewegen konnte, daß dann aber der Balken Feuer fing und glücklicherweise auseinanderbrach und die Frau doch noch mit dem Leben davonkam. Als ich das hörte, wurde mir plötzlich schwarz vor Augen, und eine Weile war mir, als bekäme ich keine Luft mehr. Dann muß ich tatsächlich ohnmächtig geworden sein; denn als ich wenig später wieder zu mir kam, standen meine Kollegen, erschrocken, weil ich so blaß geworden war und vom Stuhl zu fallen drohte, verwirrt um mich herum, flößten mir Wasser ein und gaben mir Tabletten. Doch mein Kopf war von jenem schrecklichen Zweifel so angefüllt, daß ich ihnen nicht einmal zu danken vermochte. Hatte ich nicht meine Frau getötet, weil ich sie hatte töten wollen? Hatte ich sie nicht erschlagen, weil ich fürchtete, sie könnte möglicherweise trotz des Balkens, der auf ihr lag, doch noch gerettet werden? Hätte ich sie nicht getötet, wäre vielleicht auch sie durch irgendeinen Zufall mit dem Leben davongekommen wie die Wirtin der Schenke Bingoya. Ich aber hatte sie erbarmungslos mit einem Dachziegel erschlagen.

Was ich gelitten habe, als mir diese Gedanken durch den Kopf gingen, muß ich Ihrem Vorstellungsvermögen überlassen, ich kann es nicht schildern. In Anbetracht der Qualen, die ich litt, beschloß ich, darauf zu verzichten, die Tochter der Familie N. zu heiraten, um nicht noch mehr Schuld auf mich zu laden.

Doch als es galt, den Entschluß in die Tat umzusetzen, da begann ich wieder zu schwanken. Denn wenn ich jetzt, so kurz vor der Hochzeit, von allen Abmachungen zurücktreten wollte, müßte ich, angefangen von dem Mord an meiner Frau während jenes großen Erdbebens bis zu den Qualen, die ich in meinem Herzen litt, alles offen darlegen. Wenn aber der entscheidende Augenblick des Bekennens heranrückte, verließ mich der Mut, sosehr ich mich auch aufmuntern mochte. Oft schalt ich mich wegen meines Kleinmuts. Aber auch diese Vorwürfe, die ich mir selber machte, waren nutzlos. Ohne daß ich etwas getan hatte, was ich hätte tun müssen, war der Nachsommer den kühlen Morgen gewichen, und der Tag der Hochzeitsfeier stand unmittelbar bevor.

In dieser Zeit war ich schon so sehr dem Trübsinn verfallen, daß ich kaum noch mit jemandem sprach. Nicht nur ein oder zwei Kollegen rieten mir, die Hochzeit zu verschieben. Dreimal gab mir der Schuldirektor den Rat, einen Arzt aufzusuchen. Aber damals brachte ich nicht einmal mehr die innere Kraft auf, aus Rücksicht auf diese wohlgemeinten Worte wenigstens so zu tun, als kümmere ich mich um meine Gesundheit. Gleichzeitig hielt ich es, so wie die Dinge nun einmal lagen, nur für eine aus Feigheit geborene Halbheit, die Besorgnis dieser Menschen auszunutzen und unter dem Vorwand, erkrankt zu sein, den Tag der Hochzeit hinauszuschieben. Zudem glaubte auf der anderen Seite das Haupt der Familie N. irrigerweise, die Ursachen meiner Schwermut lägen in meinem Junggesellenleben. Deshalb redete er mir eifrig zu, möglichst bald zu heiraten. Und so wurde denn beschlossen, daß die Hochzeit im Oktober, fast auf den Tag genau zwei Jahre nach jenem Erdbeben, im Haupthaus der Familie N. gefeiert werden sollte. Als ich, völlig entkräftet durch die fortwährenden Seelenqualen, gekleidet in einen feierlichen Kimono, wie es sich für einen Bräutigam geziemt, in das große Zimmer geleitet wurde, in dem ringsum festlich goldglänzende Wandschirme aufgestellt waren, wie schämte ich mich da! Ich kam mir vor wie ein Schurke, der im Begriff ist, in aller Heimlichkeit ein abscheuliches Verbrechen zu begehen. Nein, ich kam mir nicht nur so vor! Ich war ja tatsächlich ein Unmensch, der den von ihm verübten Mord verheimlicht hatte und nun daranging, die Tochter und zugleich das Vermögen der Familie N. zu rauben. Mein Gesicht glühte. Schmerz durchzuckte meine Brust. Nach Möglichkeit will ich hier an diesem Ort offen bekennen, daß ich meine Frau ermordet habe – wie ein Wirbelsturm begann dieser Gedanke, in meinem Kopf zu kreisen. In dem Augenblick tauchten wie im Traum auf dem Tatami vor meinem Sitz ein Paar Tabi aus weißem Atlas auf. Dann sah ich den Saum eines Kimonos, auf dem sich gegen den leicht gekräuselten Himmel matt, wie von einem Dunstschleier überzogen, Kiefern und Kraniche abzeichneten. Als schließlich mein Blick über den Obi aus Seidenbrokat, die silberne Kette, an der das Zierkästchen hing, und den weißen Kragen bis hinauf zu der hohen Frisur glitt, in der Kämme und Haarpfeile aus Schildpatt matt glänzten, da überkam mich eine furchtbare Angst, an der ich fast erstickte. Meiner selbst nicht mehr Herr, stützte ich beide Arme auf die Tatami und schrie voller Verzweiflung: »Ich bin ein Mörder! Ich bin ein ungeheuerlicher Verbrecher!«

Als Gendo Nakamura seine Geschichte beendet hatte, starrte er mich eine Weile an. Dann spielte ein gezwungenes Lächeln um seinen Mund.

»Was dann geschah, brauche ich Ihnen wohl kaum noch zu erzählen. Nur noch eines möchte ich Ihnen sagen, nämlich, daß ich bis an das Ende meines Lebens ein elendes Dasein führen muß, denn seit jenem Tag bezeichnet man mich als Wahnsinnigen. Ob ich nun tatsächlich wahnsinnig bin oder nicht, das überlasse ich Ihrem Urteil. Aber sollte ich tatsächlich wahnsinnig sein, dann war es doch wohl das tief in unser aller Herzen schlummernde Ungeheuer, das mich um meinen Verstand gebracht hat. Solange dieses Ungeheuer lebt, kann schon morgen jeder, der mich heute noch spöttisch als Irren belächelt, ebenso wahnsinnig sein wie ich ... Ich weiß nicht recht, aber mir will es jedenfalls so scheinen.«

Zwischen mir und meinem unheimlichen Gast flackerte nach wie vor in der kühlen Frühlingsluft der Schein der Lampe. Schweigend saß ich vor der Weiden-Kannon und fand nicht einmal mehr Kraft und den Mut, meinen Gast zu fragen, weshalb ihm an einer Hand ein Finger fehlte.

Juni 1919

Biseis Glaube

Bisei stand am Fuße der Brücke und wartete auf sein Mädchen. Er blickte empor zu der hohen steinernen Brüstung der Brücke, die halb von Efeu berankt war. Die weißen Gewänder vereinzelter Passanten leuchteten in der hellen sich neigenden Sonne und bauschten sich im Wind.

Indes, das Mädchen kam noch nicht.

Bisei spielte leise auf seiner Flöte und schaute dabei mit unbeschwertem Sinn über die Sandbank unter der Brücke hinweg.

Die gelbschlammige Sandbank maß nur wenige Meter im Geviert und fiel jäh in den Fluß ab. Zwischen dem Schilf am Uferrand hausten offenbar stattliche Krebse; denn da waren viele runde Löcher. Jedesmal, wenn die Wellen dagegenspülten, gab es ein glucksendes Geräusch.

Indes, das Mädchen kam noch immer nicht.

Bisei wurde langsam ungeduldig. Er trat ans Wasser und blickte über den trägen Fluß, auf dem auch nicht ein einziges Boot schwamm.

Dicht grünte das Schilf an den Ufern. Und zwischen dem Schilf standen überall üppig belaubte Weidenbäume. So gesäumt schien der Flußlauf schmal im Vergleich zu seiner eigentlichen Breite. Nur ein Streifen klaren Wassers schlängelte sich still zwischen den Schilfufern hin und glänzte silbern wie ein Band von Glimmer.

Indes, das Mädchen kam noch immer nicht.

Bisei trat vom Wasser zurück und lauschte in die Stille

239

des sinkenden Abends, während er auf der Sandbank hin und her ging.

Schon eine ganze Weile war niemand mehr über die Brücke gekommen. Kein Sandalenschlurfen, kein Hufeklappern und auch kein Räderrattern war zu hören, nur das Säuseln des Windes, das Rascheln des Schilfs, das Plätschern des Wassers – und dann irgendwo der schrille Schrei eines Fischreihers. Aufgeschreckt hielt Bisei inne und bemerkte erst jetzt, daß mittlerweile die Flut eingesetzt hatte. Näher als vorher noch glitzerte das Wasser, das an die Sandbank spülte.

Indes, das Mädchen kam noch immer nicht.

Bisei runzelte verdrossen die Brauen und begann, schneller auf der im Dämmer liegenden Sandbank unter der Brücke hin und her zu gehen. Der Fluß schwoll Zoll um Zoll, Fuß um Fuß. Kalt legte sich der Geruch von Algen und Wasser, der vom Strom aufstieg, auf Biseis Haut. Er blickte nach oben, und da waren über der Brücke die hellen Strahlen der sinkenden Sonne schon verschwunden. Schwarz, in scharfen Umrissen hob sich die steinerne Brüstung vom bläulichen Abendhimmel ab.

Indes, das Mädchen kam noch immer nicht.

Schließlich blieb Bisei stehen.

Das Wasser des Flusses durchnäßte bereits seine Schuhe. Es breitete sich unter der Brücke immer weiter aus und glänzte kälter als Stahl. Die unbarmherzige Flut würde wohl in kurzer Zeit seine Knie, seinen Leib, seine Brust umschlingen. Doch kaum, daß Bisei dies gedacht, war der Wasserspiegel schon so weit gestiegen, daß die Wellen um seine Waden spielten.

Indes, das Mädchen kam noch immer nicht.

Bisei stand am Wasser und hatte doch die Hoffnung noch nicht ganz verloren; immer wieder blickte er hinauf zur Brücke.

Die endlos weite Bläue der Nacht senkte sich hernieder auf das Wasser, das nun nach Biseis Leib griff. Das Schilf

und die Weiden nah und fern sandten das traurige einsame
Rascheln ihrer Blätter durch den wallenden Nebel. Ein
Fisch, wohl eine Plötze, schoß an Bisei vorüber, der glit-
zerndweiße Bauch streifte fast seine Nase. Am Himmel, zu
dem der Fisch emporgesprungen war, funkelten die ersten
Sterne. Und selbst die efeuumrankte Brüstung der Brücke
versank im Dunkel der Nacht.

Indes, das Mädchen kam noch immer nicht.

Als um Mitternacht der Mond das Schilf und die Weiden
am Fluß mit seinem Licht übergoß, wisperten Wasser und
Wind miteinander, derweil sie sacht den toten Bisei zum
Meer hinab trugen. Die Seele Biseis aber stahl sich heimlich
aus dem Körper und stieg lautlos wie der Geruch der Algen
und des Wassers höher und höher zum mattschimmernden
Himmel auf. Vielleicht weil sie verzückt war von dem einsam am Himmel leuchtenden Mond ...

Tausende Jahre sind seither vergangen, und die Seele hat
unzählige Wandlungen erfahren. Immer aufs neue wurde sie
in Menschengestalt geboren. Jetzt wohnt sie in mir. Drum
lebe ich zwar nun, vermag aber nichts Sinnvolles zu schaffen. Wie im Traum verbringe ich die Tage und Nächte und
warte ständig nur, daß ein Wunder geschehe. Gleich jenem
Bisei, der im Dämmer unter der Brücke der Geliebten
harrte, die niemals kam.

Dezember 1919

Jirokichi Nezumikozo

1

Es war an einem Spätnachmittag im zeitigen Herbst. Zwei Männer, allem Anschein nach Glücksspieler, saßen schon geraume Weile im oberen Stockwerk des Gasthauses Izuya im Stadtteil Shiodome, auf der Seite zur Straße hin, und tranken einander fortwährend zu. Der eine der beiden war von dunkler Hautfarbe und neigte etwas zur Fülle. Seine männlich herbe Erscheinung gewann durch den von einem schlichten schmalen Obi zusammengehaltenen frischgestärkten leichten Kimono aus Yuki-Seide und durch den halblangen Überwurf aus gesprenkeltem chinesischen Baumwollstoff einen Anflug von Eleganz.

Der andere war bläßlich und eher klein zu nennen. Es lag wohl an den bis auf die Handrücken reichenden auffälligen Tätowierungen und auch an dem unordentlich um den lappigen karierten Kimono gewickelten Obi, daß dieser Mann durchaus keinen angenehmen, sondern vielmehr einen äußerst liederlichen Eindruck machte. Überdies spielte er offenbar keine sehr bedeutende Rolle, denn wenn er den anderen anredete, nannte er ihn stets Herr und Meister. Beide schienen aber etwa gleichen Alters zu sein, und daß zwischen ihnen mehr Vertrautheit herrschte, als zwischen Meister und Gesellen üblich, zeigte sich nicht zuletzt daran, wie sie sich gegenseitig die Sakeschälchen füllten und einander zutranken.

Zwar war es ein Spätnachmittag im zeitigen Herbst, doch noch überzog die sinkende Sonne mit rötlichem Schimmer die breitfugigen Mauern des Palastes des Fürsten von Karatsu auf der anderen Seite des Wasserlaufes und tauchte das dichte Blattwerk der einzelnen Weide in flimmerndes Licht, und das genügte vollauf, die Erinnerung an die erst unlängst vergangene letzte Sommerhitze wachzurufen. Auch im oberen Stockwerk des Gasthauses, wo allerdings die schilfbespannten Schiebetüren bereits gegen solche aus festem Papier ausgewechselt waren, brachte sich der Sommer, der sich von Edo, schien es, nicht trennen konnte, mannigfach in Erinnerung, sei es durch die Bambusvorhänge, die über das Geländer herabhingen, sei es durch das Tuschbild mit dem Wasserfall, das irgendwann einmal in die Ziernische gehängt worden war, oder durch die Muscheln und rohen Fischscheibchen auf dem kleinen Tisch zwischen den beiden Männern. Selbst der leichte Windhauch, der gelegentlich von dem glitzernden Wasser des Kanals herüberwehte, neben dem sich ein Gehweg hinzog, ließ kaum den Gedanken an herbstliche Frische aufkommen, wenngleich er den beiden angetrunkenen Männern kühlend durch die Strähnen des nassen, nach links aufgebundenen Haares fuhr. Der Bläßliche hatte seinen karierten Kimono vor der Brust so weit geöffnet, daß ein silbernes Amulettkettchen, wohl das einzig Kühle darunter, hervorschimmerte.

Die beiden hatten eine Weile irgendwelche Heimlichkeiten besprochen und dabei sogar die Kellnerin von sich ferngehalten.

Als das erledigt schien, füllte der dunkle, etwas füllige Mann dem anderen ohne viel Umstände das Sakeschälchen und sagte, während er selber nach dem Tabakbeutel unter seinen Knien griff: »Aus diesem Grunde bin auch ich nun nach drei Jahren wieder nach Edo zurückgekommen.«

»Ihr habt lange auf Euch warten lassen! Na ja, aber jetzt seid Ihr wieder da. Nicht nur Eure Anhänger, ganz Edo wird sich darüber freuen.«

»Ich fürchte, du bist der einzige, der das sagt.«

»Hähä, meint Ihr?«

Der bläßliche kleine Mann sah den anderen lauernd an und fügte dann mit einem unangenehmen Grinsen hinzu: »Fragt doch mal Schwesterchen Kohana!«

»Das ist etwas anderes.«

Der zuvor mit Meister Angeredete hielt die kurze goldene Tabakpfeife im Mund und lächelte gezwungen, machte aber sogleich wieder ein ernstes Gesicht. »In diesen drei Jahren hat sich Edo sehr verändert.«

»Was heißt hier verändert! Kommt mal erst in die verbotenen Amüsierviertel, da traut Ihr Euren Augen nicht mehr!«

»Ich will ja nicht nörgeln wie ein Greis, aber da sehnt man sich doch nach den alten Zeiten.«

»Das einzige, was sich nicht verändert hat, das ist meine Wenigkeit. Hähä, ich bin und bleibe ein armer Schlucker.« Der Mann mit dem karierten dünnen Kimono leerte das Sakeschälchen auf einen Zug, wischte sich mit dem Handrükken die Tropfen aus den Mundwinkeln und zog die Brauen zusammen. Er schien mit diesen Worten sich selbst bespötteln zu wollen. »Im Vergleich zu heute war die Welt vor drei Jahren noch ein Paradies. Erinnert Ihr Euch? Bevor Ihr damals Edo verlassen habt, gab es unter den Dieben so einen Burschen, der sich zwar nicht mit Goemon Ishikawa messen konnte, aber immerhin einen großen Ruf genoß, ich meine diesen Nezumikozo.«

»Jetzt reicht's mir aber! Das ist mir ja noch nie passiert, daß man in einem Atemzug von mir und von Banditen redet!« Der Mann mit dem gesprenkelten Umhang aus chinesischem Baumwollstoff hüstelte, als hätte er sich an dem Rauch seiner Pfeife verschluckt, und wieder glitt unwillkürlich ein gezwungenes Lächeln über sein Gesicht. Doch der andere nahm keine Notiz davon, sondern schenkte sich unbekümmert selber noch einmal das Schälchen voll.

»Ihr braucht Euch nur umzusehen. Kleine Diebe gibt es so viele, daß man sie mit dem Besen zusammenkehren könnte, aber von einem wirklich großen Räuber hört man überhaupt nichts mehr.«

»Ein Glück, daß man nichts davon hört. Was für ein Haus die Ratten, sind für den Staat die Räuber, sagt das Sprichwort. Also ist es doch wohl besser, wenn es keine Räuber gibt.«

»Es ist besser. Natürlich ist es besser, wenn es keine Räuber gibt.« Der blasse kleine Mann streckte den tätowierten Arm aus und reichte dem anderen ein gefülltes Sakeschälchen. »Bloß wenn ich an die Zeit von damals denke, es ist komisch, aber dann krieg ich sogar Sehnsucht nach den großen Dieben. Euch ist es sicherlich auch bekannt, ich meine, daß dieser Nezumikozo im Grunde seines Herzens ein guter Kerl sein soll.«

»Das stimmt! Aber daß ausgerechnet ein Spieler sich zum Fürsprecher der Diebe macht, das fehlte gerade noch!«

»Hähä, das sind nun mal die Schlimmsten«, sagte der Blaßgesichtige, entblößte seine Schulter und redete dann gleich munter weiter: »Eigentlich hab ich keine Veranlassung, für einen Dieb einzutreten. Nur erzählt man doch überall, daß dieser Nezumikozo sich in die Häuser der Fürsten mit den dicken Geldbeuteln schleicht, ihnen das Bargeld maust und es den Armen gibt, die nicht mehr weiterkönnen. Nun bleibt zwar Böses böse und Gutes gut, aber wenn einer klaut, um anderen insgeheim zu helfen, dann ist das gewiß nicht schlecht. Das ist jedenfalls meine Meinung.«

»So? Das hört sich gar nicht dumm an. Nezumikozo hätte sich bestimmt nicht träumen lassen, daß er bei Hadakamatsu aus dem Kaitai-Viertel in so hohem Ansehen steht. Da kann einer sagen, was er will, diesem Dieb sind die Götter wirklich gnädig.«

Der dunkle, zur Fülle neigende Mann sagte dies in einem überraschend ernsten Ton, während er dem anderen einschenkte. Schließlich aber rutschte er ein Stückchen näher an ihn heran und fuhr heiter lächelnd fort, als wäre ihm plötzlich etwas eingefallen: »Hör mal zu! Was den Nezumikozo angeht, da habe ich ein tolles Stück erlebt. Wenn ich daran denke, könnte ich mir vor Lachen jetzt noch den

Bauch halten.« Nach dieser Vorbemerkung zog er noch einmal gemächlich an seiner Pfeife, und während sich die Rauchringe im Schein der abendlichen Sonne auflösten, begann er folgende Geschichte zu erzählen.

2

Es war vor drei Jahren, gerade zu der Zeit, als ich nach einem Spiel mit den Würfeln Edo verlassen mußte.

Auf der Ostmeerstraße war für mich kein Durchkommen, deshalb blieb mir nichts anderes übrig, als trotz des schlechten Weges erst einmal in Richtung Minobu zu ziehen, und so brach ich denn – bevor ich's vergesse, es war am elften Tag im letzten Monat des Jahres – von Arakichi in Yotsuya auf und bin dann zu einem einsamen Wanderer in der Ferne geworden. Ich hatte mir zwei blaue Kimono aus Yuki-Seide übereinandergezogen, einen Obi aus Hakata-Brokat darumgebunden und für den Fall, daß man irgendwo am Wege nach mir Ausschau hielt, zu dem halblangen lederfarbenen Regenumhang einen Hut aus Schilfgras aufgestülpt. Mein Doppelranzen war mein einziger Begleiter. Die Gamaschen und die Strohsandalen an meinen Füßen schienen auf den ersten Blick wohl sehr leicht, aber bei dem Gedanken, daß mir in der nächsten Zeit nicht einmal mehr die vertraute Sonne leuchten würde, wurde es mir schwer ums Herz, und bei jedem Schritt – das klingt vielleicht ein bißchen altmodisch – war mir, als hielte mich jemand von hinten an den Haaren fest.

Obendrein hing der Himmel an dem Tag voller Schneewolken, unter denen alles gefror, und auf der Landstraße, wo hinter den Feldern mit Maulbeersträuchern, an denen auch nicht einziges welkes Blatt mehr saß, wie ein Wandschirm ein von dichten Wolken umhüllter Berg emporragte – ich weiß nicht, wie er heißt –, auf der Landstraße war es so bitterkalt, daß nicht einmal die Finken, die sich an die Zweige der Maulbeersträucher klammerten, einen Laut von sich gaben, als täte ihnen die Kehle von der Kälte weh. Obendrein wehte von Zeit zu Zeit von der Kobotoke-Kuppe ein schneidender Nordostwind herab und riß mir fast den Umhang vom Leibe. Ich kann dir sagen, da mag ein echtes Edo-Kind, das an solches Reisen nun mal nicht gewöhnt ist, die Nase noch so hoch tragen, es wird ganz klein und ist dem Weinen näher als dem Lachen. Ich weiß nicht, wie oft ich mich, die Hand an der Krempe meines Hutes, nach Edo umdrehte, das ich am Morgen von Yotsuya aus über Shinjuku verlassen hatte.

Des Wanderns gänzlich ungewohnt, muß ich den Augen der Vorübergehenden ein jammervolles Bild geboten haben. Als ich dann die Poststation Fuchu hinter mich gebracht hatte, überholte mich ein ganz rechtschaffen aussehender junger Mann und sprach mich auch sogleich an. Sein blauer Umhang und sein Binsenhut sahen noch ziemlich ordentlich aus, aber von seinem Hals baumelte ein in ein verschossenes Tafttuch eingeschlagenes Bündel herab, und um den verwaschenen baumwollenen Kimono hatte er einen zerrissenen, ebenfalls baumwollenen Obi gewickelt. Seine rechte Schläfe war völlig kahl, und sein Kinn sprang ein wenig vor. Zwar schien es, als könnte ihn kein Wind umblasen, doch den Eindruck, als hätte er einen prallgefüllten Geldbeutel, machte er nicht gerade. Aber sein Äußeres wollte offenbar nichts besagen, denn er wies mich sehr freundlich auf die Altertümer und Sehenswürdigkeiten an unserem Wege hin. Na ja, und schließlich hatte ich mir von Anfang an nichts mehr gewünscht als einen Reisegefährten.

»Wohin geht Eure Reise?« fragte ich.

»Nach Kofu. Und wohin gedenkt der gnädige Herr zu reisen?«

»Ich? Ich bin auf einer Pilgerfahrt nach Minobu.«

»Ihr seid doch sicherlich aus Edo. Darf man fragen, wo Ihr dort wohnt?«

»In Kayabacho. Seid Ihr etwa auch aus Edo?«

»Ja. Ich bin in Fukagawa zu Hause. Ich heiße Jukichi Echigoya und handle mit Kurzwaren.«

Ungefähr in diesem Ton also unterhielten wir uns. Während wir nun gemeinsam die Straße entlangeilten, ein jeder in dem Glauben, er hätte einen guten Weggefährten gefunden, begann es, als wir kurz vor der Station Hino waren, zu schneien. Wenn man jetzt ganz allein auf der Landstraße gewesen wäre! Mittlerweile ging es wohl schon auf vier Uhr. Immer dichter wurde der Flockenwirbel, und der vom Fluß herübertönende Ruf des Regenpfeifers schnitt mir ins Herz. Da dachte ich, daß mir kaum etwas anderes übrigbleiben würde, als in Hino zu übernachten. Aber zum Glück hatte ich ja einen Weggefährten, mochte es auch ein noch so armer Bursche sein.

»Meint Ihr nicht, gnädiger Herr, daß es besser wäre, heute bis Hachioji zu laufen? Denn wenn es weiter so schneit, kommt man hier morgen überhaupt nicht mehr durch.«

Es war vielleicht wirklich das beste. Also stapften wir bis nach Hachioji durch den Schnee. Der Himmel war schwarz. Als wir in Hachioji ankamen, schimmerte überall unter den weißen Dächern, die übereinandergriffen und weit vorsprangen, sich gleichsam schützend über die trotz der späten Stunde noch deutlich zu erkennende Straße breiteten, rötlicher Laternenschein. Irgendwo ertönte das Geläut spät heimkehrender Pferde ... Es war eine Schneelandschaft genau wie auf einem Holzschnitt.

Während Jukichi Echigoya vor mir her durch den Schnee ging, bat er immer wieder, so daß es mir schon lästig wurde: »Würdet Ihr mir wohl erlauben, daß ich heute zusammen mit Euch übernachte?«

Ich hatte nichts dagegen. »Wenn Euch soviel daran gelegen ist, soll es mir recht sein. Nur bin ich zum erstenmal in Hachioji und weiß leider nicht, wo hier eine Herberge zu finden ist.«

»Na, dann können wir doch da drüben in der Herberge Yamajin einkehren. Dort übernachte ich immer«, sagte er und ging voran.

Vor dem noch recht neu aussehenden Haus hing eine Laterne. Der Eingang führte in einen sehr geräumigen Korridor, an den sich unmittelbar die Küche anzuschließen
schien. Denn kaum waren wir eingetreten, schon drang uns
unangenehm beißend – das mag sich ein bißchen abfällig
anhören – der Geruch von Reis und Suppe in die Nase, ver-
mischt mit Wasserdampf und Rauch; und das noch, bevor
der Schreiber, der in seinem Kontor das löwengesichtige
Holzkohlenbecken umklammert hielt, sein »Herzliches
Willkommen« gemurmelt hatte. Wir schlüpften aus unseren
Sandalen, und eine Magd geleitete uns mit einer Lampe in
der Hand in unser Zimmer im oberen Stockwerk. Nachdem
wir dann ein Bad genommen und gegen die innere Kälte ein
paar Schälchen Sake getrunken hatten, da entpuppte sich
Jukichi Echigoya, dieser Bursche, als ein richtiger Saufbru-
der, der nicht genug bekam. Er redete ja ohnehin schon viel,
aber jetzt hättest du ihn hören sollen!

»Ist dies nicht ein köstlicher Sake, mein Herr? Zieht nur
immer weiter auf der Landstraße, und Ihr werdet schon sehen, daß Ihr nirgends wieder einen so guten Schluck wie
hier kriegt. Haha, ich komme mir bald so vor wie die Frau
des Yoemon, die sich einen antrinkt, um hernach aus purer
Eifersucht ihren Gatten zu ermorden ...«

So redete er daher. Das ging ja alles noch an. Aber als er
dann noch ein paar Schälchen getrunken hatte, verdrehte er
schließlich die Augen; seine Nase glänzte, und sein vorspringendes Kinn begann sonderbar zu zittern.

»Oft und auf verschiedenste Weise rächt sich der Sake,
sagt man. Weil Ihr es seid, will ich Euch verraten, daß es mir
einmal ganz schön übel ergangen ist, nachdem ich in einem
Teehaus ein bißchen reichlich was getrunken hatte.« Und nun
fing er auch noch zu singen an: »Als ich mich in Itako verirrte.« Und seine Stimme bebte. Nun wurde es mir zuviel.
Dir bleibt nichts anderes übrig, als daß du ihn ins Bett
bringst, sagte ich mir, sah darauf, daß er etwas zu essen bekam, und mahnte dann: »Morgen geht es früh raus, also jetzt

249

ins Bett mit dir!« Schließlich erreichte ich auch, daß sich
der Bursche hinlegte, obwohl er noch immer nicht genug zu
haben schien. Jedenfalls hatte ich das richtige Mittel gefunden, denn so übermütig er auch war, kaum lag sein Kopf auf
dem Kissen, da gähnte er, und Sakegeruch entströmte seinem Mund, dann sang er mit unangenehmer Stimme noch
einmal: »Ach, ach, als ich mich verirrte in dem schönen
Itako ...« Und gleich darauf schnarchte er schon. Sosehr
auch die Ratten lärmten, er rührte sich nicht ...

Aber für mich war damit noch nichts gewonnen. Immerhin war es meine erste Nacht, seit ich Edo verlassen hatte. Je
stiller es ringsum wurde, desto weniger konnte ich bei dem
Geschnarche einschlafen. Draußen schien es noch immer zu
schneien, und von Zeit zu Zeit klapperten die Regentüren
im Wind. Der verdammte Bursche neben mir summte vielleicht im Traum seine Lieder, ich aber grübelte vor mich hin
und dachte daran, daß in Edo nun wohl auch ein, zwei treue
Seelen aus Sorge um mich keinen Schlaf fänden – nicht
etwa, daß ich mit meinen Liebschaften prahlen will –, und
da konnte ich erst recht nicht mehr einschlafen. Wenn es
doch bloß bald Morgen werden wollte, sagte ich mir immer
wieder.

Ich hörte, wie es zwölf, und auch noch, wie es zwei schlug.
Aber dann muß ich wohl eingeschlafen sein. Als ich auf einmal wieder wach wurde, war die Lampe neben dem Kopfkissen erloschen. Sollten die Ratten sich etwa über den Docht
hergemacht haben? Außerdem schien der Bursche, der vorhin so laut geschnarcht hatte, jetzt nicht einmal mehr zu atmen, es war totenstill! Nanu, da stimmt doch etwas nicht,
dachte ich gerade bei mir, als sich auch schon eine Hand
unter meine Bettdecke schob. Zitternd suchte sie nach dem
Knoten meines Geldgürtels. Wahrhaftig! Auf das Gesicht
eines Menschen kann man nicht viel geben! Dieser Saufbru-
der ist ein Langfinger! Das hat er aber fein eingefädelt,
dachte ich und hätte beinahe laut losgelacht. Aber dann
überlegte ich mir, daß ich vor kurzem noch mit diesem klei-

nen Dieb getrunken hatte, und da wurde ich sehr ärgerlich. Als die Hand dieses Burschen sich daran machte, den Knoten meines Geldgürtels aufzuknüpfen, packte ich sie plötzlich und drehte sie ihm um. Wie erschrak nun das Langfingerchen! Er wollte sich schnell losreißen, ich aber warf ihm die Bettdecke über den Kopf, und hast du nicht gesehen, saß ich auch schon rittlings auf ihm. Kaum hatte dann das schwächliche Bürschchen mit aller Anstrengung wenigstens das Gesicht unter der Bettdecke hervorgewühlt, rief es mit einer so kläglichen Stimme wie ein Seidenhuhn: »Hi-Hi-Hilfe! Ein Mörder!« Na, nun kriegte ich aber die Wut! Er ist der Dieb und ruft jetzt auch noch um Hilfe. Daß er ein ausgemachter Schafskopf war, das wußte ich ja inzwischen, aber daß er sich jetzt obendrein derart unmännlich gebärdete! Da langte ich mir das harte Kopfpolster, und klatsch! klatsch! schlug ich es ihm kräftig ins Gesicht.

Von dem Lärm waren die anderen Gäste wach geworden, und dann kam auch schon mit bestürztem Gesicht der Wirt die Treppe heraufgestolpert, eine Lampe in der Hand und von zwei Knechten begleitet. Da sahen sie nun, wie der Bursche nach Luft schnappend mit verzerrtem Gesicht zwischen meinen Schenkeln hervorlugte. Wer hätte sich bei dem Anblick das Lachen verkneifen können!

»He, Herr Wirt! Ein Floh wollte mich beißen. Da ist es ein bißchen laut geworden. Seid so gut und entschuldigt mich bei den andern Gästen!«

Das war es. Viel mehr gibt es darüber nicht zu erzählen. Die beiden Knechte banden den Burschen sofort, packten ihn wie einen lebend gefangenen Kappa und schleppten ihn die Treppe hinunter.

Darauf kniete der Wirt vor mich hin und sagte, wiederholt tief den Kopf neigend: »Dieses unglaubliche Vorkommnis wird Euch einen gehörigen Schreck eingejagt haben. Bei allem ist es noch ein Glück, daß Ihr keinen Schaden zu beklagen habt. Sobald der Morgen graut, werden wir den Burschen unverzüglich den Behörden übergeben. Ich bitte Euch vielmals dafür um Vergebung, daß wir es an Wachsamkeit fehlen ließen.«

»Ach, was! Das alles ist allein meine Schuld. Ich habe doch seine Begleitung angenommen, natürlich wußte ich nicht, daß er so eine Schmeißfliege ist. Ihr braucht Euch keine Vorwürfe zu machen und mich nicht um Verzeihung zu bitten. Hier, nehmt diese Kleinigkeit, gebt den jungen Leuten, die geholfen haben, dafür eine warme Nudelsuppe«, sagte ich. Als ich ihm das Geld in die Hand gedrückt und ihn fortgeschickt hatte, war ich nun ganz allein im Zimmer und fing wieder an zu sinnieren. Ich weiß selbst nicht, weshalb ich mit verschränkten Armen auf meinem Lager hockte, denn schließlich war ich nicht von einem Mädchen abgewiesen worden. Aber ich konnte einfach nicht wieder einschlafen. Und da es mittlerweile sechs Uhr geworden war, sagte ich mir, du brichst am besten auf, auch wenn es auf der Straße noch reichlich dunkel sein sollte.

Ich machte mich sogleich reisefertig, wollte dann die Rechnung begleichen und ging, um die anderen Gäste nicht zu stören, ganz leise zur Treppe. Da hörte ich unten Stimmen. Die Knechte schienen noch wach zu sein. Aus irgendeinem Grunde fiel mehrmals der Name Nezumikozo, den du vorhin erwähnt hast. Seltsam, dachte ich und spähte, meinen Ranzen über den Schultern, die Treppe hinunter. Mitten in dem großen Vorraum hockte dieser Tölpel Jukichi Echigoya. Das Ende des Strickes, mit dem er gefesselt war, hatte man an einen Pfeiler gebunden. Ringsum saßen im Schein der bauchigen Hängelaterne mit bloßen Armen die jungen Leute von vorhin und der Schreiber. Ich hörte dann, wie der Schreiber, der in der einen Hand das Rechenbrett hielt und dessen Glatze förmlich dampfte, ärgerlich sagte: »Wahrhaftig, selbst aus so einem kleinen Dieb wie dem da kann eines Tages ein ganz großer wie dieser Nezumikozo werden, wenn man ihm durch die Finger schaut und ihn Erfahrungen sammeln läßt. Und wegen solch eines Burschen geraten dann alle Herbergen an den Straßen in Verruf.

Wenn ich mir das vorstelle, wäre es wirklich das beste, den Kerl auf der Stelle umzubringen.«

Während der Schreiber das sagte, starrte der bärtige Pferdeknecht den kleinen Dieb unablässig an. »Bei allem Respekt, aber was der Schreiber sagt, das stimmt nicht. Denn wie sollte ausgerechnet dieser Dummkopf da so etwas wie ein Nezumikozo werden! Selbst einem kleinen Dieb sieht man auf den ersten Blick an, ob er mutig ist und einen starken Willen hat.«

»Da hast du recht! Von einem Nezumikozo hat der hier nun wahrhaftig nichts an sich.«

Das sagte der andere der beiden jungen Leute. Er hatte ein Bambusrohr in der Hand, mit dem man das Feuer anbläst.

»Dieser Affenschwanz macht doch ein zu dämliches Gesicht. Ich glaube, bevor der das schafft, einem den Geldgürtel zu mausen, hat man ihm schon sein eigenes Lendentuch geklaut.«

»Statt daß er unterwegs so ungeschickt lange Finger macht, sollte er lieber einen Stecken mit Vogelleim bestreichen, den Opfergeldkasten in die Hand nehmen und mit den Kindern betteln gehen.«

»Ach was, noch besser wär's, man stellte ihn als Vogelscheuche in das Hirsefeld hinter dem Haus.«

Solange sie sich auf diese Weise über ihn lustig machten, blinzelte Jukichi Echigoya nur manchmal wütend, als ihn dann aber der eine der jungen Leute mit dem Bambusstekken am Kinn berührte, da hob er mit einem Ruck den Kopf und fauchte empört: »Na! Na! Jetzt reicht mir eure Frechheit aber! Was glaubt ihr wohl, zu wem ihr dieses dumme Zeug sagt? Ich, den ihr hier vor euch seht, bin ein nicht ganz unbekannter Dieb, der schon überall in Japan herumgekommen ist. Ihr solltet euch was schämen! Ihr Bauernlümmel führt eine ziemlich unverschämte Sprache!«

Da erschraken sie alle mächtig. Ich selber hatte gerade hinabsteigen wollen, nun blieb ich aber mitten auf der

253

Treppe stehen; denn als der Bursche jetzt übertrieben grimmige Blicke um sich warf, bekam ich Lust, mir den Fortgang der Dinge dort unten noch ein wenig anzusehen. Der treuherzige Schreiber starrte den Burschen ganz verblüfft an und schien sogar vergessen zu haben, daß er seine Hand mit dem Rechenbrett ausgestreckt hatte. Als mutig erwies sich nur der Pferdeknecht. Er strich sich den Bart und sagte, ganz offensichtlich, um zu prüfen, woher der Wind wehte: »Was bildest du kleiner Langfinger dir eigentlich ein! Der Kanta von der Station Yokoyama, der bei dem gewaltigen Gewitter vor drei Jahren eigenhändig den Donnerdrachen gefangen hat, das war niemand anders als ich. Laß dir gesagt sein, so eine Schmeißfliege wie dich zerquetsche ich mit dem kleinen Finger!«

Auf diese Weise wollte er den Dieb einschüchtern. Aber der lachte schallend. »Was? Glaubst du etwa, du kannst mich mit deinen Kindermärchen erschrecken? Es ist wirklich schade um den Schlaf, aber nun sperrt schon eure Ohren auf; ich will euch erzählen, wer ich in Wahrheit bin.«

Wie er das mit verstellter Stimme polternd und drohend hervorstieß, hörte es sich schon nach etwas an. Aber wenn man ihn dann betrachtete! Völlig verfroren sah er aus, und Tropfen glänzten unter seiner Nase. Zudem waren die Stellen, wo ich ihn geschlagen hatte, von der kahlen Schläfe bis hinab zum Kinn tüchtig angeschwollen, so daß er jetzt ein ganz schiefes Gesicht hatte. Trotz allem aber hatten seine Worte Eindruck auf diese Leute vom Lande gemacht. Der Bursche warf sich stolz in die Brust, und als er nun begann, alle seine Bubenstücke von seiner frühen Jugend an herzuzählen, da ließ auch der Pferdeknecht mit dem struppigen Bart von ihm ab. Woraufhin der Dieb sein vorspringendes Kinn noch höher hob und mit stechendem Blick von einem zum anderen sah.

»Ihr erbärmlichen Wichte, ihr denkt wohl, ich bin so ein Feigling, daß ich mich vor euch fürchte! Irrtum! Wer mich für einen hergelaufenen kleinen Dieb hält, der ist auf dem

Holzweg. Ihr erinnert euch sicherlich: An einem stürmischen Herbstabend im vergangenen Jahr schlich sich jemand in das Haus des Vorstehers dieser Station und nahm alles Geld mit. Dieser Jemand war ich!«

»Du, du bist beim Vorsteher …«

Dem Schreiber verschlug es die Sprache. Aber auch dem jungen Hausknecht mit dem Bambusstecken in der Hand schien der Mut gesunken zu sein. Er stieß ungewollt einen Schrei aus und wich zwei, drei Schritte zurück.

»Ja natürlich! Ihr seid mir rechte Helden, daß ihr darüber erschreckt! Hört gut zu! Neulich wurden doch an der Kobotoke-Kuppe zwei Geldboten umgebracht. Was meint ihr wohl, wessen Werk das war?«

Während dieser Bursche andauernd die Nase hochzog, schwätzte er weiter von unerhörten Taten, erzählte, daß er in Fuchu einen Speicher aufgebrochen, in der Station Hino ein Feuer gelegt und sich auf der Straße von Hachioji nach Atsugi in den Bergen an wallfahrtenden Frauen vergangen hätte. Das Eigenartigste aber war, daß die beiden jungen Leute und erst recht der Schreiber auf einmal sehr höflich gegen den Tölpel wurden. Der Pferdeknecht mit dem gewaltigen Körper verschränkte die bärenstarken Arme, sah den kleinen Dieb staunend an und rief gleichsam stöhnend: »Ihr seid ja wahrhaftig ein ganz toller Bursche!«

Als ich das hörte, wurde mir so komisch zumute, daß ich beinahe laut losgelacht hätte. Dieser kleine Langfinger mußte doch eigentlich schon ausgenüchtert sein! Und wie verfroren er aussah. Er zitterte so sehr, daß er kaum die Zähne zusammenkriegte. Aber ein Mundwerk hatte er!

»Na, seid ihr schon wieder ein bißchen zu euch gekommen? Das ist beileibe noch nicht alles. Jetzt will ich euch verraten, warum ich diesmal aus Edo fort mußte: Weil ich nämlich meine eigene Mutter erdrosselt habe, um an ihr Erspartes zu kommen!« sagte er mit großer Gebärde, woraufhin ihm die drei Leute aus der Herberge wie einem tausend Taler schweren Schauspieler staunend und dankbar in das geschwollene Gesicht starrten. Jetzt wurde mir die Geschichte allzu bunt, und weil ich glaubte, es gäbe nun nichts mehr, stieg ich zwei, drei Stufen hinab. Aber in dem Augenblick klatschte der Schreiber, weiß der Himmel warum, plötzlich in die Hände.

»Ja, jetzt hab ich's! Jetzt hab ich's! Ihr seid Nezumikozo!«

Das rief er ganz aufgeregt. Schnell änderte ich meine Absicht; denn du kannst dir denken, daß ich liebend gern hören wollte, was der Bursche darauf antworten würde. Deshalb blieb ich mitten auf der dämmrigen Treppe abermals stehen.

Der kleine Dieb sah den Schreiber an, lächelte stolz und erwiderte: »Na ja, also schön. Er hat den Nagel auf den Kopf getroffen. Ich bin wirklich der in Edo so berühmte Nezumikozo!«

Aber kaum hatte er das gesagt, ging ein Zittern durch seinen Körper, und schon mußte er zwei-, dreimal hintereinander niesen, wodurch sein würdevolles Gehabe wieder zuschanden wurde. Trotzdem begannen die drei Männer diesen Dummkopf Jukichi zu umschmeicheln, als wäre er ein soeben zum Sieger erklärter Sumo-Kämpfer.

»Das habe ich mir doch gleich gedacht! Denn wenn ich erzähle, ich bin der Kanta von der Station Yokoyama, der bei dem großen Gewitter vor drei Jahren mit eigener Hand den Donnerdrachen gefangen hat, dann verstummt sonst sogar ein weinendes Kind. Er hingegen hat nicht mit der Wimper gezuckt.«

»Ganz recht. Man braucht ihn ja bloß anzusehen! Die Gescheitheit blitzt ihm aus den Augen!«

»Wirklich. Ich habe gleich von Anfang an gesagt, daß er noch einmal ein ganz Großer unter den Dieben werden wird. Nun fällt auch ein Affe mal vom Baum, und selbst dem Geschicktesten rinnt mal das Wasser durch die Finger. Und das ist ihm heute passiert. Aber stellt euch vor, es wäre ihm nicht passiert. Er hätte alle unsere Gäste bis auf die Haut ausgezogen!«

Nun nahmen sie ihm zwar nicht gleich die Fesseln ab, priesen ihn aber doch in den höchsten Tönen. Um so selbstsicherer wurde nun der kleine Langfinger.

»He, Schreiber! Dein Wirt kann sich einen Glückspilz nennen, daß Nezumikozo bei ihm abgestiegen ist. Aber wenn ihr meinen Mund noch länger trocken laßt, dann wird der Glücksstern über dieser Herberge erlöschen. Bringt mir ein Litermaß voll Sake!«

Das war dreist von dem Burschen, und es war dumm von dem Schreiber, daß er in seiner Treuherzigkeit darauf hörte. Als ich sah, wie der glatzköpfige Schreiber im Schein der bauchigen Laterne dem versoffenen Langfinger aus dem Litermaß zu trinken gab, da fand ich das törichte Verhalten dieser Leute aus der Herberge Yamajin – aber die meisten Menschen sind nicht anders – so lächerlich und so richtig komisch, daß ich kaum noch an mich halten konnte. Du fragst, warum? Ein Schurke ist der eine wie der andere, indessen wiegt doch eine kleine Mauserei nicht so schwer wie ein Einbruch, und ein Taschendiebstahl wiegt nicht so schwer wie eine Brandstiftung. Wenn das so ist, dann sollte man erwarten, daß die Menschen eher für den kleinen Dieb als für den großen Verbrecher Mitgefühl haben. Aber dem ist nicht so. Gegenüber dem kleinen Gelegenheitsdieb kennen sie kein Erbarmen. Vor dem berühmten Verbrecher aber verbeugen sie sich schon von weitem. Wenn es ein Nezumikozo ist, dann geben sie ihm Sake zu trinken. Ist es jedoch ein hergelaufener Langfinger, dann verprügeln sie ihn. Alles andere darf man sein, nur kein kleiner Dieb. – Na ja, solche Gedanken kamen mir in dem Augenblick.

Nun konnte ich dem Possenspiel nicht ewig zusehen, also stieg ich absichtlich sehr laut die Treppe hinunter und warf meinen Ranzen am Eingang polternd auf den Boden.

»He, Schreiber! Ich will mich zeitig auf den Weg machen. Bitte die Rechnung!«

Als ich das rief, wurde der Glatzkopf von Schreiber vor Verlegenheit ganz rot, hastig reichte er dem Pferdeknecht das Litermaß und verneigte sich immer wieder vor mir.

»Oh, Ihr brecht aber sehr früh auf ... Ich hoffe, Ihr seid nicht ärgerlich auf uns ... Herzlichen Dank, daß Ihr vorhin auch an uns gedacht habt ... Zum Glück hat es aufgehört zu schneien ...«

Sein wirres Gestammel war zum Lachen.

»Als ich soeben herunterkam, hörte ich zufällig, daß dieser Dieb der berühmte Nezumikozo sein soll.«

»Ja, er sagt es ... He, du! Bring dem Herrn die Strohsandalen! ... Hier sind Euer Schirm und Euer Umhang ... Er scheint wirklich ein großer Dieb zu sein ... Ich mache Euch sofort die Rechnung fertig.«

Um seine Verlegenheit zu verbergen, schalt er den jungen Hausknecht, während er hinter der Lattenwand des Kontors verschwand und, den Pinsel zwischen den Zähnen, wichtigtuerisch die Kugeln auf dem Rechenbrett hin- und herzuschieben begann. Ich war inzwischen in meine Sandalen geschlüpft und hatte mir noch eine Pfeife angebrannt. Als ich mich danach umschaute, mied der Dieb geflissentlich meinen Blick. Entweder tat der Sake schon seine Wirkung, oder der Bursche schämte sich nun doch etwas: er wurde von seiner kahlen Schläfe an ganz rot im Gesicht. Bei diesem Anblick spürte ich auf einmal Mitleid mit ihm.

»Na, Echigoya! Oder soll ich dich lieber beim Vornamen nennen? Also Jukichi, mach Schluß mit deinen dummen Scherzen! Wenn du behauptest, Nezumikozo zu sein, dann nehmen es die guten Leute hier am Ende noch für bare Münze. Nur wirst du davon nichts haben.«

Das sagte ich aus lauter Freundlichkeit. Aber der verdammte Bursche hatte offenbar von seinem Theaterspiel noch immer nicht genug.

»Was? Soll das heißen, Ihr glaubt nicht, daß ich Nezumikozo bin? Ihr scheint mir ja ein ganz Schlauer zu sein! Denkt Ihr, nur weil ich Euch ›gnädiger Herr‹ genannt habe ...«

»Hör auf! Für deine Prahlereien hast du hier in dem Pferdeknecht und dem Hausburschen gerade die richtigen Partner. Und das müßte dir eigentlich genügen. Ich will dir nur
sagen, wenn du wirklich der größte Dieb Japans wärst, würdest du bestimmt nicht so daherschwätzen und dich mit vergangenen Taten brüsten. Es brächte dir nämlich keinerlei
Nutzen. Sei still und höre gefälligst zu! Wenn du so hartnäk-
kig darauf bestehst, Nezumikozo zu sein, dann glauben es
dir die Beamten vielleicht wirklich. Doch in dem Fall wirst
du, wenn du Glück hast, der Enthauptung, wenn du Pech
hast, der Kreuzigung nicht entgehen ... Na, was meinst du,
willst du noch immer Nezumikozo sein?«

Dieser Hieb saß. Zusehends wechselte der Hasenfuß die
Farbe, selbst seine Lippen wurden blaß.

»Ich bitte vielmals um Vergebung. Natürlich bin ich nicht
Nezumikozo. Ich bin nur ein kleiner Dieb.«

»Gewiß. Du bist nicht Nezumikozo. Und würdest auch
niemals einer werden. Aber nach allem, was du da von
Brandstiftung und Einbrüchen erzählt hast, mußt du trotzdem ein ganz tüchtiger Bursche sein. Und den Ständer für
deinen Hut wird man dir so und so abschlagen.«

Als ich das mit todernstem Gesicht sagte und dabei meine
Pfeife am Türrahmen ausklopfte, schien der Bursche auf einmal stocknüchtern geworden zu sein.

Er zog wieder die Nase hoch und jammerte mit weinerli-
cher Stimme: »Ach, das ist doch alles gelogen. Ich bin, wie
ich Euch, gnädiger Herr, sagte, der Kurzwarenhändler Jukichi Echigoya. Ich komme ein- oder zweimal im Jahr in diese
Gegend und weiß deshalb, was man sich hier an Gutem und
Bösem so erzählt. Das habe ich einfach nachgeplappert. ...«

»Nanu, hast du nicht eben gesagt, du bist ein Dieb? Daß
ein Dieb mit Kurzwaren handelt, habe ich noch nie gehört!«

»Nein, nein, heute nacht war es das erste Mal, daß ich
meine Hand nach fremdem Gut ausstreckte. Im Herbst ist
mir meine Frau weggelaufen. Seither ist mir alles schiefge-
gangen. Und man sagt doch ›Not kennt kein Gebot‹. Plötz-

lich hat mich eben die Gier gepackt, und ich bin auf so
einen verrückten und gemeinen Gedanken gekommen.«
   Trotz all seiner Einfalt hatte ich ihn noch immer für einen
Dieb gehalten. Deshalb verschlug es mir vor Staunen fast die
Sprache, als ich, im Begriff, mir eine neue Pfeife zu stopfen,
diese Geschichte hörte. Doch während ich nur verblüfft war,
wurden der Pferdeknecht und der Hausbursche wütend, und
sie fielen, bevor ich es verhindern konnte, über den Burschen her.
   »Uns so zum Narren zu halten!«
   »Sich derart aufzuspielen!«
   So riefen sie erregt, und der Bambusstecken tanzte, und
das Litermaß sauste auf und nieder. Der arme Jukichi Echigoya bekam zu seinem geschwollenen Gesicht nun auch
noch Beulen auf den Kopf.

3

»Das war es, was ich erzählen wollte.«
   Der dunkle, etwas füllige Mann hatte seine Geschichte
beendet und hob das Sakeschälchen, das so lange unbeachtet auf dem Tisch gestanden hatte.
   Der rötliche Sonnenglanz auf den breitfugigen Mauern
des Palastes der Fürsten von Karatsu war inzwischen erloschen, und auch auf die einzelne Weide am Kanal hatte sich
die Dämmerung herabgesenkt. Die nach der steigenden Flut
riechende Luft erzitterte leicht von dem Geläut der Glocke
des Tempels Sanenzanzojo-ji, und die beiden Gäste hatten
jetzt zum erstenmal das Gefühl, daß der Herbst nicht nur
auf dem Kalender stand. Der Wind spielte mit den Bambusvorhängen. Krähen krächzten im nahen Park. Kühl glitzerte
das Wasser in dem Spülnapf zwischen den beiden Männern … Es konnte nicht mehr lange dauern, bis unten an der
Treppe der rötlich flackernde Schein der Lampe auftauchte,
die das Mädchen bringen würde.

260

Der Mann mit dem leichten karierten Kimono umfaßte sogleich den Bauch der Sakeflasche, als er sah, daß der andere das Schälchen hob.

»Was muß das für ein törichter Bursche gewesen sein! Und was muß der bloß für Vorstellungen haben von Nezumikozo, dem Abgott aller Diebe Japans, den ich so verehre! Ich weiß nicht, großer Meister, aber ich an Eurer Stelle hätte den Burschen gleich zu Boden gestreckt.«

»Warum regst du dich auf? Nezumikozo muß es doch sehr befriedigen, wenn selbst dieser Dummkopf sich ein solches Ansehen verschaffen konnte, allein dadurch, daß er sich Nezumikozo nennt.«

»Aber bedenkt doch, daß ein hergelaufener Langfinger den Namen Nezumikozo überhaupt in den Mund zu nehmen wagte ...« Der kleinere, tätowierte Mann schien sich noch weiter ereifern zu wollen. Aber der andere mit dem Überwurf aus gesprenkeltem chinesischem Baumwollstoff zeigte jetzt ein breites Lächeln.

»Es ist so, wie ich sage, Nezumikozo ist es zufrieden. Ja, du weißt es noch nicht, aber der vor drei Jahren in Edo so berühmte Nezumikozo ...« Er hielt für einen Moment inne und sah, das Sakeschälchen in der Hand, mit wachem Blick um sich. »... das bin ich. Ich, Jirokichi no Izumiya!«

Dezember 1919

Herbst

1

Schon als Nobuko an der Frauenuniversität studierte, sagte man ihr nach, sie sei ein begabtes Mädchen. Wohl niemand zweifelte daran, daß sie früher oder später einmal auf der literarischen Bühne erscheine. Einige erzählten sogar, sie habe schon während ihres Studiums einen etwa dreihundert Seiten starken autobiographischen Roman geschrieben. Doch nach dem Studium stand sie vor einer nicht ganz einfachen Situation. Sie konnte ihrer Mutter gegenüber, die sich als Witwe durchs Leben schlug und obendrein für Teruko, Nobukos jüngere Schwester, die noch zur Oberschule ging, sorgen mußte, unmöglich auf ihrem Willen bestehen. Ihr blieb also nichts anderes übrig, als erst einmal, wie es üblich war, ans Heiraten zu denken, bevor sie sich schriftstellerisch betätigen konnte.

Sie hatte einen Cousin mit Namen Shunkichi. Er war damals noch Student an der Philosophischen Fakultät, und auch er schien die Absicht zu haben, später in literarischen Kreisen Einzug zu halten. Seit langem war Nobuko eng mit ihm befreundet. Als sich dann noch herausstellte, daß beide literarische Interessen hatten, waren ihre Beziehungen immer vertraulicher geworden. Im Gegensatz zu Nobuko brachte Shunkichi allerdings dem Tolstoiismus, der damals modern war, nicht die geringste Hochachtung entgegen. Shunkichi erging sich stets nur in Ironie und witzigen Aphorismen nach Art der Franzosen. Nobuko, die alles sehr ernst nahm, ärgerte sich manchmal über seine ewigen Spötteleien.

Doch selbst dann, wenn seine Ironie und seine Aphorismen sie verstimmt hatten, spürte sie, daß man nicht alles ohne weiteres mit Verachtung strafen konnte.

So kam es durchaus nicht selten vor, daß die beiden in ihrer Studienzeit gemeinsam Ausstellungen und Konzerte besuchten. Meistens begleitete sie dann Teruko. Unbefangen lachten und plauderten die drei auf dem Hin- und dem Heimweg. Manchmal geschah es jedoch, daß Teruko aus dem Gespräch ausgeschlossen wurde. Dann schaute sie sich mit kindlicher Neugier die Sonnenschirme und Seidenschals in den Schaufenstern an und schien gar nicht ungehalten darüber, daß man sie nicht beachtete. Sobald aber Nobuko das bemerkte, wechselte sie gewiß das Thema und versuchte, Teruko wieder in die Unterhaltung einzubeziehen. Und doch war es Nobuko selbst, die Teruko immer wieder vergaß. Shunkichi ging mit bedächtigen, langen Schritten zwischen den geschäftig dahineilenden Passanten und machte wie gewöhnlich seine geistreichen Späße, als kümmere ihn das überhaupt nicht.

Alle Welt konnte sich nichts anderes vorstellen, als daß Nobuko und ihr Cousin heiraten würden. Die Kommilitoninnen, vor allem jene, die Shunkichi nicht kannten, waren eifersüchtig auf Nobuko und beneideten sie um ihre Zukunft. (Man kann das eigentlich nur als lächerlich bezeichnen.) Zwar wies Nobuko einerseits alle Mutmaßungen zurück, doch ließ sie andererseits durchblicken, daß sie durchaus richtig seien. So waren denn im Laufe des Studiums Nobuko und Shunkichi in der Vorstellung der Kommilitoninnen gleichsam zu Gestalten eines unauslöschlichen Bildes von Braut und Bräutigam geworden.

Doch als Nobuko das Studium beendet hatte, heiratete sie wider alles Erwarten plötzlich einen jungen Mann, der von der Höheren Handelsschule kam und bald eine Stellung in einem Handelsunternehmen in Osaka antreten sollte. Deshalb reiste sie schon zwei, drei Tage nach der Hochzeit mit ihrem jungen Ehemann nach Osaka. Die Bekannten, die sie auf dem Zentralbahnhof verabschiedet hatten, erzählten, Nobuko habe sich wie immer gegeben und Teruko, ihre jüngere Schwester, die dem Weinen nahe war, mit einem freundlichen Lächeln getröstet.

Nobukos ehemalige Kommilitoninnen wunderten sich. In ihre Verwunderung mischte sich eine eigentümliche Freude und ein Gefühl der Eifersucht, die aber nicht im geringsten mit der früheren zu vergleichen war. Die Bekannten, die Nobuko vertrauten, sagten, die Mutter habe ihren Willen durchgesetzt; diejenigen aber, die an ihr zweifelten, meinten, Nobuko habe sich eines anderen besonnen. Natürlich wußten sie, daß das alles nur Vermutungen waren. Warum hatte sie nicht Shunkichi geheiratet? Eine Weile beschäftigte sie diese Frage, wann immer sie sich trafen. Aber noch keine zwei Monate waren ins Land gegangen, da hatten sie Nobuko bereits vergessen und natürlich auch das Gerede von dem Roman, den sie geschrieben haben sollte.

Inzwischen hatte Nobuko in einem Vorort Osakas einen eigenen Hausstand gegründet und hätte glücklich sein sollen. Ihr Haus lag fern von allem Lärm in einem Kiefernwäldchen. Harzgeruch und Sonnenschein beherrschten die lebendige Stille in dem neuen einstöckigen Haus, wenn der Gatte abwesend war. An solch einsamen Nachmittagen überkam Nobuko, eigentlich ohne ersichtlichen Grund, manchmal ein Gefühl der Schwermut. Dann öffnete sie die Schublade ihres Nähkastens und entfaltete einen dort sorgsam verborgenen Brief. Auf rosa Papier stand in winziger Schrift geschrieben:

»... Wenn ich daran denke, daß ich mit Dir, liebe Schwester, von nun an nicht mehr zusammen sein kann, fließen mir schon jetzt, da ich diesen Brief schreibe, unaufhörlich die Tränen. Liebe Schwester, bitte verzeih mir. Ich weiß nicht, womit ich Dein unermeßliches Opfer verdient habe.

Liebe Schwester, meinetwillen hast Du der Heirat zugestimmt. Du magst sagen, daß das nicht stimmt, doch ich weiß, daß es so ist. Als wir eines Abends im Teikoku-Theater waren, fragtest Du mich, ob ich Shun-san liebe. Und dann sagtest Du, wenn ich ihn liebte, würdest Du alles tun, damit ich ihn heiraten könne. Damals hattest Du wohl schon den Brief gelesen, den ich Shun-san geben wollte. Als er verschwand, war ich furchtbar böse auf Dich, liebe Schwester. (Entschuldige! Wie sehr muß ich Dich allein darum um Verzeihung bitten.) Aus diesem Grunde klangen mir an jenem Abend Deine freundlichen Worte auch wie Hohn. Sicherlich wirst Du niemals vergessen, daß ich Dir auf Deine Frage kaum eine Antwort gab. Ich war so wütend. Als aber schon zwei, drei Tage später plötzlich Deine Heirat beschlossen wurde, wollte ich Dich um Vergebung bitten, selbst wenn es meinen Tod bedeutet hätte. Auch Du, liebe Schwester, liebst Shun-san. (Leugne es nicht. Ich weiß es sehr wohl.) Hättest Du nicht an mich gedacht, dann wärst Du bestimmt seine Frau geworden. Und trotzdem hast Du mir immer wieder gesagt, Du dächtest überhaupt nicht an Shun-san. So bist Du denn schließlich eine Ehe eingegangen, ohne zu lieben. Teure Schwester! Erinnerst Du Dich noch, daß ich zu dem Hühnchen, das ich heute im Arm hielt, sagte: ›Entbiete der Schwester, die jetzt nach Osaka geht, deinen Gruß!‹? Ich wollte, daß auch mein Hühnchen zusammen mit mir Dich um Verzeihung bitte. Selbst unsere Mama, die von alledem nichts ahnt, begann zu weinen.

Liebe Schwester, morgen wirst Du schon in Osaka sein. Aber vergiß bitte niemals Deine Teruko. Sie weint still vor sich hin, wenn sie morgens dem Hühnchen Futter gibt und dabei an Dich, liebe Schwester, denkt ...«

Sooft Nobuko diesen kindlichen Brief las, traten ihr die Tränen in die Augen. Dann erinnerte sie sich erst Terukos, wie sie ihr in dem Augenblick, da sie auf dem Zentralbahnhof gerade in den Zug steigen wollte, heimlich diesen Brief in die Hand schob, und schließlich überkam sie eine nicht zu beschreibende Rührung. Aber war denn ihre Heirat tatsächlich nichts als ein Opfer, wie es ihrer Schwester schien? Dieser Zweifel machte ihr das Herz unsagbar schwer, als sie ihre Tränen getrocknet hatte. Um der bedrückenden Stimmung zu entrinnen, ließ sie sich meist still von aufwallenden angenehmen Gefühlen davontragen und beobachtete, wie die Sonnenstrahlen, die auf das Kiefernwäldchen fielen, sich allmählich abendlich gelb färbten.

2

In den ersten drei Monaten ihrer Ehe vergingen auch für sie, wie für alle Jungvermählten, die Tage in Glückseligkeit. Nobukos Mann hatte irgendwie etwas Frauenhaftes an sich, und er redete nicht allzuviel. Wenn er aus dem Geschäft heimgekehrt war, saß er jeden Tag nach dem Abendessen einige Stunden mit Nobuko zusammen. Sie beschäftigte sich mit Handarbeiten und erzählte dabei von Romanen und Dramen, über die seit kurzem alle Welt sprach. Manchmal war in diese Unterhaltungen eine ein wenig christlich anmutende, noch sehr nach Frauenuniversität klingende Lebensanschauung verwoben. Die Wangen vom Abendtrunk gerötet, die Zeitung, die er zu lesen begonnen hatte, auf den Knien, hörte ihr Mann ihr anscheinend aufmerksam zu. Aber niemals äußerte er so etwas wie eine eigene Meinung. Die Sonntage verbrachten sie zur Abwechslung fast immer in den Vergnügungsstätten von Osaka oder der Umgebung. Wenn Nobuko mit der Eisenbahn oder der Elektrischen fuhr, empfand sie immer wieder eine gewisse Abneigung gegen die Bewohner des Kansaigebiets, die so ohne jede Scheu überall aßen und tranken. Um so mehr freute sie sich über die ruhige, vornehme Art ihres Mannes. Es schien, daß inmitten dieser Menschen von ihrem Mann, der sehr auf sich hielt, von seinem Hut, von seinem Anzug, selbst von seinen Schnürschuhen aus rötlichem Leder gleichsam eine frische Atmosphäre ausging, ähnlich dem Geruch von Toilettenseife. Ja, und als sie in den Sommerferien einmal nach

Maiko fuhren und sie ihren Mann mit seinen Kollegen verglich, die zufällig dasselbe Teehaus aufgesucht hatten, da war sie geradezu stolz auf ihn. Aber ihr Mann schien erstaunlich eng mit diesen vulgären Leuten befreundet zu sein.

Nach langer Zeit dachte Nobuko auch wieder einmal an ihre literarische Arbeit, die sie völlig vernachlässigt hatte, und sie begann, wenn ihr Mann nicht zu Hause war, sich ein, zwei Stunden an den Tisch zu setzen. Als sie ihrem Mann davon erzählte, sagte er: »Oho, du wirst jetzt also Schriftstellerin«, und ein Lächeln spielte um seinen weichen Mund. Nun setzte sie sich zwar an den Tisch, aber wider Erwarten floß ihr kein Satz aus der Feder. Immer wieder ertappte sie sich dabei, daß sie gedankenlos und selbstvergessen, die Wange auf die Hand gestützt, dem Zirpen der Zikaden in dem sonnenheißen Kiefernwäldchen lauschte.

Der Spätsommer begann gerade dem Frühherbst zu weichen, als ihr Mann eines Morgens, bevor er ins Geschäft ging, den durchgeschwitzten Kragen wechseln wollte. Unglücklicherweise hatte sie aber alle Kragen in die Wäscherei gegeben. Er schien ungehalten, und sein Gesicht umwölkte sich, denn er hielt nun einmal sehr auf seine Kleidung. Während er sich die Hosenträger anknöpfte, sagte er in einer bisher nie gehörten, verletzenden Art: »Es geht nicht, daß du nur noch Romane schreibst!« Nobuko schwieg, schlug die Augen nieder und bürstete ihm den Staub vom Jackett.

Einige Tage später meinte ihr Mann eines Abends, nachdem er in der Zeitung einen Artikel über Ernährungsprobleme gelesen hatte, ob es nicht möglich sei, die monatlichen Ausgaben noch ein wenig einzuschränken. »Du kannst ja schließlich nicht ewig Studentin bleiben.« Sogar so etwas bekam sie zu hören. Nobuko gab eine nichtssagende Anwort und stickte weiter an einer Krawatte für ihren Mann. Daraufhin sagte er mit ungewohnter Hartnäckigkeit in einem ebenfalls unnachgiebigen Ton: »Ist es denn nicht billiger, die Krawatte fertig zu kaufen?« Nun entgegnete sie erst recht nichts mehr. Auch er machte schließlich ein verdrießliches Gesicht und las nur noch gelangweilt in irgendeiner Handelszeitschrift. Aber nachdem sie das Licht im Schlafzimmer gelöscht hatten, sagte Nobuko, ihrem Mann den Rücken zugewandt, gleichsam flüsternd: »Ich schreibe keine Romane mehr.« Ihr Mann blieb stumm. Ein Weilchen später wiederholte sie dieselben Worte, nur noch etwas schwächer. Und als wieder einige Augenblicke vergangen waren, vernahm man ein Weinen. Er schalt sie mit zwei, drei Worten. Danach war nur von Zeit zu Zeit ein Schluchzen zu hören. Aber auf einmal klammerte sich Nobuko fest an ihren Mann ...

Am nächsten Tag waren sie wieder ein gutes Ehepaar wie früher. Bald darauf war ihr Mann einmal selbst um Mitternacht noch nicht aus dem Geschäft nach Hause gekommen. Als er dann schließlich heimkehrte, roch sein Atem nach Alkohol. Er war so betrunken, daß er nicht einmal den Regenmantel allein ausziehen konnte. Nobuko runzelte zwar die Stirn, half ihm aber bereitwillig beim Auskleiden. Trotzdem machte er mit schwerer Zunge ironische Bemerkungen. »Da ich heute abend nicht zu Hause war, wirst du ja mit deinem Roman schön vorangekommen sein.« Solche Worte sagte sein fraulicher Mund nicht nur einmal. Nachdem sie in jener Nacht zu Bett gegangen waren, liefen ihr unwillkürlich Tränen über die Wangen. Wenn das Teruko sähe, wie würde sie mit ihr zusammen weinen! Teruko! Teruko! Du bist die einzige, bei der ich Zuflucht finden kann. Wieder und wieder rief Nobuko in ihrem Herzen den Namen ihrer Schwester. Gepeinigt von dem Alkoholgeruch und dem Schnarchen ihres Mannes, warf sie sich in jener Nacht von einer Seite auf die andere und fand kaum Schlaf. Aber als es Morgen wurde, hatten sie sich ganz von selbst wieder ausgesöhnt.

Solche Szenen wiederholten sich nun öfter. Inzwischen rückte der Herbst allmählich immer weiter vor. Nur noch selten setzte sich Nobuko an den Tisch und griff zur Feder.

Auch ihr Mann zeigte keinerlei Interesse mehr an ihren Plaudereien über die Literatur. Sie hatten gelernt, die Zeit mit kleinlichen Gesprächen über Haushaltsfragen totzuschlagen, wenn sie sich abends am länglichen Kohlenbecken gegenübersaßen. Zumindest nach dem Abendtrunk schien dieses Thema ihrem Mann am meisten zu behagen. Manchmal aber geschah es, daß Nobuko ihn mit einem traurigen Blick verstohlen ansah. Doch er kaute unbekümmert auf seinem Bart, den er sich seit kurzem hatte wachsen lassen, und aufgeräumter als sonst sagte er bedächtig: »Wenn wir uns ein Kind anschaffen ...«

Zu dieser Zeit tauchte in den Zeitschriften der Name ihres Cousins auf. Nobuko unterhielt keinerlei Briefverkehr mit Shunkichi, es war, als hätte sie ihn nach ihrer Hochzeit völlig vergessen. Wie es ihm erging, daß er das Literaturstudium an der Universität abgeschlossen hatte, daß er für seinen Freundeskreis eine Zeitschrift herausgab, erfuhr sie nur aus den Briefen ihrer Schwester. Aber sie hatte auch gar nicht das Verlangen, mehr von ihm zu hören. Als sie jedoch in den Zeitschriften seine Novellen abgedruckt sah, fühlte sie sich wie früher zu ihm hingezogen. Wenn sie die Hefte Seite für Seite umblätterte, lächelte sie wie immer still vor sich hin. Geschickt wie Miyamoto Musashi bediente sich Shunkichi auch in seinen Novellen seiner beiden Waffen Spott und Witz. Aber durch die Heiterkeit der Ironie schien ihr ein Ton trauriger Verzweiflung zu klingen, den sie bisher bei ihrem Cousin nicht gekannt hatte. Oder kam es ihr in ihrer Gemütsverfassung nur so vor? Als sie daran dachte, war ihr sogleich, als müsse sie bereuen.

Seitdem begegnete Nobuko ihrem Mann mit noch mehr Zärtlichkeit und Sanftmut. Wenn sie sich an den kühlen Abenden am länglichen Kohlenbecken gegenübersaßen, sah er sie stets freundlich lächeln. Sie wirkte jünger als früher und vergaß nie, sich sorgfältig zu schminken. Wenn sie dann ihre Nähsachen ausbreitete, plauderte sie über ihre Hochzeitsfeier damals in Tokio. Ihr Mann war überrascht und beglückt zugleich, daß sie sich an alles so haarklein erinnerte. »Du hast aber ein gutes Gedächtnis für solche Sachen.« So oder mit ähnlichen Worten neckte er sie ein wenig. Sie aber schwieg und schaute ihn nur kokett an. Oft fand sie es selber erstaunlich, daß sie das alles so wenig vergessen konnte.

Wenig später erfuhr sie aus einem Brief ihrer Mutter, daß die Verlobungsgeschenke für Teruko bereits ausgetauscht seien. Und weiter hieß es in dem Brief, Shunkichi habe in einem der Außenbezirke von Yamanote ein Häuschen gebaut, in dem er Teruko willkommen heißen wollte. Nobuko sandte sofort einen langen Glückwunsch an die Mutter und die Schwester. »Da wir niemanden haben, der im Haus einmal nach dem Rechten sieht, können wir zu unserem Bedauern zwar nicht zur Hochzeitsfeier kommen ...« Zwei-, dreimal stockte ihr (warum, wußte sie selbst nicht) in dem Satz die Feder. Dann hob sie die Augen und blickte hinüber zu dem Wäldchen. Unter dem vorwinterlichen Himmel standen die Kiefern in ihrem üppigen, dunklen Grün.

An jenem Abend unterhielten sich Nobuko und ihr Mann über Terukos Hochzeit. Als sie den Tonfall ihrer Schwester nachahmte, lächelte er amüsiert. Doch Nobuko war es, als spräche sie zu sich selbst über Teruko. »Ich leg mich schlafen«, sagte ihr Mann nach zwei, drei Stunden, strich sich über den weichen Bart und rückte ein wenig mühevoll vom Kohlenbecken ab. Nobuko, die sich noch nicht darüber klar war, was sie der Schwester zur Hochzeit schenken könnten, hatte mit der Feuerzange in der Asche gespielt. Nun aber schaute sie plötzlich auf und sagte: »Seltsam, jetzt bekomme ich also einen Bruder.«

»Das ist doch ganz natürlich, schließlich hast du ja eine Schwester.«

Nobuko erwiderte nichts. Sie blickte nur nachdenklich vor sich hin.

Teruko und Shunkichi heirateten Mitte Dezember. An jenem Tag begann es kurz vor Mittag leicht zu schneien. No-

buko, die allein zu Mittag gegessen hatte, wurde den Fischgeschmack im Mund nicht wieder los. Ob es in Tokio wohl
auch schneit? dachte sie, als sie im Halbdämmer des Wohnzimmers still vor dem länglichen Kohlenbecken saß. Der
Schnee fiel immer dichter. Der Fischgeschmack verlor sich
nicht ...

3

Im Herbst des darauffolgenden Jahres betrat Nobuko zusammen mit ihrem Mann, der im Auftrage seiner Firma reiste,
nach langer Zeit wieder einmal Tokioter Boden. Ihr Mann
aber hatte in den wenigen Tagen ihres Aufenthalts viel zu
erledigen. Er besuchte gleich nach der Ankunft mit Nobuko
nur kurz deren Mutter und fand dann kaum noch Zeit, gemeinsam mit seiner Gattin etwas zu unternehmen. So saß
Nobuko denn auch allein in der Rikscha, die sie von der
Endhaltestelle der Straßenbahn durch das anscheinend
neuerschlossene Wohngebiet zum Haus ihrer Schwester
bringen sollte.

Hier draußen ging die Stadt bereits in die Zwiebelfel-
der über. Auf der einen Straßenseite reihte sich allerdings
ein neues Haus an das andere, und alle sahen sehr nach
Mietshäusern aus. Überdachte Eingänge, lebende Zäune
aus chinesischem Weißdorn, an Bambusstangen wehende
Wäsche – darin glich eines dem anderen. Nobuko war
ein wenig enttäuscht von diesen charakterlosen Woh-
nungen.

Als sie um Einlaß bat, erschien zu ihrer Überraschung ihr
Cousin. »Hallo!« rief Shunkichi fröhlich wie einst, als er den
seltenen Gast erblickte. Sie sah, daß er inzwischen keine
Glatze mehr trug.

»Wir haben uns lange nicht gesehen.«

»Ja, wahrhaftig. Tritt näher. Leider bin ich allein.«

»Teruko? Ist sie nicht zu Hause?«

»Nein, sie ist einkaufen. Das Hausmädchen ebenfalls.«

Etwas beklommen legte Nobuko den hellgefütterten Mantel an der Flurgarderobe ab.

Shunkichi bat sie in das Achtmattenzimmer, das als Arbeits- und Gästezimmer zugleich diente. Wohin man im Raum auch blickte, überall türmten sich unordentlich Bücher. Vor allem auf dem kleinen roten Sandelholztisch vor dem von der Nachmittagssonne beschienenen Shoji, lagen Zeitungen, Zeitschriften und Manuskriptpapier in einem heillosen Durcheinander. Daran, daß eine junge Ehefrau im Hause war, erinnerte eigentlich nur die neue Koto, die an der Wand des Tokonoma lehnte. Eine Weile schaute sich Nobuko neugierig um.

»Du hast uns deinen Besuch in deinem Brief zwar angekündigt, aber daß du heute kommst, konnten wir nicht ahnen.« Als Shunkichi sich eine Zigarette anzündete, blickte er Nobuko ein wenig sehnsüchtig an. »Nun, wie geht's in Osaka?«

»Wie geht es dir, Shun-san? Bist du glücklich?«

Schon nach zwei, drei Worten merkte Nobuko, daß auch in ihr die alten Gefühle wiederauflebten. Der etwas unangenehme Gedanke, daß sie seit mehr als zwei Jahren jeden Briefwechsel mit Shunkichi abgebrochen hatte, quälte sie weniger als befürchtet.

Sie wärmten sich die Hände über dem Kohlenbecken und unterhielten sich über alles mögliche. Shunkichis Novellen, Klatsch über gemeinsame Bekannte, Vergleiche zwischen Tokio und Osaka – Gesprächsstoff gab es in schier unerschöpflicher Fülle. Aber als hätten sie sich verabredet, berührte keiner persönliche Dinge. Und das verstärkte in Nobuko den Eindruck, daß sie sich mit ihrem Cousin unterhielt.

Manchmal schwiegen sie auch. Nobuko blickte dann lächelnd in die Asche des Kohlenbeckens und hatte das vage Gefühl, sie warte auf etwas, aber vielleicht konnte man es nicht einmal warten nennen. War es Absicht oder Zufall, daß Shunkichi in solchen Augenblicken sofort zu einem

Thema überging, das dieses Gefühl zerstörte? Ungewollt sah sie in sein Gesicht. Er aber sog gelassen an seiner Zigarette. Nicht die geringste Gezwungenheit lag in seiner Miene.

Schließlich kam Teruko nach Hause. Als sie ihre Schwester sah, freute sie sich so, daß sie einfach ihre beiden Hände ergreifen mußte. Nobukos Mund lächelte, aber in ihren Augen standen Tränen. Für eine Weile vergaßen beide Shunkichi und fragten einander über ihr Leben im letzten Jahr aus. Vor allem Teruko redete frisch und munter drauflos. Ihre Wangen glühten. Sie vergaß nicht einmal, von den Hühnern zu erzählen, die sie auch jetzt noch hielt. Shunkichi rauchte, lächelte wie immer und betrachtete die beiden mit stillem Vergnügen.

Dann kehrte auch das Hausmädchen zurück. Sie händigte Shunkichi einige Postkarten aus, woraufhin er sich sofort an den Tisch setzte und emsig zu schreiben begann. Teruko schien überrascht, daß auch das Hausmädchen fortgewesen war.

»Ja, dann war ja niemand zu Hause, als du kamst?«

»Nur Shun-san«, antwortete Nobuko. Sie spürte, daß sie sich zwingen mußte, gleichmütig zu sein.

»Bedanke dich bei deinem Gemahl. Auch den Tee habe ich allein zubereitet«, sagte Shunkichi, der den beiden Frauen den Rücken zuwandte.

Teruko sah der Schwester in die Augen und lächelte verschmitzt. Ihrem Mann aber entgegnete sie anscheinend absichtlich nichts.

Bald darauf nahm Nobuko mit dem Paar zum Abendessen Platz. Wie Teruko betonte, stammten alle Eier auf dem Tisch von ihren Hühnern.

»Das Leben der Menschen beruht auf Raub. Mit den Eiern beginnt es ...« Während Shunkichi Nobuko Wein einschenkte, erging er sich in sozialistisch gefärbten Gedanken. Dabei war er es allerdings selbst, der sich von den dreien am meisten aus Eiern machte. Teruko fand das komisch und lachte wie ein Kind. Die Ungezwungenheit ließ Nobuko an die einsamen Abende daheim im fernen Kiefernwäldchen denken.

Die Unterhaltung stockte auch dann noch nicht, als sie sich an dem Obst, das nach dem Abendessen gereicht wurde, gütlich getan hatten. Shunkichi, der ein wenig angeheitert war, hockte mit gekreuzten Beinen unter der elektrischen Lampe und erzählte bis tief in die Nacht hinein. Als Nobuko seine Sophistereien und geistreichen Äußerungen hörte, lebte sie auf. Mit einem Leuchten in den Augen sagte sie: »Ob ich nicht auch schreiben sollte?«

Shunkichi ging gar nicht darauf ein, sondern gab nur ein Bonmot von Gourmont zum besten: »Die Musen sind Frauen, und nur ein Mann vermag, sie für sich zu gewinnen.«

Nobuko und Teruko erkannten einmütig die Autorität Gourmonts nicht an. »Demnach könnten also nur Frauen Musiker werden, denn Apollo ist doch wohl ein Mann!« wandte Teruko in vollstem Ernst ein.

Es war inzwischen sehr spät geworden. Nobuko mußte bei ihrer Schwester übernachten.

Shunkichi, bereits im Schlafgewand, schob noch einmal die Regentür auf, trat in den kleinen Garten und rief, ohne jemanden direkt aufzufordern: »Kommt doch noch einen Augenblick heraus. Dieser herrliche Mond.« Aber nur Nobuko schlüpfte in die Gartensandalen, die auf einer Steinstufe standen, und folgte ihm. Kalter Tau netzte ihre nackten Füße.

Shunkichi stand in der Ecke des Gartens unter einer verkümmerten Zypresse, durch deren Zweige der Mond schien, und betrachtete den klaren Nachthimmel.

Der verwilderte Garten war Nobuko etwas unheimlich. »Bei euch wächst aber viel Unkraut.« Ein wenig ängstlich ging sie zu Shunkichi hinüber.

Doch er blickte zum Himmel auf und flüsterte nur: »Die dreizehnte Nacht!« Dann schwieg er. Schließlich wandte er sich ruhig Nobuko zu und sagte: »Komm, wir wollen uns den Hühnerstall ansehen.«

274

Nobuko nickte stumm. Der Hühnerstall stand in der anderen Ecke des Gartens. Schulter an Schulter gingen sie langsam hinüber. Aber in dem strohgedeckten Stall, der nach Hühnern roch, waren nur undeutliche Schatten zu erkennen. »Sie schlafen«, flüsterte Shunkichi kaum hörbar, als er einen Blick hineingeworfen hatte.

Die Hühner, denen die Menschen die Eier wegnehmen, mußte Nobuko, die im Unkraut stand, unwillkürlich denken ...

Als die beiden aus dem Garten zurückkehrten, saß Teruko am Tisch ihres Mannes und starrte gedankenverloren in das Licht der Lampe. Der Lampe, über deren Schirm ein grünliches Insekt kroch.

4

Am nächsten Morgen trug Shunkichi seinen einzigen europäischen Anzug und verließ sofort nach dem Frühstück das Haus. Er sagte, er wolle das Grab eines Freundes besuchen, dessen Todestag sich zum erstenmal jährte. »Du bleibst doch noch? Bis Mittag bin ich bestimmt zurück«, redete er Nobuko zu, als er den Mantel überzog. Sie hielt seinen weichen Hut in ihren zierlichen Händen, schwieg und lächelte nur.

Nachdem Teruko ihren Mann hinausgeleitet hatte, lud sie ihre Schwester ein, am Kohlenbecken Platz zu nehmen. Geschäftig bot sie ihr immer wieder Tee an. Sie sprach über die Nachbarin, erzählte von den Reportern, die ins Haus kamen, berichtete über das Gastspiel eines ausländischen Opernensembles, zu dem sie mit Shunkichi gegangen war. Ihr Vorrat an solchem Gesprächsstoff, der doch eigentlich heiter stimmt, schien reich zu sein. Aber Nobuko war in Gedanken versunken. Sie merkte es schließlich selbst und auch, daß sie immer nur nichtssagende Antworten gab. Auch Teruko schien dies aufgefallen zu sein. Besorgt sah sie ihre

Schwester an. »Was ist mit dir?« fragte sie. Ja, was war mit ihr?

Nobuko wußte es selbst nicht genau.

Als die Standuhr zehn schlug, hob Nobuko die müden Augen. »Shun-san wird wohl doch nicht so bald wiederkommen«, sagte sie. Da blickte auch Teruko flüchtig auf die Uhr und antwortete kühl nichts als: »Noch nicht ...« Nobuko spürte, daß aus diesen beiden Worten das Herz einer jungen Frau sprach, der die Liebe ihres Mannes alles ist. Der Gedanke weckte eine immer stärker werdende Melancholie in ihr.

»Teru-san, du bist glücklich, nicht wahr?« fragte Nobuko scherzhaft. Sie hatte jedoch nicht verhindern können, daß sich ganz von selbst der Ton ernster Eifersucht in ihre Worte einschlich.

»Du, paß auf!« Teruko lachte unschuldig und fröhlich und tat so, als sei sie böse. Und einschmeichelnd fügte sie hinzu: »Na, du bist doch auch glücklich.«

Diese Worte trafen Nobuko ins Herz. Sie hob ein wenig die Lider und fragte zurück: »Glaubst du?« Aber kaum hatte sie die Gegenfrage gestellt, da bereute sie sie auch schon. Für einen Moment schaute Teruko befremdet drein, dann sah sie ihrer Schwester in die Augen. Ein Ausdruck schlechtverhehlter Reue lag auch auf Terukos Gesicht. Nobuko lächelte gezwungen. »Ich bin glücklich, daß man mich für glücklich hält.«

Sie verstummten beide. Sie lauschten dem Summen des Teekessels auf dem Kohlenbecken und dem Ticken der Uhr.

»Aber dein Mann ist doch nett zu dir, nicht wahr?« fragte Teruko schließlich schüchtern. Aus ihrer leisen Frage war deutlich ein mitleidiger Ton herauszuhören. Nun konnte aber Nobuko alles, nur kein mitleidiges Bedauern ertragen. Sie breitete die Zeitung auf den Knien aus, blickte hinein und gab ganz bewußt keine Antwort. Wie in Osaka beschäftigte sich auch hier die Presse mit den Reispreisen.

Auf einmal wurde die Stille im Zimmer von einem leisen

Weinen durchbrochen. Nobuko blickte von der Zeitung auf
und sah, daß Teruko, die ihr gegenüber am Kohlenbecken
saß, das Gesicht im Ärmel verbarg. »Du brauchst doch nicht
zu weinen.« Trotz der tröstenden Worte hörte Teruko nicht
auf zu weinen. Eine grausame Freude erfüllte Nobuko, als
sie die bebenden Schultern ihrer Schwester sah. Dann neigte
sie sich zu Teruko hinüber und fuhr mit leiser Stimme fort,
als fürchte sie, daß das Hausmädchen sie hören könnte:
»Sollte ich dir weh getan haben, dann verzeih mir bitte.
Nichts macht mich glücklicher, als zu wissen, daß wenigstens du glücklich bist. Glaub mir! Wenn Shun-san dich
liebt ...« Ergriffen von ihren eigenen Worten, wurde sie allmählich sentimental.

Plötzlich ließ Teruko den Arm sinken und hob das tränen-
nasse Gesicht. Wider Erwarten war in ihren Augen weder
Kummer noch Zorn zu entdecken. Nur eine unbezähmbare
Eifersucht loderte darin. »Warum ... warum ... bist du gestern abend ...« Bevor sie alles ausgesprochen hatte, vergrub
sie ihr Gesicht wieder im Ärmel. Ein wildes Schluchzen
schüttelte sie ...

Zwei, drei Stunden später saß Nobuko, die es eilig hatte,
zur Endhaltestelle der Straßenbahn zu gelangen, in einer
hin und her schwankenden Rikscha. Nur durch ein vier-
eckiges Zelluloidfenster vorn im Verdeck sah sie die Außen-
welt. Vorstadthäuser und Zweige bunter Büsche und Bäume
zogen langsam, aber stetig daran vorüber. Das einzige, was
sich nicht bewegte, war der kühle Herbsthimmel, an dem
leichte Wolken dahintrieben.

In Nobukos Herz war Ruhe eingekehrt. Doch über diese
breitete sich eine stille Resignation. Als Terukos Wein-
krampf vorüber war, hatten sich die beiden Schwestern unter
neuen Tränen versöhnt, waren sie wieder wie einst gut miteinander ausgekommen. Aber die Tatsachen lasteten auch
jetzt noch als Tatsachen auf Nobukos Seele. Als sie sich,
ohne die Rückkehr des Cousins abzuwarten, der Rikscha anvertraute, da hatte sie das Gefühl, daß die Schwester ihr

nunmehr für ewig eine Fremde sei. Sie spürte, daß sie nicht ganz frei war von Gehässigkeit, und war wie zu Eis erstarrt.

Nobuko blickte plötzlich auf. Durch das Zelluloidfenster sah sie die Gestalt ihres Cousins, der, den Stock in der Hand, die staubige Straße gegangen kam. Ihr Herz klopfte. Soll ich halten lassen? Soll ich vorbeifahren? Sie dämpfte ihre Erregung und häufte, verborgen unter dem Verdeck, sinnloses Zaudern auf sinnloses Zaudern. Aber mit jedem Augenblick wurde die Entfernung zwischen ihr und Shunkichi kleiner. Im Schein der schwachen Sonne ging er bedächtigen Schrittes über die mit Pfützen besäte Straße.

»Shun-san!« Beinahe wäre Nobuko der Ruf über die Lippen gekommen, als die so vertraute Gestalt sich unmittelbar neben ihr befand. Aber wieder zögerte sie. Und schon war Shunkichi, der von nichts ahnte, an der verdeckten Rikscha vorbei. Der verschleierte Himmel, die verstreuten Häuser, die gelblichen Zweige der hohen Bäume und schließlich die unverändert menschenleere Vorstadtstraße – das war alles, was blieb.

Herbst …

In der kalten, verdeckten Rikscha spürte Nobuko am ganzen Körper, wie verlassen sie war. Das Herz wurde ihr schwer.

März 1920

Die Geschichte einer Rache

Auftakt

Zu den Vasallen des Fürstenhauses Hosokawa im Lande Higo gehörte ein Samurai namens Jindayu Taoka. Er hatte früher der Fürstenfamilie Ito in Hyuga gedient, war aber nach deren Untergang herrenlos geworden, bis er dann auf Fürsprache des Sanzaemon Naito, der seinerzeit die Streitmacht des Fürstenhauses Hosokawa befehligte, ein neues Lehen erhalten hatte, das ihm Einkünfte in Höhe von einhundertfünfzig Koku sicherte.

Als im Frühjahr des siebenten Jahres Kambun ein Turnier der Vasallen stattfand, besiegte Jindayu beim herkömmlichen Lanzenstechen nacheinander alle sechs Samurai, die sich zum Kampf stellten. Dem Turnier wohnte auch Tsunatoshi, der regierende Fürst des Hauses Hosokawa, mit seinen engsten Vertrauten bei. Und da Jindayu die Lanze so hervorragend zu führen wußte, begehrte Tsunatoshi nun auch eine Probe seiner Fechtkunst zu sehen. Jindayu griff zum Fechtstock aus Bambus, und nachdem er wiederum drei Samurai besiegt hatte, stellte sich ihm als vierter Hyoe Senuma, der die jungen Samurai des Fürstenhauses Hosokawa in einer neuen und noch geheim gelehrten Art des Fechtens unterwies. Jindayu dachte an die Ehre des Fechtmeisters und war bereit, ihm den Sieg zu überlassen. Das mußte allerdings sehr geschickt geschehen, denn ein jeder, der etwas davon verstand, sollte merken, daß er, Jindayu, dem anderen den Sieg freiwillig überließ.

Während die beiden nun gegeneinander antraten, spürte

279

Hyoe die Absicht seines Gegners; und er begann ihn plötzlich zu hassen. Da Jindayu vorsätzlich in der Defensive blieb, schlug Hyoe auf einmal wütend zu. Jindayu wurde so hart am Hals getroffen, daß er rücklings zu Boden stürzte. Er bot wahrhaft einen sehr kläglichen Anblick. Tsunatoshi, der zuvor Jindayu für die Kunst seiner Lanzenführung über alle Maßen gelobt hatte, machte nach diesem Ausgang des Kampfes ein mißvergnügtes Gesicht und würdigte Jindayu nicht eines einzigen Wortes.

Die Niederlage Jindayus wurde bald das Ziel spöttischer Reden. »Wenn ihm auf dem Schlachtfeld die Lanze zerbricht, was dann? Wie erbärmlich! In der Fechtkunst steht er nicht einmal mit dem Bambusstecken seinen Mann!« – Solcherart waren die Reden, die von den Vasallen geführt wurden. Natürlich war auch viel Eifersucht und Neid dabei. Auf diese Weise aber geriet Sanzaemon Naito, der sich ja für Jindayu verbürgt hatte, in eine Lage, die es ihm verbot, dem Fürsten gegenüber noch länger zu schweigen. So rief er denn Jindayu zu sich.

»Daß du so schimpflich deinen Kampf verloren hast, läßt sich nicht damit abtun, daß ich sage, ich hätte mich in dir geirrt. Entweder du trittst noch einmal zu einem Kampf über drei Runden an, oder ich muß, um meine Schuld an unserem Fürsten zu sühnen, Harakiri begehen«, sagte er aufgebracht. Auch Jindayu ging es wider seine Ehre als Samurai, das Gerede der Vasallen weiterhin einfach zu überhören. Deshalb nahm er sich die Worte Sanzaemons zu Herzen und verfaßte unverzüglich ein Schreiben, in dem er darum ersuchte, noch einmal zu einem Kampf über drei Runden mit dem Fechtmeister Hyoe Senuma antreten zu dürfen.

Kurz darauf fand der Kampf in Gegenwart des Fürsten Tsunatoshi statt. Beim ersten Gang traf Jindayu Hyoes Unterarm. Beim zweiten Gang streifte Hyoe mit einem Hieb das Gesicht Jindayus. Beim dritten Gang jedoch traf Jindayu mit einem kräftigen Schlag abermals den Unterarm Hyoes. Als Belohnung ließ nun der Fürst Jindayus Einkünfte um fünzig Koku erhöhen. Hyoe hielt sich den striemigen Arm und stahl sich mit düsterer Miene davon.

Ein paar Tage später wurde in einer regnerischen Nacht an der Umfriedung des Tempels Saigan-ji ein Samurai des Hauses Hosokawa namens Heitaro Kano erschlagen. Heitaro war ein schon älterer, im Schreiben und Rechnen geübter Mann. Er besaß ein Lehen, das ihm zweihundert Koku einbrachte, und er hatte ein ziemlich unauffälliges Dasein geführt, so daß eigentlich niemand einen rechten Grund gehabt haben konnte, ihn zu hassen. Erst als am nächsten Tag die Flucht Hyoe Senumas bekannt wurde, wußte man, wer der Mörder des alten Mannes war.

Nun waren Jindayu und Heitaro sich trotz des erheblichen Altersunterschiedes von der Statur her sehr ähnlich gewesen. Hinzu kam, daß sie beide das gleiche Wappen führten. Hyoe und seine Diener hatten sich durch das Wappen auf der Laterne, die im Regen den nächtlichen Weg beleuchtete, und durch die Figur Heitaros, der in einen Regenumhang gehüllt und dessen Gesicht von einem Regenschirm verdeckt war, täuschen lassen, hatten den alten Mann also für Jindayu gehalten und ihn aus Versehen umgebracht.

Heitaro hatte einen Erben mit Namen Motome, der zu jener Zeit gerade siebzehn Jahre alt war. Motome erbat sich sogleich Urlaub von dem Fürsten und beschloß, zusammen mit seinem jungen Diener Kisaburo Egoshi aufzubrechen, um der damaligen Sitte der Samurai gemäß Rache an Hyoe Senuma zu nehmen. Jindayu fühlte sich nicht ganz schuldlos am Tode Heitaros und bat deshalb, als Beschützer Motomes mitziehen zu dürfen. Zugleich wünschte auch der Samurai Sakon Tsuzaki, der ein enges Verhältnis zu Motome hatte, diesen zu begleiten. Der Fürst nannte das Verhalten löblich und gab dem Ersuchen Jindayus statt, versagte aber Sakon die Erlaubnis, sich den Rächern anzuschließen.

Sobald die ersten sieben Tage nach dem Tode seines Vaters vergangen waren, verließ Motome mit seinen beiden Gefährten, Jindayu und Kisaburo, die Stadt unterhalb der Burg Kumamoto. Die Kirschen waren um diese Zeit in dem warmen Lande schon verblüht.

1

Nachdem Sakons Bitte, Motome Beistand leisten zu dürfen, abgeschlagen worden war, hatte er sich zwei, drei Tage lang zu Hause eingeschlossen. Es schmerzte ihn sehr, daß sein schriftliches Versprechen, niemals von der Seite Motomes zu weichen, auf diese Weise null und nichtig werden sollte. Zudem fürchtete er, die anderen Samurai könnten üble Nachrede über ihn führen. Aber am unerträglichsten von allem war ihm der Gedanke, Motome allein der Obhut Jindayus zu überlassen. So schlich er sich, ohne von seinen Eltern Abschied genommen zu haben und nur eine schriftliche Nachricht hinterlassend, in derselben Nacht, als die Rächer Kumamoto verließen, aus dem Hause, um ihnen zu folgen.

Er holte die drei Männer gleich hinter der Landesgrenze ein. Sie ruhten gerade ihre Füße in einem Teehaus an einer Grenzstation in den Bergen aus. Sakon trat vor Jindayu hin, legte die Hände zusammen und bat mehrere Male inständigst, ihn als Gefährten aufzunehmen.

Jindayu fragte zuerst mürrisch: »Meinst du etwa, auf mich und mein Schwert sei kein Verlaß?« Und er schien nicht ohne weiteres gewillt, Sakon mitziehen zu lassen. Doch nachdem er einen Seitenblick auf Motome geworfen und auch Kisaburo sich für Sakon verwendet hatte, gab er schließlich seine Zustimmung. Denn Motome, der noch sein langes Knabenhaar trug und schwächlich wie ein Mädchen war, hatte schlecht verhehlen können, wie gern er auch Sakon um sich haben würde. Vor Freude traten Sakon Tränen in die Augen, er überschüttete selbst Kisaburo mit Dankesworten.

282

Da die vier Rächer wußten, daß der Mann der jüngeren Schwester Hyoes zu den Vasallen der Familie Asano gehörte, setzten sie bei Mojigaseki über die Meerenge und zogen die Mittellandstraße hinauf bis in das ferne Hiroshima. Als sie dort Quartier genommen hatten, erfuhren sie während ihrer Suche nach dem Feind aus dem Geschwätz einer Akupunktiererin, die in den Häusern der Samurai ein und aus ging, daß Hyoe zwar in Hiroshima gewesen sei, aber sich dann in aller Heimlichkeit nach Matsuyama begeben habe, wo ein Bekannter seines Schwagers lebte. Daraufhin bestiegen die Rächer sogleich ein Schiff nach Iyo und langten im Mittsommer des siebenten Jahres Kambun in Matsuyama an.

Dort forschten sie, den geflochtenen Binsenhut tief ins Gesicht gezogen, Tag für Tag nach dem Verbleib des Feindes. Aber Hyoe ließ offenbar größte Vorsicht walten; denn nirgends war eine Spur von ihm zu finden. Zwar entdeckte Sakon einmal einen als Mönch verkleideten Mann, der fast wie Hyoe aussah, und er horchte ihn aus, bis sich am Ende dann doch herausstellte, daß dies nicht der Gesuchte war.

Mittlerweile hatte sich schon der Herbstwind aufgemacht, und durch die Fenster in den Häusern der Samurai unterhalb der Burg sah man zwischen der Wasserlinse, die während des Sommers den Burggraben überzogen hatte, immer mehr das klare Wasser hervortreten. Allmählich begannen die Rächer ungeduldig zu werden. Besonders Sakon brannte auf ein Zusammentreffen mit dem Feind. Fast Tag und Nacht wanderte er spähend innerhalb und außerhalb der Stadt umher. Er wollte unbedingt den ersten Schwertstreich führen. Käme Jindayu mir zuvor, der ich meinen Herrn und meine Eltern aufgab, um mich den Rächern anzuschließen, wäre meine Ehre verletzt; so dachte er.

Mehr als zwei Monate waren seit ihrer Ankunft in Matsuyama bereits vergangen, da sah Sakon eines Tages, als er an der Küste nahe der Burgstadt herumstreifte, zwei junge Samuraidiener, die eine verdeckte Sänfte begleiteten, und er hörte, wie sie die Fischer zur Eile anhielten, das Schiff klarzumachen. Und kaum war das Schiff zum Ablegen bereit, sprang ein Samurai aus der Sänfte und stülpte sich sofort einen Binsenhut auf, so daß Sakon nur flüchtig sein Gesicht hatte sehen können. Aber es gab keinen Zweifel: Das war Hyoe Senuma! Sakon zögerte einen Augenblick. Er bedauerte aus tiefstem Herzen, daß Motome nicht zur Stelle war. Doch dann überlegte er: Erschlage ich Hyoe jetzt nicht, entkommt er uns wieder. Und nimmt er zudem seinen Fluchtweg über das Meer, weiß man' nicht, wo er Unterschlupf sucht. Ich muß mich ihm zu erkennen geben und ihn erschlagen, auch wenn ich allein bin! – Als Sakon diesen Entschluß gefaßt hatte, schien ihm selbst die Zeit, sich erst auf den Kampf vorzubereiten, leid zu tun. Er warf nur rasch den geflochtenen Hut von sich und rief auch schon:

»Hyoe Senuma! Höre! Ich bin Sakon Tsuzaki, vertrete Bruderstelle an Motome Kano und leihe ihm mein Schwert!« Dabei holte er mit seinem Schwert aus und stürzte auf den anderen zu. Der andere jedoch, den Hut tief im Gesicht, sah Sakon ohne ein Zeichen der Verwirrung an und schalt: »Bist du von Sinnen! Hältst mich für einen, der ich nicht bin!«

Unwillkürlich zauderte Sakon. Doch die Hand des Samurai hatte schon den Schwertknauf umklammert, und das mächtige Schwert sauste auf Sakon hernieder. Während Sakon rücklings zu Boden sank, konnte er nun unter dem tief in die Augen gezogenen Hut das Gesicht Hyoes deutlich erkennen.

2

Nachdem Sakon erschlagen worden war, durchstreiften die drei Männer zwei Jahre lang fast alle Winkel der Länder in der Nähe der Hauptstadt und entlang der Ostmeerstraße. Aber sie erfuhren nirgends etwas über Hyoe.

Im Herbst des neunten Jahres Kambun erreichten sie fast

zur gleichen Zeit wie die Wildgänse aus dem Norden Edo. Da in dieser Stadt alt und jung, hoch und niedrig aus allen Landen zusammenströmte, glaubten die Rächer, hier ihrem Ziel näher zu kommen. Sie nahmen ihren vorläufigen Wohnsitz in einer abgelegenen Gasse in Kanda. Sodann gab Jindayu sich für einen herrenlosen Samurai aus und zog singend und um Almosen bettelnd umher. Motome verkleidete sich als Händler und ging mit einem Kasten voller Putzartikel auf dem Rücken von Haus zu Haus. Und Kisaburo verdingte sich bei dem Hatamoto Soemon Nose als Sandalenträger.

Motome und Jindayu wanderten jeder für sich tagtäglich durch die Straßen der Stadt. Der erfahrene Jindayu beobachtete beharrlich die Vergnügungsstätten und zeigte auch nicht einen Anflug von Verdrossenheit. In das Herz des jungen Motome hingegen schlich sich Verzagtheit, selbst wenn er bei strahlendem Herbstwetter, das abgehärmte Gesicht unter dem Binsenhut verborgen, die Nihonbashi-Brücke überquerte; und es war ihm, als sollte ihnen für immer der Erfolg versagt bleiben.

Unterdessen begannen vom Norden her heftige Winde zu wehen. Motome erkältete sich und schien zeitweise zu fiebern. Trotz seines Unwohlseins aber hörte er nicht auf, Tag für Tag mit seiner Last auf dem Rücken von Haus zu Haus zu gehen und seine Ware feilzubieten. Wenn Jindayu zwischendurch einmal Kisaburo zu Gesicht bekam, dann sprach er ihm von der Standhaftigkeit Motomes, worüber der junge Diener, der sehr an seinem Herrn hing, stets in Tränen ausbrach. Doch sie ahnten beide nicht, daß es ein heimlicher Kummer war, der Motome nicht einmal die Ruhe finden ließ, die Krankheit auszuheilen.

Schließlich kam der Frühling des zehnten Jahres Kambun. Von dieser Zeit an ging Motome, ohne daß jemand davon wußte, oft in das Freudenviertel von Yoshiwara. Seine Besuche galten einem Mädchen namens Kaede in dem Hause Izumiya. Trotz ihres Gewerbes faßte sie eine herzliche Zuneigung zu Motome. Und auch er fühlte sich von seinem Kummer erlöst, solange er bei ihr weilte.

Als nun überall in den Badestuben die Kirschblüte von Shibuya besungen wurde, war Motome so vertraut mit Kaede, daß er keinen Zweifel mehr an ihrer Aufrichtigkeit hegte und ihr schließlich sein Geheimnis entdeckte. Daraufhin erfuhr er völlig unerwartet aus ihrem Mund, daß ein Samurai, der Hyoe gewesen sein könnte, etwa einen Monat zuvor zusammen mit einigen Samurai aus dem Fürstentum Matsue das Izumiya besucht habe. Glücklicherweise erinnerte sich Kaede, der das Los zugefallen war, die Partnerin jenes Samurai zu sein, recht genau an sein Aussehen und auch an die Kleider, die er getragen hatte. Überdies hatte sie flüchtig gehört, daß er in den nächsten zwei, drei Tagen Edo verlassen und sich nach Matsue im Lande Izumo begeben werde. Motome freute sich natürlich. Doch als er daran dachte, daß er sich, um abermals dem Feind zu folgen, für einige Zeit – oder vielleicht sogar für alle Ewigkeit – von Kaede trennen mußte, sank ihm der Mut. An diesem Tag betrank er sich mit ihr, was er sonst nie getan hatte. Und am Abend erlitt er einen heftigen Blutsturz, kaum daß er in sein Quartier zurückgekehrt war.

Vom nächsten Tag an fesselte ihn die Schwäche an sein Lager. Doch erwähnte er zu Jindayu kein Wort davon, daß er wußte, wo sich ihr Feind verbarg. Wenn Jindayu nicht gerade bettelnd umherzog, widmete er sich ganz der Pflege Motomes. Als er jedoch eines Abends, nachdem er zwischen den Schaubuden in der Fukiya-Straße umhergestreift war, in ihr Quartier zurückkam, hatte Motome sich das Schwert in den Leib gestoßen und auf diese Weise ein trauriges Ende gefunden. Er lag vor der schon brennenden Laterne. Ein Abschiedsbrief steckte in seinem Mund. Jindayu öffnete trotz seiner Bestürzung zuerst den Brief. Darin hatte Motome von der Kunde über ihren Feind und von dem Grund seines Selbstmordes geschrieben: »Ich bin schwach und krank, und weil ich glaube, daß mein Wunsch nach Rache kaum Erfül-

lung finden wird ...« Das also war es. Doch in dem blutver-
schmierten Abschiedsbrief lag noch ein anderes Schreiben.
Als Jindayu es überflogen hatte, zog er die Lampe ein wenig
näher zu sich heran und hielt es in die Flamme. Knisternd
verbrannte das Papier, und der Feuerschein fiel auf das verdrossene Gesicht Jindayus.

In dem Schreiben hatten Motome und Kaede sich im
Frühling dieses Jahres ewige Liebe versprochen.

3

Im Sommer des zehnten Jahres Kambun erreichten Jindayu
und Kisaburo die Burgstadt Matsue im Lande Izumo. Als sie
auf der Ohashi-Brücke standen und zu den Wolkengebirgen
aufschauten, die sich über dem See Shinjiko am Himmel
türmten, packte sie beide, wie auf Verabredung, eine starke
Ergriffenheit. Immerhin erlebten sie, seit sie das heimatliche
Kumamoto verlassen hatten, nun schon den vierten Sommer
ihrer ruhelosen Wanderschaft.

Sie nahmen in einem Gasthof nahe der Kyobashi-Brücke
Quartier und begaben sich gleich am nächsten Tag auf die
Suche nach Hyoe. Aber es begann bereits Herbst zu werden,
als sie die erste Kunde davon erhielten, daß sich im Hause
des Kozaemon Onchi, der die Samurai des Fürstenhauses
Matsudaira in den Kriegskünsten unterwies, ein Samurai
versteckt hielt, bei dem es sich zweifellos um Hyoe handelte. Jindayu und Kisaburo glaubten, daß sich jetzt ihr
Wunsch erfüllen würde, nein, daß er sich jetzt erfüllen
müßte. Vor allem Jindayu empfand von dem Tage an, da sie
um das Versteck Hyoes wußten, eine fast unbezähmbare
Freude und einen ebenso unbezähmbaren Zorn. Sie hatten
an Hyoe nun nicht mehr nur den Tod Heitaros, sondern
auch den Tod Sakons und Motomes zu rächen. In erster Linie aber sah Jindayu in ihm den hassenswerten Feind, dem
er all die Unbill der letzten drei Jahre zu verdanken hatte ...

Wenn er daran dachte, wäre Jindayu, was bei seiner sonstigen Gelassenheit sehr verwunderte, am liebsten sofort in das Haus des Onchi eingedrungen, um Hyoe zum Kampf zu stellen.

Nun aber war Kozaemon Onchi für seine Fechtkunst weithin berühmt. Außerdem war er stets von einer großen Schülerschar umgeben. Also mußte Jindayu trotz seiner Ungeduld drauf warten, daß sich Hyoe einmal allein außerhalb des Hauses zeigte. Doch eine solche Gelegenheit wollte und wollte sich nicht bieten. Hyoe schien weder bei Tag noch bei Nacht das Haus zu verlassen. Mittlerweile war die indische Myrte im Garten ihrer Herberge schon verblüht, und die Strahlen der Sonne, die auf die Trittsteine fielen, wurden allmählich immer schwächer. Als sich dann zum drittenmal der Tag jährte, an dem Sakon erschlagen worden war, konnten die beiden Rächer ihre quälende Ungeduld kaum mehr ertragen. Am Abend jenes Tages klopfte Kisaburo an das Tor des Tempels Shoko-in, der sich in der Nähe ihrer Herberge befand, und bat den Priester, eine Messe zu lesen. Vorsichtshalber aber nannte er dem Priester nicht den Namen dessen, dem die Messe galt. Wie groß aber war seine Überraschung, als er in der Haupthalle des Tempels zwei Totentafeln mit den Namen Heitaros und Sakons entdeckte! Nachdem die Messe vorüber war, fragte Kisaburo mit argloser Miene einen Mönch, was für eine Bewandtnis es mit diesen Tafeln habe. Zu seiner noch größeren Überraschung erhielt er zur Antwort, daß ein Vertrauter des Kozaemon Onchi, der ein Gönner dieses Tempels sei, die Tafeln habe aufstellen lassen und außerdem in jedem Monat am Todestag der beiden zu einer kurzen Andacht in die Halle käme.

»Auch heute habe ich ihn hier gesehen«, fügte der Mönch hinzu, der offenbar keinerlei Verdacht geschöpft hatte.

Als Kisaburo aus dem Tempel ging, spürte er, daß der Mut wieder in ihm auflebte, und ihm war, als wollten ihnen von nun an die Seelen des Vaters und Sohnes Kano sowie Sakons Beistand leisten.

Froh, daß ihnen jetzt endlich das Glück hold war, und bekümmert, daß ihnen die Besuche Hyoes im Tempel so lange verborgen geblieben waren, lauschte Jindayu den Worten Kisaburos.

»Heute in einer Woche ist der Todestag meines früheren Herrn. So will es also das Schicksal, daß an diesem Tag der Feind fällt«, sagte Kisaburo, und damit beendete er seinen erfreulichen Bericht. Auch Jindayu hatte das Gefühl, dieses sei eine Fügung des Schicksals. Beim Licht der Laterne tauschten dann die beiden bis zum Morgengrauen ihre Erinnerungen an Vater und Sohn Kano und an Sakon aus. Und dabei vergaßen sie völlig, sich über Hyoe, der um das Seelenheil dieser Toten betete, Gedanken zu machen.

Der Todestag Heitaros rückte immer näher. Ihre Klingen schärfend und sich dabei auch seelisch auf den Kampf vorbereitend, erwarteten sie diesen Tag gelassen. Sie fragten sich nicht mehr, ob die Rache gelingen würde oder nicht. Sie dachten nur noch an den Tag, an die Stunde. Und Jindayu überlegte sich bereits den Fluchtweg, den sie nach vollbrachter Tat nehmen wollten.

Endlich war der Tag gekommen. Noch bevor der Morgen graute, legten die beiden ihre Kleider an. Über sein mit Schwertlilien bemaltes Lederwams und die weiten Pluderhosen zog Jindayu ein Gewand aus schwarzer Seide, schürzte die Ärmel mit schmalen Lederbändern auf und warf sich einen mit dem Familienwappen verzierten Umhang von der gleichen schwarzen Seide des Gewandes über. Umgürtet hatte er sich mit seinem Langschwert, einer Arbeit des Schwertfegers Norinaga Hasebe, und mit seinem kurzen Schwert, das aus der Werkstatt des Kunitoshi Rai stammte. Kisaburo trug zwar keinen Umhang, hatte aber ein Kettenhemd unter sein Oberkleid gezogen. Nachdem sie einander mit kaltem Sake zugetrunken und die Rechnung beim Wirt beglichen hatten, verließen sie voller Tatendrang die Herberge.

Die Straßen waren noch menschenleer. Trotzdem hatten

Jindayu und Kisaburo ihre geflochtenen Binsenhüte tief in das Gesicht gezogen, als sie zum Tor des Tempels Shoko-in gingen, dem Ort, wo Hyoe die Rache treffen sollte. Doch kaum waren sie zwei, drei Straßenzüge weit von der Herberge entfernt, blieb Jindayu plötzlich stehen.

»Warte! Der Wirt hat mir vorhin vier Mon zuwenig herausgegeben. Ich gehe zurück und hole mir das Geld«, sagte er.

»Vier Mon? Deshalb noch einmal zurückgehen? Das verlohnt sich doch wahrhaftig nicht!« wandte Kisaburo ungeduldig ein, denn er wollte so schnell wie möglich an das Ziel, zum Tempel Shoko-in, gelangen. Jindayu aber hörte nicht darauf.

»Nicht um die paar Münzen ist es mir zu tun. Doch wenn ein Samurai wie ich vor der Ausführung der Rache derart verwirrt ist, daß er sich sogar beim Bezahlen seiner Rechnung in der Herberge irrt, so ist das eine Schande für ihn, die ihm selbst kommende Geschlechter nicht vergessen werden. Eile du voraus! Ich begebe mich noch einmal in den Gasthof.« Mit diesen Worten ließ er Kisaburo stehen und machte sich allein wieder auf den Weg in die Herberge. Voller Bewunderung für die Selbstbeherrschung Jindayus eilte Kisaburo, wie ihm aufgetragen worden war, zu dem Ort, an dem sie dem Feind entgegentreten wollten.

Es dauerte nicht lange, bis sich auch Jindayu vor dem Tor des Tempels bei Kisaburo einstellte. An dem Tag war der Himmel leicht bewölkt. Bald kamen ein paar Sonnenstrahlen hervor, bald regnete es eine Weile. Die beiden Männer trennten sich und gingen jeder in einer anderen Richtung vor dem äußeren Tempelwall, wo die Blätter der Brustbeerhecke schon welkten, auf und ab und harrten unverzagt des Feindes.

Doch es wurde Mittag, und von Hyoe war noch immer nichts zu sehen. Kisaburo verlor die Geduld und fragte mit möglichst arglosem Gesicht schließlich den Tempelwächter, wo denn wohl Hyoe bliebe. Doch der Wächter wußte nicht

mehr zu sagen, als daß auch er sich nicht erklären könne,
warum Hyoe noch nicht zur Andacht in den Tempel gekommen sei.

Die beiden warteten weiter vor dem Tempel und bemühten sich, ihrer wachsenden Ungeduld Herr zu werden. Erbarmungslos verstrich die Zeit. Mit der heraufziehenden Dämmerung hallte einsam das Krächzen der Krähen über den
Himmel, die von den Brustbeeren auf dem Tempelwall fra-
ßen.

Besorgt trat Kisoburo an Jindayu heran und fragte ihn flüsternd: »Ob ich nicht einmal zum Haus des Onchi gehe?«
Doch Jindayu schien davon nichts wissen zu wollen. Er
schüttelte nur den Kopf.

Zwischen den Wolken, die über dem Tor aufgezogen waren, funkelten vereinzelte Sterne. Jindayu aber wartete, an
die Mauer gelehnt, unerschütterlich auf Hyoe. Es war nicht
ausgeschlossen, daß ein Mann wie Hyoe, der wußte, daß
man ihn verfolgte, sich erst in tiefer Nacht heimlich zur Andacht in den Tempel begeben würde.

Schließlich ertönte die Glocke der ersten Nachtwache.
Und dann ertönte auch die Glocke der zweiten Nachtwache.
Der Tau durchnäßte die beiden Männer, die noch immer vor
dem Tempel harrten.

Stunde um Stunde verging. Hyoe jedoch ließ sich nicht
blicken.

Das Ende

Jindayu und Kisaburo suchten sich eine andere Herberge
und lauerten Hyoe weiter auf. Doch vier, fünf Tage später
begann Jindayu mitten in der Nacht plötzlich an heftigem
Erbrechen und Durchfall zu leiden. Kisaburo in seiner
Sorge wollte sofort einen Arzt holen. Der Kranke aber willigte nicht ein, aus Furcht, sie könnten sich dadurch verraten.

Jindayu lag ausgestreckt auf seinem Lager und setzte

seine ganze Hoffnung auf irgendwelche Hausmittel. Das Erbrechen und der Durchfall hielten jedoch unvermindert an. Schließlich konnte Kisaburo es nicht länger ertragen, und auch der Kranke gab seine Zustimmung, einen Arzt zu rufen. Kisaburo bat den Wirt der Herberge, den Hausarzt zu rufen. Der Wirt schickte auch sofort nach dem Arzt Rantai Matsuki, der ganz in der Nähe seine Praxis hatte.

Rantai hatte bei Reiran Mukai studiert und stand in dem Ruf, ein hervorragender Arzt zu sein. Außerdem aber hatte er auch etwas von der leichtlebigen Art eines großen Mannes; er trank gern, wobei er oft die Nacht zum Tage machte, und Gold und Silber scherten ihn wenig.

»Des Kranichs ist es / bald in Wolkengefilden zu fliegen / bald Täler zu durchmessen.« – So dichtete Rantai Matsuki, und er handelte auch so als Arzt. Zu denen, die um seine Hilfe baten, gehörte der hochgestellte Samurai ebenso wie der ausgestoßene Bettler, der sich nur kümmerlich durchs Leben schlug.

Ohne sich den Kranken näher anzusehen, erkannte Rantai sogleich, daß Jindayu an Ruhr litt. Aber der Zustand Jindayus besserte sich auch dann nicht, als er die von Rantai verordnete Medizin einnahm. Kisaburo pflegte den Kranken und betete zu allen Göttern des Himmels und der Erde für seine Heilung. Ebenso flehte der Kranke während der endlosen Nächte, da ihm der Geruch der siedenden Arzneien in die Nase drang, die Götter an, ihm wenigstens so lange sein Leben zu lassen, bis sich sein lang gehegter und einziger Wunsch erfüllt habe.

Der Herbst neigte sich dem Ende zu. Wenn Kisaburo zum Hause des Arztes ging, um neue Medizin zu holen, sah er oft Schwärme von Wasservögeln hoch oben am Himmel. Eines Tages dann begegnete er auf dem Korridor im Hause des Arztes einem Samuraidiener, der ebenfalls gekommen war, Arzneien abzuholen. Den Worten, die dieser Diener mit dem Gehilfen Rantais wechselte, war zu entnehmen, daß er aus dem Hause Kozaemon Onchis kam. Als der Diener gegangen war, wandte Kisaburo sich an den ihm von seinen Besuchen her vertrauten Gehilfen und fragte: »Es scheint, als ob selbst ein solcher Kenner der Kriegskunst wie der ehrenwerte Onchi von Krankheit niedergeworfen wurde?«

»Nein, nicht Onchi ist der Kranke, sondern ein Gast, der sich bei ihm aufhält«, antwortete der gutmütige Gehilfe ohne Arg.

Seit dem Tag versuchte Kisaburo jedesmal, wenn er Medizin holte, Näheres über Hyoes Krankheit zu erkunden. Nach und nach erfuhr er, daß Hyoe seit der Wiederkehr von Heitaros Todestag an der gleichen Krankheit litt wie Jindayu. Und ohne Zweifel hatte er aus diesem Grund an jenem Tag nicht zum Tempel kommen können. Als Jindayu das hörte, ertrug er seine Krankheit nur um so schwerer. Wenn Hyoe starb, dann konnte er, Jindayu, keine Rache mehr an ihm üben. Kam Hyoe aber durch, und er, Jindayu, endete auf dem Krankenlager – auch dann war alle Mühsal der letzten Jahre vergebens gewesen ... Jindayu biß in sein Kopfkissen und betete für seine Genesung und mußte zugleich auch für die Genesung seines Feindes beten.

Das Schicksal indessen meinte es grausam mit Jindayu Taoka. Sein Zustand verschlechterte sich zusehends; keine zehn Tage waren seit dem Besuch des Arztes Rantai an seinem Krankenbett vergangen, da war es so schlimm um ihn bestellt, daß man stündlich mit seinem Tod rechnen mußte. Doch trotz aller Qualen kam Jindayu nicht von dem brennenden Wunsch nach Rache los. Zwischen dem Stöhnen des Kranken hörte Kisaburo immer wieder die Worte: »Großer Bodhisattva Hachiman!« Eines Abends nun, als Kisaburo wie gewöhnlich die Medizin zubereitete, sah Jindayu ihn fest an und rief mit schwacher Stimme: »Kisaburo!« Nach einer Pause sagte er dann: »Mein Leben geht zu Ende!« Kisaburo, der die Hände auf die Matten gestützt hatte, vermochte nicht einmal das Gesicht zu heben.

Am nächsten Tag fiel es Jindayu plötzlich ein, Kisaburo

nach dem Arzt zu schicken. Rantai kam, wenngleich er wieder angetrunken war, sogleich an das Krankenlager geeilt.

Als Jindayu den Arzt erblickte, richtete er sich auf und sagte unter Anstrengung: »Für all Eure Mühe bin ich Euch ohnehin schon zu großem Dank verpflichtet ... Doch solange ich atme, wollte ich Euch noch einmal sehen, denn da ist etwas, worum ich Euch bitten möchte. Seid ihr bereit, mich anzuhören?«

Rantai nickte freundlich. Daraufhin begann Jindayu stokkend und doch in aller Ausführlichkeit von der Rache zu sprechen, die Hyoe Senuma treffen sollte. Seine Stimme klang kraftlos, aber seine Worte verwirrten sich in keiner Weise, obwohl es eine lange Geschichte war. Rantai zog die Brauen zusammen und lauschte gespannt. Als Jindayu alles erzählt hatte, fragte er, nach Atem ringend: »Als Letztes in diesem Leben wüßte ich gern, wie es um Hyoe steht. Lebt er noch?«

Kisaburo weinte schon. Auch der Arzt Rantai konnte, da er diese Worte hörte, seine Tränen kaum mehr unterdrükken. Dennoch schob er sich auf den Knien näher an das Lager heran, beugte sich zu dem Kranken hinab und sagte: »Seid beruhigt! Meine Wenigkeit war Zeuge, als Hyoe in der letzten Nacht zur Stunde des Tigers dahingegangen ist.«

Ein Lächeln glitt über Jindayus Gesicht. Im selben Moment glitzerten kalt die Spuren von Tränen auf seinen hohlen Wangen.

»Hyoe! Hyoe! Dir waren die Götter hold!« So flüsterte Jindayu voller Bedauern. Er schien dem Arzt danken zu wollen; sein Kopf fiel auf das Kissen zurück. Jindayu war verschieden ...

Nach dem Mondkalender war es am Ende des zehnten Monats des zehnten Jahres Kambun, als Kisaburo dem Arzt Rantai Lebewohl sagte und die Rückreise in das heimatliche Kumamoto antrat. In den beiden Bündeln seines Reisegepäcks befanden sich drei Haarsträhnen, eine von Motome, eine von Sakon und eine von Jindayu.

Epilog

Im ersten Monat des elften Jahres Kambun wurden auf dem Friedhof des Tempels Shoko-in in der Stadt Matsue im Lande Izumo vier Grabsteine errichtet. Wer sie gestiftet hatte, wußte niemand. Es schien ein streng gehütetes Geheimnis zu sein. Doch nachdem die Gräber hergerichtet waren, schritten an einem frühen Morgen zwei Männer in Mönchsgewändern mit rosafarbenen Pflaumenblütenzweigen in den Händen durch das Tor des Tempels Shoko-in.

Der eine der Männer war zweifellos der weithin in der Stadt bekannte Rantai Matsuki. Der andere Mann war abgezehrt wie nach einer langen Krankheit und nur noch ein Schatten seiner selbst, doch seine würdevoll männliche Haltung verriet den Samurai. Die beiden Männer legten die Blütenzweige vor den Gräbern nieder. Dann gossen sie der Reihe nach Wasser über die vier neuen Grabsteine ...

In späteren Jahren sah man unter den Anhängern des Erin einen Zenpriester, der jenem seinerzeit durch eine Krankheit abgezehrten Mönch sehr ähnlich war. Man wußte von ihm nur, daß sein Priestername Junkaku lautete.

April 1920

Das Bild von den Bergen
im Herbst

»Da wir gerade von Huang Da-tschi sprechen, saht Ihr je sein
Bild ›Berge im Herbst‹?« fragte Wang Schi-gu den Haus-
herrn des Duftenden Pavillons, Yün Nan-tjien, als sie eines
Herbstabends bei einer Schale Tee miteinander plauderten.

»Nein, ich habe es nie gesehen. Und Ihr?«

Huang Da-tschi, der auch den Namen der Alte Huang
Gung-wang führte, Mei Dau-jen und Huang-he Schan-tjiau
waren die größten Maler im chinesischen Reich zur Zeit der
Yüan-Dynastie. Als Yün Nan-tjien auf die Frage seines Gastes diese Gegenfrage stellte, dachte er unwillkürlich an die
berühmten Werke Da-tschis, an das Gemälde »Der Sandstrand« und die Bildrolle »Reicher Frühling«, die er vor langer Zeit einmal hatte betrachten können.

»Es ist sonderbar, ich weiß wahrhaftig nicht, ob ich sagen
darf, ich sah es, oder ob ich sagen muß, ich sah es nicht ...«

»Ihr wißt nicht, ob Ihr es gesehen habt?«

Yün Nan-tjien blickte seinen Gast mißtrauisch an.

»Soll das heißen, Ihr saht eine Kopie des Bildes?«

»Nein, nein, keine Kopie. Ich sah das Original – aber
nicht nur ich. Auch die Meister Yen Ke und Lien Dschou
verbindet manch Sonderbares mit diesem Bild.«

Wang Schi-gu nahm einen Schluck Tee und lächelte
nachdenklich. »Wenn es Euch nicht langweilt, will ich Euch
davon erzählen.«

»Ich bitte darum«, sagte Yün Nan-tjien artig, während er
den Ruß von der kupfernen Lampe kratzte.

… Damals lebte noch der Meister Yüan Dsai. Als er sich eines Tages im Herbst mit Yen Ke über die Malkunst unterhielt, fragte er ihn unvermittelt, ob er schon einmal das Bild »Berge im Herbst« des Da-tschi gesehen habe. Wie Euch bekannt, schätzte Yen Ke unter allen Meistern niemanden mehr als Da-tschi. Und man darf wohl sagen, daß er um alle seine Werke, soweit sie noch erhalten waren, wußte. Doch dieses Bild war ihm völlig unbekannt.

»Nein, nicht nur, daß ich es nicht gesehen habe. Ich hörte nie zuvor von einem solchen Bild des Da-tschi«, gestand Yen Ke, obwohl ihm das sehr peinlich war.

»Dann solltet Ihr es Euch, sobald sich die Gelegenheit ergibt, unbedingt ansehen. Es ist noch hervorragender als die Bilder ›Berge im Sommer‹ und ›Im Sturm‹. Ich glaube, es ist das beste unter allen Werken Da-tschis.«

»Ein solches Meisterwerk? Das muß ich sehen. Doch wer besitzt es?«

»Es befindet sich im Hause des Herrn Dschang in Jundschou. Wenn Ihr einmal zum Goldberg-Tempel pilgert, so versäumt nicht, in dem Hause vorzusprechen. Ich werde mir erlauben, Euch ein Empfehlungsschreiben mitzugeben.«

Nachdem Yen Ke das Handschreiben des Meisters Yüan Dsai empfangen hatte, machte er sich sogleich auf den Weg nach Jundschou. In einem Haus, das ein so kostbares Bild beherbergt, würde er sicherlich außer den Werken des Da-tschi noch andere hervorragende Gemälde aus verschiedenen Epochen zu sehen bekommen … Bei diesem Gedanken hatte ihn eine solche Unruhe gepackt, daß es ihn nicht einen Augenblick länger in seiner eigenen Klause hielt.

Als er jedoch nach Jundschou kam, fand er das Haus, zu dem er sich voll freudiger Erwartung hinbegeben hatte, recht verwahrlost, wenn auch seine Größe imponierte. Efeu rankte an den Mauern, und im Garten wucherte das Unkraut, dazwischen liefen Hühner und Enten herum. Neugierig beäugten sie den Besucher. Nun begann Yen Ke daran zu zweifeln, daß er in diesem Haus ein Meisterwerk des Da-tschi finden würde. Doch er war einmal hier, und so stand ihm nicht der Sinn danach, stillschweigend wieder von dannen zu ziehen. Also klopfte er, und dem Diener, der daraufhin erschien, erklärte er, er habe eine weite Reise unternommen, in der Hoffnung, daß man ihm in diesem Haus das Bild des Da-tschi »Berge im Herbst« zeigen würde. Und er übergab das Empfehlungsschreiben des Yüan Dsai.

Sogleich wurde er in die Halle geführt. Die Tische und Stühle aus rotem Sandelholz standen hier zwar wohlgeordnet, aber es roch allenthalben muffig. Es war, als schwebte auch über dem Ziegelfußboden der Halle eine Atmosphäre des Verfalls. Zum Glück jedoch war der Hausherr, obwohl er kränklich aussah, von liebenswürdig-zuvorkommendem Wesen. Sein blasses Gesicht und seine schlanken Hände verliehen ihm sogar einen Hauch von Vornehmheit. Nachdem man sich in aller Form begrüßt hatte, fragte Yen Ke, ob er das berühmte Bild des Da-tschi sehen dürfe. Aus der Hast, in der er seine Bitte vortrug, sprach so etwas wie die Furcht, das Meisterwerk könnte Nebelschwaden gleich ins Nichts entschwinden, bekäme er es nicht auf der Stelle zu Gesicht.

Der Hausherr willigte ohne Zögern ein und befahl, das Bild an die kahle Wand zu hängen.

Schon bei dem ersten Blick, den Yen Ke auf das Gemälde warf, entrangen sich ihm ungewollt Laute der Bewunderung.

Ein dunkles Grün herrschte auf dem Bild vor. Durch die Berglandschaft wand sich ein Bach, bei ein paar verstreuten Weilern von kleinen Brücken überquert. Und alles überragte ein hoher Gipfel, den ruhevoll herbstliche Wolken umlagerten. Grünlich schimmerten die mit einem Pinsel hingetupften Berge, wie nach einem frischen Regen. Und hingetupft war auch das Rotlaub der Büsche und Bäume überall auf den Hängen ... Die Schönheit vermögen Worte nicht zu beschreiben. Jedoch das Bild war nicht nur schön und zart in den Farben, es war auch großartig in der Komposition und sauber in der Pinselführung. Kurzum, es war ein Werk von klassischer Vollkommenheit.

Entzückt starrte Yen Ke auf das Bild. Und je länger er es betrachtete, desto wunderbarer fand er es.

»Nun? Gefällt es Euch?« fragte der Hausherr lächelnd und warf von der Seite her einen Blick auf Yen Ke.

»Ein herrliches Werk! Meister Yüan Dsai hat mir wahrlich nicht zuviel versprochen. Nicht eines der berühmten Werke, die ich bis heute sah, reicht an dieses Bild heran.« Selbst als er das sagte, wandte Yen Ke kein Auge von den »Bergen im Herbst«.

»Sprecht Ihr aufrichtig? Ist es wirklich ein so großes Meisterwerk?«

Yen Ke sah den Hausherrn erstaunt an. »Warum hegt Ihr daran Zweifel?«

»Nein, Zweifel sind es nicht, nur …«

Der Hausherr schien verwirrt und errötete fast wie ein junges Mädchen. Dann aber glitt ein trauriges Lächeln über sein Gesicht, und während er mit einem scheuen Blick das Bild an der Wand betrachtete, fuhr er fort: »Wenn ich mir das Bild anschaue, habe ich immer das Gefühl, als träumte ich mit offenen Augen. Die ›Berge im Herbst‹ sind schön. Aber wenn sie es nun nur für mich sind? Vielleicht halten andere sie für ein ganz gewöhnliches Bild? – Diese Ungewißheit ist es, die mich ständig quält. Womöglich sind meine Sinne verwirrt, oder das Bild ist gar zu schön. Ich weiß es nicht. Deshalb wollte ich gern hören, ob auch Euch das Bild gefällt.«

Doch offenbar schenkte Yen Ke damals diesen Erklärungen wenig Beachtung. Nicht etwa nur, weil er so sehr von dem Bild begeistert war. Er vermutete vielmehr, daß der Hausherr hinter seinen Worten nur seinen Mangel an Urteilsfähigkeit verbergen wollte. Bald darauf verließ Yen Ke das recht verfallene Haus des Herrn Dschang.

Aber das Bild »Berge im Herbst« ging ihm nicht aus dem Kopf. Er sah es ständig vor sich. Yen Ke, der, wie ich sagte, keinen höher schätzte als Da-tschi und dessen Schule getreulich fortzuführen suchte, war bereit, für dieses eine Bild

299

alles hinzugeben. Außerdem war Yen Ke auch ein Sammler. Doch selbst die hervorragendsten Werke in seinem Besitz, ja sogar die »Berglandschaft im Schnee« des Li Ying-tjiu, die er für fünfhundert Goldstücke erworben hatte, schienen ihm nun blaß und ausdruckslos, verglichen mit den stimmungsvollen »Bergen im Herbst«. Deshalb wollte Yen Ke auch als Sammler unbedingt dieses Bild besitzen.

Noch während er in Jundschou weilte, sandte er einen Mittelsmann in das Haus des Herrn Dschang, mit dem Auftrag, über den Ankauf des Bildes zu verhandeln. Doch der bleiche Herr Dschang ging nicht darauf ein. Nach den Worten des Mittelsmannes ließ er ausrichten: Wenn dem Meister das Bild so sehr gefalle, wolle er es ihm gerne leihen. Aber zum Verkauf, der Meister möge ihm verzeihen, sei er nicht bereit.

Diese Antwort verstimmte den Meister, denn die Sammlerleidenschaft hatte ihn gepackt. Was denn, geborgt will ich es nicht. Eines Tages werde ich es doch besitzen! – Davon war er im Innersten seines Herzens überzeugt, als er Jundschou ohne das Bild »Berge im Herbst« verlassen mußte.

Ein Jahr später etwa kam Yen Ke wiederum nach Jundschou und begab sich natürlich auch zum Haus des Herrn Dschang. Alles schien wie früher: Efeu rankte an den Mauern, und im Garten wucherte das Unkraut. Doch der Diener, der auf das Klopfen Yen Kes öffnete, gab ihm den Bescheid, daß der Hausherr leider nicht zugegen sei. Yen Ke bat darum, man möge ihm trotzdem das Bild »Berge im Herbst« noch einmal zeigen. Alles Bitten aber war vergebens. Der Diener ließ ihn nicht ein und wiederholte, der Hausherr sei nicht da. Dann schloß er sogar das Tor und gab keine Antwort mehr. Yen Ke blieb nichts anderes, als den Rückweg anzutreten; er tat es grollend und dachte unentwegt an das Meisterwerk, das sich irgendwo in dem verfallenen Haus befand.

Bald danach traf er den Meister Yüan Dsai wieder und erfuhr von ihm, daß Herr Dschang außer Da-tschis »Berge im

Herbst« auch noch das Bild »Gasthof in einer Regennacht« und andere berühmte Werke des Schen Schi-tjien besaß.

»Ich vergaß, Euch damals mitzuteilen, daß diese Werke von dem gleichen hohen künstlerischen Rang wie Da-tschis ›Berge im Herbst‹ sind. Ich werde Euch nochmals ein Empfehlungsschreiben geben, denn auch diese Bilder werden Euch bestimmt gefallen.«

Yen Ke sandte sofort einen Boten in das Haus des Herrn Dschang. Außer dem Schreiben des Meisters Yüan Dsai hatte er dem Boten einige Beutel mit Gold mitgegeben, um die berühmten Werke zu erwerben. Er bekam sie auch, doch nicht das Meisterwerk Da-tschis. Nach wie vor war Herr Dschang nicht bereit, sich von diesem Bild zu trennen. So mußte denn Yen Ke alle Hoffnung fahrenlassen.

Wang Schi-gu machte eine kleine Pause.

»So habe ich es von Meister Yen Ke selbst gehört.«

»Dann hat also nur Meister Yen Ke das Bild wirklich gesehen.«

Yün Nan-tjien strich sich den Bart und blickte seinen Gast fragend an.

»Er sagt, er sah es. Ob er es aber wirklich sah, das weiß man nicht.«

»Nach dem aber, was Ihr erzählt ...«

»Ich bin noch nicht am Ende. Wenn Ihr alles angehört habt, denkt Ihr vielleicht ganz anders darüber als ich.«

Wang Schi-gu griff nicht erst nach der Schale mit dem Tee, sondern sprach gleich voller Eifer weiter.

Als Yen Ke mir von alledem erzählte, war es schon fünfzig Jahre her, daß er das Bild »Berge im Herbst« zu Gesicht bekommen hatte. Zu jener Zeit weilte der Meister Yüan Dsai längst nicht mehr auf Erden. Und im Hause des Herrn Dschang hatten die Generationen bereits ein drittes Mal gewechselt. Niemand hatte je wieder von dem Bild gehört. Keiner wußte, ob es verdorben oder gar für alle Zeit verloren war. Nachdem der greise Yen Ke mir von dem wunderbaren Bild gesprochen hatte, so daß ich es gleichsam vor mir zu sehen glaubte, fügte er mit wehmutsvollem Unterton hinzu: »Mit dem Bild des Da-tschi ist es wie mit dem Schwertertanz des Gung-sun Da-niang. Wohl sind da Pinselstriche, doch man sieht sie nicht. Allein die ganze Atmosphäre, die sich nicht mit Worten wiedergeben läßt, ist es, die unser Herz sofort gefangennimmt. Es ist das gleiche wie mit dem Schwertertanz. Wir sehen nicht den Tänzer und sein Schwert, wir sehen nur sein Schweben.«

Etwa einen Monat später, als bereits die ersten Frühlingswinde wehten, ergab es sich, daß ich in den Süden reisen mußte. Ich teilte dies dem greisen Yen Ke mit, woraufhin er sagte: »Das trifft sich gut. Nutzt die Gelegenheit, um nach dem Bild zu forschen. Käme es noch einmal ans Licht, wäre das wahrhaftig eine glückliche Stunde in der Geschichte der Malkunst.«

Natürlich wünschte auch ich mir nichts sehnlicher als das, und so bat ich den Greis um die Mühe, mir eine Empfehlung zu schreiben. Doch meine Reise führte mich bald hierhin, bald dorthin, und ich fand nicht die Zeit, im Hause des Herrn Dschang in Jundschou vorzusprechen. Der Frühling verging, während ich den Brief des Greises in der Ärmeltasche trug, ohne daß ich ernsthaft nach dem Werk des Da-tschi hätte forschen können.

Aber dann kam mir zu Ohren, das Bild befände sich im Besitz eines Herrn Wang aus einem alten Adelshaus. Unter jenen, denen ich auf meiner Reise den Brief des greisen Yen Ke zeigte, war nämlich ein Bekannter des Herrn Wang. Durch diesen Mann hatte der Herr Wang wohl auch von dem Bild des Da-tschi im Hause der Familie Dschang erfahren. Nach dem, was man sich in der Stadt davon erzählte, soll der Enkel des Herrn Dschang den Boten des Herrn Wang mit großer Freundlichkeit empfangen und ihm als Geschenke eine Bronzeschale, die seit alters zum Familienschatz der Dschang gehörte, alte Schriften und auch das besagte Bild des Da-tschi mitgegeben haben. Woraufhin Herr Wang in seiner übergroßen Freude den Enkel des Herrn Dschang zu sich geladen, ihn mit Musik und schönen Mädchen unterhalten, mit einem Festmahl hoch geehrt und schließlich mit einem Geschenk von tausend Goldstücken entlassen haben soll.

Ich war außer mir vor Freude. Nach all den Wirren der vergangenen fünfzig Jahre existierte das Bild also noch. Und nicht nur das, es befand sich in den Händen des Herrn Wang, der mir kein Unbekannter war. Was hatte seinerzeit der greise Yen Ke dieses Bildes wegen nicht alles unternommen, und doch, als hätten böse Geister sich gegen ihn verschworen, war es ihm versagt geblieben, das Bild ein zweites Mal zu sehen. Und nun war dieses Bild in die Hände des Herrn Wang geraten, ohne daß es ihn zuvor im geringsten beunruhigt hätte. Mir wollte das wie eine Fügung des Himmels scheinen. Unverzüglich machte ich mich auf nach Djintschang, um mir in dem reichen Wohnsitz des Herrn Wang das Bild mit eigenen Augen anzuschauen.

Ich erinnere mich noch heute ganz deutlich jenes Tages. Frühsommer war es und ein Nachmittag, an dem kein Lüftchen wehte. Im Garten des Herrn Wang standen die Magnolien und Päonien in voller Blütenpracht. Als ich dem Hausherrn gegenübertrat, mußte ich, kaum daß wir uns begrüßt, unwillkürlich lächeln.

»Nun befindet sich das Bild ›Berge im Herbst‹ in Euren Händen. Niemand kann ermessen, welche Seelenpein Meister Yen Ke dieses Werkes wegen leiden mußte. Jetzt aber wird Ruhe in sein Herz einkehren. Allein der Gedanke daran macht mich froh.«

Auch Herr Wang schien glücklich; er lächelte vergnügt.

»Für heute haben die Meister Yen Ke und Lien Dschou ebenfalls ihr Kommen angesagt. Doch Ihr seid der erste, und so sollt Ihr auch als erster das Bild betrachten dürfen.«

Herr Wang ließ das Bild von den Bergen im Herbst sogleich an die Wand hängen. Ein Dorf in herbstlichem Rotlaub an einem Bach, weiße Wolken über dem Tal; das Blaugrün des in der Ferne hochaufragenden Gipfels – ich erblickte eine kleine Welt, weit wunderbarer als die große, in der wir leben, eine kleine Welt, geschaffen von Da-tschi. Mein Herz schlug höher, und ich schaute wie verzückt auf das Bild vor mir an der Wand.

Diese Wolken, dieser Dunst, diese Berge und die Täler – das war Da-tschi! Unverkennbar. Fein die Konturen, allein das Schwarz der Tusche in wirkungsvoller Weise nutzend, reich die Farben, allein den Strich des Pinsels nicht zerstörend – wer außer Da-tschi hätte das vermocht! Und dennoch – dennoch war dies nicht das Bild, das der Meister Yen Ke vor langer Zeit im Hause des Herrn Dschang gesehen hatte. Es war ein Werk des Da-tschi, daran gab es keinen Zweifel, jedoch in seinem künstlerischen Ausdruck reichte es an jenes Bild, von dem der greise Yen Ke mir gesprochen, wahrscheinlich nicht heran.

Herr Wang und mit ihm seine anderen Gäste starrten gebannt auf mich. Deshalb war ich sehr darauf bedacht, daß mein Gesicht von der Enttäuschung, die ich spürte, nichts verriet. Aber wie ich mich auch mühte, ganz hatte ich sie doch wohl nicht verbergen können. Denn nach einer kurzen Weile fragte mich Herr Wang in einem etwas bangen Ton: »Wie ist Euer Urteil?«

Ich beeilte mich zu sagen: »Das ist ein wunderbares Bild. Daß Meister Yen Ke so sehr von ihm beeindruckt ist, erstaunt mich nicht.«

Langsam wich die ängstliche Besorgnis aus dem Gesicht des Hausherrn. Doch es blieb ein Schatten zwischen seinen Brauen, woraus ich schloß, daß ihn mein Loblied auf das Bild keineswegs beruhigt hatte.

Jedoch zum Glück wurde Meister Yen Ke in diesem Augenblick gemeldet. Mit einem frohen Lächeln begrüßte er Herrn Wang. »Nun begegne ich dem Bild, das ich vor fünfzig Jahren in dem verfallenen Hause des Herrn Dschang gesehen habe, in Eurem reichen Haus ein zweites Mal. Wahr-

304

lich, nie hätte ich erwartet, daß das Schicksal es so fügen würde.«

Während er das sagte, ruhten seine Blicke schon auf dem Werk des Da-tschi an der Wand. War dies das Bild, das er einst im Hause des Herrn Dschang gesehen hatte? Niemand anderer als der greise Meister selber konnte darauf eine Antwort geben. Gespannt verfolgten wir sein Mienenspiel. Umwölkte sich nicht sein Gesicht?

Nach einer Weile tiefen Schweigens wandte sich Herr Wang besorgt und scheu an den Meister: »Darf ich Euer Urteil hören? Meister Schi-gu hat soeben des Lobes voll von dem Bild gesprochen, doch ...«

Mich überlief es kalt bei dem Gedanken, daß der Greis in seiner Ehrlichkeit rundheraus die Wahrheit sagen könnte. Doch offenbar brachte Meister Yen Ke es nicht über sich, Herrn Wang so bitter zu enttäuschen. Höflich sagte er, nachdem er einen letzten Blick auf das Bild geworfen hatte: »Ihr dürft Euch glücklich preisen, daß nun Euch dieses Bild gehört. Zu dem alten Glanz der Schätze Eures Hauses hat sich neuer Glanz gesellt.«

Trotz dieser Worte verfinsterte sich die Miene des Herrn Wang mehr und mehr. Wäre nicht in dem Augenblick Meister Lien Dschou eingetroffen, der sich verspätet hatte, uns wären Peinlichkeiten nicht erspart geblieben, des bin ich sicher. Doch zum Glück trat der Meister in bester Laune auf uns zu, gerade als der greise Yen Ke in seinem Loblied stockte.

»Ist dies das Bild, von dem die Rede geht?« fragte Lien Dschou; denn statt umständlicher Begrüßung hatte er sich sogleich dem Werk des Da-tschi zugewandt. Eine Weile stand er schweigend davor und kaute auf seinem Bart.

»Vor fünfzig Jahren sah Meister Yen Ke dieses Bild schon einmal«, erklärte der Hausherr, der immer unsicherer geworden war, seinem neuen Gast.

Ihr müßt wissen, der greise Yen Ke hatte dem Lien Dschou niemals von dem wunderbaren Bild erzählt.

»Was meint Ihr? Wie ist Euer Urteil?«

Der Meister seufzte nur und betrachtete weiter unverwandt das Bild.

»Ich bitte Euch, sagt mir unumwunden Eure Meinung«, drang Herr Wang von neuem in den Meister und lächelte gezwungen.

»Das hier? Das ist ...« Meister Lien verstummte.

»Das ist ...?«

»Das ist sicher das größte Meisterwerk des Da-tschi ... Seht nur, die Tönung dieser Wolken! Wie frisch und kraftvoll alles wirkt. Auch das Bunt der Wälder! Man muß es himmlisch nennen. Und dort der Gipfel in der Ferne! Wie er das Bild belebt«, sprach Meister Lien bewundernd, wies auf die Stellen, die ihn besonders meisterhaft dünkten, und schaute sich dabei nach dem Hausherrn um. Ich brauche Euch nicht eigens zu versichern, daß sich bei diesen Worten die sorgenvolle Miene des Herrn Wang rasch aufhellte.

Inzwischen aber hatte ich mit dem greisen Yen Ke heimlich einen Blick gewechselt.

»Meister, ist dies das besagte Bild von den Bergen im Herbst?« fragte ich mit leiser Stimme.

Der greise Meister schüttelte den Kopf und blinzelte mir seltsam zu.

»Es ist alles wie ein Traum. Ich glaube fast, der Herr Dschang war so etwas wie ein Zauberer.«

»Das ist die Geschichte von dem Bild ›Berge im Herbst‹.«

Als Wang Schi-gu geendet hatte, schlürfte er bedächtig seinen Tee.

»Es ist sonderbar. In der Tat!«

Yün Nan-tjien starrte schon eine ganze Weile in den Schein der Kupferlampe.

»Später soll Herr Wang mit großem Eifer noch allerlei Nachforschungen betrieben haben. Aber selbst im Hause der Familie Dschang vermochte ihm niemand mehr zu sagen, als er ohnehin schon wußte.

So frage ich mich denn, ob jenes Bild, das der Meister Yen Ke vor langer Zeit einmal gesehen hat, heute noch irgendwo versteckt gehalten wird oder ob nicht alles nur ein Irrtum des greisen Mannes war. Doch daß er sich einst zum Hause des Herrn Dschang begeben hat, das kann nicht bloße Phantasie gewesen sein ...«

»Deutlich blieb das Bild in seinem Herzen haften. Und auch in Eurem Herzen ...«

»Das dunkle Grün der Berge, das Rotlaub der herbstlichen Wälder – ich sehe es noch heute vor mir.«

»Wozu sich dann grämen? Selbst wenn es jenes Bild von den Bergen im Herbst nie gegeben haben sollte?«

Yün und Wang, die beiden großen Meister, klatschten vergnügt in die Hände und lachten.

Dezember 1920

Der General

1. Die Abteilung »Weiße Tasuki«

In der Morgendämmerung des 26. November des 37. Jahres Meiji setzte sich die Tasuki-Abteilung des ...ten Regiments der ...ten Division auf der Nordseite der Höhe 93 in Marsch, um die Entsatzbatterie auf dem Shoju zu stürmen.

Da der Weg im Bergschatten lag, rückte die Abteilung ausnahmsweise in Viererreihen vor. Es war wirklich ergreifend, die Soldaten gedämpften Schrittes, die Gewehrläufe schnurgerade ausgerichtet, über den halbdunklen, unbewachsenen Weg ziehen zu sehen. Nur ihre weißen Tasuki schimmerten in der Dämmerung. Hauptmann M., der Kommandeur, blickte bedrückt und schweigend drein, als wäre er ein anderer geworden, seit er die Führung der Abteilung übernommen hatte. Doch unter den Soldaten herrschte wider Erwarten gute Stimmung, was sicherlich auf die Kraft des Yamatodamashi und auch auf die Wirkung des Sake zurückzuführen war.

Bald verließen sie den steinigen Hang und kamen in ein Flußtal, durch das ein scharfer Wind strich.

»He, dreh dich mal um!« sagte der Schütze Taguchi, im Privatleben Papierhändler, zum Schützen Horio, von Beruf Zimmermann. Sie waren beide aus derselben Kompanie ausgewählt worden. »Die grüßen uns.«

Schütze Horio schaute sich um. Tatsächlich stand oben auf der Höhe, die sich schwarz gegen den sich allmählich rötenden Himmel abhob, der Regimentskommandeur mit einigen Offizieren und grüßte die in den Tod ziehende Einheit ein letztes Mal.

»Erhebend, was? Ist doch eine Ehre, zur Tasuki-Einheit zu gehören!«

»Was soll eine Ehre sein?« Mürrisch rückte Schütze Horio sein Gewehr auf der Schulter zurecht. »Wir marschieren alle in den Tod. Aber genau besehen, *lassen wir uns umbringen, nachdem man unser Leben für die Ehre eines Grußes gekauft hat.* Einen billigeren Kauf kann's wohl kaum geben.«

»Nun hör aber auf! Du beleidigst *Seine Majestät.*«

»Quatschkopf! Beleidigen oder nicht! Kriegst du vielleicht in der Kantine auch nur ein Viertel Sake bloß für eine Ehrenbezeigung?«

Schütze Taguchi schwieg. Er wußte, daß sein Kamerad stets ausfällig wurde, wenn er etwas getrunken hatte. Aber Schütze Horio fuhr hartnäckig fort: »Die sagen natürlich nicht, daß sie uns für eine *Ehrenbezeigung kaufen.* Nein, die finden große Worte. Für *Seine Majestät den Kaiser, für das Vaterland,* sagen sie. Schöner Schwindel! Stimmt's etwa nicht, Bruder?«

Er hatte sich an den stillen Gefreiten Egi, im Privatleben Volksschullehrer, gewandt, der bei derselben Kompanie diente. Doch aus irgendeinem Grunde antwortete der stille Gefreite mit einer drohenden Gebärde, als wollte er beißen. Und boshaft schleuderte er seinem nach Sake riechenden Kameraden die Worte ins Gesicht: »Idiot! Ist es etwa nicht unsere Pflicht, zu sterben?«

Die Tasuki-Abteilung marschierte auf der anderen Seite schon wieder aus dem Tal heraus. Sieben, acht chinesische Lehmhütten begrüßten mit tiefem Schweigen den Morgen. Über ihren Dächern trat das kalte Braun des Shoju mit seinen erdölfarbenen Falten hervor. Hinter den Häusern lösten sich die Viererreihen auf. Mit ihren Waffen arbeiteten sich die Soldaten auf allen vieren langsam in Richtung Feind vor.

In ihrer Mitte robbte natürlich auch der Gefreite Egi.

Kriegst du vielleicht in der Kantine auch nur ein Viertel Sake bloß für eine Ehrenbezeigung – die Worte des Schützen Horio gingen ihm nicht aus dem Sinn. Er, der Schweigsame, grübelte vor sich hin. Doch immer mehr packte ihn eine stille Wut, als wäre er ausgerechnet an seiner verwundbaren Stelle getroffen worden. Während er wie ein Tier auf dem gefrorenen Pfad dahinkroch, dachte er über den Krieg und den Tod nach. Aber soviel er auch überlegte, er vermochte nicht den geringsten Hoffnungsschimmer zu entdecken. Der Tod blieb nun einmal ein abscheuliches Gespenst, selbst wenn es der Tod für *den Kaiser* war. Was den Krieg anbelangte – ja, Egi kam eigentlich gar nicht auf den Gedanken, ihn für ein Verbrechen zu halten. Im Gegensatz zum Krieg wurzelt das Verbrechen in den Leidenschaften des einzelnen, und deshalb kann man als Mensch bis zu einem gewissen Grad *Verständnis dafür aufbringen.* Aber der Krieg ist nichts anderes als *Dienst für den Kaiser.* Und für den *erhebenden Kaiserdienst* mußte er, nein, nicht er allein, mußten mehr als zweitausend Mann der Tasuki-Abteilungen aller Divisionen sterben, ob sie wollten oder nicht ...

»Da seid ihr ja! Von welchem Regiment?«

Gefreiter Egi blickte in die Runde. Die Abteilung hatte den Sammelplatz am Fuße des Shoju erreicht. Vor ihnen waren schon Soldaten aus anderen Divisionen eingetroffen. Sie trugen ebenfalls die angeschmutzten weißen Tasuki über der Khakiuniform. Einer von ihnen hatte den Gefreiten angesprochen. Er saß auf einem Stein und drückte im Schein der eben aufgehenden Sonne einen Pickel im Gesicht aus.

»Vom ...ten Regiment.«

»Vom Brotregiment also.«

Gefreiter Egi zog eine finstere Miene, entgegnete aber nichts auf die Spöttelei.

Einige Stunden später heulten von beiden Seiten Granaten über die Sturmeinheit hinweg. In der Mittelwand des vor ihr aufragenden Berges stiegen gelbe Erdfontänen auf, wenn die Geschosse der eigenen, bei Rikaton liegenden Marinear-

310

tillerie einschlugen. Die aus der aufgewirbelten Erde zukkenden hellvioletten Blitze wirkten bei Tageslicht besonders gespenstisch. Die zweitausend Mann der Tasuki-Truppe warteten im Artilleriefeuer auf ihren Einsatz und ließen den Mut nicht sinken. Wenn nicht von vornherein Furcht aufkommen sollte, blieb ihnen gar nichts anderes übrig, als sich so fröhlich wie möglich zu geben.

»Die schießen wie die Verrückten!«

Schütze Horio schaute zum Himmel. In dem Augenblick zerriß wieder ein langgezogenes Heulen die Luft. Unwillkürlich zog er den Kopf ein. »Das war eine Achtundzwanziger«, rief er dem Schützen Taguchi zu, der sich ein Taschentuch vor die Nase hielt, um nicht den aufgewirbelten Staub einatmen zu müssen.

Schütze Taguchi lachte. Und damit sein Kamerad nichts merkte, steckte er das Tuch schnell wieder in die Tasche. Eine Geisha, zu der er sehr enge Beziehungen unterhielt, hatte ihm das rundherum bestickte Taschentuch geschenkt, als er einrückte.

»Die hört sich anders an, die Achtundzwanziger ...«

Wie aus der Fassung geraten, brach Schütze Taguchi mitten im Satz ab und nahm Haltung an. Gleichzeitig mit ihm schlugen zahlreiche Soldaten die Hacken zusammen, als wäre wortlos ein Kommando gegeben worden. Gemessenen Schrittes trat in diesem Augenblick General N., der Oberkommandierende, gefolgt von mehreren Stabsoffizieren, auf sie zu.

»Keine Aufregung! Ruhig bleiben!« Die Stimme des Generals war etwas belegt. Er ließ den Blick über die Stellungen schweifen. »Hier auf diesem engen Raum unterlaßt die Ehrenbezeigungen! Von welchem Regiment ist eure Tasuki-Abteilung?«

Schütze Taguchi spürte, daß der Blick des Generals fest auf ihm ruhte. Dieser Blick machte ihn beinahe so verlegen wie eine Jungfrau. »Zu Befehl! ...tes Infanterieregiment.«

»Soso! Halte dich tapfer!«

Der General drückte ihm die Hand. Dann richtete er seinen Blick auf den Schützen Horio, streckte wieder die rechte Hand aus und wiederholte: »Auch du: Halte dich tapfer!« Der Angesprochene nahm Habachtstellung ein und bewegte sich nicht im geringsten, als wären alle Muskeln seines Körpers erstarrt. Die breiten Schultern, die großen Hände, das gerötete Gesicht, aus dem die Backenknochen vorsprangen – mit diesen ihm eigenen Zügen machte der Schütze Horio zumindest auf den alten General, der in ihm das Modell eines Soldaten der kaiserlichen Armee zu sehen schien, einen guten Eindruck. Deshalb blieb General N. denn auch bei ihm stehen und redete eifrig weiter: »Die Batterie, die da jetzt feuert, die stürmt ihr heute nacht. Und die Truppen, die nach euch kommen, werden dann alle Batterien in diesem Abschnitt in unsere Hand bringen. Ihr müßt entschlossen sein, die Batterie im ersten Ansturm zu nehmen.« In seiner Stimme schwang ein wenig theatralische Begeisterung mit. »Verstanden? Ein Halt auf halbem Wege gibt es nicht. Geschossen wird auch nicht. Denk daran, daß du mit deinen fünf Fuß eine Granate bist, und stürze dich auf sie. Tapfer durchhalten!«

Er schüttelte ihm die Hand, als wollte er ihm dieses »durchhalten« ganz fest einprägen. Dann ging er weiter.

»Das wird nicht grade 'ne Freude sein.«

Schütze Horio schickte einen gehässigen Blick hinter dem General her und zwinkerte dem Schützen Taguchi zu.

»Bäh, so ein Opa hat mir die Hand geschüttelt.«

Schütze Taguchi lachte gezwungen. Als Schütze Horio das sah, empfand er in seinem Herzen auf einmal Reue. Und auch das gezwungene Lächeln seines Kameraden fand er abscheulich. Plötzlich sprach ihn der Gefreite Egi von der Seite an. »Na? *Gekauft* mit einem Händeschütteln?«

»Hör auf! Hör auf, andere nachzuäffen!« Diesmal war es Schütze Horio, der gezwungen lachen mußte.

»Ich bin wütend, weil ich glaube, daß man mich *gekauft* hat. Ich werde mein Leben opfern.«

Den Worten des Gefreiten Egi pflichtete auch Schütze Taguchi bei. »Jawohl. Wir alle werden unser Leben fürs Vaterland opfern!«

»Wofür, weiß ich nicht. Ich habe nur die Absicht, es zu opfern. *Wenn der Räuber die Pistole* auf dich richtet, was tust du dann? ›Nimm alles, was ich habe‹, wirst du zu ihm sagen.« Finstere Erregung spielte zwischen den Brauen des Gefreiten.

»Genau das ist es. Der Räuber wird dir zwar das Geld abnehmen, *aber er wird nicht dein Leben fordern.* Doch wir sind des Todes, so oder so ... Und weil wir nun einmal sterben müssen, ist es da nicht besser, es auf anständige Art zu tun?«

Schütze Horio sah den sanftmütigen Schützen Taguchi ein wenig verächtlich an. Der Kamerad stand noch immer unter dem Einfluß des Alkohols. Was, das Leben opfern? Und das soll alles sein? dachte er und blickte wie verzückt zum Himmel auf. Er beschloß, heute abend nicht hinter den anderen zurückzubleiben, sondern den Händedruck des Generals zu entgelten und zur lebenden Granate zu werden ...

Abends, kurz nach acht, fiel, von einer Handgranate getroffen, der Gefreite Egi am Mittelhang des Berges Shoju. Ein Tasuki-Soldat stürmte mit abgerissenen Schreien in den Stacheldrahtverhau. Als er seinen toten Kameraden sah, setzte er ihm einen Fuß auf die Brust und brach in ein schallendes Gelächter aus. Das Echo dieses Gelächters – dieses schallenden Gelächters – war gräßlich anzuhören in dem pausenlosen Gewehrfeuer des Feindes.

»Banzai! Nippon Banzai! Nieder mit den Teufeln! Jagt sie auseinander, die verfluchten Feinde. Das ...te Regiment Banzai! Banzai! Banbanzai!«

In der einen Hand das Gewehr schwenkend, ohne sich um die explodierenden Handgranaten zu kümmern, die die Finsternis vor seinen Augen zerrissen, schrie er ununterbrochen mit schriller Stimme. Im Gegenlicht erkannte man den Schützen Horio. Er war wahnsinnig geworden, ein Schuß hatte ihn mitten im Sturmangriff am Kopf getroffen.

2. Spione

In den Vormittagsstunden des 5. März des 38. Jahres Meiji
verhörte in einem halbdunklen Raum des Stabsquartiers ein
Offizier der damals in Zenshoshu stationierten Kavallerie-
brigade A zwei Chinesen. Sie waren gerade von einem Posten
des ...ten Regiments, das man vorübergehend dieser Brigade angegliedert hatte, unter Spionageverdacht festgenommen worden.

Der geheizte Kang strahlte auch heute in dem niedrigen
Chinesenhaus eine angenehme Wärme aus. Aber die bedrückende Atmosphäre des Krieges drängte sich einem überall auf, sei es durch das Geklirr der Sporen auf dem steinernen Fußboden oder durch die Farbe der Mäntel, die auf
dem Tisch lagen. Und erst recht traurig und zugleich lächerlich wirkten die Fotos der europäisch frisierten Geishas, die
sorgfältig mit Reißzwecken neben den beiden sich ergänzen-
den roten chinesischen Papierbildern an der staubigen weißen Wand befestigt waren.

Außer dem Offizier vom Brigadestab waren ein Adjutant
und ein Dolmetscher beim Verhör der beiden Chinesen zugegen, die klar und deutlich auf alle Fragen antworteten. Ja,
der ältere von ihnen, ein Mann mit einem kurzen Bart, bemühte sich offensichtlich sogar, Dinge darzulegen, bevor der
Dolmetscher überhaupt danach fragte. Doch je einleuchten-
der die Antworten waren, desto stärker schien die Abneigung im Herzen des Stabsoffiziers zu werden. Er wollte in
den beiden Chinesen zu gern Spione sehen.

»Infanterist!« Näselnd rief der Offizier vom Brigadestab
den an der Tür stehenden Posten, der die beiden Chinesen
aufgegriffen hatte. Dieser Infanterist war niemand anderes
als der Schütze Taguchi von der Tasuki-Abteilung. Er stand
in der Tür, deren Gitter mit Sonnenkreuzen verziert war,
und starrte die Geishafotos an. Aufgeschreckt von der
Stimme des Stabsoffiziers, antwortete er überlaut: »Zu Befehl!«

»Weshalb hast du diese beiden Burschen eigentlich festgenommen?«

Der treuherzige Schütze Taguchi redete drauflos, als re-
zitierte er. »Ich hatte am nördlichen Ende des Dorfwalles
Posten bezogen und bewachte die nach Hoten führende
Straße. Die beiden Chinesen kamen aus Richtung Hoten.
Darauf befahl mir der Herr Kompanieführer auf dem
Baum ...«

»Was? Der Kompanieführer auf dem Baum?« Der Offizier
vom Brigadestab hob ein wenig die Augenlider.

»Zu Befehl! Der Herr Kompanieführer war auf den Baum
geklettert, um Ausschau zu halten. Der Herr Kompanieführer auf dem Baum befahl mir, die beiden festzunehmen.
Doch als ich auf sie zutrat, versuchte der dort – ja, der Bart-
lose war es – versuchte der dort zu fliehen ...«

»Ist das alles?«

»Jawohl! Das ist alles.«

»In Ordnung!«

Während sich in dem geröteten Gesicht des Stabsoffiziers
ein wenig Enttäuschung abzeichnete, teilte er dem Dolmetscher seine Frage mit. Der legte absichtlich viel Kraft in die
Stimme, um nicht zu zeigen, wie sehr er sich langweilte.

»Wenn du kein Spion bist, weshalb wolltest du dann weglau-
fen?«

»Man läuft eben weg, wenn mir nichts, dir nichts ein japa-
nischer Soldat auf einen zuspringt«, antwortete der jüngere
Chinese ohne jede Furcht. Seine Haut war bleifarben; allem
Anschein nach war er opiumsüchtig.

»Aber habt ihr nicht eine Straße benutzt, die schon zum
Kampfgebiet gehört? Wenn ihr friedliche Bürger wärt, die
keine bestimmten Absichten ...« Der des Chinesischen
mächtige Adjutant schaute den ungesund aussehenden Chinesen mit einem Blick an, der nichts Gutes verhieß.

»Natürlich hatten wir eine bestimmte Absicht. Wie ich gerade sagte, waren wir auf dem Weg nach Shimminton, wo wir
Papiergeld umtauschen wollten. Hier sind die Banknoten.«

315

Der Mann mit dem Bart blickte gelassen von einem Offizier zum anderen. Der Stabsoffizier schnaufte. Insgeheim war es ihm angenehm, daß der Adjutant abgeblitzt war.

»Papiergeld umtauschen? Unter Lebensgefahr?« Der Adjutant lächelte höhnisch, um seine Niederlage zu überspielen.

»Auf jeden Fall sollen sie sich doch mal ausziehen.«

Als diese Worte des Stabsoffiziers übersetzt wurden, begannen die beiden unverzüglich, sich zu entkleiden, ohne dabei eine Miene zu verziehen.

»Ihr habt noch eure Leibbinden um. Nehmt sie ab und zeigt sie her!«

Als der Dolmetscher die körperwarmen Leibbinden aus weißer Baumwolle in die Hand nahm, hatte er irgendwie ein Gefühl der Unreinheit. In einer Leibbinde steckten einige drei Zoll lange dicke Nadeln. Der Offizier vom Stab ging mit ihnen zum Fenster und hielt sie mehrmals prüfend gegen das Licht. Außer dem flachen Kopf und dem Pflaumenblütenmuster darauf war nichts Besonderes zu entdecken.

»Was haben die zu bedeuten?«

»Ich bin Akkupunkteur«, antwortete der Mann mit dem Bart in aller Seelenruhe.

»Zieht die Schuhe aus!«

Fast teilnahmslos ließen die beiden die Durchsuchung über sich ergehen, ohne die geringsten Anstalten zu machen, das zu verbergen, was man verbergen sollte. Die Untersuchung der Hosen, der Jacken, selbstverständlich auch der Schuhe und Strümpfe förderte keinerlei Beweismaterial zutage. Das einzige, was man noch tun könnte, wäre, die Schuhe auseinanderzutrennen, dachte der Adjutant. Aber gerade, als er dem Offizier vom Stabe seine Ansicht mitteilen wollte, kamen einige Generalstabsoffiziere, an ihrer Spitze der Oberkommandierende und der Brigadekommandeur, aus dem Nachbarzimmer herein. In Begleitung seines Adjutanten und mehrerer Stabsoffiziere hatte der General den Brigadekommandeur aufgesucht, um irgendwelche Besprechungen zu führen.

»Spione der Russen?« fragte der General und blieb vor den Chinesen stehen. Mit stechendem Blick betrachtete er ihre nackten Körper. Später stellte ein Amerikaner einmal ohne jeden Respekt fest, in den Augen des berühmten Generals wären Anzeichen von Monomanie zu entdecken. Besonders bösartig funkelten die monomanischen Augen bei einem Anlaß wie diesem.

Der Offizier vom Brigadestab klärte den Oberkommandierenden kurz über den Sachverhalt auf. Als hinge der General irgendwelchen Gedanken nach, nickte er nur.

»Wenn wir ein Geständnis aus ihnen herausholen wollten, bleibt uns nichts anderes als Prügel ...«

Der General zeigte aber mit der Karte, die er in der Hand hielt, auf die Schuhe der Chinesen.

»Trennt die Schuhe auseinander!«

Im Nu waren die Sohlen heruntergerissen, und vier, fünf eingenähte Karten und Geheimdokumente flatterten zu Boden. Als die beiden Chinesen das sahen, erbleichten sie doch. Schweigend starrten sie vor sich hin.

»Ich ahnte es!« Der General wandte sich mit einem selbstzufriedenen Lächeln nach dem Brigadekommandeur um.

»An die Schuhe muß man immer denken. Die Kerle sollen sich anziehen! Solchen Spionen begegne ich zum erstenmal.«

»Exzellenz haben einen erstaunlich scharfen Blick.« Der Adjutant lächelte liebenswürdig und übergab dem Brigadekommandeur das Beweismaterial. Er tat gerade so, als wäre ihm entfallen, daß er schon vor dem Eintreffen des Generals an die Schuhe gedacht hatte.

»Hätte man nicht wissen müssen, daß nur in ihren Schuhen etwas versteckt sein konnte? Wozu die Kerle sich erst nackt ausziehen lassen?« Der General war noch bester Laune. »Die Schuhe hatte ich sofort ins Auge gefaßt.«

»Ich weiß nicht, aber den Bewohnern dieser Gegend ist nicht zu trauen. Als wir hier einzogen, hatten sie japanische Fahnen rausgehängt. Als wir aber ihre Häuser durchsuchten, fanden wir fast überall russische.« Auch der Brigadekommandeur war in gehobener Stimmung.

»Also durchtrieben und listig!«

»Genau das! Die sind schlau und lassen sich nicht so leicht fangen.«

Inzwischen setzte der Offizier vom Brigadestab mit Hilfe des Dolmetschers das Verhör fort. Plötzlich schaute er den Schützen Taguchi mit mürrischer Miene an und befahl ihm hochmütig: »He, Infanterist! Du hast doch diese Spione festgenommen, also befördere sie auch in den Tod!«

Zwanzig Minuten später saßen die beiden Chinesen, mit den Zöpfen zusammengebunden, am Südrand des Dorfes auf einer kahlen Weide.

Schütze Taguchi pflanzte das Bajonett auf, dann band er ihre Zöpfe auseinander. Das Gewehr stoßbereit, trat er hinter den jüngeren der beiden Männer. Aber bevor er ihn durchbohrte, wollte er ihn wenigstens wissen lassen, daß er ihn jetzt töte.

»Ni ...« Soweit kam er, doch das chinesische Wort für »töten« wußte er nicht.

»Ni – ich töte dich!«

Als hätten die beiden Chinesen sich verabredet, schauten sie sich nach ihm um und sahen ihm fest in die Augen. Ohne eine Spur von Entsetzen begannen sie, mehrere Kotaus zu machen, jeder in eine andere Richtung. Sie nehmen Abschied von ihrem Heimatort, so deutete Schütze Taguchi, der keinen Blick von ihnen ließ, diese Kotaus.

Als sie fertig waren, boten sie ihm gleichmütig ihre Hälse dar, als hätten sie bereits mit dem Leben abgeschlossen. Schütze Taguchi hob das Gewehr. Aber daß die Chinesen so folgsam waren, verwirrte ihn, er brachte es einfach nicht über sich, sie mit dem Bajonett zu durchbohren.

»Ni – ich töte dich!« wiederholte er hilflos. In diesem Augenblick sprengte ein Kavallerist aus dem Dorf heran. Die Hufe seines Pferdes wirbelten Staub auf.

»He, Infanterist!«

Kaum hatte der Kavallerist – ein Wachtmeister, wie zu sehen war, als er näher kam – die beiden Chinesen entdeckt, da zügelte er auch schon sein Pferd und rief herausfordernd: »Russische Spione! Sicher russische Spione. Laß mich einen köpfen!«

Schütze Taguchi lächelte gequält. »Hm, ich gebe Euch beide!«

»Wirklich? Das ist aber anständig.«

Der Kavallerist saß mit einem eleganten Schwung ab. Er trat hinter die Chinesen und zog sein japanisches Schwert. Da klang vom Dorf abermals munteres Pferdegetrappel herüber. Drei Offiziere näherten sich. Ohne davon Notiz zu nehmen, holte der Kavallerist mit dem Schwert aus. Bevor er jedoch zuschlagen konnte, waren die drei Offiziere heran. Der Oberkommandierende! Der Kavallerist und Schütze Taguchi sahen zum General auf und grüßten vorschriftsmäßig.

»Aha, die russischen Spione.« Für einen Augenblick funkelte in den Augen des Generals der Glanz der Monomanie. »Schlag zu! Schlag zu!«

Sofort hob der Kavallerist sein Schwert, und mit einem Hieb enthauptete er den jungen Chinesen. Der Kopf hüpfte über das Wurzelwerk der dürren Weide. Auf der gelben Erde breitete sich ein großer Blutfleck aus.

»Gut gemacht. Ausgezeichnet!«

Während der General frohgestimmt nickte, brachte er sein Pferd wieder in Trab.

Der Kavallerist sah dem General nach und trat nun mit dem blutigen Schwert hinter den anderen Chinesen. Er hatte allem Anschein nach noch mehr Freude daran, Menschen hinzuschlachten, als der General. Sogar ich könnte diesen … umbringen, dachte Schütze Taguchi, als er sich auf den Stamm der kahlen Weide setzte. Wieder holte der Kavallerist aus. Der Chinese mit dem Bart streckte schweigend den Hals vor und zuckte nicht ein einziges Mal mit den Wimpern.

Ein Stabsoffizier aus der Begleitung des Generals, Oberst-

leutnant Hozumi, überschaute vom Sattel aus die weite
Ebene, die in der Frühlingskälte vor ihm lag. Aber in seinen
Augen spiegelten sich weder die kahlen Baumgruppen in der
Ferne noch die umgestürzten Steinmale am Wegesrand;
denn Worte von Stendhal, den er früher mit großer Begeiste-
rung gelesen hatte, gingen ihm nicht aus dem Sinn.

»Wenn immer ich einen mit Orden behangenen Menschen sehe, dann kann ich nicht anders, als mich fragen:
Wieviel … muß er begangen haben, um diese Orden zu bekommen?«

Plötzlich merkte er, daß er weit hinter dem General zurückgeblieben war. Ihn schauderte ein wenig. Rasch trieb er
sein Pferd zu einer schnelleren Gangart an. Die goldenen
Litzen funkelten im Schein der schwachen Sonne.

3. Fronttheater

Nach der morgens abgehaltenen Shokon-sai hatte der in
Akitsugyuho einquartierte Stab der …ten Armee für den
Nachmittag des 4. Mai des 38. Jahres Meiji zur allgemeinen
Unterhaltung eine Theateraufführung vorgesehen. Sie sollte
auf der in vielen chinesischen Dörfern anzutreffenden Freilichtbühne stattfinden. Vor ein eilig errichtetes Podium waren nur ein paar Zeltplanen gespannt. Um ein Uhr sollte das
Spiel beginnen, aber schon lange vorher hatten sich auf den
Strohmatten, die als Sitzplätze dienten, zahlreiche Soldaten
mit umgeschnalltem Bajonett eingefunden. In ihren drecki-
gen Khakiuniformen waren sie ein so armseliges Theaterpu-
blikum, daß es schon wie Ironie klingen mußte, sie Theater-
publikum zu nennen. Aber der Anblick war irgendwie
rührend, wenn man das fröhliche Lächeln sah, das auf ihren
Gesichtern lag.

Der General saß mit den Herren seines Stabes, mit Offizieren der Etappeninspektion und ausländischen Offizieren,
die die Armee begleiteten, auf einer flachen Bodenwelle hin-

ter ihnen auf Stühlen. Allein die Epauletten der Stabsoffiziere und die Schnüre der Adjutanten sorgten hier für eine weitaus prächtigere Atmosphäre, als es die einfachen Soldaten vorn auf ihren Plätzen taten. Besonders unter den ausländischen Offizieren gelang es einem, der als Einfaltspinsel weithin bekannt war, noch mehr als der Oberkommandierende zu dieser Pracht beizutragen.

Der General war auch heute wieder bester Laune. Während er sich mit seinem Adjutanten unterhielt, blickte er von Zeit zu Zeit in das Programm. Sogar aus seinen Augen strahlte ein leutseliges Lächeln wie Sonnenschein.

Inzwischen war es ein Uhr geworden. Hinter dem geschickt gestalteten Vorhang, auf dem Kirschblüten mit der aufgehenden Sonne verschmolzen, ertönte mehrmals eine schlecht klingende Holzklapper. Und im gleichen Augenblick zog der für die Aufführung verantwortliche Leutnant den Vorhang auf.

Die Bühne war in ein japanisches Zimmer verwandelt. Ein paar in einer Ecke aufgestapelte Reissäcke sollten andeuten, daß es sich um den Laden eines Reishändlers handelte. Während der Reishändler, der eine Schürze umgebunden hatte, in die Hände klatschte und »He, O-Nabe! He, O-Nabe!« rief, erschien das Dienstmädchen. Es trug eine Ichogaeshi-Frisur und war größer als der Hausherr. Das derbe Stegreifspiel, dessen Handlung mitzuteilen sich nicht lohnt, nahm seinen Anfang.

Bei jedem frivolen Scherz auf der Bühne schallte lautes Gelächter von den Zuschauern, die auf den Strohmatten saßen, herüber. Nein, auch die meisten Offiziere dahinter lachten. Als wollten die Spieler mit den Lachern wetteifern, fügten sie Spaß an Spaß, bis schließlich der Hausherr im Lendenschurz mit dem Dienstmädchen, das ebenfalls nur noch mit einem roten Lendentuch bekleidet war, einen Ringkampf begann. Das Gelächter wurde lauter. Sogar ein Hauptmann der Etappeninspektion war drauf und dran, vor Freude über den Spaß zu applaudieren. Genau in diesem

Augenblick gellte völlig unerwartet ein lautes Schimpfen über das brodelnde Gelächter.

»So was Unanständiges! Vorhang zu! Vorhang!«

Die Stimme des Generals! Die behandschuhten Hände übereinander auf den Knauf des mächtigen Kriegsschwertes gelegt, blickte er gebieterisch zur Bühne hinüber.

Wie vom Donner gerührt, standen die Akteure da, als der verantwortliche Leutnant, so wie ihm befohlen, eiligst den Vorhang zuzog. Auch die Zuschauer auf den Strohmatten schwiegen, nur ein paar wagten es, leise zu murren.

Die ausländischen Offiziere und der bei ihnen sitzende Oberstleutnant Hozumi bedauerten das Schweigen. Selbstverständlich hatte das Stehgreifspiel Hozumi nicht einmal ein leises Lächeln abnötigen können, aber er brachte zumindest Verständnis für die Freude der einfachen Soldaten auf. Durfte man es allerdings wagen, nackt den ausländischen Offizieren einen Ringkampf vorzuführen? Hozumi hatte mehrere Jahre in Europa studiert. Er kannte die Ausländer nur zu gut und war deshalb sehr auf Würde bedacht.

»Was hat das zu bedeuten?« wandte sich der Franzose an den Oberstleutnant.

»Der General hat den Abbruch befohlen.«

»Warum?«

»Weil das Stück vulgär ist. Der General haßt alles Vulgäre.«

Kaum hatte er ausgesprochen, da waren auch schon wieder die Holzklappern von der Bühne her zu hören. Die einfachen Soldaten, die in Schweigen versunken waren, wurden wieder munter, und hier und da klatschte man. Oberstleutnant Hozumi atmete erleichtert auf und blickte in die Runde. Die Offiziere, die in seiner Nähe saßen, warfen ab und zu einen verstohlenen Blick auf die Bühne. Nur einer unter ihnen, er hatte die Hände auf den Knauf des Schwertes gelegt, hatte die Augen starr dorthin gerichtet. Dort wurde eben der Vorhang aufgezogen.

Im Gegensatz zum vorangegangenen war dieses ein sentimentales Stück alten Stils. Ein Wandschirm und eine ange-
zündete Papierlaterne waren die einzigen Requisiten auf der
Bühne. Eine bejahrte Frau mit vorstehenden Backenknochen trank mit einem stiernackigen Kaufmann Sake. Mit
schriller Stimme nannte sie ihn von Zeit zu Zeit junger
Herr. Und dann ... Oberstleutnant Hozumi überließ sich
ganz der Erinnerung an eigenes Erleben, ohne das Geschehen auf der Bühne zu verfolgen. Ein zwölf-, dreizehnjähriger
Junge lehnte im Ryusei-Theater am Geländer der Galerie.
Über der Bühne hingen Kirschzweige. Der Hintergrund
stellte eine hellerleuchtete Stadt dar. Wako, genannt Nisen
no Danshu, den Binsenhut in der Hand, brillierte im Drama
»Fuwa« in der Rolle des Banzaemon. Der Junge starrte auf
die Bühne und wagte kaum zu atmen. Ja, auch in seinem
Leben hat es eine solche Zeit gegeben ...
»Schluß! Vorhang zu! Vorhang!«
Wie eine Bombe zerriß die Stimme des Generals die Erinnerungen des Oberstleutnants. Er schaute auf das Podium.
Der Leutnant rannte schon bestürzt über die Bühne und zog
den Vorhang hinter sich her. Der Oberstleutnant konnte gerade noch sehen, daß die breiten Gürtel eines Mannes und
einer Frau über dem Wandschirm hingen.
Unwillkürlich mußte er gequält lächeln. Der für die Vorstellung Verantwortliche ist aber auch zu dämlich, dachte er.
Wenn der General schon einen Ringkampf zwischen Mann
und Frau verbietet, wird er eine so eindeutige Liebesszene
erst recht nicht schweigend akzeptieren. Hozumi schaute
sich um, weil der General noch immer schimpfte. Schlecht
gelaunt, wie er war, hatte er sich den für das Ganze verantwortlichen Zahlmeister vorgenommen.
In dem Augenblick hörte der Oberstleutnant, daß der sar-
kastische Amerikaner zu dem neben ihm sitzenden Franzosen sagte: »Mit General N. hat man's nicht leicht, denn er
ist Oberkommandierender und Zensor zugleich ...«
Zehn Minuten später begann endlich das dritte Stück.

Diesmal klatschten die einfachen Soldaten nicht mehr, als sie die Holzklapper hörten.

Die können einem wirklich leid tun. Selbst wenn sie sich ein Theaterstück ansehen, stehen sie unter Aufsicht. Voller Mitgefühl blickte Oberstleutnant Hozumi über die Soldaten in ihren Khakiuniformen. Nicht einer wagte mehr, laut zu sprechen.

Im dritten Stück standen zwei, drei Weiden vor einem schwarzen Vorhang. Man mußte die Bäume eben erst irgendwo geschlagen haben, denn die Blätter waren noch ganz frisch. Ein unrasierter Mann, offensichtlich ein Polizeikommissar, schimpfte mit einem jungen Polizisten. Mißtrauisch blickte Oberstleutnant Hozumi in das Programm. Dort las er: Drama vom Pistolenbanditen Sadakichi Shimizu, der am Flußufer verhaftet wird.

Als der Polizeikommissar gegangen war, blickte der junge Polizist mit übertriebener Gestik zum Himmel auf und hob an zu einem langen, klagenden Monolog, in dem er davon sprach, daß er schon eine ganze Weile den Pistolenbanditen verfolge, es ihm aber nie gelungen sei, ihn zu fassen. Dann gewahrte er einen Schatten, und um von seinem Gegenspieler nicht entdeckt zu werden, beschloß er, sich vorsichtshalber im Fluß zu verbergen. Er kroch also mit dem Kopf voran durch den hinteren schwarzen Vorhang. Doch wie nachsichtig man auch sein mochte, er machte dabei eine Figur, als krieche er unter ein Moskitonetz, statt im Wasser unterzutauchen.

Eine Weile hallte nur das Dröhnen einer großen Trommel über die leere Bühne. Es sollte an Wellenschlag erinnern. Plötzlich aber erschien ein Blinder. Er tastete sich mit dem Stock vorwärts und war schon im Begriff, auf der anderen Seite der Bühne zu verschwinden, als auf einmal der junge Polizist hinter dem schwarzen Vorhang hervorkam.

»Pistolenbandit Sadakichi Shimizu, im Namen des Gesetzes!« rief er und sprang auf den Blinden zu. Der riß sofort die Augen weit auf und war zum Kampf bereit.

Leider sind seine Augen zu klein. Der Oberstleutnant übte im stillen kindliche Kritik. Um seinen Mund spielte ein Lächeln.

Das Handgemenge auf der Bühne begann. Der Pistolenbandit, sein Nom de guerre besagt es schon, hatte eine Pistole schußbereit zur Hand. Der zweite Schuß, der dritte Schuß – fortwährend spie die Pistole Feuer. Aber der beherzte Polizist fesselte den angeblich Blinden schließlich doch. Eine schwache Erregung bemächtigte sich der einfachen Soldaten, eine laute Äußerung wagte allerdings keiner von ihnen.

Der Oberstleutnant blickte zum General hinüber. Der verfolgte auch diesmal gespannt das Geschehen auf der Bühne. Aber seine Miene war längst nicht mehr so streng wie zuvor.

Von einer Bühnenseite kam ein Polizeiinspektor mit einem Unterbeamten herbeigestürzt. Der im Kampf mit dem falschen Blinden von einer Pistolenkugel getroffene Polizist lag schon bewußtlos am Boden. Der Inspektor bemühte sich sofort um ihn. Inzwischen hatte der Unterbeamte schon das Ende des Seils gepackt, mit dem der Pistolenbandit gefesselt war. Dann begann im Stil des Kabuki eine rührselige Szene. Der Inspektor fragte den Polizisten ganz in der Art eines trefflichen Beamten alter Zeiten, ob er noch einen Wunsch erfüllt haben möchte. Der Polizist sagte: »Ich habe eine Mutter im Heimatdorf.« Darauf der Inspektor: »Sorge dich nicht um deine Mutter. Hast du in deiner letzten Stunde noch ein Anliegen?« Der Polizist: »Nein, denn mit der Festnahme des Pistolenbanditen ist mein größter Wunsch erfüllt. Ich bin zufrieden.«

In diesem Augenblick ertönte zum drittenmal die Stimme des Generals in dem totenstillen Rund. Aber diesmal schimpfte er nicht, sondern seufzte tief gerührt: »Ein wunderbarer Junge! Ein wirklich japanischer Junge!«

Oberstleutnant Hozumi blickte flüchtig zum General hinüber. Auf dessen sonnenverbrannten Wangen glänzte eine Tränenspur. Der General ist ein guter Mensch, dachte der

Oberstleutnant. Er spürte, daß sich in die leichte Verachtung auch eine Spur ehrlicher Zuneigung mischte.

Unter stürmischem Applaus wurde der Vorhang langsam zugezogen.

Oberstleutnant Hozumi nutzte die Gelegenheit, um sich von seinem Platz zu erheben und die Freilichtbühne zu verlassen.

Eine halbe Stunde später schlenderte er, eine Zigarette im Mund, mit dem Major Nakamura vom gleichen Stab über das offene Feld am Dorfrand.

»Die Vorführungen der ... ten Division waren ein großer Erfolg. Exzellenz N. zeigte sich höchst erfreut«, sagte Major Nakamura und zwirbelte die Enden seines Kaiser-Wilhelm-Barts.

»Die Vorführungen der ... ten Division? Ach, Sie meinen den Pistolenbanditen?«

»Nicht nur den Pistolenbanditen. Exzellenz rief nach Schluß des Stückes den Verantwortlichen zu sich und teilte ihm mit, daß er eine Zugabe zu sehen wünsche. Das nächste Stück handelte von Genzo Akagaki. Wie heißt es doch noch? ›Abschied bei einer Flasche‹?«

Mit einem Lächeln in den Augen ließ Oberstleutnant Hozumi den Blick über die weite Ebene schweifen. Ein feiner Dunstschleier schwebte über der mit dem frischen Grün des Gaoliang bedeckten Erde.

»Auch es wurde ein großer Erfolg«, fuhr Major Nakamura fort. »Exzellenz soll den für die Veranstaltung der ... ten Division Verantwortlichen beauftragt haben, auch heute abend um sieben für Unterhaltung zu sorgen.«

»Unterhaltung? Soll er etwa komische Geschichten erzählen?«

»Bitte? Er soll etwas vortragen aus der ›Reise des Komon Mito durch alle Provinzen‹.«

Oberstleutnant Hozumi lächelte gezwungen. Doch unbekümmert erzählte sein Begleiter munter weiter. »Exzellenz scheint den Komon Mito sehr zu lieben. ›Von allen Untertanen verehre ich Komon Mito und Kiyomasa Kato am meisten‹, hat er geäußert.«

Oberstleutnant Hozumi ging nicht darauf ein. Er blickte zum Himmel auf. Durch die Zweige der Weiden leuchteten feine Wölkchen wie Katzengold. Der Oberstleutnant seufzte erleichtert. »Es ist Frühling. Selbst hier in der Mandschurei.«

»Zu Hause tragen sie sicher schon Frühlingskleider.«

Major Nakamura dachte an Tokio. Er dachte an seine Frau, die so gut kochen konnte. Er dachte an seine Kinder, die schon zur Schule gingen. Und er wurde ein wenig schwermütig.

»Dort drüben blühen Aprikosen.« Oberstleutnant Hozumi wies voller Freude auf die rot blühenden Büsche, die auf dem fernen Erdwall standen. Ecoute-moi, Madeleine ... Unwillkürlich mußte der Oberstleutnant an das Gedicht von Hugo denken.

4. Vater und Sohn

Es war an einem Oktoberabend des 7. Jahres Taisho. Generalmajor Nakamura, der ehemalige Major Nakamura vom Armeestab, hatte es sich in dem europäisch eingerichteten Gästezimmer in einem Sessel bequem gemacht, dachte an nichts und rauchte eine Havanna.

Das müßige Leben in den letzten Jahren hatte den Generalmajor in einen liebenswerten alten Herrn verwandelt. Vielleicht machte es der Kimono, daß gerade heute abend seine hohe Stirn und die Züge um den schlaffen Mund noch gütiger als sonst wirkten. Zurückgelehnt in den Sessel, blickte der Generalmajor gemächlich in die Runde. Auf einmal seufzte er.

Überall an den Wänden hingen gerahmte Fotogravüren, Reproduktionen europäischer Gemälde. Ein einsames Mädchen, das an einem Fenster lehnte. Ein Landschaftsbild, auf dem die Sonne zwischen Zypressen spielte. Bei Lampenlicht verliehen sie dem altmodischen Gästezimmer eine merkwürdig kühle und strenge Atmosphäre, die dem Generalmajor aus irgendeinem Grunde nicht zu behagen schien.

Als einige Minuten in völliger Lautlosigkeit vergangen waren, vernahm der Generalmajor plötzlich ein leises Klopfen an der Tür. »Herein!«

Noch während er sprach, betrat ein hochgewachsener junger Student das Zimmer. Er blieb vor dem Generalmajor stehen, stützte sich auf einen Stuhl und fragte recht ungehalten: »Soll ich etwas Besonderes?«

»Hm ... Na, setz dich erst mal.«

Folgsam nahm der junge Mann Platz. »Was gibt es?«

Statt zu antworten, warf der Generalmajor einen fragenden Blick auf die goldenen Knöpfe an der Jacke des jungen Mannes.

»Was war denn heute?«

»Wir haben heute für Kawai ... Du kennst ihn doch sicherlich, Vater? Er hat mit mir zusammen Literatur studiert. Heute war die Trauerfeier für ihn. Ich bin gerade nach Hause gekommen.«

Der Generalmajor nickte leicht und stieß den dichten Rauch der Havanna aus. Dann kam er schließlich ein wenig zögernd auf sein eigentliches Anliegen zu sprechen.

»Hast du die Bilder hier an den Wänden umgehängt?«

»Ja, ich hatte noch keine Gelegenheit, es dir zu sagen. Heute morgen habe ich sie umgehängt. Durfte ich das nicht?«

»Natürlich durftest du es. Natürlich. Nur das Bild von Exzellenz N. möchte ich hier hängen haben.«

»Hier zwischen?«

Unwillkürlich mußte der junge Mann lächeln.

»Kann man es etwa nicht hier zwischenhängen?«

»Daß man es nicht kann, davon ist nicht die Rede – doch es würde ein bißchen komisch wirken.«

»Aber hängt dort drüben nicht auch ein Porträt?«

Der Generalmajor wies auf die Wand über dem Kamin. Dort hing das gerahmte Bildnis des etwa fünfzigjährigen Rembrandt, der gelassen auf den Generalmajor herabsah.

»Das ist etwas anderes. Dazu paßt das Bild von General N. nicht.«

»So? Ja, dann hilft's wohl nichts.«

Der Generalmajor gab auf. Er stieß den Rauch seiner Zigarre aus und setzte das Gespräch in ruhigem Ton fort.

»Wie denkst du ... wie denkt deine Generation eigentlich über Seine Exzellenz?«

»Was sollen wir schon denken? Na ja, er war sicherlich ein großer Soldat.«

Die Augen verrieten dem jungen Mann, daß der Abendtrunk seinen alten Vater ein wenig berauscht hatte.

»Ja, Seine Exzellenz war ein großer Soldat. Er besaß aber außerdem eine väterlich wohlwollende Art, die erst den wirklichen Vorgesetzten ausmacht ...«

Leicht gerührt begann der Generalmajor, eine Anekdote über den General zu erzählen. Nach dem Russisch-Japanischen Krieg suchte Nakamura den General einmal in seiner Villa in der Ebene von Nasu auf. Als er dort eintraf, teilte ihm der Hausdiener mit, Seine Exzellenz sei gerade mit seiner Gemahlin zu einem Spaziergang in die Berge hinter dem Haus aufgebrochen. Da der Generalmajor den Weg kannte, eilte er sogleich hinterher. Als er ein paar hundert Meter zurückgelegt hatte, sah er den General, in einen einfachen Baumwollanzug gekleidet, mit seiner Gattin auf dem Weg stehen. Eine Weile unterhielt sich der Generalmajor mit dem alten Ehepaar. Die Zeit verstrich, ohne daß der General Anstalten machte weiterzugehen. »Haben Exzellenz hier etwas Besonderes vor?« Der General beantwortete die Frage mit einem Lachen. »Wissen Sie, meine Frau möchte mal austreten, und da habe ich die Schüler, die uns begleitet haben, gebeten, einen Platz zu suchen.« Es war gerade Herbst und überall am Wegrand lagen Kastanien.

Der Generalmajor kniff die Augen zusammen und lächelte stillvergnügt vor sich hin.

Auf einmal kamen vier, fünf muntere Mittelschüler aus dem bunten Wald gesprungen. Ohne vom Generalmajor Notiz zu nehmen, umringten sie das Generalsehepaar, und jeder berichtete über den Platz, den er für die Gemahlin des Generals gefunden hatte. Ja, in ihrer Unschuld begannen sie sogar, miteinander zu wetteifern, denn jeder wollte die Dame dazu bewegen, sich zu seinem Platz zu begeben. »Dann müssen wir wohl losen«, sagte der General und lächelte dem Generalmajor zu.

»Ist das nicht eine unschuldige Geschichte, nicht wahr? Aber Europäern darf man sie nicht erzählen.«

Auch der junge Mann mußte lachen.

»Ja, so war es. Selbst zwölf-, dreizehnjährige Mittelschüler hingen an Seiner Exzellenz, als wäre er ihr Onkel. Seine Exzellenz war eben nicht nur Soldat, wie ihr glaubt.«

Vergnügt beendete der Generalmajor seine Erzählung und wandte sich dann dem Rembrandtbild über dem Kamin zu.

»War auch er ein Mann von Charakter?«

»Ja, er war ein großer Maler.«

»Und wie sieht es aus, wenn man Seine Exzellenz N. mit ihm vergleicht?«

Der junge Mann schien verlegen. »Das ist schwer zu sagen. Uns jedenfalls steht er näher als General N.«

»Heißt das, daß euch Seine Exzellenz fernsteht?«

»Wie soll ich dir das erklären? – Nimm zum Beispiel die Trauerfeier heute. Auch Kawai hat Selbstmord begangen. Aber für ihn war es unmöglich, sich vor dem Selbstmord ...«, der junge Mann sah seinen Vater ernst an, »... fotografieren zu lassen.«

Diesmal blickte der Generalmajor, der eben noch vergnügt gelächelt hatte, etwas verlegen drein. »Was ist denn Schlechtes daran, wenn man sich fotografieren läßt? So ein Bild ist doch schließlich auch ein letztes Andenken.«

»Für wen?«

»Was heißt ›für wen‹? Ich jedenfalls bin froh darüber, ein Bild zu besitzen, das Seine Exzellenz im letzten Augenblick, bevor er starb, darstellt.«

»Wenn es nicht General N. wäre. Er hätte an so etwas nicht denken sollen. Das Gefühl, aus dem heraus er Selbstmord begangen hat, kann ich ja zur Not noch verstehen. Aber daß er sich unmittelbar vor dem Selbstmord fotografieren ließ, ist mir völlig unbegreiflich. Daß dieses Bild nach seinem Tode in jedem Laden aufgehängt wird ...«

Beinahe ärgerlich schnitt der Generalmajor dem jungen Mann das Wort ab.

»Das ist hart. Seine Exzellenz war ein gebildeter Mensch. Ein durch und durch treuer und aufrichtiger Mensch.«

»Natürlich war er ein gebildeter Mensch. Auch daß er treu und aufrichtig war, will ich gern glauben. Aber seine Art der Treue und Aufrichtigkeit können wir nicht mehr ganz verstehen. Und den Generationen, die nach uns kommen, wird das noch viel weniger gelingen ...«

Zwischen Vater und Sohn herrschte eine Weile ein unerquickliches Schweigen.

»Ja, die Zeiten ändern sich«, sagte der Generalmajor schließlich.

»Hm, ja ...«, antwortete der junge Mann nur, und man sah ihm an, daß er einem Geräusch vor dem Fenster lauschte.

»Es regnet, Vater.«

»Es regnet?«

Der Generalmajor, der die Beine von sich gestreckt hatte, war froh, daß er das Thema wechseln konnte.

»Hoffentlich fallen die Quitten nicht ab ...«

Dezember 1921

Im Dickicht

Aussage eines vom Untersuchungsrichter befragten Holzfällers:

Ja, Herr, ich war es, der den Toten entdeckt hat. Wie jeden Morgen, so ging ich auch heute ins Gebirge, um Zedern zu fällen. In einem Dickicht am Berghang stieß ich auf die Leiche. Wo? Wohl vier- oder fünfhundert Meter abseits vom Weg nach Yamashina, an einem einsamen Fleck zwischen Bambus und schwachen Zedern.

Der Tote lag auf der Erde, das Gesicht nach oben gekehrt. Er trug ein tiefblaues seidenes Jagdgewand und eine dieser hohen, spitzen Mützen, wie sie in der Hauptstadt modern sind. Ein Schwertstich hatte seine Brust durchbohrt. Das welke Bambuslaub um den Mann herum war dunkelrot gefärbt. Nein, er blutete nicht mehr. Die Wunde schien mir schon verkrustet. An ihrem Rand hatte sich eine Bremse festgesaugt, die sich selbst durch mich nicht stören ließ.

Ob ich ein Schwert oder andere Waffen gesehen habe? Nein, nichts dergleichen. Nur ein Seil fand ich neben ihm auf den Wurzeln der Zeder und – ja, richtig, außer dem Seil noch einen Kamm. – Die beiden Sachen, weiter nichts. Aber das Gras und das welke Laub waren zertrampelt. Sicher hat der Mann erbittert gekämpft, bevor er getötet wurde.

Bitte? Ob ich dort nicht ein Pferd gesehen habe? Nein, an den Ort kommt kein Pferd. Dichtes Buschwerk trennt ihn vom Weg.

Aussage eines vom Untersuchungsrichter befragten fahrenden Priesters:

Gestern bin ich ihm begegnet. Gestern – ja, zur Mittagszeit war es wohl. Wo? Auf dem Wege von Sekiyama nach
Yamashina. Der Mann zog mit einer Frau, die auf einem
Pferd saß, in Richtung Sekiyama. Ihr Gesicht blieb mir verborgen, denn das um ihren Hut geschlungene Tuch hing tief
herab. Nur die Farbe ihres Kleides, ein dunkles Rosa,
konnte ich erkennen. Das Pferd, ja, es war ein Falbe mit gestutzter Mähne. Wie groß es war? Ob es vier Fuß und vier
Zoll maß? Herr, ich bin ein Diener Buddhas und kenne
mich deshalb in diesen Dingen herzlich wenig aus. Der
Mann – ja, er trug sowohl ein Schwert als auch Pfeil und Bogen. Ich erinnere mich recht genau, daß in dem schwarzen
Lackköcher an die zwanzig Pfeile steckten.

Nicht einmal im Traum habe ich daran gedacht, daß dem
Manne so etwas widerfahren würde. Doch wahrlich, des
Menschen Leben gleicht dem Morgentau, gleicht einem
Blitz. Ach, es fehlen mir die Worte, mein Bedauern auszu-
drücken.

Aussage eines vom Untersuchungsrichter befragten Freigel-
assenen:

Der Mann, den ich gefangennahm? Er ist der bekannte
Räuber Tajomaru. Als ich ihn faßte, lag er stöhnend auf der
steinernen Brücke bei Awataguchi. Er war vom Pferd gestürzt. Wann das war? Gestern abend in der Stunde der ersten Wache. Kurz zuvor war er mir noch einmal entkommen, aber auch da trug er eben dieses dunkelblaue seidene
Jagdgewand und ein langes Schwert. Ihr seht es selber, daß
er noch Pfeil und Bogen bei sich hat. Wie meint Ihr? Die
hätten dem Toten gehört? Ja, dann muß es Tajomaru gewesen sein, der ihn ermordet hat. Der mit Leder umwickelte
Bogen, der schwarze Lackköcher, die siebzehn Pfeile mit
den Falkenfedern – das alles gehörte also jenem toten
Manne?

Ja, wie Ihr sagt, das Pferd war ein Falbe mit gestutzter Mähne. Daß das Tier ihn abgeworfen hat, muß doch einen besonderen Grund gehabt haben. Es graste jenseits der Brücke am Wegesrand und schleifte die langen Leitzügel hinter sich her.

Tajomaru, dieser Schurke, ist am meisten von allen Räubern, die in der Nähe der Hauptstadt ihr Unwesen treiben, hinter den Frauen her. Es heißt ja auch, daß er im Herbst vergangenen Jahres in dem Wald hinter dem Pindola des Tempels Toribe die Frau und das Mädchen, die dort wohl beten wollten, ermordet hat. Wenn dieser Verbrecher jenen Mann im Dickicht umgebracht hat, was mag er dann wohl mit der Frau gemacht haben, die auf dem Falben saß? Verzeiht mir die Aufdringlichkeit, aber zieht auch das bitte in Erwägung.

Aussage einer vom Untersuchungsrichter befragten alten Frau:

Ja, der Tote ist der Mann meiner Tochter. Er stammt nicht aus der Hauptstadt, er stand in Kokufu in der Provinz Wakasa in Diensten. Sein Name ist Kanazawa no Takehiko. Sechsundzwanzig war er. Nein, er war so sanft und gütig, daß gewiß niemand Anlaß hatte, ihn zu hassen.

Meine Tochter? Ihr Name ist Masago, sie ist neunzehn Jahre alt. Ihr Wille ist kaum schwächer als der eines Mannes. Ich bin sicher, daß sie keinen anderen Mann kannte als Takehiko. Ihr kleines, ovales Gesicht war ein wenig dunkel getönt. Im linken Augenwinkel hat sie ein Muttermal.

Gestern brach Takehiko mit meiner Tochter nach Wakasa auf. Welch furchtbares Unglück widerfuhr ihnen! Mit dem Tod meines Schwiegersohnes muß ich mich abfinden, aber wie qualvoll ist es, nicht zu wissen, was aus meiner Tochter geworden ist! Ich bitte Euch, forscht nach dem Verbleib meiner Tochter. Sucht unter jedem Baum und Strauch. Das ist der einzige Wunsch einer alten Frau. Wie ich ihn hasse, diesen Räuber Tajomaru oder wie er auch heißen mag!

Nicht nur meinen Schwiegersohn, auch meine Tochter ...
(Ihre Worte erstickten in Tränen.)

Tajomarus Geständnis:
   Den Mann habe ich getötet, aber nicht die Frau. Wo sie
geblieben ist? Das weiß ich nicht. Einen Moment! Auch
wenn Ihr mich noch so sehr foltert, ich kann Euch nicht
mehr sagen, als ich weiß. Aber da ich Euch nun einmal in
die Hände gefallen bin, will ich nicht feige sein und nichts
verheimlichen.
   Gestern, es war kurz nach Mittag, begegnete ich dem
Paar. Gerade hob ein Windstoß das seidene Tuch der Frau,
so daß ich flüchtig ihr Gesicht sehen konnte. Flüchtig –
denn kaum, daß ich es gesehen hatte, war es auch schon wieder meinen Blicken entzogen. Das hat wohl dazu beigetragen, daß mir das Gesicht der Frau wie das eines weiblichen
Bodhisattva erschien. Noch im selben Augenblick war ich
fest entschlossen, mich ihrer zu bemächtigen, und wenn es
ihrem Mann das Leben kosten sollte.
   Wie? Einen Mann zu töten ist gar nicht so schrecklich,
wie Ihr denkt! Wer eine Frau raubt, mordet gewiß auch immer ihren Mann. Der Unterschied ist nur, daß ich zum
Schwert an meiner Seite greife, wenn ich jemand töten will,
Ihr aber kein Schwert gebraucht, sondern allein mit Eurer
Macht, mit dem Golde mordet, manchmal sogar nur mit
heuchlerischen Worten. In der Tat, dabei fließt kein Blut.
Der Mann führt ein glänzendes Leben – und dennoch ist
er getötet. Wägt man die Schwere des Verbrechens ab, so
weiß ich wirklich nicht, wessen Tat verwerflicher ist, Eure
oder meine. *(Zynisches Lächeln.)*
   Mir wäre es durchaus recht gewesen, wenn ich mich der
Frau hätte bemächtigen können, ohne ihren Mann zu töten.
Ja, ich war anfangs sogar entschlossen, sein Leben nach Möglichkeit zu schonen. Auf der Straße nach Yamashina konnte
ich meinen Plan, sie zu rauben, aber nicht ausführen. Ich
überlegte mir also, daß ich das Paar in die Berge locken müßte.

Das gelang auch mühelos. Denn nachdem ich mich dem Paar angeschlossen hatte, erzählte ich ihm, drüben in den Bergen gäbe es ein altes Grab, das ich geöffnet hätte. Dabei seien Schwerter und Spiegel in großer Zahl zum Vorschein gekommen. Damit nun niemand etwas davon erführe, hätte ich die Dinge im Dickicht am Hang vergraben. Falls jemand daran Interesse habe, sei ich bereit, sie billig zu verkaufen. Der Mann lauschte meiner Geschichte mit immer größerer Aufmerksamkeit. Ist Habgier nicht etwas Schreckliches? Bevor auch nur eine Stunde vergangen war, lenkte das Paar, von mir begleitet, sein Pferd auf einen Bergpfad.

Als wir zu dem Dickicht kamen, sagte ich, hier liege der Schatz vergraben. Ich forderte sie auf, ihn sich anzusehen. Der Mann, von Habgier besessen, wandte nichts dagegen ein. Die Frau blieb jedoch auf dem Pferd sitzen und sagte, sie würde warten. Was durchaus zu verstehen ist, wenn man dieses Gestrüpp sieht. Offen gestanden, nichts konnte meinen Plänen mehr entgegenkommen. Wir ließen also die Frau allein zurück und drangen in das Dickicht ein.

Zunächst bestand es nur aus Bambus. Als wir jedoch etwa fünfzig Meter zurückgelegt hatten, entdeckte ich eine lichte Zederngruppe. – Um meinen Plan auszuführen, konnte es keinen besseren Platz geben. Während ich mich durch das Dickicht kämpfte, log ich, der Schatz sei unter den Zedern vergraben, was durchaus glaubwürdig klang. Kaum hatte der Mann meine Worte vernommen, da bahnte er sich mit aller Kraft einen Weg zu den durch das Laub schimmernden schlanken Bäumen. Dann lichtete sich der Bambus, und vor uns standen die Zedern. In diesem Augenblick packte ich meinen Gegner plötzlich und warf ihn zu Boden. Bestimmt konnte er eine gute Klinge schlagen, aber ich hatte ihn so überrumpelt, daß er machtlos war. Ich band ihn an den Stamm einer Zeder. Woher ich ein Seil hatte? Ich wäre kein Räuber, wenn ich nicht immer ein Seil bei mir trüge, denn weiß man, ob man nicht irgendwann einmal über eine Mauer klettern muß? Nachdem ich ihm dann noch den

Mund voll Bambusblätter gestopft hatte, damit er keinen Laut von sich geben konnte, brauchte ich mich um ihn nicht mehr zu kümmern.

Als ich mit dem Mann fertig war, ging ich zu der Frau zurück und sagte ihr, sie möge mitkommen, denn ihr Mann sei allem Anschein nach plötzlich krank geworden. Daß ich wieder genau das Richtige getroffen hatte, brauche ich wohl nicht zu erwähnen. Sie setzte ihren Binsenhut ab. Ich nahm sie an der Hand und führte sie ins Dickicht. In dem Augenblick, da sie ihren Mann an eine Zeder gefesselt sah, zog sie, ohne daß ich es recht gewahr wurde, ein blitzendes Kurzschwert aus ihrem Busen. Noch nie bin ich einer Frau von solch ungestümem Temperament begegnet. Wäre ich nicht auf der Hut gewesen, sie hätte mir das Schwert in die Seite gebohrt. Ich wich ihrem Angriff aus, aber immer wieder drang sie auf mich ein und war drauf und dran, mir schwere Wunden zuzufügen oder mich gar zu töten. Ich dürfte allerdings nicht Tajomaru sein, wenn es mir nicht schließlich doch gelungen wäre, ihr das kurze Schwert aus der Hand zu schlagen, ohne mein eigenes langes gezogen zu haben. Ohne Waffe aber ist selbst die beherzteste Frau machtlos. Endlich konnte ich von der Frau Besitz ergreifen und hatte ihrem Mann nicht einmal das Leben nehmen müssen.

Ja, ohne ihm das Leben zu nehmen. Ich hatte wirklich nicht die Absicht, zu allem auch noch ihren Mann zu töten. Doch als ich mich gerade davonmachen und die weinend am Boden liegende Frau zurücklassen wollte, klammerte sie sich plötzlich wie von Sinnen an meinen Arm. Herausgeschriene Worte drangen an mein Ohr: »Du oder mein Gemahl, einer von euch muß sterben! Daß zwei Männer um meine Schande wissen, ist bitterer als der Tod.« Und keuchend fügte sie hinzu: »Ich will dem gehören, der überlebt.« In dem Augenblick packte mich das wilde Verlangen, den Mann zu töten. *(Finster erregt.)*

Wenn ich das so sage, wird man mich ohne Zweifel für grausamer halten als Euch. Aber wer sah schon das Gesicht der Frau? Wer sah in jenem Moment ihre flammenden Blicke? Und wenn mich der Blitz erschlägt, sie muß meine Frau werden, dachte ich, als ich ihr in die Augen sah. Sie muß meine Frau werden – nichts anderes vermochte ich zu denken. Es war nicht niedere Begierde, wie Ihr vielleicht glaubt. Denn wäre es nichts anderes als niedere Begierde gewesen, ich hätte der Frau einen Fußtritt versetzt und wäre meines Weges gegangen. Dann hätte ich mein Schwert auch nicht mit dem Blut des Mannes befleckt. Aber in diesem Augenblick, als ich in dem halbdunklen Dickicht in das Gesicht der Frau starrte, faßte ich den Entschluß, diesen Ort nicht zu verlassen, ohne den Mann getötet zu haben.

Ich wollte ihn zwar töten, doch nicht meuchlings morden. Ich nahm ihm also die Fesseln ab und forderte ihn zum Kampf mit der Waffe heraus. (Das Seil, das man bei der Zeder fand, ist eben dieses Seil, das ich dort hingeworfen und vergessen habe.) Bleich vor Zorn, zog er sein mächtiges Schwert. Und noch im selben Augenblick stürzte er sich wutentbrannt auf mich. Nicht ein Wort kam ihm über die Lippen.

Ich brauche Euch nicht erst zu sagen, wie der Kampf ausging. Beim dreiundzwanzigsten Streich gelang es mir, meinem Gegner die Brust zu durchbohren. Beim dreiundzwanzigsten Schwertstreich – bitte vergeßt diese Zahl nicht. Selbst jetzt denke ich noch voller Bewunderung daran zurück. Denn niemand unter dem Himmel außer ihm kreuzte mehr als zwanzigmal mit mir das Schwert. *(Fröhlich lächelnd.)*

Als der Mann fiel, setzte ich mein blutiges Schwert ab und wandte mich nach der Frau um. Aber – was war geschehen? Ich sah sie nirgends. Wohin war sie geflohen? Ich suchte sie zwischen den Zedern. Nicht einmal Fußspuren fand ich in dem Bambuslaub. Ich lauschte, doch alles, was ich hörte, war das Todesröcheln, das aus der Kehle des Mannes drang.

Vielleicht ist sie beim ersten Schwerthieb aus dem Dikkicht geflohen, um Hilfe herbeizurufen. Als mir der Gedanke kam, nahm ich dem Mann Schwert, Bogen und Pfeile ab und rannte spornstreichs zurück zum Bergpfad, ging es doch nun um mein eigenes Leben. Auf dem Wege graste friedlich das Pferd der Frau. Unnütz ist jedes Wort über das, was dann geschah. Nur eins noch: Bevor ich die Hauptstadt erreichte, hatte ich mich schon von meinem Schwert getrennt. Das ist alles, was ich zu bekennen habe. Ich wußte, daß irgendwann einmal mein Kopf auf einem Ast des Paternosterbaumes stecken würde. Verhängt denn also die schwerste Strafe über mich. (*Herausfordernde Haltung.*)

Bekenntnis einer zum Tempel Kiyomizu gekommenen Frau:

Nachdem jener Mann in dem dunkelblauen seidenen Jagdgewand mir Gewalt angetan hatte, lachte er meinem gefesselten Gatten höhnisch ins Gesicht. Was muß mein Gemahl gelitten haben! Sosehr er sich auch wand und krümmte, das um seinen Körper geschlungene Seil schnitt nur noch tiefer ins Fleisch. Meiner selbst nicht Herr, stürzte ich stolpernd auf ihn zu. Aber da schlug mich der Mann auch schon zu Boden. Während ich fiel, nahm ich ein Blitzen in den Augen meines Gatten wahr, das nicht mit Worten zu beschreiben ist. Ein nicht mit Worten zu beschreibendes Blitzen – mich schaudert's jetzt noch, wenn ich an diesen Blick denke. Aus den Augen meines Gatten, dessen Mund nicht einen einzigen Laut hervorbringen konnte, sprach sein ganzes Herz. Doch was in ihnen blitzte, war wohl weder Zorn noch Kummer. Leuchtete mir da nicht kalt einzig all seine Verachtung entgegen? Mehr vom Blick meines Gemahls als vom Schlag jenes Mannes getroffen, schrie ich unwillkürlich auf und verlor schließlich das Bewußtsein.

Als ich wieder zu mir kam und mich umschaute, war der Mann im dunkelblauen seidenen Jagdgewand verschwunden. Ich sah nur meinen Gatten, der noch immer an die Zeder gefesselt war. Mühevoll richtete ich mich auf und schaute ihm fest ins Gesicht. Doch jener Ausdruck war nicht aus seinen Augen verschwunden. Haß und kalte Verachtung sprachen aus ihnen zu mir. Scham, Kummer, Erbitterung – ich weiß nicht, wie ich es nennen soll, was ich in jenen Augenblicken in meinem Herzen empfand. Taumelnd erhob ich mich und trat zu ihm hin.

»Nach all dem, was geschehen, kann ich nicht länger mit Euch leben. Ich bin entschlossen, auf der Stelle zu sterben. Doch ... doch sterbt auch Ihr! Ihr sahet meine Schande. Ich ertrage es nicht, daß Ihr mich überlebt.«

Das war es, was ich ihm unter großen Mühen sagte. Noch immer starrte er mich voller Abscheu an. Mir brach schier das Herz, als ich nach dem Schwert meines Gatten suchte. Aber ich fand es nirgends im Dickicht; der Räuber mußte es gestohlen haben. Dazu auch den Bogen und die Pfeile. Glücklicherweise lag aber mein Kurzschwert zu meinen Füßen. Ich hob es auf und sagte noch einmal zu meinem Gatten: »Nun gebt mir Euer Leben! Ich folge Euch sogleich!«

Als er die Worte hörte, bewegte er angestrengt die Lippen. Aber er brachte keinen Laut hervor, denn sein Mund war mit Bambusblättern vollgestopft. Und doch wußte ich sogleich, was er sagen wollte. »Töte mich!« sagte er verächtlich. Meiner Sinne kaum noch mächtig, stieß ich ihm das kurze Schwert durch das tiefblaue Seidengewand in die Brust.

In diesem Moment verlor ich von neuem das Bewußtsein. Als ich die Augen wieder aufschlug, hatte mein Gatte schon den letzten Atemzug getan. Durch die Zedern und den Bambus fiel ein Strahl der untergehenden Sonne auf sein fahles Gesicht. Ich unterdrückte mein Schluchzen, als ich den Leichnam aus den Fesseln befreite. Und ... und was wurde dann aus mir? Ich bin nicht mehr imstande, darüber zu sprechen. Jedenfalls, es fehlte mir die Kraft zu sterben. Ich versuchte, mir mit dem kurzen Schwert die Kehle zu durchstechen, ich versuchte, mich in einem Teich am Fuße des Berges zu ertränken, ich versuchte noch so manches, doch darf ich mich dessen etwa rühmen, daß ich den Tod nicht finden kann! *(Ein verlorenes Lächeln.)* Vielleicht hat sich selbst die gütige, gnadenreiche Kannon von mir abgewandt, weil ich so feige und mutlos bin. Was soll ich nur tun, ich, die ich den Gatten getötet habe, die ich von einem Räuber geschändet wurde? Was soll ich ... ich ... *(Plötzlich wild schluchzend.)*

Aussage des Toten, sich des Mundes einer Miko bedienend: Nachdem der Räuber meiner Frau Gewalt angetan hatte, setzte er sich neben sie und ließ nichts unversucht, sie zu trösten. Selbstverständlich war mir der Mund verschlossen. Gefesselt lag ich am Fuße einer Zeder. Zwar warf ich meiner Frau immer wieder Blicke zu, die ihr sagen sollten: Schenk ihm keinen Glauben, er lügt!, doch sie saß niedergeschlagen in dem welken Bambuslaub und starrte unverwandt in ihren Schoß. Schien es nicht, als hörte sie auf die Worte des Räubers? Eifersucht quälte mich. Er setzte seine schlauen Reden fort, sprach von diesem, sprach von jenem. »Da du nun einmal befleckt bist, wirst du kaum mehr in Eintracht mit deinem Manne leben können. Willst du nicht meine Frau werden, statt bei ihm zu bleiben? Glaub mir, nur die Liebe zu dir war es, die mich zu meiner Tat trieb.« So unverschämt wurden schließlich seine Reden.

Als sie diese Worte hörte, schaute sie verzückt auf. Nie zuvor sah ich meine Frau so schön. Aber was antwortete meine schöne Frau dem Räuber, während ich gefesselt vor ihr lag? Ich irre zwar ruhelos in der Finsternis des Nichts umher, aber sooft ich mich der Antwort meiner Frau erinnere, lodert wilder Zorn in mir auf. Sagte sie doch: »Wohin du auch gehst, nimm mich mit!« *(Langes Schweigen.)*

Aber das ist nicht ihr einziges Verbrechen. Denn wäre es dabei geblieben, dann müßte ich jetzt in der Finsternis nicht so sehr leiden. Wie im Traum wollte sie schon Hand in Hand mit dem Räuber das Dickicht verlassen, da wich jedoch plötzlich jede Farbe aus ihrem Gesicht. Sie zeigte auf

mich und schrie immer wieder, als hätte sie den Verstand
verloren: »Töte ihn! Solange er lebt, kann ich nicht mit dir
gehen. Töte ihn!«

Wie ein Wirbelsturm drohen mich ihre Worte auch jetzt
noch kopfüber in den Schlund der unendlichen Finsternis
zu reißen. Ob jemals solch schändliche Worte über die Lippen eines anderen Menschen gekommen sind? Ob jemals
solch fluchwürdige Worte an eines anderen Menschen Ohr
gedrungen sind? Ob jemals solch … *(Plötzlich ausbrechendes
Hohngelächter.)* Selbst der Räuber erbleichte, als er das hörte.
»Töte ihn!« Sie hatte sich fest an seinen Arm geklammert
und schrie. Der Räuber sah meine Frau scharf an und sagte
weder ja noch nein, aber im gleichen Augenblick versetzte er
ihr einen Fußtritt, daß sie in das welke Bambuslaub stürzte.
(Wieder ein plötzlich ausbrechendes Hohngelächter.) Seelenruhig verschränkte er die Arme und sah mich an. »Was soll
mit der Frau geschehen? Soll ich sie töten? Soll ich sie schonen? Ihr braucht nur mit dem Kopf zu nicken. Soll ich sie
töten?« Allein um dieser Worte willen bin ich bereit, ihm
sein Verbrechen zu verzeihen. *(Wieder langes Schweigen.)*

Während ich noch zögerte, stieß meine Frau einen Schrei
aus und rannte tief in das Dickicht hinein. Sofort sprang der
Räuber hinterher, aber er bekam wohl nicht einmal mehr
ihren Ärmel zu fassen. Ein Trugbild schien mir das alles.

Nachdem meine Frau entflohen war, nahm der Räuber
mein Schwert, den Bogen und die Pfeile und durchschlug
mit einem Streich meine Fesseln. Ich hörte noch, wie er
murmelnd zu sich selber sagte: »Jetzt geht es um mich!«,
und schon war er meinen Blicken entschwunden. Nun war
Stille rings um mich. Nein, ein Weinen drang noch an mein
Ohr. Ich befreite mich endgültig aus den Fesseln und
lauschte. Wie denn, war es nicht mein eigenes Weinen?
(Zum drittenmal langes Schweigen.)

Mühsam, denn ich war erschöpft, richtete ich mich auf.
Vor mir glänzte das Kurzschwert, das meine Frau verloren
hatte. Ich ergriff es und stieß es mir in die Brust. Ein bluti-

ger Klumpen stieg mir würgend in den Mund. Doch empfand ich keinen Schmerz. Immer stiller wurde es um mich, als meine Brust erkaltete. Welch eine Ruhe! Nicht einmal ein Vogel zwitscherte am Himmel über dem Dickicht. Nur verlorenes Sonnenlicht schwebte zwischen den Zedern und dem Bambus. Das Sonnenlicht – auch es wurde allmählich immer fahler. Und schon konnte ich auch die Zedern und den Bambus nicht mehr sehen. Tiefe Stille umfing mich.

In diesem Augenblick nahte sich jemand mit leisen Schritten. Ich versuchte aufzuschauen. Aber die Dunkelheit hatte mich schon eingehüllt. Eine unsichtbare Hand zog behutsam das kurze Schwert aus meiner Brust. Sogleich quoll mir noch einmal ein Blutstrom aus dem Mund, und dann versank ich für immer in der Finsternis des Nichts.

Dezember 1921

Die Lore

Als man mit dem Bau der Kleinbahnstrecke zwischen Odawara und Atami begann, war Ryohei acht Jahre alt. Tag für Tag rannte er vor das Dorf, um zuzusehen, wie die Strecke gebaut wurde – nein, eigentlich interessierte ihn nur, wie die Erde in den Loren fortgeschafft wurde.

Hinten auf der mit Erde gefüllten Lore standen zwei Arbeiter. Da es bergab ging, lief sie von allein. Das Fahrgestell schwankte, die Jacken der Arbeiter flatterten im Wind, die schmalen Schienen bogen sich. Dieses Bild rief in Ryohei den Wunsch wach, später auch einmal Erdarbeiter zu werden. Dann wieder dachte er: Wenn ich doch einmal mit den Arbeitern auf der Lore fahren könnte! Sobald die Lore die Ebene vor dem Dorf erreicht hatte, kam sie von selber zum Stehen. Die Arbeiter sprangen ab und entleerten sie dort, wo die Schienen endeten. Dann schoben sie den Wagen wieder den Hang hinauf, den sie gerade heruntergekommen waren. Und Ryohei dachte: Wenn ich schon nicht mitfahren kann, vielleicht darf ich dann wenigstens schieben helfen.

Eines Abends, es war Anfang Februar, ging Ryohei mit seinem zwei Jahre jüngeren Bruder und einem Nachbarsjungen gleichen Alters zu dem Platz, wo die Loren abgestellt waren. Im Dämmerlicht sah man sie lehmverschmiert in einer Reihe stehen. Ryohei schaute sich um. Nirgends war ein Arbeiter zu sehen. Den dreien war nicht ganz geheuer, als sie sich mit vereinten Kräften gegen die vordere Lore stemmten. Und auf einmal begannen sich die Räder lang-

sam zu drehen. Ihr Knarren ließ Ryohei zusammenschrek-
ken. Aber nach der zweiten Radumdrehung war die Furcht
schon überwunden. Klackklack klackklack – so rollte die
Lore, geschoben von den drei Jungen, langsam auf den
Schienen bergan. Sie hatten kaum einige zwanzig Meter zurückgelegt, als die Steigung plötzlich erheblich steiler wurde.
Sosehr die drei sich auch mühten, ihre Kraft reichte nicht
aus, die Lore noch weiter zu schieben. Im Gegenteil, es
schien sogar, als würden die Kinder von ihr zurückgedrängt.
Ryohei glaubte, daß es genug sei, und rief deshalb den Jüngeren zu: »Aufsteigen!«

Sie ließen los und schwangen sich auf die Lore. Erst rollte
sie langsam auf den Schienen bergab, dann wurde ihre Fahrt
immer schneller und schneller. Links und rechts huschten
Bilder an ihnen vorüber, als teile sich die Landschaft. Der
Abendwind blies Ryohei ins Gesicht, und der Junge war wie
verzückt. Doch schon bald kam die Lore am Ende der Schienen zum Stehen.

»Los! Noch einmal!«

Wieder stemmten sich Ryohei und die beiden Kleinen gegen die Lore. Aber noch bevor sich die Räder überhaupt
drehten, hörten die drei auf einmal Schritte hinter sich. Und
schon schimpfte jemand: »Ihr Lausebengel! Wer hat euch erlaubt, an die Loren zu gehen?«

Wie aus dem Erdboden gewachsen, stand ein großer Bau-
arbeiter da. Er trug eine alte Jacke und einen Strohhut, der
gar nicht in die Jahreszeit paßte. Erst als Ryohei und die
beiden Kleinen fünf, sechs Ken gerannt waren, wagten sie
sich nach der Gestalt umzublicken. Seither verspürte Ryohei
auch nicht die geringste Lust, noch einmal zu versuchen,
mit den Loren zu fahren, selbst dann nicht, wenn er auf dem
Heimweg die Baustelle manchmal völlig menschenleer vor-
fand. Die Erinnerung an die Gestalt jenes Bauarbeiters lebt
heute noch in irgendeinem Winkel seines Kopfes. Er sieht den
kleinen, gelben Strohhut im Dämmerlicht undeutlich vor sich.
Aber auch diese Erinnerung wird mit den Jahren verblassen.

Zehn Tage später war Ryohei nachmittags wieder auf der Baustelle und sah die Loren heranrollen. Auf einmal entdeckte er, daß zwei junge Männer einen mit Schwellen beladenen Wagen auf der breiten Spur der künftigen Bahnlinie den Hang hinaufschoben. Ryohei hatte das Gefühl, daß man sich mit den beiden Männern leicht anfreunden könne.

Die schimpfen sicher nicht gleich mit mir, dachte er und lief hinüber zu ihnen.

»Onkel, soll ich schieben helfen?«

Der eine, der ein gestreiftes Hemd trug, gab, ohne aufzusehen und die Lore loszulassen, die erhoffte Antwort.

»Na, dann man los!«

Ryohei trat zwischen die beiden und begann mit ganzer Kraft zu schieben.

»Du hast ja ordentlich Kraft«, lobte der andere, der sich eine Zigarette hinters Ohr geklemmt hatte.

Allmählich nahm die Steigung ab. Ryohei fürchtete insgeheim, daß die Männer nun zu ihm sagen würden: Jetzt hör man auf! Aber die beiden jungen Arbeiter richteten sich nur ein wenig auf, schoben jedoch schweigend weiter. Schließlich konnte Ryohei nicht länger an sich halten und fragte schüchtern: »Darf ich noch ein bißchen mit schieben?«

»Natürlich!« antworteten beide gleichzeitig.

Die sind aber nett, dachte Ryohei.

Nach fünf-, sechshundert Metern stieg die Strecke noch einmal steil an. Links und rechts in der Mandarinenplantage leuchteten die gelben Früchte in der Sonne.

Es ist doch gut, daß es bergauf geht. Da lassen sie mich wenigstens immer noch schieben, sagte sich Ryohei und stemmte sich mit ganzer Kraft gegen die Lore.

Es war noch in der Plantage, als sie die Steigung endlich überwunden hatten. Nun ging es bergab.

»Komm, steig auf!« sagte der Mann im gestreiften Hemd. Ryohei schwang sich sofort auf den Wagen. Die drei hatten sich kaum gesetzt, da rollte er auch schon den Berg hinunter. Der Duft der Mandarinen hüllte sie ein. Ryoheis Haori

346

blähte sich im Wind. Selbstverständlichkeiten wie: Fahren ist doch besser als Schieben, gingen dem Jungen durch den Kopf. Wenn man auf dem Hinweg viel schiebt, kann man auf dem Rückweg viel fahren – auch darüber dachte er nach.

In einem Bambusdickicht kam die Lore allmählich zum Stehen. Wieder begannen die drei zu schieben. Das Bambusdickicht ging in einen Mischwald über. Der sanft ansteigende Berghang war stellenweise so dicht mit welkem Laub bedeckt, daß nicht einmal die rostigen Schienen zu sehen waren. Als sie endlich den Scheitelpunkt erreicht hatten, lag vor ihnen das Steilufer und dahinter das weite, düster-kalte Meer. In diesem Augenblick mußte Ryohei daran denken, daß er doch wohl zu weit mitgegangen sei.

Die drei kletterten wieder auf die Lore. Das Meer zur Rechten, rollte sie unter den Bäumen dahin. Aber Ryoheis Freude war nicht mehr so groß wie vorhin. Wenn sie doch bloß umkehren würden, wünschte er sich. Dabei wußte er nur zu gut, daß sich die Männer erst auf den Heimweg machen würden, wenn sie die Schwellen am Bestimmungsort abgeladen hatten.

Diesmal rollte der Wagen vor einem strohgedeckten Gasthaus aus, hinter dem sich der zerklüftete Berg erhob. Die beiden Arbeiter gingen in das Haus, tranken erst einmal in aller Ruhe ihren Tee und ließen sich von der Wirtin, die einen Säugling auf dem Rücken trug, unterhalten. Ryohei, allein gelassen, wurde unruhig und nahm die Lore von allen Seiten in Augenschein. An den dicken Balken des Untergestells klebte trockener Schlamm.

Der Mann mit der Zigarette hinterm Ohr (jetzt war sie übrigens verschwunden) trat nach einer Weile aus dem Gasthaus und drückte Ryohei etwas in Zeitungspapier eingewikkeltes billiges Zuckerwerk in die Hand.

»Danke«, sagte Ryohei gleichgültig. Aber sogleich fand er, daß es unrecht sei, unfreundlich zu den Männern zu sein. Als wollte er sich für sein Benehmen entschuldigen, steckte er ein Stück Zuckerwerk in den Mund. Es schmeckte nach Petroleum, wonach auch das Zeitungspapier roch.

Die drei schoben die Lore eine sanfte Steigung hinauf. Ryohei hatte die Hände zwar gegen den Wagen gestemmt, aber mit seinem Herzen war er woanders.

Als sie den Hügel auf der anderen Seite hinuntergefahren waren, stand wieder ein Wirtshaus an der Strecke. Die Arbeiter gingen hinein, und Ryohei setzte sich auf die Lore. Er dachte nur noch an den Heimweg. Auf dem vor dem Wirtshaus blühenden Pflaumenbaum erloschen die Strahlen der Abendsonne. Es wird Nacht, dachte Ryohei. Er vermochte nicht länger still zu sitzen. Er stieß mit dem Fuß gegen die Räder. Dann wieder stemmte er sich mit aller Kraft gegen die Lore, obwohl er wußte, daß er allein sie niemals fortbewegen würde. All das tat er nur, um sich abzulenken.

Schließlich traten die Streckenarbeiter aus dem Haus, stützten sich auf die Schwellen, und der eine sagte ohne große Umschweife zu dem Jungen: »Du mußt jetzt nach Hause gehen. Wir übernachten hier.«

»Wenn du zu lange wegbleibst, werden sie sich daheim Sorgen machen«, fügte der andere hinzu.

Einen Augenblick stand Ryohei wie vom Schlag gerührt da. Auf einmal wurde ihm bewußt, daß ja schon die Dunkelheit hereinbrach. Zwar hatte er Ende vorigen Jahres die Mutter einmal bis nach Iwamura begleitet, aber der Weg heute war drei-, viermal so lang, und die ganze Strecke mußte er nun ganz allein zurücklegen. Ihm war zum Weinen zumute. Aber was würde es schon ändern, wenn ich weinte? dachte er. Wozu also weinen? Ein wenig gezwungen verbeugte er sich vor den beiden jungen Arbeitern und rannte los, immer den Schienenstrang entlang.

Wie von Sinnen lief er eine Weile neben den Gleisen her. Als er merkte, daß das Päckchen mit dem Zuckerwerk, das er sich unter das Hemd gesteckt hatte, ihn beim Laufen behinderte, warf er es weg. Wenig später schlüpfte er auch aus seinen Holzsandalen und ließ sie stehen. Nun spürte er zwar

jeden Kiesel durch die dünnen Sohlen der Tabi, aber es lief
sich leichter ohne die Sandalen an den Füßen. Als er den
steilen Hang hinaufhastete, merkte er, daß zu seiner Linken
das Meer lag. Wenn ihm von Zeit zu Zeit die Tränen kamen,
verzerrte sich unwillkürlich sein Gesicht. Aber sosehr er sich
auch zu beherrschen suchte, ein Schluchzen vermochte er
nicht zu unterdrücken.

Als er durch das Bambusdickicht rannte, verglühte allmählich das Abendrot hinter dem Berg Higane. Ryohei
wurde immer unruhiger. Lag es daran, daß er sich nicht
mehr auf dem Hinweg, sondern auf dem Rückweg befand,
daß ihm die Landschaft fremd schien? Er wurde unsicher.
Als er merkte, daß sogar sein Kimono durchgeschwitzt war,
warf er im Laufen den Haori weg.

In der Mandarinenplantage hüllte ihn schon die Dunkelheit ein. Wenn ich bloß mein Leben rette ..., dachte Ryohei.
Er rannte und rannte, rutschte, stolperte.

Als er schließlich im letzten Abendlicht die Baustelle am
Dorfrand erblickte, hätte er am liebsten geweint. Er
schluchzte, eilte aber weiter, ohne in Tränen auszubrechen.

Endlich erreichte er sein Heimatdorf. Die Häuser zu beiden Seiten der Straße waren erleuchtet. Ryohei wußte, daß
sein schweißnasser Kopf im Lampenlicht dampfte. Die Mädchen, die am Brunnen standen und Wasser schöpften, und
die Männer, die von den Feldern heimkehrten, riefen dem
keuchend dahinrennenden Ryohei zu: »He, was ist denn mit
dir los?«

Ryohei aber lief stumm an dem hellerleuchteten Krämer-
laden und dem Friseurgeschäft vorbei.

Doch kaum hatte er das Tor seines Elternhauses aufgerissen, verlor er die Beherrschung und begann, laut zu weinen.
Sein Weinen rief sogleich den Vater und die Mutter herbei.
Die Mutter schloß ihn in die Arme und redete auf ihn ein.
Doch Ryohei wehrte sich mit Händen und Füßen,
schluchzte und war nicht zu beruhigen. Er weinte so laut,
daß drei, vier Frauen aus der Nachbarschaft zum Tor herein-

schauten. Sie und selbstverständlich auch der Vater und die Mutter versuchten herauszubekommen, weshalb er so weinte. Aber so gut man ihm auch zuredete, er weinte und weinte fassungslos. Er dachte an die Einsamkeit, die ihn bedrängt hatte, als er den weiten Weg gerannt war, und ihm war, als könne er sich niemals ausweinen ...

Als Ryohei sechsundzwanzig war, zog er mit Frau und Kind nach Tokio. Jetzt sitzt er im zweiten Stockwerk eines Zeitschriftenverlages, den Rotstift des Korrektors in der Hand. Und manchmal muß er ohne ersichtlichen Grund an jene Zeit denken.

Ohne jeden Grund?

Erschöpft von den Mühsalen des Lebens, sieht er, daß sich, genau wie damals, das schmale Band des steilen, windungsreichen Weges vor ihm endlos durch das düstere Dickicht zieht.

Februar 1922

Die Geschichte von der
Vergeltung einer guten Tat

Die Worte des Jinnai Amakawa

Ich heiße Jinnai. Mein Familienname? Man nennt mich seit
langer Zeit Jinnai Amakawa, Jinnai aus Macao. Kennt auch
Ihr diesen Namen? Nein, nein, Ihr braucht nicht zu erschrecken. Wie Ihr also wißt, bin ich der weithin bekannte
Dieb. Doch ich bin heute abend nicht zu Euch gekommen,
um Euch zu bestehlen. Seid unbesorgt!

Ich hörte, daß Ihr unter den Patres in Japan ein Mann von
großer Tugend seid. Wenn es sich so verhält, dann ist es
Euch vielleicht nicht gerade angenehm, einen Dieb bei
Euch zu haben, und sei es nur für eine kleine Weile. Doch
so unwahrscheinlich es auch klingen mag: Ich gehöre nicht
zu denen, die nur stehlen. Der Diener des großen Kaufherrn
Sukezaemon Ruson, der einmal die Ehre hatte, in den Palast
Juraku beschieden zu werden, hieß Jinnai. Das ist gewiß.
Und weiter, der richtige Rengameister, der dem Sen no Rikyu das »Rotköpfchen« genannte Wasserkännchen schenkte,
das dieser dann so sehr schätzte, lautete Jinnai. Nebenbei,
war nicht auch der Name des Dolmetschers aus Omura, der
vor zwei, drei Jahren das »Tagebuch aus Macao« geschrieben hat, Jinnai? Und der durch das Land ziehende Flöten-
spieler, der dem Kapitän Maldonado bei einer Rauferei in
Sanjogawara das Leben rettete, ferner der Händler, der vor
dem Tor des Tempels Myokoku in Sakai Arzneien der Südbarbaren feilbot – nennt man sie bei ihrem wahren Namen,
so heißen auch sie ohne Zweifel Jinnai. Doch weit wichtiger
ist, daß der Gläubige, der im vergangenen Jahr der Kirche in

San Francisco einen goldenen Reliquienschrein stiftete, in dem die Fingernägel der Mutter Maria aufbewahrt werden, ebenfalls den Namen Jinnai trug.

Aber zu meinem Bedauern habe ich heute abend nicht die Muße, im einzelnen hierüber zu sprechen. Nur glaubt mir bitte, daß sich Jinnai Amakawa nicht allzusehr von anderen Menschen unterscheidet. Seid Ihr meiner Meinung? Nun, dann werde ich Euch mein Anliegen vortragen und mich dabei so kurz wie möglich fassen. Ich bin gekommen, um Euch zu bitten, eine Messe für das Seelenheil eines Mannes zu lesen. Nein, er ist kein Verwandter von mir, auch niemand, dessen Blut an meinem Schwerte klebt. Sein Name? Sein Name – ich bin mir nicht schlüssig, ob ich Euch den Namen nennen soll oder nicht. Für die Seele eines Mannes – oder für das Seelenheil eines Japaners namens Paolo möchte ich beten lassen. Geht das nicht? Sicher fällt es Euch nicht leicht zuzustimmen, da Jinnai Amakawa Euch darum bittet. Gut, so will ich denn versuchen, Euch kurz den Sachverhalt zu schildern. Doch zuvor müßt Ihr mir versprechen, daß Ihr nicht einmal um den Preis Eures Lebens anderen davon erzählt. Bei dem Kreuz auf Eurer Brust, seid Ihr bereit, dieses Versprechen zu geben? Entschuldigt meine Ungezogenheit *(lächelt)*. Wenn ich Euch, Pater, mißtraue, so wegen meiner Vermessenheit, die mir als Dieb eigen ist. Aber solltet Ihr dieses Versprechen nicht halten *(plötzlich ernst)*, dann werdet Ihr nicht im wilden Feuer des Inferno geröstet, nein, dann werdet Ihr hier in dieser Welt bestraft.

Das, wovon ich spreche, trug sich vor mehr als zwei Jahren zu. Es war um Mitternacht, und es blies ein heftiger Wind. Als Wanderpriester verkleidet, trieb ich mich in den Straßen der Hauptstadt herum. Es war nicht das erstemal, daß ich zu nächtlicher Stunde durch die Straßen der Hauptstadt streifte. Ohne mich von jemandem erblicken zu lassen, sah ich mir wohl schon seit fünf Tagen, sobald die erste Nachtwache vorüber war, sehr genau Haus für Haus an.

Warum ich das tat, brauche ich sicherlich nicht noch zu erklären. Ich benötigte damals gerade eine größere Summe
Geldes, denn ich hatte die Absicht, mich für einige Zeit
nach Malakka zu begeben.

Natürlich waren die Straßen zu dieser Stunde schon wie
ausgestorben. Am Himmel funkelten die Sterne. Pausenlos
heulte der Sturm. Als ich im Dunkel der Vordächer die Ogawastraße entlangging, fiel mir an einer Kreuzung plötzlich
ein großes Eckgebäude auf. Es war das Haupthaus des Kaufherrn Yasauemon Hojo, der selbst in der Hauptstadt recht
angesehen ist. Wenn er sich auch nicht mit Kadokura und
anderen Leuten messen kann, die wie er Überseehandel treiben, so schickt er doch immerhin ein, zwei Schiffe nach
Thailand und Luzon. Ganz gewiß zählt auch er zu den großen Geldleuten. Zwar war dieses Haus anfangs keineswegs
das Ziel meiner Wanderung gewesen, aber da ich nun einmal zufällig hierhergekommen war, wollte ich auch gleich
ein wenig einstreichen. Wie ich schon sagte, war es tiefe
Nacht und ein scharfer Wind wehte. Bessere Bedingungen
konnte es für mein Vorhaben gar nicht geben. Ich versteckte
Strohhut und Wanderstab hinter der Regentonne am Straßenrand und kletterte flugs über die hohe Mauer.

Hört Euch nur an, was die Leute über mich erzählen! Alle
Welt behauptet, Jinnai Amakawa beherrsche die Kunst, sich
unsichtbar zu machen. Ihr aber werdet dem Gerede sicherlich nicht wie das gewöhnliche Volk Glauben schenken. Ich
bediene mich weder der Magie, noch paktiere ich mit dem
Teufel. Nein, als ich in Macao weilte, hat mich ein portugie-
sischer Schiffsarzt nur die Wissenschaft von der Natur der
Dinge gelehrt. Wende ich sie in der Praxis an, dann bereitet
es kaum Schwierigkeiten, selbst das größte Schloß zu öffnen
und den schwersten Riegel zu entfernen. *(Lächelt:)* Auch
diese neue, bisher unbekannte Art einzubrechen lehrte
Europa das unzivilisierte Japan, genauso wie es ihm das
Christenkreuz und die Gewehre brachte.

Nur ein Weilchen war vergangen, da befand ich mich

auch schon in Hojos Haus. Doch als ich das Ende des dunklen Korridors erreichte, entdeckte ich zu meiner Überraschung einen kleinen Raum, in dem trotz dieser späten Stunde noch Licht brannte. Auch Stimmen waren zu hören. Dem Äußeren nach zu urteilen, mußte es der Teeraum sein. Teezeremonie in stürmischer Nacht! Ich lächelte spöttisch und schlich mich heimlich näher.

Tatsächlich dachte ich in diesem Augenblick nicht so sehr daran, daß diese Stimmen ja meinen Plan durchkreuzen könnten, vielmehr war ich gespannt, auf welch elegante Weise sich wohl der Hausherr mit seinen Gästen in dem überaus geschmackvollen Teeraum unterhalten würde.

Als ich mich den Schiebewänden näherte, drang, wie erwartet, der singende Ton des Teekessels an mein Ohr. Aber gleichzeitig mit diesem Ton vernahm ich zu meiner größten Überraschung, daß jemand sprach und dabei weinte. Jemand? Ohne ein zweites Mal hinzuhören, wußte ich, es mußte eine Frau sein. Daß nun eine Frau nachts im Teeraum einer solch vornehmen Familie weint, ist nicht gerade alltäglich. Ich hielt den Atem an, als ich durch die glücklicherweise nicht dicht verschlossenen Schiebewände in den Raum spähte.

Im Schein der Papierlaterne sah ich ein altes Rollbild im Tokonoma und Winterastern in einer Hängevase. Der Teeraum hielt, was er versprochen: Ein Hauch schlichter, stiller Vornehmheit lag über ihm. Der alte Mann, er mußte der Hausherr Yasauemon sein, saß in einem Haori mit feinem Rankenmuster vor dem Tokonoma, mir genau gegenüber. Er hatte die Arme verschränkt, blickte wie mit den Augen eines Fremden drein und schien dem Brodeln im Kessel zu lauschen. Auf dem Kissen neben Yasauemon sah ich im Profil eine alte Frau mit sorgsam aufgestecktem Haar, die sich von Zeit zu Zeit die Tränen trocknete.

Entbehrung leiden sie gewiß nicht, doch scheint sie irgendwelcher Kummer zu bedrücken, dachte ich und mußte unwillkürlich lächeln. Lächeln – sagte ich, aber das heißt keineswegs, daß ich das Ehepaar Hojo haßte. Wenn man vierzig Jahre lang stets nur den Namen eines Übeltäters führt, dann lächelt man auch ungewollt über das Unglück eines anderen – vor allem eines anderen, den alle Welt für glücklich hält. *(Brutal dreinblickend:)* Ich hatte in jenem Augenblick meinen Spaß an dem Gram des Ehepaares, als schaute ich einem Kabukispiel zu. *(Ironisch lächelnd:)* Aber ich stehe in dieser Hinsicht wohl nicht allein da. Denn eine Geschichte, die jedermann mag, erzählt doch stets von traurigen Begebenheiten.

Eine Weile später sagte Yasauemon seufzend: »Nun, da uns dieses Unglück widerfahren ist, hilft auch kein Weinen und kein Klagen. Ich bin entschlossen, schon morgen unsere Leute zu entlassen.« In diesem Augenblick brachte wieder ein heftiger Windstoß den Teeraum zum Erzittern. Auch die Stimme trug der Wind davon, und ich verstand die Worte von Yasauemons Frau nicht mehr. Doch der Hausherr nickte, faltete seine Hände im Schoß und richtete den Blick gegen die Bambusdecke. Diese buschigen Augenbrauen, die vorstehenden Backenknochen und vor allem die langgezogenen äußeren Augenwinkel – je länger ich das Gesicht betrachtete, desto sicherer wurde ich, dem Manne irgendwann schon einmal begegnet zu sein.

»Herr Jesus Christ, schenke unseren Herzen Kraft ...« Yasauemon begann, flüsternd ein Gebet zu sprechen. Auch die alte Frau schien wie ihr Mann die Hilfe des Himmelsherrn zu erflehen. Ohne die Lider zu bewegen, betrachtete ich inzwischen unausgesetzt Yasauemons Gesicht. Als dann wieder ein kalter Windstoß heranwehte, erinnerte ich mich plötzlich an die Zeit vor zwanzig Jahren und entsann mich nun auch deutlich der Gestalt Yasauemons.

Wenn ich sage, Erinnerungen an die Zeit vor zwanzig Jahren – nein, es wird nicht nötig sein, im einzelnen darüber zu sprechen. Kurzum, ich weilte in Macao, und ein japanischer Schiffsführer rettete mir das Leben. Wir gingen damals auseinander, ohne einander unsere Namen genannt zu haben.

Es bestand kein Zweifel, der Schiffsführer von damals war Yasauemon, den ich jetzt vor mir sah. Verwundert über diese unerwartete Begegnung, starrte ich in das Gesicht des alten Mannes. Noch immer schien an Yasauemons breiten Schultern und an diesen Händen mit den kräftigen Fingergelenken der Brandungsgischt in den Korallenriffen und der Geruch der fernen Sandelwälder zu haften.

Als Yasauemon sein langes Gebet beendet hatte, sagte er leise zu der alten Frau: »Alles Weitere laß uns nun in die Hände des Himmelsherrn legen. – Kann ich einen Schluck Tee bekommen, da das Wasser gerade kocht?«

Die alte Frau, bemüht, die Tränen, die ihr von neuem kommen wollten, zu unterdrücken, erwiderte mit ersterbender Stimme: »Ja, sofort! – Wie traurig bin ich …«

»Was nützt das Klagen. Die ›Hojo-maru‹ ist nun einmal gesunken und das für die Ladung vorgeschossene Geld verloren …«

»Nein, das meine ich nicht. Wäre doch wenigstens unser Sohn Yasaburo bei uns …«

Während ich das Gespräch belauschte, mußte ich noch einmal lächeln, aber diesmal keineswegs aus Freude über das Unglück, das das Handelshaus Hojo getroffen hatte. Die Zeit, die alte Schuld abzutragen, ist gekommen – dieser Gedanke stimmte mich froh. Die Freude, daß selbst mir, daß selbst Jinnai Amakawa, den die Polizei verfolgt, das Glück beschieden sein sollte, eine ihm erwiesene Wohltat zu entgelten – nein, diese Freude kann sicher niemand außer mir ermessen. *(Ironisch:)* Die guten Menschen in der Welt sind zu bedauern. Da sie nicht eine einzige Missetat begehen, wissen sie auch nicht, wie glücklich sich unsereiner fühlt, wenn er eine gute Tat vollbringen kann.

»Was! Wir sollten eher froh darüber sein, daß dieser Unmensch nicht bei uns ist …« Bekümmert richtete Yasauemon seinen Blick auf die Laterne. »Das Geld, das er verschwendete, würde uns jetzt vielleicht über das Schlimmste hinweghelfen. Daß ich ihn verstoßen habe …«

Als Yasauemon das sagte, sah er mich und erschrak. Was gar nicht zu verwundern war, denn schließlich hatte ich ja die Schiebetür geöffnet, ohne auch nur einen Laut von mir zu geben. Und zu allem noch mein Aufzug. Zwar trug ich das Kleid eines Wanderpriesters, aber den geflochtenen Hut hatte ich vorher abgenommen, und jetzt steckte mein Kopf in einer fremdländischen Kapuze.

»Wer bist du?« Trotz seines Alters sprang Yasauemon sofort auf.

»Nein, Ihr braucht nicht zu erschrecken. Ich bin Jinnai Amakawa. Bitte, beruhigt Euch! Jinnai Amakawa ist ein Dieb, aber daß er heute nacht so plötzlich bei Euch eingedrungen ist, hat einen anderen Grund.«

Ich nahm die Kapuze ab und ließ mich vor ihm nieder. Das Weitere werdet Ihr Euch sicherlich denken können, ohne daß ich es erzähle. Ich versprach, ihm seine gute Tat zu vergelten und in einer Frist von nicht länger als drei Tagen den Betrag von sechstausend Kan zu beschaffen, um das Haus Hojo aus der Not zu erretten.

Holla, höre ich da nicht Schritte vor der Tür? Entschuldigt mich für heute! Ich werde noch einmal heimlich zu Euch kommen, entweder morgen oder übermorgen abend. Das Kreuz des Südens leuchtet am Himmel über Macao, doch am Himmel über Japan strahlen diese Sterne nicht. Wenn ich mich nicht genau wie sie in Japan unsichtbar mache, täte ich unrecht an der Seele Paolos, für die ich heute nacht um eine Messe bat.

Was? Wie ich hier herauskomme? Habt keine Sorge. Ganz nach Belieben kann ich meinen Weg durch die hohen Fenster oder auch durch den großen Schornstein nehmen. Und noch einmal: Enthaltet Euch um der Seele meines Wohltäters Paolo willen jedes Wortes einem anderen gegenüber.

Die Worte des Yasauemon Hojo

Ehrwürdiger Pater! Bitte höret meine Beichte. Wie Ihr sicher
wißt, gibt es einen Dieb namens Jinnai Amakawa, der in
letzter Zeit sehr viel von sich reden machte. Der Mann, der
im Turm des Tempels Negoro lebte, der dem unbarmherzi-
gen Kampaku das Schwert entwendete und der im fernen
Meer den Statthalter von Luzon überfiel, war, so hörte ich,
er. Die Kunde, daß er schließlich doch gefangen und sein abgeschlagenes Haupt nun an der Modoribrücke, die zum
Stadtteil Ichijo hinüberführt, zur Schau gestellt wurde, ist
gewiß auch schon an Euer Ohr gedrungen. Dieser Jinnai
Amakawa hat mir eine außergewöhnlich große Wohltat erwiesen. Und aus eben dieser Wohltat erwuchs mir jetzt un-
sagbares Leid. Bitte hört, was sich zugetragen hat, und bittet
um die Gnade des Himmelsherrn für den schuldbeladenen
Yasauemon Hojo.

Vor genau zwei Jahren im Winter war es. In den Stürmen,
die unablässig tobten, sank mein Schiff, die »Hojo-maru«;
das für die Ladung vorgeschossene Geld ging verloren, dies
und jenes kam hinzu, und so gerieten wir in eine Lage, in
der der Untergang des Handelshauses Hojo unabwendbar
schien. Wie Ihr wißt, haben wir in der Stadt zwar Kunden,
aber niemanden, den man als Freund bezeichnen könnte.
So sahen wir unser Unternehmen schon wie ein großes
Schiff, das in einen Strudel geriet, das Oberste zuunterst gekehrt, in den Schlund der Hölle stürzen. Doch eines
Nachts – selbst jetzt habe ich diese Nacht noch nicht vergessen. Es wehte ein scharfer, kalter Wind. In dem Teeraum,
den Ihr kennt, besprach ich mich mit meiner Frau, ohne
darauf zu achten, wie die Stunden vergingen. Plötzlich trat
dieser Jinnai Amakawa ein, gekleidet wie ein Wanderpriester, den Kopf bedeckt mit einer fremdländischen Kapuze.
Natürlich erschrak ich, zugleich packte mich aber auch der
Zorn. Doch was erzählte Jinnai dann? Er wäre heimlich in
mein Haus gekommen, um zu stehlen, als er jedoch noch

Licht im Teeraum gesehen und Stimmen gehört und durch die Ritzen der Schiebewände gespäht habe, da hätte er in mir, Yasauemon Hojo, den Mann erkannt, der ihm, Jinnai, vor zwanzig Jahren das Leben rettete.

In der Tat, nun, da er das sagte, erinnerte ich mich, daß ich vor etwa zwanzig Jahren, als ich noch eines jener kleinen lizenzierten Kauffahrteischiffe führte, die nach Macao segelten, dort im Hafen einem völlig bartlosen Japaner das Leben gerettet hatte. Wie er mir damals erzählte, verfolgte man ihn, weil er bei einem Trinkgelage im Streit einen Chinesen getötet hatte. Dieser Mann also war jetzt der berühmte Dieb Jinnai Amakawa. Da ich wußte, daß seine Worte keine Lügen waren, und da zudem im Haus schon alles schlief, fragte ich vor allem erst einmal, was er begehre.

Daraufhin entgegnete Jinnai, er wolle, wenn es in seiner Macht stände, dem Hause Hojo aus der Not helfen, um die zwanzig Jahre alte Dankesschuld abzutragen. Dann erkundigte er sich nach der Höhe des Betrages, der fürs erste nötig sei. Unwillkürlich lächelte ich gequält. Von einem Dieb Geld zu bekommen, das war nicht nur komisch. Besäße Jinnai Amakawa das Geld, dann hätte er nicht eigens in mein Haus zu kommen brauchen, um zu stehlen. Als ich die Summe trotzdem nannte, neigte Jinnai ein wenig den Kopf und meinte, es noch in derselben Nacht zu beschaffen sei etwas schwierig, er verbürgte sich aber ohne viel Aufhebens dafür, sie zusammenzubringen, wenn ich mich drei Tage gedulden würde. Weil ich immerhin den großen Betrag von sechstausend Kan benötigte, war ich nicht sicher, ob er ihn wirklich beschaffen könne. Nein, ich sagte mir sogar, daß dies noch ungewisser sei als die Zahl der Augen bei einem Würfelspiel.

Jinnai ging, nachdem er in jener Nacht in aller Ruhe den Tee getrunken hatte, den ihm meine Frau reichte, wieder in den Sturm hinaus. Am nächsten Tag traf das versprochene Geld nicht ein. Auch nicht am zweiten. Am dritten Tag schneite es, und als die Nacht schon hereingebrochen war,

fehlte noch immer jede Nachricht. Ich sagte vorhin, daß ich
Jinnais Versprechen keinen Glauben schenkte. Dennoch
wartete ich mit einem Fünkchen Hoffnung den Lauf der
Dinge ab, ohne meine Leute zu entlassen. Tatsächlich saß
ich dann in der dritten Nacht im Zimmer vor der Papierlaterne und lauschte angespannt. Doch nur das Splittern des
Bambus, der unter der Last des Schnees brach, drang an
mein Ohr.

Nachdem die dritte Wache schon vorüber war, hörte ich
da nicht auf einmal im Garten vor dem Teeraum ein Geräusch, als ob Männer miteinander kämpften? Sofort schoß
mir natürlich der Gedanke an das Schicksal Jinnais durch
den Sinn. Überwältigen ihn vielleicht die Häscher? Als ich
mir diese Frage stellte, öffnete ich rasch die Shoji an der
Gartenfront, hob die Laterne hoch und sah hinaus. Vor dem
Teeraum rangen bei dem herabhängenden Taiminbambus
zwei Männer im tiefen Schnee miteinander – doch schon
stieß der eine seinen Gegner, der auf ihn zusprang, von sich,
entwich in den Schatten der Gartenbäume und flüchtete sogleich zur Mauer hin. Schnee fiel klatschend herab, ich
hörte, daß jemand eine Mauer erklomm, dann wurde es still.
Der Mann schien unversehrt über die Mauer entkommen zu
sein. Doch der andere, der zurückgestoßen worden war,
setzte ihm in keiner Weise nach; er klopfte sich den Schnee
ab und kam gemächlich zu mir heran.

»Ich bin's, Jinnai Amakawa.«

Verwundert sah ich Jinnai an. Auch in dieser Nacht trug
er ein buddhistisches Priestergewand und hatte eine fremdländische Kapuze über den Kopf gestülpt.

»War das ein Lärm! Zum Glück ist niemand aufgewacht!«
Jinnai trat ein, und zugleich erschien ein flüchtiges, gequältes Lächeln auf seinem Gesicht. »Gerade als ich mich heran-
schlich, versuchte jemand, unter den Fußboden zu kriechen.
Den wollte ich mir mal etwas näher ansehen, aber nun ist er
mir doch entkommen.«

Da ich nach wie vor um ihn fürchtete, fragte ich ihn, ob er

360

den Mann für einen Häscher halte. Aber Jinnai sagte, das sei kein Häscher, das sei ein Dieb gewesen. Ein Dieb wollte einen Dieb ergreifen – etwas Seltsameres dürfte es kaum geben. Diesmal war es mein Gesicht, über das unwillkürlich ein gequältes Lächeln huschte. Aber abgesehen davon, es drängte mich zu erfahren, ob es ihm gelungen war, das Geld zu beschaffen oder nicht. Jinnai mußte in meinem Herzen gelesen haben, denn noch bevor ich irgend etwas sagte, lockerte er gelassen die Binde, die er um den Leib trug, und reihte vor der Feuerstelle die Beutel mit dem Geld aneinander.

»Beruhigt Euch. Hier sind die sechstausend Kan. Ich hatte sie schon gestern fast zusammen. Nur zweihundert fehlten noch, und die habe ich heute nacht mitgebracht. Bitte, nehmt die Beutel an Euch. Das Geld, das ich bis gestern beschafft hatte, versteckte ich unter dem Fußboden dieses Raumes, ohne daß Ihr und Eure Gattin etwas davon merktet. Wahrscheinlich hatte der Geruch dieses Geldes heute nacht den Dieb angelockt.«

Wie im Traum lauschte ich den Worten. Von einem Dieb Geld anzunehmen – ich weiß es auch ohne Euch –, ist gewiß nichts Gutes. Aber als ich mich auf der Grenze zwischen Glauben und Zweifel immer wieder fragte, ob er wohl das Geld beschaffen könne, dachte ich weder an Gut noch an Böse, und nun, da er es brachte, vermochte ich nicht, es rundweg auszuschlagen. Denn hätte ich das Geld nicht angenommen, müßte nicht nur ich, dann müßte auch meine Familie ziellos durch die Straßen irren. Ich bitte Euch um Verständnis dafür, daß ich so dachte. Beide Hände auf dem Boden, verneigte ich mich ehrfurchtsvoll vor Jinnai; ich fand keine Worte und weinte nur ...

Dann hörte ich zwei Jahre lang niemanden mehr über Jinnai sprechen. Weil wir alle es ihm zu danken hatten, daß wir dem Ruin entgangen waren und ein Leben in Geborgenheit führen konnten, betete ich heimlich zur Heiligen Mutter Maria um sein Glück. Doch dann, ja erzählte man dann nicht gestern in den Straßen, Jinnai Amakawa sei gefangen und sein abgeschlagenes Haupt an der Modoribrücke zur Schau gestellt worden? Ich war entsetzt. Ich verbarg mich vor den anderen und brach in Tränen aus. Dennoch, man konnte dieses Ende wohl für nichts anderes als für den Lohn seiner vielen bösen Taten halten. Ja, es war an sich verwunderlich, daß ihn die Strafe des Himmels in den langen Jahren nicht schon längst ereilt hatte. Um meine Dankesschuld abzutragen, wollte ich wenigstens in aller Heimlichkeit für ihn beten. So dachte ich und begab mich heute ohne meine Diener schnellen Schrittes zur Modoribrücke, die zum Stadtteil Ichijo hinüberführt, um mir den zur Schau gestellten Kopf anzusehen.

Als ich dort ankam, stand schon eine große Menschenmenge vor dem Haupt. Die Tafel aus rohem Holz, auf der die begangenen Verbrechen verzeichnet waren, die Wächter vor dem Kopf – das alles war genauso wie immer.

Doch der Kopf auf den drei miteinander verbundenen Bambusstangen, der scheußliche, blutbeschmierte Kopf! Ich stand inmitten der lärmenden Menge. Kaum hatte ich das bleiche Haupt erblickt, fuhr ich zusammen. Das ist nicht sein Kopf! Das ist nicht der Kopf des Jinnai Amakawa. Diese buschigen Augenbrauen, die vorstehenden Backenknochen, die Narbe zwischen den Brauen – nichts, was Jinnai glich. Aber mich packte ein panischer Schreck, und mir war, als seien der Sonnenschein, die Menschen um mich herum, das abgeschlagene Haupt auf den Bambusstangen, als sei all das plötzlich in eine ferne Welt entrückt. Das ist nicht Jinnais Kopf. Das ist mein Kopf. Das bin ich vor zwanzig Jahren – das bin ich zu der Zeit, als ich Jinnai das Leben rettete. Yasaburo! würde ich vielleicht geschrien haben, wenn ich meine Zunge nur hätte bewegen können. Ich brachte keinen Laut hervor, statt dessen bebte mein ganzer Körper, als hätte ich einen Malariaanfall.

Yasaburo! Wie ein Phantom betrachtete ich das zur Schau gestellte Haupt meines Sohnes. Der Kopf, ein wenig nach

oben gerichtet, starrte mich aus halbgeöffneten Lidern an.
Wie konnte das geschehen? Hat man meinen Sohn aus Versehen für Jinnai gehalten? Ein Versehen war unmöglich,
denn er wurde doch verhört. Oder war derjenige, der sich
Jinnai Amakawa nannte, etwa mein Sohn? War derjenige,
der als Wanderpriester verkleidet in mein Haus kam, ein anderer, der sich nur Jinnais Namen ausgeliehen hatte? Nein,
das konnte nicht sein! Wer im ganzen weiten Japan außer
Jinnai wäre imstande, in drei Tagen und nicht einen Tag
länger einen Betrag von sechstausend Kan zu beschaffen?
Dann – in diesem Augenblick sah ich im Geiste die Gestalt
des unbekannten Mannes, der in jener Schneenacht vor zwei
Jahren mit Jinnai im Garten kämpfte, plötzlich ganz deutlich vor mir. Wer war der Mann? War es nicht mein Sohn?
Ja, obwohl ich die Gestalt jenes Mannes nur flüchtig gesehen hatte, ähnelte sie der meines Sohnes Yasaburo.
Täuschte sich mein Herz? Wenn es mein Sohn war – wie
aus einem Traum erwacht, blickte ich zu dem zur Schau gestellten Kopf hinüber. Auf den bläulichen, eigentümlich
schlaffen Lippen hatte sich so etwas wie ein feines Lächeln
erhalten.

Ein Lächeln auf dem Gesicht des abgeschlagenen Hauptes – wenn Ihr das hört, mögt Ihr mich vielleicht für töricht
halten. Selbst ich dachte, als ich es entdeckte, daß meine
Augen mich narrten. Aber wie oft ich auch hinsah, auf den
ausgedörrten Lippen lag ein zufriedenes Lächeln. Eine
ganze Weile war ich in den Anblick dieses so merkwürdigen
Lächelns versunken. Und inzwischen huschte auch über
mein Gesicht ein Lächeln. Doch gleichzeitig traten mir unwillkürlich heiße Tränen in die Augen.

»Vater, bitte verzeih mir!« sagte das stumme Lächeln.
»Vater! Bitte verzeih, daß ich die Pflicht der kindlichen
Liebe verletzt habe. In der Schneenacht vor zwei Jahren
hatte ich mich ins Haus geschlichen, um dich zu bitten, mir
zu vergeben und mich wieder aufzunehmen. Ich schämte
mich, in meinem Aufzug am Tage deinen Leuten zu begeg-

nen, und so wartete ich, bis die Nacht hereinbrach. Ich wollte dir unter die Augen treten, selbst wenn ich an die Tür deines Schlafgemachs hätte klopfen müssen. Doch glücklicherweise fiel noch ein Lichtschein durch die Shoji des Teeraums. Ängstlich ging ich darauf zu, aber plötzlich packte mich wortlos jemand von hinten.

Vater! Was dann geschah, weißt du selber. Als ich so völlig unerwartet deine Gestalt erblickte, stieß ich meinen Gegner, diesen Schurken, von mir und entfloh über die hohe Mauer. Da ich aber im Widerschein des Schnees zu meiner Überraschung sah, daß mein Gegner in seinem Äußeren einem Wanderpriester glich, schlich ich mich, nachdem ich mich vergewissert hatte, daß mir niemand folgte, noch einmal beherzt zum Teeraum. Stehend lauschte ich durch die Shoji dem Gespräch.

Vater! Unsere ganze Familie schuldet Jinnai, der das Haus Hojo rettete, Dank! Ich beschloß, ihm seine gute Tat, sollte er einmal in Bedrängnis geraten, wenn es sein mußte, mit meinem Leben zu vergelten. Denn niemand außer mir, dem aus dem Haus gejagten Strolch, würde in der Lage sein, ihm seine Güte zu belohnen.

Auf solch eine Gelegenheit wartete ich zwei Jahre. Und dann – dann kam diese Gelegenheit. Bitte, verzeih mir, daß ich die Pflicht der kindlichen Liebe verletzt habe. Ich war ein schlechter Mensch, doch vergalt ich wenigstens die der ganzen Familie erwiesene große Wohltat. Das tröstet mich ein wenig ...«

Weinend und lachend zugleich pries ich auf dem Heimweg die Bravheit meines Sohnes. Euch ist es vielleicht unbekannt, aber mein Sohn Yasaburo hatte sich wie ich zum Christentum bekehrt. Er erhielt den Namen Paolo. Doch ... doch mein Sohn war ein unglücklicher Mensch. Nein, nicht nur mein Sohn. Hätte Jinnai Amakawa die Familie nicht vor dem Untergang gerettet, wäre mir dieses Leid erspart geblieben. Sosehr ich auch darüber nachsinne, der schmerzliche Gedanke läßt mich nicht los: Wäre es nicht besser gewesen, dem Ruin nicht entgangen zu sein, dafür aber den Sohn am Leben zu wissen? *(Plötzlich gequält:)* Bitte rettet mich! Wenn ich noch länger lebe, werde ich vielleicht unseren großen Wohltäter Jinnai zu hassen beginnen ... *(lang anhaltendes Schluchzen).*

Die Worte des »Paolo« Yasaburo

Heilige Mutter Maria! Sobald die Nacht sich lichtet, wird man mich enthaupten. Wenn mein Kopf zur Erde rollt, dann fliegt meine Seele wie ein kleiner Vogel zu dir empor. Nein, ich, der ich nur Böses tat, werde wohl eher in das lodernde Feuer der Hölle stürzen, als die Herrlichkeit des Paradieses genießen zu können. Doch ich bin zufrieden. Seit zwanzig Jahren war mein Herz nicht von einem so glücklichen Gefühl erfüllt.

Ich bin Yasaburo Hojo. Aber mein abgeschlagener und zur Schau gestellter Kopf wird Jinnai Amakawa heißen. Ich bin Jinnai Amakawa! Kann es etwas Wunderbareres geben? Jinnai Amakawa – wie klingt das? Ist das nicht ein schöner Name? Selbst wenn mein Mund diesen Namen nur formt, will es mir scheinen, daß sich sogar dieses düstere Gefängnis mit den Rosen und Lilien des Himmels füllt.

Nie kann ich die Winternacht vor zwei Jahren vergessen, in der es heftig schneite. Ich hatte mich zum Haus meines Vaters geschlichen, weil ich Geld zum Glücksspiel brauchte. Da noch ein Lichtschein durch die Shoji des Teeraumes fiel, wollte ich dort hineinspähen, aber plötzlich packte mich jemand am Kragen, ohne daß ein Wort über seine Lippen kam. Ich machte mich frei, wurde wieder ergriffen ... Ich wußte nicht, wer mein Gegner war, nur seine große Kraft ließ mich ahnen, daß er nicht zu den gewöhnlichen Menschen gehören konnte. Während wir miteinander rangen, wurden auf einmal die Shoji des Teeraumes geöffnet, und niemand anders als mein Vater Yasauemon war es, der mit einer Laterne in den Garten leuchtete. Ich löste mich aus der Umklammerung und floh über die hohe Mauer.

Aber als ich fünfzig Meter gerannt war, verbarg ich mich unter einem Dachvorsprung und sah mich auf der Straße um. Außer dem selbst in der Nacht weiß leuchtenden Schnee, der von Zeit zu Zeit aufwirbelte, entdeckte ich nichts, was sich bewegte. Gab sich mein Gegner zufrieden? Jedenfalls schien er mir nicht zu folgen. Wer war dieser Mann? Auf den ersten Blick sah er wie ein Priester aus. Doch nach der Stärke seiner Arme, die ich gerade zu spüren bekommen hatte, vor allem aber nach seiner Kampfeskunst zu urteilen, konnte er wohl kaum ein einfacher Priester sein. Und daß in dieser Nacht, in der es heftig schneite, irgendein Priester in den Garten kam, war das nicht seltsam? Eine Weile überlegte ich, dann entschloß ich mich, so gefahrvoll es auch sein mochte, noch einmal zum Teeraum zu schleichen.

Viel Zeit war inzwischen nicht vergangen. Glücklicherweise hatte es aufgehört zu schneien, als der verdächtige Wanderpriester die Ogawastraße gegangen kam. Das ist Jinnai Amakawa! Das ist der berühmteste Dieb der Hauptstadt, der jedwede Gestalt annehmen kann – die eines Samurai, die eines Rengameisters, die eines Kaufmanns, die eines Bettelmönchs. Ich folgte ihm wie sein Schatten. Nie war ich so seltsam frohgestimmt wie in jenem Augenblick. Jinnai Amakawa! Jinnai Amakawa! Wie sehr hatte ich mich sogar im Traum nach diesem Mann gesehnt. Der Mann, der dem grausamen Kampaku das Schwert stahl, war Jinnai. Der Mann, der das Haus Shamuro um den Korallenbaum betrog, war Jinnai. Der Mann, der dem Statthalter der Provinz Bizen den Aloebaum fällte, der dem Kapitän Pereira die Uhr entwendete, der in einer Nacht fünf feuerfeste Speicher öffnete, der acht Samurai aus Migawa tötete und noch viele andere beispiellose böse Taten, von denen noch kommende Geschlechter sprechen werden, vollbrachte – immer war es Jinnai Amakawa. Dieser Jinnai ging nun, den aus Bambus geflochtenen Hut tief ins Gesicht gezogen, auf der dunklen, verschneiten Straße vor mir her. War ich nicht schon glücklich, ihn nur zu sehen? Aber ich wollte noch glücklicher werden.

Als wir auf der Rückseite des Tempels Jogon waren, rannte ich auf Jinnai zu. Lang zieht sich dort der Erdwall hin, kein Haus weit und breit. Selbst bei Tage war hier der geeignetste Ort, den Blicken der Menschen zu entfliehen. Als Jinnai mich sah, zeigte er sich auch nicht im mindesten erschrocken. Gelassen blieb er stehen, stützte sich auf seinen Stab, äußerte kein Wort und schien darauf zu warten, daß ich spräche. Furchtsam sank ich vor ihm nieder und stützte die Hände auf. Aber als ich sah, wie ruhig sein Antlitz war, versagte mir die Stimme ihren Dienst. »Verzeiht mir bitte! Ich bin Yasaburo, der Sohne des Yasauemon Hojo«, brachte ich mühsam hervor. Mein Gesicht glühte. »Ich verfolgte Euch, weil ich eine kleine Bitte an Euch habe ...«

Jinnai nickte nur. Wie dankbar war ich ihm in meiner Schüchternheit allein dafür. Ich wurde mutig und erzählte ihm, die Hände noch immer auf die schneebedeckte Erde gestützt, in aller Kürze, daß ich von meinem Vater verstoßen worden sei, ich mich Vagabunden angeschlossen habe und in dieser Nacht im Hause meines Vaters stehlen wollte. Dabei sei ich unerwartet auf ihn, Jinnai, gestoßen, auch hätte ich das heimliche Gespräch zwischen ihm und meinem Vater von Anfang bis Ende mit angehört. Doch Jinnai sah nach wie vor kalt auf mich herab, sein Mund blieb fest verschlossen. Nachdem ich ihm das alles mitgeteilt hatte, blickte ich in sein Gesicht und rutschte auf den Knien noch näher an ihn heran.

»Was Ihr Gutes an der Familie Hojo getan habt, geht auch mich an. Als Beweis, daß ich Euch diese gute Tat nicht vergessen werde, bin ich bereit, mich Euch anzuschließen. Bitte verfügt über mich! Ich weiß, wie man stiehlt. Ich weiß auch, wie man Brände legt. Und in all den anderen üblichen Freveltaten bin ich so leicht nicht zu übertreffen.«

367

Aber Jinnai schwieg. Klopfenden Herzens redete ich um so eifriger.

»Ich bitte Euch, verfügt über mich! Ich werde alle meine Kräfte aufbieten. Kioto, Fushimi, Sakai, Osaka – es gibt keinen Ort, den ich nicht kenne. Über fünfzig Kilometer lege ich am Tag zurück. Mit einer Hand hebe ich einen zwei Zentner schweren Sack. Ich habe auch schon zwei, drei Menschen umgebracht. Bitte verfügt über mich! Für Euch will ich alles tun. Wenn Ihr mir befehlt, den weißen Pfau aus dem Schloß in Fushimi zu stehlen, dann werde ich ihn stehlen. Wenn Ihr mir befehlt, den Glockenturm der Kirche in San Francisco anzuzünden, dann werde ich ihn anzünden. Wenn Ihr mir befehlt, die Tochter des Ministers zur Rechten zu entführen, dann werde ich sie entführen. Wenn Ihr mir befehlt, dem Stadthauptmann den Kopf abzuschlagen ...« Als ich dies sagte, bekam ich plötzlich einen Fußtritt und rollte in den Schnee.

»Dummkopf!« schimpfte Jinnai und wollte seinen Weg fortsetzen.

Wie von Sinnen klammerte ich mich an den Saum seines Priestergewandes.

»Bitte verfügt über mich! Was auch kommen mag, ich werde nicht von Eurer Seite weichen. Für Euch werde ich ins Wasser und ins Feuer springen. Wurde in einer Fabel von Äsop der König Löwe nicht von einer Maus gerettet? Ich will diese Maus werden. Ich ...«

»Schweig! Jinnai nimmt von solch einem Burschen wie dir keinen Dank an.« Er schüttelte mich ab und stieß mich wieder mit dem Fuß. »Du Dreckskerl! Du solltest lieber an deine Eltern denken!«

Als mich zum zweitenmal sein Fußtritt traf, erwachte plötzlich in mir der Zorn. »Gut! Dann also nicht!«

Doch Jinnai eilte auf dem verschneiten Weg davon, ohne sich noch einmal umzublicken. Sein aus Bambus geflochtener Hut schimmerte undeutlich im Licht des Mondes, der inzwischen durch die Wolken gebrochen war ... In den zwei

368

Jahren, die seither vergangen sind, bin ich Jinnai nie mehr begegnet. *(Plötzlich lachend:)* Jinnai nimmt von solch einem Burschen wie dir keinen Dank an – so hatte jener Mann gesagt. Doch sobald der Morgen graut, werde ich an seiner Statt getötet.

Oh, heilige Mutter Maria! Wie hat mich in diesen beiden Jahren der Wunsch gequält, Jinnais gute Tat zu vergelten. Ihm seine gute Tat zu vergelten? Nein, nicht nur das, ich wollte mich auch rächen. Aber wo ist Jinnai? Was tut er? Ob das jemand weiß? Doch vor allem, wie sieht Jinnai aus? Selbst das kann niemand sagen. Der Wanderpriester, den ich traf, war ein etwa vierzig Jahre alter Mann von gedrungener Gestalt. Aber heißt es nicht, der Mann, der in das Freudenviertel im Stadtteil Yanagi einkehrte, sei ein kaum dreißigjähriger Ronin mit rotem, bärtigem Gesicht gewesen? Der fremdländisch aussehende Mann mit gekrümmtem Rücken, der bei der Kabuki-Aufführung Unruhe stiftete, der junge Samurai mit dem in die Stirn gekämmten Haar, der den Schatz des Tempels Myokoku stahl – wenn das jedesmal Jinnai war, dann übersteigt es jegliches menschliches Vermögen, auch nur zu erfahren, wie dieser Mann wirklich aussieht ... Und nun kommt eines hinzu: Ich leide seit dem Ende des vergangenen Jahres an jener Krankheit, bei der man Blut speit.

Ich muß meinen Zorn befriedigen! Nur daran dachte ich, während ich von Tag zu Tag magerer wurde. Eines Nachts kam mir dann plötzlich der rettende Gedanke. Heilige Maria! Heilige Maria! Sicher warst du es in deiner Güte, die mir diesen Gedanken eingab. Ich brauchte bloß meinen Körper zu opfern, ich brauchte meinen Körper, der nur noch Haut und Knochen ist, den die Krankheit auszehrt, zu opfern – allein dazu brauchte ich mich zu entschließen, um meinen größten Wunsch erfüllt zu sehen. In einem Übermaß von Freude lachte ich in jener Nacht vor mich hin und sprach immer wieder dieselben Worte: An Jinnais Statt enthauptet zu werden. An Jinnais Statt enthauptet zu werden ...

An Jinnais Statt enthauptet zu werden – kann es etwas Wunderbareres geben? Mit mir werden natürlich auch alle seine Missetaten ausgelöscht. Jinnai kann hocherhobenen Hauptes durch das weite Japan wandern. Dafür *(wieder lachend)* – dafür wird aus mir in einer Nacht der größte Räuber aller Zeiten. Ein Gehilfe des Sukezaemon Ruson, ein Freund des Sen no Rikyu gewesen zu sein, den Aloebaum des Statthalters der Provinz Bizen gefällt, dem Shamuro den Korallenbaum abgeschwindelt, die Schatzkammer des Schlosses in Fushimi erbrochen, acht Samurai aus Migawa umgebracht zu haben – all sein Ruhm wird ihm von mir gestohlen. *(Ein drittes Mal lachend:)* Ich rette Jinnai, und zugleich töte ich seinen Namen. Ich vergelte ihm die Wohltat, die er unserem Haus erwies, und zugleich räche ich mich an ihm. Eine freudigere Vergeltung als diese gibt es nicht. Es war nur natürlich, daß ich in jener Nacht in einem Übermaß von Freude immer wieder lachte. Selbst jetzt – selbst in diesem Kerker muß ich noch lachen.

Nachdem ich diesen Plan ersonnen hatte, drang ich in den kaiserlichen Palast ein, um zu stehlen. Die Abenddämmerung war noch nicht dem Dunkel der Nacht gewichen. Lichtschein fiel durch die Bambusvorhänge, und zwischen den Kiefern schimmerten die Blumen. Ich erinnere mich, auch sie gesehen zu haben. Als ich vom Dach der langen Galerie hinunter in den menschenleeren Garten gesprungen war, ergriffen mich sogleich, wie ich es gewünscht hatte, vier, fünf Wächter. Und dann geschah es: Der bärtige Samurai, der mich überwältigt hatte, flüsterte, als er mich fesselte: »Jetzt haben wir Jinnai gefangen.« Ja, so ist es. Wer außer Jinnai hätte es gewagt, sich in den kaiserlichen Palast zu schleichen? Als ich diese Worte hörte, mußte ich, obwohl ich mich noch wie wild wehrte, unwillkürlich lächeln.

»Jinnai nimmt von solch einem Burschen wie dir keinen Dank an!« Das hatte jener Mann gesagt. Doch sobald der Morgen graut, werde ich an seiner Statt getötet. Welch ein angenehmes Gefühl, ihn dadurch zutiefst zu treffen! Mein abgeschlagenes und zur Schau gestelltes Haupt wartet darauf, daß dieser Mann kommt. Und sicher wird Jinnai spüren, wie mein Kopf dann lautlos lacht. »Nun, was hältst du davon, wie Yasaburo dir deine gute Tat vergolten hat?« wird dieses Lachen sagen. »Du bist nicht länger Jinnai! Jinnai Amakawa – das ist dieser Kopf. Das hier ist der Kopf des größten Räubers in ganz Japan, des Räubers, von dem alle Welt spricht.« *(Lachend:)* Oh, ich bin glücklich. Zum erstenmal in meinem Leben bin ich so glücklich. Aber wenn mein Vater Yasauemon meinen zur Schau gestellten Kopf zu Gesicht bekommt ... *(Gequält:)* Verzeih mir bitte! Vater! Ich leide an der Schwindsucht, und selbst wenn man mich nicht enthaupten würde, hätte ich nicht mehr länger als drei Jahre zu leben. Verzeih mir bitte, daß ich es meinen Eltern gegenüber an kindlicher Liebe fehlen ließ, aber wenigstens konnte ich die gute Tat, die unserer Familie erwiesen wurde, vergelten ...

März 1922

Der Garten

1

Einst hatte der Garten der alten Familie Nakamura zu dem
vornehmen Gasthaus der Poststation gehört. Die ersten zehn
Jahre nach der Meiji-Restauration hatte er in etwa sein ur-
sprüngliches Aussehen bewahrt. Der Teich, der die Form
eines Flaschenkürbisses hatte, war sauber und klar, die Kiefern auf dem künstlichen Hügel reckten ihre Äste. Auch die
beiden Pavillons – das »Häuschen zum ruhenden Kranich«
und die »Klause zur Läuterung des Herzens« – waren erhalten geblieben, und über eine Felswand des hinteren Hügels
ergoß sich weiterhin weißsprühend ein Wasserfall in den
Teich. Zwischen den Goldröschensträuchern, die sich von
Jahr zu Jahr mehr ausbreiteten, stand auch noch die steinerne Laterne, der die Prinzessin Kazu auf der Durchreise
einen Namen gegeben haben soll. Trotz allem konnte man
sich des Eindrucks einer gewissen Verwilderung nicht erwehren. Vornehmlich zu Beginn des Frühlings, wenn mit einemmal an den Zweigen der großen Bäume innerhalb und
außerhalb des Gartens die Knospen sprossen, spürte man in
dieser malerischen, von Menschenhand geschaffenen Landschaft das Nahen einer ungestümen, rohen Kraft, die den
Menschen irgendwie in Unruhe versetzt, besonders deutlich.

Das Haupt der Familie Nakamura, ein Greis von wider-
spenstigem, rücksichtslosem Wesen, der sich auf das Altenteil zurückgezogen hatte, spielte mit seiner hochbetagten
Frau, die an Kopfgeschwüren litt, neben der Feuerstelle im
Haupthaus, das an den Garten grenzte, Karten oder Go und

372

lebte unbekümmert in den Tag hinein. Nur bisweilen, wenn
ihn seine Frau fünf-, sechsmal hintereinander besiegte,
wurde er ernstlich böse. Der älteste Sohn, dem das Recht des
Hausherrn übertragen worden war, bewohnte mit seiner jungen Frau, einer Nichte von ihm, das durch eine Galerie mit
dem Hauptgebäude verbundene kleine Gartenhäuschen. Er
führte den Künstlernamen Bunshitsu und war unglaublich
reizbar. Seine kränkliche Frau, seine jüngeren Brüder, ja sogar das zurückgezogen lebende Familienoberhaupt fürchteten sich vor ihm. Nur der bettelnd durch die Gegend ziehende Dichter Seigetsu besuchte ihn hin und wieder, um
sich mit ihm die Zeit zu vertreiben. Und seltsamerweise begegnete der älteste Sohn Seigetsu allein mit freundlichem
Gesicht; er bewirtete ihn mit Sake und forderte ihn zum
Dichten auf.

> In den Bergen schwebt der Blüten Duft,
>   ertönt der Nachtigallen Lied – Seigetsu.
> Und hier und dort schimmert fern
>   ein Wasserfall – Bunshitsu.

Solche Wechselgesänge sind erhalten geblieben. Der älteste
Sohn hatte noch zwei Brüder – der nach ihm kommende
war von einem Verwandten, einem Getreidehändler, adop-
tiert worden, und der jüngste stand in einer vierzehn, fünfzehn Meilen entfernten Stadt bei einem großen Sakebrauer
in Diensten. Als hätten sie sich verabredet, ließen sich die
beiden nur selten im Elternhaus blicken: der Jüngste, weil er
einen recht weiten Weg hatte und sich obendrein mit dem
jetzigen Hausherrn nicht verstand, der Zweitälteste, weil er
einen liederlichen Lebenswandel führte und selbst in das
Haus seiner Adoptiveltern kaum einkehrte.

Zwei, drei Jahre vergingen, und der Garten verwilderte
mehr und mehr. Auf dem Teich schwammen Wasserlinsen,
und mancher Baum im Garten war abgestorben. Auch das
zurückgetretene greise Familienoberhaupt war inzwischen

in einem furchtbar trockenen Sommer an Gehirnblutungen gestorben. Als er vier, fünf Tage vor seinem Ableben dem Branntwein zusprach, sah er einen ganz in Weiß gekleideten Höfling in der »Klause zur Läuterung des Herzens« jenseits des Teiches aus und ein gehen. Zumindest bei Tage war ihm das Phantom erschienen. Als im Jahr darauf der Frühling zu Ende ging, lief der zweitälteste Sohn mit einem Schankmädchen davon, nachdem er seinen Adoptiveltern Geld gestohlen hatte. Und im Herbst kam die Frau des ältesten Sohnes vor der Zeit mit einem Knaben nieder.

Nach dem Tode des Vaters bewohnte der Älteste gemeinsam mit seiner Mutter das Haupthaus. Das Gartenhäuschen mietete der Direktor der Volksschule. Da er ein Anhänger der utilitaristischen Lehre des Yukichi Fukuzawa war, hatte er irgendwann den Hausherrn dazu überredet, im Garten Obstbäume anzupflanzen. Als dann der Frühling einzog, wogte zwischen den vertrauten Kiefern und Weiden ein Meer bunter Pfirsich-, Aprikosen- und Pflaumenblüten. Wenn der Direktor gelegentlich mit dem Hausherrn durch den neuen Obstgarten spazierte, sagte er: »Hier könnte man eine prächtige Blütenschau veranstalten und so zwei Fliegen mit einer Klappe schlagen.« Doch der künstliche Hügel, der Teich und die Pavillons wirkten nun nur noch trostloser. Zur natürlichen Verwilderung war sozusagen eine von Menschenhand geschaffene gekommen.

Im Herbst brach außerdem auf dem hinteren Hügel zwischen den Gehölzen ein Feuer aus, wie man es in den letzten Jahren nicht erlebt hatte, und bald darauf versiegte der Wasserfall, der in den Teich gestürzt war, gänzlich. Als es zu schneien begann, erkrankte der Hausherr. Der Arzt stellte Schwindsucht fest, also das, was man heute Tuberkulose nennt. Ob der Kranke nun im Bett lag oder ob er aufgestanden war, er wurde allmählich immer jähzorniger. Am Neujahrstag warf er nach einer heftigen Auseinandersetzung sogar mit einem Handfeuerbecken nach seinem jüngsten Bruder, der gekommen war, um seine Neujahrswünsche zu entbieten. Der verließ daraufhin das Haus und erschien nicht einmal zur Beisetzung seines ältesten Bruders, der ein gutes Jahr später unter dem Moskitonetz aufgehört hatte zu atmen, während seine Frau bei ihm wachte. »Die Frösche quaken. Wie mag es Seigetsu wohl gehen?« – das waren seine letzten Worte. Doch schon lange war Seigetsu nicht einmal zum Betteln hierhergekommen, vielleicht weil er des Anblicks dieser Gegend überdrüssig war.

Nach Ablauf des Trauerjahres für den Hausherrn heiratete der dritte Sohn die jüngste Tochter seines Prinzipals, und als der Volksschuldirektor versetzt wurde, zog er mit seiner jungen Frau in das Gartenhäuschen. Man brachte schwarzgelackte Schränke hinein und schmückte es mit rotweißem Brokat aus. Jedoch war im Hauptgebäude inzwischen die Frau des toten Hausherrn erkrankt, und zwar an demselben Leiden wie ihr Mann. Renichi, ihr einziges, vielgeliebtes Kind, das nun schon den Vater verloren hatte, schlief, seit seine Mutter Blut spuckte, jede Nacht bei der Großmutter, die sich vor dem Schlafengehen stets ein Handtuch um den Kopf wickelte. Dennoch lockte der Geruch ihrer Kopfgeschwüre in später Nacht die Ratten an. Und wenn sie wirklich einmal das Tuch vergaß, dann kam es vor, daß die Ratten an ihrem Kopf nagten. So still wie ein Öllämpchen verlischt, so still verschied gegen Ende des Jahres die Frau des ältesten Sohnes. Am Tag nach ihrer Beerdigung brach das »Häuschen zum ruhenden Kranich« am Fuße des künstlichen Hügels unter der Last des Schnees zusammen.

Als der Frühling wieder einzog, verwandelte sich der Garten in eine wuchernde Wildnis, in der nur noch das Schilfdach der »Klause zur Läuterung des Herzens« nahe beim schmutzigtrüben Teich zu erkennen war.

2

Zehn Jahre nachdem er davongelaufen war, kehrte eines
Abends, als der Himmel mit Schneewolken verhangen war,
der zweitälteste Sohn in das Haus seines Vaters zurück. Das
Haus seines Vaters – in Wirklichkeit aber war es das Haus
des jüngsten Sohnes. Der machte zwar kein sonderlich verdrießliches Gesicht, war aber auch nicht gerade erfreut. Er
nahm den heruntergekommenen Bruder auf, als wäre überhaupt nichts geschehen.

Seither lag der zweitälteste Sohn, von einer bösartigen
Krankheit befallen, meist im »Buddhazimmer« des Haupt-
hauses darnieder und entfernte sich kaum vom wärmenden
Feuer. In dem großen Altar des »Buddhazimmers« standen
die Totentafeln des Vaters und des ältesten Bruders. Aber
um sie nicht ständig vor Augen zu haben, verschloß er die
Läden des Altars. Die Mutter, der jüngere Bruder und dessen Frau sahen ihn außer bei den drei Mahlzeiten kaum.
Nur der verwaiste Renichi kam hin und wieder zum Spielen
zu ihm ins Zimmer. Dann zeichnete der Kranke Berge und
Schiffe auf die Papiertafel des Kleinen. Und manchmal geschah es auch, daß er ganz unbewußt mit ungelenker Hand
die Zeilen eines alten Liedes darauf schrieb: »Komm heraus,
Mädchen vom Teehaus, und sieh die Pracht der Blüten in
Mukojima.«

Wieder wurde es Frühling. Im Garten blühten zwischen
den wuchernden Gräsern und Sträuchern verkümmerte Pfir-
sich- und Aprikosenbäume. Im trüben Teich spiegelte sich
die »Klause zur Läuterung des Herzens«. Doch der zweitälteste Sohn lebte nach wie vor von aller Welt abgeschlossen
im »Buddhazimmer« und träumte selbst am Tage vor sich
hin. Eines Tages drangen undeutlich die Klänge einer Shamisen an sein Ohr. Zugleich vernahm er auch Bruchstücke
eines Liedes. »Yoshie aus dem Fürstentum Matsumoto zog
mit Kanonen in die Schlacht bei Suwa ...« Der Kranke hob
ein wenig den Kopf und lauschte. Kein Zweifel, seine Mut-

ter spielte im Wohnzimmer Shamisen und sang dazu. »Herrlich war er anzuschaun, der stattliche, mutige Krieger ...« Sicherlich sang die Mutter ihrem Enkel etwas vor. Dieses vor zwanzig, dreißig Jahren so populäre Lied im Otsustil hatte der ausschweifend lebende Vater wohl irgendeiner Kurtisane abgelauscht. »Getroffen von den Kugeln seiner Feinde, verging bei Toyohashi sein trauriges Leben wie der Tau auf Gras und Blättern. Doch von Generation zu Generation lebt sein Name fort ...« Die Augen des zweitältesten Sohnes, dessen Bart ungepflegt war, leuchteten auf einmal in einem sonderbaren Glanz.

Einige Tage später entdeckte der jüngste Sohn, daß sein Bruder am Fuße des von Lattich überwucherten künstlichen Hügels Erde aushob. Ein wenig ungeschickt hantierte er mit einer Schaufel. Er keuchte. So komisch der Anblick war, in der Art, wie der Mann arbeitete, kam doch eine tiefe Inbrunst zum Ausdruck.

»Bruder, was machst du denn da?« fragte der jüngste Sohn, als er, eine Zigarette im Mund, von hinten an ihn herantrat.

»Ich?« Wie geblendet blickte der zweitälteste Sohn auf. »Ich will hier einen Bach anlegen.«

»Und was soll der Bach?«

»Ich habe die Absicht, dem Garten sein altes Aussehen wiederzugeben.«

Der jüngste Sohn lächelte und fragte nicht weiter.

Täglich griff der zweitälteste Sohn zur Schaufel und grub leidenschaftlich dem Bach sein Bett. Aber für ihn, den von der Krankheit Geschwächten, war das keine leichte Arbeit. Vor allem ermüdete er rasch. Bei der ungewohnten Arbeit bekam er Blasen an den Händen, die Fingernägel brachen ihm ab, und die Schwäche drohte ihn zu übermannen. Manchmal warf er die Schaufel weg und legte sich wie tot daneben. Um ihn herum verschwammen zwischen den Sommerfäden, die den Garten bedeckten, die Blumen und das junge Laub. Wenn er sich einige Minuten ausgeruht hatte, erhob er sich jedoch wieder und griff von neuem verbissen zur Schaufel.

Die Tage vergingen, doch im Garten zeigten sich keine auffälligen Veränderungen. Im Teich grünten nach wie vor üppig die Pflanzen, in den Gehölzen wucherten die wilden Triebe. Vor allem als die Obstbäume abgeblüht waren, schien der Garten verwilderter denn je. Hinzu kam, daß weder die jungen noch die alten Mitglieder der Familie den Bemühungen des zweitältesten Sohnes Sympathien entgegenbrachten. Der jüngste Sohn, der nur an Spekulationen interessiert war, hatte den Kopf voll mit Reis- und Aktienpreisen. Seine Frau hegte eine echt weibliche Abscheu gegen die Krankheit des zweitältesten Sohnes. Und die Mutter fürchtete, daß die schwere Erdarbeit zuviel für seinen Körper sein würde. Den Menschen und der Natur den Rücken zugewandt, schaffte er es dank seiner Unnachgiebigkeit trotzdem, den Garten nach und nach ein wenig zu verwandeln.

Als er dann eines Morgens, nachdem es aufgehört hatte zu regnen, in den Garten kam, entdeckte er Renichi, der an dem vom Lattich überwucherten Rande des Baches Stein an Stein reihte. »Onkel!« Glücklich sah Renichi zu ihm auf. »Ich helfe dir von heute an!«

»Schön, dann hilf mir!« Nach langer Zeit huschte zum erstenmal wieder ein heiteres Lächeln über das Gesicht des zweitältesten Sohnes. Seither half Renichi seinem Onkel fleißig und ging nicht einmal mehr weg, um zu spielen. Um seinen Neffen zu trösten, erzählte ihm der zweitälteste Sohn, wenn sie sich im Schatten der Bäume ausruhten, vom Meer, von Tokio, von der Eisenbahn und von anderen Dingen, von denen das Kind noch nie etwas gehört hatte. Wie hypnotisiert lauschte es dann den Worten des Onkels und knabberte an grünen Pflaumen.

Die Regenzeit blieb in jenem Jahr aus. Aber ungeachtet der sengenden Strahlen der Sonne und des fauligen Geruchs verwesender Pflanzen hoben sie, der alternde, kranke Mann und der Knabe, den Teich aus, fällten sie Bäume und nahmen allmählich immer mehr Arbeiten in Angriff. Zwar vermochten sie die äußeren Hindernisse auf diese oder jene Art zu überwinden, doch den inneren mußten sie sich beugen. Der zweitälteste Sohn sah schemenhaft den Garten, so wie er einst war, vor sich. Aber wenn es um Einzelheiten ging, zum Beispiel um die Anordnung der Bäume oder um den Verlauf der Wege, dann fehlten ihm deutliche Erinnerungen. Mitten in der Arbeit stützte er sich manchmal auf die Hacke und schaute sich gedankenverloren um.

»Was hast du?« Unsicher blickte Renichi zu seinem Onkel auf. »Wie sah das denn hier früher aus?«

Völlig verwirrt sprach dann der schwitzende Onkel nur mit sich selbst. »Ich glaubte, der Ahorn stand früher nicht hier.« Renichi konnte nichts anderes tun, als mit seinen schmutzigen Händen Ameisen zu töten.

Aber nicht nur dieser Art waren die inneren Hindernisse. Denn als der Hochsommer Einzug gehalten hatte, war der zweitälteste Sohn, vielleicht weil er sich fortwährend überarbeitet hatte, im Kopf nicht mehr ganz klar. Mal schüttete er den gerade ausgehobenen Teich wieder zu; dann pflanzte er dort Kiefern, wo er vorher welche ausgegraben hatte. So etwas kam hin und wieder vor. Besonders ärgerlich aber war Renichi, als sein Onkel die Weiden am Wasser fällte, um Pfähle daraus zu schneiden, mit denen er das Ufer des Teiches befestigen wollte. »Die Weiden haben wir doch neulich erst hierher verpflanzt.« Renichi sah seinen Onkel scharf an.

»Ja, richtig! Ich verstehe überhaupt nichts mehr.« Der Onkel starrte mit trübem Blick auf den in der Mittagshitze daliegenden Teich.

Dennoch begann sich, als der Herbst kam, der Garten zwischen dem Unkraut und den üppigen Bäumen undeutlich abzuzeichnen. Verglich man ihn mit früher, dann fehlten natürlich das »Häuschen zum ruhenden Kranich« und auch der Wasserfall. Und nicht nur das, auch von jener alten, ausgewogenen Schönheit, die einst ein berühmter Gartenkünstler geschaffen hatte, war fast nirgends mehr etwas zu spüren. Immerhin, es gab wieder den »Garten«. In dem wieder klaren Wasser des Teiches spiegelte sich der künstlich angelegte runde Hügel. Gravitätisch breiteten die Kiefern ihre Zweige vor der »Klause zur Läuterung des Herzens« aus. Doch kaum ging der Garten seiner Vollendung entgegen, da wurde der zweitälteste Sohn aufs Krankenlager geworfen. Er fieberte Tag für Tag. Seine Gelenke schmerzten ihn. »Du hast dich übernommen!« Fortwährend wiederholte die Mutter, die neben seinem Kissen saß, die gleichen unnützen Klagen. Der Sohn jedoch war glücklich. Natürlich gab es im Garten so manches Fleckchen, das er noch hatte in Ordnung bringen wollen. Aber da war eben nichts zu machen. Die Mühe hatte sich jedenfalls gelohnt, und das stimmte ihn zufrieden. Zehn Jahre Kummer und Sorgen hatten ihn Entsagung gelehrt, und die Entsagung war seine Rettung geworden.

Gegen Ende des Herbstes setzte der Atem des zweitältesten Sohnes aus, ohne daß es jemand gewahr geworden war. Renichi war es, der es entdeckte. Laut schreiend rannte er über die Galerie ins Gartenhäuschen. Sofort versammelte sich die ganze Familie mit erschrockenen Gesichtern um den Toten. Der jüngste Sohn wandte sich an die Mutter: »Sieh nur! Als ob er lächelt.«

Seine Frau hatte, ohne den Toten anzuschauen, ihre Blicke auf den großen buddhistischen Altar gerichtet. »Oh, die Läden des Altars sind heute geöffnet.«

Nach der Beisetzung seines Onkels saß Renichi oft allein in der »Klause zur Läuterung des Herzens«. Ratlos sah er zu den herbstlichen Bäumen und Wassern hinüber ...

3

Einst hatte der Garten der alten Familie Nakamura zu dem vornehmen Gasthaus der Poststation gehört. Keine zehn

Jahre waren seit seiner Instandsetzung vergangen, als das ganze Anwesen dem Erdboden gleichgemacht wurde. Auf dem Grundstück errichtete man ein Bahnhofsgebäude und davor ein kleines Restaurant. Zu dieser Zeit lebte von der Familie Nakamura schon niemand mehr in dieser Gegend. Die Mutter war natürlich längst tot. Der jüngste Sohn hatte sich geschäftlich ruiniert und war, wie man sich erzählte, nach Osaka gegangen.

Täglich liefen Züge in die Station ein, täglich fuhren Züge von hier ab. In dem Bahnhofsgebäude saß ein junger Vorsteher an einem großen Tisch. Wenn er während seiner ohnehin ruhigen Dienstzeit eine freie Stunde hatte, blickte er hinüber zu den blauen Bergen und unterhielt sich mit den Bahnbeamten, die aus dieser Gegend stammten. Aber niemals kam die Rede auf die Familie Nakamura. Ja, es dachte nicht einer daran, daß hier, wo sie jetzt saßen, sich einst der Pavillon auf dem von Menschenhand angelegten Hügel erhoben hatte. Damals stand Renichi in Akasaka, einem Stadtteil von Tokio, in einem Institut für europäische Malerei vor einer Staffelei. Das durch die Dachfenster einfallende Licht, der Geruch der Ölfarben, das Modell mit einer Butterflyfrisur – die Atmosphäre des Ateliers hatte nicht das geringte mit der seines Elternhauses gemein. Und dennoch sah er manchmal, wenn er den Pinsel über die Leinwand führte, im Geiste das traurige Gesicht eines alten Mannes vor sich. Bestimmt lächelte es dann und sagte zu ihm, der er ununterbrochen gearbeitet hatte und erschöpft war: »Als du noch ein Kind warst, da hast du mir geholfen. Jetzt werde ich dir helfen ...«

Renichi lebt in Armut und arbeitet auch jetzt noch Tag für Tag an seinen Ölgemälden. Vom jüngsten Sohn fehlt jede Spur.

Juni 1922

O-Tomis Keuschheit

Es war am vierzehnten Tag des fünften Monats im ersten Jahre Meiji kurz nach Mittag. »Morgen bei Tagesanbruch werden Regierungstruppen die Aufständischen auf dem Toeizan angreifen. Die Bewohner von Ueno haben deshalb unverzüglich ihre Häuser zu räumen!« Das war kurz nach Mittag öffentlich bekanntgegeben worden. Nachdem Seibee Kogaya, der Galanteriewarenhändler im zweiten Block des Quartiers Shitaya, mit seiner Familie das Haus verlassen hatte, lag Mike, ein großer schwarz, weiß und braun gefleckter Kater, ganz allein vor den Seeohrmuscheln in einer Ecke der Küche.

In dem zugesperrten Haus war es trotz der Mittagsstunde natürlich stockfinster. Auch war kein menschlicher Laut zu hören. Nur das Rauschen des schon tagelang anhaltenden Regens drang an das Ohr. Von Zeit zu Zeit prasselte er in plötzlichen Schauern auf das in der Dunkelheit nicht wahrnehmbare Dach nieder, die, ehe man es sich versah, weiterzogen. Jedesmal, wenn das Rauschen anschwoll, weiteten sich die bernsteinfarbenen Augen des Katers. Das war wie ein unheimliches Phosphoreszieren in der Küche, in der man nicht einmal den Herd sehen konnte. Doch sobald der Kater sicher war, daß sich außer dem Rauschen des Regens nichts verändert hatte, schloß er die Augen wieder bis auf einen schmalen Spalt, ohne sich zu rühren.

Nachdem sich das aber einige Male wiederholt hatte, öffnete er nicht einmal mehr die Augen. Vielleicht war er eingeschlafen.

Der Regen indessen nahm nach wie vor an Heftigkeit bald zu, bald ab. Es wurde zwei Uhr. Es wurde drei Uhr. Und im Rauschen des Regens begann sich der Tag allmählich zu neigen.

Es ging auf vier Uhr. Da riß der Kater mit einemmal die Augen weit auf, als hätte ihn etwas erschreckt. Im selben Moment spitzte er auch die Ohren. Dabei hatte der Regen doch eher nachgelassen. Und außer den Stimmen auf der Straße vorüberhastender Sänftenträger war nichts zu hören. Aber dann fiel nach ein paar Sekunden der Stille auf einmal ein fahler Schimmer in die dunkle Küche. Der Herd, der viel Platz in dem engen gedielten Raum einnahm, das Glitzern des Wassers in dem Krug, auf dem kein Deckel lag, die Zier-kiefer, dem Herdgott geweiht, die Schnur an der Fenster-klappe – all das wurde nacheinander sichtbar. Der Kater starrte immer unruhiger auf die geöffnete Tür der Spülküche und richtete seinen mächtigen Körper langsam auf.

Der die Tür zur Spülküche geöffnet hatte – nein, nicht nur die Tür, sondern schließlich auch die unten mit Holz verkleideten Shoji, war ein völlig durchnäßter Bettler. Er streckte seinen Kopf, um den er sich ein altes Handtuch ge-bunden hatte, weit vor und lauschte einen Augenblick lang in das stille Haus hinein. Nachdem er sich vergewissert hatte, daß sich drinnen nichts regte, kam er leise in die Kü-che, eine funkelnagelneue, naß glänzende Strohmatte um die Schultern. Der Kater legte die Ohren an und wich ein paar Schritte zurück. Doch der Bettler schob, ohne zu er-schrecken, die Shoji hinter sich zu und nahm das Handtuch vom Kopf. In seinem bärtigen Gesicht klebten zwei, drei Pflaster. Es war zwar schmutzig, wirkte aber offen und ehr-lich.

»Mike! Mike!«

Während der Bettler sich das Wasser aus den Haaren schüttelte und sich das Gesicht abwischte, rief er mit leiser Stimme den Namen des Katers. Dem Tier kam die Stimme bekannt vor, und es richtete die angelegten Ohren wieder auf. Es rührte sich aber noch nicht vom Fleck, sondern blickte nur ab und zu zweifelnd in das Gesicht des Bettlers, der unterdessen die als Umhang benutzte Strohmatte abgelegt und sich mit seinen schmutzstarrenden Beinen vor dem Kater auf den Boden gehockt hatte.

»Na, Mike! Was ist denn? ... Haben sie dich ganz allein gelassen?«

Der Bettler lachte vor sich hin und kraulte mit seiner großen Hand dem Kater den Kopf. Zuerst schien es, als wollte der fliehen. Doch dann floh er nicht nur nicht, sondern setzte sich hin und schloß allmählich sogar die Augen. Nach einer kleinen Weile hörte der Bettler auf, das Tier zu streicheln, faßte in den Ausschnitt seines abgetragenen dünnen Kimonos und zog eine ölglänzende Pistole hervor. Im schwachen Schein des Tageslichts prüfte er den Hahn. Ein Bettler, der in der Küche eines verlassenen, von der Atmosphäre vor der »Schlacht« erfüllten Hauses an einer Pistole herumfingert – das war zweifellos eine überaus ungewöhnliche, geradezu romanhafte Szene. Die Augen halb geschlossen, saß die Katze gelassen da, so als wüßte sie um das Geheimnis.

»Hör zu, Mike! Morgen werden hier in der Gegend Gewehrkugeln wie Regen herniederprasseln. Trifft dich eine, bist du tot. Deshalb verkriechst du dich tagsüber am besten unter die Veranda, mag es auch noch so lärmen ...«, so redete der Bettler, während er seine Pistole prüfte, auf den Kater ein.

»Wir kennen uns schon lange. Heute aber heißt es Abschied nehmen. Morgen ist auch für dich ein Unglückstag. Und ich werde morgen vielleicht sterben. Sollte ich jedoch mit dem Leben davonkommen, will ich niemals wieder mit dir zusammen in Kehrichthaufen herumwühlen müssen. Das freut dich doch sicherlich?«

Inzwischen regnete es wieder heftiger. Die Wolken hingen so tief, daß man vermeinte, sie hüllten den Dachfirst ein. Das fahle Licht in der Küche wurde noch fahler. Ohne aufzublicken, lud der Bettler mit großer Sorgfalt die Pistole, nachdem er sie endlich durchgesehen hatte.

»Oder tut es dir etwa leid, dich von mir zu trennen? Ach was, man sagt, auch eine Katze vergißt nach drei Jahren, daß sie einem Dank schuldet. Deshalb wird auf dich ebenfalls kein Verlaß sein... Aber das ist ja egal. Bloß wenn auch ich nicht mehr da bin ...« Er hielt mitten im Satz inne. Jemand schien sich der Spülküche zu nähern. Die Pistole wegstekken und sich umdrehen war eins. Und schon wurden auch die Shoji mit einem Ruck aufgeschoben. Der Bettler straffte sich und richtete den Blick auf den Eindringling.

Doch dieser, kaum hatte er die Shoji geöffnet und wurde des Bettlers ansichtig, stieß seinerseits erschreckt einen leisen Schrei aus. Es handelte sich um eine junge Frau, barfuß, mit einem großen schwarzen Regenschirm. Viel hätte nicht gefehlt, und sie wäre instinktiv wieder hinausgestürzt in den Regen, aus dem sie gekommen war. Als sie jedoch den ersten Schreck überwunden hatte, reckte sie den Kopf vor und starrte durch das Halbdunkel der Küche auf den Bettler.

Der Mann schien ebenfalls verblüfft zu sein. Er hatte ein Knie unter seinem abgetragenen Kimono aufgerichtet, und auch er wandte kein Auge von seinem Gegenüber. Doch lag in seinem Blick jetzt nicht mehr das Lauern wie noch vor ein paar Sekunden. Eine ganze Weile sahen sich die beiden schweigend an.

»Was? Bist du es, Shinko?« fragte sie schließlich schon etwas gefaßter.

Der Bettler grinste und nickte zwei-, dreimal.

»Ich bitte um Verzeihung. Weil es so regnet, habe ich hier Unterschlupf gesucht ... Nicht, daß du denkst, ich hätte mich jetzt darauf verlegt, leere Nester auszunehmen.«

»Mich so zu erschrecken ... Auch wenn du beteuerst, daß du nichts stehlen wolltest, eine bodenlose Unverschämtheit bleibt es doch.«

Sie schüttelte das Wasser vom Schirm und fügte ärgerlich

hinzu: »Los, jetzt scherst du dich raus! Ich will nämlich in das Haus rein.«

»Jaja. Ich wäre auch gegangen, ohne daß du etwas gesagt hättest. Aber wie kommst du hierher? Ich dachte, ihr wärt alle längst weg?«

»Das sind wir auch, nur ... Was geht dich das eigentlich an?«

»Du hast etwas vergessen, nicht wahr? ... Nun komm schon rein. Wenn du dort stehenbleibst, wirst du ganz naß.«

Noch immer empört, setzte sie sich, ohne etwas zu erwidern, auf die Dielen in der Spülküche. Dann steckte sie ihre schmutzigen Füße in die Abflußrinne und goß Wasser darüber. Der Bettler hockte still am Boden, rieb sich das bärtige Kinn und musterte die junge Frau eingehend. Sie war nicht eben groß, hatte eine dunkle Hautfarbe, Sommersprossen auf der Nase und schien vom Lande zu stammen. Ihre Kleidung bestand, wie es einer Magd zukam, nur aus einem einfachen, handgewebten baumwollenen Kimono, der von einem seidenen Obi zusammengehalten wurde. Doch ihr munteres Gesicht und ihre prallen Körperformen waren von einer Schönheit, die an frische Pfirsiche und Birnen erinnerte.

»Wenn du durch dieses Tohuwabohu zurückgekommen bist, dann hast du wohl etwas sehr Wertvolles vergessen? Was ist es denn? Nun sag doch, O-Tomi!« fragte Shinko wieder.

»Das geht dich gar nichts an! Sieh zu, daß du fortkommst!« entgegnete O-Tomi barsch. Aber als wäre ihr plötzlich etwas eingefallen, blickte sie zu Shinko hinüber und fragte in ernstem Ton: »Shinko, weißt du nicht, wo unser Mike steckt?«

»Mike? Eben war er doch noch ... Nanu, wo ist er denn auf einmal hin?«

Der Bettler sah sich suchend um. Der Kater hatte sich davongestohlen und lag jetzt zusammengerollt ganz ruhig zwischen Mörsern und eisernen Töpfen auf dem Regal. Beide

entdeckten ihn gleichzeitig. Sofort warf O-Tomi die Schöpf-
kelle hin und stand im nächsten Augenblick auf den Beinen.
Sie schien die Anwesenheit des Bettlers vergessen zu haben,
lächelte froh und wollte den Kater rufen.

Da blickte Shinko von der Katze auf dem dämmrigen Regal verwundert zu O-Tomi. »Die Katze? O-Tomi, ist es etwa
die Katze, die ihr vergessen habt?«

»Ja, warum soll es nicht die Katze sein? ... Mike! Mike!
Nun komm schon runter!«

Shinko lachte laut auf. Sein Gelächter klang in dem Rauschen des Regens etwas unheimlich. Wieder stieg O-Tomi
die Zornesröte ins Gesicht, und sie fuhr Shinko wütend an:
»Was ist daran so lächerlich? Hat die Frau des Hauses nicht
fast den Verstand verloren, weil wir Mike vergessen haben?
Hat sie nicht die ganze Zeit über geweint, weil Mike etwas
zustoßen könnte? Bin ich nicht durch den Regen zurückgekommen, weil auch mir das leid getan hätte ...?«

»Schon gut. Ich lache ja nicht mehr«, fiel Shinko ihr,
noch immer lachend, ins Wort. »Ich lache ja nicht mehr.
Aber überleg doch mal! Morgen beginnt die ›Schlacht‹. Was
sind da schon ein oder zwei Katzen ... Wenn man das bedenkt, dann ist das wirklich lächerlich. Offen gesagt, ein so
dämliches Frauenzimmer wie deine Herrin gibt es nicht
noch einmal. Um diesen Kater zu suchen ...«

»Schweig! Ich lasse es nicht zu, daß man meine Herrin
beschimpft!«

O-Tomi hätte wohl am liebsten mit den Füßen aufge-
stampft. Doch wider Erwarten erschreckte den Bettler ihre
drohende Haltung überhaupt nicht. Vielmehr betrachtete er
sie mit unverfrorenen Blicken. Und tatsächlich konnte man
ihre Gestalt in diesem Moment für den Inbegriff wilder
Schönheit halten. Der regennasse Kimono und das ebenfalls
durchnäßte Hüfttuch darunter klebten ihr fest an der Haut
und enthüllten, wohin man auch sehen mochte, mehr, als
sie verbargen. Und was sie enthüllten, war ein unberührter
junger Körper. Die Augen fest auf O-Tomi geheftet, fuhr

Shinko, immer noch lachend, fort: »Um diesen Kater zu suchen, hat sie dich losgeschickt. Nicht wahr, so ist es doch?
Und dabei gibt es um diese Zeit in der ganzen Gegend um
Ueno nicht mehr eine einzige Familie, die sich nicht in Sicherheit gebracht hätte. Wenn sich hier auch Haus an Haus reiht,
so ist die Gegend doch genauso menschenleer wie eine Ein-
öde draußen vor der Stadt. Sicherlich wird man nun nicht gleich
von Wölfen angefallen, trotzdem kann man in die größte
Gefahr geraten ... Hätte sie daran nicht zuallererst denken
müssen?«

»Statt dir unnütze Sorgen zu machen, hol mir lieber den
Kater herunter ... Das wird ja wohl nicht zu einer ›Schlacht‹
führen! Und ich möchte wissen, was da gefährlich sein soll?«

»Rede nur nicht so leichtfertig daher. Ein junges Mädchen mutterseelenallein unterwegs. Wenn das in diesem
Augenblick nicht gefährlich ist, dann weiß ich nicht, was gefährlich sein soll. Ich sage dir nur eins, hier in diesem Haus
ist niemand außer uns. Käme mir nun plötzlich irgend etwas
in den Sinn, was dann?« Shinko hatte einen Ton angeschla-
gen, bei dem man nicht mehr recht unterscheiden konnte,
ob das im Spaß oder Ernst gemeint war. Dennoch lag in den
klaren Augen O-Tomis auch nicht ein Schatten von Furcht.

Nur ihre Wangen schienen noch um eine Spur röter geworden zu sein.

»Was? Shinko ... Sollte das eine Drohung sein?«

Als wollte sie nun ihrerseits ihm drohen, trat sie einen
Schritt näher an ihn heran.

»Eine Drohung? Wenn es dabei bliebe, könntest du von
Glück sagen. Selbst unter denen, die das Abzeichen der Regierungstruppen auf den Schultern tragen, gibt es viele sit-
tenlose Burschen. Und ich bin ja nur ein Bettler. Ich lasse es
nicht bei Drohungen bewenden. Wenn es mir in den Sinn
käme ...«

Bevor Shinko den Satz beenden konnte, traf ihn ein kräftiger Schlag auf den Kopf. Denn O-Tomi hatte unversehens
mit ihrem großen Regenschirm ausgeholt.

»Ich werde dir deine Unverschämtheit austreiben!«

Wieder ließ O-Tomi ihren Schirm mit voller Wucht auf Shinko niedersausen. Shinko versuchte zwar blitzschnell, dem Schlag auszuweichen, jedoch nur mit dem Erfolg, daß er ihn statt auf den Kopf auf die Schulter bekam. Aufgeschreckt durch den Lärm, sprang der Kater auf den Sims für den Herdgott und riß dabei einen eisernen Topf herunter. Im gleichen Augenblick fielen auch die dem Herdgott geweihte Zierkiefer und eine mit Öl gefüllte Lampe auf Shinko herab. Bis er endlich auf die Füße kam, hatte er eine ganze Menge Schläge mit dem Regenschirm hinnehmen müssen.

»Du gemeiner Kerl! Du gemeiner Kerl!«

Wieder und wieder holte O-Tomi aus. Schließlich aber gelang es Shinko, auch wenn er dabei noch so manchen Hieb abbekam, ihr den Schirm zu entreißen. Er warf ihn zur Seite und stürzte sich im selben Moment auf O-Tomi. Die beiden rangen in dem engen Raum eine Weile miteinander. Als der Kampf seinen Höhepunkt erreichte, klopfte der Regen wieder heftiger auf das Dach der Küche. Und je lauter der Regen prasselte, desto finsterer wurde es. Obwohl O-Tomi schlug und kratzte, ließ Shinko nicht von ihr ab. Er wollte sie zu Boden zwingen. Als er nach vielen vergeblichen Mühen glaubte, sie endlich in seiner Gewalt zu haben, schnellte sie plötzlich empor und entfloh in die Spülküche.

»Du Hexe ...« Shinko stand mit dem Rücken zu den Shoji und starrte O-Tomi wütend an. Mit aufgelöstem Haar saß O-Tomi auf den Dielen und hielt ein Rasiermesser, das sie offenbar in ihrem Obi stecken gehabt hatte, mit der Schneide nach oben in der Hand. Wie drohend ihre Haltung auch immer war, es lag zugleich eine sonderbare Anmut darin, und irgendwie ähnelte sie der Katze mit dem runden Buckel auf dem Sims des Herdgottes. Schweigend sahen sie einander lauernd an.

Doch im nächsten Augenblick lachte Shinko höhnisch und zog seine Pistole. »So, jetzt versuche mal, dich zu wehren!«

Langsam richtete er den Lauf der Pistole auf O-Tomis Brust. O-Tomi aber sah ihn nur verächtlich an und sagte kein Wort. Da sie völlig ruhig und gelassen blieb, zielte Shinko, als wäre ihm plötzlich etwas Besseres eingefallen, mit der Pistole nach oben, dorthin, wo im Dämmerlicht die bernsteinfarbenen Augen der Katze funkelten.

»Nun, was ist, O-Tomi?« fragte er herausfordernd und lachte. »Wenn die Pistole knallt, kommt der Kater kopfüber von oben herunter. Und dir wird es genauso gehen. Willst du das?«

Er hatte schon den Finger am Abzug.

»Shinko!« rief O-Tomi aus. »Das darfst du nicht! Du darfst ihn nicht totschießen!«

Shinko wandte den Blick O-Tomi zu. Die Pistole aber blieb auf Mike, den Kater, gerichtet.

»Warum denn nicht!«

»Es ist grausam, ihn totzuschießen. Verschone wenigstens ihn!«

Ganz anders als bisher, schaute O-Tomi auf einmal sehr ängstlich drein, und zwischen ihren leicht bebenden Lippen kamen die schmalen Zahnreihen zum Vorschein. Shinko sah sie halb spöttisch, halb argwöhnisch an und senkte endlich die Pistole. Ein Ausdruck der Erleichterung glitt über O-Tomis Gesicht.

»Gut, ich werde das Leben der Katze schonen. Dafür aber ...«, sagte Shinko hochmütig, »... dafür aber wirst du dich mir hingeben.«

O-Tomi wandte den Blick ab. Haß, Zorn, Ekel, Schmerz und noch andere Gefühle schienen in ihr aufzulodern. Shinko betrachtete aufmerksam jede Veränderung in ihrem Gesicht, als er seitlich an ihr vorüberging und die Shoji zum Wohnzimmer öffnete. Natürlich war es hier noch dämmriger als in der Küche. Dennoch erkannte man deutlich das lange Holzkohlenbecken und den Schrank mit den Teegerätschaften, die bei der Evakuierung zurückgeblieben waren.

Shinko stand am Eingang zum Wohnzimmer und sah auf

O-Tomis Nacken nieder, auf dem er ein paar Schweißperlen wahrzunehmen meinte. Als hätte sie die Blicke gespürt, drehte O-Tomi sich um und schaute Shinko an. Ihr Gesicht zeigte den gleichen erregten Ausdruck wie kurz zuvor. Shinko blinzelte etwas verwirrt und richtete die Pistole sofort wieder auf die Katze.

»Laß das! Habe ich nicht gesagt, du sollst es lassen ...!«

Während sie das sagte, warf sie das Rasiermesser auf den Boden.

»Wenn ich es lassen soll, dann geh du hier hinein.« Shinko grinste.

»Du bist abscheulich«, flüsterte O-Tomi schaudernd. Doch plötzlich erhob sie sich, machte ein Gesicht wie eine schmollende Gattin und ging ohne Zögern in das Wohnzimmer hinüber. Nun hätte Shinko ja zufrieden sein können, daß sie sich dreinschickte, doch er war ziemlich verblüfft. Der Regen hatte jetzt fast aufgehört. Und durch die Wolken brachen sogar ein paar Strahlen der Abendsonne. So wurde es auch in der dämmrigen Küche allmählich wieder heller. Shinko stand da und lauschte auf die Geräusche im Wohnzimmer. Ein Rascheln, als bände O-Tomi sich den Obi ab, ein Knistern, als legte O-Tomi sich auf die Matten – dann war es ganz still.

Nach kurzem Zögern betrat Shinko den halbdunklen Wohnraum. Mitten im Zimmer lag O-Tomi auf dem Rücken, das Gesicht mit den Ärmeln des Kimonos verdeckt. Kaum daß Shinko einen Blick auf sie geworfen hatte, zog er sich fluchtartig wieder in die Küche zurück. Auf seinen Zügen lag ein sonderbarer, nicht zu beschreibender Ausdruck. Ekel war es, aber zugleich auch Scham.

Als er die Dielenbretter unter den Füßen spürte, stieß er, den Rücken zum Wohnzimmer gekehrt, ein gequältes Lachen hervor. »Ich habe es doch nicht ernst gemeint! Höre, O-Tomi, ich habe es nicht ernst gemeint. Nun komm schon wieder her ...«

Ein paar Minuten später unterhielt sich O-Tomi, die

Katze unter dem Kimono im Arm, den Regenschirm in der
Hand, unbeschwert und munter mit Shinko, der eine zerris-
sene Strohmatte über die Dielen ausgebreitet hatte.

»O-Tomi, da ist etwas, was ich dich fragen möchte ...«
Immer noch ziemlich verlegen, vermied Shinko es, O-
Tomi ins Gesicht zu sehen.

»Ja – und was?«

»Ach, es ist eigentlich gar nicht so wichtig ... Aber sich
hinzugeben bedeutet für eine Frau doch sehr viel. Und daß
du dazu bereit warst, um das Leben dieser Katze zu retten ... Findest du das nicht reichlich übertrieben?«

Shinko schwieg einen Augenblick. O-Tomi lächelte nur
und streichelte die Katze.

»Hast du denn die Katze so lieb?«

»Gewiß, ich habe sie auch lieb ...«, antwortete O-Tomi
unbestimmt.

»Du bist in der ganzen Nachbarschaft für deine Treue bekannt ... War es etwa die Sorge, du könntest deiner Herrin
nicht mehr unter die Augen treten, wenn die Katze getötet
worden wäre?«

»Hm, ich habe die Katze lieb, und ich achte sicherlich
auch die Frau des Hauses sehr. Aber ...« O-Tomi neigte den
Kopf ein wenig zur Seite und schien in eine weite Ferne zu
blicken. »Wie soll ich es sagen? Mir war in dem Augenblick,
als müßte ich es einfach tun.«

Wieder ein paar Minuten später saß Shinko in Gedanken
versunken, die Arme um die Knie geschlungen, allein in der
Küche. Nur noch vereinzelte Regentropfen fielen, während
allmählich in der Küche Dunkelheit einzog. Die Schnur an
der Fensterklappe, der Wasserkrug am Ausguß – eins nach
dem anderen entschwand dem Blick. Und schon tönten
auch dumpf die ersten Schläge der Glocke von Ueno unter
dem wolkenverhangenen Himmel herüber. Shinko sah sich
verstört um, als hätten ihn die Glockenschläge erschreckt.
Dann tastete er sich am Gußstein entlang und schöpfte mit
der Kelle Wasser.

»Shinzaburo Murakami – Shigemitsu aus dem Geschlecht der Minamoto! Heute warst du der Verlierer!« flüsterte er vor sich hin und trank im Abenddunkel genießerisch das Wasser …

Am sechsundzwanzigsten Tag des dritten Monats im dreiundzwanzigsten Jahre Meiji ging O-Tomi mit ihrem Mann und ihren drei Kindern die Breite Straße in Ueno entlang.

An diesem Tag war auf dem Takenodai die Dritte Nationale Industrieausstellung feierlich eröffnet worden. Außerdem blühten die Kirschen in der Gegend vom Schwarzen Tor schon recht üppig. Deshalb wimmelte es auf der Breiten Straße nur so von Menschen. Und nun kam auch noch eine nicht abreißende Kette von Kutschen und Rikschas nach dem Ende der Eröffnungsfeierlichkeiten auf dem Takenodai die Straße herab. Masana Maeda, Ukichi Taguchi, Eiichi Shibusawa, Shinji Tsuji, Kakuzo Okakura, Masao Shimojo – all diese berühmten Männer saßen in den Kutschen oder Rikschas.

O-Tomis Mann, den ältesten Sohn an seiner Seite und den vierjährigen auf dem Arm, schaute sich in dem dichten Menschenstrom hin und wieder besorgt nach O-Tomi um. O-Tomi, die ihre Tochter an der Hand führte, lächelte ihm dann jedesmal heiter zu. Selbstverständlich war auch sie in den zwanzig Jahren gealtert. Doch ihre Augen strahlten fast noch genauso hell wie einst. Im vierten oder fünften Jahr Meiji hatte sie einen Vetter des Galanteriewarenhändlers Seibee Kogaya geheiratet. Damals hatte er ein kleines Uhrengeschäft gehabt in Yokohama, jetzt hatte er eins in Tokio, an der Ginza.

Plötzlich hob O-Tomi den Blick. Gerade näherte sich eine zweispännige Kutsche. In ihr saß Shinko, würdevoll! Shinko … Allerdings trug dieser Shinko Straußenfedern am Hut, war behängt mit goldenen Schnüren, trug eine Menge Orden und viele Ehrenzeichen an der Brust. Doch das rötliche Gesicht mit dem halbergrauten Bart, das war das Gesicht des Bettlers längst vergangener Tage.

O-Tomi verlangsamte unwillkürlich den Schritt. Aber seltsam – sie war nicht ein bißchen erstaunt. Shinko war eben nicht einfach nur ein Bettler gewesen! Doch woraus hatte sie das geschlossen? Aus seinem Gesicht? Aus seiner Sprache? Oder aus der Pistole, die er in der Hand gehalten? Jedenfalls, sie hatte es geahnt. Ohne jede Verlegenheit blickte sie ihn unverwandt an. Auch Shinko sah sie an. War es bewußt? War es zufällig? Jener Regentag vor zwanzig Jahren kam ihr in diesem Moment überdeutlich in Erinnerung. Leichtsinnig hatte sie sich an jenem Tag Shinko hingeben wollen, damit eine Katze am Leben bliebe. Was aber hatte sie wirklich dazu bewogen …? Sie wußte es nicht. Und Shinko hatte dann ihren dargebotenen Körper nicht einmal mit den Fingern berührt. Was hatte ihn dazu bewogen …? Auch das wußte sie nicht. Doch obwohl sie darauf keine Antwort hatte, schien ihr das alles völlig selbstverständlich. Während die Kutsche an ihr vorüberfuhr, war es O-Tomi, als fühlte sie sich auf einmal freier.

Shinkos Kutsche war schon verschwunden, da schaute sich der Mann in dem Menschengewimmel wieder nach seiner Frau um. O-Tomi lächelte ihm zu, als wäre nichts gewesen. Heiter und froh …

August 1922

Die Puppen

Lang verborgen in den Kästchen
Und doch nicht vergessen
Das Gesicht des Puppenpaares

Buson

Eine alte Frau erzählte mir folgende Geschichte:

Im November war man übereingekommen, die Puppen an einen Amerikaner zu verkaufen, der in Yokohama lebte. Meine Familie, die Familie Kinokuniya, hatte seit vielen Generationen den Landesfürsten als Kreditgeber zu Diensten gestanden. Und ich darf sagen, daß sich besonders mein Großvater eines hohen Ansehens erfreute und wirklich ein Mann von Welt war. Die Puppen nun, auch wenn Bescheidenheit am Platze ist, weil sie mir gehörten, waren selten schön. Das Kaiserpaar zum Beispiel – Korallen schimmerten im Diadem der Kaiserin, die Schärpe um das Brokatgewand des Kaisers zierte in feiner Stickerei das Familienwappen.

Allein der Entschluß, diese Puppen zu verkaufen, zeigt schon, wie sehr mein Vater, Ie Kinokuniya, der der zwölften Generation des Hauses vorstand, in Schwierigkeiten geraten war. Nach dem Sturz des Tokugawa-Shogunats dachte nämlich nur der Herr von Kashu daran, seine Schulden bei uns zu tilgen. Dreitausend Ryo hatte er geliehen – nicht mehr als ganze hundert Ryo bekamen wir davon zurück. Der Herr von Inshu schuldete meinem Vater viertausend Ryo und gab ihm statt des Geldes einen Reibstein für die Tusche. Zu allem Unglück wurden wir noch von mehreren Bränden betroffen. Obendrein schlug das Geschäft mit den Schirmen fehl, dem sich mein Vater zugewandt hatte, und manches andere noch. Deshalb mußten wir am Ende, um überhaupt etwas zum Leben zu haben, wertvolle Gegenstände aus dem Familienbesitz verkaufen.

So war es also um uns bestellt, als Marusa, der Raritäten- händler, meinem Vater empfahl, auch die Puppen fortzuge- ben ... Er ist längst tot, dieser Mann mit dem kahlen Kopf. Sie ahnen nicht, wie komisch seine Glatze wirkte! Mitten auf dem Schädel hatte er nämlich eine Tätowierung, die wie ein schwarzes Pflaster aussah. Er hatte sie sich in jungen Jahren machen lassen, um eine kleine kahle Stelle auf dem Kopf zu verdecken. Als ihm zu seinem Pech dann nach und nach die Haare gänzlich ausgingen, blieb allein die Tätowie- rung auf dem kahlen Schädel. So erzählte er es selber ... Doch sei dem, wie ihm wolle. Marusa redete meinem Vater immer wieder zu, die Puppen zu verkaufen. Mein Vater aber zögerte, wohl weil ich ihm leid tat, denn ich war erst fünf- zehn Jahre alt.

Daß sie schließlich doch verkauft wurden, das lag an mei- nem Bruder Eikichi ... Auch er ist längst verstorben. Damals war er gerade achtzehn und ein rechter Hitzkopf. Er folgte ganz den Zeichen jener Zeit, begeisterte sich für Politik und legte seine Englischbücher selten aus der Hand. Für die Puppen aber hatte er nur Verachtung. Das Puppenfest sei ein unsinniger Brauch, und überhaupt, was sollten solche Dinge ohne jeden praktischen Nutzen – so redete er in einem fort. Ich weiß nicht, wie oft er mit meiner Mutter, die sehr am Alten hing, darüber in Streit geraten ist. Allerdings konnte meine Mutter angesichts der Lage unseres Vaters ihre Meinung nicht mit allzu großem Nachdruck vertreten, wußte sie doch nur zu gut, daß wir keine Aussicht hatten, uns bis zum Jahresende durchzuschlagen, wenn wir die Pup- pen nicht verkauften.

Ich sagte schon, Mitte November war man übereingekom- men, die Puppen an einen Amerikaner in Yokohama zu ver- äußern. Wie bitte? Sie meinen, wie ich das alles aufnahm? Es empörte mich; denn ich war recht ungebärdig damals. Aber richtig traurig machte es mich eigentlich nicht. Zumal da mein Vater mir versprochen hatte, daß ich einen Obi aus veilchenblauem Satin bekommen würde, sobald die Puppen verkauft seien ...

Mein Vater hatte sich also entschieden, die Puppen zu verkaufen. Am Abend danach kam Marusa auf dem Rückweg von Yokohama in unser Haus. Doch wenn ich unser Haus sage, dann stimmt das nicht ganz; denn es war nach dem dritten Brand gar nicht wieder aufgebaut worden. Wir lebten in einem Speicher, den das Feuer verschont hatte und an den sich ein aus Brettern zusammengefügter kleiner Laden anschloß. Mein Vater versuchte sich damals gerade im Handel mit Arzneien. Ich weiß noch, auf den Regalen standen Reklameschilder mit Goldschrift. Shotoku-Pillen, Ankei-Lösung, Pulver gegen angeborene Syphilis – dergleichen war darauf zu lesen. Und dann stand dort noch eine Mujin-Lampe ... aber das sagt Ihnen wahrscheinlich nichts. Das ist so eine alte Lampe, in der man statt Petroleum noch Leinöl brannte. Es ist eigenartig, aber wenn ich heute Drogen rieche – getrocknete Mandarinenschalen oder Rhabarberwurzeln –, dann muß ich immer an diese alte Mujin-Lampe denken.

Auch an jenem Abend verbreitete die Öllampe inmitten des Arzneigeruchs ihr trübes Licht. Der kahle Marusa saß meinem Vater gegenüber, der sich endlich die Haare hatte kürzen lassen.

»Es ist genau die Hälfte ... Seid bitte so gut und zählt es nach.«

Marusa hatte nach ein paar Worten der Begrüßung sogleich das Geld hervorgeholt, das in Papier gewickelt war. Anscheinend war vereinbart worden, an diesem Tag die Puppen anzuzahlen. Mein Vater, die Hände auf dem Rand des Kohlebeckens, verbeugte sich, ohne daß ein Wort über seine Lippen kam. Ich brachte gerade den Tee, wie es mir die Mutter aufgetragen hatte, als Marusa unvermittelt mit lauter Stimme sagte: »Nein, das geht nicht! Das nehme ich nicht an!«

Sollte ich ihm keinen Tee einschenken? Zuerst war ich sehr verdutzt. Dann aber sah ich, daß noch eine Summe Geldes, ebenfalls in Papier gewickelt, vor ihm lag.

»Es ist nicht viel. Doch als Zeichen meiner Dankbarkeit ...«

»Nein, Ihr seid mir nicht zu Dank verpflichtet. Bitte, nehmt es wieder ...«

»Was denn! ... Soll ich mich beschämen lassen?«

»Davon kann keine Rede sein. Mich würdet Ihr beschämen. Schließlich sind wir uns nicht fremd. Seit den Zeiten Eures seligen Vaters wurde mir in diesem Hause manche Freundlichkeit erwiesen. Deshalb ist das, was ich für Euch tat, eine Selbstverständlichkeit. Wozu denn so formell! Bitte, nehmt das wieder an Euch ... Ach, guten Abend, junges Fräulein! Die Schmetterlingsfrisur steht ihr heute aber ganz besonders gut.«

Ohne daß mich die Worte, die ich mit angehört, sonderlich beunruhigt hätten, ging ich wieder hinüber in den Speicher.

An die zwölf Matten maß der Raum, den wir bewohnten. Doch trotz der Größe wirkte er sehr eng. Denn es standen Schränke, ein großes Kohlebecken, eine lange Truhe und Regale darin. Aber nicht auf diese Möbelstücke fiel der erste Blick, wenn man den Raum betrat, sondern auf die etwa dreißig Kästchen aus Paulowniaholz. Sie werden sich denken können, daß dies die Puppenkästen waren. Damit sie jederzeit ausgehändigt werden konnten, standen sie an der Fensterwand gestapelt. Nur eine kleine Nachtlaterne brannte in dem Speicher, weil mein Vater ja die Mujin-Lampe noch im Laden brauchte. In dem trüben Licht der altmodischen Laterne nähte meine Mutter Seihbeutelchen, und mein Bruder hockte an einem alten kleinen Tisch vor seinen Englischbüchern. Alles war wie immer. Aber dann sah ich an den Wimpern meiner Mutter, die tiefgebeugt über ihrer Arbeit saß, Tränen hängen.

Nun hatte ich doch gerade Tee aufgetragen und erwartete

398

im stillen – das war vielleicht ein wenig unvernünftig –, daß mich meine Mutter dafür lobte. Statt dessen weinte sie! Das machte mich im ersten Augenblick nicht etwa traurig, sondern verlegen, und um meine Mutter nicht dauernd ansehen zu müssen, setzte ich mich neben meinen Bruder, den das wohl etwas überraschte. Verwundert blickte er erst mich, dann die Mutter an, lachte plötzlich sonderbar und wandte sich unbekümmert wieder seinen Büchern zu. Nie habe ich meinen Bruder wegen seiner stolzen Aufgeklärtheit so gehaßt wie in dem Moment. Die Mutter einfach auszulachen! – Das war der einzige Gedanke, den ich fassen konnte. Und so schlug ich denn mit voller Wucht meinem Bruder auf den Rücken.

»Was fällt dir ein?« Wütend starrte er mich an.

»Ich schlag dich! Ich schlag dich noch viel mehr!« rief ich mit Tränen in der Stimme und holte wieder aus, als hätte ich die jähzornige Natur meines Bruders völlig vergessen. Aber bevor ich noch zum Schlagen kam, klatschte seine flache Hand auch schon auf meine Wange.

»Dummes Ding!«

Natürlich heulte ich. Wohl in demselben Augenblick hatte aber die Mutter meinem Bruder mit dem Maßstock einen Hieb versetzt. Drohend fuhr er nun die Mutter an. Sie wurde nicht mehr mit ihm fertig. Ihre Stimme bebte, als sie ihn schalt.

Der heftige Wortwechsel nahm kein Ende. Ich weinte unterdessen jämmerlich – so lange, bis mein Vater, nachdem er Marusa hinausbegleitet hatte, mit der Mujin-Lampe in der Hand ins Zimmer trat ... Kaum daß er den Vater sah, verstummte auch mein Bruder. Den strengen, wortkargen Vater fürchteten wir damals nämlich beide sehr.

An jenem Abend war entschieden worden, daß am Monatsende, bei der Zahlung der anderen Hälfte des Betrages, die Puppen dem Amerikaner in Yokohama übergeben werden sollten. Wie bitte? Wie hoch die Summe war? Wenn ich es mir heute überlege, dann war sie lächerlich gering. Dreißig

Yen genau. Jedoch gemessen an den Preisen damals, war das nicht wenig. Der Tag, an dem ich mich von meinen Puppen trennen sollte, rückte immer näher. Wie ich vorhin schon sagte, war ich anfangs nicht sonderlich betrübt. Aber jetzt begann mich der Gedanke an die Trennung mit jedem Tag mehr zu quälen. Obwohl ich noch ein Kind war, gab ich mich nicht der Hoffnung hin, daß ich die Puppen vielleicht doch noch behalten könnte. Bevor sie aber in andere Hände kämen, wollte ich sie wenigstens noch einmal sehen. Das Kaiserpaar, die fünf Musikanten, den blühenden Kirschbaum und den Wildorangenbaum, die Handlaterne, den Wandschirm und die vielen kleinen Dinge aus reichverziertem Goldlack – all das hätte ich zu gern noch einmal aufgestellt in dem Speicher, in dem wir wohnten. Ja, von ganzem Herzen wünschte ich mir das. Wie sehr habe ich meinen unnachgiebigen Vater darum angebettelt, doch er erlaubte es mir nicht. »Wir haben eine Anzahlung bekommen. Deshalb gehören uns die Puppen nicht mehr, auch wenn sie noch in unserem Hause sind. Und anderer Leute Sachen rührt man nicht an«, so sagte er.

Es war an einem Tag gegen Ende des Monats, draußen wehte ein heftiger Wind. Meine Mutter fühlte sich nicht wohl. War es wegen der Erkältung, die sie sich zugezogen hatte, oder wegen des Bläschens, so groß wie ein Hirsekorn, auf ihrer Unterlippe? Jedenfalls nahm meine Mutter an diesem Morgen kein Frühstück zu sich. Wir räumten noch zusammen die Küche auf, danach aber hockte sie starr mit gesenktem Kopf vor dem Kohlebecken und hielt sich mit der Hand die Stirn. Gegen Mittag war es schon, da blickte sie plötzlich auf, und ich sah, daß die Unterlippe an der Stelle, wo morgens nur ein winziges Bläschen gewesen, nun zur Größe einer Süßkartoffel angeschwollen war. Und obendrein hatte die Mutter hohes Fieber, das verriet mir sofort der eigenartige Glanz ihrer Augen. Ich brauche Ihnen wohl nicht zu sagen, wie sehr ich erschrak. Ich stürzte hinüber in den Laden, zu meinem Vater.

»Vater! Vater! Mutter geht es schlecht!«

Mein Vater und auch mein Bruder, der ebenfalls im Laden war, gingen nach hinten ins Zimmer. Wie das entstellte Gesicht der Mutter sie entsetzte! Selbst mein Vater, der sonst nie die Fassung verlor, stand eine ganze Weile bestürzt und sprachlos da. Die Mutter indessen zwang sich mit aller Kraft zu einem Lächeln und sagte: »Was steht ihr so herum? Es ist gar nichts Schlimmes. Ich habe mich nur ein bißchen mit dem Fingernagel an der Lippe gekratzt ... Es wird Zeit, ich muß mich um das Mittagessen kümmern.«

»Das läßt du sein! Das Mittagessen kann O-Tsuru machen«, fiel Vater der Mutter halb scheltend ins Wort. »Eikichi, du holst Doktor Homma!«

Und mein Bruder rannte auch schon durch den Laden hinaus in den Sturm.

Mein Bruder nannte diesen Doktor Homma, der die herkömmlichen chinesischen Heilpraktiken anwandte, verächtlich einen Scharlatan. Als der Arzt sich meine Mutter angeschaut hatte, verschränkte er die Arme und schien etwas ratlos zu sein. Auf unsere Frage erklärte er, die Schwellung an der Lippe meiner Mutter sei ein Furunkel ... Nun ist ein Furunkel, wenn man sich aufs Operieren versteht, sicherlich nichts Schlimmes. Nur hielt man zu jener Zeit noch nicht viel vom Operieren. Man ließ es dabei bewenden, einen Absud zu verabreichen und Blutegel anzusetzen. Also bereitete mein Vater Tag für Tag am Bett meiner Mutter aus Kräutern des Doktor Homma einen Absud. Mein Bruder ging Tag für Tag, um für fünfzehn Sen Blutegel zu kaufen. Und ich lief, bedacht darauf, daß mein Bruder nichts davon merkte, hundertmal zu dem Inari-Schrein in der Nähe unserer Hauses, um zu beten ... So wie die Dinge lagen, konnte ich natürlich nicht von meinen Puppen reden. Es schien, als wären sie sogar vergessen; denn in dieser Zeit hatte niemand, selbst ich nicht, auch nur einen Blick für die dreißig Kästchen an der Fensterwand.

Dann war der neunundzwanzigste November da – ein Tag

noch, und ich würde mich von meinen Puppen trennen müssen. Bei dem Gedanken, daß dies der letzte Tag sein sollte, überkam mich das Verlangen, wenigstens ein einziges Mal noch in die Kästchen zu schauen. Indes, mein Vater würde es sicherlich nicht gestatten, auch wenn ich ihn noch so sehr bäte. Wenn nun die Mutter für mich bittet ..., dachte ich zuerst. Doch seit Tagen schon ging es ihr sehr schlecht. Außer ein wenig Reisschleim konnte sie nichts zu sich nehmen. Unablässig schien sich von Blut durchsetzter Eiter in ihrem Mund zu sammeln. Als ich meine Mutter ansah, brachte ich nicht mehr den Mut auf, von den Puppen zu reden und davon, daß ich sie mit all ihrem Schmuck gern noch einmal aufstellen wollte. Vom Morgen an saß ich bei meiner Mutter und fragte immer wieder, wie sie sich fühle. Es wurde Nachmittag, und ich hatte noch immer nicht von meinem Wunsch gesprochen.

Doch da standen sie unter dem vergitterten Fenster, direkt vor meinen Augen, die Puppenkästen aus Paulowniaholz. Und diese Puppenkästen würde man, sobald die kommende Nacht vorüber war, nach Yokohama in die Villa eines Fremden schaffen − und eines Tages vielleicht sogar weit, weit fort nach Amerika. Als ich daran dachte, hielt ich es nicht länger aus. Zum Glück war meine Mutter eingeschlafen. So stahl ich mich davon und lief hinüber in den Laden.

Obwohl kaum ein Sonnenstrahl in den Laden fiel, war es hier nicht so bedrückend wie in dem Raum, den wir bewohnten, schon deshalb nicht, weil man vom Laden aus die Menschen auf der Straße sehen konnte.

Mein Vater prüfte gerade seine Rechnungsbücher, und mein Bruder stand in einer Ecke und zerkleinerte in einem Mörser fleißig Süßholz oder so etwas.

»Vater, ich habe eine große Bitte ...«, begann ich.

Doch mein Vater ließ mich nicht weiterreden. »Haben wir nicht neulich schon davon gesprochen! ... Eikichi! Geh doch mal bei Marusa vorbei, solange es hell ist.«

»Bei Marusa? Hat er denn bestellen lassen, daß einer von uns kommen soll?«

»Ach was! Du sollst eine Lampe von ihm holen ... Aber wenn du sowieso noch fortgehst, kannst du sie auch auf dem Rückweg mitbringen.«

»Ich soll von Marusa eine Lampe holen ...?«

Ohne mich noch zu beachten, lächelte mein Vater, was selten bei ihm vorkam. »Nicht irgendeinen alten Leuchter ... Ich habe ihn gebeten, eine von den neuen Lampen für uns zu kaufen. Er kennt sich da am besten aus.«

»Dann soll die alte Mujin-Lampe weg?«

»Ist das nicht an der Zeit?«

»Jaja, mit dem Alten muß man endlich Schluß machen. Und Mutter wird sich bei dem hellen Licht der neuen Lampe sicherlich auch wohler fühlen.«

Vater erwiderte darauf nichts, sondern klapperte schon wieder mit den Kugeln auf dem Rechenbrett. Daß er mit keinem Wort mehr auf meinen Wunsch einging, stachelte mich erst recht an. Ich faßte ihn von hinten an den Schultern.

»Hör doch, Vater!«

»Laß mich in Ruhe!« schimpfte er, ohne sich nach mir umzudrehen. Auch mein Bruder musterte mich jetzt böse. Zu Tode betrübt, ging ich wieder nach hinten. Meine Mutter lag still da und sah mit fiebrigen Augen auf ihre Hände. Dann hob sie den Blick zu mir und sagte unerwartet deutlich: »Warum hat Vater dich gescholten?«

Ich wußte nicht, was ich darauf antworten sollte, und fingerte nur an einem Federpinsel herum.

»Warst du wieder unvernünftig ...?«

Die Mutter schaute mich fest an und fuhr dann in einem etwas gequälten Ton fort: »Du siehst doch, daß ich krank bin. Vater tut, was er kann. Deshalb mußt du auch vernünftig sein. Ich weiß, die Nachbarstochter darf dauernd ins Theater gehen ...«

»Das Theater interessiert mich nicht ...«

»Es ist ja nicht nur das Theater! Haarspangen und hübsche Kragen ... es gibt so vieles, was du sicherlich gern haben möchtest ...«

Als ich das hörte, fing ich an zu weinen. Vor Ärger oder Traurigkeit, ich weiß es nicht.

»Hör doch, Mutter ... Ich ... ich möchte gar nichts haben. Nur, bevor die Puppen verkauft werden ...«

»Die Puppen? Bevor die Puppen verkauft werden?«

Ihre Augen weiteten sich noch mehr, als sie mich unverwandt ansah.

»Ja, bevor die Puppen verkauft werden, möchte ich ...«

Ich stockte, denn ich hatte plötzlich das Gefühl, da stände jemand hinter mir. Ich drehte mich um. Es war mein Bruder. Während er auf mich herabsah, sagte er in seiner schroffen Art: »Du dummes Ding! Wieder diese Puppen! Hast du Vaters Schelte schon vergessen?«

»Sei still! Du brauchst nicht gleich zu zanken!«

Mutter schloß die Augen. Sie war ärgerlich. Jedoch mein Bruder schimpfte immer weiter mit mir, als hätte er nichts gehört.

»Eigentlich solltest du mit deinen fünfzehn Jahren schon ein bißchen mehr Verstand haben! Immer diese Puppen! Wie kann man nur so viel Wesens darum machen!«

»Was geht dich das an! Sind es meine Puppen oder deine?« entgegnete ich starrsinnig. Und dann kam es wie immer. Ein Wort gab das andere, bis mich mein Bruder schließlich am Kragen packte und zu Boden stieß.

»Dummes Balg!«

Hätte sich die Mutter nicht eingeschaltet, mein Bruder hätte mich bestimmt verprügelt. Aber sie hob den Kopf halb aus den Kissen und schalt, schwer nach Atem ringend, meinen Bruder: »Was hat O-Tsuru dir getan, daß du sie so behandelst?«

»Man kann reden und reden. Sie hört einfach nicht!«

»Aber du haßt ja wohl nicht nur O-Tsuru. Du ... du ...«

Vor Kummer versagte ihr die Stimme, und ihre Augen füllten sich mit Tränen. »Du haßt mich wohl ebenso. Sonst würdest du nicht, obwohl du siehst, wie krank ich bin, die Puppen ... die Puppen aus dem Hause haben wollen und so über O-Tsuru herfallen, wo sie dir nichts getan hat ... Das würdest du sonst bestimmt nicht tun, bestimmt nicht. Warum haßt du mich nur ...«

»Mutter!« schrie mein Bruder. Wie erstarrt stand er an ihrem Bett und verbarg das Gesicht hinter dem Arm.

Mein Bruder, der später nie wieder eine Träne vergoß, nicht einmal als unsere Eltern starben, mein Bruder, der sich in all den Jahren, in denen er sich eifrig in der Politik betätigte, bis er schließlich ins Irrenhaus kam, nicht ein einziges Mal schwach zeigte – er weinte in diesem Moment fassungslos. Selbst meine erregte Mutter hatte wohl alles andere als das erwartet. Sie stieß einen Seufzer aus, schien etwas sagen zu wollen, brachte aber kein Wort hervor und ließ den Kopf wieder in die Kissen sinken ...

Etwa eine Stunde später kam der Fischhändler Tokuzo, den wir lange nicht gesehen hatten, zu uns in den Laden. Nein, nicht Fischhändler. Mit Fischen hatte er früher einmal gehandelt. Jetzt war er Rikschafahrer. Ein junger Mann, der häufig bei uns hereinschaute. Über Tokuzo gibt es viele komische Geschichten zu erzählen. Ich erinnere mich noch gut an die über seinen Familiennamen. Nachdem Kaiser Meiji den Thron bestiegen hatte, sollte Tokuzo wie alle anderen einfachen Leute auch einen Familiennamen für sich wählen. Seine Wahl fiel auf den Namen Tokugawa; denn er sagte sich, wenn schon, dann will ich nicht kleinlich sein. Aber als er dann zu den Behörden ging, um sich unter diesem Namen eintragen zu lassen, da wurde er fürchterlich beschimpft – und nicht nur das: Tokuzo hat oft selber erzählt, daß man ihm sogar drohte, ihn auf der Stelle zu enthaupten ...

Dieser Tokuzo also kam in bester Laune mit seiner Rikscha, die nach der Mode jener Zeit mit Päonien und chinesischen Fabellöwen bemalt war, vor unseren Laden gefahren.

Während ich noch überlegte, was ihn zu uns führen könnte, sagte er, daß er an diesem Tag keine Fahrgäste mehr zu erwarten hätte und mich gern einmal in seiner Rikscha über Aizuppara durch die Renga-Straße fahren wollte.

»Na, O-Tsuru, was meinst du dazu?« fragte mich mein Vater mit ernstem Gesicht, als ich draußen stand, um mir die Rikscha anzuschauen. Heutzutage finden die Kinder ja keinen Spaß mehr daran, in einer Rikscha zu fahren. Aber uns damals freute es, wie es heute die Kinder freut, wenn sie im Auto mitgenommen werden. Doch die Mutter war krank, und außerdem hatte es vorhin erst den häßlichen Streit mit meinem Bruder gegeben. Deshalb konnte ich nicht leichthin und freudig sagen, daß ich gern mit der Rikscha fahren würde. Immer noch bedrückt von dem Vorgefallenen, antwortete ich mit leiser Stimme: »Ja, ich möchte schon.«

»Gut, dann geh und frage Mutter – wo dich Tokuzo nun schon mal eingeladen hat.«

Die Mutter sagte lächelnd, wie ich es erwartet hatte, ohne die Augen zu öffnen. »Das ist aber fein.« Zum Glück war mein garstiger Bruder nicht da; denn er hatte sich inzwischen auf den Weg zu Marusa gemacht.

Als wären Kummer und Tränen vergessen, sprang ich rasch in die Rikscha. Mir wurde eine rote Decke über die Knie gelegt, und schon setzten sich die Räder knarrend in Bewegung.

Es ist gewiß nicht nötig, von dem zu reden, was ich auf der Fahrt alles sah. Aber wie Tokuzo auf einmal sehr brummig wurde, das muß ich doch noch kurz erzählen. Tokuzo war gerade in die breite Renga-Straße eingebogen, als er beinah mit einer Pferdekutsche, in der eine fremdländische Dame saß, zusammengestoßen wäre. Mit knapper Not konnte er es noch verhindern. Ärgerlich schnalzte er mit der Zunge und sagte: »Das ist nichts. Das junge Fräulein ist zu leicht, und da verliert man schnell das Gleichgewicht. Ihr solltet an den armen Rikschafahrer denken und nie wieder in eine Rikscha steigen, bevor Ihr nicht zwanzig seid.«

Von der Renga-Straße bogen wir in eine kleine Gasse ein, die in die Richtung unseres Hauses führte. Der Zufall wollte es, daß wir meinen Bruder trafen. Er ging sehr schnell und trug eine Lampe mit einem Griff aus angeschweltem Bambus in der Hand. Als er mich sah, hob er die Lampe in die Höhe, wohl um uns zu bedeuten, daß wir halten sollten. Doch Tokuzo hatte schon vorher gewendet und fuhr auf meinen Bruder zu.

»Danke, Tokuzo! Wo seid ihr denn gewesen ...?«

»Eure Schwester hat sich nur die Stadt ein bißchen angesehen.«

Mein Bruder lächelte gezwungen und trat an die Rikscha heran. »O-Tsuru, nimm du schon mal die Lampe mit. Ich muß noch zum Petroleumhändler.«

Weil ich wegen der Zankerei vorhin sehr böse war, sagte ich kein Wort, als ich die Lampe nahm. Und mein Bruder wollte schon weitergehen, doch plötzlich drehte er sich noch einmal um. »O-Tsuru, sprich zu Vater mit keiner Silbe mehr von den Puppen!«

Auch jetzt blieb ich stumm und dachte bloß, will er sich etwa schon wieder mit mir zanken.

Doch mein Schweigen schien ihn nicht zu kümmern. Mit leiser Stimme fuhr er fort: »Hör mal! Daß Vater es dir nicht erlaubt, ist nicht nur, weil wir bereits Geld für die Puppen angenommen haben. Wenn du die Puppen nämlich noch einmal hervorholst, dann wird dir das Herz erst recht schwer – daran hat er vor allem gedacht. Verstehst du? Ich hoffe, daß du es verstehst, und darum wirst du auch nicht mehr von den Puppen reden, nicht wahr!«

In der Stimme meines Bruders schwang eine Sanftmut mit, die ich an ihm sonst gar nicht kannte. Aber es gab keinen seltsameren Menschen als meinen Bruder Eikichi. Hatte seine Stimme eben noch sanft geklungen, so fuhr er mich im nächsten Augenblick schon wieder drohend an: »Ich warne dich! Fängst du trotzdem wieder damit an, dann kannst du was erleben!« Mir gehässig diese Worte hinzuwerfen und davonzueilen, das war eins. Für Tokuzo hatte er nicht einmal mehr einen Gruß gehabt.

Abends saß dann die ganze Familie um den Eßtisch herum. Nun ja, meine Mutter saß nicht mit am Tisch. Sie hatte sich nur in ihrem Bett ein wenig aufgerichtet. An diesem Abend war alles so anders. Warum, brauche ich wohl nicht zu sagen. Statt der trüben Öllampe brannte unsere neue Lampe und tauchte alles in ihr helles Licht. Selbst während wir aßen, warfen mein Bruder und ich immer wieder einen Blick auf die Petroleumlampe. Der Glasbehälter, durch den das Petroleum schimmerte, der Zylinder, der die ruhige Flamme schützte – wir konnten all das Schöne dieser neuen Lampe nicht genug bewundern.

»Hell, nicht wahr? Wie das Tageslicht«, sagte mein Vater zufrieden und wandte sich zur Mutter um.

»Sie blendet fast ein wenig«, erwiderte meine Mutter, die etwas unsicher dreinblickte.

»Das macht, weil wir an den trüben Schein der Öllampe gewöhnt sind ... Aber wenn man erst einmal diese neue Lampe angezündet hat, dann will man von der alten Öllampe nichts mehr wissen.«

»Zuerst ist man immer wie geblendet. Ob das eine neue Lampe oder das Wissen aus Europa ist«, meinte mein Bruder in bester Laune. »Aber dann gewöhnt man sich daran. Und bestimmt kommt die Zeit, da wir auch das Licht dieser Lampe düster finden.«

»Vielleicht hast du recht ... O-Tsuru, wo bleibt denn der Reis für Mutter?«

»Mutter möchte heute abend nichts essen, hat sie gesagt«, antwortete ich, ohne mir viel dabei zu denken.

»Das geht doch nicht. Hast du wirklich gar keinen Appetit?« fragte der Vater.

Die Mutter seufzte. »Ich weiß nicht, dieser Petroleumgeruch ... Aber ich bin eben wohl zu altmodisch.«

Dann aßen wir weiter, es wurde nicht mehr viel gesprochen. Nur die Mutter machte hin und wieder ganz unvermit-

telt lobende Bemerkungen über unsere neue Lampe. Und sogar ein Lächeln schien über ihr Gesicht zu huschen.

Es war schon nach elf Uhr, als wir uns endlich zur Ruhe
begaben. Zwar hielt ich die Augen fest geschlossen, aber
schlafen konnte ich nicht. Mein Bruder hatte mir verboten,
auch nur noch ein einziges Wort von den Puppen zu sagen,
und ich hatte eingesehen, daß es unmöglich war, sie noch
einmal hervorzuholen. Doch mein Verlangen, es zu tun, war
deshalb nicht geringer. Morgen würde man sie weit, weit
fortschaffen, für immer ... Bei dem Gedanken stiegen mir
unwillkürlich Tränen in die Augen. Ob ich sie heimlich aus
ihren Kästen nehme, wenn alles ganz fest schläft? Oder ob
ich mir wenigstens eine Puppe irgendwo verstecke? So überlegte ich. Aber wenn man mich entdeckt ... die Angst davor
nahm mir den Mut zur Tat.

Ich kann mich nicht erinnern, je wieder so viel Böses gedacht zu haben wie in jener Nacht. Jetzt müßte ein Feuer
ausbrechen, dann würden die Puppen verbrennen, bevor sie
jemand anders in die Hand bekommt. Oder der Amerikaner
und der kahlköpfige Marusa müßten auf der Stelle die Cholera kriegen; dann dürften wir die Puppen behalten ... Soweit verstieg ich mich in meinen Phantasien. Aber ich war ja
noch ein Kind und schlief trotz allem bald ein. Wie lange
ich geschlafen hatte, als ich plötzlich aufwachte und ein Rascheln hörte, weiß ich nicht. Erhob sich da nicht jemand in
dem Speicher, in dem nur die trübe Nachtlaterne brannte,
von seinem Lager? Oder war da eine Ratte? Vielleicht gar
ein Dieb? Oder nahte etwa schon der Morgen? – Während
ich noch überlegte, was es sein könnte, öffnete ich ängstlich
die Augen ein wenig. Und was sah ich? Neben meinem Bett
saß im Nachtgewand der Vater. Der Vater! ... Aber nicht
nur, daß mein Vater dort saß, überraschte mich so maßlos.
Vor ihm standen nämlich die Puppen – meine Puppen, die
ich seit dem letzten Puppenfest nicht mehr gesehen hatte.

Das war einer jener seltenen Augenblicke, wo man sich
unwillkürlich fragt, ob man nicht träumt. Ich wagte kaum zu

atmen und blickte starr auf dieses Wunder: Im Dämmerschein der Nachtlaterne das Kaiserpaar, der Kaiser mit dem Elfenbeinzepter, die Kaiserin mit dem Korallendiadem, rechts davor der Wildorangenbaum, links der blühende Kirschbaum, dann der Diener mit dem Sonnenschirm, eine Hofdame, die ehrerbietig ein Tablett in die Höhe hob, der kleine Goldlackspiegel und das Schränkchen, der Puppenfaltschirm, verziert mit Muschelschalen, die Eßschälchen, die bemalte Handlaterne, die kleinen Bälle aus bunten Fäden – und dann das Gesicht meines Vaters!

Das war einer jener seltenen Augenblicke ... ach, das sagte ich wohl schon. Vielleicht war das mit den Puppen in jener Nacht tatsächlich nur ein Traum! Ein Trugbild, das in meinem Unterbewußtsein entstanden war, weil ich die Puppen so sehr zu sehen wünschte? Noch heute bin ich um eine Antwort verlegen, wenn ich mir die Frage stelle, ob es Wirklichkeit oder nur ein Traum gewesen ist. Jedoch, ich sah in jener Nacht meinen schon recht gealterten Vater, wie er die Puppen betrachtete. Dessen bin ich mir ganz sicher. Und sollte es nur ein Traum gewesen sein, was macht das schon! Ich sah meinen Vater, der genauso fühlte wie ich. Ich sah meinen Vater, der bei aller Strenge ... im Grunde seines Herzens empfindsam wie ein Mädchen war.

Vor Jahren schon hat mich die Geschichte von den Puppen beschäftigt. Daß ich sie jetzt endlich niederschrieb, ist nicht allein auf die ermunternden Worte des Herrn Takita zurückzuführen. Ich sah nämlich vor ein paar Tagen im Gästezimmer einer englischen Familie in Yokohama ein rothaariges Mädchen mit dem Kopf einer klassischen japanischen Puppe spielen. Vielleich teilen die Puppen, von denen in dieser Geschichte die Rede ist, dasselbe traurige Schicksal und liegen unbeachtet zusammen mit Bleisoldaten und Gummipuppen in irgendeiner Spielzeugkiste.

Februar 1923

Nach Aufzeichnungen
Yasukichis

Wauwau

An einem späten Winternachmittag saß Yasukichi in der oberen Etage eines schmuddligen Restaurants und kaute an einer unangenehm nach Fett riechenden Röstschnitte. Sein Tisch stand vor einer rissigen weißen Wand, an der ein länglicher Zettel klebte mit der Aufschrift: Hot – heiße – Sandwiches zu haben. (»Hotheiße Sandwiches« hatte ein Kollege von ihm gelesen und sich ernsthaft gewundert.) Links neben dem Tisch führte die Treppe hinab, und rechts befand sich ein Fenster. Während Yasukichi seine Röstschnitte aß, sah er von Zeit zu Zeit versonnen durch die Fensterscheiben. Sein Blick traf dann das Wellblechdach eines Altwarenladens auf der anderen Straßenseite und die davor hängenden Fabrikarbeitermonturen und khakifarbenen Kittel.

An diesem Abend sollte um halb sieben Uhr in der Schule ein Treffen des Englischklubs stattfinden. Da Yasukichi unbedingt daran teilnehmen mußte, aber nicht am Ort wohnte, war ihm bei allem Widerwillen kaum etwas anderes übriggeblieben, als nach Unterrichtsschluß in dieses Restaurant zu gehen und sich hier bis halb sieben aufzuhalten.

In einem Gedicht von Toki Aika – irre ich mich, so sei der Dichter um Verzeihung gebeten – heißt es: »Muß ich in der Ferne diese übel riechenden Beefsteaks hinunterwürgen, o mein Weib, mein Weib, wie sehne ich mich dann erst nach dir!«

Wenn Yasukichi in diesem Restaurant saß, mußte er stets an das Gedicht denken; obwohl er noch keine Frau hatte, nach der er sich hätte sehnen können. Aber sobald sein

Blick über den Altwarenladen glitt, sobald er seine nach Fett riechende Röstschnitte aß und den Zettel »Hot – heiße – Sandwiches« vor sich sah, kamen ihm ganz von selber die Worte »... o mein Weib, mein Weib, wie sehne ich ich dann erst nach dir« in den Sinn.

Yasukichi wurde gewahr, daß zwei Marineoffiziere hinter ihm Platz genommen hatten und Bier tranken. Den einen kannte er vom Sehen. Er war ein Verwaltungsoffizier von der Schule, an der Yasukichi unterrichtete. Wie er hieß, wußte Yasukichi allerdings nicht, denn er pflegte kaum Umgang mit den Offizieren. Aber nicht nur, daß er den Namen nicht wußte, er hatte nicht einmal eine Ahnung davon, ob jener im Range eines Leutnants oder eines Oberleutnants stand. Das einzige, was Yasukichi über diesen Menschen hätte sagen können, war, daß er Monat für Monat an den Zahltagen sein Gehalt aus dessen Hand erhielt ... Der andere Offizier war ihm gänzlich unbekannt.

Hatten die beiden ihr Bier ausgetrunken, so riefen sie nur: »Noch eins!« oder »He, noch mal davon!« Die Kellnerin verzog keine Miene, sondern rannte beflissen mit den Gläsern in der Hand die Treppe auf und ab. Bat Yasukichi aber höflich um eine Tasse Tee, dann konnte er lange darauf warten. Doch das war nicht nur in diesem Restaurant so. In welches Café und in welches Restaurant dieser Stadt man auch immer gehen mochte, überall war es dasselbe.

Die beiden Offiziere unterhielten sich mit lauter Stimme. Selbstverständlich achtete Yasukichi nicht auf ihr Gespräch. Um so mehr erschreckte es ihn, als plötzlich einer von ihnen rief: »Mach wauwau!«

Yasukichi konnte Hunde nicht ausstehen. Der Gedanke, daß so manche Literaten, auch Goethe und Strindberg, keine Hunde mochten, tat ihm geradezu wohl. Als er den Zuruf hörte, stellte er sich einen jener großen europäischen Hunde vor, die man in dieser Gegend häufig antraf. Zugleich hatte er das unheimliche Gefühl, solch ein Hund lungere hinter seinem Rücken herum.

Verstohlen drehte Yasukichi sich um. Zum Glück war
kein Hund da; nur der Verwaltungsoffizier, der grinsend aus
dem Fenster schaute. Dann wird da unten vielleicht ein
Hund sein, dachte Yasukichi. Aber irgendwie kam ihm das
sonderbar vor. Dann rief der Verwaltungsoffizier noch einmal: »Mach wauwau! Los, mach wauwau!«

Yasukichi beugte sich etwas zur Seite und warf einen
Blick durch das andere Fenster. Zuerst erblickte er eine Ma-
samune-Reiswein-Reklame und eine noch nicht angezün-
dete Laterne, dann eine aufgerollte Markise, dann ein altes
Bierfaß, das als Regentonne diente, und darauf zum Trocknen ausgelegtes und vergessenes Sandalenleder, dann die
Pfützen auf der Straße und dann ... Aber das ist ja auch
egal. Jedenfalls war da keine Spur von einem Hund. Statt
dessen stand fröstelnd ein zwölf- oder dreizehnjähriger Bet-
teljunge unter dem Fenster und sah zur zweiten Etage hinauf.

»Mach wauwau! Willst du wohl wauwau machen!« rief
wiederum der Verwaltungsoffizier. In diesen Worten schien
eine Kraft zu liegen, die sich aller Sinne des kleinen Bettlers
bemächtigte. Fast wie ein Schlafwandler trat er, den Blick
nach oben gerichtet, ein, zwei Schritte näher an das Fenster
heran. Endlich hatte Yasukichi entdeckt, was für ein schändliches Spiel der boshafte Verwaltungsoffizier trieb. Schändliches Spiel? Vielleicht war es gar kein schändliches Spiel,
sondern ein Versuch. Nämlich ein Versuch, wie weit ein
Mensch um des Mundes und des Bauches willen bereit ist,
sich zu erniedrigen. Nach Yasukichis Auffassung bedurfte es
jedoch dazu keinerlei Versuche mehr. Hatte nicht Esau
schon um ein Linsengericht auf die Rechte des Erstgeborene-
nen verzichtet? War nicht Yasukichi um des Brotes willen
Lehrer geworden? Es genügte doch, sich solche Dinge vor
Augen zu führen. Aber das hätte den Tatendurst jenes Ver-
haltensforschers wohl nicht befriedigt. Wenn es an dem war,
dann mußte eben das geflügelte Wort, über das er heute mit
seinen Schülern gesprochen hatte, herhalten: *De gustibus non*

413

est disputandum – Über Geschmack läßt sich nicht streiten. Sollte er also seinen Versuch machen! So dachte Yasukichi, als er durch das Fenster hinab auf den Bettler blickte.

Der Verwaltungsoffizier schwieg eine Weile. Unterdessen begann der Bettler sich unruhig nach links und rechts umzusehen. Er hatte vielleicht nicht viel dagegen, einen Hund nachzuahmen, wenn ihn nur von der Straße her kein Mensch dabei beobachtete. Aber noch bevor er sich davon überzeugen konnte, daß niemand die Straße entlangkam, steckte der Verwaltungsoffizier sein rotes Gesicht aus dem Fenster und streckte die Hand aus, in der er etwas hielt. »Mach wauwau! Wenn du wauwau machst, kriegst du das.«

Das Gesicht des Jungen schien für einen Augenblick vor Gier zu brennen.

Yasukichi empfand manchmal für Bettler eine romantische Anteilnahme. Bedauern oder Mitleid hatte er indessen noch nie für sie empfunden. Und wenn er so etwas empfunden hätte, dann wäre ihm das eher wie eine dumme Lüge vorgekommen. Aber jetzt, da er die funkelnden Augen des Kindes sah, das den Kopf leicht in den Nacken gelegt hatte, war er doch ein bißchen gerührt. Allein dieses »bißchen« war wirklich nur wenig mehr als nichts. Stärker als seine Rührung war sein Sinn für den rembrandtschen Effekt, der von der Gestalt dieses Bettlers ausging.

»Na, willst du nicht? Los, sag schon wauwau!«

Der Bettler verzog das Gesicht.

»Wauwau!«

Die Stimme klang matt.

»Lauter!«

»Wauwau! Wauwau!« machte der Bettler schließlich gleich zweimal hintereinander. Im selben Augenblick fiel eine Navelorange aus dem Fenster ... Mehr brauchte eigentlich nicht geschrieben zu werden. Denn natürlich stürzte sich der Junge auf die Orange. Und natürlich lachte der Verwaltungsoffizier ...

Kaum eine Woche später ging Yasukichi am Zahltag zur

Kasse, um sein Gehalt abzuholen. Der besagte Verwaltungsoffizier schien sehr beschäftigt zu sein. Bald blätterte er in einem Kontobuch, bald breitete er irgendwelche Schriftstücke vor sich aus. Als er Yasukichi sah, fragte er nur: »Gehalt?« Yasukichi antwortete ebenfalls nur mit einem Wort: »Ja!« Aber hatte der Offizier denn wirklich so viel zu tun, daß er Yasukichi nicht sofort das Gehalt aushändigen konnte? Yasukichi den Uniformrücken zugewandt, klapperte er nun obendrein noch ausdauernd mit dem Rechenbrett.

»Herr Offizier!« sagte Yasukichi, nachdem er schon eine ganze Weile hatte warten müssen, fast flehend. Der Verwaltungsoffizier sah sich über die Schultern zu ihm um. Und offenbar wollten seine Lippen gerade das Wort »gleich« formen. Doch vorher noch fuhr Yasukichi wohlbedacht fort: »Herr Offizier! Soll ich vielleicht wauwau machen? Herr Offizier?«

Yasukichi war davon überzeugt, daß seine Stimme, als er das sagte, sanfter als die eines Engels klang.

Abendländer

An der Schule unterrichteten zwei Ausländer englische Konversation und schriftlichen Ausdruck. Der eine Mr. Townsend, war Engländer, der andere Mr. Starlett, Amerikaner.

Mr. Townsend war ein kahlköpfiger gütiger alter Herr, der vorzüglich Japanisch sprach. Wenngleich die meisten ausländischen Lehrer recht ungebildete Leute waren, so führten sie doch ständig Shakespeare und Goethe im Munde. Zum Glück aber behauptete Mr. Townsend nicht, daß er ein Literaturkenner wäre. Als einmal die Rede von Wordsworth war, sagte er: »Von der Poesie habe ich nicht die geringste Ahnung. Ich weiß nicht, was an Wordsworth dran sein soll.« Da Yasukichi und Mr. Townsend im gleichen Ort wohnten, benutzten sie auf dem Weg zur und von der Schule oft denselben Zug. Die Fahrt dauerte ungefähr dreißig Minuten.

Wenn sie im Zug saßen und ihre Glasgow-Pfeife rauchten, unterhielten sie sich über Tabak, über die Schule und manchmal auch über Geister. Denn der Theosophist Townsend interessierte sich zwar nicht für Hamlet, wohl aber für den Geist von Hamlets Vater. Kam jedoch die Rede auf Magie und Alchimie, auf *occult sciences*, dann schüttelte Mr. Townsend traurig den Kopf, und mit dem Kopf die Tabakpfeife, und sagte: »Das Tor zur Mystik läßt sich nicht so schwer öffnen, wie die meisten glauben. Das Schlimme ist, einmal offen, läßt es sich so leicht nicht wieder schließen. Deshalb ist es besser, gar nicht erst daran zu rühren.«

Der andere, Mr. Starlett, war wesentlich jünger und etwas geckenhaft. So trug er im Winter zu seinem dunkelgrünen Mantel stets einen knallroten Schal. Anders als Mr. Townsend, schien er ab und an mal in ein Taschenbuch zu schauen. Im Englischklub der Schule hatte er sogar einmal einen großen Vortrag zu dem Thema »Neuere amerikanische Autoren« gehalten. Allerdings waren nach seinen Ausführungen auch Robert Louis Stevenson und O'Henry neuere amerikanische Autoren!

Mr. Starlett wohnte zwar nicht im gleichen Ort wie Yasukichi, wohl aber an derselben Strecke, weshalb er auch gelegentlich den gleichen Zug nahm. Von den Unterhaltungen mit ihm war Yasukichi fast nichts im Gedächtnis geblieben. Das einzige, woran er sich erinnerte, war, daß sie einmal im Wartesaal am Ofen gestanden und auf den Zug gewartet hatten. Gähnend sprach Yasukichi von der Langweiligkeit des Lehrerberufes. Daraufhin verzog der stattliche Mr. Starlett, der eine randlose Brille trug, ein wenig das Gesicht und sagte dann: »Lehrer zu sein ist kein Beruf. Man sollte es eher eine Mission nennen. *You know, Socrates and Plato are two great teachers ...* etc.«

Was bedeutete es schon, wenn er Robert Louis Stevenson zu einem Yankee machte. Aber Socrates und Plato als Schullehrer zu bezeichnen ... Seither war Yasukichi ihm in herzlicher Freundschaft zugetan.

Mittagspause – Visionen

Yasukichi kam aus der Kantine im oberen Stockwerk.
Die zivilen Lehrer gingen nach dem Mittagessen meist in
das angrenzende Rauchzimmer hinüber. Yasukichi ver-
zichtete heute darauf und stieg die Treppe zum Garten hinunter. In dem Augenblick kam ein Maat, immer drei Stufen
auf einmal nehmend, wie eine Heuschrecke die Treppe
heraufgesprungen. Als er Yasukichi sah, legte er rasch die
Hand an die Mütze und grüßte vorschriftsmäßig. Dann
schnellte er mit einem mächtigen Satz an Yasukichi vorüber. Während Yasukichi ins Leere hinein den Gruß
flüchtig erwiderte, ging er gemächlich weiter die Treppe
hinab.

Zwischen Nußeiben und Lebensbäumen blühten im Garten Magnolien. Aus irgendeinem Grund hatten sie ihre herr-
lichen Blüten nicht nach der sonnigen Südseite ausgerichtet.
Ganz anders dagegen die Kobushi – trotz ihrer Verwandt-
schaft mit der Magnolie. Yasukichi zündete sich eine Zigarette an und pries die Individualität der Magnolie. In
dem Augenblick kam wie ein Stein eine Bachstelze herabge-
flogen. Selbst diese Bachstelze verhielt sich Yasukichi gegenüber nicht fremd. Mit ihrem wippenden Schwänzchen
wies sie ihm den Weg.

»Hierher! Hierher! Nein, nicht dorthin! Hierher! Hierher!« schien sie zu rufen, und folgsam ging Yasukichi den
kiesbestreuten schmalen Pfad entlang. Was dachte sich die
Bachstelze eigentlich, daß sie plötzlich wieder in die Lüfte
emporstieg? Doch schon tauchte auf dem schmalen Weg ein
hochgewachsener Heizer auf. Yasukichi kam das Gesicht
des Mannes irgendwie bekannt vor. Der Heizer grüßte und
ging eilig an ihm vorüber. Yasukichi blies den Rauch seiner
Zigarette aus und überlegte angestrengt, wer dieser Mann
gewesen sein könnte. Zwei Schritte, drei Schritte, fünf
Schritte – beim zehnten Schritt hatte er es herausgefunden:
Das war Paul Gauguin. Oder die Reinkarnation Paul Gau-

guins. Bestimmt wird er jetzt statt zur Schaufel zum Malpinsel greifen. Und am Ende wird ein irrsinnig gewordener Freund hinterrücks die Pistole auf ihn abfeuern. Das ist traurig, aber leider nicht zu ändern.

Der schmale Weg hatte Yasukichi schließlich auf den Platz vor dem Schulgebäude geführt. Zwischen Kiefern und Bambusgras standen dort zwei Beutegeschütze. Legte man das Ohr auf das Geschützrohr, dann hatte man den Eindruck, als atmete das Rohr. Vielleicht gähnten auch die Geschütze vor Langeweile. Yasukichi setzte sich unter den Geschützen hin. Dann zündete er sich eine zweite Zigarette an. Auf dem kiesbestreuten Rondell zwischen dem Schultor und dem Schulgebäude glänzte eine Eidechse. Trennt man einem Menschen die Beine ab, wachsen ihm nicht noch einmal welche. Wird aber einer Eidechse der Schwanz abgerissen, dann wächst ihr sofort ein neuer. Die Eidechse ist sicherlich lamarckscher als Lamarck, dachte Yasukichi, die Zigarette im Mund. Wie er eine Weile so schaute, entpuppte sich die Eidechse auf einmal als ein schmaler Streifen Schmieröls, das auf den Kies getropft war.

Yasukichi erhob sich, ging an dem getünchten Schulgebäude entlang, durchquerte noch einmal den Garten in entgegengesetzter Richtung und kam beim Sportplatz heraus, der zum Meer hin lag. Auf den roten Tennisplätzen spielten mit großem Eifer einige Militärlehrer. Die Luft über den Plätzen wurde andauernd durch irgend etwas zerrissen. Zugleich spritzten weißliche Linien links und rechts über die Netze. Das war nicht wie fliegende Bälle. Das war, als würden unsichtbare Champagnerflaschen geöffnet. Und das war, als ob weißbehemdete Gottheiten genüßlich den Champagner schlürften. Voller Bewunderung für die Gottheiten ging Yasukichi nun zu dem Garten hinter dem Schulgebäude. In dem Garten standen viele Rosen. Doch es blühte noch nicht eine einzige. Während Yasukichi so für sich hin ging, entdeckte er auf einem über den Weg hängenden Rosenzweig eine Raupe und auf dem Blatt daneben gleich noch eine.

Die beiden nickten einander zu und schienen sich über Yasukichi zu unterhalten. Er blieb stehen und lauschte.

Erste Raupe: »Menschen verwandeln sich wohl nicht in Schmetterlinge?«
Zweite Raupe: »Sie scheinen es doch zu tun. Denn da fliegt ja gerade einer.«
Erste Raupe: »Wahrhaftig. Da fliegt einer. Aber wie häßlich der aussieht. Sinn für Schönheit haben die Menschen offenbar nicht.«

Yasukichi legte die Hand an die Augen und schaute zu dem Flugzeug auf, das hoch in den Lüften über ihm dahinflog. In diesem Augenblick kam der Teufel in der Gestalt eines Kollegen Yasukichis fröhlich daher. Derselbe Teufel, der einst Alchimie gelehrt hatte, unterrichtete jetzt die Schüler in angewandter Chemie. Er grinste Yasukichi an und fragte: »Wie ist es, wollen wir heute abend nicht zusammen ausgehen?«
Aus dem Lachen des Teufels vermeinte Yasukichi die zwei Zeilen aus dem Faust herauszuhören:
Grau, teurer Freund, ist alle Theorie
Und grün des Lebens goldner Baum.

Nachdem er sich vom Teufel verabschiedet hatte, begab sich Yasukichi in das Schulgebäude. Die Klassenräume waren alle gähnend leer. Im Vorübergehen sah er in einem Klassenraum eine Geometriezeichnung, die an der Tafel stehengeblieben war. Als die Zeichnung merkte, daß Yasukichi auf sie schaute, dachte sie sicherlich, er wolle sie abwischen. Abwechselnd dehnte sie sich und zog sie sich wieder zusammen und sagte: »Ich werde noch für die nächste Stunde gebraucht!«
Yasukichi stieg dieselbe Treppe, die er eine Weile zuvor heruntergekommen war, hinauf und ging in das Zimmer für die Sprach- und Mathematiklehrer. Außer dem kahlköpfigen Mr. Townsend war niemand im Zimmer. Offensichtlich von

Langeweile geplagt, pfiff dieser alte Lehrer vor sich hin und probierte ein paar Tanzschritte. Mit einem gezwungenen Lächeln trat Yasukichi an das Waschbecken, um sich die Hände zu waschen. Als er dabei unversehens in den Spiegel blickte, da hatte sich zu seinem größten Erstaunen Mr. Townsend auf einmal in einen hübschen Jüngling verwandelt und Yasukichi sich in einen gebeugten, kahlköpfigen alten Mann.

Scham

Yasukichi verließ nie das Lehrerzimmer, ohne sich auf die Lektion vorbereitet zu haben. Er tat es nicht nur aus Pflichtgefühl, also etwa: Ich bekomme mein Gehalt nicht, um irgendwelchen Unsinn daherzureden. Dem Charakter der Schule entsprechend, kamen nämlich in den Lehrbüchern sehr viele seemännische Ausdrücke vor. Und wenn man sich diese Ausdrücke nicht genau ansah, dann konnte es zu den blödsinnigsten Übersetzungen kommen. Stand da zum Beispiel *cat's paw*, war man geneigt anzunehmen, es hieße Katzenpfote, tatsächlich aber bedeutet es eine leichte Brise.

Einmal nahm er mit den Schülern des zweiten Jahres ein kurzes Lesestück durch, das natürlich auch von der Seefahrt handelte. Es war in einem entsetzlichen Stil geschrieben. Im Mast heulte der Sturm. Die Brecher schlugen über die Luken. Nur vermittelten die Sätze weder etwas von den Brechern noch von dem Sturm. Während Yasukichi die Schüler den Text übersetzen ließ, wurde er dessen schneller als sie überdrüssig. Nie spürte er stärker als in solchen Augenblicken das Verlangen, sich mit den Schülern über Gedankenprobleme oder Tagesfragen zu unterhalten. Ein Lehrer spricht nämlich an und für sich lieber über etwas, was außerhalb seines eigenen Fachgebietes liegt. Über Moral, Interessen, Lebensanschauung – oder was immer es sein mag. Jedenfalls möchte er über etwas sprechen, was seinem Herzen näher als das Lehrbuch und die Tafel ist. Aber leider will der Schüler von dem, was nicht zum Fach gehört, gar nichts wissen. Nein, nicht nur, daß er es nicht wissen will. Er hat eine ausgesprochene Abneigung dagegen. Nach diesen Erwägungen blieb Yasukichi nichts anderes zu tun, als seine Abneigung zu unterdrücken und den Text weiter übersetzen zu lassen.

Aber selbst wenn es ihn nicht gelangweilt hätte, er fand es doch über alle Maßen lästig, den Übersetzungen der Schüler zuzuhören und andauernd mit Sorgfalt die Fehler zu korrigieren. Als ungefähr dreißig Minuten der Unterrichtsstunde verstrichen waren, machte er ein Ende damit. Statt dessen las und übersetzte er selber Abschnitt für Abschnitt. Die Seefahrt in dem Schulbuch war nach wie vor von einer unsäglichen Eintönigkeit. Ihr stand die Eintönigkeit seiner Art zu unterrichten in nichts nach. Wie ein Segelschiff, das in eine Flaute geraten ist, quälte er sich mühsam voran, übersah bald die Zeitformen der Verben, irrte sich bald in den Relativpronomen.

Plötzlich merkte er, daß ihm von dem vorbereiteten Text nur noch vier, fünf Zeilen blieben. War er damit durch, dann tat sich vor ihm eine alle Aufmerksamkeit erfordernde, mit Klippen von seemännischen Ausdrücken gespickte rauhe See auf. Yasukichi schielte zur Uhr. Bis zum Pausenzeichen waren es noch volle zwanzig Minuten. So bedächtig wie möglich übersetzte er die vier, fünf Zeilen. Als er fertig war, hatte sich aber der Zeiger der Uhr erst drei Minuten weiter vorgeschoben.

Yasukichi saß in der Klemme. Der einzige Ausweg in solcher Situation war, die Schüler zum Fragenstellen aufzufordern. Sollte dann noch Zeit übrigbleiben, dann mußte er die Stunde eben vorzeitig beenden. Er legte das Lesebuch zur Seite und war im Begriff zu sagen: »Sind irgendwelche Fragen ...« Doch da fühlte er, wie ihm die Röte ins Gesicht stieg. Warum, das wußte er sich selber nicht zu erklären. Jedenfalls wurde er in dem Moment knallrot, obwohl ihm

doch kaum der Gedanke gekommen sein dürfte, daß er die
Schüler hatte täuschen wollen. Die Schüler starrten ihn unverwandt an, natürlich ohne etwas zu ahnen. Er sah noch
einmal auf die Uhr. Dann nahm er das Buch wieder in die
Hand und begann hastig draufloszulesen.

Die Seefahrt in dem Schulbuch war vermutlich auch weiterhin eintönig. Aber seine Art zu unterrichten – Yasukichi
ist auch jetzt noch fest davon überzeugt, daß er heldenhafter
als ein Segelschiff im Taifun gekämpft hatte.

Der brave Wächter

Yasukichi erinnerte sich nicht mehr genau, ob es in den
letzten Herbsttagen oder zu Beginn des Winters gewesen
war. Jedenfalls trug er schon einen Mantel auf dem Weg zur
Schule. Da erzählte ihm einmal beim Mittagessen ein junger
Militärlehrer an seiner Seite von einem Vorfall, der sich ein
paar Tage zuvor ereignet hatte.

Zwei oder drei Schrottdiebe waren in tiefer Nacht mit
einem Boot an der Rückseite der Schule gelandet. Der
Wächter, der sie entdeckt hatte, wollte sie ganz allein fest-
nehmen. Es gab ein heftiges Handgemenge, in dessen Verlauf er kopfüber ins Meer geworfen wurde. Mit Müh und
Not gelangte er naß wie eine Ratte wieder ans Ufer. Natürlich waren die Diebe mittlerweile mit ihrem Boot in der
Dunkelheit des offenen Meeres verschwunden.

»Oura heißt der Wächter. Es hätte ihn für nichts und wieder nichts ganz schön erwischen können.«

Der Offizier stopfte sich Brot in den Mund und lachte etwas gequält.

Yasukichi kannte Oura. Die Wächter, die sich reihum ab-
lösten, standen an den Eingängen zum Schulgebäude. Wenn
sie einen Lehrer, gleichgültig ob Offizier oder Zivilist, kommen oder gehen sahen, dann nahmen sie Haltung an und
grüßten militärisch. Weil Yasukichi es nicht liebte, gegrüßt

422

zu werden, und weil er es noch viel weniger liebte, den Gruß zu erwidern, beschleunigte er vor dem Eingang stets seine Schritte, um der Ehrenbezeigung zu entgehen. Nur bei diesem Oura wollte ihm das nie gelingen. Saß nämlich Oura am Haupteingang, dann behielt er auf eine Entfernung von acht bis zehn Metern vor und hinter dem Eingang ständig alles im Auge. Und sobald er Yasukichi auftauchen sah, salutierte er, bevor dieser noch den Eingang erreicht hatte. Es war wie ein Verhängnis. Schließlich resignierte Yasukichi. Aber nicht allein das. Er brauchte nur Oura zu Gesicht zu bekommen, schon zog er verstört wie ein von einer Klapperschlange angegriffenes Kaninchen vor ihm den Hut. Und nun erfuhr er, daß ausgerechnet diesen Wächter Diebe ins Meer geworfen hatten. Yasukichi empfand zwar ein wenig Mitleid, mußte zugleich aber lachen.

Fünf, sechs Tage darauf begegnete er diesem Mann auf dem Bahnhof im Wartesaal. Kaum, daß Oura Yasukichi erblickt hatte, nahm er ungeachtet der Umgebung Haltung an und machte eine stramm militärische Ehrenbezeigung. Yasukichi war es, als sähe er hinter dem salutierenden Oura ganz deutlich das Wächterhäuschen am Haupteingang.

»Sie wurden neulich ...«, begann Yasukichi, nachdem er ihn eine Weile schweigend angeschaut hatte.

»Ja, es ist mir nicht gelungen, ein paar Diebe festzunehmen.«

»Man hat Ihnen übel mitgespielt.«

»Glücklicherweise ist mir nichts weiter passiert.« Mit einem gezwungenen Lächeln, und seine Worte hörten sich fast wie Selbstverspottung an, fuhr er fort: »Wissen Sie, hätte ich es mit aller Gewalt versucht, dann wäre es mir sicherlich gelungen, wenigstens einen zu fassen. Aber was hätte ich schon davon gehabt ...?«

»Wieso? Das verstehe ich nicht.«

»Ich hätte keine Belohnung oder sonst etwas bekommen dafür. Denn in der Wachtordnung gibt es keine Bestimmung darüber, was in solchen Fällen zu geschehen hat.«

»Auch nicht für den Fall, wenn Sie in Ausübung Ihres Dienstes ums Leben kommen?«

»Auch dann nicht.«

Yasukichi sah Oura einen Augenblick an. Dieser hatte also nach seinen eigenen Worten keineswegs wie ein Held sein Leben gewagt. Da keine Belohnung in Aussicht stand, hatte er die Diebe, die er hätte ergreifen müssen, entwischen lassen. Aber ... Yasukichi zog eine Zigarette aus der Tasche, setzte eine möglichst unbefangene Miene auf und nickte zustimmend.

»Das ist ja wirklich ein Unsinn. Wer sich in Gefahr begibt, ist am Ende selber der Dumme.«

Oura murmelte etwas wie »So ist es« vor sich hin. Trotzdem schien er irgendwie betreten zu sein.

»Aber selbst wenn eine Belohnung in Aussicht stünde, würde dann jeder das Risiko auf sich nehmen? ... Das scheint mir nämlich auch ein bißchen fraglich.«

Diesmal schwieg Oura. Doch er riß eilig ein Streichholz an, als Yasukichi sich die Zigarette in den Mund steckte, und reichte es ihm. Während Yasukichi das rot züngelnde Flämmchen an seine Zigarette hielt, mußte er mit aller Gewalt ein Lächeln unterdrücken, das ihm in den Mundwinkeln zuckte.

»Danke!«

»Keine Ursache«, antwortete Oura gelassen und steckte seine Streichholzschachtel wieder ein ...

Yasukichi aber war auch in der Erinnerung noch fest davon überzeugt, daß er das Geheimnis des braven Wächters erkannt hatte. Dieses Streichholz war nicht nur für Yasukichi entflammt worden. In Wirklichkeit war es für die Götter entflammt worden, auf daß sie im Unsichtbaren Zeugen wären für Ouras Bushido, für seine edle ritterliche Gesinnung.

April 1923

Die Verbeugung

Yasukichi ist gerade dreißig geworden. Wie alle Schriftsteller führt er ein Leben, das ihn nicht zur Besinnung kommen läßt. Er denkt zwar an das Morgen, selten aber an das Gestern. Wenn er durch die Straßen geht, wenn er vor einem Manuskript sitzt oder mit der Bahn fährt, kommt es allerdings bisweilen vor, daß er sich plötzlich überaus deutlich an eine Episode aus der Vergangenheit erinnert. Alle bisherigen Erfahrungen besagen, daß solche Gedankenverbindungen durch Reize, die auf den Geruchssinn wirken, ausgelöst werden. Diese Reize sind aber Gerüche, die man als Gestank bezeichnet. Welchen von ihm geplagten Stadtbewohner verlangt es schon danach, den Qualm der Lokomotiven zu riechen? Und dennoch leben, gleich Funken, die aus einem Schornstein sprühen, gerade dann Erinnerungen in Yasukichi auf, wenn er diesen Geruch wahrnimmt – Erinnerungen an ein Mädchen, dem er vor fünf, sechs Jahren begegnet ist.

Er war dem Mädchen auf dem Bahnhof eines Ortes begegnet, in dem die Städter vor der Sommerhitze Zuflucht suchen. Genauer gesagt, auf dem Bahnsteig. Yasukichi wohnte damals in diesem Ort. Mochte es regnen oder stürmen, er stieg regelmäßig morgens um acht in den aus der Stadt kommenden Zug und verließ ebenso regelmäßig nachmittags den um vier Uhr zwanzig einlaufenden. Warum er täglich mit dem Zug fuhr? Das tut hier nichts zur Sache. Aber weil er jeden Tag mit dem Zug fuhr, waren ihm bald mehr als ein Dutzend Gesichter sehr vertraut. Eines davon war das des

Mädchens. Doch er erinnerte sich nicht, vom Tag der sieben Kräuter bis etwa zum 20. März das Mädchen auch nur ein einziges Mal nachmittags gesehen zu haben. Und morgens stieg das Mädchen zudem in den in die Stadt fahrenden Zug, der Yasukichi nichts anging.

Das Mädchen mochte sechzehn oder siebzehn sein. Stets trug sie zu ihrem silbergrauen Kostüm einen silbergrauen Hut. Obwohl man sie vielleicht als untersetzt bezeichnen konnte, wirkte sie schlank. Vor allem ihre Beine – ihre Beine, die in hochhackigen Schuhen und ebenfalls silbergrauen Strümpfen steckten, waren grazil wie die eines Rehes. Das Mädchen war keine Schönheit, aber ...

Yasukichi hatte bisher in keinem modernen Roman, ob östlicher oder westlicher Herkunft, eine untadelige Schönheit als Heldin gefunden. Wenn die Dichter eine Frauengestalt beschreiben, so heißt es meistens: »Sie ist keine Schönheit, aber ...« Allem Anschein nach war es nicht mit der Würde eines modernen Menschen zu vereinbaren, jemanden als untadelige Schönheit anzuerkennen. Deshalb fügte auch Yasukichi bei diesem Mädchen das »aber« hinzu. Um sicherzugehen, wiederhole ich noch einmal: Als Schönheit konnte man das Mädchen nicht bezeichnen, aber sie hatte in der Tat ein reizendes rundes Gesicht, in dem die Nasenspitze ein ganz klein wenig nach oben zeigte.

Manchmal stand sie, in Gedanken verloren, zwischen den lärmenden Menschen, manchmal saß sie etwas abseits von der Menge auf einer Bank und las in einer Zeitschrift, manchmal spazierte sie an der langen Bahnsteigkante auf und ab.

Yasukichi erinnerte sich nicht, daß er Herzklopfen gehabt hatte, wie es in Liebesromanen heißt, wenn er ihr begegnet war. Da ist sie ja, dachte er nur. Genau dasselbe dachte er auch, wenn er die Katze in dem Kiosk erblickte, und begegnete er dem Chef der Marinestation, den er vom Sehen kannte, dachte er auch nichts anderes als: Da ist er ja. Dennoch hing Yasukichi irgendwie an dem vertrauten Gesicht des Mädchens. Deshalb empfand er auch so etwas wie Enttäuschung, wenn er sie einmal nicht auf dem Bahnsteig sah. So etwas wie Enttäuschung – doch selbst dieses Gefühl war keineswegs bitter oder schmerzend. Bekam er die Katze im Kiosk einmal zwei, drei Tage nicht zu Gesicht, fühlte er sich genauso traurig und einsam. Und wenn der Chef der Marinestation plötzlich gestorben wäre – ach nein, das ist wohl doch etwas anderes. Wenn es aber nicht so war wie mit der Katze? Er fand sich tatsächlich selber nicht mehr zurecht.

Es war an einem milden, bewölkten Nachmittag, etwa um den 20. März. Auch an diesem Tag kam er mit dem um vier Uhr zwanzig einlaufenden Zug von der Arbeit zurück. Er kann sich nicht mehr ganz genau erinnern, aber an diesem Tag hatte er auf der Heimfahrt wohl nicht wie sonst gelesen, vielleicht weil er von den Nachforschungen, die er angestellt hatte, zu abgespannt war. Er glaubt, daß er sich nur ans Fenster gelehnt und die frühlingshaften Hügel und Felder betrachtet hatte. In einem englischen Roman, den er einmal gelesen hatte, war das Rattern eines Zuges, der durch eine Ebene fuhr, mit »Tratata-tratata-tratata« und das Donnern, wenn er eine Stahlbrücke passierte, mit »Trararach-trararach« wiedergegeben. In der Tat, wenn man gedankenlos dem Fahrgeräusch lauschte, klang es wirklich so. Er erinnert sich, an so etwas gedacht zu haben.

Nach dreißig trübseligen Minuten stieg Yasukichi schließlich auf dem Bahnhof des Badeorts aus. Auf dem Bahnsteig war der aus der Stadt kommende Zug ebenfalls gerade eingelaufen. Yasukichi schob sich durch die Menschenmenge, und auf einmal fiel sein Blick auf jemanden, der jenen Zug verließ. Wider alles Erwarten war es das Mädchen. Wie bereits gesagt, war Yasukichi dem Mädchen nachmittags noch niemals begegnet. Und nun tauchte plötzlich vor seinen Augen die silbergraue Gestalt auf, die einer Wolke, durch die die Sonne scheint, oder einem Weidenkätzchen ähnelte. Natürlich war er überrascht. Im gleichen Augenblick sah auch das Mädchen ihn an. Yasukichi verbeugte sich sogleich vor ihr, ohne daß er es wollte.

Sicherlich überraschte der Gruß das Mädchen. Aber was für ein Gesicht sie machte, hat er leider völlig vergessen. Nein, er wird damals gar nicht die Muße gehabt haben, es genau zu betrachten. Kaum hatte er sich verbeugt, da sagte er sich auch schon: Verdammt!, und er merkte, daß er bis über beide Ohren rot wurde. Doch darauf entsinnt er sich: Das Mädchen hatte seinen Gruß erwidert!

Als er schließlich den Bahnhof verließ, ärgerte er sich über seine Torheit. Warum hatte er das Mädchen eigentlich gegrüßt? Die Verbeugung war eine bloße Reflexbewegung gewesen, genauso wie man unwillkürlich mit den Augen zuckt, wenn es blitzt. Das heißt, er hatte sie also nicht aus freiem Willen gegrüßt. Und für etwas, was man nicht aus freiem Willen tut, kann man doch wohl kaum verantwortlich gemacht werden. Was aber mag das Mädchen gedacht haben? In der Tat, sie hatte den Gruß erwidert. Doch möglicherweise war auch das nur eine Reflexbewegung im Augenblick der Überraschung gewesen. Nun hielt das Mädchen Yasukichi vielleicht für einen reichlich frechen Burschen. Es wäre besser gewesen, wenn er sich sofort, als er sich sagte: Verdammt!, wegen seines ungebührlichen Benehmens entschuldigt hätte. Daß er daran nicht gedacht hatte ...

Yasukichi begab sich nicht in sein möbliertes Zimmer, sondern lenkte die Schritte zum Strand, wo keine Menschenseele zu sehen war. Das tat er übrigens öfter. Wenn ihm die Welt seines Fünf-Yen-Zimmers und das Fünfzig-Sen-Essen zuwider geworden waren, ging er hinunter zum Strand und rauchte dort eine Glasgowpfeife. Auch an diesem Tag setzte er erst einmal seine Pfeife in Brand, bevor er über das düstere Meer blickte. Was heute geschehen war, konnte er nicht rückgängig machen. Aber morgen begegnete er ihr gewiß wieder. Wie mochte sie sich dann geben? Hielt sie ihn für einen frechen Burschen, dann würde sie ihn natürlich keines Blickes würdigen. Wenn sie ihn aber nicht für einen frechen Burschen hielt, ob sie dann auch morgen genau wie heute seinen Gruß erwiderte? Seinen Gruß? Ja, hatte er, Yasukichi Horikawa, denn die Absicht, sich noch einmal still vor ihr zu verbeugen? Nein, ein zweites Mal wollte er sie nicht grüßen. Aber da er sich nun schon einmal vor ihr verbeugt hatte, war es doch immerhin möglich, daß sich noch einmal die Gelegenheit ergab, Grüße zu wechseln ... Yasukichi entsann sich plötzlich, daß das Mädchen sehr hübsche Augenbrauen hatte.

Seitdem sind sieben oder acht Jahre vergangen. Mit einer überaus merkwürdigen Deutlichkeit erinnert er sich nur noch daran, wie ruhig das Meer an jenem Tag war. Vor sich die See, hatte er einige Zeit gedankenverloren auf der erloschenen Pfeife gekaut. Dabei hatte er keineswegs nur an das Mädchen gedacht. Ihn beschäftigte eine Erzählung, die er seit einiger Zeit schreiben wollte. Ihr Held war ein Englischlehrer mit flammendem revolutionärem Geist. Sein Wille war so stark, daß es den Anschein hatte, der Held würde sich nie der herrschenden Macht beugen. Aber einmal geschah es, daß er sich ganz unbewußt vor einem Mädchen, das er nur vom Sehen kannte, verbeugte. Obwohl man sie vielleicht als untersetzt bezeichnen konnte, wirkte sie schlank. Vor allem ihre Beine, die in silbergrauen Strümpfen und hochhackigen Schuhen steckten ... Daß er immer wieder an das Mädchen denken mußte, dürfte wohl selbstverständlich sein.

Am nächsten Morgen, fünf Minuten vor acht, betrat Yasukichi den von Menschen wimmelnden Bahnsteig. Er war gespannt auf den Augenblick, da das Mädchen auftauchen würde. Einerseits wollte er, daß alles zu Ende sei, ohne sie noch einmal gesehen zu haben, andererseits wäre es ihm sicherlich nicht recht gewesen, ihr nicht noch einmal begegnet zu sein. Sein Gefühl glich sozusagen dem eines Boxers, der unmittelbar vor dem Kampf mit einem starken Gegner steht. Aber was er noch weniger aus seiner Erinnerung verbannen konnte, war jene geradezu krankhafte Unsicherheit und Furcht, daß er in dem Augenblick, da er dem Mädchen begegnete, irgend etwas Törichtes, dem gesunden Menschenverstand Fernliegendes sagen könnte. Einst küßte Jean Richepin unverschämterweise die vorübergehende Sarah Bernhardt. Gewiß, Yasukichi war von Geburt Japaner, er würde das Mädchen also ganz gewiß nicht küssen, vielleicht aber würde er ihr die Zunge herausstrecken und Gesichter schneiden. Unruhigen Herzens blickte er suchend und doch auch wieder nicht suchend von einem zum anderen.

Plötzlich entdeckte er das Mädchen. Sie kam gelassenen Schrittes direkt auf ihn zu. Auch er ging weiter geradeaus, als liefe er seinem Verhängnis entgegen. Sie sahen sich an und kamen immer mehr aufeinander zu. Zehn Schritte, fünf Schritte, drei Schritte – jetzt war sie genau vor ihm. Mit hocherhobenem Kopf schaute Yasukichi dem Mädchen fest ins Gesicht. Auch sie sah ihn mit ruhigem Blick ganz fest an. Sie waren im Begriff, aneinander vorbeizugehen. Sie sahen sich nur an und weiter nichts.

In diesem Moment bemerkte er plötzlich in den Augen des Mädchens so etwas wie Unruhe. Sofort verspürte er beinahe im ganzen Körper den Drang, sich zu verbeugen. Aber das alles dauerte, ohne zu übertreiben, in des Wortes wörtlichster Bedeutung nur einen Augenblick. Schon war sie vorübergegangen und hatte den völlig verwirrten Yasukichi hinter sich gelassen. Ihre Gestalt, die einer Wolke, durch die die Sonne scheint, oder einem Weidenkätzchen ähnelte ...

Kaum zwanzig Minuten später kaute er, von dem Zug durchgerüttelt, auf seiner Glasgowpfeife. Nicht nur die Augenbrauen des Mädchens waren hübsch. Auch in ihren Augen lag ein schöner, dunkler Glanz. Selbst ihre Nase, die ein wenig nach oben zeigte ... War er etwa in sie verliebt?

Er kann sich nicht mehr darauf besinnen, wie er sich damals diese Frage beantwortete. Das einzige, woran Yasukichi sich noch erinnert, ist der Trübsinn, in den er plötzlich verfiel. In dieser trübsinnigen Stimmung dachte er eine Weile nur an das Mädchen, während er den aus seiner Pfeife aufsteigenden Rauch betrachtete. Der Zug fuhr durch das Tal in den Bergen, die zur Hälfte von den Strahlen der Morgensonne überflutet waren.

»Tratata-tratata-tratata-trararach.«

September 1923

Ein Stück Erde

Es begann gerade die Zeit des Teepflückens, als O-Sumis
Sohn Nitaro starb. Wie ein Hüftlahmer war er die letzten
acht Jahre ans Bett gefesselt gewesen. Der Tod des Sohnes
bedeutete für O-Sumi, von der man sagte, daß sie es im
nächsten Leben besser haben werde, nicht nur Trauer. Als
sie ein Weihrauchstäbchen vor Nitaros Sarg abbrannte, war
ihr zumute, als hätte sie mit vieler Mühe endlich einen langen, dunklen Weg hinter sich gebracht.

Nach Nitaros Beerdigung erhob sich gleich die Frage, was
aus seiner Frau O-Tami werden solle. Sie hatte einen Jungen, und seit Nitaro krank geworden war, hatte sie fast die
ganze Feldarbeit verrichtet. Wenn man sie jetzt aus dem
Haus schickte, würde es nicht nur schwierig werden, für das
Kind zu sorgen, sondern überhaupt sich durchs Leben zu
schlagen. Also entschloß sich O-Sumi, die Schwiegertochter
nach Ablauf der neunundvierzig Trauertage wieder zu verheiraten und sie wie zu Nitaros Lebzeiten für sich arbeiten
zu lassen. Yokichi, Nitaros Vetter, wollte sie ihr zum Manne
geben. Deshalb erschrak O-Sumi auch über alle Maßen, als
O-Tami am Morgen nach den ersten sieben Trauertagen ihre
Sachen zu ordnen begann. Sogleich schickte sie ihren Enkel
Hiroji zum Spielen auf die Veranda des hinteren Zimmers.
Sein Spielzeug war ein in der Schule gestohlener blühender
Kirschzweig.

»Hör zu, O-Tami, es war sicherlich nicht richtig, daß ich
bisher geschwiegen habe, aber willst du mich und das Kind

432

etwa allein lassen?« O-Sumi schlug einen eher bittenden als tadelnden Ton an.

Doch O-Tami wandte sich gar nicht um. »Was redest du da, Oma?« erwiderte sie und lachte.

O-Sumi fiel ein Stein vom Herzen. »Ich konnte mir ja auch nicht denken, daß du so etwas tun würdest ...« Sie wiederholte wieder und wieder ihre flehentliche, mit Klagen vermischte Bitte. Ihre eigenen Worte rührten sie immer stärker. Schließlich liefen ihr die Tränen über die runzligen Wangen.

»Wenn du nur willst, bleibe ich für immer hier. Das Kind ist ja auch noch da. Von mir aus würde ich nie woanders hingehen.«

Tränen in den Augen, hatte O-Tami inzwischen Hiroji auf den Schoß genommen. Aber der Kleine blickte sonderbar verschüchtert drein und war nur um den Kirschzweig besorgt, der auf den alten, abgetretenen Matten des Hinterzimmers lag ...

O-Tami arbeitete genauso weiter wie zu Lebzeiten Nitaros. Das Gespräch über eine neue Heirat ließ sich jedoch nicht so leicht zum Abschluß bringen, wie O-Sumi es sich vorgestellt hatte. Die Schwiegertochter schien nicht das geringste davon wissen zu wollen. Natürlich versuchte O-Sumi bei jeder Gelegenheit, die sich bot, O-Tamis Absichten heimlich zu ergründen oder auch offen mit ihr zu sprechen. Aber stets gab O-Tami die ausweichende Antwort: »Mal sehen, im nächsten Jahr.« Wohl war die Alte deshalb bekümmert, andererseits freute sie sich aber auch darüber. Da sie zudem fürchtete, daß die Leute reden würden, entschloß sie sich, erst einmal bis zum Jahreswechsel zu warten, wie ihre Schwiegertochter gesagt hatte.

Aber als das nächste Jahr gekommen war, schien O-Tami wieder an nichts anderes als an die Feldarbeit zu denken. O-Sumi riet ihr von neuem, und zwar nachdrücklicher als im vergangenen Jahr, sie solle doch wieder heiraten, denn zum einen hatten die Verwandten ihr Vorhaltungen gemacht, und zum anderen litt sie unter der üblen Nachrede der Leute.

»O-Tami, du bist noch jung. Du kannst nicht ohne Mann sein!«

»Möglich, aber da ist eben nichts zu machen. Denk nur daran, es käme ein Fremder ins Haus. Der arme Hiro! Auch du würdest es nicht leicht haben. Und meine Sorgen und Mühen würden wohl erst recht nicht weniger werden.«

»Deshalb sollst du ja Yokichi nehmen. Du weißt doch, daß er seit kurzem keine Karte mehr anfaßt.«

»Er ist dein Verwandter, aber für mich ist er eben auch nur ein Fremder. Es wird schon gehen, wenn ich durchhalte ...«

»Aber wie lange wirst du denn durchhalten? Ein, zwei Jahre.«

»Laß nur. Es ist für Hiro. Wenn ich mich jetzt redlich mühe, dann brauchen wir unser Land nicht zu teilen, und Hiro wird es eines Tages als Ganzes bekommen.«

»Du hast ja recht, O-Tami, aber«, sooft O-Sumi darauf zu sprechen kam, klang ihre Stimme tief und ernst, »das Gerede der anderen ist unerträglich. Was du eben zu mir gesagt hast, genau das solltest du ihnen auch erzählen ...«

Sie sprachen oft so miteinander. Aber O-Tami schien dadurch in ihrem Entschluß noch bestärkt zu werden. Sie stürzte sich mit noch größerem Eifer als früher in die Arbeit, und ohne jede männliche Hilfe pflanzte sie die Kartoffeln und mähte den Weizen. Im Sommer sorgte sie auch noch für die Kuh und schnitt selbst an Regentagen Gras. Diese Arbeitswut war Ausdruck ihres energischen Protestes dagegen, einen Fremden in das Haus zu nehmen. Schließlich gab es O-Sumi auf, weiterhin von einer neuen Heirat zu sprechen. Und sie tat es gar nicht einmal so ungern.

Nur mit der eigenen Hände Arbeit ernährte O-Tami die Familie. Gewiß, sie ließ sich dabei in erster Linie von dem Gedanken leiten »Es ist für Hiro«, aber sie schien auch eine Kraft geerbt zu haben, die tief in ihrem Herzen verwurzelt war. O-Tami war die Tochter eines »Einwanderers«, wie man die Leute nannte, die aus dem Gebirge, wo auf dem kargen Boden nichts wuchs, in diese Gegend übergesiedelt waren. »Deine Schwiegertochter ist kräftiger, als sie aussieht. Letztens kam sie bei uns vorbei und trug vier große Garben Bergreis auf dem Rücken.« Oft bekam O-Sumi so etwas von der Nachbarin und anderen Leuten zu hören.

Die Alte bemühte sich, O-Tami mit der eigenen Arbeit zu danken. Sie kümmerte sich um das Enkelkind, sorgte für das Vieh, kochte das Essen, wusch die Wäsche, holte Wasser von nebenan – es gab reichlich zu tun. Doch O-Sumi ließ es sich nicht verdrießen. Mit gebeugtem Rücken arbeitete sie unentwegt.

An einem Herbstabend kam O-Tami mit einem Bündel Kiefernreisig im Arm sehr spät nach Hause. O-Sumi hatte sich Hiroji auf den Rücken gebunden und heizte in einer Ecke des schmalen, ungedielten Vorraums gerade das Bad.

»Es war doch sicher kalt. Warum kommst du denn so spät?«

»Ich hatte heute eben mehr zu tun als sonst.«

O-Tami warf das Reisigbündel neben den Ausguß und ging zu der großen, offenen Feuerstelle, ohne sich die drekkigen Strohsandalen auszuziehen. Aus einer Eichenwurzel schlugen rote Flammen. O-Sumi versuchte, rasch aufzustehen. Aber da sie Hiroji auf dem Rücken trug, war es nicht einfach für sie, hochzukommen. Sie mußte sich erst an den Rand des Zubers klammern.

»Willst du nicht gleich baden?«

»Jetzt nicht. Ich bin zu hungrig. Laß uns erst ein paar Kartoffeln essen. Du hast doch welche gekocht, Oma?«

Schleppenden Schrittes ging O-Sumi zum Spülstein und brachte das Abendessen, einen Topf Kartoffeln, zur Feuerstelle.

»Ich habe sie schon vor einer ganzen Weile abgenommen. Jetzt sind sie gewiß kalt.«

Sie spießten die Kartoffeln auf Bambuspfeile und hielten sie über die Flammen.

»Hiro schläft ganz fest. Leg ihn doch lieber hin.«

»Nein, nein, bei der scheußlichen Kälte heute wird er nicht auf der Matte schlafen können.«

O-Tami steckte sich eine dampfende Kartoffel in den Mund. Diese Art zu essen kennen nur Bauern, die den ganzen Tag über schwer gearbeitet haben und abends völlig erschöpft sind. Kaum war eine Kartoffel, von O-Sumi geschäftig geröstet, vom Bambusspeil gezogen, verschwand sie auch schon in O-Tamis Mund. Die Last des Jungen, der auf dem Rücken leise schnarchte, machte der Alten zu schaffen.

»Wenn einer so arbeitet wie du, dann muß er ja auch Hunger für zwei haben.« Voller Bewunderung blickte O-Sumi von Zeit zu Zeit ihre Schwiegertochter an. Doch O-Tami schwieg und verzehrte im Schein des rauchigen Holzfeuers eine Kartoffel nach der anderen.

Unverdrossen verrichtete O-Tami die ganze Männerarbeit. Nachts, beim Schein der Laterne, verzog sie manchmal noch die Gemüsesaat. Stets hegte O-Sumi vor ihrer so männlichen Schwiegertochter Ehrfurcht. Nein, es war wohl doch mehr Furcht als Ehrfurcht. Alles, außer der Arbeit auf dem Feld und im Wald, hatte O-Tami ihr aufgeladen. In der letzten Zeit wusch sie sogar ihr Lendentuch kaum noch selbst. Trotzdem streckte die Schwiegermutter den krummen Rücken und arbeitete, so schwer es ihr auch fiel, ohne sich über O-Tami zu beklagen. Im Gegenteil, sie lobte sie sogar mit ernster Miene, wann immer sie die Nachbarin traf. »Das ist nun einmal O-Tamis Art, und darum wird, wenn ich einmal sterbe, in unserm Haus die Not bestimmt nicht Einzug halten.«

Doch O-Tamis »Sucht, Geld zu machen«, war allem Anschein nach nicht so leicht zu befriedigen. Als ein weiteres Jahr vergangen war, sprach sie davon, nun auch das Land jenseits des Flusses, es waren fast zwei Morgen, selbst zu be-

436

arbeiten. Es sei doch eine ausgemachte Dummheit, es für zehn Yen zu verpachten. Wenn man dort Maulbeerbäume pflanze und sich in den freien Stunden der Seidenraupenzucht widme, könne man, solange sich die Lage auf dem Seidenraupenmarkt nicht ändere, im Jahr bestimmt hundertfünfzig Yen Reingewinn erzielen. Zwar reizte auch O-Sumi das Geld, aber allein der Gedanke, sich mit noch mehr Arbeit zu belasten, war ihr schier unerträglich. Gerade die Seidenraupenzucht sei so zeitraubend, daß sie überhaupt nicht in Betracht komme. O-Sumi verband ihre Ablehnung mit lauten Klagen.

»Laß die Finger davon, O-Tami. Ich will mich ja nicht drücken, ich will mich wirklich nicht drücken, aber wir haben keinen Mann im Haus, nein, ein kleines Kind haben wir. Wir übernehmen uns jetzt schon. So geht es doch nicht weiter! Und nun sollen wir auch noch Seidenraupen züchten. Denk doch auch einmal ein bißchen an mich!«

Als die Schwiegermutter in Tränen ausbrach, konnte O-Tami schlecht auf ihren Plänen beharren. Sie gab die Idee von der Seidenraupenzucht auf, aber darauf, zumindest eine Maulbeerpflanzung anzulegen, bestand sie hartnäckig. »Laß nur gut sein! Aufs Feld gehe ich sowieso allein.« O-Tami sah die Schwiegermutter ärgerlich an, und in ihren Worten lag ein versteckter Vorwurf.

Von nun an beschäftigte O-Sumi von neuem der Gedanke, O-Tami wieder zu verheiraten. Früher war er nur von der Sorge um den Lebensunterhalt und der Furcht vor dem Gerede der Leute bestimmt gewesen, jetzt aber meinte sie, selber der Mühsal häuslicher Arbeit, und sei es nur für Augenblicke, entrinnen zu können, wenn O-Tami wieder heirate. Deshalb wünschte sie diesmal dringender denn je, einen Mann ins Haus zu bekommen.

Es war gerade zu der Zeit, als die Mandarinenbäume hinter dem Haus in voller Blüte standen. O-Sumi saß auf ihrem Platz vor der Lampe und blickte über die große Brille hinweg, die sie aufsetzte, wenn sie abends noch nähte. Sie versuchte, das Gespräch auf eine zweite Heirat zu bringen. Aber O-Tami, die mit gekreuzten Beinen neben der Feuerstelle saß und gesalzene Rösterbsen knabberte, zeigte nicht das geringste Interesse daran. »Schon wieder dieses Gerede von einem Mann! Ich will davon nichts wissen«, sagte sie nur.

Früher hatte sich O-Sumi meistens mit solch einer Antwort zufriedengegeben. Doch diesmal ließ sie nicht so rasch locker, sondern versuchte, O-Tami umzustimmen. »Du kannst nicht immer wieder dasselbe daherreden. Denk nur daran, daß morgen Miyashita beerdigt wird und wir an der Reihe sind, das Grab zu schaufeln. Wenn bei solcher Gelegenheit kein Mann im Hause ist ...«

»Schon gut. Ich werde es schon machen.«

»Du als Frau ...« O-Sumi wollte lachen. Aber als sie der Schwiegertochter ins Gesicht blickte, besann sie sich anders.

»Oma, ist es nicht so, daß du dich aufs Altenteil zurückziehen möchtest?« fragte O-Tami, die die Knie umschlungen hielt, kalt und unumwunden.

O-Sumi, an ihrer empfindlichsten Stelle getroffen, nahm die große Brille ab. Warum, wußte sie selber nicht. »Was redest du da!«

»Oma, hast du vergessen, was du damals gesagt hast, als Hiros Vater starb? Wenn das Land der Familie geteilt würde, müßten wir uns vor den Ahnen schämen ...«

»Ich weiß, ich habe es gesagt. Aber überleg doch mal. Die Zeiten ändern sich. Das ist nun mal so ...«

O-Sumi trat weiterhin mit aller Kraft dafür ein, daß Männerhände ins Haus kamen. Aber selbst in den eigenen Ohren klangen ihre Argumente wenig überzeugend. Vor allem deshalb nicht, weil sie ja ihre eigentliche Absicht, die sie in erster Linie verfolgte, nämlich sich selbst das Leben zu erleichtern, verheimlichen mußte. O-Tami hatte sie allerdings längst durchschaut. Sie knabberte ununterbrochen gesalzene Rösterbsen und rechnete mit ihrer Schwiegermutter ab. Dabei kam ihr die angeborene Beredsamkeit, gegen die O-Sumi nicht ankonnte, gut zustatten.

»Für dich wäre das sicherlich angenehm. Du stirbst ja sowieso zuerst. Aber wenn du an meiner Stelle wärst, würdest
du bestimmt nicht so darauf dringen. Schließlich bleibe ich
ja nicht aus Stolz oder nur, um bewundert zu werden,
Witwe. Nachts, wenn ich keinen Schlaf finden kann, weil
mir alle Glieder weh tun, kommt es mir manchmal wirklich
sinnlos vor, daß ich so sehr auf meinem eigenen Kopf be-
stehe. Aber dann sage ich mir wieder, daß ich alles für die
Familie, für Hiro tue, und dann geht es eben, so schwer es
auch fällt, weiter ...«

Gedankenverloren schaute O-Sumi die Schwiegertochter
an. Eines war ihr mittlerweile klargeworden: Sosehr sie sich
auch plagen mochte, Ruhe würde sie erst im Grabe finden.

Als die Schwiegertochter verstummt war, setzte O-Sumi
wieder die große Brille auf und beendete das Gespräch mit
den halb zu sich selbst gesprochenen Worten: »Und doch,
O-Tami, geht es in der Welt nicht immer nur nach dem Verstand. Denk noch einmal gut darüber nach. Ich werde nichts
mehr dazu sagen.«

Zwanzig Minuten später ging ein junger Mann aus dem
Dorf am Haus vorüber und sang mit seiner Tenorstimme:

»Die junge Tante geht zum Heuen.
Neigt euch, ihr Gräser,
die Sichel schneidet gut.«

Als der Gesang in der Ferne verklungen war, blickte O-Sumi
noch einmal über die Brille hinweg O-Tami an. Aber die
Schwiegertochter hatte ihre Beine unter die Lampe gestreckt
und gähnte nur.

»Ich geh schlafen. Morgen muß ich wieder früh raus.« Sie
nahm sich noch eine Handvoll gesalzene Rösterbsen und erhob sich mühsam von ihrem Platz neben der Feuerstelle.

Weitere drei, vier Jahre plagte sich O-Sumi schweigend. Sie
litt dabei, wenn man so sagen darf, wie eine alte Mähre, die

mit einem jungen, ungestümen Pferd zusammengeschirrt ist. O-Tami ging wie immer fleißig ihrer Arbeit auf den Feldern nach. Und zumindest in den Augen der anderen hatte es den Anschein, daß O-Sumi emsig wie bisher die ganze Hausarbeit erledigte. Dabei fühlte sie sich jedoch dauernd von dem Schatten einer unsichtbaren Peitsche bedroht. Wenn sie einmal kein Feuer im Bad gemacht oder vergessen hatte, den noch nicht enthülsten Reis zu trocknen, oder wenn sich die Kuh losgerissen hatte, dann bekam O-Sumi von der unnachsichtigen O-Tami stets heftige Vorwürfe zu hören. Doch sie ertrug alle Qualen, ohne ein Wort zu erwidern, denn ihr Gemüt hatte sich an Geduld gewöhnt, und außerdem fühlte sich Hiroji mehr zu seiner Oma als zu seiner Mutter hingezogen.

O-Sumi hatte sich in den Augen der anderen kaum verändert. Höchstens, daß sie ihre Schwiegertochter nicht mehr wie früher lobte. Aber diese geringfügige Veränderung wurde von den Leuten nicht sonderlich beachtet. Die alte Nachbarin hielt O-Sumi jedenfalls noch immer für einen Menschen, dem ein gütiges Schicksal beschieden war.

Die beiden Frauen standen an einem Sommertag, mittags, als die Sonne hell schien, im Schatten der Weinreben, die sich am Gerüst vor dem Schuppen emporrankten, und unterhielten sich. Außer dem Gesumm der Fliegen im Kuhstall war nirgends ein Laut zu hören. Die alte Nachbarin rauchte die sorgsam gesammelten Zigarettenstummel ihres Sohnes.

»Was macht denn O-Tami? Ach, sie ist zum Heuen? Sie macht aber auch alles. Dabei ist sie noch so jung.«

»Das schon, bloß sollte sich eine Frau vor allem um den Haushalt kümmern, statt aufs Feld zu gehen.«

»Warum denn? Es ist doch schön, wenn einer die Feldarbeit liebt. Meine Schwiegertochter ist seit ihrer Hochzeit, und das ist nun schon an die sieben Jahre her, nicht einen einzigen Tag auf dem Feld gewesen und hat Unkraut gejätet. Sie wäscht die Sachen für die Kinder und bessert die eige-

440

nen aus, das ist alles, womit sie ihre langen Tage hinbringt.«

»Das ist auch besser. Die Kinder hübsch machen, sich selbst ein bißchen zu putzen, darin besteht doch die Freude dieser Welt.«

»Jaja, aber heutzutage will die Jugend von der Feldarbeit gar nichts mehr wissen. – Nanu, was war denn das für ein Ton?«

»Was das für ein Ton war? Die Kuh hat einen streichen lassen.«

»Die Kuh hat einen streichen lassen? Tatsächlich! – Denn wenn man jung ist, hält man nicht viel davon, sich die pralle Sonne auf den Buckel scheinen zu lassen und das Unkraut aus dem Hirsefeld zu jäten.«

So friedlich unterhielten sich die beiden alten Frauen meistens.

Mehr als acht Jahre seit Nitaros Tod ernährte O-Tami nun schon mit ihrer Hände Arbeit die Familie. Ihr Name wurde auch schon über das Dorf hinaus bekannt. Sie war nicht mehr die junge Witwe, die Tag und Nacht ihrer »Sucht, Geld zu machen«, frönte. Und von den jungen Leuten aus dem Dorf nannte sie keiner mehr »die junge Tante«.

O-Tami galt inzwischen als die vorbildliche Schwiegertochter, als ein Musterbeispiel weiblicher Treue. »Sieh dir O-Tami-san, drüben auf der anderen Seite des Sumpfes, an!« Jeder, der gescholten wurde, bekam wohl diese Worte zu hören. O-Sumi klagte nicht einmal der Nachbarin ihr Leid. Sie wollte sich auch nicht beklagen. Aber ohne sich dessen vielleicht völlig bewußt zu sein, hatte sie im Grunde ihres Herzens ihre ganze Hoffnung in die Vorsehung gesetzt. Doch auch diese Hoffnung zerging wie Schaum. Und so blieb der Alten nur Hiroji, ihr zwölf-, dreizehnjähriges Enkelkind, an dem sie mit verzweifelter Liebe hing. Manchmal schien ihr jedoch selbst diese letzte Hoffnung genommen zu werden.

An einem schönen, klaren Herbstnachmittag kam Hiroji,

das Bücherbündel unter dem Arm, aufgeregt aus der Schule nach Hause. O-Sumi stand vor dem Schuppen und war gerade dabei, mit dem großen Küchenmesser, das sie geschickt handhabte, Persimonen zum Trocknen vorzubereiten. Hiroji setzte mit einem eleganten Sprung über die Strohmatte, auf der Hirsekolben ausgebreitet waren, nahm Haltung an, legte die Hand an die Mütze und begrüßte die Großmutter. Dann fragte er unvermittelt mit todernstem Gesicht: »Sag, Oma, ist meine Mutter ein hervorragender Mensch?«

»Wie kommst du denn darauf?« O-Sumi ließ die Hand, die das Messer hielt, sinken und sah den Enkel an.

»Na ja, weil es unser Lehrer im Moralunterricht gesagt hat. ›Hier in der Gegend gibt es keinen zweiten so hervorragenden Menschen wie Hirojis Mutter‹, hat er gesagt.«

»Das hat der Lehrer gesagt?«

»Ja, der Lehrer. Aber das ist doch eine Lüge, nicht wahr?«

O-Sumi war völlig verwirrt. Selbst dem Enkel wurden also vom Lehrer in der Schule solche Lügen beigebracht – in der Tat, mit allem hatte sie gerechnet, nur damit nicht. Einen Augenblick war sie fassungslos, aber dann packte sie plötzlich die Wut, und als wäre sie nicht mehr sie selbst, begann sie, O-Tami zu beschimpfen.

»Eine Lüge, eine gemeine Lüge! Dieser Mensch, den du deine Mutter nennst, arbeitet bloß draußen auf dem Feld. Vor anderen tut sie, als wäre sie wer weiß wie gütig, aber in ihrem Herzen ist sie schlecht. Dauernd jagt sie die Oma hin und her. Sie ist entsetzlich eigensinnig …«

Erschrocken starrte Hiroji die Großmutter an. Sie war ganz bleich geworden. Dann aber begann O-Sumi, vielleicht war es die Reaktion auf ihren Ausbruch, plötzlich zu weinen.

»Die einzige Hoffnung, die deine Großmutter noch hat, bist du. Vergiß das nie. Wenn du siebzehn bist, heiratest du, und dann wird deine Oma aufatmen können. Deine Mutter sagt, daß wir uns damit Zeit lassen sollen, bis du deine Militärdienstzeit hinter dir hast. Wie kann man so lange warten

wollen! Verstehst du? Du wirst dich doppelt um deine Oma
kümmern, für dich und deinen Vater. Dann werde ich dir
niemals böse sein, und du kannst alles von mir haben ...«

»Auch diese Persimonen, wenn sie nachgereift sind?«

Hiroji befühlte die Früchte im Korb, als verlange es ihn
sehr danach.

»Natürlich. – Du bist noch jung, aber du verstehst schon
alles sehr gut. Du mußt immer so denken ...« Tränen liefen
O-Sumi über das Gesicht. Sie begann, stoßweise zu lachen,
als habe sie einen Schluckauf ...

Am nächsten Abend gerieten O-Sumi und O-Tami wegen
einer Kleinigkeit hart aneinander. O-Sumi hatte nämlich die
Kartoffeln, die O-Tami haben wollte, aufgegessen – das war
alles. Als aber der Wortwechsel immer heftiger wurde, sagte
O-Tami, kalt und höhnisch lächelnd: »Wenn dir die Arbeit
über ist, dann mußt du eben sterben.«

O-Sumi gebärdete sich wie eine Wahnsinnige, man er-
kannte sie nicht wieder. Selbst Hiroji, der, den Kopf auf dem
Schoß der Großmutter, seelenruhig schlief, rüttelte sie wach.
»Hiro, steh auf!« schrie sie in einem fort. »Hiro, steh auf!
Hiro, steh auf! Hör dir das an, was deine Mutter sagt! Deine
Mutter sagt, ich soll sterben. Hör dir das an! Seit deine Mutter hier wirtschaftet, haben wir es zwar zu etwas Geld gebracht, aber unsere sechs Morgen Land haben allein dein
Opa und deine Oma urbar gemacht. Wie kann deine Mutter
nur so was sagen! Bloß weil ich möchte, daß mein Leben ein
bißchen leichter wird, sagt deine Mutter gleich, ich soll sterben. O-Tami, ich werde sterben. Ich fürchte mich nicht vor
dem Tod. Aber du, O-Tami, hast mir gar nichts zu sagen.
Ich werde sterben. Ganz egal, ich werde sterben. Und dann
suche ich dich heim ...«

O-Sumi schrie und schimpfte und zog das weinende Enkelkind fest an sich. O-Tami aber hatte sich wie immer neben der Feuerstelle ausgestreckt und stellte sich einfach
taub.

O-Sumi jedoch starb nicht. Statt ihrer erkrankte im nächsten Jahr, kurz bevor die Hundstage zu Ende gingen, O-Tami, die sich stets ihrer starken Natur gerühmt hatte, an Typhus und war acht Tage später tot. Die Typhusepidemie forderte damals auch in ihrem kleinen Dorf mehrere Opfer. Bevor O-Tami erkrankte, hatte sie noch das Grab für den Schmied ausgehoben, den der Typhus ebenfalls dahingerafft hatte. Die Lehrlinge des Schmieds wurden noch am Tage der Beerdigung in ein Seuchenkrankenhaus geschafft.

»Bestimmt hast du dich bei der Gelegenheit angesteckt«, sagte O-Sumi, als der Arzt gegangen war, zu der kranken O-Tami. In ihren Worten lag ein versteckter Vorwurf.

Am Tag, als O-Tami beigesetzt wurde, regnete es. Doch nicht ein Dorfbewohner blieb der Totenfeier fern, auch nicht der Bürgermeister. Ausnahmslos bedauerten alle, die gekommen waren, den frühen Tod O-Tamis und drückten Hiroji sowie O-Sumi, die den Ernährer verloren hatten, ihr Beileid aus. Der Abgeordnete des Dorfes sprach vor allem davon, daß in der nächsten Zeit eine öffentliche Belobigung der Verstorbenen durch die Kreisverwaltung bevorgestanden habe. Als O-Sumi das hörte, konnte sie nur den Kopf senken.

»Sie müssen sich damit abfinden, daß das Schicksal es nicht anders gewollt hat. Wegen der Belobigung für O-Tami-san hatten wir schon im vergangenen Jahr ein Schreiben an die Kreisverwaltung geschickt, dann sind der Bürgermeister und ich, ohne die Fahrkosten zu scheuen, noch fünfmal in dieser Angelegenheit beim Landrat vorstellig geworden. Wir haben uns wirklich redlich bemüht. Aber nun müssen wir uns eben damit abfinden, und Sie sollten es auch tun«, sagte der gutmütige, kahlköpfige Abgeordnete abschließend recht aufgeräumt, woraufhin ihn der junge Dorfschullehrer mit strengen, unfreundlichen Blicken musterte.

Am Abend nach der Beerdigung waren O-Sumi und Hiroji in einer Ecke des Hinterzimmers, wo der buddhistische Hausaltar stand, unter das Moskitonetz gekrochen. Für gewöhnlich schliefen beide selbstverständlich im Dunkeln, doch in dieser Nacht ließen sie die Kerzen vor dem Altar brennen. Da die alten Matten obendrein nach dem Desinfektionsmittel rochen, konnte O-Sumi keinen Schlaf finden. O-Tamis Tod bedeutete für sie ganz sicher ein großes Glück. Sie brauchte sich nicht länger zu plagen, sie brauchte sich nicht mehr zu fürchten, gescholten zu werden. Außerdem hatte sie an die dreitausend Yen gespart und besaß wohl sechs Morgen Land. Wenn sie wollte, konnten sie und ihr Enkel sich jeden Tag Reis leisten. Sie hätte sich auch gesalzene Forellen, die sie so gern aß, gleich beutelweise kaufen können. Sie erinnerte sich nicht, jemals im Leben solch ein Gefühl der Erleichterung kennengelernt zu haben. Der Erleichterung? Auf einmal entsann sie sich ganz deutlich einer Nacht vor neun Jahren. Auch damals hatte sie beinahe genauso wie heute erleichtert aufgeatmet. Es war in der Nacht gewesen, nachdem ihr Sohn beerdigt worden war. Und die heutige Nacht? Es war die Nacht nach der Beerdigung ihrer Schwiegertochter, die ihr ein Enkelkind geboren hatte.

Unwillkürlich schlug O-Sumi die Augen auf. Der Enkel schlief dicht neben ihr, das unschuldige Gesicht nach oben gerichtet. Als O-Sumi das Gesicht des Schlafenden betrachtete, begann sie allmählich ihre eigene Erbärmlichkeit zu spüren. Gleichzeitig hatte sie aber auch zum erstenmal das Gefühl, daß ihr Sohn Nitaro und ihre Schwiegertochter O-Tami, mit denen sie so unheilvoll verbunden war, ebenfalls armselige, unglückliche Menschen waren. Dieser Gedanke spülte den Haß und den Ärger der vergangenen neun Jahre zusehends fort. Nein, nicht nur der Haß und der Ärger, auch die Hoffnung auf eine glückliche Zukunft, mit der sie sich getröstet hatte, wurde mit fortgerissen. Alle drei, die Mutter und die Kinder, waren sie erbärmliche, armselige, unglückliche Menschen. Aber der armseligste und unglücklichste von allen war sie, die sich nun allein durchs Leben schlagen mußte. »O-Tami, warum bist du gestorben?« Unbewußt formte sich in ihrem Munde die Frage an die Tote. Dann rollten der Alten unablässig Tränen über die Wangen ...

Die Uhr hatte schon vier geschlagen, als O-Sumi endlich erschöpft einschlief. Der Himmel über dem schilfgedeckten Haus begrüßte bereits die kühle Morgendämmerung ...

Dezember 1923

Das Totenregister

1

Meine Mutter war geisteskrank. Niemals habe ich zärtliche
Zuneigung für sie empfinden können. Das Haar eingeschlagen, hockte sie ständig ganz allein in einem Zimmer in dem
Haus in Shiba und rauchte paffend ihre lange Tabakpfeife.
Sie war klein von Statur, und auch ihr Gesicht war klein,
überdies hatte es eine leblose aschgraue Farbe. Als ich einmal in dem alten chinesischen Singspiel »Das Westzimmer«
den Ausdruck »ein Atem von Erde und ein Geruch von
Schlamm« las, mußte ich sofort an das Gesicht meiner Mutter denken, an ihr schmales Profil.

Ich wüßte nicht, daß meine Mutter sich je um mich ge-
kümmert hätte. Dafür aber erinnere ich mich, daß sie mir
einmal, als ich bei irgendeiner Gelegenheit mit meiner Pflegemutter zu ihr in das obere Stockwerk hinaufstieg, um sie
zu begrüßen, plötzlich mit ihrer Tabakpfeife heftig auf den
Kopf schlug. Was mich um so mehr verwunderte, als sie sich
sonst immer völlig unbeteiligt verhielt. Wenn meine Schwester und ich sie darum baten, dann malte sie uns etwas auf
Quartbogen von einfachem Schreibpapier. Sie malte nicht
nur mit schwarzer Tusche. Für die Kleider spielender Kinder, für Blumen und Gräser nahm sie die Wasserfarben aus
dem Tuschkasten meiner Schwester. Das Sonderbare aber
war, daß die Figuren auf ihren Bildern stets Fuchsgesichter
hatten.

Es war im Herbst, und ich war gerade elf Jahre alt, als
meine Mutter starb. Sie starb nicht an einer Krankheit, son-

dern eher an Entkräftung. Seltsamerweise ist mir eigentlich nur die Zeit unmittelbar vor und nach ihrem Tod deutlich in Erinnerung geblieben.

Ich glaube, es war ein Telegramm mit der Nachricht gekommen, daß es mit meiner Mutter zu Ende gehe. Kein Lüftchen regte sich an dem Abend, als ich mit meiner Pflegemutter in einer Rikscha von Honjo nach Shiba fuhr. Bis zum heutigen Tag habe ich nie einen Schal getragen. Aber an jenem späten Abend hatte ich mir ein dünnseidenes Tuch, das mit einer Tuschlandschaft in südchinesischem Stil bedruckt war, um den Hals gewickelt. Das weiß ich noch ganz genau. In erinnere mich sogar, daß das Tuch nach Lilienparfüm roch.

Meine Mutter lag in dem acht Matten großen Empfangszimmer. Meine um vier Jahre ältere Schwester und ich hockten uns neben dem Kopfkissen unserer Mutter nieder und weinten unaufhörlich. Als dann noch jemand hinter mir sagte: »Der Tod ist nahe!«, spürte ich, wie mich ein schmerzvolles Schluchzen zu würgen begann. Doch plötzlich öffnete meine Mutter, die bisher starr wie eine Tote gelegen hatte, die Augen und sagte etwas. Trotz all unseres Kummers mußten wir nun leise kichern.

Auch in der folgenden Nacht saß ich fast bis zum Morgengrauen am Bett meiner Mutter. Aber im Gegensatz zum Abend vorher kam mir jetzt nicht mehr eine einzige Träne. Ich schämte mich dessen vor meiner beinahe ununterbrochen weinenden Schwester und bemühte mich, wenigstens so zu tun, als weinte ich. Daß ich nicht weinen konnte, machte mich jedoch zugleich glauben, meine Mutter müßte nicht sterben.

Am Abend des dritten Tages verschied meine Mutter ohne große Qualen. Als sie kurz vor dem Eintreten des Todes noch einmal das Bewußtsein wiedererlangt zu haben schien, sah sie uns an, und Tränen rannen ihr unaufhörlich über das Gesicht. Aber kein Wort kam mehr über ihre Lippen.

Selbst als sie schon im Sarg lag, mußte ich immer wieder weinen. Was die »Tante aus dem Oji-Laden«, eine entfernt mit uns verwandte alte Frau, zu der Bemerkung veranlaßte: »Das ist wirklich zu bewundern!« Mich aber wunderte, was manche Leute nicht alles bewundern.

Am Tage der Beerdigung meiner Mutter fuhren meine Schwester und ich in einer Rikscha hinter dem Sarg her. Meine Schwester hielt die Totentafel, ich das Weihrauchgefäß. Manchmal nickte ich ein. Und wenn ich dann aufschreckte, fehlte nicht viel, und mir wäre das Weihrauchgefäß heruntergefallen. Es dauerte aber auch wirklich lange bis zum Yanaka-Friedhof. Schier endlos schlängelte sich der Trauerzug an dem klaren Spätherbsttag durch die Straßen Tokios.

Der Sterbetag meiner Mutter ist der 28. November. Ihr buddhistischer Totenname lautet: Große sich dem Erleuchteten weihende und seiner Gnade teilhaftig werdende Schwester. Eigenartigerweise aber weiß ich von meinem leiblichen Vater weder den Todestag noch den Totennamen. Wahrscheinlich liegt es daran, daß ich mit elf Jahren noch meinen ganzen Stolz darin sah, mir einen Todestag und einen Totennamen einzuprägen.

2

Ich habe eine Schwester. Sie ist zwar immer kränklich gewesen, aber dennoch Mutter von zwei Kindern geworden. Selbstverständlich ist es nicht diese Schwester, die ich jetzt in mein »Totenregister« aufnehmen will. Es ist eine Schwester, die ganz überraschend eines frühen Todes starb, kurz bevor ich geboren wurde. Von uns drei Geschwistern soll sie die Gescheiteste gewesen sein.

Hatsuko, Erstkind, hieß sie. Wohl deshalb, weil sie das erste Kind unserer Eltern war. Bei mir zu Hause steht auf dem Hausaltar noch eine feingerahmte Fotografie von Hatsu-chan. Darauf sieht sie nicht ein bißchen kränklich aus. Die Wangen mit den kleinen Grübchen sind so rund wie reife Aprikosen ...

Wenn jemand von unseren Eltern über alles geliebt wurde, so war es fraglos Hatsu-chan. Sie wurde sogar täglich von der Shinsenza-Straße in Shiba nach Tsukuji in den Kindergarten der Mistreß Summers gebracht. An den Sonnabenden und Sonntagen jedoch war sie stets im Elternhaus meiner Mutter – in der Familie Akutagawa in Honjo. Bei ihren Besuchen trug Hatsu-chan sicherlich stets europäische Kleidung, wie es damals, in den zwanziger Jahren der Meiji-Zeit, schon Mode war. Ich erinnere mich genau: Als ich bereits zur Schule ging, bekam ich Stoffreste von den Kleidern Hatsu-chans für meine Gummipuppen. Und bei diesen Stoffresten handelte es sich ausschließlich um Kattun ausländischer Herkunft mit zierlichen Mustern von Blumen und Musikinstrumenten.

An einem Sonntagnachmittag im Vorfrühling ging Hatsu-chan durch den Garten (ich denke mir, daß meine Schwester natürlich auch an dem Tag europäisch gekleidet war) und rief der Tante, die sich im Gästezimmer aufhielt, zu: »Tante, wie heißt dieser Baum?«

»Welcher?«

»Dieser mit den Knospen ...«

Im Garten der Familie Akutagawa stand ein einzelner niedriger Quittenbaum, dessen Zweige tief bis zu dem alten Brunnen herabhingen. Hatsu-chan, die ihr Haar zu Zöpfen geflochten hatte, wird mit großen Augen auf den Baum mit den dornigen Zweigen geschaut haben.

»Der heißt genauso wie du.«

Hatsu-chan aber verstand den Scherz der Tante nicht.

»Ja, dann heißt er also Dummchen-Baum?«

Wenn die Rede einmal auf Hatsu-chan kommt, so erzählt die Tante noch heute immer wieder diese kleine Geschichte. Und tatsächlich sind außer dieser Geschichte kaum Erinnerungen an Hatsu-chan geblieben. Viele Tage dürften nach dieser Begebenheit nicht vergangen sein, bis Hatsu-chan dann in den Sarg gelegt wurde. Ich weiß den in die kleine Totentafel geschnitzten postumen buddhistischen Namen Hatsu-chans nicht mehr. Dafür aber hat sich mir das Datum ihres Todestages, der 5. April, um so fester eingeprägt.

Aus einem unerklärlichen Grunde fühle ich mich mit dieser Schwester – der Niegesehenen – innig verbunden. Lebte sie noch, wäre sie heute schon über vierzig. Und vielleicht würde ihr Gesicht dem meiner Mutter ähneln, wie sie im oberen Stockwerk in dem Haus in Shiba geistesabwesend ihre Pfeife rauchte. Zuweilen habe ich das Gefühl, als wachte das Phantom einer Frau von etwa vierzig Jahren, von dem ich nicht zu sagen weiß, gleicht es meiner Mutter oder meiner Schwester Hatsu-chan, über mein ganzes Leben. Ist das ein Werk meiner durch Kaffee und Tabak zerrütteten Nerven? Oder ist es das Werk einer übernatürlichen Kraft, die bei bestimmten Anlässen ihr Antlitz in der wirklichen Welt zeigt?

3

Weil ich wegen der Krankheit meiner Mutter gleich nach meiner Geburt zu Adoptiveltern gegeben wurde (in die Familie eines Onkels mütterlicherseits), hatte ich auch zu meinem leiblichen Vater kaum eine engere Beziehung. Mein Vater war Milchhändler und hatte es wohl zu einigen bescheidenen Erfolgen gebracht. Er war es, der mich mit allem, was damals an Früchten und Erfrischungen neu aufkam, bekannt machte. Bananen, Ananas, Rum – und wer weiß, was noch. In erinnere mich sehr gut, wie ich zum erstenmal im Schatten der Eichen am Rande der Viehweiden, die es damals in Shinjuku noch gab, Rum trank – was man zu jener Zeit als Rum bezeichnete, war ein bräunliches Getränk von ganz geringem Alkoholgehalt.

All solche seltenen Genüsse bot mein Vater mir kleinem

Jungen insgeheim, und er versuchte, mich von meinen Adoptiveltern zurückzubekommen. Ich kann mich noch darauf besinnen, wie er mich einen ganzen Abend lang in dem Café Uoei in Omori mit Eiscreme vollstopfte und mich überreden wollte, von meinen Adoptiveltern fortzulaufen. Bei solchen Gelegenheiten sprach er wie mit Engelszungen. Aber seine Verführungskünste blieben ohne Erfolg, und zwar deshalb, weil ich meine Adoptiveltern liebte – vor allem meine Adoptivmutter.

Mein Vater konnte sehr jähzornig und streitsüchtig sein. Als ich schon in die dritte Klasse der Mittelschule ging, machte ich einmal einen Ringkampf mit ihm. Ich setzte einen meiner Griffe, die meine Stärke waren, an und warf meinen Vater glatt zu Boden. Kaum stand er wieder auf den Füßen, rief er: »Noch eine Runde!« und kam auch schon auf mich zu. Mühelos warf ich ihn wiederum zu Boden. Und wieder rief er: »Noch eine Runde!« Bleich vor Zorn stürzte er sich auf mich. Meine Tante – eine jüngere Schwester meiner leiblichen Mutter und die zweite Frau meines Vaters –, die dem Ringkampf zusah, zwinkerte mir zwei-, dreimal zu. Nach kurzem Handgemenge ließ ich mich dann absichtlich auf den Rücken fallen. Ich glaube, mein Vater wäre zu allem fähig gewesen, wenn ich mich in dem Augenblick nicht hätte besiegen lassen.

Als ich achtundzwanzig Jahre alt und noch Lehrer war, erhielt ich eines Tages ein Telegramm: »Vater schwer erkrankt.«

Hals über Kopf fuhr ich von Kamakura nach Tokio. Mein Vater war wegen einer Influenza in das Tokio-Krankenhaus eingeliefert worden. Drei Tage und drei Nächte verbrachte ich zusammen mit meiner Adoptivmutter und der zweiten Frau meines Vaters, meiner Tante, im Zimmer des Kranken. Unterdessen überkam mich eine unbezwingbare Langeweile. Da rief mich ein irischer Journalist an, mit dem ich eng befreundet war, und fragte mich, ob wir zum Abend nicht gemeinsam in einem Restaurant in Tsukuji essen könnten.

452

Unter dem Vorwand, der Journalist würde in Kürze nach Amerika abreisen, verließ ich meinen im Sterben liegenden Vater und begab mich in das Restaurant nach Tsukuji.

In der Gesellschaft von vier, fünf Geishas vergnügten wir uns bei einem echt japanischen Essen. Danach, gegen zehn Uhr, brach ich auf und ließ den Journalisten allein. Als ich die schmale Treppe hinunterging, rief jemand hinter mir her: »He, Brüderchen!« Ich blieb auf den Stufen stehen, drehte mich um und blickte nach oben. Dort stand eine andere Geisha und sah mich an. Schweigend stieg ich weiter die Treppe hinab. Draußen fand ich gleich ein Taxi. Aber statt an meinen Vater, dachte ich an das von einer europäischen Frisur umrahmte jugendfrische Gesicht der Geisha – vor allem an ihre Augen.

Als ich ins Krankenhaus zurückkam, wartete mein Vater schon voller Ungeduld auf mich. Er schickte die anderen fort. Sobald wir allein waren, nahm er meine Hand, streichelte sie und begann von alten, mir unbekannten Dingen zu sprechen, von der Zeit, als er mit meiner Mutter jung verheiratet gewesen. Es war nicht Wesentliches, wovon er erzählte: wie er mit meiner Mutter einen Schrank kaufen gegangen war, wie sie zusammen irgendwo Sushi gegessen hatten. Und dennoch spürte ich, daß mir die Lider zu brennen anfingen. Auch meinem Vater liefen die Tränen über die eingefallenen Wangen.

Am nächsten Morgen verschied mein Vater ziemlich still und friedlich.

Kurz bevor er starb, sagte er, anscheinend nicht mehr klar bei Sinnen: »Da kommt ein über die Toppen geflaggtes Kriegsschiff. Wir wollen es mit Hurrarufen begrüßen!«

Ich kann mich nicht mehr erinnern, wie die Beerdigung im einzelnen vonstatten ging. Nur so viel weiß ich noch, daß ein großer Frühlingsmond auf den Leichenwagen schien, als mein Vater vom Krankenhaus in sein eigenes Haus übergeführt wurde.

4

Es war noch so kühl, daß ich mir den Taschenwärmer einsteckte, als ich Mitte März dieses Jahres mit meiner Frau nach langer Zeit wieder einmal zum Friedhof ging. Nach langer Zeit, und dennoch hatte sich dort nichts verändert – natürlich hatten sich die niedrigen Grabhügel nicht verändert, aber auch die Kiefer nicht, die ihre Äste über die Gräber breitete.

Alle drei, die ich in meinem »Totenregister« verzeichnet habe, liegen in einer Ecke des Yanaka-Friedhofes unter einem gemeinsamen Grabstein. Ich erinnere mich, wie der Sarg meiner Mutter still in dieses Grab gesenkt wurde. Und als man Hatsu-chan begrub, wird es nicht anders gewesen sein. Nur bei meinem Vater ... Ich weiß noch, wie zwischen den weißlichen, im Feuer zerfallenen Knochen ein Goldzahn blinkte ...

Ich liebe Besuche auf dem Friedhof nicht. Wenn man das könnte, würde ich gern meine Eltern und meine Schwester vergessen. Doch während ich im Schein der nachmittäglichen Vorfrühlingssonne den dunklen Grabstein betrachtete, fragte ich mich an jenem Tag – vielleicht weil ich mich sehr elend fühlte –: Wer von den dreien ist eigentlich glücklich gewesen ...?

Hügel im Frühlingsdunst
Wandle ich auch außerhalb von dir
Bist du doch längst meine Heimstatt

Nie bedrängte mich das Gefühl, aus dem heraus Joso diese Zeilen verfaßte, so sehr wie in jenem Augenblick.

September 1926

Genkakus Bergklause

1

Sie war ein kleines, bescheidenes Haus mit einem schlichten
Tor davor, ein Haus, wie es in der Gegend nicht gerade zu
den Seltenheiten zählte. Doch die Tafel mit der Inschrift
»Genkakus Bergklause« und die Gartenbäume, die sich über
die Einfriedung hinweg den Blicken darboten, verrieten
auserlesenen Geschmack. Der Herr des Hauses, Horikoshi
Genkaku, war auch als Maler nicht ganz unbekannt. Aber
sein Vermögen hatte er mit Gummistempeln, auf die er ein
Patent besaß, erworben – oder durch den Grundstückhan-
del, den er betrieb, nachdem er das Patent auf die Gummistempel erhalten hatte. Einst hatte ihm in einem Vorort
nichts als ein karges Stück Land gehört, auf dem nicht einmal Ingwer gedeihen wollte. Dann war jedoch auf diesem
Boden ein »Siedlungsdorf« entstanden, in dem sich mit roten und blauen Ziegeln gedeckte Häuser aneinanderreih-
ten ...
   Genkakus Bergklause war jedenfalls ein kleines, bescheidenes Haus mit einem schlichten Tor davor. Seit vor kurzem
die Kiefern, die nahe am Zaun standen, zum Schutz vor
dem Schnee mit Strohseilen umwickelt waren und die
Früchte der Yabukoji-Sträucher zwischen den vor dem Eingang ausgestreuten Kiefernnadeln sich röteten, wirkte alles
noch geschmackvoller. Außerdem lag das Haus in einer wenig belebten Seitenstraße. Selbst der Tofuhändler setzte
seine Ware in der Hauptstraße ab und ging hier nur, Trompete blasend, vorbei.

»Genkakus Bergklause – was soll denn dieses Genkaku eigentlich bedeuten?« fragte ein Malschüler mit langem Haar, der, den Malkasten unter dem Arm, hin und wieder am Haus vorbeikam, einen anderen Schüler, der die gleiche, mit Goldknöpfen besetzte Uniform trug.

»Was soll es schon bedeuten? Doch sicher ein Spiel mit den beiden Worten: Genkaku, der dunkle Kranich, und Genkaku, Strenge und Ernst.«

Unbeschwert lachend gingen die beiden am Haus vorüber. Dann stieg dünner bläulicher Rauch vom Stummel einer Golden-Bat-Zigarette auf, den einer von ihnen auf den gefrorenen Weg geworfen hatte.

2

Jukichi arbeitete schon bei einer Bank, als er der Schwiegersohn Genkakus wurde. Sein Beruf brachte es mit sich, daß er stets erst nach Hause zurückkehrte, wenn die Lampen bereits brannten. Seit einigen Tagen nahm er, sobald er durch das Tor trat, sofort einen sonderbaren Geruch wahr. Er roch den Atem Genkakus, der mit einer Lungentuberkulose, die an sich bei einem alten Mann selten ist, darniederlag. Dieser Geruch konnte allerdings unmöglich bis vor das Haus dringen, und so begann Jukichi, wenn er im Wintermantel, die Aktentasche unter den Arm geklemmt, über die Steine vor dem Eingang schritt, seinen Sinnen zu mißtrauen.

Genkakus Krankenbett stand im Gartenhäuschen, und wenn er nicht lag, dann lehnte er in einem Berg Kissen. Wenn Jukichi Hut und Mantel abgelegt hatte, sah er für gewöhnlich zum Gartenhäuschen hinein und sagte: »Guten Tag!« und »Wie geht es heute?« Aber selten trat er über die Schwelle; denn zum einen fürchtete er, er könne sich bei seinem Schwiegervater anstecken, zum anderen fand er dessen Atemgeruch unerträglich.

456

Sooft Genkaku das Gesicht seines Schwiegersohnes sah, erwiderte er nur: »Ach, du bist es. Guten Tag!« Kraftlos, eher wie ein Hauch, klang seine Stimme.

Manchmal kam es vor, daß sich Jukichi der Kaltherzigkeit bezichtigte, wenn sein Schwiegervater so zu ihm sprach. Aber es graute ihm einfach davor, das Gartenhäuschen zu betreten.

Dann suchte Jukichi seine Schwiegermutter O-Tori auf, die in dem Raum neben dem Wohnzimmer krank darniederlag. Schon seit sieben, acht Jahren, lange bevor Genkaku ans Bett gefesselt wurde, war sie dem Siechtum verfallen und hatte die Gewalt über ihren Körper verloren. Sie konnte nicht einmal mehr zur Toilette gehen. Man erzählte, Genkaku habe sie nicht nur geheiratet, weil ihr Vater der Karo eines großen Fürsten war, sondern auch wegen ihrer Schönheit, von der noch jetzt im Alter ein Abglanz irgendwo in O-Toris Augen lag. Dennoch unterschied sie sich, wenn sie in ihrem Bett saß und eifrig weiße Tabi ausbesserte, kaum von einer Mumie.

Auch zu O-Tori sagte Jukichi nur: »Wie geht es dir heute, Mutter?« Dann begab er sich in das sechs Matten große Wohnzimmer.

Wenn sich O-Suzu, seine Frau, nicht im Wohnzimmer aufhielt, arbeitete sie gemeinsam mit O-Matsu, dem Hausmädchen aus Shinshu, in der kleinen Küche. Jukichi fühlte sich in dem sorgfältig aufgeräumten Wohnzimmer, ja selbst in der mit einem modernen Herd ausgestatteten Küche weitaus wohler als in den Räumen seines Schwiegervaters und seiner Schwiegermutter. Jukichi war der zweite Sohn eines Politikers, der es einmal sogar zum Präfekten gebracht hatte, doch ähnelte er mit seinen freundlichen Augen und dem schmalen Kinn mehr seiner einst als Dichterin bekannten Mutter als seinem stattlichen, draufgängerischen Vater. Wenn Jukichi seinen europäischen Anzug abgelegt und einen Kimono angezogen hatte, machte er es sich im Wohnzimmer vor dem Kohlenbecken bequem, zündete sich eine billige Zigarre an und spielte mit Takeo, seinem einzigen Sohn, der in diesem Jahr in die Schule gekommen war.

Die Mahlzeiten nahm Jukichi stets zusammen mit O-Suzu und Takeo an dem niedrigen Teetisch ein, und sie waren fröhlich und guter Dinge. Seit vor kurzem aber die Krankenschwester Kono ins Haus gekommen war, um Genkaku zu pflegen, ging es trotz aller Lebhaftigkeit irgendwie ein wenig steif und förmlich zu. Takeo allerdings trieb, ungeachtet der Anwesenheit von Frau Kono, weiterhin seine Späße. Nein, ihretwegen war er noch übermütiger als sonst. Von Zeit zu Zeit runzelte O-Suzu die Stirn und sah Takeo scharf an. Doch der blickte nur etwas verdutzt drein und stopfte sich in übertriebener Hast den Mund voll Reis. Jukichi, der Romane und Novellen las, spürte aus Takeos Übermut besonders deutlich den »Mann« heraus. Manchmal berührte ihn das unangenehm, aber meistens lächelte er nur und aß schweigend seinen Reis.

Die Abende in Genkakus Bergklause waren still. Takeo, der frühmorgens zur Schule mußte, aber auch Jukichi und seine Frau lagen für gewöhnlich bereits um zehn Uhr im Bett. Nur Kono, die von neun Uhr an Nachtwache hielt, war dann noch auf. Sie saß neben Genkakus Kissen nahe am Kohlenbecken, in dem rot die Glut leuchtete, und nickte niemals ein. Genkaku – auch Genkaku war manchmal wach. Aber er gab kaum einen Laut von sich. Er sagte höchstens, die Wärmflasche sei abgekühlt oder der Wickel trocken. Das einzige, was man im Gartenhäuschen hörte, war das Rauschen des Bambus draußen im Garten. Kono beobachtete Genkaku aufmerksam und dachte in der kühlen Stille über so manches nach. Über das, was die Menschen dieser Familie empfinden mochten, und über ihre eigene Zukunft ...

3

Eines Nachmittags, als es aufgehört hatte zu schneien und die Wolkendecke aufgerissen war, betrat eine Frau von vierundzwanzig, fünfundzwanzig Jahren, an der Hand einen spindeldürren Buben, die Küche der Familie Horikoshi. Durch das Fenster leuchtete der blaue Himmel. Jukichi war selbstverständlich nicht zu Hause. O-Suzu, die gerade an der Nähmaschine saß und mit dem Besuch mehr oder weniger gerechnet hatte, wußte im ersten Augenblick nicht recht, wie sie sich verhalten sollte. Auf jeden Fall stand sie auf und entfernte sich vom Kohlenbecken, um den Gast zu begrüßen. Die Frau, die mit dem Jungen in die Küche getreten war, richtete ihre Geta und die Schuhe des Kindes, die sie sich vor der Tür ausgezogen hatten, sorgfältig aus. (Der Junge trug einen weißen Pullover.) Allein dieses Verhalten offenbarte, wie mutlos sie sich fühlen mußte. Was auch gar nicht weiter verwunderlich war; denn schließlich handelte es sich um O-Yoshi, das einstige Hausmädchen, das Genkaku sich seit vier, fünf Jahren in einem Vorort Tokios ganz unverhohlen als Geliebte hielt.

Als O-Suzu O-Yoshi betrachtete, schien sie ihr sehr gealtert, und zwar nicht nur im Gesicht. Noch vor vier, fünf Jahren hatte O-Yoshi rundliche, volle Hände gehabt, aber jetzt war sie so abgemagert, daß deutlich die Adern hervortraten. Und aus den Sachen, die sie am Körper trug, aus dem billigen Ring an ihrer Hand sprach nach O-Suzus Meinung irgendwie der ganze Kummer ihres ärmlichen Daseins.

»Dies ist von meinem Bruder für den Hausherrn.« Schüchtern legte O-Yoshi, bevor sie das Wohnzimmer betrat, ein in alte Zeitungen gewickeltes Päckchen in der Küche in eine Ecke. O-Matsu, die gerade beim Waschen war, regte fleißig die Hände und schielte von Zeit zu Zeit zu O-Yoshi, die eine jugendliche Butterflyfrisur trug, hinüber. Als sie das Päckchen sah, verfinsterte sich ihre Miene noch mehr. Denn dieses Päckchen verbreitete einen scheußlichen Geruch, der so gar nicht zu dem neuen, modernen Herd, den blitzenden Töpfen und dem blanken Geschirr paßte. O-Yoshi sah zwar nicht zu O-Matsu hinüber, doch als sie einen etwas sonderbaren Ausdruck in O-Suzus Gesicht bemerkte, beeilte sie sich zu erklären: »Das ist, äh, Knoblauch.« Dann sagte sie zu dem Kind, das auf den Fingern kaute: »Botchan! Mach eine Verbeugung!« Der Junge hieß Buntaro und war aus der Verbindung Genkakus mit O-Yoshi hervorgegangen.

Daß O-Yoshi das Kind mit »Botchan« – »junger Herr« – anredete, stimmte O-Suzu ein wenig traurig. Aber ihr nüchterner Verstand sagte ihr sogleich, daß man von O-Yoshi eben nichts anderes erwarten könne. Ungezwungen bewirtete O-Suzu Mutter und Sohn, die in einer Ecke des Wohnzimmers Platz genommen hatten, mit Tee und Gebäck. Bald sprach sie dabei über Genkakus Zustand, bald beschäftigte sie sich mit Buntaro ...

Seit Genkaku O-Yoshi zu seiner Geliebten gemacht hatte, war er jede Woche ein- oder zweimal, ohne sich das Umsteigen auf der Stadtbahn verdrießen zu lassen, zu ihr hinausgefahren. Anfangs hatte O-Suzu das Verhalten ihres Vaters verabscheut. Er sollte wenigstens ein klein wenig Rücksicht auf Mutter nehmen, dachte sie manchmal. Allerdings schien sich O-Tori völlig damit abgefunden zu haben. Doch gerade deshalb tat O-Suzu die Mutter um so mehr leid, und so log sie denn, wenn der Vater zu seiner Geliebten gegangen war: »Heute ist ein Dichtertreffen.« Natürlich wußte sie, wie sinnlos solche Lügen waren. Und wenn sie manchmal sah, daß ein beinahe spöttisches Lächeln über das Gesicht der Mutter huschte, bereute sie, gelogen zu haben – nein, sie bedauerte sogar die kranke Mutter, die ihren Empfindungen kein Verständnis mehr entgegenbrachte.

Wenn der Vater gegangen war, hatte O-Suzu oft die Hände an der Nähmaschine sinken lassen, um über die Familie nachzudenken. Schon bevor Genkaku O-Yoshi zu seiner Geliebten machte, war er kein guter Vater gewesen. Doch sanftmütig, wie O-Suzu war, hatte sie alles über sich ergehen lassen. Lediglich, daß ihr Vater nach und nach sogar Bilder und Antiquitäten in das Haus seiner Geliebten schaffte, beunruhigte sie. O-Suzu hielt O-Yoshi schon seit der Zeit, da sie noch Hausmädchen war, keineswegs für schlecht. Nein, sie hatte eher den Eindruck, O-Yoshi sei ungewöhnlich zurückhaltend und scheu. Aber O-Suzu wußte nicht, was O-Yoshis Bruder, ein Fischhändler in einem der Außenbezirke Tokios, plante. In ihren Augen jedenfalls war er ein ganz durchtriebener Bursche. Manchmal wandte sich O-Suzu an ihren Mann und teilte ihm ihre Bedenken mit. Aber Jukichi wollte damit nichts zu tun haben. »Ich kann unmöglich mit Vater darüber sprechen.« Nach solch einer Antwort blieb O-Suzu gar nichts anderes übrig, als zu schweigen.

»Vater wird doch sicher nicht annehmen, daß O-Yoshi etwas von Raryohos Gemälden versteht«, sagte Jukichi manchmal zu seiner Schwiegermutter, um herauszubekommen, wie sie darüber dachte.

»Das ist nun mal Vaters Art. Selbst mich hat er gefragt: ›Wie findest du denn diesen Tuschstein?‹, obwohl ich davon überhaupt nichts verstehe.«

Aber dann stellte sich heraus, daß man sich darüber völlig unnötigerweise Gedanken gemacht hatte. Als nämlich Genkaku zu Beginn des Winters die Besuche im Haus seiner Geliebten einstellen mußte, weil ihn eine Krankheit nach der anderen heimsuchte, stimmte er unerwartet bereitwillig Jukichis Vorschlag zu, sich von O-Yoshi zu trennen. (Allerdings stammten die Bedingungen, unter denen die Trennung vollzogen werden sollte, weniger von Jukichi als vielmehr von O-Suzu und O-Tori.) Auch der Bruder O-Yoshis, vor dem O-Suzu sich sehr gefürchtet hatte, war damit einverstanden. O-Yoshi sollte als Trennungsgeld tausend Yen erhalten und in ihr Elternhaus an der Küste von Kazusa zurückkehren; für Buntaro würde man ihr monatlich etwas Geld überweisen. Der Bruder erhob keinerlei Einwände gegen diese Vorschläge. Und nicht nur das, er brachte sogar die wertvollen, von Genkaku so geschätzten Teegeräte zurück, die sich im Hause der Geliebten befanden, noch bevor er darum gebeten wurde. O-Suzu begegnete ihm deshalb jetzt um so freundlicher, weil sie ihm früher nicht getraut hatte.

»Meine Schwester sagte mir, daß sie gern die Krankenpflege übernehmen würde, falls Sie Hilfe brauchen sollten.«

O-Suzu besprach sich mit der hüftlahmen Mutter, bevor sie auf diesen Wunsch einging. Und das war ganz gewiß ein Fehler. Als sie ihr davon erzählte, riet O-Tori nämlich, O-Yoshi und Buntaro kommen zu lassen, von ihr aus schon am nächsten Tag. O-Suzu versuchte mehrmals, die Mutter umzustimmen; denn außer um die Mutter fürchtete sie vor allem um den Familienfrieden. (Weil sie andererseits jedoch die Beziehungen zu ihrem Vater Genkaku und zu O-Yoshis Bruder bedenken mußte, war sie sich sehr wohl bewußt, daß sie das Angebot O-Yoshis nicht rundweg abschlagen konnte.)

Doch O-Tori schenkte ihren Worten einfach kein Gehör mehr. »Wenn du nicht vorher mit mir darüber gesprochen hättest, dann wäre es was anderes gewesen, aber – was soll denn O-Yoshi von mir denken!«

Notgedrungen teilte O-Suzu O-Yoshis Bruder ihr Einverständnis mit. Vielleicht war auch das wiederum ein Fehler von ihr, die die Welt nicht kannte. Als Jukichi aus der Bank nach Hause kam und O-Suzu ihm die ganze Geschichte erzählte, zeigte sich ein etwas unwilliger Ausdruck zwischen seinen frauenhaft zarten Brauen.

»Sicher, wir sollten dankbar sein für jede neue helfende Hand ... Es ist aber besser, auch mit Vater darüber zu sprechen. Wenn er es ablehnt, dann trifft dich doch keine Schuld«, sagte er unter anderem.

»Du hast ja recht«, antwortete O-Suzu bedrückt. Aber sich mit Genkaku zu beraten – sich mit dem todkranken Vater, der natürlich noch immer an O-Yoshi hing, zu beraten, schien ihr auch jetzt noch unmöglich.

Als O-Suzu nun mit O-Yoshi und deren Sohn zusammen-
saß, ging ihr diese verworrene Geschichte wieder durch den
Kopf. Ohne ihre Hände über dem Kohlenbecken zu wär-
men, erzählte O-Yoshi mit sehr vielen Pausen von ihrem
Bruder und von Buntaro. Ihren ländlichen Dialekt hatte sie
noch immer nicht abgelegt. Genau wie vor vier, fünf Jahren,
sagte sie auch jetzt »diss« statt »dieses«. O-Suzu war es, als
verspüre sie Erleichterung in ihrem Herzen, als sie diesen
Dialekt hörte. Gleichzeitig aber überkam sie eine unbestimmte Unruhe, als sie an ihre Mutter dachte, die hinter
der Schiebewand nicht einmal ein Räuspern vernehmen
ließ.

»Willst du dann eine Woche bleiben?«

»Ja, wenn Sie einverstanden sind.«

»Aber hast du denn überhaupt Sachen zum Wechseln
mit?«

»Die will mir mein Bruder gegen Abend bringen«, antwortete O-Yoshi, holte ein Bonbon hervor und gab es Buntaro,
der sich zu langweilen schien.

»Schön, dann will ich meinen Vater davon unterrichten.
Es geht ihm gar nicht gut. Jetzt hat er auch noch Frost in
dem Ohr, das den Shoji zugewandt ist.«

Bevor O-Suzu sich vom Kohlenbecken entfernte, rückte
sie ein wenig am Teekessel herum.

»Mutter!«

O-Tori antwortete irgend etwas. Ihre Stimme klang so
schläfrig, als wäre sie erst durch O-Suzus Rufen aufgewacht.

»Mutter, O-Yoshi ist da.«

O-Suzu fühlte sich ein wenig erleichtert. Bemüht, O-
Yoshi nicht anzusehen, erhob sie sich rasch. Als sie durch
das Nebenzimmer ging, rief sie noch einmal: »O-Yoshi ist
da!«

O-Tori lag ausgestreckt im Bett und hatte den Mund mit
dem Kragen ihres Nachtgewandes bedeckt. Als sie aufblickte, erschien nur in ihren Augen ein Lächeln. »Na, da
hat sie sich aber rangehalten«, sagte sie. O-Suzu spürte sehr

deutlich, daß ihr O-Yoshis Blicke folgten, als sie über die Galerie, die an dem verschneiten Garten entlangführte, in das Gartenhäuschen eilte.

Das Gartenhäuschen schien O-Suzu, die von der hellen Galerie hereinkam, dunkler, als es tatsächlich war. Genkaku saß aufrecht im Bett und ließ sich gerade von Kono die Zeitung vorlesen. Aber als er O-Suzu sah, rief er sofort: »Ist O-Yoshi gekommen?« Seine heisere Stimme klang eigentümlich scharf, beinahe tadelnd.

O-Suzu stand an der Schiebewand und antwortete tonlos: »Ja.«

Dann herrschte Schweigen.

»Ich schicke sie gleich her.«

»Gut … Ist O-Yoshi allein?«

»Nein …«

Genkaku nickte stumm.

»Frau Kono, würden Sie bitte mit hinüberkommen!«

O-Suzu hastete mit kleinen Schritten vor Kono her über die Galerie. Auf dem mit Schnee bedeckten Blatt eines Palmengewächses wippte eine Bachstelze mit dem Schwanz. Doch O-Suzu hatte keinen Sinn dafür. Ihr war vielmehr, als folge ihr aus dem nach dem Kranken riechenden Gartenhäuschen etwas Unheimliches.

4

Nachdem O-Yoshi ins Haus gekommen war, wurde die Atmosphäre in der Familie zusehends gespannter. Es begann damit, daß sich Takeo mit Buntaro herumzankte. Buntaro glich mehr seiner Mutter O-Yoshi als seinem Vater Genkaku. Sogar in seiner Willenlosigkeit und Schüchternheit kam er ganz nach ihr. Selbstverständlich schien O-Suzu das Kind zu bemitleiden. Aber manchmal hatte es auch den Anschein, als hielte sie Buntaro für einen Feigling.

Kono, die Krankenschwester, sah sich die durchaus nicht

ungewöhnliche Familientragödie ihrem Beruf gemäß gleichgültig mit an – oder sollte man nicht besser sagen, daß sie die Tragödie genoß? Kono hatte eine dunkle Vergangenheit. Wie oft war sie wegen ihrer Beziehungen zu den Ärzten im Krankenhaus oder zu den Hausherren ihrer Pfleglinge versucht gewesen, eine Dosis Zyankali zu schlucken! Ihre Vergangenheit hatte ihr die krankhafte Art ins Herz gepflanzt, sich an den Leiden anderer zu ergötzen. Als sie zur Familie Horikoshi gekommen war, entdeckte sie, daß die sieche O-Tori sich nach dem Wasserlassen niemals die Hände wusch. Die junge Frau des Hauses ist aber sehr taktvoll. Sie scheint das Waschwasser zu bringen, ohne daß wir etwas davon merken, sagte sie sich. Aber argwöhnisch wie sie war, ließ ihr der Gedanke einige Zeit keine Ruhe. Bis sie dann nach vier, fünf Tagen der Nachlässigkeit der durch und durch damenhaft erzogenen O-Suzu auf die Spur kam. Diese Entdeckung löste so etwas wie ein Gefühl der Befriedigung in Kono aus, und wann immer O-Tori Wasser ließ, brachte sie ihr von nun an eine Schüssel mit Waschwasser.

»Dank Ihnen, Frau Kono, kann ich mir endlich wieder wie jeder andere Mensch die Hände waschen.« O-Tori legte die Hände zusammen und weinte. Kono rührte O-Toris Freude nicht im mindesten. Dafür nahm sie mit Vergnügen zur Kenntnis, daß seither auch O-Suzu regelmäßig ihrer Mutter Waschwasser bringen mußte. Für Kono war auch das Gezänke der Knaben nichts Unerfreuliches. Vor Genkaku tat sie, als bemitleide sie O-Yoshi und ihren Jungen, vor O-Tori jedoch gab sie sich den Anschein, als finde sie O-Yoshi und ihr Kind abscheulich. Langsam, aber sicher trug ihr Verhalten Früchte.

Eine Woche nachdem O-Yoshi ins Haus gekommen war, zankte sich Takeo wieder einmal mit Buntaro. Es hatte damit begonnen, daß sie sich stritten, ob der Schwanz einer Kuh dicker oder dünner sei als der eines Schweines. Takeo drängte den schwächlichen Buntaro in die Ecke seines Zimmers, in die Ecke des neben dem Eingang gelegenen vierein-

465

halb Matten großen Zimmers, und schlug und stieß ihn. O-Yoshi, die gerade hinzukam, nahm Buntaro, der nicht einmal zu weinen vermochte, auf den Arm und wies Takeo zurecht. »Botchan, du solltest dich nicht an einem Schwächeren vergreifen!«

Das waren für die zurückhaltende, schüchterne O-Yoshi ungewöhnlich scharfe Worte. Takeo erschrak, als er die drohende Miene O-Yoshis sah, und rannte nun weinend zu O-Suzu ins Wohnzimmer. Daraufhin brauste auch O-Suzu auf. Sie ließ von ihrer Arbeit an der Nähmaschine ab und schleppte Takeo mit Gewalt zu O-Yoshi und deren Sohn.

»Du bist aber auch ein Dickschädel. Bitte O-Yoshi um Verzeihung. Mach eine anständige Verbeugung!«

Was blieb O-Yoshi nun anderes übrig, als zusammen mit Buntaro vor O-Suzu Tränen zu vergießen und sich ihrerseits zu entschuldigen. Wie immer war es Kono, die die Rolle des Vermittlers übernahm. Während sie O-Suzu, deren Gesicht hochrot war, aus Leibeskräften zurückdrängte, stellte sie sich vor, was noch ein anderer im Hause empfinden mochte – Genkaku nämlich, der sicherlich diesem Lärm lauschte, und insgeheim lachte sie dabei spöttisch. Selbstverständlich verriet sie mit keiner Miene etwas davon.

Es waren jedoch keineswegs nur die Streitereien der Kinder, die Unfrieden in der Familie stifteten. Obwohl sich O-Tori früher mit allem abgefunden zu haben schien, wurde sie jetzt doch auf einmal eifersüchtig auf O-Yoshi. Ihr selber sagte sie natürlich kein einziges böses Wort. (Das hatte sie auch damals vor fünf, sechs Jahren nicht getan, als O-Yoshi noch in der Mädchenkammer schlief.) Statt dessen hatte sie es irgendwie auf Jukichi abgesehen, der doch am allerwenigsten für die ganze Angelegenheit konnte. Allerdings machte sich Jukichi nichts daraus. Doch O-Suzu tat er leid, und so entschuldigte sie sich manchmal für ihre Mutter. Er aber lächelte dann gezwungen, sagte: »Jetzt fehlt bloß, daß auch du noch hysterisch wirst«, und wechselte das Thema.

O-Toris Eifersucht erregte ebenfalls das Interesse Konos.

Natürlich verstand sie die Eifersucht, und sie wußte auch sehr wohl, aus welchem Gefühl heraus O-Tori Jukichi angriff. Denn schließlich war sie selber eifersüchtig auf Jukichi und seine Frau. O-Suzu war für sie ein Haustöchterchen. Und Jukichi – Jukichi hatte zweifellos nichts Außergewöhnliches an sich, aber er war nun eben eins von diesen männlichen Wesen, und die haßte sie. Das Glück der beiden schien ihr also geradezu eine Ungerechtigkeit. Und um diese Ungerechtigkeit auszugleichen, tat sie sehr vertraut mit Jukichi. Ihm war das völlig gleichgültig, jedoch sie sah darin die beste Gelegenheit, O-Tori aufzustacheln. Völlig außer sich, sagte O-Tori giftig: »Jukichi, bist du mit meiner Tocher, mit der Tocher eines Krüppels, etwa nicht zufrieden?« Sie achtete nicht einmal darauf, daß ihre Knie entblößt waren.

Doch O-Suzu schien deshalb keinerlei Argwohn gegenüber Jukichi zu hegen. Nein, ihr tat vielmehr auch Kono leid. Der war das gar nicht recht, denn nun mußte sie auch die gutherzige O-Suzu hassen. Allerdings hatte sie ihren Spaß daran, daß Jukichi ihr auf einmal auswich. Außerdem freute es sie, daß in diesem Ausweichen eine männliche Neugier ihr gegenüber zum Ausdruck kam. Sonst hatte es ihm gar nichts ausgemacht, sich selbst in ihrer Gegenwart nackt auszuziehen, wenn er ins Bad, das neben der Küche lag, gehen wollte. In letzter Zeit hatte er sich jedoch kein einziges Mal mehr nackt vor ihr gezeigt. Sicherlich, weil er sich seines Körpers schämte, der beinahe an einen gerupften Hahn erinnerte. Insgeheim hatte sie Jukichi verspottet, wenn sie ihn so sah, und sich gesagt, daß er außer O-Suzu keiner gefallen könnte. (Obendrein hatte er Sommersprossen im Gesicht.)

Eines Morgens, als nach einer Nacht, in der es gereift hatte, der Himmel bewölkt war, stand Kono am Eingang des Dreimattenzimmers, das sie bewohnte, vor dem Spiegel und steckte gerade ihr Haar zu der Frisur auf, die sie immer trug. Am nächsten Tag sollte O-Yoshi endlich in ihr Heimatdorf zurückkehren. Jukichi und seine Frau freuten sich anscheinend darüber, daß das Mädchen das Haus verließ. O-Tori allerdings schien das nur noch mehr in Erregung zu versetzen. Während Kono sich frisierte und die kreischende Stimme O-Toris hörte, erinnerte sie sich an eine Frau, von der ihr einmal eine Freundin erzählt hatte. Diese Frau lebte in Paris, aber mit der Zeit bekam sie heftiges Heimweh. Als dann ein Freund ihres Mannes die Heimreise antrat, schiffte sie sich mit ihm zusammen ein. Die lange Seereise überstand sie unerwartet gut, aber als das Schiff dann an Kishu vorbeifuhr, wurde sie aus irgendeinem Grunde plötzlich sehr aufgeregt und stürzte sich schließlich ins Meer. Je näher sie Japan gekommen waren, desto stärker war ihr Heimweh geworden. In aller Ruhe wischte sich Kono die öligen Hände ab und dachte daran, daß eben diese geheimnisvolle Kraft in O-Toris Eifersucht, aber auch in ihrer eigenen wirkte.

»Was ist denn, Mutter? Bis hierher zu kriechen! Was hast du? – Frau Kono, kommen Sie doch bitte!«

O-Suzus Stimme schien von der Veranda nahe dem Gartenhäuschen herüberzuschallen. Als Kono sie hörte, lächelte sie zum erstenmal ganz offen voller Spott in den Spiegel. Dann antwortete sie, als wäre sie sehr erschrocken: »Ja, sofort!«

5

Genkaku verfiel allmählich immer mehr. Ihn quälten seine langjährigen Leiden, aber auch die heftigen Schmerzen, denn von den Schultern bis zu den Hüften war er wundgelegen. Manchmal stöhnte er, um sich ein klein wenig von seinen Qualen abzulenken. Ihn peinigten aber keineswegs nur körperliche Schmerzen. Die Anwesenheit von O-Yoshi war ihm zwar ein Trost gewesen, dafür hatte er jedoch unter O-Toris Eifersucht und den Zankereien der Kinder zu leiden gehabt. Doch was war das schon! Nachdem O-Yoshi das Haus verlassen hatte, fühlte sich Genkaku schrecklich einsam und verlassen. Ungewollt trat ihm sein eigenes langes Leben vor Augen.

Genkaku hatte fürwahr ein schändliches und erbärmliches Leben geführt. Gewiß, die Zeit, als er das Patent für die Gummistempel erhalten und die Tage mit Glücksspiel und Trinken hingebracht hatte, war eine verhältnismäßig lichte und fröhliche gewesen. Doch selbst damals hatten ihn ständig der Neid seiner Zunftbrüder und die eigene fieberhafte Unruhe gepeinigt, sich ja keinen Profit entgehen zu lassen. Vor allem nachdem er O-Yoshi zu seiner Geliebten gemacht hatte, kam zu dem häuslichen Zwist auch noch die schwere Bürde, Geld beschaffen zu müssen, von dem die Familie nichts wissen durfte. Noch erbärmlicher und schändlicher aber war, daß er, obwohl er sich von der jungen O-Yoshi angezogen fühlte, ihr und ihrem Kind zumindest in den letzten ein, zwei Jahren, wer weiß wie oft, den Tod gewünscht hatte.

Schändlich? Erbärmlich? – Genau besehen, bin ich es ja nicht allein.

Wenn er in den Nächten seinen Gedanken nachhing, dann erinnerte er sich in allen Einzelheiten seiner Verwandten und Freunde. Wie viele Gegner, die sich weniger geschickt als er erwiesen, hatte der Vater seines Schwiegersohnes unter dem Vorwand der »Aufrechterhaltung der verfassungsmäßigen Ordnung« gesellschaftlich gemordet! Und ein bejahrter Antiquitätenhändler, mit dem er sehr eng befreundet war, unterhielt Beziehungen zu der Tochter seiner ersten Frau. Ein Rechtsanwalt hatte das bei ihm hinterlegte Geld durchgebracht. Ein Siegelschneider ... Doch die von diesen Leuten begangenen Untaten trösteten ihn seltsamerweise nicht über den eigenen Kummer hinweg. Im Gegenteil, sie warfen nur noch dunklere Schatten über das Leben als solches.

Ach was, auch dieser Kummer währt nicht ewig! Wenn ich tot bin ...

Nur dieser Trost war Genkaku noch geblieben. Um sich

von den Qualen und dem Kummer, die sein Herz bedrängten, abzulenken, versuchte er, angenehme Erinnerungen wachzurufen. Aber wie bereits gesagt: Sein ganzes Leben war schändlich und erbärmlich gewesen.

Wenn es wirklich in ihm eine wenigstens etwas lichte Seite gab, dann nur die Erinnerung an die unwissende Kindheit. Manchmal sah er im Halbschlaf ein Dorf in Shinshu, mitten in den Bergen, wo seine Eltern lebten, vor sich, erinnerte er sich an das mit Steinen beschwerte Schindeldach und an die nach Seidenraupen riechenden Maulbeerzweige. Doch auch der Gedanke daran währte nicht lange. Von Zeit zu Zeit versuchte er, eine buddhistische Sutra zu rezitieren oder altbekannte Lieder anzustimmen. Komischerweise kam es ihm aber wie eine Lästerung vor, nach den buddhistischen Litaneien »Kappore, kappore« zu singen – »Schlaf ist eine Himmelsgabe, Schlaf ist eine Himmelsgabe ...«

Genkaku wünschte sich nichts anderes als tiefen Schlaf, um Vergessen zu finden. Kono gab ihm Schlafmittel und injizierte ihm obendrein noch Heroin. Aber selbst der Schlaf brachte ihm durchaus nicht immer nur den ersehnten Frieden. Manchmal begegnete er in seinen Träumen O-Yoshi und Buntaro. Das stimmte ihn – im Traum – heiter. (Eines Nachts sprach er im Traum mit der Kirsch-Zwanzig eines neuen Kartenspiels. Diese Kirsch-Zwanzig trug O-Yoshis Gesicht. So hatte sie vor vier, fünf Jahren ausgesehen.) Doch nach dem Erwachen fühlte er sich nur noch elender. So ängstigte, ja fürchtete sich Genkaku schließlich sogar davor zu schlafen. Eines Nachmittags, Silvester war nicht mehr allzufern, sagte der auf dem Rücken liegende Hausherr zu Kono, die neben seinem Bett saß: »Frau Kono, ich habe schon lange kein Lendentuch mehr umgehabt. Besorgen Sie mir doch bitte mal sechs Fuß von dem gebleichten Baumwollstoff.«

Wegen dieses gebleichten Baumwollstoffs brauchte sie O-Matsu gar nicht erst in das nahe gelegene Textilgeschäft zu schicken.

»Umbinden kann ich es allein. Legen Sie es bitte hierhin!« Mit dem Gedanken an dieses Lendentuch – mit dem Gedanken, sich mit diesem Lendentuch zu erwürgen, brachte er einen kurzen halben Tag zu. Doch er, der sogar fremde Hilfe in Anspruch nehmen mußte, wenn er sich im Bett aufrichten wollte, fand dazu so leicht keine Gelegenheit. Und außerdem fürchtete sich Genkaku nun, da er auf ihn zukam, doch vor dem Tod. Er betrachtete im schummrigen Lampenlicht das Rollbild mit dem Einzeiler, dessen Zeichen im Obakustil geschrieben waren, und verspottete sich selbst, daß er noch immer so sehr am Leben hing.

»Frau Kono, richten Sie mich bitte etwas auf!«

Das war gegen zehn Uhr abends.

»Ich möchte jetzt schlafen. Sie können sich auch zur Ruhe begeben.«

Kono sah ihn sonderbar an und antwortete kurz angebunden: »Nein, ich bleibe auf, denn dafür werde ich schließlich bezahlt.«

Genkaku merkte, daß Kono seinen Plan durchschaut hatte. Er nickte leicht, und ohne noch ein Wort zu verlieren, stellte er sich schlafend. Neben seinem Bett schlug Kono die Neujahrsnummer einer Frauenzeitschrift auf und schien sich in sie zu vertiefen. Während Genkaku an das Lendentuch neben dem Bett dachte, beobachtete er sie mit fast geschlossenen Augen. Plötzlich mußte er lachen.

»Frau Kono!«

Als sie sein Gesicht sah, schien sie ein wenig zu erschrekken. Genkaku lehnte in den Kissen und lachte in einem fort.

»Was ist denn?«

»Nichts. Es gibt gar nichts Lächerliches.« Noch immer lachend, winkte Genkaku mit seiner mageren rechten Hand ab.

»Jetzt ... Irgendwie finde ich das lächerlich ... Jetzt legen Sie sich aber bitte hin!«

Kaum eine Stunde später war Genkaku eingeschlafen. Auch in dieser Nacht plagten ihn schreckliche Träume. Er stand zwischen üppigen Bäumen und Sträuchern und spähte über die hohen Shoji in ein Zimmer, das sehr nach einem Raum für die Teezeremonie aussah. Dort lag ein splitternacktes Kind und wandte ihm das Gesicht zu. Obschon ein Kind, war es doch über und über mit Falten bedeckt wie ein Greis. Genkaku wollte aufschreien, da erwachte er schweißüberströmt ...

Niemand war bisher ins Gartenhäuschen gekommen. Außerdem war es noch dämmrig. Noch? Als Genkaku zur Standuhr hinübersah, stellte er fest, daß es schon auf Mittag ging. Für einen Augenblick hatte er das angenehme Gefühl der Erleichterung. Doch sofort versank er wieder wie immer in Trübsinn. Er lag auf dem Rücken und zählte seine Atemzüge. Dabei war ihm gerade so, als spräche irgendwer zu ihm: »Jetzt ist es Zeit!« und triebe ihn, sich zu beeilen. Sacht zog er das Lendentuch zu sich heran, schlang es sich um den Hals und wollte es mit beiden Händen zusammenziehen.

Takeo, dick angezogen, war es, der gerade in diesem Augenblick hereinschaute.

»Opa, was machst du da?«

Laut schreiend rannte Takeo ins Wohnzimmer hinüber.

6

Eine Woche später starb Genkaku, umringt von seiner Familie, an Lungentuberkulose. Die Totenfeier war prunkvoll. (Nur die bettlägerige O-Tori konnte selbstverständlich nicht daran teilnehmen.) Alle, die sich im Haus eingefunden hatten, sprachen Jukichi und seiner Frau ihr Beileid aus und brannten dann vor dem mit weißem Satin bedeckten Sarg Weihrauchkerzen ab. Aber als sie durch das Tor hinaustraten, hatten die meisten von ihnen Genkaku schon vergessen. Mit seinen alten Freunden indessen verhielt es sich ohne Zweifel anders.

»Er war sicher zufrieden. Selbst eine junge Geliebte konnte er sich halten, weil er das nötige Kleingeld besaß.« Nur darüber unterhielten sie sich alle gleichermaßen.

Dem Pferdefuhrwerk, auf dem der Sarg stand, folgte ein weiterer Wagen durch das sonnenlose, winterliche Viertel zum Krematorium. In dem leicht angeschmutzten hinteren Wagen saßen Jukichi und sein Cousin, ein Student. Den machte das Geschaukel nervös. Er wechselte kaum ein Wort mit Jukichi, denn er hatte sich in ein Buch im Taschenformat vertieft. Es war eine englische Übersetzung der Erinnerungen Liebknechts. Wenn Jukichi, abgespannt von den Nachtwachen, nicht schlief, betrachtete er durch das Fenster die neuen Straßenzüge und sagte tonlos zu sich selbst: »Auch hier hat sich allerhand verändert.«

Endlich hatten die beiden Wagen über die aufgeweichten Wege das Krematorium erreicht. Aber entgegen der vorher telefonisch getroffenen Vereinbarung war kein Ofen erster Klasse frei. Nur die zweite Klasse sei noch zu haben, sagte man ihnen. Jukichi und seinem Cousin war das recht gleichgültig. Doch mehr aus Rücksicht auf O-Suzu als auf seine Schwiegermutter verhandelte Jukichi eifrig durch das halbrunde Fenster mit dem Angestellten.

»Wissen Sie, als er erkrankte, wurde er nicht zur rechten Zeit richtig behandelt, und deshalb möchten wir gern, daß er wenigstens in der ersten Klasse eingeäschert wird.« Selbst mit solchen Lügen versuchte er es. Und die schienen sogar wirkungsvoller zu sein, als er erwartet hatte.

»Dann können wir es vielleicht so machen: Weil die erste Klasse schon besetzt ist, werden wir ihn ausnahmsweise zum Preis der ersten Klasse in der Sonderklasse verbrennen.«

Für einen Augenblick wurde Jukichi etwas verlegen. Dann bedankte er sich mehrmals bei dem Angestellten, einem gutmütigen alten Mann, der eine Messingbrille trug.

»Oh, bitte, keine Ursache.«

Nachdem sie den Ofen versiegelt hatten, stiegen sie wieder in den leicht angeschmutzten Wagen. Als sie gerade durch das Tor des Krematoriums fuhren, stand zu ihrer Überraschung O-Yoshi an der Ziegelmauer und grüßte mit den Augen zu ihnen herüber. Jukichi war ein wenig verwirrt. Er wollte den Hut ziehen. Aber in dem Augenblick fuhr der Wagen, in dem sie saßen, schon die von kahlen Pappeln gesäumte Straße hinunter.

»War sie das?«

»Ja ... Ob sie auch schon dort gestanden hat, als wir hineinfuhren?«

»Wer weiß. Mir ist, als hätte ich nur Bettler gesehen ... Was wird nun mit ihr?«

Jukichi zündete sich ein Shikishima an und erwiderte so gleichgültig als möglich: »Ja, was wird nun mit ihr ...?«

Sein Cousin schwieg. Aber im Geiste sah er ein Fischerdorf an der Küste von Kazusa und auch O-Yoshi, die in diesem Fischerdorf leben mußte. – Plötzlich machte er ein finsteres Gesicht und begann, beschienen von der Sonne, die inzwischen durchgebrochen war, wieder Liebknecht zu lesen.

Januar 1927

Die Fata Morgana

1

An einem Herbsttag machte ich mich mit K., einem Studenten, der aus Tokio zu Besuch gekommen war, um die Mittagszeit herum auf, um eine Fata Morgana anzuschauen. Inzwischen hat wohl jeder schon davon gehört, daß man am Strand bei Kugenuma Luftspiegelungen beobachten kann. Als das Mädchen in unserem Haus einmal ein Schiff sah, das kieloben über den Strand zu schwimmen schien, rief sie voller Bewunderung aus: »Genau wie die Fotografie neulich in der Zeitung!«

Bei dem Gasthaus Azumaya bogen wir um die Ecke, weil wir O. einladen wollten mitzukommen. O., wie üblich in einem roten Hemd, schien bei den Vorbereitungen für das Mittagessen zu sein, denn wie man über den Zaun hinweg sehen konnte, stand er am Brunnen und pumpte fleißig Wasser. Ich hob meinen eschenen Spazierstock und winkte zu O. hinüber.

»Kommt doch von der andern Seite herein ... Ach, du bist auch da?« O. dachte wohl, K. und ich wollten ihn besuchen.

»Wir sind gerade auf dem Weg, uns die Fata Morgana anzusehen. Willst du nicht mitkommen?«

»Die Fata Morgana ...?« fragte O. und lachte. »In letzter Zeit dreht sich alles nur noch um diese Luftspiegelungen.«

Fünf Minuten später stapfte O. mit uns zusammen den lockeren Sandweg entlang. Links von dem Weg dehnte sich eine weite Sandfläche, durch die sich schräg die schwärzliche Spur eines Ochsenkarrens zog. Der Anblick dieser beiden Radspuren rief in mir so etwas wie Beklemmung hervor. Die kräftigen Spuren eines genialen Werkes – auch dieses Empfinden drängte sich mir auf. »Ich bin immer noch nicht wieder ganz gesund. Selbst die Radspuren dort bringen mich völlig durcheinander.«

O. zog die Brauen zusammen, entgegnete aber nichts. Er schien mit meinen Empfindungen nichts anfangen zu können.

Mittlerweile waren wir an vereinzelten niedrigen Kiefern vorbei zum Ufer des Hikiji-Flusses gelangt. Hinter dem breiten Sandstrand leuchtete tiefblau das weite Meer. Trotz der klaren Sicht aber lag Enoshima, die malerische Insel, mit ihren Häusern und Bäumen in einen trüben Dunstschleier gehüllt.

»Ist das etwa das neue Zeitalter?« ließ sich K. unvermittelt vernehmen. Seine Worte wurden von einem Lächeln begleitet. Das neue Zeitalter? Aber da hatte ich schon das »neue Zeitalter« K.'s entdeckt: Ein Paar, das mit dem Rükken zu dem als Strandbefestigung angelegten Bambusstreifen stand und das Meer betrachtete. Auf den Mann in dem dünnen Mantel und mit dem weichen Filzhut auf dem Kopf traf die Bezeichnung »neues Zeitalter« weniger zu, dafür um so mehr auf die Frau mit Bubikopf, Sonnenschirm und flachen Schuhen.

»Die scheinen glücklich zu sein.«

»Du bist wohl neidisch?« meinte O., um K. ein wenig zu foppen.

Die Stelle, von der aus man die Fata Morgana sehen konnte, war von den beiden gut hundert Meter entfernt. Wir legten uns auf den Bauch und blickten über den Fluß hinweg auf den flimmernden Strand. Über dem Strand schimmerte ein bläulicher Streifen von der Breite eines Haarbandes. Es war offenbar nichts anderes, als daß sich die Farbe des Meeres in einer Luftschicht spiegelte. Nur dieser schmale Streifen und nichts weiter war zu sehen, weder der Schatten eines Schiffes noch sonst etwas.

»Das soll eine Fata Morgana sein?« fragte K. enttäuscht. An seinem Kinn klebte Sand. Eine einzelne Krähe flog über dem indigoblauen Flimmer an dem zwei-, dreihundert Meter entfernten äußersten Rand des Strandes und ging dann flatternd nieder. Im selben Augenblick spiegelte sich ganz flüchtig der Schatten der Krähe umgekehrt in dem blauschimmernden Streifen wider.

»Dabei ist das heute noch eine vortreffliche Fata Morgana«, sagte O., und wir erhoben uns aus dem Sand. Als wir gerade den Rückweg antreten wollten, kam uns das »neue Zeitalter«, das doch jetzt hätte hinter uns sein müssen, entgegen.

Betroffen drehte ich mich um. Aber nach wie vor standen da die beiden mit dem Rücken zu dem Bambusstreifen und schienen sich zu unterhalten. Wir lachten, und es klang fast nach Enttäuschung – am meisten bei O.

»Dies wird doch nicht eine Fata Morgana sein?« Natürlich war das »neue Zeitalter«, das uns entgegenkam, nicht jenes, das hinter uns stand. Die Ähnlichkeit aber – die Frau mit Bubikopf und der Mann mit Filzhut – war überraschend.

»Mir wurde richtig unheimlich zumute.«

»Ich habe mich auch gewundert, als die auf einmal vor uns auftauchten.«

Während wir uns noch weiter darüber unterhielten, gingen wir diesmal nicht am Ufer des Hikiji-Flusses entlang, sondern überquerten die niedrigen Dünen. Dort schloß sich an den Bambusstreifen gelblich schimmerndes Kieferngestrüpp an. Als wir zwischen diesem Gestrüpp hindurchgingen, bückte sich O. plötzlich und hob etwas auf. Es war ein Brett, auf dem schwarzumrandet irgendwelche Buchstaben standen. »Was soll denn das heißen? Sr. H. Tsuji – Unua … Aprilo … Jaro 1906.«

»Und das hier? Dua … Majesta … Und dann 1926.«

»Das, das scheint von einem ins Meer versenkten Toten zu stammen.«

Es war O., der diese Vermutung äußerte.

»Aber wickelt man einen Toten nicht bloß in Segeltuch ein, wenn man ihn ins Meer versenkt?«

»Das schon, und man hat ihm noch dieses Stück Holz umgebunden ... Hier, guckt doch mal her, hier steckt noch ein Nagel drin. Ursprünglich war das ein Kreuz.«

Unterdessen gingen wir bereits an Hecken von niedrigem Bambus und Kiefernhainen vorüber, die auf die Villengegend hindeuteten. Wahrscheinlich hatte O. recht. Mich schauderte trotz des hellen Sonnenscheins.

»Wenn das nur kein Unglück bringt!«

»Ach, woher denn! Ich werde das Brett zu meinem Talisman machen ... Wie war das? 1906 bis 1926. Mit zwanzig Jahren gestorben. Mit zwanzig Jahren ...«

»War es ein Mann oder eine Frau?«

»Ja, wer weiß ... Doch bestimmt war es ein Mischling«, entgegnete ich auf die Frage K.'s und stellte mir einen jungen Mann vor, der auf irgendeinem Schiff gestorben war. Nach meiner Vorstellung hatte der junge Mann eine Japanerin zur Mutter gehabt.

»Eine Fata Morgana?« sagte O. plötzlich wie zu sich selber und blickte geradeaus. Vielleicht hatte er sich gar nicht viel dabei gedacht. Mich aber berührten seine Worte in tiefster Seele.

»Wollen wir nicht einen Tee trinken?«

Inzwischen standen wir schon an der Ecke zur Hauptstraße mit ihren vielen Häusern. Mit ihren vielen Häusern? Trotzdem war auf der trockenen sandigen Straße kaum ein Mensch zu sehen.

»Was meinst du, K.?«

»Mir ist es egal ...«

In dem Augenblick kam ein schneeweißer Hund mit hängendem Schwanz die Straße herunter.

478

2

Als K. wieder nach Tokio abgefahren war, überquerte ich noch einmal mit O. und meiner Frau die Brücke am Hikiji-Fluß. Es war gegen sieben Uhr – wir hatten gerade zu Abend gegessen.

An jenem Abend war auch nicht ein einziger Stern zu sehen. Ohne viel zu sprechen, gingen wir über den menschenleeren Strand. Nahe der Mündung des Hikiji flackerte auf dem Sand ein einzelnes Feuer, wahrscheinlich ein Zeichen für die auf das Meer hinausgefahrenen Fischer.

Das Rauschen der Wellen riß nicht ab. Je mehr wir uns dem Wasser näherten, desto stärker wurde der Geruch des Meeres, nein, nicht so sehr der Geruch des Meeres an sich als vielmehr der Geruch von Seetang und Treibholz, die zu unseren Füßen an den Strand gespült wurden. Irgendwie spürte ich den Geruch nicht nur in der Nase, sondern auch auf der Haut.

Wir standen eine Weile dicht am Wasser und betrachteten das Schimmern der Schaumkronen. Schwarz war das Meer, wohin man auch blicken mochte. Ich erinnerte mich eines Aufenthaltes an der Küste irgendwo in der Präfektur Chiba ungefähr zehn Jahre zuvor. Und sofort mußte ich auch an einen Freund denken, mit dem ich damals dort zusammen gewesen war. Neben eigenen Arbeiten hatte er für mich das Korrekturlesen meiner Novelle »Batatenbrei« erledigt ...

O., der sich unterdessen dicht am Wasser niedergehockt hatte, riß ein Streichholz an.

»Was soll denn das?«

»Ach, eigentlich nichts ... Aber was man selbst bei dieser kleinen Flamme nicht alles sehen kann.«

O. blickte über die Schulter zu uns auf und sagte das mehr zu meiner Frau gewandt. Zwischen dem Seetang glitzerten im schwachen Schein der Streichholzflamme allerlei Muschelschalen. Als die Flamme erlosch, zündete O. ein

479

neues Streichholz an und rückte langssm Stück um Stück weiter. »Puh, scheußlich! Ich dachte schon, das Bein eines Ertrunkenen!«

Ein einzelner Badeschuh guckte zur Hälfte aus dem Sand. Außerdem lag da zwischen den Algen ein großer Schwamm. Als auch dieses Streichholz erlosch, war es ringsum noch dunkler als vorher.

»Na ja, solch eine Beute wie heute am Tage war es nicht.«

»Beute? Ach so, du meinst das Brett? So etwas liegt ja schließlich nicht in Massen herum.«

Das ständige Rauschen der Wellen hinter uns, gingen wir über den breiten Strand zurück. Immer wieder traten wir auf Seetang.

»Selbst bis hierhin scheint allerhand angespült zu sein.«

»Soll ich noch einmal ein Streichholz anreißen?«

»Laß nur … Nanu, bimmeln da nicht Glöckchen?«

Ich lauschte einen Augenblick angespannt. Zuerst glaubte ich an eine Sinnestäuschung, denen ich in letzter Zeit oft erlegen war. Doch es gab keinen Zweifel, irgendwo bimmelten tatsächlich Glöckchen. Ich wollte gerade O. noch einmal fragen, ob er es auch hören könne. Da sagte meine Frau, die zwei, drei Schritte hinter uns ging, lachend: »Das sind bestimmt die Glöckchen an meinen Holzsandalen.«

Auch ohne mich umzudrehen, wußte ich jedoch, daß meine Frau Strohsandalen an den Füßen hatte.

»Ich bin heute abend zu einem kleinen Mädchen geworden und habe die Holzsandalen mit den Glöckchen am Absatz angezogen.«

»Es bimmelt in Ihrem Kimonoärmel! Natürlich, darin steckt ein Spielzeug von Y-chan. Ein Zelluloidspielzeug mit einem Glöckchen drin«, sagte O. und lachte.

Meine Frau hatte inzwischen den Abstand aufgeholt, und wir gingen zu dritt nebeneinanderher. Durch die scherzhaften Worte meiner Frau hatte sich die Spannung gelöst, so daß wir jetzt munterer und unbeschwerter plauderten als vorher.

Ich erzählte O. von einem Traum, den ich in der letzten Nacht gehabt hatte. Vor einem Wohnhaus im europäischen Stil hatte ich mich mit dem Fahrer eines Lastkraftwagens unterhalten. Selbst im Traum kam mir der Fahrer bekannt vor. Nur konnte ich mich, als ich dann erwachte, nicht darauf besinnen, wo ich ihm schon einmal begegnet war.

»Wenn ich mich recht erinnere, hat mich mal vor drei oder vier Jahren eine Journalistin interviewt ...«

»Dann war der Fahrer also eine Frau?«

»Nein, natürlich ein Mann. Nur das Gesicht war das der Journalistin. Es ist eigenartig, aber was man einmal gesehen hat, das bleibt doch irgendwo im Kopf haften.«

»Das kann schon sein. Zumal wenn es ein eindrucksvolles Gesicht ist ...«

»Aber das ist es ja eben. Das Gesicht der Journalistin hat mich überhaupt nicht beeindruckt. Gerade deshalb ist es mir so unheimlich. Aber es scheint noch so manches jenseits der Schwelle meines Bewußtseins zu liegen ...«

»So ähnlich wie hier am Strand. Erst wenn man ein Streichholz anzündet, sieht man dieses und jenes.«

Während wir noch so miteinander sprachen, entdeckte ich plötzlich, daß ich ganz deutlich die Gesichter der beiden anderen erkennen konnte. Und das, obwohl nach wie vor am Himmel nicht ein einziger Stern schimmerte. Mich schauderte, und ich blickte immer wieder zum Himmel empor. Auch meine Frau schien etwas bemerkt zu haben, denn noch bevor ich etwas gesagt hatte, beantwortete sie meine Zweifel: »Das kommt vom Sand. Meinst du nicht?« Sie verschränkte die Arme und wandte sich zu dem breiten Sandstrand um. »Es scheint so.«

»Der Sand ist ein richtiger Kobold. Denn die Fata Morgana macht er doch auch ... Haben Sie überhaupt schon eine Fata Morgana gesehen?« fragte O. meine Frau.

»Ja, neulich ... Aber es war nur so ein bläulicher Streifen ...«

»Das ist sie. Mehr haben wir heute auch nicht gesehen.«

Wir überquerten die Brücke am Hikiji-Fluß und gingen an der Einfriedung des Gasthofes Azumaya entlang. Ein leichter Wind hatte sich erhoben und säuselte in den Zweigen der Kiefern. Auf einmal war mir, als käme uns mit schnellen Schritten ein kleiner Mann entgegen. Ich mußte daran denken, welchen Streich mir meine Sinne einmal im letzten Sommer gespielt hatten. An einem Abend wie dem heutigen hatte ich ein Stück Papier an einem Pappelzweig für einen Helm gehalten. Doch daß uns jetzt ein Mann entgegenkam, war keine Sinnestäuschung. Je mehr wir uns einander näherten, desto deutlicher konnte ich seine Hemdbrust erkennen.

»Was ist denn das für eine Krawattennadel?«

Kaum hatte ich das mit leiser Stimme gesagt, entdeckte ich, daß die vermeintliche Krawattennadel eine glimmende Zigarette war. Meine Frau biß sich auf den Kimonoärmel und lachte als erste heimlich in sich hinein.

Ohne einen Blick auf uns zu werfen, eilte der Mann an uns vorüber.

»Also dann, gute Nacht!«

»Gute Nacht!«

In heiterer Stimmung verabschiedeten wir uns von O. und setzten unseren Weg unter den raunenden Kiefern fort. Ein leises Zirpen mischte sich in das Windgeflüster.

»Wann hat der Großvater eigentlich goldene Hochzeit?«

Mit »Großvater« war mein Adoptivvater gemeint.

»Ja, wann denn nur? ... Ist die Butter aus Tokio schon angekommen?«

»Die Butter noch nicht. Nur die Wurst.«

Inzwischen waren wir an der Pforte – an der halbgeöffneten Pforte angelangt.

Februar 1927

Kappa

Zum Geleit

Es folgt eine Geschichte, die der Patient einer Nervenheilanstalt – der Patient Nummer 23 – jedem erzählt. Er hat die Dreißig wohl schon überschritten, auf den ersten Blick aber hält man diesen Geistesgestörten für jünger. Die Hälfte seines Lebens – ach nein, lassen wir das! Als er dem Anstaltsleiter, Doktor S., und mir diese Geschichte, ohne zu stocken, erzählte, hielt er seine Knie fest umklammert, und von Zeit zu Zeit warf er einen Blick aus dem Fenster, vor dessen Eisengitter sich die kahlen Äste einer Eiche in den mit Schneewolken verhangenen Himmel reckten. Allerdings verharrte er dabei nicht in völliger Reglosigkeit. Sagte er zum Beispiel: »Ich erschrak heftig«, dann warf er unvermittelt den Kopf in den Nacken.

Ich will seine Geschichte möglichst genau so, wie er sie erzählte, wiedergeben. Sollten jedoch jemandem meine Aufzeichnungen unzulänglich erscheinen, so möge er die Nervenheilanstalt S. in X., einem Dorf am Rande von Tokio, selbst aufsuchen.

Der für sein Alter jung aussehende Patient Nummer 23 wird zuerst höflich den Kopf neigen und auf einen kissenlosen Stuhl weisen. Dann wird er ein undurchsichtiges Lächeln aufsetzen und in aller Ruhe seine Geschichte wiederholen. Zum Schluß – ich erinnere mich sehr gut seines Gesichtsausdrucks, als er seine Geschichte beendet hatte – zum Schluß wird er sich plötzlich aufrichten, mit den Fäusten herumfuchteln und dabei jeden anbrüllen: »Scher dich raus, du Spitzbube! Auch du bist sicher so ein blödes, maßlos eifersüchtiges, unflätiges, dreistes, eingebildetes, brutales, unverschämtes Wesen. Scher dich raus!«

1

Es war vor drei Jahren im Sommer. Ich trug, wie es bei Wanderungen üblich ist, einen Rucksack auf dem Rücken und hatte die Absicht, von dem an den Thermalquellen gelegenen Gasthaus Kamikochi aus den Hotaka zu besteigen. Wie Sie sicherlich wissen, ist der Hotaka nur zu erreichen, wenn man dem Azusa flußaufwärts folgt. Weil ich früher schon einmal den Hotaka und selbstverständlich auch den Gipfel des Yarigatake bestiegen hatte, begab ich mich ohne Führer in das vom Morgennebel verhangene Azusatal. Dort sah es jedoch nicht danach aus, daß sich der Nebel lichten würde. Im Gegenteil, er sank immer tiefer.

Als ich eine Stunde gewandert war, fragte ich mich, ob es nicht doch besser sei, wieder zu dem an den Thermalquellen gelegenen Gasthaus Kamikochi zurückzukehren. Aber selbst dann, wenn ich mich dazu hätte entschließen können, wäre mir auch nichts anderes übriggeblieben, als hier zu warten, bis der Nebel steigen würde. Während ich noch darüber nachdachte, wurde der Nebel dichter und dichter. Ach was, ich gehe weiter! sagte ich mir. Als ich mich dazu entschlossen hatte, bahnte ich mir einen Weg durch den halbhohen Bambus, um nicht vom Tal des Azusa abzukommen.

Der dichte Nebel nahm mir mehr und mehr die Sicht. Allerdings konnte ich von Zeit zu Zeit doch noch das Laub der tief herabhängenden dicken Buchenäste und die Nadeln der Silbertannen erkennen. Dann und wann tauchten auch weidende Pferde und Rinder vor mir auf; aber kaum hatte ich sie entdeckt, waren sie auch schon wieder im milchigen Nebel verschwunden. Allmählich wurden meine Füße müde, obendrein bekam ich Hunger, und zu allem Unglück hatten die vom Nebel völlig durchnäßte Bergsteigerkluft und die Wolldecke bereits nicht mehr ihr normales Gewicht. Schließlich war ich meiner selbst nicht mehr Herr und stieg, mich ganz auf mein Gehör verlassend, zu dem zwischen den Felsen rauschenden Fluß hinunter.

Ich setzte mich auf einen Stein am Flußufer und holte meinen Proviant hervor, öffnete eine Büchse Corned beef, sammelte trockne Zweige und zündete ein Feuer an. An die zehn Minuten mochte ich mich so beschäftigt haben. Der bislang so scheußliche Nebel begann sich allmählich zu lichten. Beim Essen warf ich einen flüchtigen Blick auf die Armbanduhr. Es war schon zwanzig Minuten nach ein Uhr. Aber was mich noch mehr in Schrecken versetzte, war das abscheuliche Gesicht, das sich in dem runden Uhrglas widerspiegelte. Entsetzt drehte ich mich um. Und dann sah ich tatsächlich zum erstenmal in meinem Leben einen Kappa. Von einem Felsen hinter mir schaute solch ein Kappa, wie wir sie von Bildern kennen, neugierig auf mich herab. Mit der einen Hand klammerte er sich an einen Birkenstamm mit der anderen beschattete er die Augen.

Starr vor Schrecken, saß ich einen Augenblick völlig reglos da. Der Kappa schien ebenfalls erschrocken. Er bewegte nicht einmal die Hand über den Augen. Dann aber sprang ich, so schnell ich nur konnte, auf und stürzte zu dem Felsen. Noch im selben Augenblick aber flüchtete der Kappa. Nein, ich nahm an, daß er geflüchtet sei. In Wirklichkeit war er nur behende ausgewichen und aus meinem Gesichtskreis entschwunden. Sehr verwundert blickte ich mich im halbhohen Bambusdickicht um und entdeckte ihn schließlich, wie er, fluchtbereit, in zwei, drei Meter Entfernung hockte und mich beobachtete, was ich gar nicht so sonderbar fand. Überrascht war ich nur, als ich die Färbung seines Körpers sah. Als er mich nämlich vom Felsen herab betrachtet hatte, war er grau gewesen. Jetzt aber sah er grün aus. »Verdammt!« rief ich laut und stürzte von neuem auf ihn zu. Natürlich lief er weg. Wie von Sinnen verfolgte ich ihn etwa eine halbe Stunde lang, schlug mich dabei durch den halbhohen Bambus und sprang über Felsbrocken.

Ein Kappa ist kaum langsamer als ein Affe. Während ich ihm wie im Wahn nachjagte, verlor ich ihn einige Male aus den Augen. Obendrein rutschte ich mehrmals aus und fiel hin. Unter einem großen Kastanienbaum mit weitausladenden dicken Ästen versperrte glücklicherweise ein weidender Stier, ein Tier mit mächtigen Hörnern und blutunterlaufenen Augen, dem Kappa den Weg. Kaum sah der Kappa den Stier, da stieß er einen kläglichen Schrei aus und sprang Hals über Kopf in ein auffallend hohes Bambusgestrüpp. Und ich – selbst dorthin folgte ich ihm, ohne lange zu überlegen, und sagte mir: Jetzt hab ich dich! Aber ich mußte wohl ein Loch übersehen haben, denn als ich meinte, endlich den schlüpfrigen Rücken des Kappa mit den Fingerspitzen zu berühren, stürzte ich plötzlich kopfüber in eine tiefe Finsternis. Doch selbst in solchen Augenblicken höchster Gefahr erinnert sich unser menschlicher Verstand der unsinnigsten Dinge. Ich dachte nur »O weh!«, und im gleichen Moment fiel mir die Brücke neben dem an den Thermalquellen gelegenen Gasthaus Kamikochi ein, die man die Kappabrücke nennt. An das, was danach geschah, kann ich mich in keiner Weise mehr entsinnen. Ich sah nur noch so etwas wie das Zucken eines Blitzes vor meinen Augen, dann verlor ich das Bewußtsein.

2

Als ich schließlich wieder zu mir kam und mich umsah, lag ich auf dem Rücken, umringt von einer großen Kappaschar. Ein Kappa, er trug einen Kneifer auf seinem dicken Schnabel, kniete an meiner Seite und horchte meine Brust mit einem Stethoskop ab. Als er sah, daß ich die Augen aufschlug, bedeutete er mir mit Gesten, ich solle mich ruhig verhalten. Dann wandte er sich mit den Worten »Quax, quax« an einen Kappa, der hinter ihm stand. Und schon kamen zwei Kappa mit einer Tragbahre von irgendwoher gerannt. Ich wurde daraufgelegt und behutsam einige hundert Meter durch eine dichte Kappamenge getragen. Das Straßenschild unterschied sich nicht im mindesten von dem der Ginza. Im Schatten der Buchenallee reihten sich die Markisen der Läden aneinander. Zahllose Autos fuhren über die von Bäumen gesäumte Straße. Bald bog man mit der Trage, auf der ich lag, in eine schmale Nebenstraße ein und setzte sie gleich darauf in einem Haus ab. Wie ich später erfuhr, war es das Haus des Kappa mit dem Kneifer, eines Arztes namens Tschack. Ich wurde in ein kleines, sauberes Bett gelegt. Daraufhin gab mir Tschack irgendeine durchsichtige Arznei zu trinken, ein ganzes Glas voll.

Ich lag ausgestreckt auf dem Bett und fügte mich drein. Doch ließ ich nur deshalb alles mit mir geschehen, weil mir meine Gelenke so weh taten, daß ich mich kaum bewegen konnte.

Tschack kam täglich zwei- oder dreimal, um mich zu untersuchen. Und alle drei Tage besuchte mich auch der Kappa, der mich entdeckt hatte, der Fischer Bagg. Die Kappa wissen sehr viel mehr über uns Menschen als wir über sie – wahrscheinlich, weil sie weitaus mehr Menschen fangen als wir Menschen Kappa. Mag sein, daß das Wort »fangen« hier nicht ganz am Platze ist, fest steht jedenfalls, daß bereits vor mir hin und wieder Menschen in das Land der Kappa gelangt sind. Und die meisten von ihnen blieben dann bis an ihr Lebensende dort. Ich will Ihnen auch verraten, warum. Als Menschen haben wir nämlich den Kappa gegenüber das Privileg, essen zu können, ohne zu arbeiten. Bagg erzählte mir einmal, daß ein junger Straßenarbeiter, der zufällig in dieses Land gelangt war, sich ein Kappamädchen zur Frau genommen und bis zu seinem Tode dort gelebt hat. Und wie er mir weiterhin sagte, war dieses Kappamädchen nicht nur die Schönste im ganzen Lande, sondern sie verstand es auch, ihren Mann, den Straßenarbeiter, mit bemerkenswertem Geschick zu betrügen.

Nach einer Woche wurde entsprechend den Gesetzen des Landes beschlossen, daß ich als »Bürger unter besonderem Schutz« neben Tschacks Haus zu wohnen hatte.

Mein Haus, obwohl klein, war recht geschmackvoll eingerichtet. Selbstverständlich besteht zwischen der Kultur dieses Landes und der in den Ländern der Menschen, zumindest aber der Kultur Japans, kein allzu großer Unterschied. In einer Ecke des an der Straßenfront gelegenen Gästezimmers stand ein Klavier, an der Wand hing eine gerahmte Radierung. Als etwas unbequem empfand ich nur, daß sowohl das Haus als auch Tische und Stühle der Körpergröße der Kappa entsprachen. Mir war also, als hätte man mich in ein Kinderzimmer geführt.

Immer, wenn es zu dunkeln begann, empfing ich in diesem Hause Tschack und Bagg, um die Sprache der Kappa zu erlernen. Aber nicht nur die beiden besuchten mich, denn jeder war begierig, mich, den »Bürger unter besonderem Schutz«, kennenzulernen. So kam auch Geel, der Direktor der Glasfabrik, der Tschack zu sich rief, nur um sich täglich den Blutdruck messen zu lassen. In den ersten zwei Wochen war jedoch Bagg, der Fischer, mein bester Freund.

Es war an einem milden Abend. Der Fischer Bagg und ich saßen uns am Tisch gegenüber. Was mochte sich Bagg bloß dabei gedacht haben, als er auf einmal verstummte, seine großen Augen weit aufriß und mich anstarrte? Ich erschrak. »Quax, Bagg, quo quel quam?« fragte ich ihn, was übersetzt etwa heißt: »He, Bagg, was ist los?« Aber Bagg gab keine Antwort. Er sprang vielmehr plötzlich auf, streckte die Zunge heraus und schickte sich an, mir wie ein Frosch auf die Schulter zu hüpfen. Mir wurde unheimlich zumute. Ich erhob mich möglichst unauffällig von meinem Stuhl und wollte gerade mit einem Satz zur Tür hinausspringen, als dort glücklicherweise das Gesicht des Arztes Tschack erschien.

»He, Bagg, was machst du?« fragte er und blickte Bagg durch seinen Kneifer drohend an. Sogleich bekam es Bagg mit der Angst zu tun. Immer wieder hob er die Hände zum Kopf und sagte zu mir und Tschack: »Ich bitte vielmals um Verzeihung. Aber es ist zu amüsant, wenn dieser Herr sich entsetzt. So ließ ich mich gehen und trieb einen kleinen Scherz mit ihm. Mein Herr, sehen auch Sie es mir bitte nach.«

3

Bevor ich in meiner Erzählung fortfahre, muß ich einige Erklärungen über die Kappa einfügen. Noch immer wird angezweifelt, daß die Kappa tatsächlich existieren. Doch seit ich selbst unter ihnen gelebt habe, sollte es eigentlich nicht mehr den geringsten Zweifel geben. Fragt man weiter, um was für Lebewesen es sich handelt, so kann man sagen, daß sie sich mit ihrem kurzen Haupthaar und den Schwimmhäuten an Händen und Füßen von den in der »Studie über den Wassertiger« und anderen ähnlichen Büchern abgebildeten Wesen nicht sonderlich unterscheiden. Ihre Körpergröße schwankt um einen Meter, ihr Gewicht beläuft sich nach Angaben des Arztes Tschack auf zwanzig bis dreißig Pfund. Allerdings gibt es auch einige wenige Großkappa, die über fünfzig Pfund wiegen. Mitten auf dem Kopf haben sie eine ovale, schüsselartige Vertiefung, die sich mit zunehmendem Alter zu verhärten scheint. Tatsächlich fühlte sich die Schüssel des älteren Bagg und die des jüngeren Tschack sehr verschieden an. Das Eigenartigste ist jedoch die Hautfarbe der Kappa. Ihnen ist nicht, wie uns Menschen, eine bestimmte Farbe eigen, sondern sie wechselt entsprechend der Umgebung. Halten sich die Kappa zum Beispiel im Gras auf, nehmen auch sie eine grasgrüne Färbung an, befinden sie sich auf einem Felsen, so werden sie ebenfalls grau. Selbstverständlich ist das nicht nur eine Eigenschaft der Kappa. Das Chamäleon wechselt ja auch die Farbe. Wahrscheinlich besitzen die Kappa eine dem Chamäleon ähnliche Hautstruktur. Als ich darauf aufmerksam wurde, entsann ich mich eines volkskundlichen Dokuments, in dem es hieß, daß die Kappa im westlichen Japan von grüner und die im Nordosten von rötlicher Farbe seien. Außerdem mußte ich daran denken, daß Bagg ja damals, als ich ihn verfolgte, plötzlich verschwunden und für mich unsichtbar geworden war. Überdies haben die Kappa allem Anschein nach unter ihrer Haut eine ziemlich dicke Fettschicht; denn trotz der verhältnismäßig niedrigen Temperatur in diesem unterirdischen Land (durchschnittlich zehn Grad) kennen sie keine Kleidung. Jeder Kappa trägt allerdings eine Brille, auch hat er ein Zigarettenetui und eine Geldbörse bei sich. Da sie ähnlich den Känguruhs eine Bauchfalte haben, bereitet es ihnen keine sonderlichen Schwierigkeiten, die Sachen unterzubringen. Als komisch empfand ich es jedoch, daß sie nicht einmal ihre Lenden verhüllten. Ich habe Bagg einmal gefragt, was es mit dieser Sitte eigentlich auf sich habe. Daraufhin hielt er sich den Bauch vor Lachen und antwortete schließlich: »Ich finde Ihre Verhüllung komisch!«

4

Nach und nach erlernte ich die Umgangssprache der Kappa. Dadurch wurde ich auch allmählich mit ihren Sitten und Gewohnheiten vertraut. Höchst seltsam, ja geradezu widersinnig ist es, daß sie das, was uns Menschen ernst stimmt, spaßig finden und daß hingegen das, was wir Menschen spaßig finden, sie ernst stimmt. Für uns sind doch beispielsweise Gerechtigkeit und Menschlichkeit durchaus etwas Ernstes. Wenn aber die Kappa das hören, halten sie sich den Bauch vor Lachen. Mit dem Begriff Spaß verbinden sich bei ihnen grundsätzlich andere Vorstellungen als bei uns. Ich erzählte einmal dem Arzt von der Geburtenbeschränkung. Tschack riß nur den Mund weit auf und brach in ein solches

Gelächter aus, daß ihm der Kneifer herunterfiel. Natürlich wurde ich ärgerlich und fragte ihn scharf, was daran lächerlich sei. Wenn ich mich recht erinnere, lautete seine Antwort etwa: »Aber sagen Sie, finden Sie es nicht lächerlich, immer nur an die Eltern zu denken? Das scheint mir reichlich selbstsüchtig.« (Allerdings ist es möglich, daß ich die Feinheiten der Formulierung nicht verstanden habe; denn zu jener Zeit beherrschte ich die Umgangssprache der Kappa noch nicht vollständig.)

Andererseits ist, aus menschlicher Sicht betrachtet, nichts komischer als die Geburt eines Kappa. Einige Zeit nach dem Gespräch mit dem Arzt suchte ich Bagg in seiner Wohnung auf, um der Entbindung seiner Frau beizuwohnen. Für die Entbindung trifft man bei den Kappa dieselben Vorbereitungen wie bei uns Menschen. Auch bei ihnen nimmt man die Hilfe eines Arztes und einer Hebamme in Anspruch. Wenn aber der Zeitpunkt der Geburt herannaht, legt der Vater, als wolle er telefonieren, seinen Mund an die Scham der Mutter und fragt mit lauter Stimme: »Willst du in diese Welt geboren werden? Überlege es dir gut und antworte dann!«

Bagg lag auf den Knien und wiederholte mehrmals seine Anfrage. Dann gurgelte er mit einem Desinfektionsmittel, das auf dem Tisch stand. Das Kind im Mutterleib schien etwas befangen, denn es antwortete nur mit leiser Stimme: »Ich möchte nicht geboren werden. Zum einen ist die mir von meinem Vater vererbte Gemütskrankheit schon schlimm genug, zum anderen meine ich, daß ein Kappadasein ein sehr elendes ist.«

Als Bagg die Antwort vernahm, kratzte er sich verlegen am Kopf. Aber die anwesende Hebamme führte unverzüglich eine dicke Glasröhre mit irgendeiner Lösung in die Scheide der Mutter ein. Wie erleichtert stieß die Frau einen tiefen Seufzer aus. Gleichzeitig schrumpfte ihr geschwollener Leib wie ein Ballon, aus dem der Wasserstoff entweicht.

Die Antwort beweist, daß die Kinder der Kappa von Geburt an sprechen und selbstverständlich auch laufen können. Wie mir Tschack einmal erzählte, hat es ein Kind gegeben, das im Alter von sechsundzwanzig Tagen einen Vortrag über die Existenz Gottes hielt. Allerdings sagte er auch, daß dieses Kind mit zwei Monaten starb.

Bei dieser Gelegenheit möchte ich gleich noch von einem großen Plakat berichten, das ich im dritten Monat meines Aufenthalts in diesem Lande zufällig an einer Straßenecke entdeckte. Auf dem unteren Teil waren zwölf oder dreizehn Kappa abgebildet, die entweder Trompete bliesen oder Schwerter trugen. Der ganze obere Teil war mit den Uhrfedern ähnlichen spiralförmigen Buchstaben der Kappa bedeckt. Übersetzt man diese Spiralzeichen, so ergeben sie etwa folgenden Sinn:

Gesunde Kappamänner und -frauen,
verpflichtet euch zum Dienst in den Vererbungstruppen!
Heiratet nichtgesunde Kappamänner und -frauen,
um die schlechten Erbanlagen auszurotten!!!

(Vielleicht sind auch hier wieder einige Feinheiten nicht richtig wiedergegeben. Doch ich habe jedes Wort aufgeschrieben, das mir der Kappastudent Lapp, der mich begleitete, mit lauter Stimme vorlas.)

Selbstverständlich äußerte ich damals Lapp gegenüber die Meinung, daß so etwas doch undurchführbar sei. Nicht nur Lapp, sondern alle Kappa, die in der Nähe des Plakats standen, brachen in ein schallendes Gelächter aus.

»Das sei nicht durchführbar? Aber wie Sie erzählt haben, macht man es in Ihrem Lande doch genauso. Warum verliebt sich denn bei Ihnen der junge Mann aus gutem Haus in das Dienstmädchen und das Mädchen aus gutem Haus in den Chauffeur? Das ist nichts anderes als ein unbewußtes Ausrotten schlechter Erbanlagen. Stehen unsere Truppen nicht turmhoch über euren Truppen, die, wie Sie mir neulich erzählten, sich gegenseitig hinschlachten, nur weil die einen den anderen eine Bahnlinie entreißen wollen?«

Während Lapp das im vollsten Ernst sagte, bewegte sich unaufhörlich sein dicker Bauch, als unterdrücke er ein Lachen. Sollte ich lachen? Etwas verwirrt suchte ich einen Kappa zu fassen, der mir, wohl in der Meinung, daß ich abgelenkt sei, meinen Füllhalter gestohlen hatte. Aber für uns ist es nicht einfach, einen schleimig-glatten Kappa festzuhalten. So entschlüpfte er mir und floh spornstreichs, den spindeldürren Körper so weit vorgebeugt, daß ich glaubte, er müsse jeden Augenblick stürzen.

5

Der Kappa namens Lapp wandte nicht weniger Mühe für mich auf als Bagg. Ihm schulde ich ganz besonderen Dank dafür, daß er mich mit dem Kappa Tock bekannt gemacht hat. Tock war der Poet seiner Mitkappa. Und als Dichter trug er, wie es auch bei uns üblich ist, langes Haar. Um mir die Langeweile zu vertreiben, suchte ich ihn von Zeit zu Zeit in seinem Hause auf. Stets saß er in seinem kleinen Zimmer, umgeben von vielen Töpfen mit Hochgebirgspflanzen, und schrieb Gedichte und rauchte Zigaretten. Er schien ein sorgenfreies Leben zu führen. In der einen Ecke des Zimmers beschäftigte sich eine Kappafrau – Tock war Anhänger der freien Liebe, deshalb besaß er keine Ehefrau – mit Handarbeiten oder etwas Ähnlichem. Sobald Tock mich erblickte, lächelte er.

»Treten Sie doch näher«, sagte er dann. »Hm, nehmen Sie bitte dort auf dem Stuhl Platz!«

(Das Lächeln der Kappa ist nicht gerade angenehm. Zumindest in der ersten Zeit rief es ein Unbehagen in mir hervor.)

Tock sprach oft über die Lebensweise und die Kunst der Kappa. Nach seiner Auffassung gibt es nichts Widersinnigeres als das Leben eines gewöhnlichen Kappa. Das einzige Vergnügen für Eltern und Kinder, Mann und Frau, Schwestern und Brüder besteht darin, sich gegenseitig Leid zuzufügen. Vor allem das Familiensystem ist die größte Torheit aller Torheiten. Einmal wies Tock aus dem Fenster und sagte verächtlich: »Sehen Sie! Welch ein Grad von Blödheit!«

Draußen schleppte sich ein noch junger Kappa keuchend über die Straße. Zwei Kappa, offenbar seine Eltern, dazu noch sieben oder acht Kappajungen und -mädchen hingen träge an seinem Hals. Ich dagegen bewunderte die Opferbereitschaft des jungen Kappa und begann sogar, seine Pflichttreue zu loben.

»Hm, Sie hätten die Qualitäten, sogar ein guter Bürger dieses Landes zu werden … Nebenbei, sind sie etwa Sozialist?«

Natürlich antwortete ich mit »qua«, was in der Kappasprache soviel wie »ja« heißt.

»Demnach kümmert es Sie nicht, wenn man ohne Gewissensbisse ein Genie für hundert Durchschnittsmenschen opfert.«

»Doch welchem -ismus huldigen Sie? Irgend jemand hat mir erzählt, daß Sie sich dem Anarchismus verschrieben hätten …«

»Ich? Ich bin Übermensch« (wörtlich: Überkappa), sagte Tock stolz. Auch über die Kunst hatte er eigentümliche Ansichten. Nach seiner Auffassung ist die Kunst etwas völlig Unabhängiges, ist sie Kunst um der Kunst willen, weshalb der Künstler vor allem ein über Gut und Böse stehender Übermensch zu sein hat. Diese Ansicht wird nicht nur von Tock vertreten. Die meisten seiner Dichterkollegen scheinen der gleichen Meinung zu sein. Ab und zu habe ich mit Tock den Klub der Übermenschen besucht. Hier kommen Dichter, Schriftsteller, Dramatiker, Kritiker, Maler, Musiker, Bildhauer und Kunstliebhaber zusammen. Alle sind sie Übermenschen.

Im hellerleuchteten Salon pflegte man sich lebhaft zu unterhalten. Manchmal aber bewiesen sie einander in selbstgefälliger Weise ihr Übermenschentum. So packte einmal ein Bildhauer zwischen den Kübeln mit dem großen Teufelsfarn einen jungen Kappa und trieb mit ihm Unzucht. Eine Schriftstellerin kletterte auf den Tisch und trank vor unseren Augen sechzig Flaschen Absinth aus. Allerdings fiel sie bei der sechzigsten Flasche vom Tisch und tat gleich darauf ihren letzten Atemzug.

An einem schönen Mondabend kehrten der Dichter Tock und ich Arm in Arm aus dem Klub der Übermenschen heim. Tock war ungewöhnlich niedergeschlagen und sprach kein einziges Wort. Dann kamen wir an einem kleinen, hellerleuchteten Fenster vorüber, hinter dem ein Kappamann und eine Kappafrau, offensichtlich Eheleute, und drei Kappakinder beim gemeinsamen Abendessen saßen. Tock seufzte und wandte sich plötzlich an mich: »Auch als Liebender halte ich mich für einen Übermenschen, aber wenn ich diese häusliche Atmosphäre sehe, werde ich doch neidisch.«

»Finden Sie nicht, daß Sie sich selbst widersprechen?«

Im Schein des Mondes stand Tock mit verschränkten Armen da und starrte auf den Abendbrottisch der fünf friedlichen Kappa hinter dem kleinen Fenster. Schließlich antwortete er: »Was immer man sagen mag, aber jenes Rührei, das sie da essen, ist der Gesundheit dienlicher als jegliche Liebe.«

6

In der Tat, die Liebesbräuche der Kappa und der Menschen sind grundverschieden. Sobald ein Kappamädchen einen Kappamann entdeckt, von dem es meint, den oder keinen, dann ist ihr jedes Mittel recht, ihn einzufangen. Selbst das rechtschaffenste Kappamädchen verfolgt ungestüm den Kappamann. Ich habe Kappamädchen wie von Sinnen hinter Kappamännern herrennen sehen. Und nicht nur das! Sogar ihre Eltern und Geschwister beteiligen sich an der Jagd. Der Kappamann ist wahrlich zu bedauern. Selbst wenn er nach wilder Flucht glücklicherweise entkommen sollte, muß er bestimmt zwei, drei Monate auf dem Krankenlager zubringen.

Eines Tages las ich bei mir zu Hause in einer Gedichtsammlung von Tock. Plötzlich stürzte Lapp, der Student, herein. Kaum war er in meinem Zimmer, fiel er auch schon auf das Bett und stieß, nach Atem ringend, hervor: »Furchtbar! Schließlich hat sie mich doch erwischt!«

Sofort warf ich die Gedichtsammlung hin und verriegelte die Tür. Als ich dann durch das Schlüsselloch spähte, lungerte ein Kappamädchen, klein von Wuchs, das Gesicht mit Schwefelpuder beschmiert, draußen herum. Von dem Tage an lag Lapp mehrere Wochen krank in meinem Bett. Doch das Schlimmste war, daß sein Schnabel faulte und schließlich abfiel.

Allerdings ist es nicht ausgeschlossen, daß manchmal auch ein Kappamann unter Aufbietung all seiner Kräfte einem Kappamädchen hinterherrennt. In solchen Fällen führt sich aber das Kappamädchen in einer Weise auf, daß der Mann es einfach verfolgen muß. Ich sah einmal, daß ein Kappamann einem Mädchen wie irrsinnig nachsetzte. Von Zeit zu Zeit blieb sie jedoch absichtlich stehen oder kroch sogar auf allen vieren. Doch als ihr der rechte Augenblick gekommen schien, spielte sie die völlig Erschöpfte und ließ sich ohne weiteren Widerstand ergreifen. Der Kappamann umfing das Mädchen und wälzte sich mit ihm eine Weile auf der Erde. Aber als er sich endlich erhob, machte er ein unbeschreiblich jammervolles Gesicht. Aus Enttäuschung? Aus Reue? Dabei hatte er noch Glück gehabt. Ich habe nämlich ein andermal einen ziemlich kleinen Kappa hinter einem Kappamädchen herlaufen sehen, das, wie üblich, in aufreizender Weise floh, bis auf der anderen Straßenseite ein großer Kappamann laut schnaubend daherkam. Als das Mädchen ihn erblickte, schrie es mit kreischender Stimme: »Furchtbar! Helfen Sie mir! Der Kerl da will mich umbringen!« Natürlich packte der große Kappa unverzüglich den kleinen und schleuderte ihn mit einem Schwung mitten auf die Straße. Der kleine Kappa griff zwei-, dreimal mit seinen flossenähnlichen Händen in die Luft und starb. Das Kappamädchen aber hatte sich schon grinsend an den Hals des großen Kappa gehängt.

Alle mir bekannten Kappamänner waren wie auf Verabredung von Kappamädchen verfolgt worden. Selbst Bagg, der doch Frau und Kinder besaß, hatten sie zwei- oder dreimal erwischt. Nur Magg, ein Philosoph, der neben dem Poeten Tock wohnte, war verschont geblieben. Vielleicht, weil es kaum noch einen so häßlichen Kappa gibt wie Magg, aber sicherlich auch, weil er sich zumeist im Hause aufhält und sich höchst selten auf der Straße zeigt.

Von Zeit zu Zeit besuchte ich Magg, um mit ihm zu plaudern. Stets las er in seinem halbdunklen Zimmer beim Schein einer siebenfarbigen Glaslaterne an einem hochbeinigen Tisch dicke Bücher. Eines Tages sprach ich mit ihm über die Liebe der Kappa. »Warum überwacht die Regierung nicht strenger die Verfolgung der männlichen Kappa durch die Kappamädchen?«

»Es gibt zuwenig weibliche Kappa in der Regierung. Da die Kappafrauen weitaus eifersüchtiger sind als die Männer, würde allein eine Erhöhung der Anzahl weiblicher Beamten bewirken, daß die Männer weniger als bisher unter der Verfolgung zu leiden hätten. Aber allzuviel wird man sich auch davon nicht versprechen dürfen. Denn sehen Sie, selbst in der Regierung verfolgen die Kappafrauen ihre männlichen Kollegen.«

»Ich darf also annehmen, daß Sie das glücklichste Leben führen!«

Daraufhin erhob sich Magg von seinem Stuhl, ergriff meine Hände, seufzte und sagte: »Sie verstehen uns eben nicht, weil Sie kein Kappa sind. Bisweilen verlangt es auch mich danach, von jenen schrecklichen Kappamädchen verfolgt zu werden.«

7

Hin und wieder ging ich mit dem Dichter Tock in ein Konzert. Das dritte Konzert, das wir besuchten, ist mir bis heute in lebhafter Erinnerung geblieben. Der Konzertsaal unterschied sich kaum von ähnlichen Auditorien in Japan. Auf den sanft ansteigenden Sitzreihen saßen drei- bis vierhundert Kappamänner und -frauen, alle mit einem Programm in der Hand, und lauschten hingebungsvoll der Musik. Bei dem erwähnten dritten Konzert saß ich zusammen mit Tock, seinem Kappamädchen und dem Philosophen Magg in der ersten Reihe. Als das Cellosolo verklungen war, erschien ein sonderbar kleinäugiger Kappa, die Noten lässig unter dem Arm, auf der Bühne. Laut Programm mußte es der berühmte Komponist Craback sein. Laut Programm – ach nein, ich brauchte ja gar nicht erst in das Programm zu schauen. Da Craback ebenso wie Tock Mitglied des Klubs der Übermenschen war, kannte ich ihn schon vom Sehen.

»Lied – Craback.« (Auch in diesem Land sind die Programme meist in deutscher Sprache abgefaßt.)

Nachdem sich Craback, von stürmischem Applaus begrüßt, leicht verbeugt hatte, begab er sich gemessenen Schrittes zum Flügel. Dann begann er, ohne viel Wesens zu machen, ein selbstkomponiertes Lied zu spielen. Nach Tocks Worten ist Craback unter allen Musikern, die dieses Land hervorbrachte, der bei weitem talentierteste. Selbstverständlich interessierten mich Crabacks Schöpfungen ebenso wie die gefühlvollen lyrischen Verse. Deshalb lauschte ich hingebungsvoll den Klängen des großen, bogenförmigen Flügels. Tock und Magg schienen noch mehr als ich verzückt zu sein. Nur das (zumindest nach Auffassung der

Kappa) schöne Mädchen preßte das Programm fest in der Hand zusammen und steckte, anscheinend gereizt, von Zeit zu Zeit die lange Zunge weit heraus. Magg hatte mir bereits erzählt, daß es ihr vor fast zehn Jahren mißglückt war, Craback zu fangen. Aus diesem Grunde betrachtete sie den Musiker mit feindseligen Augen.

Vom eigenen Enthusiasmus überwältigt, spielte Craback gleichsam, als führe er einen Kampf. Doch plötzlich hallte eine Stimme wie ein Donnerschlag durch den Saal: »Die Aufführung ist verboten!« Ich fuhr zusammen und wandte mich unwillkürlich um. Die Stimme gehörte zweifellos jenem Polizisten von außergewöhnlicher Körpergröße in der letzten Reihe. Gerade als ich mich umdrehte, beugte er sich wieder vor und brüllte, ohne auf jemand Rücksicht zu nehmen, noch lauter als zuvor: »Die Aufführung ist verboten!«

Was nun folgte, war ein riesiger Tumult.

»Polizeityrannei!« – »Craback, spiel weiter! Spiel weiter!« »Idiot!« – »Dreckvieh!« – »Hau ab!« – »Laßt euch nicht unterkriegen!«

Das Geschrei wurde immer lauter, Stühle fielen um, Programme flatterten umher, leere Seltersflaschen, Kieselsteine und angekaute Gurken kamen geflogen. Ich war maßlos entsetzt und wollte um eine Erklärung bitten. Doch Tock sah zu erregt aus. Er stand auf seinem Stuhl und schrie ununterbrochen: »Craback, spiel weiter! Spiel weiter!« Selbst sein Mädchen rief in einem nicht viel anderen Ton als er: »Polizeityrannei!«

Sie schien in diesem Augenblick ihre Feindschaft dem Musiker gegenüber vergessen zu haben.

Mir blieb also nichts anderes übrig, als mich an Magg zu wenden. »Was hat das zu bedeuten?« fragte ich ihn.

»Das hier? Das passiert oft in unserem Land. Was in der Malerei oder in der schönen Literatur ...«

Als irgendein Gegenstand geflogen kam, zog Magg den Kopf ein wenig ein, erklärte in aller Ruhe weiter: »Was in der Malerei oder in der schönen Literatur dargestellt wird, dürfte jedem ohne weiteres eingehen. Deshalb gibt es in diesem Land auch keine Verkaufs- oder Ausstellungsverbote. Dafür aber untersagt man Konzerte. Denn in der Musik werden selbst Passagen, die die Moral gefährden, von den Kappa, die kein feines Ohr haben, nicht erkannt.«

»Aber hat denn jener Polizist ein feines Ohr?«

»Ja, das ist fraglich. Vielleicht erinnerte ihn der eben gehörte Rhythmus an das Schlagen seines Herzens, wenn er mit seiner Frau schläft.«

Der Tumult wurde immer schlimmer. Craback saß vor dem Flügel und wandte sich voller Hochmut zu uns um. Aber wie hochmütig er auch sein mochte, den verschiedenen Gegenständen, die da geflogen kamen, mußte er doch ausweichen, weshalb er alle zwei, drei Sekunden in einer anderen Pose dasaß. Doch bewahrte er im großen und ganzen die Würde eines berühmten Musikers. Seine schmalen Augen funkelten furchterregend. Ich – auch ich war natürlich darauf bedacht, den Gefahren auszuweichen, und suchte deshalb hinter Tock Deckung. Aber gleichzeitig war ich neugierig und brannte darauf, mein Gespräch mit Magg fortzusetzen.

»Ist das nicht eine etwas gewalttätige Zensur?«

»Wie bitte? Im Gegenteil, sie ist fortschrittlicher als die Zensur in irgendeinem anderen Land. Sehen Sie sich bitte zum Beispiel Japan an. Dort wurde vor einem Monat …«

Gerade in diesem Augenblick flog ihm unglücklicherweise eine leere Flasche an den Kopf. Magg sagte nur »Quack« (eine bloße Interjektion) und verlor das Bewußtsein.

8

Es war sonderbar, aber irgendwie gefiel mir Geel, der Direktor der Glasfabrik. Geel ist der Kapitalist unter den Kapitalisten. Und wahrscheinlich gibt es im ganzen Kappaland niemanden, der einen so dicken Bauch hat wie er. Wenn er, umgeben von seiner einer Zwillingspflaume gleichenden Frau und seinen gurkenähnlichen Kindern, im Sessel lehnte, dann schien er beinahe glücklich.

Von Zeit zu Zeit ging ich, begleitet von Pepp, dem Richter, und Tschack, dem Arzt, zu Geel zum Abendessen. Außerdem benutzte ich Empfehlungsschreiben von ihm, um mir verschiedene Fabriken anzusehen, zu denen er oder seine Freunde in der einen oder anderen Beziehung standen.

Unter allen Betrieben war für mich die Fabrik der Buchherstellungsgesellschaft am interessantesten. Ein junger Kappaingenieur führte mich durch das Werk. Als ich die großen Maschinen sah, die mit Strom aus Wasserkraftwerken angetrieben wurden, da war ich völlig überrascht vom hohen Entwicklungsstand der Maschinenindustrie des Kappalandes. Immerhin werden, so wurde mir jedenfalls gesagt, jährlich sieben Millionen Bücher in dieser Fabrik hergestellt. Aber nicht etwa die Zahl der Bücher war es, die mich in Erstaunen versetzte, sondern vielmehr die Tatsache, daß sie ohne jede Mühe produziert wurden. Denn in diesem Land schüttet man einfach Papier, Tinte und ein graues Pulver in den trichterförmigen Mund der Maschine, und ehe fünf Minuten vergangen sind, stoßen sie zahllose Bücher im Oktav-, Duodez- und Halboktavformat aus. Während ich so dastand und zusah, wie die verschiedenen Bücher wie ein Wasserfall herausschossen, fragte ich den recht überheblich gewordenen Kappaingenieur, was denn das eigentlich für ein graues Pulver sei. Daraufhin blieb er vor der schwarzglänzenden Maschine stehen und antwortete gelangweilt: »Das hier? Das ist Eselshirn. Äh, es wird geröstet und dann pulverisiert. Gegenwärtig beträgt der Preis für die Tonne zwei, drei Sen.«

Selbstverständlich begegnet man solchen industriellen Wundern nicht nur bei der Buchherstellung. Sowohl in der Bilder- als auch in der Musikproduktion kennt man die gleichen Verfahren. Tatsächlich werden in diesem Land nach Geels Aussagen im Monat durchschnittlich sieben- bis achthundert Maschinentypen neu entworfen. Es entwickelt sich eine Massenproduktion, die der menschlichen Arbeitskraft in immer stärkerem Maße entbehren kann. Aus diesem Grunde verlieren monatlich nicht weniger als vierzig- bis fünfzigtausend Leute ihren Arbeitsplatz. Obwohl ich mir in diesem Land angewöhnt hatte, jeden Morgen die Zeitungen zu lesen, war ich bei der Lektüre doch niemals auf das Wort Streik gestoßen. Da ich das eigenartig fand, erkundigte ich mich danach bei einem Abendessen, zu dem ich zusammen mit Pepp und Tschack von Geel eingeladen worden war.

»Die werden alle verspeist«, sagte Geel, der nach dem Essen eine Zigarre zwischen den Zähnen hielt, seelenruhig. Aber ich verstand nicht, was er mit dem »werden verspeist« meinte ...

Tschack, den Kneifer auf der Nase, schien meine Zweifel bemerkt zu haben. Er fügte erklärend hinzu: »Diese Arbeiter werden alle getötet. Das Fleisch verwenden wir als Nahrungsmittel. Sehen Sie sich doch einmal die Zeitung hier an. Da in diesem Monat genau 64 769 Arbeiter entlassen worden sind, sind die Fleischpreise stark gefallen.«

»Und die Arbeiter lassen sich einfach umbringen?«

»Was würde es nützen, wenn sie sich auflehnten? Es gibt nämlich ein Arbeiterschlachtgesetz«, antwortete Pepp, der hinter einer Kübelpflanze, einem Bergpfirsich, saß und finster dreinblickte.

Mir wurde unbehaglich zumute. Aber nicht nur Geel, der Gastgeber, sondern auch Pepp und Tschack schienen ganz und gar nichts dabei zu finden. Tschack lachte sogar und sagte spöttisch zu mir: »Der Staat erspart ihnen die Mühe, sich selbst umzubringen oder Hungers zu sterben. Man läßt sie nur ein wenig Giftgas einatmen. Das ist nicht sonderlich schmerzhaft.«

»Aber dieses Fleisch zu essen ...«

»Machen Sie sich doch nicht lächerlich. Wenn Sie das

Magg hören ließen, würde er sicherlich in ein schallendes Gelächter ausbrechen. Werden denn nicht in Ihrem Lande die Töchter des vierten Standes zur Prostitution gezwungen? Es ist doch sentimental, sich dann darüber zu entrüsten, daß man bei uns das Fleisch der Arbeiter ißt.«

Geel, der dem Gespräch zugehört hatte, reichte mir eine Platte mit belegten Broten, die neben ihm auf einem Tisch stand, und sagte ungerührt:»Wie ist es? Wollen Sie nicht eins nehmen? Das ist auch Arbeiterfleisch.«

Entsetzt zuckte ich zurück. Nein, nicht nur das, ich stürzte aus Geels Gästezimmer, verfolgt von Pepps und Tschacks Gelächter. Es war eine stürmische, sternenlose Nacht. Mich immerfort übergebend, kehrte ich in der Finsternis nach Hause zurück. Das Erbrochene floß unaufhörlich in das Dunkel der Nacht.

9

Geel, der Direktor der Glasfabrik, war trotz allem ein sehr leutseliger Kappa. Ich ging mit ihm des öfteren in seinen Klub, wo ich so manchen fröhlichen Abend verbrachte. Denn zum einen konnte man sich in diesem Klub weitaus wohler fühlen als in dem Übermenschenklub, dem Tock angehörte, und zum anderen waren die Gespräche Geels nicht so tiefgründig wie die des Philosophen Magg. Und dennoch erschlossen sie mir eine völlig neue Welt – eine weite Welt. Während Geel fortwährend mit einem reingoldenen Löffel in seiner Kaffeetasse rührte, plauderte er munter und vergnügt über alles mögliche.

An einem nebligen Abend hörte ich ihm wieder einmal zu. Eine Vase mit Winterrosen stand zwischen uns. Ich erinnere mich, daß wir in dem im Sezessionsstil gehaltenen Zimmer saßen, dessen weiße Stühle und Tische selbstverständlich ebenfalls mit feinen Goldstreifen verziert waren. Geel, ein Lächeln auf den Lippen und noch stolzer dreinblickend als sonst, sprach über das Kabinett der Quorax-Partei, die zu jener Zeit gerade an die Macht gekommen war. Das Wort Quorax ist nur eine Interjektion ohne besonderen Sinn und kaum anders als mit »Oh!« zu übersetzen. »Für das Wohl aller Kappa« war das Motto dieser Partei. Sie wurde geführt von dem berühmten Politiker Loppe.

»›Redlichkeit ist die beste Außenpolitik‹, so sagte, glaube ich, Bismarck. Loppe aber dehnt die Redlichkeit auch auf die Innenpolitik aus ...«

»Doch die Rede von Loppe ...«

»Hören Sie mir bitte einmal zu. Natürlich war seine Rede eine einzige Lüge. Da aber jeder weiß, daß sie eine Lüge war, verwandelt sie sich letzten Endes doch wieder in Wahrheit. Es ist nur ein Vorurteil von Ihnen und Ihren Landsleuten, so etwas als Lüge zu bezeichnen. Wir Kappa sind nicht wie Sie ... Aber das tut hier nichts weiter zur Sache. Ich möchte Ihnen vielmehr von Loppe erzählen. Loppe also beherrscht die Quorax-Partei, wird selber aber von Quiqui, dem Chef der Zeitung ›Pou-Fou‹, beherrscht. (Das Wort ›Pou-Fou‹ ist ebenfalls eine Interjektion ohne besondere Bedeutung. Wenn man es schon übersetzen will, dann vielleicht am besten mit ›Ach!‹.) Doch auch Quiqui ist keineswegs sein eigener Herr. Quiqui wird von dem beherrscht, der vor Ihnen sitzt, nämlich von mir, Geel.«

»Aber – entschuldigen Sie bitte! – ›Pou-Fou‹ ist doch wohl eine Zeitung, die den Standpunkt der Arbeiter vertritt. Wenn Sie nun Quiqui, den Chef dieser Zeitung, beherrschen ...«

»Die Redakteure der ›Pou-Fou‹ sind selbstverständlich Arbeiterfreunde. Aber niemand anderes als Quiqui beherrscht diese Redakteure, und Quiqui wiederum wäre nichts ohne meine Rückenstärkung.«

Geel lächelte noch immer und spielte mit dem reingoldenen Kaffeelöffel. Als ich daraufhin Geel ansah, war es nicht so sehr Haß auf ihn, sondern eher Mitleid mit den Redakteuren der Zeitung »Pou-Fou«, was in mir aufstieg. Er schien, als ich plötzlich verstummte, sofort meine Empfindungen erraten zu haben; denn er blähte seinen dicken Bauch auf und sagte: »Wissen Sie, nicht alle Redakteure der Zeitung ›Pou-Fou‹ sind Arbeiterfreunde. Wir Kappa sind nämlich erst einmal uns selbst freund, bevor wir eines anderen Kappa Freund werden ... Aber um die Sache noch schwieriger zu machen: Auch über mich herrscht jemand. Was meinen Sie wohl, wer das ist? Das ist meine Frau. Die schöne Frau Geel!«

Er lachte lauthals.

»Das ist doch wohl eher ein Glück.«

»Jedenfalls ich bin es zufrieden. Doch nur mit Ihnen – nur mit Ihnen, der Sie kein Kappa sind – kann ich offen darüber sprechen.«

»Demnach herrscht also Frau Geel über das Quorax-Kabinett.«

»Ja, so kann man wohl sagen ... Nebenbei, der Krieg vor sieben Jahren brach tatsächlich wegen einer Frau aus.«

»Krieg? Hat es denn auch in diesem Lande Krieg gegeben?«

»Ja, es gab Kriege. Und ob es in Zukunft wieder einmal dazu kommen wird, weiß ich nicht. Solange aber unser Nachbarland ...«

Zum erstenmal erfuhr ich davon, daß das Reich der Kappa hier nicht der einzige Staat war. Nach Geels Worten müssen die Otter ständig als mögliche Feinde betrachtet werden, zumal sie nicht weniger rüsten als die Kappa. Ich hatte kein geringes Interesse an dem Gespräch über den Krieg der Kappa mit den Ottern, denn es ist ja für uns völlig neu, daß die Otter erbitterte Feinde der Kappa sind. (Sowohl dem Verfasser der »Studie über den Wassertiger« als auch dem Herausgeber der Sammlung »Volkserzählungen der Berginseln«, Herrn Kunio Yanagida, scheint diese Tatsache unbekannt geblieben zu sein.)

»Schon vor dem Ausbruch des Krieges hat selbstverständlich ein Land das andere genauestens beobachtet, denn beide Seiten fürchteten den Gegner gleichermaßen. In dieser Zeit der Spannungen besuchte ein bei uns weilender Otter eine Kappafamilie. Nun trug sich die Kappafrau ausgerechnet mit dem Gedanken, ihren Mann, einen Taugenichts, umzubringen. Zu einem gewissen Teil mag aber auch seine Lebensversicherungssumme sie dazu verleitet haben.«

»Kennen Sie das Ehepaar?«

»Äh – nur den Mann. Meine Frau hält ihn für einen Bösewicht. Aber wenn Sie meine Meinung hören wollen: Er ist kein Bösewicht, sondern eher ein Verrückter, der etwas reichlich unter Verfolgungswahn leidet. Er lebt nämlich ständig in der Furcht, von einem Kappamädchen ergriffen zu werden ... Nun gut, die Ehefrau tat ihrem Ehemann Zyankali in den Kakao. Doch irgendwie muß ihr ein Fehler unterlaufen sein. Sie gab nämlich diese Tasse ihrem Gast, dem Otter, der selbstverständlich starb. Daraufhin ...«

»Daraufhin begann dann der Krieg, nicht wahr?«

»Ja, denn unglücklicherweise besaß dieser Otter einen Orden.«

»Wer gewann den Krieg?«

»Wir natürlich. 369 500 Kappa starben den Heldentod. Doch verglichen mit den Verlusten des feindlichen Landes bedeutet das gar nichts. Die Pelze, die Sie bei uns sehen, sind fast durchweg Otterpelze. Während des Krieges habe ich nicht nur Glas hergestellt, sondern auch Kohlenschlacke an die Front geliefert.«

»Wozu denn Kohlenschlacke?«

»Natürlich als Nahrungsmittel. Wenn wir Kappa hungrig sind, dann ist für uns nämlich alles eßbar.«

»Bitte, nehmen Sie es mir nicht übel, aber für die Kappa an der Front ... In unserem Lande führt so etwas zu einem Skandal.«

»Bei uns auch. Nur wenn ich es selbst zugebe, macht mir niemand einen Skandal daraus. Magg, der Philosoph, glaube ich, sagte einmal: ›Bekenne deine Übeltaten selber, und die Übeltaten sind keine Übeltaten mehr ...‹ Es ging mir ja nicht allein um den Profit, sondern ich glühte geradezu vor Patriotismus.«

In diesem Augenblick kam ein Klubdiener. Nachdem er sich vor Geel verbeugt hatte, sagte er im Tonfall eines Rezitators: »Es handelt sich um einen Brand in Ihrem Nachbarhaus!«

»Br-Brand?«

Erschrocken erhob sich Geel. Natürlich stand auch ich auf. Doch gelassen fügte der Diener hinzu: »Er ist bereits gelöscht worden.«

Als Geel dem Diener nachblickte, standen in seinem Gesicht Weinen und Lachen dicht beieinander, und mir wurde bewußt, daß ich den Direktor der Glasfabrik auf einmal haßte. Jetzt stand Geel, der große Kapitalist, wie ein ganz gewöhnlicher Kappa da. Ich nahm die Winterrosen aus der Blumenvase und drückte sie ihm in die Hand. »Das Feuer ist zwar gelöscht, doch Ihre Gattin wird sicherlich noch in Ängsten schweben. Nehmen Sie bitte diese Blumen und begeben Sie sich nach Hause.«

»Danke!« Geel ergriff meine Hand. Dann lächelte er mit einemmal und flüsterte mir zu: »Das Nachbarhaus ist mein Eigentum. Die Feuerversicherungssumme werde ich schon herausbekommen.«

Geels Lächeln in diesem Augenblick – dieses Lächeln, das ich weder verachten noch hassen konnte, ist mir bis heute deutlich in Erinnerung geblieben.

10

»Was ist los? Du siehst heute wieder recht merkwürdig aus.« Es war am Tage nach dem Brand. Eine Zigarette zwischen den Lippen, richtete ich diese Frage an den Studenten Lapp, der in meinem Gästezimmer auf einem Stuhl Platz genommen hatte. Das linke Bein über das rechte geschlagen, blickte Lapp verwirrt auf den Fußboden, und zwar so, daß man seinen faulenden Schnabel nicht sehen konnte. »Lapp, ich fragte dich, was du hast.«

»Ach, es ist völlig unwichtig ...«,brachte er mit trauriger, nasaler Stimme hervor und hob mühsam den Kopf. »Als ich heute aus dem Fenster sah, murmelte ich, ohne mir etwas dabei zu denken, vor mich hin: ›Sieh an, das insektenfressende Veilchen blüht.‹ Daraufhin verfärbte sich plötzlich das Gesicht meiner Schwester, und sie keifte: ›Ich bin also ein insektenfressendes Veilchen! Das wolltest du doch wohl sagen?‹ Gleichzeitig fiel auch meine Mutter, die in meine Schwester ganz vernarrt ist, über mich her.«

»Warum war denn deine Schwester über die Worte ›das insektenfressende Veilchen blüht‹ so erbost?«

»Vielleicht hat sie geglaubt, ich wolle damit auf das Fangen eines Kappamannes anspielen. Dann mischte sich auch noch meine Tante ein, die sich mit meiner Mutter nicht gut steht. Dadurch wurde der Lärm immer lauter. Als schließlich mein Vater, der das ganze Jahr hindurch betrunken ist, das Gezänk hörte, schlug er wahllos auf uns ein. Unterdessen hatte mein jüngerer Bruder zu allem Übel noch Mutters Portemonnaie gestohlen und war fortgerannt, um sich einen Film oder so etwas anzusehen. Ich ... ich bin wirklich ...«

Lapp vergrub sein Gesicht in den Händen und begann zu weinen. Selbstverständlich hatte ich Mitleid mit ihm. Selbstverständlich war aber auch, daß ich mich gleichzeitig daran erinnerte, wie sehr der Dichter Tock das Familiensystem verabscheute. Ich klopfte Lapp auf die Schulter und tröstete ihn nach besten Kräften. »So etwas passiert doch überall mal. Kopf hoch!«

»Ja, aber ... wenn bloß mein Schnabel nicht faulen würde ...«

»Da bleibt weiter nichts, als sich zu fügen. Komm, gehen wir Tock besuchen!«

»Herr Tock verachtet mich, weil ich nicht wie er den Mut aufbringe, meiner Familie den Rücken zu kehren.«

»Gut, dann laß uns zu Craback gehen.«

Ich hatte nämlich nach jenem Konzert auch mit Craback Freundschaft geschlossen, und so kam mir die Idee, gemeinsam mit Lapp den großen Musiker aufzusuchen. Craback lebte in weitaus größerem Luxus als Tock. Was allerdings nicht heißt, daß er solch ein Leben wie der Kapitalist Geel führte. In seinem Zimmer, das vollgestopft war mit verschiedenen Kuriositäten, mit Tanagrafiguren und persischem Porzellan, pflegte Craback auf einem türkischen Diwan, der unter seinem eigenen Porträt stand, mit seinen Kindern zu spielen. Jetzt aber saß er mit bitterböser Miene da, die Arme vor der Brust verschränkt. Über den Fußboden verstreut, lagen Papierfetzen um ihn herum. Lapp war wohl schon mehrmals in Begleitung des Dichters Tock bei Craback gewesen, aber diesmal flößte dessen Anblick dem Studenten offensichtlich Furcht ein, denn Lapp verbeugte sich nur höflich und setzte sich schweigend in eine Ecke des Zimmers.

»Was ist denn geschehen, Craback?« An Stelle eines Grußes richtete ich diese Frage an den großen Musiker.

»Was geschehen ist? Diese Dummköpfe von Kritikern! Meine lyrischen Gedichte hielten keinem Vergleich mit denen Tocks stand!«

»Aber Sie sind Musiker ...«

»Daß sie meine Gedichte schlechtmachen, könnte ich ja noch ertragen. Aber ist es nicht gehässig zu behaupten, daß ich, verglichen mit Lock, die Bezeichnung Musiker nicht verdiene?«

Lock ist ein Musiker, der oft mit Craback in einem Atemzug genannt wird. Da er aber kein Mitglied des Klubs der Übermenschen war, habe ich leider nie mit ihm gesprochen. Doch sein Charakterkopf mit dem nach oben gebogenen Schnabel war mir von Fotografien her wohlbekannt.

»Auch Lock ist sicher ein Genie. Aber seine Musik hat nichts von der zeitgemäßen Leidenschaftlichkeit, die Ihre Musik erfüllt.«

»Glauben Sie das wirklich?«

»Ja, das glaube ich.«

Daraufhin sprang Craback auf, ergriff eine seiner Tanagrafiguren und schleuderte sie, ehe man sich's versah, auf die Erde. Lapp erschrak über alle Maßen. Er stieß einen Schrei aus und wollte sich davonmachen. Aber Craback winkte mit der Hand, um mir und Lapp zu bedeuten: Regt euch nicht auf! Dann sagte er kühl zu mir: »Sie haben eben auch kein anderes Gehör als das gewöhnliche Volk. Ich fürchte Lock.«

»Sie? Hören Sie auf, den Bescheidenen zu spielen.«

»Wer spielt hier den Bescheidenen? Ja, richtig, vor den Kritikern habe ich eher den Bescheidenen hervorzukehren als vor Ihnen. Ich – ich, Craback, bin ein Genie. In dieser Hinsicht fürchte ich Lock nicht.«

»Was aber fürchten Sie dann?«

»Irgend etwas nicht Faßbares – sozusagen den Stern, der über Lock steht.«

»Das begreife ich ganz und gar nicht.«

»Sie werden mich verstehen, wenn ich Ihnen sage, daß Lock nicht von mir beeinflußt wird, sondern ich von ihm. Und zwar mehr und mehr.«

»Das ist Ihre Sensibilität ...«

»Bitte, hören Sie zu. Sensibilität oder nicht, das ist hier gleichgültig. Völlig gelassen schafft Lock Werke, die nur er schaffen kann. Ich aber verliere die Geduld. Von Lock aus gesehen, mag der Unterschied vielleicht nur einen Schritt betragen. Für mich jedoch sind es Meilen.«

»Aber Ihre Heldensonate ...«, versuchte Lapp einzuwenden.

Craback kniff die schmalen Augen noch enger zusammen und starrte Lapp unheilverkündend an.

»Schweigen Sie! Was verstehen Sie davon? Ich kenne Lock! Ich kenne Lock besser als all die Hunde, die sich ihm zu Füßen werfen.«

»Beruhigen Sie sich doch!«

»Wenn ich das könnte ... Mir will es nicht aus dem Kopf. Irgendein uns Unbekannter hat Lock vor mir aufgerichtet, um mich, Craback, zu verhöhnen. Der Philosoph Magg kennt diese Dinge in allen Einzelheiten, obwohl er doch stets nur alte, verstaubte Bücher im Schein der bunten Glaslaterne liest.«

»Woraus schließen Sie, daß er das alles kennt?«

»Sehen Sie sich das Buch ›Worte eines Narren‹ an, das Magg kürzlich geschrieben hat!«

Craback reichte mir dieses Buch – nein, er warf es mir vielmehr zu. Dann verschränkte er wieder die Arme und stieß gereizt hervor: »Für heute entschuldigen Sie mich bitte!«

Ich verließ mit Lapp, der völlig gebrochen schien, das Haus. Auf der sehr belebten Straße reihte sich im Schatten der Buchen ein Laden an den anderen. Vor uns hin brütend, gingen wir schweigend nebeneinanderher. Auf einmal kam uns der langhaarige Dichter Tock entgegen. Als er uns erblickte, zog er ein Taschentuch aus seiner Bauchfalte und wischte sich mehrmals über die Stirn.

»Hallo, wir haben uns ewig nicht gesehen. Ich bin gerade im Begriff, nach längerer Zeit Craback wieder mal zu besuchen ...«

Ich wollte nicht, daß die beiden Künstler aneinandergerieten, und erzählte deshalb Tock recht umwunden, Craback sei nicht in bester Laune.

»Ach so! Na, dann laß ich's. Craback ist mit den Nerven herunter. Ich selbst fühle mich auch nicht ganz wohl, denn in den letzten zwei, drei Wochen konnte ich keinen Schlaf finden.«

»Wie wär's, gehen Sie mit uns spazieren?«

»Nein, heute nicht. – O weh!« Kaum hatte Tock das ausgerufen, da hielt er auch schon meinen Arm fest umklammert. Kalter Schweiß rann ihm über den Körper.

»Was ist los?«

»Was haben Sie?«

»Mir war, als steckte ein grüner Affe seinen Kopf aus dem Fenster jenes Autos.«

Etwas besorgt riet ich ihm, sich unbeding von Tschack un-

511

tersuchen zu lassen. Er redete viel, zeigte aber nicht die geringste Spur von Verständnis. Voller Argwohn schaute er von einem zum anderen und sagte dann: »Ich bin wirklich kein Anarchist. Vergessen Sie das bitte niemals! – Also, dann auf Wiedersehn. Tschak möge mir vom Leibe bleiben!«

Wie benommen standen wir da und sahen dem von dannen eilenden Tock nach. Wir – das »wir« stimmt ja nicht; denn der Student Lapp hatte sich, ohne daß ich es gewahr geworden war, mit gespreizten Beinen mitten auf die Straße gestellt. Durch seine Brille blickte er auf den ununterbrochenen Strom der Autos und Fußgänger zwischen seinen Beinen herab. Hat etwa auch dieser Kappa den Verstand verloren? fragte ich mich und zog ihn erschrocken fort.

»Das ist schon kein Scherz mehr. Was soll das?«

Lapp rieb sich die Augen und antwortete zu meinem Erstaunen völlig gelassen: »Es ist alles so trübselig, deshalb wollte ich mir die Welt einmal andersherum ansehen. Aber es ist genau dasselbe.«

11

Es folgen einige Sentenzen aus den von dem Philosophen Magg niedergeschriebenen »Worten eines Narren«:

Ein Narr glaubt stets, alle außer ihm seien Narren.

Wir lieben die Natur vor allem deshalb, weil sie uns weder haßt noch beneidet.

Das Klügste ist, die Sitten eines Zeitalters zwar zu verachten, aber dennoch so zu leben, daß man diese Sitten auch nicht im geringsten verletzt.

Wir rühmen uns am liebsten dessen, was wir nicht besitzen.

Niemand ist gegen das Zerstören eines Idols. Ebenso hat niemand etwas dagegen, zum Idol erhoben zu werden. Die größte Gnade haben die Götter denen erwiesen, die mit ruhigem Gewissen auf dem Thron des Idols sitzen können – den Narren, Schurken, Kriegshelden. (Hier hatte Craback ein Zeichen mit dem Fingernagel gemacht.)

Die für unser Leben notwendigen Ideen sind vielleicht schon vor dreitausend Jahren erschöpfend durchdacht worden. Wir haben wohl nur neues Feuer an altes Reisig zu legen.

Unserer Eigenheiten pflegen wir uns selbst nicht bewußt zu sein.

Wenn Glück von Schmerz und Frieden von Langeweile begleitet sind ...?

Es ist schwerer, sich selbst zu verteidigen als andere. Wer das bezweifelt, möge sich einen Rechtsanwalt ansehen.

Stolz, Liebe und Zweifel – alle Vergehen seit dreitausend Jahren haben darin ihren Ursprung. Zugleich vermutlich aber auch alle Tugenden.

Eine Einschränkung unserer materiellen Wünsche allein führt noch keineswegs zum Frieden. Um Frieden zu erlangen, müssen wir auch unsere geistigen Wünsche einschränken. (Auch neben diesen Satz hatte der Musiker Craback mit dem Fingernagel ein Zeichen gemacht.)

Wir sind unglücklicher als die Menschen. Die Menschen sind nämlich nicht so hoch entwickelt wie wir Kappa. (Als ich diesen Satz las, mußte ich unwillkürlich lachen.)

Das Tätigsein beruht auf dem Tätigseinkönnen. Das Tätig-

513

seinkönnen beruht auf dem Tätigsein. Im Grunde genommen kommen wir aus diesem Zirkel nicht heraus. – Also nichts als Unvernunft.

Nachdem Baudelaire wahnsinnig geworden war, drückte er seine Lebensanschauung mit einem Wort aus – mit dem Wort »Weib«. Das sagt jedoch noch gar nichts über ihn aus; wohl aber der Umstand, daß er das Wort »Magen« völlig vergessen hatte. Er konnte nämlich auf sein Genie – auf sein dichterisches Genie vertrauen. Es reichte hin, ihn zu ernähren. (Auch diesen Satz hatte Craback mit dem Fingernagel gekennzeichnet.)

Hielten wir uns strikt an die Vernunft, dann müßten wir selbstverständlich sogar unser eigenes Dasein verneinen. Daß Voltaire, der die Vernunft vergötterte, ein Leben lang glücklich war, zeigt, daß die Kappa höher entwickelt sind als die Menschen.

12

Eines recht kalten Nachmittags machte ich mich auf, um den Philosophen Magg zu besuchen, da ich es müde geworden war, die »Worte eines Narren« zu lesen. An einer einsamen Straßenecke lehnte geistesabwesend ein spindeldürrer Kappa an einer Wand. Ohne Zweifel war es der Kappa, der mir vor einiger Zeit den Füllhalter gestohlen hatte. Glück gehabt! sagte ich mir und rief einen kräftigen Polizisten heran, der gerade die Straße herunterkam.

»Untersuchen Sie doch bitte einmal den Kappa dort! Er hat mir vor genau einem Monat meinen Füllhalter gestohlen.«

Der Polizist hob den Knüppel mit der rechten Hand (in diesem Land tragen die Polizisten nämlich statt eines Säbels einen Knüppel aus Eibenholz) und rief dem Kappa zu: »He, du!«

Ob der nicht wegläuft? dachte ich. Aber erstaunlich gelassen ging er auf den Polizisten zu, verschränkte die Arme und blickte ihn und mich sogar etwas hochmütig an. Ohne sich darüber zu ärgern, holte der Polizist ein Notizbuch aus seiner Bauchfalte hervor und stellte rasch hintereinander Fragen.

»Name?«

»Gruck.«

»Beruf?«

»Bis vor einigen Tagen Postbote.«

»Gut! Nach den Aussagen dieses Herrn hier hast du ihm seinen Füllhalter gestohlen.«

»Ja, vor einem Monat.«

»Warum?«

»Ich wollte ihn meinem Kind zum Spielen geben.«

»Und das Kind?«

Zum erstenmal sah der Polizist sein Gegenüber scharf an.

»Es ist vor einer Woche gestorben.«

»Hast du einen Totenschein?«

Der magere Kappa zog ein Stück Papier aus seiner Bauchfalte. Der Polizist überflog es, lächelte auf einmal und klopfte dem Kappa auf die Schulter.

»In Ordnung! Tut mir leid, daß ich dich bemühen mußte.«

Verwundert blickte ich den Polizisten an, während der dürre Kappa, irgend etwas vor sich hin murmelnd, fortging. Als ich mich endlich wieder gefaßt hatte, fragte ich den Polizisten: »Warum haben Sie den Kappa nicht festgenommen?«

»Er ist unschuldig.«

»Aber er hat doch meinen Füllhalter gestohlen ...«

»Um ihn seinem Kind zum Spielen zu geben. Aber das Kind ist gestorben. Sollte Ihnen irgend etwas unklar sein, dann studieren Sie bitte den Paragraphen 1285 des Strafgesetzbuches.«

Als der Polizist diese Bemerkung fallen gelassen hatte,

ging er. Was sollte ich tun? Ich wiederholte im stillen: Paragraph 1285 des Strafgesetzbuches, und eilte zu Magg.

Der Philosoph liebte Gäste. An dem Tage saßen in dem halbdunklen Zimmer der Richter Pepp, der Arzt Tschack und Geel, der Direktor der Glasfabrik, zusammen und ließen unter der siebenfarbigen Glaslaterne Tabakrauch aufsteigen. Nichts war mir angenehmer, als hier den Richter Pepp anzutreffen. Sobald ich auf einem Stuhl Platz genommen hatte, fragte ich, statt selber den Paragraphen 1285 des Strafgesetzbuches nachzulesen, eiligst Pepp danach.

»Verzeihen Sie, Pepp, aber bestraft man hierzulande die Verbrecher nicht?«

Nachdem Pepp erst einmal an seiner Zigarette mit Goldmundstück gezogen und eine Rauchwolke gegen die Decke geblasen hatte, antwortete er etwas gelangweilt: »Natürlich werden sie bestraft. Manchmal sogar mit dem Tode.«

»Aber mir wurde vor einem Monat ...«

Ich legte ihm den Sachverhalt ausführlich dar und bat ihn dann um Auskunft über besagten Paragraphen 1285 des Strafgesetzbuches.

»Hm, der lautet folgendermaßen: ›Selbst wenn ein Verbrechen begangen worden ist, kann der betreffende Verbrecher, falls die Umstände, die ihn zu dem betreffenden Verbrechen veranlaßten, nicht mehr existent sind, nicht mehr bestraft werden.‹ Das heißt in Ihrem Fall: Jener Kappa war ehedem Vater. Weil er aber jetzt kein Vater mehr ist, erlosch seine Schuld von selbst.«

»Das widerspricht doch jeglicher Vernunft.«

»Sie belieben zu scherzen. Der Vernunft widerspricht es, einen Kappa, der Vater war, mit einem Kappa, der Vater ist, gleichzusetzen. Ach ja, nach japanischem Recht ist das einerlei, nicht wahr? Wir meinen, das ist ein Witz. Hahahaha!«

Pepp warf seine Zigarette weg und setzte ein unbekümmertes spöttisches Lächeln auf.

In dem Augenblick mischte sich Tschack ein, der sich in

516

den Gesetzen allerdings kaum auskannte. Er rückte ein wenig seinen Kneifer zurecht und fragte mich: »Gibt es auch in Japan die Todesstrafe?«

»Ja, die gibt es, und zwar den Tod durch den Strang.«

Da mir Pepp, der sich so kühl gezeigt hatte, etwas zuwider geworden war, richtete ich voller Ironie die Frage an ihn: »Die Todesstrafe in Ihrem Land wird doch sicher zivilisierter vollzogen als in Japan, nicht wahr?«

»Natürlich!« antwortete Pepp gelassen. »Den Tod durch den Strang gibt es bei uns nicht. Dann und wann benutzen wir elektrische Vorrichtungen, im allgemeinen finden aber auch sie keine Verwendung. Wir verkünden normalerweise nur die Bezeichnung des Verbrechens.«

»Und das allein tötet den Kappa schon?«

»Ja, das tötet ihn. Weil nämlich unsere Nerven empfindlicher sind als eure.«

»Allerdings werden auf diese Weise nicht nur Todesurteile vollstreckt. Derselben Methode bedienen sich auch Mörder«, sagte der Direktor Geel, freundlich lächelnd, wobei sein Gesicht im Licht des farbigen Glases violett schimmerte. »Neulich schimpfte mich ein Sozialist ›Räuber‹, und schon bekam ich einen Herzanfall.«

»So etwas passiert wider Erwarten oft. Ein mir bekannter Rechtsanwalt ist auf ebendiese Weise zu Tode gekommen.«

Ich wandte mich zu dem Kappa um, der das Wort genommen hatte – zu dem Philosophen Magg. Wie immer lächelte er ironisch und sprach, ohne jemanden dabei anzusehen.

»›Frosch!‹ hatte ihn irgendwer gerufen. – Sie wissen sicher, daß in unserem Land die Bezeichnung Frosch etwa soviel wie Unmensch bedeutet. – Bin ich ein Frosch? Bin ich kein Frosch? fragte sich dieser Rechtsanwalt jeden Tag, bis er schließlich verschied.«

»Das ist dann doch Selbstmord.«

»Ja, aber der Schurke, der ihn Frosch nannte, tat es mit dem Vorsatz, ihn zu töten. Wenn das in Ihren Augen auch Selbstmord ist, dann ...«

517

In diesem Moment schallte plötzlich, gleichsam die Luft zerreißend, der scharfe Knall eines Pistolenschusses durch die Zimmerwand herüber – zweifellos aus der Wohnung des Dichters Tock.

13

Wir rannten zu seinem Haus. Zwischen den Töpfen mit den Hochgebirgspflanzen lag Tock auf dem Rücken. Seine Rechte hielt eine Pistole umklammert. Blut floß aus seiner Kopfschale. Eine Kappafrau hatte den Kopf auf Tocks Brust sinken lassen und schluchzte. Ich hob sie auf (obschon ich es im allgemeinen nicht mochte, die feuchte, schlüpfrige Kappahaut zu berühren) und fragte sie: »Warum tat er das?«

»Warum? Ich weiß es nicht. Er schrieb irgend etwas, und plötzlich schoß er sich eine Kugel durch den Kopf. Ach, was soll nun aus mir werden? Qur-r-r-r, qur-r-r-r.« (So hört sich das Weinen der Kappa an.)

»Ja, ja, Tock war eigensüchtig!« sagte Geel, der Direktor der Glasfabrik, zu Richter Pepp und schüttelte bekümmert sein Haupt.

Pepp jedoch zündete sich wortlos eine Zigarette mit Goldmundstück an. Tschack, der bis jetzt neben Tock gekniet und seine Wunde untersucht hatte, kehrte auch uns gegenüber den Arzt heraus und erklärte uns fünf (genau gesagt: dem einen Menschen und den vier Kappa): »Es ist vorbei. Tock hatte seit langem ein Magenleiden. Das allein schon stimmte ihn stets rasch melancholisch.«

»Er hat noch etwas geschrieben«, sagte der Philosoph Magg vor sich hin, als wollte er damit rechtfertigen, daß er ein Blatt Papier vom Tisch aufnahm. Alle reckten die Hälse (ich machte als einziger eine Ausnahme) und blickten über Maggs breite Schultern auf das Blatt.

In das Tal fern dieser Jammerwelt,
wo sich die schroffen Felsen türmen,

der Berge klare Wasser schimmern
und der Kräuter Blüten herrlich duften ...
   Dahin! Dahin
   will ich ziehn!

Magg wandte sich zu uns um und lächelte bitter. »Das ist
bei Goethe gestohlen. Mignons Lied. Er hat also Selbstmord
begangen, weil er sich auch als Dichter erschöpft hatte.«
   Zufällig fuhr gerade der Musiker Craback mit dem Auto
vor. Als er sah, was geschehen war, blieb er einen Augenblick an der Tür stehen, trat dann auf uns zu und wandte
sich zornig an Magg: »Ist das Tocks Testament?«
   »Nein, sein letztes Gedicht!«
   »Gedicht?«
Ohne sich auch nur im geringsten aus der Ruhe bringen
zu lassen, reichte Magg dem Musiker, dem sich die Haare
gesträubt hatten, das Manuskript. Craback würdigte uns
nicht eines Blickes. Voller Begeisterung las er das Gedicht.
Selbst auf Maggs Frage: »Wie denken Sie über den Tod
Tocks?« gab er kaum eine Antwort. »›Dahin! Dahin will ich
ziehn!‹ ... Weiß ich, ob nicht auch meine Stunde schon
naht ... ›In das Tal fern dieser Jammerwelt ...‹«
   »Sie waren doch wohl sehr eng befreundet?«
   »Befreundet? Tock ist immer einsam gewesen ... ›In das
Tal fern dieser Jammerwelt ...‹ Nur Tock war so unglück-
lich ... ›Wo sich die schroffen Felsen türmen ...‹«
   »So unglücklich?«
   »›Der Berge klare Wasser schimmern ...‹ Sie alle hier sind
glücklich ... ›Wo sich die schroffen Felsen türmen ...‹«
   Die noch immer weinende Kappafrau tat mir leid. Behut-
sam nahm ich sie deshalb bei den Schultern und geleitete
sie zum Sofa in der Ecke des Zimmers, wo ein zwei- oder
dreijähriges Kappakind nichtsahnend lachte.
   Da die Mutter es nicht vermochte, liebkoste ich das Kind.
Und auf einmal spürte ich, daß meine Augen in Tränen
schwammen. Während meines Aufenthalts im Kappaland

habe ich an diesem Tag zum ersten- und auch zum letztenmal Tränen vergossen.

»Die Familie eines solch selbstsüchtigen Kappa ist zu bedauern, nicht wahr?« stellte der Kapitalist Geel fest.

»Ja, gewiß, an das Nachher hat er überhaupt nicht gedacht«, entgegnete der Richter Pepp und zündete sich wieder eine Zigarette an.

Die laute Stimme des Musikers Craback ließ uns alle zu-
sammenfahren. Das Manuskript in den Händen, rief er aus:
»Famos! Das gibt eine wunderbare Trauermusik.«

Crabacks kleine Augen strahlten. Er drückte Magg flüchtig die Hand und stürzte zur Tür hinaus. Selbstverständlich
hatten sich inzwischen zahllose Kappa aus der Nachbarschaft vor Tocks Tür eingefunden und spähten neugierig in
das Haus. Aber Craback bahnte sich rücksichtslos einen
Weg durch die Menge und warf sich flink in sein Auto.
Schon heulte der Motor auf und der Wagen entschwand.

»He! He! Guckt nicht so!« sagte Pepp, der an Stelle eines
Polizisten die Menge zurückdrängte und die Tür schloß.
Wohl deshalb wurde es im Zimmer plötzlich ganz still. In
dieser Stille, eingehüllt vom Geruch des Blutes, der sich mit
dem Blütenduft der Hochgebirgspflanzen mischte, berieten
wir, was weiter zu tun sei. Nur der Philosoph Magg betrachtete gedankenverloren den Leichnam Tocks. Ich klopfte
Magg auf die Schulter und fragte: »Worüber denken Sie
nach?«

»Über das Leben der Kappa.«

»Und was meinen Sie dazu?«

»Damit unser Leben vollkommen werde ...«, er senkte die
Stimme, als schäme er sich ein wenig, »... müssen wir an
eine Macht glauben, die außerhalb von uns Kappa existiert.«

14

Bei diesen Worten Maggs mußte ich an die Religion denken. Da ich selbstverständlich Materialist bin, hatte ich mir noch nicht ein einziges Mal ernsthaft Gedanken über den Glauben gemacht. Aber unter dem Eindruck des Todes von Tock fragte ich mich doch, wie es denn bei den Kappa eigentlich um die Religion bestellt sei. Unverzüglich erkundigte ich mich bei dem Studenten Lapp danach.

»Man ist christlichen, buddhistischen, islamischen oder auch parsischen Glaubens. Doch die weitaus größte Anhängerschaft besitzt zweifellos die Neuzeitlehre, auch Lebenslehre genannt.« (Die Übersetzung »Lebenslehre« trifft vielleicht nicht ganz zu. Das Originalwort lautet »Quemoocha«. »-cha« bedeutet soviel wie »-ismus«. Die Übertragung von »quemal«, der Grundform von »quemos«, müßte nicht einfach »leben«, sondern »essen, trinken, zeugen« lauten.)

»Also gibt es in diesem Land auch Kirchen und Tempel?«

»Wollen Sie mich verulken? Der Haupttempel der Lebenslehre ist das größte Bauwerk unseres Landes! Wie wäre es mit einem kurzen Besuch?«

An einem lauen, aber trüben Nachmittag führte Lapp mich voller Stolz zu dem Tempel. Wahrhaftig, zehnmal größer als die Nikolaikirche in Tokio war dieses Bauwerk, in dem überdies alle möglichen Stilarten der Architektur vereinigt waren. Als ich vor diesem Tempel stand und zu den Kuppeldächern und den hohen Türmen emporblickte, die sich wie Fühler in den Himmel streckten, wurde mir doch etwas unheimlich zumute. Wir blieben vor dem Portal stehen (wie klein waren wir im Vergleich dazu!) und betrachteten eine Weile den ungewöhnlichen Tempel, der eher wie ein riesiges Gespenst aussah.

Das Innere des Tempels war nicht weniger gewaltig. Zwischen den korinthischen Säulen schritten zahllose Gläubige einher. Sie alle wirkten klein und winzig wie wir selber. Bald begegneten wir einem von der Last des Alters gebeugten

Kappa. Sogleich verneigte Lapp sich leicht vor ihm und sagte artig: »Es freut mich sehr, Sie bei bester Gesundheit zu sehen.«

Auch sein Gegenüber verbeugte sich und erwiderte ebenso höflich: »Sieh an, Herr Lapp! Ich hoffe, daß auch Sie ...« Auf einmal stockte er, gewiß weil er bemerkt hatte, daß Lapps Schnabel faulte. »Eh, jedenfalls scheinen auch Sie wohlauf zu sein. Aber wie kommt es, daß Sie heute ...«

»Ich begleite diesen Herrn. Wie Sie vielleicht wissen ...« Mit großem Eifer sprach Lapp über mich. Aber allem Anschein nach diente das mehr und mehr zur Rechtfertigung dafür, daß er in letzter Zeit nicht gerade häufig den Tempel besucht hatte. »Dürfte ich Sie darum bitten, diesen Herrn zu führen.«

Der Oberpriester lächelte nachsichtig, hieß mich willkommen und wies mit ruhiger Handbewegung auf den Altar vor uns.

»Ich fürchte nur, daß Ihnen meine Führung nicht viel nützen wird. Wir Gläubigen beten den Baum des Lebens auf dem Altar dort an. Wie Sie sehen, trägt der Baum des Lebens goldene und grüne Früchte. Die goldenen sind die Früchte des Guten, die grünen hingegen die des Bösen ...«

Die Erklärungen begannen mich zu langweilen; denn der ehrwürdige Alte sprach mir doch zu sehr in abgegriffenen Gleichnissen. Selbstverständlich tat ich, als hörte ich ihm aufmerksam zu, vergaß dabei aber nicht, von Zeit zu Zeit einen verstohlenen Blick durch den Tempel schweifen zu lassen.

Korinthische Säulen, gotische Gewölbe, schachbrettartige Fußbodenmusterungen nach arabischem Vorbild und Gebetspulte im imitierten Sezessionsstil – die Harmonie, zu der sich all dies vereinte, war von einer seltsamen, wilden Schönheit. Was aber meine Blicke am meisten auf sich zog, waren die Marmorbüsten in den Nischen zu beiden Seiten des Altars. Irgendwie kamen sie mir bekannt vor, was auch gar nicht zu verwundern war. Als nämlich der von der Last des Alters gebeugte Kappa seine Ausführungen über den Baum des Lebens beendet hatte und mit uns vor die Büste in einer Nische auf der rechten Seite getreten war, erklärte er: »Das ist einer unserer Heiligen, St. Strindberg, der sich gegen alles und jedes aufgelehnt hat. Es heißt, dieser Heilige sei nach schrecklichen Leiden zu guter Letzt durch die Philosophie Swedenborgs erlöst worden. Doch in Wahrheit wurde er niemals erlöst. Er glaubte nur wie wir an die Lebenslehre – besser gesagt, es blieb ihm nichts anderes übrig, als daran zu glauben. Lesen Sie bitte einmal sein Buch ›Legende‹, das er uns hinterlassen hat. Dort bekennt er, daß auch er einen Selbstmordversuch unternommen hat.«

Mir wurde ein wenig trübselig zumute, und ich lenkte deshalb meine Blicke auf die nächste Nische. Hier stand die Büste eines bärtigen Deutschen.

»Das ist Nietzsche, der Verfasser des ›Zarathustra‹. Dieser Heilige suchte Erlösung in dem von ihm selbst geschaffenen Übermenschen. Aber gleichfalls unerlöst, verfiel er dem Wahnsinn. Wäre er nicht wahnsinnig geworden, dann hätten wir ihn wohl nicht zu unseren Heiligen zählen können ...«

Nach einem kurzen Schweigen führte uns der Oberpriester zur dritten Nische.

»Das ist Tolstoi. Er hat mehr Buße getan als jeder andere; weil er von adliger Geburt war, verabscheute er es, sein Leid vor der neugierigen Masse auszubreiten. Dieser Heilige bemühte sich, an Christus, dem man doch wirklich keinen Glauben schenken kann, zu glauben. Ja, er bekannte sich sogar öffentlich zu ihm. Gegen Ende seines Lebens aber ließ diesem Heiligen seine rührende Lüge keine Ruhe mehr. Bekannt ist, daß ihn manchmal sogar Furcht vor den Balken des Studierzimmers ergriff. Selbstverständlich nahm er sich nicht das Leben; denn sonst hätte er im Kreis unserer Heiligen keine Aufnahme gefunden.«

Die Büste in der vierten Nische war die eines Landsmannes. Als ich das Gesicht dieses Japaners sah, packte mich doch die Sehnsucht.

523

»Das ist Kunikida Doppo. Ein Dichter, der sich sehr gut in die Empfindungen eines überfahrenen Arbeiters zu versetzen vermochte. Sicherlich sind für Sie weitere Erklärungen überflüssig. Schauen Sie dann bitte in die fünfte Nische.«

»Ist das nicht Wagner?«

»Ja, der Revolutionär, der ein Freund des Königs war. St. Wagner betete an seinem Lebensabend sogar vor dem Essen. Aber selbstverständlich ist er mehr ein Anhänger der Lebenslehre als des Christentums gewesen. Nach seinen hinterlassenen Briefen zu urteilen, haben ihn die weltlichen Leiden einigemal bis an den Rand des Selbstmordes getrieben.«

Wir standen in diesem Augenblick schon vor der sechsten Nische. »Dies ist ein Freund St. Strindbergs. Ein französischer Maler, der aus dem Kaufmannsstand stammte, seine Frau, mit der er eine Menge Kinder hatte, verließ und ein dreizehn- oder vierzehnjähriges Tahitimädchen heiratete. Diesem Heiligen floß Matrosenblut in seinen dicken Adern. Aber sehen Sie sich seine Lippen an. Sie erkennen daran Spuren von Arsen oder etwas Ähnlichem. In der siebenten Nische ... Aber Sie sind sicherlich schon müde. Dann gehen Sie doch bitte hier entlang.«

Ich war in der Tat etwas erschöpft. So folgten Lapp und ich dem Oberpriester durch einen nach Weihrauch duftenden Gang in ein Zimmer. In einer Ecke dieses kleinen Raumes stand eine Statue der schwarzen Venus, der eine Bergweintraube dargebracht worden war. Da ich nur eine schmucklose Klause erwartet hatte, wunderte ich mich sehr. Meine Überraschung schien dem Priester nicht verborgen geblieben zu sein, denn bevor er uns einen Stuhl anbot, erklärte er ein wenig mitleidig: »Vergessen Sie bitte nicht, daß unsere Religion die Lebenslehre ist. Die Lehre unseres Gottes – des Baumes des Lebens – besagt: Lebt ein lebendiges Leben! ... Herr Lapp, haben Sie dem Herrn schon unser heiliges Buch gezeigt?«

»Nein ... Ich muß gestehen, daß ich selbst kaum darin gelesen habe«, gab Lapp aufrichtig zur Antwort und kratzte
sich dabei verlegen am Kopf. Der Priester lächelte unverändert still vor sich hin und fuhr fort: »Dann werden Sie mich
wohl kaum verstehen. Unser Gott hat diese Welt im Ver-
laufe eines Tages erschaffen. (Der Baum des Lebens ist zwar
ein Baum, aber es gibt nichts, was er nicht zu vollbringen
vermag.) Und er schuf auch eine Kappafrau. Da sie sich aber
sehr langweilte, verlangte es sie nach einem Kappamann.
Unseren Gott dauerte dieses Seufzen, und so nahm er das
Hirn der Kappafrau und formte daraus den Kappamann.
Dann segnete er sie mit den Worten: ›Esset, mehret euch,
lebt ein lebendiges Leben ...‹«

Während der Alte so sprach, erinnnerte ich mich an Tock.
Unglücklicherweise war der Dichter Atheist gewesen wie ich.
Mir als Menschen konnte man ja noch nachsehen, daß ich
von der Lebenslehre nichts wußte, aber Tock, der im Kappaland geboren war, hätte den Baum des Lebens doch eigentlich kennen sollen. Da ich das Ende des Poeten, der nicht
nach dieser Lehre gelebt hatte, bemitleidenswert fand, unterbrach ich den Oberpriester und begann, von Tock zu erzählen.

»Ach, Sie meinen jenen beklagenswerten Dichter«, sagte
der Alte und seufzte. »Glaube, Umwelt und Zufall bestimmen unser Schicksal. (Die Menschen zählen wohl noch die
Vererbung dazu.) Herr Tock besaß nun einmal unglücklicherweise keinen Glauben.«

»Tock wird Sie sicherlich um Ihren Glauben beneidet haben. Auch ich beneide Sie. Lapp ist zwar noch jung ...«

»Wenn nur mein Schnabel in Ordnung wäre, würde ich
vielleicht auch optimistischer sein.«

Wiederum seufzte der Alte, als er unsere Worte hörte. Mit
Tränen in den Augen blickte er die schwarze Venus fest an
und sagte: »Ich selbst – das ist mein Geheimnis, deshalb
sprechen Sie bitte mit niemandem darüber – ich selbst kann
in der Tat auch nicht an unseren Gott glauben. Aber eines
Tages werden meine Gebete ...«

In dem Augenblick wurde die Tür aufgerissen, und eine große Kappafrau stürzte sich auf den Oberpriester. Natürlich versuchten wir, sie zurückzuhalten, aber ehe man sich's versah, hatte sie den Alten zu Boden geworfen.

»Dieser Schurke! Das ganze Geld hat er mir heute wieder aus dem Portemonnaie gestohlen, um es zu vertrinken!«

Was blieb uns anderes übrig, als wegzulaufen und den Oberpriester mit seiner Frau allein zu lassen. Zehn Minuten später traten wir aus dem Tempel.

»Unter diesen Umständen wundert es mich nicht, daß selbst der Oberpriester nicht an den Baum des Lebens glaubt«, sagte Lapp zu mir, nachdem wir schon eine ganze Weile schweigend nebeneinanderher gegangen waren.

Statt ihm etwas zu entgegnen, drehte ich mich unwillkürlich nach dem Tempel um, dessen Kuppeldächer und Türme sich unzähligen Fühlern gleich in den düsteren Himmel reckten, unheimlich wie eine Fata Morgana am Wüstenhorizont …

15

Etwa eine Woche später erfuhr ich zufällig durch den Arzt Tschack von einer merkwürdigen Geschichte. In Tocks Haus sollte ein Geist erschienen sein. Die Geliebte unseres Freundes wohnte nicht mehr dort. In dem Haus befand sich jetzt ein Fotoatelier. Tschack erzählte mir, daß sich auf jedem Foto, das in diesem Atelier gemacht worden war, Tocks Gestalt hinter dem Bild des Kunden undeutlich abzeichnete. Tschack war Materialist und glaubte deshalb nicht an ein Leben nach dem Tode. Auch als er mir die Geschichte erzählte, lächelte er hämisch und fügte gleichsam als Kommentar hinzu: »Dieser Geist scheint mir eine materielle Existenz zu haben.«

Ich glaube ebensowenig wie Tschack an Geister, aber da mich mit dem Dichter Tock eine enge Freundschaft verbunden hatte, rannte ich sogleich in einen Buchladen, um mir die Zeitungen und Zeitschriften zu kaufen, die in Wort und Bild über Tocks Geist berichteten. Und wahrhaftig, als ich die Bilder sah, erkannte ich undeutlich hinter den fotografierten alten und jungen Männern und Frauen eine Gestalt, die Tock sehr ähnelte. Aber noch mehr als die Fotos versetzten mich die den Geist betreffenden Artikel, vor allem der Bericht der Spiritistengesellschaft, in Erstaunen. Ich habe diesen Bericht so wörtlich wie nur irgend möglich übersetzt und gebe das Wesentliche wieder. Nur was in Klammern steht, ist von mir hinzugefügt worden.

Bericht über den Geist des Dichters Tock (Zeitschrift der Spiritistengesellschaft Nr. 8274).

Unsere Spiritistengesellschaft hielt in der ... straße N. 251, der ehemaligen Wohnung des vor kurzem durch Selbstmord verstorbenen Dichters Tock, in der jetzt der Fotograf X sein Atelier hat, eine außerordentliche Sitzung ab. Anwesend waren folgende Mitglieder ... (Die Namen lasse ich weg.)

Wir siebzehn Mitglieder der Spiritistengesellschaft versammelten uns unter Vorsitz des Herrn Peck am 17. September, vormittags 10.30 Uhr, in einem Raum des besagten Ateliers. Begleitet waren wir von Frau Hopp, unserem zuverlässigsten Medium. Sobald Frau Hopp das Atelier betreten hatte, spürte sie bereits die Atmosphäre des Geistes. Von Krämpfen geschüttelt, erbrach sie sich mehrmals. Sie führte das auf die Vorliebe des Dichters Tock, starke Zigaretten zu rauchen, zurück, wodurch selbst noch die Atmosphäre seines Geistes Nikotin enthalte.

Wir Mitglieder nahmen gemeinsam mit Frau Hopp an einem runden Tisch Platz und schwiegen. Nach drei Minuten und fünfundzwanzig Sekunden fiel die Dame plötzlich in einen Trancezustand, und der Geist des Dichters Tock ergriff Besitz von ihr. Dem Alter nach begannen wir Mitglieder folgendes Gespräch mit dem Geist.

Frage: Warum erscheinen Sie als Geist?

Antwort: Weil ich nicht weiß, wie es um meinen Nachruhm steht.

Frage: Wünschen Sie – oder die Geister überhaupt –, auch nach dem Tode Ruhm zu genießen?

Antwort: Ich zumindest wünsche es. Ein japanischer Dichter, mit dem ich hier zusammentraf, schätzt den Ruhm nach dem Tode allerdings sehr gering.

Frage: Kennen Sie den Namen dieses Dichters?

Antwort: Leider ist er mir entfallen. Ich erinnere mich nur eines seiner siebzehnsilbigen Gedichte, das er sehr liebt.

Frage: Wie lautet das Gedicht?

Antwort: Ein alter Weiher,
ein Frosch hüpft hinein.
Hört doch den Laut des Wassers!

Frage: Glauben Sie, daß das ein gutes Gedicht ist?

Antwort: Es ist nicht schlecht, hätte er jedoch statt »Frosch« »Kappa« gesagt, wäre es überwältigend.

Frage: Wie wollen Sie das begründen?

Antwort: Wir Kappa sind sehr darauf bedacht, uns in jedwedem Kunstwerk wiederzufinden.

Hier machte uns unser Vorsitzender, Herr Peck, darauf aufmerksam, daß wir uns in einer außerordentlichen Sitzung der Spiritistengesellschaft befänden und nicht zusammengekommen seien, um literarische Probleme zu erörtern.

Frage: Was für ein Leben führen die Geister?

Antwort: Auch kein anderes als Sie.

Frage: Bereuen Sie es, Selbstmord begangen zu haben?

Antwort: Nein, keineswegs. Sollte ich des Geisterlebens überdrüssig werden, greife ich wieder zur Pistole und begehe »Selbstbelebung«.

Frage: Ist das so einfach?

Der Geist Tocks antwortete darauf mit einer Gegenfrage. Für die, die Tock gekannt haben, war dies eine ganz natürliche Erwiderung.

Antwort: Ist es etwa einfach, Selbstmord zu begehen?

Frage: Währt das Leben der Geister ewig?

Antwort: Die Ansichten darüber sind so verworren, daß man keiner beipflichten kann. Vergessen Sie nicht, daß unter uns glücklicherweise Anhänger aller Religionen weilen, des Christentums, des Buddhismus, des Islams und des Parsismus.

Frage: Woran glauben Sie selbst?

Antwort: Ich war stets Skeptiker.

Frage: Zumindest bezweifeln Sie jedoch nicht die Existenz der Geister?

Antwort: So sicher wie Sie bin ich mir nicht.

Frage: Wie viele Freunde haben Sie?

Antwort: Nicht weniger als dreihundert aus allen Zeitaltern und Ländern. Die berühmtesten unter ihnen sind Kleist, Mainländer, Weininger ...

Frage: Sind Sie nur mit Selbstmördern befreundet?

Antwort: Nicht unbedingt. Einer meiner verehrten Freunde ist zum Beispiel Montaigne, der den Selbstmord nur verteidigte. Allerdings mit solchen Pessimisten wie diesem Kauz Schopenhauer, die es nicht über sich brachten, sich selbst zu töten, pflege ich keinen Umgang.

Frage: Was macht Schopenhauer?

Antwort: Augenblicklich beschäftigt er sich mit dem Pessimismus der Geister und erörtert die Frage, ob es richtig oder falsch sei, sich selbst wieder zum irdischen Leben zu erwecken. Aber seit er weiß, daß auch die Cholera eine von Bakterien hervorgerufene Krankheit ist, scheint er sich beruhigt zu haben.

Wir Mitglieder fragten dann nacheinander nach dem Befinden der Geister von Napoleon, Konfuzius, Dostojewski, Darwin, Kleopatra, Shaka, Demosthenes, Dante und Sen no Rikyu. Leider gab uns Tock darauf keine ausführlichen Antworten. Vielmehr fragte er danach, was man denn über ihn so alles rede.

Frage: Wie steht es um meinen Ruf?

Antwort: Ein Kritiker sagte: »Einer aus der Schar der kleinen Dichter.«

Frage: Das wird einer von denen sein, die mir grollen, weil ich ihnen nicht meine Gedichtsammlung verehrt habe. Wurde mein Gesamtwerk veröffentlicht?

Antwort: Ihr Gesamtwerk wurde zwar veröffentlicht, aber es verkauft sich sehr schleppend.

Frage: Nach dreihundert Jahren – wenn also die Autorenrechte an meinem Gesamtwerk erloschen sind – werden Zehntausende es erstehen. Was ist aus dem Mädchen geworden, mit dem ich zusammen lebte?

Antwort: Sie hat den Buchhändler Lack geheiratet.

Frage: Sicherlich weiß die Arme nicht, daß Lack ein künstliches Auge hat. Was ist mit meinem Kind?

Antwort: Ich hörte, daß es in einem staatlichen Waisenhaus untergebracht wurde.

Tock schwieg eine Weile und begann dann von neuem zu fragen.

Frage: Mein Haus?

Antwort: Ein Fotograf hat sich dort sein Atelier eingerichtet.

Frage: Was geschah mit meinem Schreibtisch?

Antwort: Das weiß niemand.

Frage: Ich hatte ein Bündel wichtiger Briefe in einer Schublade meines Schreibtisches sorgfältig aufbewahrt – doch glücklicherweise sind ja alle Leute so beschäftigt, daß sie sich nicht dafür interessieren.

Allmählich beginnt unsere Geisterwelt, im Dämmerlicht zu versinken. Ich muß scheiden. Leben Sie wohl, meine Freunde! Lebt wohl, ihr gütigen Freunde.

Nach diesen Worten erwachte Frau Hopp unvermittelt. Wir siebzehn Mitglieder bezeugen und beschwören beim höchsten Gott, daß dieses Gespräch tatsächlich stattgefunden hat. (Wir zahlten unserem zuverlässigen Medium, Frau Hopp, eine Entschädigung, die dem entsprach, was sie früher als Schauspielerin täglich verdient hatte.)

16

Als ich diesen Bericht gelesen hatte, wurde mir das Leben unter den Kappa allmählich zuwider, und ich wünschte mich in das Land der Menschen zurück. Aber soviel ich auch suchte, ich fand das Loch nicht mehr, durch das ich in das Kappaland gestürzt war. Eines Tages jedoch erzählte mir der Fischer Bagg von einem alten Kappa, der an der äußersten Grenze des Landes, Bücher lesend und Flöte spielend, still und friedlich seine Tage verbringe. Ich überlegte mir, daß ich unter Umständen einen Fluchtweg entdecken könnte, wenn ich diesen Kappa einmal besuchte, und begab mich unverzüglich an die äußerste Grenze.

Als ich jedoch dort anlangte, fand ich in dem kleinen Haus nicht einen alten, sondern einen kaum zwölf- oder dreizehnjährigen Kappa mit noch weicher Kopfschale vor, der in aller Muße auf der Flöte spielte. Ich glaubte natürlich, mich im Haus geirrt zu haben, und so fragte ich ihn nach seinem Namen, um mich zu vergewissern. Aber es war tatsächlich der alte Kappa, von dem Bagg mir erzählt hatte.

»Sie sehen doch wie ein Kind aus ...«

»Haben Sie denn nie davon gehört? Von meinem Schicksal? Mein Haar war schon ergraut, als meine Mutter mich gebar. Nach und nach wurde ich immer jünger. Jetzt gleiche ich einem Kinde. Rechne ich aber meine Lebensjahre zusammen, dann komme ich etwa auf hundertfünfzehn oder -sechzehn, wobei ich annehme, daß ich bei meiner Geburt sechzig Jahre alt war.«

Ich blickte mich im Zimmer um. Ich weiß nicht, ob ich es mir nur einbildete, aber mir war, als schwebte zwischen den schlichten Möbeln eine Atmosphäre reinen Glücks.

»Sie scheinen glücklicher zu sein als die anderen Kappa.«

»Ja, vielleicht. In meiner Jugend war ich alt, und in meinem Alter wurde ich jung. So sind mir denn die Begierden anderer alter Kappa fremd. Ich ertrinke aber auch nicht in Liebeslust wie die jungen Leute. Wenn mein Leben deshalb

vielleicht auch nicht glücklich war, so doch zumindest friedvoll.«

»Ganz gewiß!«

»Doch nicht allein aus diesem Grunde. Ich erfreute mich
obendrein stets bester Gesundheit und verfügte immer über
so viel Geld, daß ich nicht zu darben brauchte. Die größte
Güte jedoch, die mir das Schicksal erwies, ist zweifellos, daß
ich als Greis geboren wurde.«

Eine Weile erzählte ich dem Kappa von Tock, der Selbstmord begangen hatte, und von Geel, der sich täglich vom
Arzt untersuchen ließ. Aus einem mir unbekannten Grunde
machte der Alte allerdings ein Gesicht, als interessiere ihn
das alles herzlich wenig.

»Sagen Sie, dann hängen Sie wohl nicht so sehr am Leben
wie die anderen?«

Der alte Kappa sah mich an und antwortete bedächtig:
»Ich verließ den Leib der Mutter, nachdem ich wie jeder andere Kappa auch vom Vater gefragt worden war, ob ich in
dieses Land hineingeboren werden möchte.«

»Ich aber bin durch einen bloßen Zufall in dieses Land
geraten. Bitte zeigen Sie mir einen Weg, der mich wieder
hinausführt.«

»Es gibt nur einen Weg.«

»Und der wäre?«

»Derselbe, den Sie gekommen sind.«

Als ich diese Antwort vernahm, sträubten sich mir ungewollt die Haare. »Den kann ich ja leider nicht finden.«

Der Alte blickte mir mit seinen jugendlich-lebhaften
Augen fest ins Gesicht. Dann stand er auf, trat in eine Ecke
des Zimmers und zog an einem Seil, das von der Decke herabhing. Es öffnete sich ein Dachfenster, das ich vorher nicht
bemerkt hatte. Durch das runde Fenster sah ich die Zweige
von Kiefern und Zypressen, über denen ein blauer Himmel
erstrahlte. Der hochaufragende Gipfel des Yarigatake glich
einer riesigen Pfeilspitze. Ich hüpfte vor Freude wie ein
Junge, der ein Flugzeug erblickt.

»Dort können Sie hinaus«, sagte der Alte und zeigte dabei auf das Seil, das sich bei näherem Hinsehen als Strickleiter erwies.

»Dann lassen Sie mich bitte diesen Weg nehmen!«

»Nur noch ein Wort! Werden Sie es nicht bereuen, unser Land verlassen zu haben?«

»Keine Sorge. Ich werde es gewiß nicht bereuen.«

Kaum war die Antwort über meine Lippen, da kletterte ich auch schon eilig die Strickleiter hinauf, wobei ich von Zeit zu Zeit auf die Kopfschale des alten Kappa tief unter mir hinabblickte.

17

Nach meiner Rückkehr aus dem Land der Kappa konnte ich eine Zeitlang den Körpergeruch von uns Menschen nicht ertragen. Im Vergleich zu uns halten die Kappa wirklich sehr auf Reinlichkeit. Außerdem ekelte ich, der ich für lange Zeit nur Kappa gesehen hatte, mich vor den Gesichtern der Menschen. Das können Sie vielleicht nicht verstehen. Weniger die Augen und der Mund, vielmehr die Nasen waren es, die mich erschaudern ließen. Daher hütete ich mich natürlich davor, mit irgend jemandem zusammenzutreffen. Doch allmählich schien ich mich wieder an die Menschen zu gewöhnen, und nach etwa einem halben Jahr wagte ich mich schließlich unter sie. Aber nicht selten geriet ich in Verlegenheit, weil meinem Munde beim Sprechen ganz unbewußt Wörter der Kappasprache entschlüpften.

»Bist du morgen zu Hause?«

»Qua.«

»Wie bitte?«

»Ja, ich sagte, ich bin zu Hause.«

So etwas geschah oft.

Genau ein Jahr nach meiner Rückkehr schlug mir ein Unternehmen fehl ... (Als er das sagte, warnte ihn Doktor S.

sehr nachdrücklich mit den Worten: »Unterlassen Sie es, davon zu reden.« Wie der Doktor mir erzählte, verfällt der Patient, sooft er darauf zu sprechen kommt, in eine solche Raserei, daß ihn kein Wärter halten kann.)

Gut, reden wir nicht davon. Aber als das Unternehmen fehlgeschlagen war, verlangte es mich doch danach, wieder ins Land der Kappa zurückzukehren. Ja, so ist es, ich wollte mich nicht »hinbegeben«, nein, ich wollte »zurückkehren«. Denn zu jener Zeit schien mir das Kappaland meine wahre Heimat.

Heimlich verließ ich mein Haus; aber als ich gerade in einen Zug der Zentrallinie einsteigen wollte, nahm mich unglücklicherweise die Polizei fest und brachte mich hier in dieses Krankenhaus. Nach meiner Einlieferung mußte ich immer wieder an das Land der Kappa denken. Wie mochte es Tschack, dem Arzt, gehen? Worüber dachte wohl der Philosoph Magg unter der siebenfarbigen Glaslaterne nach? Und mein bester Freund, der Student Lapp, mit dem verfaulten Schnabel?

Es war an einem trüben Nachmittag, genau wie heute. Ich saß, in Erinnerungen versunken, da. Doch plötzlich hätte ich beinahe aufgeschrien; denn ohne daß ich es bemerkt hatte, war der Fischer Bagg hereingekommen. Jetzt stand er vor mir und verneigte sich mehrmals. Ich entsinne mich nicht mehr, ob ich in Lachen oder in Weinen ausgebrochen bin, nachdem ich meine Fassung wiedergefunden hatte. Doch auf jeden Fall war ich tief gerührt, nach so langer Zeit wieder die Kappasprache gebrauchen zu können.

»Hallo, Bagg, was führt dich hierher?«

»Ich will Ihnen einen Besuch abstatten; denn Sie sollen ja wohl krank sein.«

»Wie habt ihr denn das erfahren?«

»Durch die Nachrichten im Rundfunk.« Bagg lachte stolz.

»Aber wie bist du hierhergekommen?«

»Ach, das ist ganz einfach; denn alle Flüsse und Kanäle in Tokio sind für uns Kappa nichts anderes als Straßen.«

Dabei fiel mir wieder ein, daß die Kappa ja genau wie die Frösche Amphibien sind.

»Aber in dieser Gegend gibt es doch keinen Fluß.«

»Hierher bin ich durch die Wasserleitungsrohre gekommen. Dann wurde der Feuerhahn ein wenig geöffnet ...«

»Feuerhahn geöffnet?«

»Haben Sie denn vergessen, daß es unter uns Kappa auch Klempner gibt?«

Von nun an bekam ich alle zwei, drei Tage Besuch von einigen Kappa. Doktor S. bezeichnet meine Krankheit als Dementia praecox. Allerdings meinte Tschak, der Arzt (das wird Sie gewiß sehr verletzen), daß nicht ich an Dementia praecox leide, sondern Doktor S. und alle anderen mit ihm. Da sogar der Arzt Tschak gekommen war, besuchten mich selbstverständlich auch der Student Lapp und der Philosoph Magg. Aber niemand außer Bagg läßt sich am Tage blicken. Nachts, selbst beim Mondschein, statten sie mir zu zweit oder dritt ihre Besuche ab. Erst gestern abend unterhielt ich mich im Mondlicht mit Geel, dem Direktor der Glasfabrik, und dem Philosophen Magg. Der Musiker Craback spielte mir ein Stück auf der Violine vor. Dort auf dem Tisch steht doch wohl ein Strauß schwarzer Lilien? Den hat mir Craback geschenkt.

(Ich drehte mich um, sah aber natürlich weder Blumen noch irgend etwas anderes auf dem Tisch.)

Und dieses Buch hat mir der Philosoph Magg mitgebracht. Lesen Sie doch bitte einmal das erste Gedicht. Ach so, Sie verstehen die Sprache der Kappa ja nicht. Dann werde ich es Ihnen vorlesen! Dies ist ein Band der Gesamtausgabe von Tocks Werken, die kürzlich erschienen ist.

(Er schlug ein altes Telefonbuch auf und begann mit lauter Stimme das folgende Gedicht zu lesen.)

Zwischen Palmenblüten und Bambus
ist längst schon Buddha entschlafen.
Mit der Feige, die am Wegrand verdörrte,

scheint auch Christus dahingegangen zu sein.
Wir aber müssen rasten, wir alle,
selbst vor der Bühnenkulisse.

(Und betrachten wir die Rückseite der Kulisse, dann ist sie
nur ein zusammengeflicktes Stück Leinwand.)

Ich bin aber nicht so pessimistisch wie dieser Dichter. Solange mich die Kappa von Zeit zu Zeit besuchen – ah, das hätte ich beinahe vergessen. Sie erinnern sich sicherlich an meinen Freund, den Richter Pepp? Als er seines Amtes enthoben wurde, da hat er doch tatsächlich den Verstand verloren. Er soll sich jetzt im Irrenhaus des Kappalandes befinden. Ich möchte ihn zu gern einmal besuchen, wenn Doktor S. es mir nur gestatten würde …

Februar 1927

Zahnräder

1
Der Regenmantel

Um an der Hochzeitsfeier eines Bekannten teilzunehmen, fuhr ich, nur mit einer Ledertasche als Gepäck, per Taxi von dem etwas abseits gelegenen Ferienort zu einem Bahnhof an der Tokaido-Linie. Zu beiden Seiten der Straße standen zumeist Kiefern, dicht an dicht. Es war sehr fraglich, ob ich den Zug nach Tokio noch erreichen würde. Zufällig saß der Besitzer eines Friseurladens mit mir zusammen im Taxi. Er war rundlich wie eine Dattel und trug einen kurzen Kinnbart. Obwohl mich Unruhe plagte, weil nur so wenig Zeit bis zur Abfahrt des Zuges blieb, wechselte ich hin und wieder ein paar Worte mit dem Mann.

»Wissen Sie«, sagte er. »Es gibt doch seltsame Dinge. Da soll sich im Hause von Herrn X. sogar am Tage ein Geist zeigen.«

»Sogar am Tage?«

Ohne mir etwas dabei zu denken, ging ich auf den Ton des anderen ein, während ich den Blick über die mit Kiefern bestandenen Berge schweifen ließ, die im Schein der nachmittäglichen Wintersonne lagen.

»Allerdings seltener bei schönem Wetter, meist an Regentagen.«

»Aber wenn es regnet, wird er dann nicht naß?«

»Jetzt belieben Sie zu scherzen ... Der Geist trägt doch immer einen Regenmantel!«

Das Auto hupte und hielt neben dem Bahnhof. Ich verabschiedete mich von dem Friseur, ging in das Bahnhofsgebäude und mußte feststellen, daß der Zug ein paar Minuten zuvor abgefahren war. Auf einer Bank im Wartesaal saß ein Mann im Regenmantel und starrte abwesend nach draußen. Unwillkürlich dachte ich an die Geschichte von dem Geist, die ich soeben gehört hatte. Ich lächelte gequält und entschloß mich, in ein Café vor dem Bahnhof zu gehen, um dort auf den nächsten Zug zu warten.

Weshalb dieses Café sich Café nannte, das war nahezu ein Rätsel. Ich setzte mich an einen Ecktisch und bestellte eine Tasse Kakao. Auf dem weißen Grund des Wachstuches, das über den Tisch gebreitet war, bildeten schmale blaue Linien ein weites Gitter. An den Kanten schaute überall schon die schmutzige Leinwand hervor. Während ich den Kakao trank, der nach Leim roch, sah ich mich in dem Café um, in dem ich der einzige Gast war. An der staubigen Wand klebten Zettel, die »Oyako-domburi«, »Kotelett« und »Omelett aus hiesigen Eiern« anpriesen.

Als ich das las, kam mir das Ländliche dieser Gegend an der Tokaido-Linie so recht zum Bewußtsein. Eine ländliche Gegend, in der elektrische Lokomotiven zwischen Korn- und Kohlfeldern hindurchfuhren ...

Es begann schon zu dämmern, als ich den nächsten Zug nach Tokio bestieg. Für gewöhnlich fuhr ich zweiter Klasse. Doch aus irgendeinem Grund hatte ich mich an diesem Tag für die dritte Klasse entschieden.

Der Zug war ziemlich voll. Um mich her saßen lauter Schülerinnen, die offenbar einen Ausflug machten, nach Oiso oder sonstwohin. Ich steckte mir eine Zigarette an und beobachtete die Schar der Schülerinnen. Sie waren alle sehr lebhaft und schwatzten fast ununterbrochen.

»Herr Fotograf, was ist eine ›love scene‹?«

Der »Herr Fotograf«, der mir gegenübersaß und die Schulklasse auf dem Ausflug zu begleiten schien, versuchte sich herauszureden. Aber das vierzehn- oder fünfzehnjährige Mädchen ließ nicht locker und fragte immer weiter. Als ich plötzlich bemerkte, daß diesem Mädchen die Nase lief, mußte ich lächeln. Eine Zwölf- oder Dreizehnjährige neben mir hatte sich auf den Schoß der jungen Lehrerin gesetzt, ihr einen Arm um den Hals geschlungen und streichelte ihr mit der anderen Hand die Wange. Das Mädchen unterhielt sich dabei mit einer Klassenkameradin, sagte aber von Zeit zu Zeit zu der Lehrerin:»Wie hübsch Sie sind! Und was für schöne Augen Sie haben!«

Sie alle machten auf mich nicht so sehr den Eindruck von Schülerinnen als vielmehr den von erwachsenen Frauen – wenn man davon absah, daß sie andauernd ungeschälte Äpfel aßen und Karamelbonbons auswickelten ... Eine anscheinend schon etwas ältere Schülerin hatte wohl jemandem auf den Fuß getreten, als sie an mir vorbeiging, denn sie sagte:»O Verzeihung!« Sie war ganz offensichtlich weiter entwickelt als die anderen, trotzdem kam gerade sie mir sehr schulmädchenhaft vor. Kaum war ich mir dieses Widerspruchs bewußt geworden, mußte ich, noch immer die Zigarette zwischen den Lippen, spöttisch über mich selbst lächeln.

Mittlerweile war die Beleuchtung eingeschaltet worden, und endlich lief der Zug in einen Vorortbahnhof ein. Ich stieg aus, ging den kalten, zugigen Bahnsteig entlang, überquerte eine Brücke und wartete auf dem anderen Bahnsteig auf die Stadtbahn. Zufällig traf ich dort T., der in einem Handelsunternehmen arbeitete. Während wir gemeinsam auf unseren Zug warteten, sprachen wir über die mißliche wirtschaftliche Lage. Selbstverständlich wußte T. darüber besser Bescheid als ich. Doch mir fiel auf, daß T. an seiner kräftigen Hand einen Türkisring trug, der nun nicht gerade ein Zeichen von schlechter Geschäftslage war.

»Sie haben sich da ja was Tolles angesteckt.«

»Den Ring hier? Den habe ich einem Freund abkaufen müssen, der in Charbin tätig war. Denn auch er steckt jetzt in der Klemme. Das Geschäft mit den Kooperativen geht nämlich nicht mehr.«

Die Stadtbahn war zum Glück nicht so überfüllt wie der

Zug, den ich hatte benutzen müssen. Wir setzten uns nebeneinander und unterhielten uns über alles mögliche. T. war im Frühling dieses Jahres von einer Geschäftsreise nach Paris zurückgekehrt. Deshalb kam die Rede selbstverständlich auch auf Paris. Auf Madame Caillaux, auf Krabbengerichte, auf den Besuch einer ausländischen Schönheit ...

»Um Frankreich steht es gar nicht so schlecht, wie man meist denkt. Nur sind die Franzosen ein Volk, das vom Steuerzahlen noch nie viel gehalten hat, deswegen kommt ein Kabinett nach dem anderen zu Fall ...«

»Aber der Franc verliert doch mehr und mehr an Kaufkraft.«

»Das steht in den Zeitungen. Gucken Sie mal in Frankreich in die Zeitungen. Dann meinen Sie auch, daß es in Japan weiter nichts gibt als Erdbeben und Überschwemmungen.«

In diesem Augenblick stieg ein Mann im Regenmantel ein und setzte sich uns gegenüber. Mir wurde unheimlich zumute, und am liebsten hätte ich T. die Geschichte von dem Geist erzählt. Ich kam aber nicht mehr dazu, denn T. drehte die Krücke seines Spazierstockes nach links und sagte mit leiser Stimme zu mir, ohne mich dabei anzuschauen: »Sehen Sie die Frau dort drüben? Die mit dem grauen Wollschal ...«

»Mit der europäischen Frisur?«

»Ja, und mit dem Bündel unter dem Arm ... Die war in diesem Sommer in Karuizawa. Da lief sie in schicken europäischen Kleidern herum.«

Jetzt aber hätte jeder ihre Kleidung eher als schäbig bezeichnet. Während ich mit T. sprach, musterte ich sie verstohlen. Zwischen ihren Brauen lag ein Ausdruck des Wahnsinns. Und aus ihrem Bündel schaute ein Schwamm mit Leopardenflecken hervor.

Als ich mich von T. verabschiedete, war der Mann im Regenmantel auf einmal verschwunden. Von der Stadtbahnstation ging ich mit der Tasche in der Hand zu Fuß ins Hotel.

Zu beiden Seiten der Straße reckten sich zumeist hohe Gebäude empor. Während ich diese Straße entlangging, mußte ich plötzlich an Kiefernwälder denken. Außerdem entdeckte ich etwas Sonderbares in meinem Gesichtsfeld. Etwas Sonderbares? Es waren unaufhörlich sich drehende durchscheinende Zahnräder. Das passierte mir nicht zum erstenmal. Die Zahl der Zahnräder nahm allmählich zu. Sie versperrten mir zur Hälfte mein Gesichtsfeld. Aber es währte nicht lange. Sobald die Erscheinung verschwunden war, verspürte ich heftige Kopfschmerzen. So war das immer. Der Augenarzt hatte mir wegen dieser Sinnestäuschung (?) schon mehrfach empfohlen, das Rauchen einzuschränken. Nun hatte ich die Zahnräder aber bereits vor meinem zwanzigsten Lebensjahr hin und wieder gesehen, als ich dem Tabak noch gar nicht verfallen war. Jetzt fängt es wieder an, dachte ich und hielt das rechte Auge zu, um die Sehkraft des linken zu prüfen. Tatsächlich war das linke Auge völlig normal. Hinter dem Lid des rechten drehten sich indessen unaufhörlich mehrere Zahnräder. Während die Gebäude zu meiner Rechten zu versinken schienen, eilte ich weiter die Straße entlang.

Als ich das Hotel betrat, hatten sich die Zahnräder schon verflüchtigt. Aber die Kopfschmerzen waren geblieben. Ich legte Hut und Mantel ab und ließ mir ein Zimmer geben. Dann rief ich einen Zeitschriftenverlag an und verhandelte eine Weile über eine Geldanweisung.

Das hochzeitliche Abendessen hatte schon begonnen. Ich nahm an einer Ecke des Tisches Platz und griff nach Messer und Gabel. Mit dem jungen Paar an der Stirnseite saßen an der weißgedeckten hufeisenförmigen Tafel etwa fünfzig Menschen. Sie alle waren in froher Stimmung. Nur meine Stimmung wurde unter dem hellen Lampenlicht immer trüber. Um ihr zu entfliehen, begann ich ein Gespräch mit meinem Tischnachbarn. Das war ein alter Herr mit einem langen weißen Backenbart, der einer Löwenmähne glich. Der alte Herr war ein berühmter Konfuzianer. Selbst ich kannte seinen Namen. Deshalb kamen wir natürlich sehr bald auf die chinesischen Klassiker zu sprechen.

»›Kirin‹ bedeutet Einhorn, nicht wahr? Und ›Hoo‹ Phönix ...«

Der berühmte Konfuzianer schien an der Unterhaltung mit mir Gefallen zu finden. Aber während ich gänzlich unbeteiligt daherredete, überkam mich mehr und mehr eine geradezu krankhafte Zerstörungslust, und ich behauptete nicht nur, daß Yao und Shun in das Reich der Phantasie verwiesen werden müßten, sondern auch, daß der Verfasser der »Frühlings- und Herbstannalen« ein Mann der viel späteren Han-Zeit gewesen sei. Woraufhin der Konfuzianer ganz offen seinen Mißmut zeigte, mir, ohne mich eines Blickes zu würdigen, das Wort abschnitt und mich fast wie ein Tiger anfauchte: »Wenn man behauptet, Yao und Shun hätten nie gelebt, so heißt das, man zeiht Konfuzius der Lüge. Ein Heiliger aber ist nicht der Lüge zu zeihen.«

Selbstverständlich schwieg ich. Dann machte ich mich wieder mit Messer und Gabel an das Fleisch auf dem Teller. Doch da sah ich, daß sich auf dem Fleisch eine kleine Made wand. Sogleich fiel mir das englische Wort »worm« ein, und zwar sicherlich deshalb, weil dieses Wort in dem Augenblick für mich ähnlich wie »Einhorn« und »Phönix« auch ein Fabelwesen zu bezeichnen schien. Ich legte Messer und Gabel ab und sah zu, wie man mir Champagner einschenkte.

Nachdem das Abendessen endlich vorüber war, wollte ich mich zurückziehen und ging über den menschenleeren Korridor zu meinem Zimmer. Der Korridor erinnerte mich eher an ein Gefängnis denn an ein Hotel. Zum Glück hatten wenigstens meine Kopfschmerzen nachgelassen.

Meine Tasche und auch Hut und Mantel hatte man schon ins Zimmer gebracht. Als ich den Mantel an der Wand hängen sah, glaubte ich dort mich selber stehen zu sehen. Eilig steckte ich den Mantel in den Kleiderschrank in der einen Zimmerecke. Dann stellte ich mich vor den Spiegel und schaute mir mein Gesicht an. Deutlich zeichneten sich unter der Haut die Gesichtsknochen ab. Und ganz plötzlich sah ich im Geist die Made vor mir.

Ich riß die Tür auf, trat hinaus auf den Korridor und wußte selbst nicht, wohin ich ging. In der Glastür zur Hotelhalle spiegelte sich strahlend eine hohe Stehlampe mit grünem Schirm. Irgendwie gab mir das ein beruhigendes Gefühl. Ich setzte mich in einen Sessel vor der Lampe und dachte über dieses und jenes nach. Aber ich hatte noch keine fünf Minuten dort gesessen, als auf einmal ein Regenmantel schlaff über der Lehne des Sofas neben mir hing.

»Und das trotz der Kälte heute«, dachte ich bei mir und zog mich eiligst wieder in den Korridor zurück. In dem Aufenthaltsraum der Zimmerkellner am Ende des Ganges war niemand zu sehen. Doch hörte ich Stimmen und als Antwort auf irgend etwas die englischen Wörter *All right. All right?* Unversehens war ich begierig darauf geworden, zu erfahren, worum es ging. *All right? All right?* Was eigentlich war *all right?*

In meinem Zimmer war es selbstverständlich ganz still. Trotzdem hatte ich eine seltsame Scheu davor, die Tür zu öffnen und hineinzugehen. Ich schwankte einen Augenblick, dann aber trat ich kurz entschlossen ein. Jeden Blick in den Spiegel vermeidend, setzte ich mich an den Tisch. Der Sessel war mit Maroquinleder bezogen, das beinahe wie Eidechsenhaut aussah. Ich öffnete meine Tasche und holte ein Manuskript hervor, um an einer Erzählung weiterzuschreiben. Die mit Tinte befeuchtete Feder jedoch wollte und wollte sich nicht in Bewegung setzen. Als sie es schließlich doch tat, schrieb sie andauernd die gleichen Wörter. *All right ... All right ... All right, Sir ... All right ...*

Plötzlich klingelte das Telefon neben dem Bett. Erschrocken stand ich auf und nahm den Hörer ab.

»Wer ist da?«

»Ich bin es. Ich ...«

Es war die Tochter meiner Schwester.

»Was ist denn? Ja, was ist denn los?«

»Es … es ist etwas Schreckliches passiert. Deshalb … Etwas ganz Schreckliches, deshalb habe ich eben schon bei der Tante angerufen.«

»Etwas Schreckliches?«

»Ja. Komm doch bitte sofort. Sofort, bitte.«

Damit riß das Gespräch ab. Ich legte den Hörer auf und drückte instinktiv auf den Klingelknopf, war mir dabei aber durchaus bewußt, daß mir die Hand zitterte. Der Boy kam nicht sogleich. Statt Ärger empfand ich eher Schmerz, und ich drückte immer wieder auf den Klingelknopf. Unterdessen begriff ich langsam, was das *All right*, das mir das Schicksal zugeflüstert hatte, bedeutete …

Am Nachmittag jenes Tages ist der Mann meiner Schwester irgendwo auf dem Lande nicht weit von Tokio entfernt von einem Zug überrollt und getötet worden. Und er hat trotz der späten Jahreszeit einen Regenmantel angehabt!

Auch jetzt wieder schreibe ich in dem Hotel an der Erzählung. Niemand geht über den mitternächtlichen Korridor. Doch ist draußen vor der Tür von Zeit zu Zeit ein Geräusch wie Flügelschlagen zu hören.

Vielleicht werden irgendwo Vögel gehalten.

2
Die Rache

Morgens gegen acht Uhr erwachte ich in dem Hotelzimmer. Als ich dann aber aus dem Bett steigen wollte, fand ich zu meiner größten Verwunderung nur noch einen Pantoffel. Das war eines jener Phänomene, die mich seit ein, zwei Jahren ständig in Furcht und Unruhe versetzten. Und es war ein Phänomen, das mich an die griechische Legende von dem Königssohn mit der einen Sandale erinnerte. Ich drückte auf die Klingel und trug dem Boy auf, nach meinem anderen Pantoffel zu suchen. Mit mißtrauischer Miene sah er sich überall in dem kleinen Zimmer um.

»Hier! Hier ist er. Im Badezimmer.«

»Wie ist er denn bloß dahin gekommen?«

»Ja ... vielleicht war es eine Ratte.«

Als der Junge gegangen war, trank ich schwarzen Kaffee und machte mich wieder an die Erzählung. Das in Tuffstein eingefaßte Fenster meines Zimmers lag zum schneebedeckten Garten hin. Jedesmal, wenn ich die Feder ruhen ließ, betrachtete ich versonnen den Schnee. Unter dem Seidelbast mit den dicken Knospen war er durch den Großstadtqualm schon ganz schmutzig geworden. Dieser Anblick tat mir weh. Ich rauchte und schrieb nicht, sondern dachte an alles andere, nur nicht an meine Arbeit. An meine Frau, an die Kinder, vor allem aber an den Mann meiner Schwester ...

Eine Weile vor seinem Selbstmord war er in den Verdacht der Brandstiftung geraten. Und das konnte eigentlich gar nicht verwundern. Kurz bevor sein Haus niederbrannte, hatte er es mit einer Summe, die doppelt so hoch wie der tatsächliche Wert war, gegen Feuer versichern lassen. Wegen Meineides war er denn auch vor Gericht gekommen, verurteilt und auf Bewährung freigelassen worden. Aber was mich innerlich unruhig machte, war weniger der Selbstmord meines Schwagers als vielmehr der eigenartige Umstand, daß ich jedesmal, wenn ich nach Tokio zurückgekommen war, einen Brand gesehen hatte. Entweder war es ein Waldbrand, den ich vom Zug aus sah, oder es war ein Brand in Tokiwabashi, mitten in Tokio, den wir (nämlich meine Frau und ich) aus dem Autofenster sahen. Bevor das Haus meines Schwagers niederbrannte, hatte ich wohl schon so eine Art Vorahnung gehabt; denn einmal hatte ich zu ihm gesagt: »Vielleicht brennt mein Haus in diesem Jahr ab.«

»Beschwöre nicht das Unheil herauf ... Ein Feuer, das wäre nicht auszudenken. Zumal da das Haus doch nicht sehr hoch versichert ist ...«

Aber noch war mein Haus nicht in Flammen aufgegangen ... Ich unterdrückte mit Gewalt meine Wahnidee und versuchte von neuem, meine Feder in Bewegung zu setzen.

Doch nicht eine einzige Zeile brachte sie, ohne zu stocken, auf das Papier. Schließlich erhob ich mich, warf mich auf das Bett und begann Tolstois »Polikuschka« zu lesen. Der Held dieser Erzählung hat einen komplizierten Charakter. Eitelkeit, Krankhaftigkeit und Ruhmsucht kommen da zusammen. Man brauchte an der Tragikomödie seines Lebens nur ein paar Kleinigkeiten zu ändern, und schon würde das eine Karikatur meines Lebens ergeben. Je mehr ich das höhnische Grinsen des Schicksals in dieser Tragikomödie wahrnahm, desto mehr grauste mir. Noch bevor eine Stunde vergangen war, sprang ich aus dem Bett und schleuderte das Buch mit aller Kraft gegen die langen Fenstervorhänge. »Zum Teufel damit!«

In dem Moment kam unter dem Vorhang eine große Ratte hervor und rannte quer über den Fußboden zum Badezimmer. Mit einem Satz war ich an der Badezimmertür, riß sie weit auf und sah mich suchend um. Aber selbst hinter der weißen Wanne war keine Spur von einer Ratte zu entdecken. Mir war plötzlich nicht mehr recht geheuer. Hastig fuhr ich aus den Pantoffeln in die Straßenschuhe und ging hinaus auf den menschenleeren Korridor.

Wieder wirkte der trübe Korridor auf mich wie ein Gefängnis. Ich lief mit gesenktem Kopf treppab und treppauf, bis ich mich auf einmal in der Küche befand. Dort war es überraschend hell. Das Feuer flackerte in den Herden, die dicht nebeneinander an einer Wand standen. Als ich daran vorbeiging, spürte ich, wie mich die weißbemützten Köche mit kalten Blicken musterten. Und wieder litt ich Höllenqualen. »Gott! Strafe mich! Aber zürne mir nicht! Ich werde vergehen.« Unwillkürlich kam mir in dem Moment dieses Gebet auf die Lippen.

Ich verließ das Hotel und eilte durch den schmelzenden Schnee, der den blauen Himmel spiegelte, zu meiner Schwester. Schwarz waren die Äste der Bäume im Park an der Straße. Und nicht nur das. Jeder einzelne Baum hatte genau wie wir Menschen ein Vorn und Hinten. Mir wurde unheimlich zumute, und ich begann mich fast zu fürchten. Denn ich mußte an die zu Bäumen gewordenen Seelen in Dantes Hölle denken. So ging ich über die Straßenbahnschienen auf die andere Seite hinüber, wo sich Gebäude an Gebäude reihte. Doch auch dort kam ich unbehindert keine hundert Meter weit.

»Entschuldigen Sie bitte ...«, sprach mich schüchtern ein junger Mann von zweiundzwanzig, dreiundzwanzig Jahren an. Er trug eine Uniform mit goldenen Knöpfen. Die Mütze hatte er abgenommen. Ich sah ihn schweigend an und entdeckte ein Muttermal auf seiner linken Nasenhälfte.

»Sind Sie nicht Herr A.?«

»Ja, der bin ich.«

»Es kam mir doch gleich so vor, deshalb ...«

»Haben Sie etwas auf dem Herzen?«

»Nein, das nicht. Ich habe mir nur immer gewünscht, Ihnen einmal zu begegnen. Ich gehöre nämlich auch zu Ihren Lesern, Sensei ...«

Schon hatte ich flüchtig den Hut gelüftet und den jungen Mann stehengelassen. Sensei! A. Sensei! – Nichts konnte mich in letzter Zeit mehr verstören als dieses Wort Sensei. Ich war davon überzeugt, daß ich alle nur erdenklichen Freveltaten begangen hatte. Und trotzdem nannten sie mich bei jeder Gelegenheit weiter Sensei – ihren Lehrer. Mir war, als wollte mich irgendwer damit verspotten. Irgendwer? Meine materialistische Auffassung sträubte sich gegen Mystik. Vor ein paar Monaten hatte ich in einer kleinen Zeitschrift geäußert: »Ich habe keinerlei Gewissen, auch kein künstlerisches. Das einzige, was ich habe, sind Nerven.«

Meine Schwester hatte mit ihren drei Kindern in einer Baracke am äußersten Ende einer Vorstadtgasse Zuflucht gefunden. Zwischen den mit braunem Papier beklebten Wänden war es kälter noch als draußen. Die Hände über das Holzkohlenbecken haltend, sprachen wir über dieses und jenes. Der Mann meiner Schwester war groß und stark gewesen und hatte mich Kümmerling ganz instinktiv verachtet und zudem meine Werke öffentlich für unmoralisch erklärt. Wir waren uns stets mit Kälte begegnet, und nicht ein einziges Mal habe ich mich mit ihm freimütig unterhalten. Doch als ich jetzt mit meiner Schwester sprach, mußte ich erkennen, daß mein Schwager die gleichen Höllenqualen gelitten hat, wie ich sie leide. Einmal soll er im Schlafwagen einen Geist gesehen haben und dergleichen mehr. Ich zündete mir eine Zigarette an und bemühte mich, nur über Geldangelegenheiten zu reden.

»Ich werde unter diesen Umständen eben dieses und jenes verkaufen müssen.«

»Ja und für die Schreibmaschine zum Beispiel wirst du sicherlich einiges bekommen.«

»Und dann sind da noch die Bilder.«

»Willst du etwa auch das Porträt von N. (dem Mann meiner Schwester) verkaufen? Aber das ist ...«

Als mein Blick auf die an der Barackenwand hängende Radierung fiel, wußte ich, daß ich selbst zu einer gedankenlosen Unterhaltung nicht länger fähig sein würde.

Auch das Gesicht meines Schwagers, der sich vor einen Zug geworfen hatte, war zu einem unkenntlichen Fleischklumpen geworden. Nur der Schnurrbart war unversehrt geblieben. Allein der Gedanke daran war gräßlich genug. Nun wirkte aber auf dem Porträt, das sonst bis in die letzte Einzelheit hinein alles deutlich wiedergab, ausgerechnet der Schnurrbart irgendwie verschwommen. Das liegt vielleicht am Blickwinkel, dachte ich und begann das Bild von allen Seiten her zu betrachten.

»Was hast du denn?«

»Nichts ... Nur, die Mundpartie auf dem Bild ...«

Meine Schwester wandte sich flüchtig um und entgegnete ziemlich gelassen: »Der Bart hebt sich merkwürdig schwach ab, nicht wahr?«

Was ich sah, war also keine Sinnestäuschung. Aber wenn es keine Sinnestäuschung war ... Ich entschloß mich, nicht zum Mittagessen zu bleiben.

»Aber soviel Zeit wirst du doch wohl haben.«

»Vielleicht morgen ... Ich muß heute noch nach Aoyama.«

»Was, dorthin? Geht es dir wieder nicht gut?«

»Ich schlucke andauernd Medikamente. Allein schon diese Schlafmittel! Veronal, Neuronal, Torional, Numaal ...«

Dreißig Minuten später betrat ich ein Gebäude und fuhr mit dem Lift in die zweite Etage hinauf. Dort wollte ich durch eine Glastür in ein Restaurant gehen. Doch die Tür ließ sich nicht öffnen. Dann entdeckte ich das lackierte Schild mit der Aufschrift »Heute Ruhetag«. Ich wurde noch mißvergnügter, als ich ohnehin war, blickte auf die Tische hinter der Glastür, auf denen sich Äpfel und Bananen häuften, und ging wieder auf die Straße hinaus. Da kamen zwei Männer, die wie Bürogehilfen aussahen, unbeschwert miteinander plaudernd, daher und streiften fast meine Schultern, als sie das Gebäude betraten. Ich glaubte den einen sagen zu hören: »So etwas Quälerisches!«

Ich stellte mich an den Straßenrand und wartete, daß ein Taxi vorüberkäme. Aber es kam kein Taxi. Und wenn eins kam, dann war es bestimmt ein gelbes. (Weshalb, weiß ich nicht, aber gelbe Taxis pflegten mich in Verkehrsunfälle zu verwickeln.) Endlich fand ich einen Wagen in hoffnungverheißendem Grün und fuhr zur Nervenklinik in der Nähe der Aoyama-Friedhöfe.

... Quälerisch – tantalizing – Tantalus – inferno ...

Tantalus, das war ich selber gewesen, als ich die Früchte hinter der Glastür erblickt hatte. Ich starrte auf den Rücken des Fahrers und verfluchte Dantes Hölle, die ich jetzt ein zweites Mal vor mir sah. Unterdessen wollte mir wieder alles Lüge scheinen. Politik, Wirtschaft, Kunst, Wissenschaft – all das kam mir wie buntschillernde Emaille vor, mit der das unglückliche Menschenleben verdeckt wurde. Mir war, als würde ich langsam ersticken, und ich öffnete das Türfenster. Aber das beklemmende Gefühl verging nicht.

Endlich fuhr das grüne Taxi am Meiji-Schrein vorüber. Dort mußte man in eine Seitenstraße abbiegen, um zu der Nervenklinik zu gelangen. Aber an diesem Tag wußte ich einfach nicht mehr, welche der Seitenstraßen es war. Nachdem ich das Taxi ein paarmal neben den Straßenbahnschienen hatte auf und ab fahren lassen, resignierte ich und stieg aus.

Schließlich fand ich dann doch die Seitenstraße, bog ein und watete durch den Schmutz. In dem Gewirr von Gassen aber hatte ich mich wohl verlaufen, denn plötzlich stand ich vor der Aoyama-Leichenbegängnishalle. Seit dem Abschied von Natsume Soseki vor ungefähr zehn Jahren war ich nicht ein einziges Mal hier vorübergekommen. Auch seinerzeit, vor zehn Jahren, war ich nicht glücklich gewesen. Aber ich hatte wenigstens noch in Frieden mit mir selber gelebt. Ich betrachtete den kiesbestreuten Zugang, dachte an die Bananenstauden bei der Soseki-Hütte und konnte mich des Gefühls nicht erwehren, daß auch mein Leben zum Abschluß käme und daß mich jemand absichtlich nach zehn Jahren wieder zu diesem Friedhof führte.

Von der Nervenklinik fuhr ich mit dem Auto ins Hotel zurück. Als ich dort ausstieg, sah ich, wie sich ein Mann im Regenmantel mit dem Hotelboy stritt. Mit dem Boy? Nein, es war nicht der Boy. Es war der grünlivrierte Mann, der sich um die Autos für die Gäste zu kümmern hatte. Das schien mir kein gutes Omen für die Rückkehr in das Hotel zu sein, und so entfernte ich mich schleunigst wieder über denselben Weg, den ich gekommen war.

Es begann schon zu dämmern, als ich in der Ginza anlangte. Die vielen Geschäfte zu beiden Seiten der Straße und das Menschengewimmel stimmten mich nur noch trübsinniger. Mich bedrückte vor allem die sorglose Heiterkeit, die die Vorübergehenden zur Schau trugen, als sei ihnen jedwede Schuld fremd. Ziellos ging ich in dem Zwielicht von Abenddämmer und Lampenschein in nördlicher Richtung dahin, bis mein Blick einen Buchladen und Stapel von

Zeitschriften traf. Ich betrat den Laden und betrachtete gedankenverloren die hohen Bücherregale. Dann blätterte ich in einem Band griechischer Göttersagen. Das Buch hatte einen gelben Umschlag und war offenbar für Kinder geschrieben worden. Eine Zeile aber, die ich zufällig las, schmetterte mich nieder:

»Selbst Zeus, der höchste aller Götter, ist dem Gott der Rache nicht gewachsen ...«

Ich verließ den Buchladen und trieb im Strom der Passanten dahin. Mir war, als säße mir ständig der Gott der Rache im gebeugten Nacken ...

3
Die Nacht

In den Regalen im oberen Stockwerk der Buchhandlung Maruzen entdeckte ich Strindbergs »Legenden« und blätterte sie flüchtig durch. Was dort geschrieben stand, unterschied sich nicht sehr von dem, was ich an mir selber erfahren hatte. Obendrein trug das Buch einen gelben Umschlag. Ich stellte es in das Regal zurück und griff diesmal aufs Geratewohl nach einem ziemlich dicken Band. Aber auch dieses Buch enthielt nur Zahnräder, die mit ihren Augen und Nasen uns Menschen sehr ähnelten. (Es handelte sich um Bilder, die von Geistesgestörten gemalt und von einem Deutschen gesammelt waren.) Ich spürte trotz all meines Trübsinns ein Gefühl des Protestes in mir aufsteigen und schlug wie ein von der Spielleidenschaft Besessener verzweifelt ein Buch nach dem anderen auf. Ich weiß nicht warum, aber in jedem der Bücher verbargen sich sowohl im Text als auch in den Illustrationen bald mehr, bald weniger Nadeln. In jedem der Bücher? Sogar als ich den Roman »Madame Bovary«, den ich schon so oft gelesen hatte, zur Hand nahm, vermeinte ich am Ende niemand anderer als der kleinbürgerliche Monsieur Bovary zu sein ...

Anscheinend war ich in dieser späten Stunde der einzige
Besucher in der oberen Etage der Buchhandlung Maruzen.
Ich wanderte im Schein der Lampen zwischen den Regalen
umher. Vor einem, an dem ein Schild mit der Aufschrift
»Religion« hing, blieb ich stehen und griff nach einem Buch
mit grünem Umschlag. Im Inhaltsverzeichnis stand als eine
der Kapitelüberschriften: »Vier schreckliche Feinde – Zweifel, Angst, Hochmut, sinnliche Begierde.« Kaum daß ich
diese Wörter gelesen hatte, spürte ich wiederum heftige Ablehnung. Was man dort Feinde nannte, war zumindest für
mich nichts anderes als eine Umschreibung für Sensibilität
und Verstand. Es wurde mir immer unerträglicher, daß mich
der Geist der Alten ebenso unglücklich machte wie der der
Neuzeit. Das Buch in der Hand, erinnerte ich mich plötzlich
der Wörter Juryo Yoshi – Jüngling aus Shouling, die ich
einmal als Pseudonym benutzt hatte. Das war ein junger
Mann, von dem Han Fei-dsi erzählt, daß er auszog, um die
Gangart von Gandan zu erlernen, sie aber nicht erlernte und
obendrein noch die Gangart von Shouling vergaß und
schließlich auf allen vieren in die Heimat zurückgekrochen
kam. Zweifellos sieht jeder in mir den »Jüngling aus Shouling«. Daß ich dieses Pseudonym jedoch benutzt hatte, als
die Hölle noch gar nicht über mich hereingebrochen war ...
Mit dem Rücken zu den hohen Regalen, bemühte ich mich,
die Wahnvorstellung zu verjagen, und ging in den direkt
vor mir liegenden Ausstellungsraum hinüber, in dem gerade
Plakate gezeigt wurden. Auf einem der Plakate erstach ein
Ritter, der heilige Georg, wie es schien, einen geflügelten
Drachen. Unter dem Helm schaute zur Hälfte das verbissene
Gesicht des Ritters hervor, das mich sehr an einen meiner
Gegner erinnerte. Wieder mußte ich an eine Geschichte von
Han Fei-dsi denken, und zwar an jene über die Kunst, Dra-
chen zu töten. Ich sah mir die Ausstellung nicht weiter an,
sondern stieg die breite Treppe hinunter.

Während ich die abendliche Nihonbashi-dori entlangging,
mußte ich immerzu an das Wort »Drachentöten« denken. Es

war, wenn ich mich nicht irrte, auch in meinen Tuschstein eingeritzt. Diesen Tuschstein hatte ich von einem jungen Handelsmann geschenkt bekommen, dem verschiedene Unternehmungen fehlgeschlagen waren, so daß er am Ende des vergangenen Jahres schließlich Bankrott gemacht hatte. Ich blickte zum Himmel empor und wollte versuchen, mir vorzustellen, wie klein unsere Erde in dem Gewimmel der unzähligen Sterne ist – und wie klein ich selber bin. Aber der Himmel, der am Tage so klar gewesen war, hatte sich irgendwann gänzlich mit Wolken bezogen. Plötzlich hatte ich das Gefühl, als wollte mir irgendwer nicht wohl, und ich suchte in einem Café auf der anderen Seite der Straßenbahnschienen Zuflucht.

Dieses Café war wirklich eine »Zuflucht«. Die rosenfarbenen Wände gaben mir fast ein Gefühl des Friedens. Erleichtert setzte ich mich an einen Tisch in der äußersten Ecke. Wohltuend empfand ich es auch, daß außer mir nur noch zwei, drei Gäste da waren. Ich schlürfte meinen Kakao und steckte mir wie gewöhnlich eine Zigarette an. Der Rauch der Zigarette schwebte als feiner bläulicher Schleier vor der rosenfarbenen Wand. Auch die Harmonie dieser zarten Farben heiterte mich auf. Aber kurze Zeit später entdeckte ich links von mir an der Wand ein Napoleonporträt, und schon stellte sich wieder die alte Unruhe ein. »Sankt Helena, eine kleine Insel«, hatte Napoleon, als er noch zur Schule ging, auf die letzte Seite seines Geographieheftes geschrieben. Das war vielleicht, wie wir sagen, ein reiner Zufall. Aber daß es später sogar Napoleon selbst bestürzte, dürfte sicher sein …

Ich starrte Napoleon an und dachte an meine eigenen Werke. Zuerst kamen mir die Aphorismen aus den »Worten eines Pygmäen« in den Sinn. (Vor allem der Satz: »Das Leben ist höllischer als die Hölle.«) Danach das Schicksal des Malers Yoshihide – des Helden in der Novelle »Die Hölle«. Danach … Ich wollte diesen Erinnerungen entfliehen; ich rauchte und sah mich in dem Café um. Noch keine fünf Minuten waren vergangen, seit ich hier Zuflucht gesucht hatte, und doch hatte sich innerhalb dieser kurzen Zeit das Aussehen des Cafés völlig verändert. Was mir das größte Unbehagen bereitete, war das Fehlen jeglicher Harmonie zwischen den Stühlen und Tischen aus imitiertem Mahagoni und den rosenfarbenen Wänden. Ich fürchtete, von neuem in die dem Menschenauge unsichtbaren Qualen zu stürzen, warf eine Silbermünze auf den Zahltisch und wollte rasch das Café verlassen.

»Hallo, Sie! Zwanzig Sen, bitte!«

Was ich auf den Tisch geworfen hatte, war eine Kupfermünze gewesen.

Ich fühlte mich bloßgestellt, und als ich durch die menschenleeren Straßen ging, mußte ich plötzlich an mein Haus in einem fernen Kiefernwald denken. Es war nicht das Haus meiner Adoptiveltern in einem der Vororte, sondern das Haus, das ich für meine eigene Familie gemietet hatte. Vor ungefähr zehn Jahren hatte ich schon einmal in solch einem Haus gelebt. Aber aus bestimmten Gründen waren wir dann leider allzu unbesonnen zu den Eltern gezogen. Und zugleich hatte ich mich wieder zu einem Sklaven, einem Tyrannen, zu einem kraftlosen Egoisten gewandelt ...

Es ging schon auf zehn Uhr, als ich in das Hotel zurückkam. Da ich den langen Weg zu Fuß gemacht hatte, fühlte ich mich zu schwach, sogleich die Treppen zu meinem Zimmer hinaufzusteigen. Ich setzte mich in einen Sessel vor dem Kamin, in dem große Holzscheite brannten, und dachte über ein längeres Werk nach, das ich plante.

Das Werk sollte das Volk in allen Perioden der Geschichte, angefangen von der Kaiserin Suiko bis hin zum Kaiser Meiji, zum Mittelpunkt haben und sich aus etwa dreißig chronologisch angeordneten Novellen zusammensetzen. Während ich in den Funkenwirbel blickte, erinnerte ich mich plötzlich eines bronzenen Standbildes vor dem kaiserlichen Palast. Ein Ritter in voller Rüstung saß gleichsam als

Gestalt gewordene Treue hoch zu Pferde. Daß seine Feinde aber ...

»Lügen!«

Aus der fernen Vergangenheit glitt ich wieder herab in die unmittelbare Gegenwart. Es konnte mir nur recht sein, daß gerade in diesem Augenblick ein mir bekannter Bildhauer auftauchte. Er trug den unvermeidlichen Samtanzug und den kurzen, leicht aufwärtsgerichteten Ziegenbart. Ich erhob mich aus dem Sessel und ergriff die hingestreckte Hand. (Was ich für gewöhnlich nicht tat. Ich folgte diesmal nur der Gewohnheit des Bildhauers, der die Hälfte seines Lebens in Paris und Berlin verbracht hatte.) Seine Hand fühlte sich merkwürdig feucht an, wie die Haut eines Lurches.

»Wohnst du hier?«

»Ja ...«

»Um zu arbeiten?«

»Ja, um zu arbeiten.«

Er sah mich fest an. Sein Blick schien mir etwas Spähendes zu haben.

»Wollen wir uns nicht in meinem Zimmer unterhalten?« fragte ich in einem etwas herausfordernden Ton. (Es gehört zu meinen Fehlern, daß ich wegen meines Mangels an Mut immer sofort eine herausfordernde Haltung einnehme.) Woraufhin er lächelnd fragte: »Wo ist denn dein Zimmer?«

Wie zwei eng vertraute Freunde gingen wir Schulter an Schulter an leise plaudernden Ausländern vorbei hinauf in mein Zimmer. Dort setzte er sich in einen Sessel mit dem Rücken zum Spiegel. Wir redeten über alles mögliche. Über alles mögliche? Am meisten jedenfalls über Frauen. Nun zählte ich zweifellos zu denen, die wegen ihrer Sünden die Hölle verdient hatten. Dennoch stimmten mich die verderbten Reden immer melancholischer. Für eine Weile wurde ich zum Puritaner und schmähte alle Frauen.

»Sieh dir mal die Lippen von S. an. Vom vielen Küssen ...«

Ich verstummte und starrte auf das Bild meines Gastes im Spiegel. Direkt unter seinem Ohr klebte ein gelbes Pflaster.

»Vom vielen Küssen?«

»Jedenfalls glaube ich, daß sie so eine ist!«

Er nickte lächelnd. Ich spürte, daß er mich im verborgenen fortwährend beobachtete, um mein Geheimnis zu ergründen. Trotzdem blieben nach wie vor die Frauen unser Thema. Mehr noch, als ich dem Bildhauer grollte. schämte ich mich der eigenen Schwäche und versank deshalb immer tiefer in Trübsinn.

Als mein Bekannter endlich gegangen war, legte ich mich aufs Bett und begann in dem Roman »Der Weg durch dunkle Nacht« zu lesen. Der seelische Kampf des Helden in diesem Buch erschütterte mich. Was für ein Narr war ich doch im Vergleich zu dem Mann! Unversehens kamen mir die Tränen. Zwar wirkten sie beruhigend auf mein Gemüt, jedoch nicht lange. Denn schon sah mein rechtes Auge wieder die durchscheinenden Zahnräder. Sie drehten sich unablässig und nahmen an Zahl allmählich zu. Ich fürchtete mich vor den Kopfschmerzen, legte das Buch auf das Kissen, schluckte 0,8 Gramm Veronal und hoffte auf einen tiefen Schlaf.

Dann aber träumte ich und sah im Traum ein Schwimmbad. Darin tauchten und schwammen mehrere Jungen und Mädchen. Ich ging hinüber zu dem Kiefernwald hinter dem Bad. Plötzlich rief mir jemand nach: »Papa!« Ich drehte mich um und sah meine Frau am Beckenrand stehen. Im selben Moment empfand ich heftige Reue.

»Papa, das Handtuch?«

»Ich brauche kein Handtuch. Paß auf die Kinder auf!« sagte ich und ging weiter. Aber jetzt befand ich mich unvermittelt auf einem Bahnsteig. Es war offenbar ein ländlicher Bahnhof. Eine lange Hecke begrenzte den Bahnsteig. Dort standen der Student H. und eine ältere Frau. Als sie mich sahen, kamen sie auf mich zu und sagten wie aus einem Munde: »Das war ein gewaltiges Feuer.«

»Ja, auch ich bin ihm mit knapper Not entronnen.«

Mir war, als wäre ich dieser Frau schon einmal begegnet. Außerdem verspürte ich eine angenehme Erregung, als ich mit ihr sprach. Qualmend lief unterdessen der Zug langsam in den Bahnhof ein. Ich stieg allein ein und ging an den mit weißen Tüchern bedeckten Betten vorüber. Auf einem Bett lag, einer Mumie ähnlich, eine nackte Frau, das Gesicht zu mir gewandt. Das war wieder mein Gott der Rache – das war die Tochter eines Wahnsinnigen ...

Kaum war ich erwacht, sprang ich aus dem Bett. Hell brannte noch immer das Licht in meinem Zimmer. Von irgendwoher aber drang Flügelschlagen und Rattenquieken an mein Ohr. Ich riß die Tür auf, trat auf den Korridor hinaus und eilte wieder zu dem Kamin, setzte mich in einen Sessel und starrte in die noch schwach glimmende Glut ...

In dem Augenblick kam ein weißgekleideter Hoteldiener herbei, um neue Scheite aufzulegen.

»Wie spät ist es?«

»Es ist halb vier.«

Drüben in einer Ecke der Halle saß eine Frau, offenbar eine Amerikanerin, und las in einem Buch. Trotz der Entfernung glaubte ich deutlich zu erkennen, daß sie ein grünes Kostüm anhatte. Ich fühlte mich wie erlöst und beschloß, hier still das Ende der Nacht abzuwarten. Gleich einem alten Mann, der nach langen Jahren des Leidens ruhig und gefaßt den Tod erwartet ...

4
Noch nicht?

Endlich hatte ich in dem Hotelzimmer die besagte Novelle beendet und an eine Zeitschrift geschickt. Das Honorar reichte allerdings nicht einmal, die Hotelrechnung für eine Woche zu bezahlen. Doch daß die Arbeit vollbracht war, gab mir ein Gefühl der Zufriedenheit, und ich beschloß, eine

Buchhandlung in der Ginza aufzusuchen, da es mich nach einem geistigen Stärkungsmittel verlangte.

Auf dem von der Wintersonne beschienenen Asphalt lagen Papierfetzen umher. Das Licht mochte schuld daran sein, daß diese Papierfetzen genau wie Rosenblüten aussahen. Mit dem Gefühl, irgend jemand sei mir wohlgesonnen, betrat ich die Buchhandlung. Auch dort wirkte alles freundlicher und netter als sonst. Das einzige, was mich in Unruhe versetzte, war, daß sich ein bebrilltes Mädchen mit dem Verkäufer unterhielt. Aber ich dachte an die auf den Weg gestreuten papiernen Rosenblüten und kaufte mir die »Gespräche mit Anatole France« und die »Briefe Mérimées«.

Die beiden Bücher unter dem Arm, ging ich in ein Café. Ich ließ mich an einem Tisch in der äußersten Ecke nieder und wartete auf den bestellten Kaffee. Am Tisch mir gegenüber saßen ein Mann und eine Frau, Mutter und Sohn, wie es schien. Obwohl der Mann jünger war als ich, sah er mir doch sehr ähnlich. Die beiden hatten die Köpfe wie Liebesleute zusammengesteckt und unterhielten sich. Während ich sie beobachtete, wurde mir klar, daß sich zumindest der Sohn bewußt war, der Mutter auch in geschlechtlicher Hinsicht ein Trost zu sein. Es war das zweifellos ein Beispiel für die Macht der Zuneigung, an die auch ich mich erinnerte. Und zugleich war es sicherlich ein Beispiel für ein gewisses Trachten, das dieses Leben zur Hölle macht. Jedoch ... Ich fürchtete schon, wieder in Qualen zu versinken. Zum Glück aber wurde mir gerade der Kaffee serviert, und ich begann in den Briefen Mérimées zu lesen. Ebenso wie in seinen Romanen und Novellen sprühte es in seinen Briefen von geschliffenen Aphorismen. Und diese Aphorismen machten mich unversehens innerlich stark wie Eisen. (Es ist eine meiner negativen Eigenschaften, daß ich sehr leicht Einflüssen erliege.) Als ich meine Tasse Kaffee ausgetrunken hatte, sagte ich mir, mag kommen, was will, und verließ auf der Stelle das Café.

Ich schlenderte die Straße entlang und sah mir die Schaufenster an. In dem Schaufenster eines Bilderrahmengeschäftes hing ein Porträt Beethovens, ein Bildnis des Genies mit struppiger Mähne. Ich konnte mir nicht helfen, aber ich fand diesen Beethoven komisch ...

Auf einmal stand ein alter Freund aus den Tagen meiner Oberschulzeit vor mir, Universitätsprofessor für angewandte Chemie. Er trug eine große Aktenmappe unter dem Arm; sein linkes Auge war blutunterlaufen.

»Was ist denn mit deinem Auge?«

»Mit dem Auge? Ach, das ist nur eine Bindehautentzündung.«

Ich mußte plötzlich daran denken, daß ich seit vierzehn, fünfzehn Jahren jedesmal, wenn ich die Macht der Zuneigung spürte, auch so eine Bindehautentzündung bekam wie er. Ich sagte aber nichts. Er schlug mir auf die Schultern, und während wir uns über unsere gemeinsamen Freunde unterhielten, führte er mich in ein Café.

»Wir haben uns lange nicht gesehen. Zum letztenmal wohl bei der Einweihung des Shu-Shunsui-Denkmals«, sagte er über die Marmorplatte des Tisches hinweg zu mir, nachdem er sich eine Zigarre angesteckt hatte.

»Stimmt. Dieses Shu-Shun...«

Aus irgendeinem Grunde verhaspelte ich mich bei dem Namen Shu Shunsui. Das beunruhigte mich etwas, zumal da das doch die japanische und nicht die schwierige chinesische Aussprache des Namens war. Aber der Professor redete unbekümmert weiter über dieses und jenes. Über die Bulldogge, die er sich gekauft hatte, über das Giftgas Lewisite, über den Schriftsteller K. ...

»Du scheinst kaum mehr zu schreiben. ›Das Totenregister‹ habe ich gelesen ... Ist das deine Autobiographie?«

»Ja.«

»Bißchen krankhaft, finde ich. Geht es dir in letzter Zeit gesundheitlich nicht gut?«

»Ich schlucke andauernd Tabletten.«

»Auch ich leide neuerdings an Schlaflosigkeit.«

»›Auch ich‹? – Warum sagst du ›auch ich‹?«

»Na, hast du denn nicht eben gesagt, daß du an Schlaflosigkeit leidest? Mit Schlaflosigkeit ist nicht zu spaßen …!«

Nur in seinem linken, blutunterlaufenen Auge zeigte sich so etwas wie ein Lächeln. Schon bevor ich antwortete, fürchtete ich, daß ich das Wort »Schlaflosigkeit« nicht deutlich würde aussprechen können.

»Aber sie ist das Natürlichste auf der Welt für den Sohn einer Geistesgestörten.«

Keine zehn Minuten später ging ich wieder allein die Straße entlang. Die Papierfetzen auf dem Asphalt schienen mir jetzt manchmal wie Menschengesichter. Eine einzelne Frau mit kurzem Haar kam mir entgegen. Von weitem sah sie sehr hübsch aus. Als sie aber an mir vorüberging, fand ich, daß viele kleine Falten ihr Gesicht verunzierten. Überdies war sie offenbar schwanger. Unwillkürlich wandte ich den Blick ab und bog in eine breite Nebenstraße ein. Nach einer Weile begannen meine Hämorrhoiden zu schmerzen. Das einzige Mittel gegen diese Schmerzen war für mich ein Sitzbad.

Sitzbad … Auch Beethoven hat Sitzbäder genommen …

Sogleich spürte ich den Schwefelgeruch des Sitzbades in der Nase. Auf der Straße aber war selbstverständlich keine Spur von Schwefel. Ich dachte wieder an die papiernen Rosenblüten und bemühte mich, aufrecht zu gehen.

Eine Stunde danach hatte ich mich abermals in mein Zimmer zurückgezogen, mich an den Tisch vor dem Fenster gesetzt und eine neue Erzählung begonnen. Die Feder glitt nur so über das Papier, daß es mich geradezu wunderte. Nach zwei, drei Stunden aber verharrte sie, wie von einer unsichtbaren Hand umklammert. Widerwillig entfernte ich mich vom Tisch und wanderte im Zimmer umher. Mein Größenwahn hatte in diesem Augenblick seinen Höhepunkt erreicht. In meiner barbarischen Freude wollte mir scheinen, für mich gäbe es weder Eltern noch Frau und Kinder, sondern nur mehr das Leben, das aus meiner Feder geflossen.

Wenig später läutete das Telefon. Aber sooft ich mich auch meldete, aus dem Hörer kam ständig nur ein und dasselbe unklare Wort. Soviel war gewiß, es klang wie *mole*. Ich legte den Hörer auf und begann wieder das Zimmer zu durchmessen, kam aber von dem Wort *mole* nicht los.

Mole ... mole ...

Mole ist das englische Wort für Maulwurf. Und die Gedankenverbindungen, die es hervorrief, waren alles andere als angenehm. Ein paar Sekunden später nämlich war *la mort* aus dem *mole* geworden. *La mort* – dieses französische Wort für Tod machte mich sogleich unruhig. Mir deuchte, der Tod bedrängte mich jetzt ebenso, wie er den Mann meiner Schwester bedrängt hatte. Doch trotz dieser Unruhe mußte ich lächeln. Warum aber mußte ich lächeln? Ich wußte es nicht. Nach einer ganzen Weile trat ich wieder vor den Spiegel und betrachtete mein Abbild. Ich starrte es an, und mir fiel die Geschichte von meinem zweiten Ich ein. Ein zweites Ich – die Deutschen sagen Doppelgänger – habe ich selber zum Glück nie zu Gesicht bekommen. Aber die Frau meines Freundes K., der in Amerika Filmschauspieler geworden ist, hat meinen Doppelgänger im Foyer des Theaters Imperial getroffen. (Ich weiß noch, wie verwirrt ich war, als K.s Frau eines Tages zu mir sagte: »Nicht einmal gegrüßt haben Sie mich neulich.«) Auch der einbeinige Übersetzer, der inzwischen schon verstorben ist, hat ihn in einem Tabakladen in der Ginza gesehen ... Vielleicht war der Tod statt zu mir zu meinem Doppelgänger gekommen. Aber selbst wenn er zu mir gekommen wäre ... Ich drehte dem Spiegel den Rücken und kehrte an den Tisch vor dem Fenster zurück.

Durch das viereckige, von Tuffstein eingefaßte Fenster blickte ich auf den verdorrten Rasen und den kleinen Teich des Gartens und mußte dabei an die in dem fernen Kiefernwald verbrannten Notizbücher und unvollendeten Dramen denken. Dann nahm ich wieder die Feder zur Hand und schrieb weiter an der neuen Erzählung.

5
Rotes Licht

Die Strahlen der Sonne hatten mich gemartert. Bei geschlossenen Vorhängen und brennender Lampe arbeitete ich emsig wie ein Maulwurf an meiner Erzählung. Als ich mich schon etwas abgespannt fühlte, schlug ich die englische Literaturgeschichte von Taine auf und überflog die Biographien der Dichter. Alle waren sie unglücklich gewesen, sogar die Giganten des elisabethanischen Zeitalters – selbst der gelehrte Ben Johnson hatte seine Nerven so weit erschöpft, daß er auf seiner großen Zehe die Truppen von Rom und Karthago antreten sah. Ungewollt empfand ich über die innere Not, die diese Literaten gelitten hatten, eine aus grausamer Bosheit geborene Freude.

Eines späten Abends, als ein heftiger Ostwind wehte (was ich für ein gutes Zeichen hielt), ging ich durch den Keller zur Hintertür hinaus auf die Straße, um einen alten Mann aufzusuchen, der als Diener einer Bibelgesellschaft für sich allein in einer Dachkammer im Gebäude dieser Gesellschaft lebte und sich ganz dem Gebet und dem Bücherlesen widmete. Wir hielten unsere Hände über das Holzkohlenbecken und sprachen unter dem an der Wand hängenden Kreuz über mancherlei. Warum hatte meine Mutter den Verstand verloren? Warum waren meinem Vater die Geschäfte fehlgeschlagen? Und für was mußte ich büßen? – Der alte Mann, der um all diese Geheimnisse wußte, hatte ein eigentümlich würdevolles Lächeln um die Lippen und war mir ein geduldiger Partner. Außerdem zeichnete er selber von Zeit zu Zeit mit kurzen Worten Karikaturen des Menschenlebens. Unwillkürlich empfand ich Hochachtung vor dem Alten. Doch dann entdeckte ich während unserer Unterhaltung, daß auch er der Macht der Zuneigung ausgeliefert war ...

»Die Tochter des Gärtners hat ein hübsches Gesicht und ein gutes Herz. – Sie ist immer sehr nett zu mir.«

»Wie alt ist sie denn?«

»Achtzehn.«

Man hätte annehmen können, es sei väterliche Liebe, was er für sie empfand. Ich vermochte mich indessen des Eindrucks nicht zu erwehren, daß seine Augen leidenschaftlich funkelten, als er von dem Mädchen sprach. Zudem zeigte sich mir auf den gelbgrünen Äpfeln, die er mir anbot, die Gestalt eines Einhorns. (Nicht selten entdeckte ich in der Maserung des Holzes oder in den Sprüngen von Kaffeetassen Fabelwesen.) Und das Einhorn war zweifellos eines dieser Fabeltiere. Ich mußte daran denken, daß ein mir übelgesonnener Kritiker mich einmal »Fabelgestalt des zweiten Jahrzehnts unseres Jahrhunderts« genannt hatte, und ich spürte, daß auch diese Dachkammer mit dem Kreuz an der Wand keine Sicherheitszone darstellte.

»Wie fühlen Sie sich denn in letzter Zeit?«

»Es sind immer wieder die Nerven.«

»Medikamente werden Ihnen da nicht viel helfen. Wenn Sie sich nun zum Christentum bekehrten?«

»Das sollte einer wie ich können ...?«

»Das ist doch nicht so schwer. Sofern man nur an Gott glaubt und an Christus, den Sohn Gottes, und an die Wunder, die Christus vollbrachte ...«

»An den Teufel vermag ich zu glauben ...«

»Und warum glauben Sie dann nicht an Gott? Wenn man an den Schatten glaubt, muß man doch auch an das Licht glauben?«

»Aber es gibt doch wohl auch ein lichtloses Dunkel?«

»Ein lichtloses Dunkel?«

Mir blieb nichts anderes, als zu schweigen. Der Alte wandelte ebenso wie ich im Dunkeln. Nur glaubte er an ein Licht jenseits des Dunkel. Hierin und allein hierin unterschieden sich unsere Auffassungen. Doch zumindest für mich war dieser Graben unüberwindlich ...

»Das Licht aber gibt es ganz bestimmt. Der Beweis dafür sind die Wunder ... Auch heute geschehen manchmal noch Wunder.«

»Ja, aber Wunder, die der Teufel vollbringt ...«

»Warum reden Sie andauernd vom Teufel?«

Ich geriet in Versuchung, dem Alten von dem zu sprechen, was meine Nerven in diesen beiden letzten Jahren alles angestellt hatten. Doch befürchtete ich, daß er es meiner Familie weitererzählen und daß ich dann wie meine Mutter in eine Irrenanstalt kommen würde.

»Was haben Sie denn da?«

Der rüstige Alte drehte sich zu dem Bücherregal um, machte ein Gesicht wie ein Faun und antwortete: »Das ist eine Gesamtausgabe der Werke Dostojewskis. Haben Sie seinen Roman ›Schuld und Sühne‹ gelesen?«

Natürlich hatte ich schon vor zehn Jahren enge Freundschaft mit meinem vier- oder fünfbändigen Dostojewski geschlossen. Doch beeindruckt von den zufällig (?) gesprochenen Worten »Schuld und Sühne«, lieh ich mir das Buch und machte mich auf den Heimweg. Die hellerleuchteten und belebten Straßen erfüllten mich mit Unbehagen. Und ich wollte unter allen Umständen vermeiden, mit einem Bekannten zusammenzutreffen. Deshalb wählte ich möglichst dunkle Gassen und schlich wie ein Dieb dahin.

Nach einer Weile jedoch verspürte ich Schmerzen in der Magengegend. Bei diesen Schmerzen half nur ein Glas Whisky. Ich fand auch schließlich eine Bar, stieß die Tür auf und wollte hineingehen. Aber in dem engen Raum hockten, eingehüllt in Tabaksqualm, mehrere wie Künstler aussehende junge Leute beieinander und tranken. Ein Mädchen, das Haar über die Ohren gekämmt, spielte in ihrer Mitte hingebungsvoll Mandoline. Verwirrt blieb ich einen Augenblick in der Türe stehen und kehrte dann um. Da merkte ich auf einmal, daß mein Schatten hin und her schwankte. Außerdem fiel unnatürlich rotes Licht auf mich. Ich blieb auf der Straße stehen, drehte mich ängstlich um und entdeckte schließlich eine bunte Glaslaterne über der Tür zur Bar. Die Laterne pendelte träge im Wind ...

Schließlich ging ich dann in ein Kellerrestaurant. Ich stellte mich an den Schanktisch und bestellte Whisky.

»Whisky? Wir haben leider nur Black and White ...« Ich goß den Whisky in ein Glas Sodawasser und trank in kleinen Schlucken still vor mich hin. Neben mir unterhielten sich mit leiser Stimme zwei etwa dreißigjährige Journalisten. Sie sprachen französisch. Ich hatte ihnen den Rücken zugewandt, spürte aber mit dem ganzen Körper ihre Blicke. Es war, als durchdrängen mich elektrische Wellen. Sicherlich kannten mich die beiden, und sie schienen über mich zu reden.

»Bien ... tres mauvais ... pourquoi ...?«

»Pourquoi? ... Le diable est mort!«

»Oui, oui ... d'enfer ...«

Ich warf eine Silbermünze auf den Tisch (es war meine letzte) und entfloh dem Kellerrestaurant. Der Nachtwind, der über die Straße wehte, tat meinen Nerven wohl, um so mehr, als meine Magenschmerzen etwas nachgelassen hatten. Ich dachte an Raskolnikow, und mich überkam das Verlangen, alles zu beichten. Aber damit hätte ich nicht nur über mich – ja, hätte ich nicht nur über meine Familie eine Tragödie heraufbeschworen. Zudem war ich mir nicht sicher, ob es wirklich ein ernsthaftes Verlangen war. Wenn meine Nerven nur so stark wie die eines gewöhnlichen Menschen wären ... Doch dann müßte ich fortgehen, irgendwohin. Nach Madrid, nach Rio, nach Samarkand ...

Plötzlich versetzte mich ein kleines weißes Schild, das über einem Laden hing, in Unruhe. Ein Autoreifen mit Flügeln war als Firmenzeichen auf das Schild gemalt. Beim Anblick dieses Firmenzeichens fiel mir die Geschichte von dem alten Griechen ein, der sich selbstgefertigten Flügeln anvertraut hatte. Er war in den Himmel emporgestiegen. Die Strahlen der Sonne aber hatten die Flügel zerstört. Er war ins Meer gestürzt und ertrunken. Nach Madrid, nach Rio, nach Samarkand ... Spöttisch lächelte ich über meinen Traum. Und in dem Moment mußte ich an den vom Gott der Rache verfolgten Orestes denken.

Ich ging die finstere Straße am Kanal entlang. Mir kam das Haus meiner Adoptiveltern in den Sinn. Zweifellos lebten meine Adoptiveltern ständig in der Erwartung, daß ich zurückkehrte. Wahrscheinlich auch meine Kinder … Doch kehrte ich dorthin zurück, müßte ich fürchten, allsogleich von einer gewissen Kraft in Fesseln geschlagen zu werden. Am Kanalufer, gegen das die Wellen klatschten, hatte ein Flußkahn festgemacht. Aus seinem Innern drang schwacher Lichtschein. Bestimmt lebte dort eine mehrköpfige Familie. Menschen, einander hassend, um einander zu lieben … Ich nahm abermals alle meine Kraft zusammen und kehrte, noch immer die Wirkung des Whiskys spürend, in mein Hotel zurück. Ich setzte mich an den Tisch und las wieder in den Briefen Mérimées. Auch diesmal weckten sie in mir unversehens neue Lebensgeister. Aber da ich wußte, daß Mérimée an seinem Lebensabend Protestant geworden war, glaubte ich mit einemmall sein wahres Gesicht unter der Maske zu erkennen. Er gehörte wie ich zu jenen, die im Dunkeln wandelten. Im Dunkeln? – Der Roman »Der Weg durch dunkle Nacht« begann sich für mich in ein schreckliches Buch zu verwandeln. Um meinen Trübsinn zu vergessen, griff ich nach den »Gesprächen mit Anatole France«. Doch auch dieser Faun unserer Tage trug ein Kreuz auf dem Rücken …

Eine Stunde mochte vergangen sein, als ein Hoteldiener kam und mir einen Stapel Post aushändigte. Darunter befand sich ein Brief von einem Leipziger Verlagshaus, in dem ich um eine kürzere Abhandlung zu dem Thema »Die moderne japanische Frau« gebeten wurde. Warum eigentlich war man ausgerechnet auf mich verfallen? Dem englisch geschriebenen Brief war ein handschriftliches Postskriptum hinzugefügt: »Wir wären auch mit ausschließlich schwarzweißen Frauenporträts, wie es sie in der japanischen Malerei gibt, zufrieden.« Das »schwarz-weiß« ließ mich sofort an den Whisky Black and White denken, und ich zerriß den Brief. Dann öffnete ich das nächste Kuvert und überflog die

Zeilen auf dem gelben Papier. Diesen Brief hatte mir ein unbekannter junger Mann geschrieben. Ich hatte erst ein kleines Stück gelesen, als ich über die Worte: »Ihre Novelle ›Die Hölle‹ ...« schon die Geduld verlor. Der dritte Brief, den ich öffnete, war von meinem Neffen. Ich atmete auf und las von den häuslichen Angelegenheiten. Aber selbst dieser Brief schmetterte mich am Ende plötzlich nieder.

»Ich schicke Dir die Neuauflage der Gedichtsammlung ›Rotes Licht‹ ...«

Rotes Licht! Ich glaubte das höhnische Lachen eines Irgendjemand zu hören und floh aus dem Zimmer. Auf dem Korridor war kein Mensch zu sehen. Ich stützte mich mit einer Hand an der Wand und schleppte mich so in die Halle. Dort setzte ich mich in einen Sessel und wollte mir auf alle Fälle erst einmal eine Zigarette anzünden. Aber ich wußte nicht, wieso ich eine Zigarettenpackung der Marke »Air ship« in der Hand hielt. (Seit ich in diesem Hotel wohnte, hatte ich immer nur »Star« geraucht.) Wieder sah ich die von Menschenhand gefertigten Flügel vor mir. Ich rief den Hotelboy herbei und bat um zwei Päckchen »Star«. Sofern man dem Boy glauben durfte, war aber die Sorte »Star« gerade ausverkauft.

»Wenn es ›Air ship‹ sein darf ...«

Ich schüttelte den Kopf und sah mich in der weiten Hotelhalle um. Mir gegenüber saßen vier, fünf Ausländer um einen Tisch herum und unterhielten sich. Unter ihnen war eine Frau – eine Frau in einem roten Kleid, die mich hin und wieder anzusehen schien, während sie leise mit den anderen sprach.

»Mrs. Townshead ...«, flüsterte mir ein Unsichtbarer zu. Natürlich kannte ich keine Mrs. Townshead. Wenn es aber der Name jener Frau dort drüben wäre ... Ich erhob mich aus dem Sessel und flüchtete in mein Zimmer, in ständiger Angst, den Verstand zu verlieren.

Sobald ich im Zimmer war, wollte ich eine Nervenheilanstalt anrufen. Aber die Einlieferung in die Anstalt wäre für mich gleichbedeutend mit dem Tod gewesen. Nach qualvollem Schwanken griff ich zu dem Roman »Schuld und Sühne«, um meine Angst zu betäuben. Jedoch auf der Seite, die ich zufällig aufgeschlagen hatte, begann ein Abschnitt aus den »Brüdern Karamasow«. Zunächst glaubte ich, ich hätte die Bücher verwechselt, und schaute auf den Umschlag. »Schuld und Sühne« – es war das Buch »Schuld und Sühne«. Daß der Buchbinder sich vertan hatte – und vor allem, daß ich die versehentlich miteingebundenen Seiten aufgeschlagen hatte, das kam mir wie ein Fingerzeig des Schicksals vor, und so sah ich mir diese Stelle genauer an. Aber ich hatte noch keine Seite gelesen, als ich am ganzen Körper zu zittern begann. Denn es war der Abschnitt aus den »Brüdern Karamasow«, wo von dem vom Teufel gequälten Iwan die Rede ist. Iwan, Strindberg, Maupassant und ich selber, der ich in diesem Zimmer saß ...

Schlaf wäre die einzige Rettung, dachte ich. Aber mein Schlafmittel war bis auf das letzte Pülverchen aufgebraucht. Mich weiter mit Grübeleien quälen zu müssen und nicht schlafen zu können schien mir unerträglich. Deshalb setzte ich mich mit dem Mut der Verzweiflung an mein Manuskript, nachdem ich mir Kaffee hatte bringen lassen, und schrieb wie besessen. Zwei Seiten, fünf Seiten, sieben Seiten, zehn Seiten – die Zahl der Manuskriptseiten wuchs zusehends. Ich hatte diese Erzählung in der Welt übernatürlicher Wesen angesiedelt und überdies einem dieser Wesen meine Züge gegeben. Aber allmählich begann die Erschöpfung meinen Verstand zu umnebeln. Schließlich stand ich vom Tisch auf und legte mich rücklings aufs Bett. Ich mochte vierzig oder fünfzig Minuten geschlafen haben, da war mir, als flüsterte mir jemand wieder die Worte »Le diable est mort« ins Ohr. Sofort war ich wach, und ich sprang aus dem Bett.

Draußen vor dem in Tuffstein eingefaßten Fenster leuchtete ein kaltes Licht. Ich stand unmittelbar neben der Tür und betrachtete das leere Zimmer. Da erschien auf dem teil-

568

weise beschlagenen Fensterglas eine winzige Landschaft. Ohne Zweifel, es war das Meer hinter einem grünlichgelben Kiefernwald. Ich trat an das Fenster und fand heraus, daß mir der welke Rasen und der Teich im Garten die Landschaft vorgegaukelt hatten. Aber diese Sinnestäuschung hatte unversehens so etwas wie Sehnsucht nach meinem Haus in mir wachgerufen.

Kaum daß es neun Uhr geworden war, rief ich im Zeitschriftenverlag an, beschaffte mir Geld und beschloß, nach Hause zurückzukehren. In die auf dem Tisch liegende Mappe stopfte ich die Bücher und mein Manuskript.

6
Das Flugzeug

Von dem Bahnhof an der Tokaido-Linie fuhr ich mit dem Taxi zu dem etwas abseits gelegenen Ferienort. Trotz der Kälte hatte der Chauffeur einen abgetragenen Regenmantel an. Dieser Zufall verstörte mich, und ich starrte krampfhaft aus dem Fenster, um den Fahrer nicht anschauen zu müssen. Da entdeckte ich hinter einem Streifen niedriger Kiefern − vermutlich verlief dort die alte Chaussee − einen Trauerzug. Weiße Papierlampions und Drachenlaternen wurden in dem Zug offenbar nicht mitgeführt. Dafür aber schwankten vor und hinter dem Sarg goldene und silberne Lotosblüten ...

Endlich nach Hause zurückgekehrt, verbrachte ich dank meiner Frau und meinen Kindern und dank dem Schlafmittel einige recht friedliche Tage. Von meinem Zimmer im oberen Stockwerk aus hatte ich über einen Kiefernwald hinweg Ausblick auf das Meer. Nur vormittags saß ich an meinem Schreibtisch, lauschte dem Gurren der Tauben und arbeitete. Außer Tauben und Krähen kamen auch Sperlinge auf die Veranda geflattert. Ich empfand auch darüber Freude. Den Federhalter in der Hand, erinnerte ich mich des Ausdrucks »Tempel der Freude bringenden Vögel.«

An einem lauen bewölkten Nachmittag war ich zu dem Gemischtwarenladen gegangen, um mir Tinte zu kaufen. Doch gab es in dem Laden nur sepiafarbene Tinte. Schon von jeher konnte ich sepiafarbene Tinte nicht ausstehen. Ich verließ also den Laden und schlenderte die kaum belebte Straße entlang. Da kam mir ein anscheinend etwas kurzsichtiger Ausländer entgegen, ein Mann um die Vierzig, der die eine Schulter hochgezogen trug. Es war ein an Beeinträchtigungswahn leidender Schwede, der hier wohnte. Obendrein hieß er auch noch Strindberg. Als ich an ihm vorüberging, spürte ich, wie mich geradezu körperlich etwas anpackte.

Die Straße war nur ein paar hundert Meter lang. Während ich diese kurze Strecke zurücklegte, lief viermal ein Hund an mir vorbei, der nur genau zur Hälfte schwarz war. Ich bog in eine Nebenstraße ein und mußte an den Whisky Black and White denken. Nun fiel mir auch ein, daß Strindberg eine schwarzweiße Krawatte umgehabt hatte. Ich konnte mir nicht vorstellen, daß das ein bloßer Zufall gewesen sein sollte. Doch wenn es kein Zufall war ... Ich hatte das Gefühl, nur mein Kopf ginge weiter, und ich blieb einen Moment stehen. Hinter einem Drahtzaun am Straßenrand lag eine weggeworfene, in den Farben des Regenbogens schillernde Glasschale. Rund um ihren Boden verlief ein flügelähnliches Muster. Ein Schwarm Sperlinge flatterte von den Kiefernästen herab. Doch als die Vögel in die Nähe der Glasschale kamen, stiegen alle wie auf Verabredung fluchtartig zum Himmel auf ...

Ich begab mich zu dem Haus, das die Familie meiner Frau bewohnte, und setzte mich im Garten in einen Korbsessel. In einem Verschlag in einer Ecke des Gartens liefen ein paar weiße Leghornhühner umher. Und ein schwarzer Hund hatte sich zu meinen Füßen ausgestreckt. Während ich ungeduldig den Zweifel, von dem niemand etwas ahnte, zu verscheuchen suchte, unterhielt ich mich, zumindest äu-

570

ßerlich gelassen, mit dem jüngeren Bruder und der Mutter meiner Frau über alltägliche Dinge.

»Wie ruhig es ist, wenn man hierher zurückkommt.«

»Ruhig wohl nur im Vergleich zu Tokio.«

»Soll das heißen, daß es auch hier Ärgernisse gibt?«

»Na ja, schließlich sind wir hier nicht ganz und gar aus der Welt«, sagte meine Schwiegermutter und lachte. Und sie hatte recht. Denn dieser Ferienort war tatsächlich »nicht ganz und gar aus der Welt«. Ich wußte nur zu gut, was für Untaten und Tragödien sich allein in einem einzigen Jahr hier zugetragen hatten. Da war der Arzt, der seinen Patienten langsam und allmählich vergiftete; die alte Frau, die das Haus ihres Adoptivsohnes und seiner Frau in Brand steckte; der Rechtsanwalt, der die eigene Schwester um ihr Vermögen brachte ... Ich brauchte nur die Häuser dieser Leute zu sehen, schon war es, als hätte ich die Hölle auf Erden vor Augen.

»Hier im Ort wohnt doch ein Irrsinniger?«

»Du meinst H.? Der ist nicht irrsinnig. Der ist nur ein bißchen verblödet.«

»Jedenfalls leidet er an Dementia praecox. Immer wenn ich ihn sehe, wird mir richtig unheimlich zumute. Ich weiß nicht, was er sich dabei gedacht hat, aber neulich verneigte er sich zum Gebet vor der Schutzgottheit der Pferde.«

»Dir wird unheimlich zumute? ... Du mußt mehr innere Stärke aufbringen.«

»Der Schwager ist sicherlich stärker als ich ...« Mit diesen Worten griff der jüngere Bruder meiner Frau – er war unrasiert und hatte sich in seinem Bett aufgerichtet – in der ihm eigenen Schüchternheit in unser Gespräch ein.

»Doch in der Stärke liegt auch Schwäche ...«

»Na, na. Nun laß schon gut sein!«

Ich sah meine Schwiegermutter an, als sie das sagte, und mußte gequält lächeln. Daraufhin lächelte auch mein Schwager, blickte zu den Kiefern hinter der Einfriedung hinüber und sprach wie gebannt weiter. (Manchmal schien mir

mein Schwager nach seiner Krankheit wie der allen Flei-
sches entledigte Geist an sich.) »Da macht einer den Eindruck, sonderbar weltfremd zu sein, und ist doch nicht frei
von heftigen menschlichen Begierden ...«

»Da macht einer den Eindruck, gut zu sein, und ist doch
auch böse.«

»Nein, größere Gegensätze, als Gut und Böse es sind ...«

»Na, dann vielleicht der, daß im Erwachsenen auch das
Kind steckt?«

»Nein, nein ... Ich kann es nicht richtig klarmachen,
aber ... es ist etwas Ähnliches wie die beiden Pole der Elek-
trizität. Irgend etwas, in dem sich die Gegensätze vereinen.«

In diesem Augenblick fuhren wir unter dem gewaltigen
Dröhnen eines Flugzeuges zusammen. Unwillkürlich blickte
ich nach oben und sah, daß es fast die Wipfel der Kiefern
streifte. Es war einer der seltenen Eindecker mit gelbgestri-
chenen Tragflächen. Die Hühner und der Hund, erschreckt
durch das Donnern, stoben in alle Richtungen davon. Der
Hund jaulte, kniff den Schwanz ein und verkroch sich unter
der Veranda.

»Es wird doch nicht abstürzen?«

»Keine Bange ... Hast du eigentlich schon mal von der
Fliegerkrankheit gehört?« fragte mich mein Schwager.

Ich zündete mir eine Zigarette an und schüttelte statt
einer Antwort nur den Kopf.

»Man sagt, daß die Flieger, weil sie ständig Höhenluft atmen, mit der Zeit die Luft zu ebener Erde nicht mehr vertra-
gen ...«

Nachdem ich mich verabschiedet hatte, ging ich durch
den stillen Kiefernwald und versank allmählich immer tiefer
in Grübeleien. Warum war das Flugzeug gerade über meinen Kopf hinweggeflogen? Warum hatte es in dem Hotel nur
Zigaretten der Marke »Air ship« gegeben? Mich quälten alle
möglichen Zweifel. Ich wählte mit Bedacht menschenleere
Wege und ging weiter und weiter.

Jenseits eines flachen Sandhügels breitete sich das graue

Meer aus. Auf dem Hügel aber stand ein einsames Schaukelgerüst ohne Schaukel. Ich betrachtete das Schaukelgerüst und mußte plötzlich an einen Galgen denken. Und hockten auf dem Gerüst nicht tatsächlich ein paar Krähen! Obschon sie mich sahen, machten sie keinerlei Anstalten davonzufliegen. Nicht nur das: die Krähe, die in der Mitte saß, richtete ihren großen Schnabel gen Himmel und stieß viermal hintereinander einen krächzenden Schrei aus. Ich ging an einem mit dürrem Gras bedeckten Damm entlang und bog in einen schmalen Weg ein, an dem zahlreiche Villen lagen. Auf der rechten Seite dieses Weges mußte sich zwischen hohen Kiefern ein weißes zweistöckiges Holzhaus in europäischem Stil befinden. (Ein Freund von mir hatte es »Frühlingsheim« genannt.) Doch als ich zu dem Grundstück kam, stand da auf einem Betonfundament eine Badewanne. Ein Brand! durchzuckte es mich, und ich ging vorüber, ohne hinzuschauen. In dem Augenblick kam ein Radfahrer direkt auf mich zu. Er hatte eine dunkelbraune Sportmütze auf, beugte den Körper tief über den Lenker und blickte starr geradeaus. Auf einmal schien es mir, als wäre sein Gesicht das meines verstorbenen Schwagers. Bevor mich der Mann erreichte, schlug ich schnell einen schmalen Seitenweg ein. Und da lag mitten auf dem Weg mit dem Bauch nach oben ein verwesender Maulwurf!

Irgend jemand hatte es auf mich abgesehen, und das steigerte meine Unruhe mit jedem Schritt. Jetzt begann auch wieder ein durchscheinendes Zahnrad nach dem anderen meinen Blick zu versperren. Mit hochgerecktem Kopf eilte ich weiter, in ständiger Angst, meine letzte Stunde könnte gekommen sein. Die Zahl der Zahnräder wuchs an. Und sie drehten sich allmählich schneller und schneller. Zugleich hatte ich das Empfinden, die sich vielfältig kreuzenden Zweige der Kiefern wie durch ein feingeschliffenes Glas zu sehen. Ich spürte mein Herz immer heftiger schlagen und wollte ein paarmal am Wegrand stehenbleiben. Aber es war, als schöbe mich jemand unaufhaltsam weiter ...

Dreißig Minuten später lag ich in meinem Zimmer im oberen Stockwerk des Hauses auf dem Rücken, hatte die Augen fest geschlossen und litt unter heftigen Kopfschmerzen. Dann nahm ich hinter meinen Lidern eine Schwinge aus silbernen Federn wahr, die wie Schuppen übereinandergeschichtet waren. Ganz deutlich zeichnete sich diese einzelne Schwinge auf der Netzhaut ab. Ich öffnete die Augen und blickte zur Decke empor, und nachdem ich mich vergewissert hatte, daß an der Decke natürlich nichts dergleichen zu sehen war, schloß ich die Augen. Aber schon leuchtete aus dem Dunkel wieder die silberne Schwinge hervor. Ich erinnerte mich plötzlich, daß eine Schwinge auch die Motorhaube des Taxis geziert hatte, mit dem ich neulich gefahren war ...

In dem Augenblick hörte ich jemand eilig die Treppe heraufkommen, aber sogleich wieder hinunterhasten. Ich wußte, daß es meine Frau gewesen war, sprang erschrocken auf und blickte in das halbdunkle Wohnzimmer, das sich unmittelbar neben dem Treppenabsatz befand. Meine Frau lag mit dem Gesicht auf dem Boden. Sie schien nach Atem zu ringen. Ihre Schultern bebten.

»Was hast du?«

»Ach, nichts ...«

Endlich hob sie den Kopf, lächelte gezwungen und fuhr fort: »Es ist ja nichts geschehen. Aber mir war auf einmal so, als wärst du tot ...«

Das war das Schrecklichste, was mir je in meinem Leben widerfahren ist. – Ich habe nicht mehr die Kraft weiterzuschreiben. Es ist eine unsägliche Qual, mit diesem Gefühl zu leben. Findet sich denn niemand, der mich im Schlaf sacht erdrosselt?

1927 Nachgelassenes Manuskript

Anmerkungen

5 *Suzaku-Allee* Um diese in Nord-Süd-Richtung verlaufende, ungefähr 5 km lange und 83 m breite Straße war das 793 gegründete und bis 1868 als kaiserliche Residenz dienende Kioto symmetrisch angelegt

14 *Kannon-Sutra* Das 25. Kapitel der Lotos-Sutra, das jedoch als selbständige Schrift betrachtet wird. Ihre wesentlichste Aussage besteht darin, daß allein die Anrufung der Kannon, der Gottheit der Barmherzigkeit, Rettung aus Unglück und seelischer Qual verschafft

15 *Mokuren und Sharihotsu* Zwei der sogenannten großen zehn Jünger des historischen Buddha Gautama

Ryuju Einer der bedeutendsten Theologen des Mahayana-Buddhismus, einer der beiden Grundrichtungen des Buddhismus; lebte vermutlich im 2. Jh. u. Z. in Nordindien

Memyo Indischer buddhistischer Gelehrter und Dichter des 2. Jh. u. Z.

Liu Hsüan-de (161–233); Begründer und erster Kaiser des 221 bis 263 existierenden chinesischen Staates Schu-Han

19 *Lotos-Sutra* Wichtigste kanonische Schrift des Mahayana-Buddhismus; entstand um 200 u. Z. in Nordindien und umfaßt 27 Kapitel. Sie abzuschreiben galt als eine Buddha wohlgefällige Tat, die Gnade und Glück verhieß

Fugen Im Pantheon des Buddhismus eine die univer-

575

sale Weisheit und Barmherzigkeit verkörpernde Gestalt, die in der buddhistischen bildenden Kunst meist als ein auf einem weißen Elefanten reitender oder auf einer Lotosblüte sitzender Jüngling dargestellt wird

22 *Ära Gangyo* 877–885. Mit Unterbrechungen erfolgte von 645 bis 701, ohne Unterbrechung von 701 bis auf den heutigen Tag nach altem chinesischem Vorbild die Jahreszählung nach dem Nengo, der Regierungsdevise, die der betreffende Kaiser für längere oder kürzere Zeit bestimmte. Erst seit 1868 deckt sich die Regierungsdevise mit der gesamten Regierungszeit eines Kaisers
Ära Ninna 885–889
Fujiwara-Herrschaft Gemeint ist die von Mototsune Fujiwara (835–891) eingeleitete und bis gegen Ende des 12. Jh. währende Periode, in der das eng mit dem japanischen Kaiserhaus versippte Geschlecht der Fujiwara faktisch die Macht ausübte. Die Hochblüte der höfischen Kultur Japans fällt in diese Epoche
... japanische Schriftsteller der naturalistischen Schule Gemeint sind jene vornehmlich aus dem Kleinbürgertum stammenden Schriftsteller, die teilweise vom französischen Naturalismus beeinflußt waren und etwa ab 1905 bis 1915 die literarische Bühne Japans beherrschten

23 *Suzaku-Allee* Vgl. Anm. zu S. 5

36 *»Höre, Fuchs!«* Wie im chinesischen so wird auch im japanischen Volksglauben dem Fuchs eine vielfältige dämonische Kraft zugeschrieben; Gestaltwandlungen des Fuchses und Fuchsbesessenheit sind Gegenstand vieler japanischer Märchen

45 *Hangyoku* Wörtlich: Halbperle; Bezeichnung für die angehende, noch nicht völlig ausgebildete Geisha

53 *Kinzo Hasegawa* Modell für diese Gestalt war der Kulturpolitiker und Agrarwissenschaftler Inazo Nitobe (1862–1933), der u. a. durch sein in englischer Sprache geschriebenes Buch »Bushido, die Seele Japans« (1905) auch international bekannt wurde

54 *Gifu-Laterne* Eine in der Stadt Gifu und ihrer näheren
Umgebung seit vielen Generationen in Handarbeit ver-
fertigte besondere Art von Lampions, bei der über
sehr feine Bambusrippen ein dünnes, meist mit Blatt-
und Blumenmotiven bemaltes Papier gespannt ist

Bushido Wörtlich: der Weg des Ritters, ursprünglich
ein System von Verhaltensnormen für den Samurai der
Feudalzeit, wobei als oberstes Gebot die unbedingte
Treue gegenüber dem Herrn gefordert wird; wurde dann
in neuerer Zeit mit nationalistischer Ideologie ver-
mengt und als ungeschriebener Ehren- und Sittenko-
dex jedes »nationalgesinnten« Japaners propagiert

55 *Kabuki-Theater* Eine um 1600 entstandene, bis heute
sehr populär gebliebene Theaterform, in der auf origi-
nelle Weise Schaupiel, Musik und Tanz zu einer Einheit verschmolzen sind. Eine der Besonderheiten ist,
daß seit 1653 auch die Frauenrollen ausschließlich von
Männern gespielt werden

Kaiserliches Theater in Marunouchi Das Verwaltungs-
und Geschäftsviertel Marunouchi schließt sich unmittelbar an die im Zentrum Tokios befindlichen weitläufigen Anlagen des kaiserlichen Palastes an; das Kaiserliche Theater wurde 1901 gegründet

56 *»Taikoki Judamme«* Titel des 10. Aktes eines aus
13 Akten bestehenden, 1799 entstandenen Kabuki-
Stückes, wird oft als selbständiges Stück gespielt. Im
Mittelpunkt der hier geschilderten historischen Ereig-
nisse aus dem 16. Jh. steht Mitsuhide Akechi, dessen
Frau Misao ist

61 *Tabi* Socke aus festem weißem Baumwollstoff, bei der
die große von den übrigen Zehen getrennt ist, damit die
Riemen der japanischen Sandale hindurchgeführt werden können

64 *Ära Keicho* 1596–1615
Ära Tembun 1532–1555
Franziskus Xavier (1506–1552); gehörte zu den Mit-

begründern des Jesuitenordens (1534) und begab sich 1549 als erster christlicher Missionar nach Japan, wo er bis 1551 gewirkt hat und während dieser Zeit etwa 2000 Japaner zum Christentum bekehrt haben soll

65 *Südbarbaren* Bezeichnung für die Portugiesen, die als erste Europäer 1543 in Japan landeten, dann auch für die etwas später ins Land gekommenen Spanier, Engländer und Holländer

Marco Polo (1254–1324); venezianischer Kaufmann und Reisender, der von 1271 bis 1295 in China weilte; ihm verdankt Europa die erste Kunde von Japan, die Berichte über Japan in seinen Reiseerinnerungen beruhten allerdings nur auf Erzählungen von Chinesen

67 *Iwans Schwester* Anspielung auf Tolstois Werk »Iwan, der Narr«; die taubstumme Schwester Iwans jagt alle Bettler davon, die keine schwieligen Hände vorweisen können

73 *Namban-ji* Wörtlich: Tempel der Südbarbaren. Um den Einfluß des buddhistischen Klerus zurückzudrängen, unterstützte Nobunaga Oda (1534–1582) während seines Kampfes um die Vorherrschaft in Japan die christliche Missionstätigkeit und gestattete 1576 die Errichtung einer christlichen Kirche in der Hauptstadt Kioto

Koji Kashin (gest. 1617); ein bekannter Meister der Teezeremonie

Danjo Matsunaga (1510–1577); ein Samurai, der wegen seiner häufigen Verrätereien unrühmlich in die Geschichte eingegangen ist

Lafcadio Hearn (1850–1904), Schriftsteller irisch-griechischer Abstammung; kam 1890 nach Japan, wo er sich von einer alten Samuraifamilie adoptieren ließ, den Namen Yakumo Koizumi und danach auch die japanische Staatsbürgerschaft annahm. Seine zahlreichen, oft sehr romantisch gefärbten Bücher haben wesentlich zur Formung des bürgerlichen Japanbildes in

Europa beigetragen. Eine Geschichte aus seinem Buch »Kwaidan« trägt die Überschrift »Kashin Koji«

73 *Hideyoshi Toyotomi* (1535–1598); setzte nach dem Tode von Nobunaga Oda dessen Reichseinigungsbestrebungen fort; erließ 1587 das erste Verbot christlicher Missionstätigkeit

Ieyasu Tokugawa (1542–1616); begründete die von 1603 bis 1868 währende Herrschaft der Familie Tokugawa. Unter der offiziellen Bezeichnung Shogun (etwa: Militärbefehlshaber) regierten die Tokugawa von Edo (1868 in Tokio umbenannt) aus das Land. Ieyasu erließ 1614 ein Verbotsedikt, womit die fast völlige Ausrottung der Christen in Japan eingeleitet wurde

74 *Kiyomizu-Tempel* Berühmter Tempel in Kioto, der im Jahre 798 gegründet wurde und Kannon, der Gottheit der Barmherzigkeit, geweiht ist

Toba Sojo (1053–1140); buddhistischer Abt und Maler, dem lange Zeit zwei der bedeutendsten Werke japanischer Rollbildmalerei zugeschrieben wurden: das »Shigisan-Engi-Emaki«, das ca. 36 m lang und ca. 32 cm breit ist und die Entstehungsgeschichte eines Tempels auf dem Berge Shigisan darstellt – auf dieses Werk ·bezieht sich Akutagawa –, sowie das aus vier Bildrollen von je 10 m Länge bestehende »Choju-Giga« (»Das Spiel der Tiere«), das in der Wiedergabe verschiedener Tiere menschliche Verhaltensweisen karikiert. Nach neueren Forschungen läßt sich die Hypothese von der Autorenschaft Toba Sojos an diesen Rollbildern nicht mehr aufrechterhalten

85 *Das zweite Jahr Tempo* Das Jahr 1831

Shikitei Samba (1776–1822); einer der bedeutendsten Vertreter der sogenannten Kokkeibon, der in den ersten drei Jahrzehnten des 19. Jh. sehr populären Gattung humoristischer Erzählungen, in denen mit Witz und Ironie das bürgerliche Leben in Edo dargestellt wird; selbst Buchhändler, schrieb Samba etwa 25 Kokkeibon,

von denen das »Ukiyoburo« (1808–1812), »Die Welt
im öffentlichen Bad«) – aus dem das vorliegende Zitat
stammt – sowie das »Ukiyodoko« (1811–1814, »Die
Welt in der Barbierstube«) die interessantesten und literarisch wertvollsten sind

87 *Bakin* Sankichi Takizawa Bakin oder Kyokutei Bakin
(1767–1848); bedeutendster japanischer Romancier
seiner Zeit. Er führte die Gattung der Yomihon (Bücher zum Vorlesen), die sich thematisch und stilistisch
stark an die chinesische volkstümliche Prosaliteratur
der Ming-Zeit (1368–1644) anlehnten und im Sinne
des Konfuzianismus einen vorwiegend didaktisch-mo-
ralisierenden Charakter trugen, zur höchsten Blüte. Bakin schrieb etwa 260 Werke, die phantastische »Geschichte von den acht Helden« erschien 1814–1841 in
106 (!) Heften und ist bei weitem das umfangreichste.
Die acht Helden sind Verkörperungen der Begriffe
Güte, Gerechtigkeit, Schicklichkeit, Einsicht, Loyalität,
Ehrenhaftigkeit, Elternliebe und Bruderliebe

88 *Luo Guan-dschung* (1364?–1424?); Verfasser des bekannten chinesischen Romans »Die Drei Reiche«

89 *Epigramme* Gemeint ist das Haiku, eine prägnante,
aus 17 Silben bestehende Gedichtform, die im ausgehenden 17. Jh. ihre Hochblüte erlebte, aber auch heute
noch verwendet wird

92 *Santo Kyoden* (1761–1816); Lehrer Bakins; verfaßte
anfangs mit großem Erfolg zahlreiche, von ihm selbst
illustrierte sogenannte Kibyoshi und Sharehon – Un-
terhaltungsschriften vorwiegend erotischen Inhalts –,
deren Schauplatz zumeist die städtischen Freudenviertel sind; später wechselte er zur Gattung der Yomihon
über und lehnte sich bei seinem bekanntesten Werk
eng an den berühmten Roman »Die Räuber vom
Liangschan« des Chinesen Schi Nai-an (1296?–1370?)
an. Auch Bakin nahm sich für »Die Geschichte von
den acht Helden« diesen Roman zum Vorbild

93 *... der vier konfuzianischen Bücher und der fünf Klassi-*
ker Gemeint sind die grundlegenden Werke des Konfuzianismus, die neben den buddhistischen Schriften
wahrscheinlich schon im 4. Jh. nach Japan gelangten
und die japanische Geistesgeschichte bis in die Neuzeit
hinein stark beeinflußten: »Sammlung der Gespräche
des Konfuzius«, »Die große Lehre«, »Die rechte
Mitte«, »Die Werke des Philosophen Mencius« sowie
»Das Buch der Wandlungen«, »Das Buch der Lieder«,
»Das Buch der Urkunden«, »Die Aufzeichnungen über
die Riten«, »Die Frühlings- und Herbstannalen«
O-Some und Hisamatsu Die Schriftzeichen für diese
beiden japanischen Namen werden in sino-japanischer
Aussprache Sho und Sen gelesen. Bakin mit seiner Vorliebe für das Chinesische gibt dieser Liebesgeschichte,
die schon im 14. Jh. wiederholt literarisch gestaltet
wurde, bewußt einen chinesischen Anstrich
Jippensha Ikku (1765–1831); neben Shikitei Samba
(vgl. Anmerkung zu S. 81) ein Hauptvertreter der Gattung der Kokkeibon; das bekannteste seiner mehr als
300 Werke ist »Auf Schusters Rappen über die Ostmeerstraße« (1802–1822 in Fortsetzungen erschienen),
das in unterhaltsamer Weise die Wanderung zweier
Schelme von Edo nach Osaka und anderen berühmten
Orten schildert

98 *»Der neue Traum der roten Kammer«* 1831–1844 veröffentlichte Nachahmung des berühmten chinesischen
Romans »Kin Ping Meh« aus dem 17. Jh.

101 *Ryutei Tanehiko* (1783–1824); einer der bedeutendsten Verfásser von sogenannten Gokan – Serien von illustrierten Leseheften –, die vorwiegend Liebes-, Ra-
che- und Geistergeschichten enthielten. Als sein bestes
Werk gilt das »Nise-Murasaki-Inaka-Genji« (1829
bis 1842), eine freie Nachschöpfung des berühmten
japanischen Romans »Die Geschichte des Prinzen
Genji« aus dem 11. Jh.

101 *Tamenaga Shunsui* (1789–1844); bezeichnete sich
selbst als Ahnherr der Gattung der Ninjobon – Liebes-
geschichten aus dem bürgerlichen Leben –, die als eine
Art Vorläufer des modernen Liebesromans gelten

104 »*Reisen auf den Inseln*« Eine Heldengeschichte mora-
lisierenden Charakters, entstand 1814–1826

107 *Noboru Watanabe Kazan* (1793–1841); berühmter Maler, Gelehrter und Politiker, setzte sich in einer Schrift
für die Beendigung der seit Beginn des 17. Jh. betriebe-
nen Politik der Abschließung Japans gegenüber dem
Ausland ein und wurde deshalb von der Tokugawa-Re-
gierung zum Selbstmord gezwungen

108 *Kanzan und Jittoku* Zwei chinesische buddhistische
Mönche der Tang-Zeit (618–907), die allerlei Wunder
vollbracht haben sollen und zu einem beliebten Gegenstand der chinesischen und japanischen Tuschmalerei
wurden

Wang Wei (699–759), chinesischer Dichter und Maler

111 *... im fernen Altertum Bücher verbrannt* Anspielung auf
die im Jahre 213 v. u. Z. in China von Kaiser Schi-
huang (246–210 v. u. Z.) befohlene Bücherverbrennung
und Ermordung zahlreicher Literaten (vgl. Anm. zu
Seite 134)

113 »*Der Halbmond*« 1806–1810 veröffentlicht, gilt als
eines der literarisch wertvollsten Werke Bakins

»*Der Traum des Nan Ke*« 1808 veröffentlichte Nachahmung eines chinesischen Werkes

116 *Kannon von Asakusa* In Asakusa, einem Stadtteil To-
kios mit vielen Vergnügungsstätten, befindet sich der
Tempel Asakusadera; er ist Kannon, der Gottheit der
Barmherzigkeit, geweiht

134 *Schutzkönig Daiitoku* Der Herr der großen Tugend,
einer der fünf himmlischen Wächter in der buddhistischen Mythologie

Kaiser Schi-huang Chinesischer Herrscher (246 bis
210 v. u. Z.), bereitete im Jahre 221 v. u. Z. dem Feu-

dalpartikularismus ein Ende und schuf das erste große zentralisierte chinesische Kaiserreich; er ist als einer der maß- und zügellosesten Despoten in die Geschichte eingegangen

134 *Kaiser Yang* Chinesischer Herrscher (605–618), zweiter Kaiser der Sui-Dynastie (581–618), bekannt für die Maßlosigkeit seiner Politik und seiner Pläne

136 *Tatami* Aus Reisstroh und Binsen geflochtene Matten, mit denen der gedielte Fußboden eines japanischen Zimmers bedeckt wird. Ihre Größe ist seit Jahrhunderten genormt: ca. 180 cm × 90 cm. Nach der Anzahl der Matten wird noch heute die Größe eines Zimmers angegeben

Blütenzweig der Winterpflaume Die Etikette der aristokratischen Gesellschaft schrieb vor, einen Brief mit einem blühenden Zweig zu überbringen

140 *Kawanari* Japanischer Maler (782–853)

Kanaoka Maler, lebte gegen Ende des 9. Jh.; neben Kawanari der berühmteste Maler der Heian-Zeit (785–1184); dem höfischen Zeitalter in der japanischen Geschichte, in der sich die japanische Kultur erstmals von dem chinesischen Einfluß zu emanzipieren begann

141 *Die fünf Metamorphosen des Lebens* Nach buddhistischer Vorstellung ist auf Grund der bösen oder guten Taten eines Menschen eine fünffache Verwandlung möglich: die Wiedergeburt als himmlisches Wesen, als Mensch, in der Hölle, als Tier und als hungernder Teufel. Das Thema der fünf Wandlungen wurde in der japanischen Malerei oft gestaltet

142 *Bodhisattva Monju* Verkörpert das Wissen und die Güte

144 *Zehn Könige* Zehn Herrscher, die wegen ihrer Ruchlosigkeit in die Hölle gekommen sind

Hosonagakleid Weitärmeliges, langes, enges Übergewand, das vornehmlich von den Kindern der Adelsfamilien getragen wurde

146 *Suikankleid* Ursprünglich Kleidung des einfachen Volkes, später mit einigen Abwandlungen auch vom Hofadel übernommen

162 *Naoshikleid* Halblanges, ziemlich eng anliegendes Übergewand mit weiten Ärmeln, das von den Angehörigen des Hofadels getragen wurde

163 *Sashinuki* Ein bis zu den Füßen herabreichendes und dort gerafft zusammengebundenes rockartiges Gewand, das unter dem Naoshi getragen wurde

Michinoku Alte Bezeichnung für die fünf nördlichsten Provinzen der japanischen Hauptinsel Honshu, aus denen erst während der Heian-Zeit die Ureinwohner, die Ainu, von den aus dem Süden vordringenden Japanern vertrieben wurden

167 *Zehn Vergehen und fünf Übeltaten* Der Verstoß gegen alle Gebote und Verbote des Buddhismus

171 *Tsukuba Kitaniwa* (1841–1887); bekannter japanischer Fotograf

172 *Teikan Kyo* (1693–1716); chinesischer Literat und Kalligraph

Adelssystem Nach dem Sturz des Tokugawa-Regimes wurde 1869 die seit Jahrhunderten bestehende Trennung zwischen Hofadel und feudalem Dienst – sowie Lehnsadel aufgehoben; ferner wurde der Adel durch ein Gesetz aus dem Jahre 1884 in fünf Ränge untergliedert: Fürst, Marquis, Graf, Vicomte und Baron. Seitdem konnten auch Bürger in den Adelsstand erhoben werden

175 *»Ritter Harolds Pilgerfahrt«* (1812–1818; dt. 1836); lyrisches Reisetagebuch des englischen Dichters George Gordon Lord Byron (1788–1824)

176 *Tsukuji* Ein Stadtteil Tokios, in dem nach einem Vertrag von 1868 Ausländer ihren Wohnsitz nehmen durften

Feuerwerk am Sumida-Fluß Wird seit dem 18. Jh. alljährlich im Juli in Tokio veranstaltet; heute eines der größten Volksfeste der Hauptstadt und zugleich eine Art Leistungsschau japanischer Pyrotechnik

178 *Sake* Alkoholisches Getränk, das durch Gärungsprozeß aus Reis gewonnen wird

179 *Shintomi-Theater* 1872 erbautes bedeutendes Kabuki-Theater (vgl. Anm. zu S. 55) Tokios während der Meiji-Zeit, das vorwiegend dem Adel und hohen ausländischen Gästen vorbehalten war

185 *Shimazaki Toson* (1872–1943); einer der größten bürgerlich-realistischen Schriftsteller Japans; Mitbegründer des japanischen Zweiges des Pen-Clubs und sein erster Präsident

187 *Choice Reader* Auswahltexte für Schüler

190 *Kendo* Japanische Fechtkunst; wird mit Stöcken ausgetragen. Das Kendo gehörte bis 1945 zum Programm des Schulsports, wurde dann als militärische Sportart zeitweilig verboten

191 *Geta* Holzsandalen, ein flaches Brett mit zwei Querhölzern darunter. Zwei von einem gemeinsamen Punkt vorn auf dem Brett ausgehende Bänder spannen sich nach der einen Seite über die große Zehe und nach der anderen Seite über die übrigen Zehen

193 *Oshikawa Shunro* (1877–1914); bekannter Autor von Abenteuerromanen; gab die Zeitschrift »Ritterliche Welten« heraus

196 *»Life is real, life is earnest«* (engl.) wörtlich: Das Leben ist wirklich, das Leben ist ernst

197 *Kanda* Verlagsviertel von Tokio, in dem sich auch viele Antiquariate befinden

202 *Dainagon Takakuni von Uji* Takakuni (1004–1077), berühmter Literat der Heian-Zeit (794–1192); er soll das Werk »Geschichten von einst und jetzt« zusammengestellt haben, dem Akutagawa den Stoff für viele seiner Novellen entlehnte. Takakuni führte den Titel eines Dainagon, d. h., er war nach dem Großkanzler der zweithöchste Beamte im Staate, wurde aber spä-

ter Priester. Lebte in Uji, einer Gegend in der Nähe von Kioto

203 *Sushiverkäuferin* Sushi sind mit Essig leicht ange-
säuerte kalte Reisschnitten, die zumeist mit rohen,
dünngeschnittenen Fischscheiben oder Omelettstück-
chen belegt werden

Kurodo Tokugyo Eïn Kurodo: Titel eines Beamten, der
wichtige Staatsdokumente verwaltet. Eïn trug ihn vor
seinem Eintritt in den Priesterstand. Tokugyo, eine Art
Gelehrtentitel, wurde dem verliehen, der eine bestimmte Kategorie von buddhistischen Schriften beherrschte

205 *Tang-Gelehrter* Dieser chinesische Gelehrte lebte in
der Tang-Zeit (618–907), die in ihrer ersten Periode
eine der größten Blütezeiten im kulturellen Leben Chi-
nas war. Das Verwaltungssystem der Tang galt in Japan
lange Zeit als Vorbild; Kunst und Literatur der Tang-
Zeit übten einen erheblichen Einfluß auf Japan aus

207 *Shinsen-en* Berühmter Garten in einem Palast der ehemaligen Hauptstadt Kioto

Kasugaschrein Im Gegensatz zu den Tempeln, die
buddhistischen Ursprungs sind, werden die Kultstätten
des Shintoismus, einer ursprünglich auf der Ahnenver-
ehrung beruhenden Religion, als Schreine bezeichnet.
Äußerlich unterscheiden sich die Schreine von den
buddhistischen Tempeln durch ihre schlichte Architektur; ein oder mehrere wuchtige rotgestrichene Holzbö-
gen überspannen den Weg zum Schrein. – Der Kasugaschrein, einer der schönsten Schreine in Nara, war
ursprünglich zur Verehrung der Ahngötter der mächtigen Adelsfamilie Fujiwara errichtet worden

210 *Kamofest* Ein Fest zu Ehren der Gottheit im Kamo-
schrein, die als Beschützerin von Kioto gilt, wird noch
heute alljährlich am 15. Mai mit großem Aufwand gefeiert

215 *Zenchi Naigu aus Ike-no O* Akutagawa erzählt die Ge-

schichte vom langnasigen Priester Zenchi Naigu in seiner Novelle »Die Nase«

222 *Shoji* Leichte, in Schienen gleitende Holzrahmen, die mit weißem Papier bespannt sind; trennen die Zimmer von der offenen »Veranda« ab. Ein wesentliches Element in der Architektur des japanischen Wohnhauses

Tokonoma Ziernische im japanischen Zimmer, in der meist ein Rollbild hängt; darunter wird ein Gefäß mit kunstvoll arrangierten Blumen aufgestellt

Weiden-Kannon Eine der 33 Kannon-Gestalten (vgl. Anm. zu S. 14); wird stets auf einem Felsen sitzend und in der rechten Hand einen Weidenzweig haltend dargestellt; lindert Kummer und Schmerzen

Regentür Verschiebbare Holztüren, die bei Regen und auch nachts das für gewöhnlich nach drei Seiten offene japanische Wohnhaus abschließen

224 *Haori-Hakama-Garnitur* Der Haori, ein halblanges jakkenartiges Kleidungsstück, bildet mit den Hakama – weite Beinkleider, die wie ein Rock wirken – die Gewandung, die eigentlich nur bei besonders festlichen Anlässen von den Männern getragen wird. Heute hat die europäische Kleidung auch dieses Festgewand fast gänzlich verdrängt

226 *24. Jahr Meiji* Das Jahr 1891

232 *Hongan-ji* Haupttempel der buddhistischen Shinshu-Sekte; befindet sich in Kioto

»Der Teufel am nächtlichen Fenster« Gespenstergeschichten von Ishikawa Kosai; 1891 in Tokio erschienen

Gekko Ogata Gekko (1859–1920), bekannter Illustrator und Karrikaturist

237 *Obi* Eine Art Schärpe; beim Frauenkimono meist aus einem kostbaren Brokat; wird auf dem Rücken in verschiedenen Formen, die der jeweiligen Mode unterliegen, kunstvoll verschlungen

242 *Jirokichi Nezumikozo* (1797–1832); kämpfte auf eigene Faust 15 Jahre lang gegen die Feudalherren. Seine Taten haben auf mannigfache Weise ihren Niederschlag in der japanischen Literatur gefunden. Vgl. auch die Erzählung »Das Versunkensein des Dichters«

Yuki-Seide Ein feiner Seidenstoff, der in der ostjapanischen Stadt Yuki, Präfektur Ibaraki, seit Jahrhunderten hergestellt wird

244 *verbotene Amüsierviertel* Neben dem lizenzierten großen Freudenviertel Yoshiwara in Edo (Tokio) entstanden in und vor der Stadt kleinere Amüsierviertel

Goemon Ishikawa Ein bekannter Räuber, der 1594 zusammen mit seiner Mutter und anderen Familienangehörigen als Strafe in siedendem Wasser zu Tode gebracht wurde. Sein Leben und besonders sein qualvolles Ende bildeten den Vorwurf für ein sehr populäres Kabuki-Stück

246 *Hakata-Brokat* So benannt nach seinem traditionellen Herstellungsort Hakata, der heute ein Stadtteil von Fukuoka auf der Insel Kyushu ist

249 *die Frau des Yoemon* Anspielung auf ein populäres Kabuki-Stück

251 *Kappa* Ein Flußkobold, der in der japanischen Märchenwelt eine große Rolle spielt. Vgl. auch die Erzählung »Kappa«

256 *Sumo* Eine mit vielen Zeremonien verbundene, sehr populäre Form des Ringkampfes, die angeblich bereits seit dem Jahre 23 v. u. Z. in Japan gepflegt wird, heute aber vor allem von Berufsringern im Schwergewicht betrieben wird

265 *Shun-san* Das Wort »san« bedeutet etwa »Herr, Frau, Fräulein«, ist also eine ehrende Bezeichnung. Die Verkürzung des Vornamens Shunkichi zu Shun drückt einen gewissen Grad von Vertrautheit aus

266 *Kansai* Bezeichnung für Westjapan. Hier, vor allem in dem Gebiet um die große Handelsstadt Osaka und um

die alten Hauptstädte Nara und Kioto, liegt das ursprüngliche Kultur- und Handelszentrum, das sich dann im Verlauf der letzten Jahrhunderte mehr und mehr nach Ostjapan, in das Kantogebiet mit Tokio als Mittelpunkt, verlagerte. Sitten, Lebensgewohnheiten, vor allem aber die Sprache der Kansaibewohner unterscheiden sich zum Teil erheblich von denen der Kantobewohner

269 *Miyamoto Musashi* (1584–1645); einer der berühmtesten Fechtmeister der japanischen Geschichte, auf dessen Techniken später eine ganze Schule aufbaute

272 *Koto* Saiteninstrument, dessen Klang an den der Harfe erinnert

279 *Koku* Ein bis heute gebräuchliches Hohlmaß für Körnerreis, 1 Koku entspricht ungefähr 180 Litern. Seit Ende des 16. Jh. wurden die Einkünfte des Feudaladels in Koku Reis berechnet

Das siebente Jahr Kambun Das Jahr 1667

285 *Hatamoto* Während der Tokugawa-Zeit Bezeichnung für Vasallen hohen Ranges, die dem Shogun direkt unterstanden

293 *Bodhisattva Hachiman* Gottheit des Krieges

296 *Huang Da-tschi* (1269–1354); chinesischer Landschaftsmaler; einer der berühmten vier Meister des 14. Jh., deren Stil für die spätere Entwicklung der Landschaftsmalerei Ostasiens vorbildlich wurde

Wang Schi-gu (1632–1726); chinesischer Landschaftsmaler

Yün Nan-tjien (1633–1690); chinesischer Maler, der sich anfangs der Landschaftsmalerei widmete; später aber in Anerkennung des überlegenen Talents seines Zeitgenossen Wang Schi-gu zur Darstellung des sogenannten Blumen- und Vögelmotivs überwechselte

Mei Dau-jen (1280–1354); einer der berühmten vier Meister der chinesischen Landschaftsmalerei des 14. Jh.

296 *Huang-he Schan-tjiau* (gest. 1385); einer der vier Meister der chinesischen Landschaftsmalerei des 14. Jh.

Yüan-Zeit (1279–1368); in dieser Zeit wurde China von der mongolischen Yüan-Dynastie beherrscht

Yen Ke (1592–1680); chinesischer Maler, Lehrer des Wang Schi-gu

Lien Dschou (1598–1677); als einer der »vier Könige« der Landschaftsmalerei in die chinesische Kunstgeschichte eingegangen

297 *Yüan Dsai* (1554–1636); chinesischer Maler

300 *Li Ying-tjiu* (gest. 967); einer der Begründer der chinesischen Tuschmalerei

301 *Schen Schi-tjien* (1427–1509); chinesischer Maler

302 *Gung-sun Da-niang* Berühmter chinesischer Tänzer, der zur Zeit des Kaisers Hsüan-tsung (712–756) der Tang-Dynastie (618–907) lebte

308 *Der General* Als die Szenenfolge »Der General« 1922 in der Januarnummer der Zeitschrift »Kaizo« erschien, waren von der Zensurbehörde verschiedene Streichungen vorgenommen worden, die allerdings nicht so schwerwiegend waren, daß der Leser jener Zeit nicht dennoch den ungefähren Sinn der durch Punkte angedeuteten Streichungen erfassen konnte. Alle späteren Ausgaben sind mit diesen Streichungen erschienen, da das Originalmanuskript verlorengegangen war. In der neuesten Ausgabe, nach der die vorliegende Übersetzung erfolgte, haben sich führende japanische Literaturwissenschaftler bemüht, die Streichungen zu rekonstruieren (Kursivsatz)

»Weiße Tasuki« Während des Russisch-Japanischen Krieges (1904–1905) wurden beim dritten Generalangriff auf Port Arthur am 26. November 1904 Todeskommandos gebildet, die die erste Bresche in die russischen Verteidigungslinien zu schlagen hatten. Die Soldaten dieser Einheiten trugen weiße Tasuki, d. h. Bänder, die von den Armen kreuzweise über den Rücken verlaufen.

Ursprünglich wurden die Tasuki im Altertum bei kulti-
schen Opferungen benutzt. Der Opfernde band sich mit
ihnen die Ärmel hoch, damit er mit seinem Gewand
nicht die Opfergaben verunreinigte. Durch die symboli-
sche Verbindung mit dem alten Kultdienst sollte die Moral dieser Einheiten gestärkt werden. – Heute benutzt
die Japanerin Tasuki, wenn die weiten und langen Ärmel ihres Kimono sie bei der Hausarbeit behindern

308 *Yamatodamashi* Wörtlich: der japanische Geist; ein
auf die Ideologie der japanischen Kriegerkaste zurück-
gehender Begriff

313 *Banzai! Nippon Banzai!* Banzai bedeutet wörtlich
»zehntausend Jahre«; sinngemäß: Es lebe Japan!

318 *Ni* (chinesisch) Du

320 *Shokon-sai* Gedenkstunde für die Gefallenen; wörtl.:
Fest, zu dem die Seelen der Toten geladen sind

321 *Ichogaeshi-Frisur* Eine alte Haartracht für junge Mädchen, bei der das Haar hoch aufgesteckt wurde

323 *Ryusei-Theater* Beliebtes volkstümliches Theater in
Tokio während der Meiji-Zeit (1868–1912)
Wako, genannt Nisen no Danshu Wako ist einer der
Künstlernamen des berühmten Schauspielers Matasa-
buro Bando (gest. 1908). Danshu ist ein anderer Name
für den berühmten Schauspieler Danjuro Ichikawa;
lebte gegen Ende des 17.Jh. – Nisen no Danshu (Zwei-
Pfennig-Danshu) ist also eine ehrende Bezeichnung für
einen beliebten Schauspieler einer volkstümlichen
Bühne mit billigen Eintrittspreisen

325 *Nom de guerre* (frz.) Beiname

326 *Genzo Akagaki* (1669–1703); einer der 47 Samurai,
die wegen ihrer Vasallentreue berühmt geworden sind.
Sie rächten den Tod ihres Herrn und wurden dafür zum
Selbstmord gezwungen
Komon Mito Gemeint ist Mitsukuni Tokugawa, Fürst
von Mito (1628–1700); eifriger Förderer der Literatur
und der ritterlichen Künste

327 *Kiyomasa Kato* Japanischer Feldherr (1562–1611). Gilt als ein Vorbild militärischer Tugenden und Treue

Ecoute-moi, Madeleine (frz.) wörtlich: Hör auf mich, Madeleine

7.Jahr Taisho Das Jahr 1918. Nach dem Tode des Kaisers Meiji im Jahre 1912 bestieg sein Sohn den Thron und wählte als Regierungsdevise »Taisho« (die Große Gerechtigkeit)

333 *Freigelassener* Straffällige mit geringen Delikten wurden im alten Japan häufig freigelassen und als unterste Beamte im Polizeidienst verwendet. Zu ihren Aufgaben gehörte es, die Diebe und Räuber zu verhaften, die Gefangenen zu foltern und die Verbrecher vorzuführen

334 *Pindola* Einer der 16 Arhan, der Schüler Buddhas, die die Menschen trösten und sie von ihren irdischen Leiden befreien sollen

335 *weiblicher Bodhisattva* Bodhisattva sind Heilige, die noch nicht die vollkommene Erleuchtung erlangt haben. Weibliche Bodhisattva gibt es nicht, diese Formulierung soll nur die Ebenmäßigkeit, die gütige Schönheit des Gesichtes der Frau verdeutlichen

339 *mein Kopf auf einem Ast* Das abgeschlagene Haupt eines hingerichteten Verbrechers wurde öffentlich ausgestellt

341 *Miko* Gewöhnlich unverheiratete junge Mädchen, die einer bestimmten Gottheit aus dem Pantheon des Shintoismus dienen, bei den Festen zu Ehren dieser Gottheit Tänze vorführen, dann auch die Gebete verrichten und die Offenbárungen der betreffenden Gottheit verkünden

346 *Haori* Vgl. Anm. zu S.224

349 *Tabi* Vgl. Anm. zu S.61

351 *Palast Juraku* Palast des Kanzlers Hideyoshi Toyotomi, den sich dieser 1587 als Zeichen seiner Macht in der Hauptstadt Kioto errichten ließ

351 *Renga* Das Renga (Kettengedicht) bildete sich als besondere Gedichtform im 14. Jh. heraus und verfiel gegen Ende des 16. Jh.; Renga wurden, gleichsam als Gesellschaftsspiel, von mehreren Teilnehmern im Wechsel improvisiert

Sen no Rikyu (1522–1591); der erste große Meister und Vollender der Teezeremonie, die sich im engen Zusammenhang mit dem japanischen Zen-Buddhismus entwickelte. Die betonte Schlichtheit des Teeraumes und der Gerätschaften sollte eine Atmosphäre der geistigen Läuterung schaffen

Sakai Im ausgehenden Mittelalter eine der blühendsten Handelsstädte; liegt in der Nähe von Osaka

Südbarbaren Vgl. Anm. zu S.65

352 *erste Nachtwache* Die nächtlichen Zeitangaben erfolgten nach den fünf Nachtwachen; die erste begann um 20 Uhr, die zweite im 22 Uhr usf.

355 *Kabuki* Vgl. Anm. zu S.55

358 *Kampaku* Kanzler. Hier ist Hideyoshi Toyotomi gemeint, der in den letzten beiden Jahrzehnten des 16. Jh. faktisch die Herrschaft über Japan ausübte, dem jedoch wegen seiner bäuerlichen Herkunft niemals die Würde eines Shogun, eines obersten Militärbefehlshabers, sondern nur die eines Kanzlers verliehen wurde

359 *lizenzierte Kauffahrteischiffe* Um dem im 15. und 16. Jh. sich immer mehr ausweitenden unkontrollierten Handel mit China, vor allem aber auch um der bedrohlich anwachsenden Seeräuberei entgegenzutreten, wurden zeitweilig besondere Lizenzen erteilt

360 *Taiminbambus* Eine Zierart des Bambus

368 *Schloß in Fushimi* Das Schloß des Hideyoshi Toyotomi im Stadtteil Fushimi in Kioto

369 *Ronin* Wörtlich: Wellenmänner, d. h. herrenlose Samurai. Diese Ronin wurden besonders in der Tokugawa-Zeit (1603–1868) zu einem Element sozialer Unruhe

372 *Meiji-Restauration* Im Jahre 1868 trat der japanische
Kaiser aus seinem Schattendasein heraus und wurde
auch de facto wieder der Herrscher des Landes (»Meiji«
war seine Regierungsdevise; siehe dazu Anmerkung zu
S. 22). Damit ging die über 600jährige Form der Sho-
gunatsregierung, der Regierung durch einen Militärdik-
tator, zu Ende. Die bürgerliche Geschichtsschreibung
prägte dafür den Begriff Meiji-Restauration. Das Wesentliche der revolutionären Ereignisse um 1868 bestand jedoch darin, daß entscheidende Elemente des
Feudalismus beseitigt wurden und Japan in das Sta-
dium des Kapitalismus eintrat
Prinzessin Kazu Schwester des Kaisers Komei (1848
bis 1867); sie wurde im Jahre 1862 mit Iemochi Tokugawa, einem der letzten Shogune, verheiratet
374 *Yukichi Fukuzawa* (1834–1901); einer der bedeutendsten japanischen Aufklärer; suchte mit den Mitteln des
englischen Utilitarismus die Überwindung des Feudalismus und eine rasche zivilisatorische und kulturelle
Entwicklung Japans zu erreichen
Handfeuerbecken Kleines, transportables Kohlenbek-
ken zum Händewärmen
377 *Shamisen* Ein dreisaitiges Musikinstrument
Otsustil Ein Vortragsstil, der besonders während des
ausgehenden 18. und des beginnenden 19. Jh. populär
war
382 *... die Aufständischen auf dem Toeizan* Am 3. Januar 1868 wurde die Übernahme der Macht durch das
Kaiserhaus verkündet. Da jedoch weder der Shogun als
der bisherige Regent noch seine Anhänger an der
neuen provisorischen Regierung beteiligt wurden, kam
es wiederum zu militärischen Auseinandersetzungen.
Eine Armee der Kaisertreuen besetzte am 3. Mai 1868
Edo (Tokio); dem ehemaligen Shogun Yoshinobu
wurde freier Abzug auf seine angestammten Familien-
besitzungen gewährt. Doch einige seiner Anhänger ver-

schanzten sich in einem Tempel auf dem Hügel Toeizan im Stadtteil Ueno, wo sie bis Ende Juni den
Kaiserlichen Widerstand leisteten
383 *Shoji* – Vgl. Anm. zu S. 222
385 *Shinko* Ein Diminutiv des männlichen Vornamens
Shinzaburo
393 *Shinzaburo Murakami* Der bürgerliche Name, unter
dem Shigemitsu aus dem Geschlecht der Minamoto –
eine vom Autor erfundene Gestalt, aber der Name deu-
tet auf die Herkunft aus einer alten berühmten Adelsfamilie hin – sich verborgen hat
Masana Maeda (1850–1921); zur Zeit der Handlung
Staatssekretär im Ministerium für Landwirtschaft und
Handel
Ukichi Taguchi (1855–1905); bekannter Wirtschafts-
wissenschaftler und Historiker, damals Kommunalpoli-
tiker in Tokio
Eiichi Shibusawa (1840–1931); bekannter Industriel-
ler, damals hoher Beamter im Finanzministerium
Shinji Tsuji (1842–1915); Politiker des Erziehungswe-
sens, damals Staatssekretär im Ministerium für Erziehung
Kakuzo Okakura (1862–1913); damals Direktor der
Hochschule für bildende Kunst in Tokio; versuchte
durch seine oft ultranationalistischen Schriften die japanische Gedankenwelt in Europa bekannt zu machen,
u. a. mit dem einst vielgelesenen »Buch vom Tee«
Masao Shimojo (1860–1920); damals hoher Marineof-
fizier
Ginza Straße und Geschäftsviertel in Tokio
395 *Buson* (1716–1783); bekannter Dichter und Maler
Nach dem Sturz des Tokugawa-Shogunats... Unter poli-
tischem und militärischem Druck gab der Shogun Yoshinobu aus dem Geschlecht der Tokugawa sein Mandat
am 29. Oktober 1867 an den damals erst 15jährigen Kaiser zurück. Damit war die Herrschaft der Shogune

beendet. 1871 wurden die Daimiate (Fürstentümer) aufgelöst, nachdem die Daimyo (Lehnsfürsten) gezwungen worden waren, ihre Lehen an den Kaiser zurückzugeben

396 *Puppenfest* auch Mädchenfest genannt, wird jährlich am 3. März gefeiert

397 *Obi* Vgl. Anm. zu S. 237

... die Haare hatte kürzen lassen. In der Feudalzeit trugen auch die Männer Zöpfe. Im Jahre 1871 verfügte die neue kaiserliche Regierung die Abschaffung dieses Brauches

398 *zwölf Matten* Vgl. Anm. zu S. 137

405 *Familiennamen* Bis zur Namensreform von 1870 führten nur adlige und privilegierte Familien einen Familiennamen. Angehörige des einfachen Volkes fügten ihrem Rufnamen zur Unterscheidung oft einen Beinamen hinzu, z. B. Heikichi (Rufname) Omiya (Name seines Ladens) in der Erzählung »Das Versunkensein des Dichters«

Kaiser Meiji Regierte 1868–1912

Tokugawa vgl. Anmerkungen zu S. 395 und S. 73

411 *Toki Aika* besser bekannt als Toki Zemmaro (geb. 1885); bekannter Lyriker

418 *Lamarck* (1744–1829); französischer Naturforscher, schuf in seinem Werk »Zoologische Philosophie« (1808) als erster eine wissenschaftliche Entwicklungslehre und zugleich eine Theorie von den Ursachen der Entwicklung der Pflanzen- und Tierwelt

426 *Tag der sieben Kräuter* Der 7. Januar. An diesem Tag wird nach alter Sitte eine Suppe aus sieben Frühlingskräutern zubereitet

447 *Singspiel »Das Westzimmer«* Ein Werk des chinesischen Dramatikers Wang Schi-fu (13. Jh.), das die chinesische Dramatik nachhaltig beeinflußte; deutsche Übersetzung 1926

449 *Hatsu-chan* Vertrauliche Form für Hatsuko-san

(san = Herr, Frau, Fräulein), wird bei Kindern, besonders bei Mädchen, verwendet

453 *Sushi*   Vgl. Anm. zu S.203

454 *Joso*   (1662–1704); bedeutender Vertreter der Haiku-Dichtung (vgl. Anm. zu S.89)

455 *Yabukoji-Sträucher*   Eine immergrüne Buschpflanze von etwa 30 cm Höhe. Ihre runden kleinen Früchte färben sich im Winter leuchtend rot

Tofuhändler   Tofu ist eine quark- oder käseartige Masse, die aus Sojabohnen hergestellt wird

457 *Karo*   Der oberste Gefolgsmann eines Feudalfürsten

460 *Botchan*   Wörtlich: junger Herr. Diese Anrede stände an sich nur Takeo, dem Sohn der O-Suzu, nicht aber Buntaro, dem Sohn des ehemaligen Dienstmädchens O-Yoshi, zu

461 *Raryoho*   Der chinesische Maler Lo Örh-feng (1733 bis 1799)

Tuschstein   Ein besonders glatter, weicher Stein, auf dem die harte chinesische Tusche angerieben wird. Diese Steine sind zuweilen sehr kostbar

471 *Obaku*   Eine vom 17. bis 19. Jh. berühmte Schule der Kalligraphie

477 *Unua… Aprilo… Jaro*   (Esperanto) Erster… April… des Jahres

Dua… Majesta…   (Esperanto) zweiter… Mai…

505 *Kunio Yanagida*   Berühmter Folklorist und Lyriker (1878–1962)

524 *Kunikida Doppo*   (1871–1908); japanischer Schriftsteller, stark beeinflußt von Wordsworth und Turgenjew

528 *Ein alter Weiher…*   Eines der bekanntesten Gedichte des Matsuo Basho (1644–1694), der noch heute als unübertroffener Meister der Haiku-Dichtung gilt. (vgl. auch Anm. zu S. 89)

529 *Shaka*   Shakamuni Name des Stifters des Buddhismus

538 *Oyako-domburi*   Beliebtes japanisches Gericht aus gekochtem Hühnerfleisch und Eiern

540 *Madame Caillaux* Frau des französischen Politikers Joseph Caillaux; sie schoß den Direktor der Zeitung »Figaro« nieder, weil er ihren Mann verleumdet hatte

542 *Yao und Shun* Zwei halbmythische Figuren, die die spätere chinesische Geschichtsschreibung unter dem Einfluß des Konfuzianismus als Könige auffaßt und als Musterbilder weiser und moralischer Herrscher hinstellt

»Frühlings- und Herbstannalen« Eine Geschichte des chinesischen Staates Lu, des Heimatstaates des Konfuzius (551–479 v. u. Z.), die mit dem Jahr 481 endet; eines der fünf grundlegenden Werke des Konfuzianismus, das zwar nicht von Konfuzius verfaßt, möglicherweise aber von ihm redigiert wurde. Die Behauptung, daß dieses Werk erst in der Han-Zeit (202 u. Z. bis 220 u. Z.) entstanden sei, muß einen Konfuzianer natürlich beleidigen

547 *Sensei* Wörtl.: der vorher Geborene, Anrede für den Lehrer im engeren Sinne und im weiteren Sinne für eine höherstehende Person, die man als sein Vorbild betrachtet

550 *Natsume Soseki* (1867–1916); kritisch-realistischer Romancier, der, unter dem Einfluß der englischen Literatur stehend, entscheidende Beiträge zur Schaffung einer modernen japanischen Literatur geleistet hat; Lehrer und Förderer Akutagawas

552 *Han Fei-dsi* (280–233 v. u. Z.); Hauptvertreter der chinesischen philosophischen Schule der Legalisten

553 *»Worte eines Pygmäen«* Titel einer Aphorismensammlung Akutagawas; ab 1923 regelmäßig in der Zeitschrift »Bungei Shunju« veröffentlicht; 1927 in Buchform erschienen

554 *Kaiserin Suiko* (554–628); erste regierende Kaiserin Japans, herrschte von 593 bis 628

Ein Ritter in voller Rüstung... Gemeint ist Masashige Kusonoki (1294–1336), der für die Herrschaftsansprüche des Kaisers Go-Daigo (1319–1340) kämpfte und sich in einer Schlacht den Tod gab, nachdem er mit seinen Truppen in eine aussichtslose Lage geraten war. Er gilt als Vorbild für die Treue zum Kaiserhaus

556 »*Der Weg durch dunkle Nacht*« Titel eines Romans des bedeutenden bürgerlich-realistischen Schriftstellers Shiga Naoya (1883–1971)

559 *Shu-Shunsui-Denkmal* Shu Shunsui (1600–1682); ein Konfuzianer chinesischer Herkunft, kam 1659 nach Japan, wo er sich naturalisieren ließ. Das Denkmal auf dem Gelände der Oberschule Daiichi Kotogakko wurde am 2. Juni 1902 enthüllt

565 »*Bien... très mauvais... pourquoi...?*«
»*Pourquoi? ... Le diable est mort!*«
»*Oui, oui ... d'enfer ...*«
(frz.) wörtlich:
»Wirklich... sehr schlecht... warum?«
»Warum? ... Der Teufel ist tot...!«
»Ja, ja... in der Hölle...«

567 »*Rotes Licht*« Titel der ersten Gedichtsammlung (1913, 3. Auflage 1925) des Arztes, berühmten Lyrikers und Novellisten Mokichi Saito (1882–1953)

J. B.

Inhalt

Rashomon
5

Die Nase
13

Batatenbrei
22

Der Affe
45

Das Taschentuch
53

Der Tabak und der Teufel
64

Das Schicksal
74

Das Versunkensein des Dichters
85

Kesa und Morito
120

Der Faden der Spinne
130

Die Hölle
134

Der zivilisierte Mörder
171

Professor Mori
185

Der Drache
202

Mandarinen
216

Zweifel
221

Biseis Glaube
239

Jirokichi Nezumikozo
242

Herbst
262

Die Geschichte einer Rache
279

Das Bild von den Bergen im Herbst
296

Der General
308

Im Dickicht
332

Die Lore
344

Die Geschichte von der Vergeltung
einer guten Tat
351

Der Garten
372

O-Tomis Keuschheit
382

Die Puppen
395

Nach Aufzeichnungen Yasukichis
411

Die Verbeugung
425

Ein Stück Erde
432

Das Totenregister
447

Genkakus Bergklause
455

Die Fata Morgana
475

Kappa
483

Zahnräder
537

Anmerkungen
575

Ernst Jandl
Das Röcheln der Mona Lisa
Ein Hör- und Lesebuch
Gedichte Szenen Prosa

Herausgabe und Nachbemerkung: Chris Hirte
Mit Zeichnungen des Dichters
und einer 60-min-Stereotonkassette
384 Seiten · Broschur
Zusammen in Box · DM 39,80

Lese-, Sprech- und Lautgedichte, visuelle Lyrik, szenische Texte, Prosa und Zeichnungen zeigen Jandl, Jahrgang 1925, als einen Meister des abgründigen Sprachspiels, dessen Poesie ihr Publikum wie eine lang erwartete Botschaft erreicht. Auf der beiliegenden Tonkassette ist der Wiener Autor als bisher unübertroffener Interpret seiner Dichtungen eine Stunde lang zu hören.

Verlag Volk & Welt Berlin

Anatoli Pristawkin
Wir Kuckuckskinder

Roman

Aus dem Russischen von Thomas Reschke
240 Seiten · Leinen · DM 19,80

Es ist Krieg und sie sind zwischen sechs und fünfzehn. Sie werden behandelt wie Aussätzige und bewacht wie Verbrecher. Sie müssen schwer arbeiten und leiden Hunger. Sie kennen nicht ihren richtigen Namen und wollen nur eines wissen: die Wahrheit über sich und ihre Eltern ...

Die »Kuckuckskinder« – das sind die Helden dieses erschütternden Romans. Weil ihre Eltern als »Volksfeinde« verhaftet wurden, müssen sie in Sonderkinderheimen aufwachsen, gequält und mißbraucht, belogen und gedemütigt.

Der elfjährige Sergej und zwei andere Kinder machen sich auf den Weg zu Stalin, dem »besten Freund der Kinder«. Als ihnen auf dieser abenteuerlichen Mission nur Niedertracht und Feigheit begegnen, beginnen sie zu ahnen, daß es keinen Ausweg gibt. Eine grausige Rebellion beginnt ...

Nach dem Welterfolg »Schlief ein goldnes Wölkchen« hat Pristawkin wieder ein Buch vorgelegt, das tief unter die Haut geht. Seine Erzählung über den Alltag in einem sowjetischen Sonderkinderheim während des Krieges schildert das Schicksal junger Menschen, deren weiterer Lebensweg vorgezeichnet war: er führte über Sonderberufsschulen direkt in die Kriminalität und ins Sonderstraflager.

Verlag Volk & Welt Berlin

Das Prager Kaffeehaus
Literarische Tischgesellschaften

Herausgabe und Nachwort: Karl-Heinz Jähn
Aus dem Tschechischen
Mit Fotografien von Věra Dyková und Radko Pytlík
2. Auflage · 336 Seiten sowie 32 Seiten Fotos
Festeinband mit Schutzumschlag · DM 29,80

19 Autoren, unter ihnen Karel Čapek, Bohumil Hrabal, Egon Erwin Kisch und Josef Lada, laden ein zu einem heiter-besinnlichen Streifzug durch berühmte Cafés und Lokale, durch ein Kapitel tschechischer Kulturgeschichte. Im »Slavia«, im »Mánes« oder in der »Unionka« wurde »diskutiert, geplant, leidenschaftlich debattiert, und die erotische Zeitschrift ›La vie parisienne‹ ging von Hand zu Hand und war nach ein paar Tagen zerschlissen wie eine Regimentsfahne nach der Bataille«, wie sich Jaroslav Seifert erinnert. Dichter, Maler, Musiker, Schauspieler, Journalisten, sie alle hatten »ihr« Kaffeehaus, das ihnen Nachrichtenbörse und Arbeitsplatz war. Man gründete Künstlervereine, verfaßte Programme und übersetzte Gedichte, denn nur das Kaffeehaus besaß jenes Fluidum, das zum Nichtstun anhielt und doch zu erstaunlicher Leistung inspirierte.

Verlag Volk & Welt Berlin